BASTEI
LÜBBE
TASCHENBUCH

Weitere Titel des Autors:

Halbgeist
Die Dritte Klaue Gottes

Über den Autor:

Adam-Troy Castro ist ein SF-Autor allererster Güte. Seine Werke wurden bereits für die namhaftesten Genre-Preise nominiert, wie etwa für den Hugo und Nebula Award. Castro lebt mit seiner Frau Judi und seinen Katzen in Florida. Nach HALBGEIST und DIE DRITTE KLAUE GOTTES ist STURZ DER MARIONETTEN der dritte Roman um die introvertierte, aber tödliche Ermittlerin Andrea Cort.

Adam-Troy Castro

STURZ DER MARIONETTEN

Aus dem Amerikanischen von
Frauke Meier

BASTEI
LÜBBE
TASCHENBUCH

BASTEI LÜBBE TASCHENBUCH
Band 28 546

1. Auflage: November 2010

Vollständige Paperbackausgabe

Bastei Lübbe Taschenbuch in der Bastei Lübbe GmbH & Co. KG

Deutsche Erstausgabe

Titel der amerikanischen Originals: »War of the Marionettes«

Textredaktion: Andrea Kalbe
Lektorat: Ruggero Leò
Titelillustration: Arndt »Nobody rocks more« Drechsler, Rohr
Umschlaggestaltung: Guter Punkt, München
Satz: Urban SatzKonzept, Düsseldorf
Gesetzt aus der Garamond
Druck und Verarbeitung: CPI – Ebner & Spiegel, Ulm
Printed in Germany
ISBN 978-3-404-28546-4

Für Joshua Bilmes,
Agent Extraordinaire und
ein Mann von erprobter Geduld.

ANMERKUNGEN UND DANKSAGUNG

Counselor Andrea Cort tauchte zuvor in der Erzählung »Unseen Demons« (*Analog*, Juli/August 2002) und den Romanen *Halbgeist* und *Die dritte Klaue Gottes* auf.

Die Vlhani kamen bereits in den Erzählungen »The Funeral March of the Marionettes« (*Magazine of Fantasy and Science Fiction*, Juli 1997) und »The Tangled Strings of Marionettes« (*Magazine of Fantasy and Science Fiction*, Juli 2003) vor. Weitere Geschichten über die Vlhani könnten folgen.

Eine Anzahl untergeordneter Charaktere, die entweder hier in Erscheinung treten oder am Rande erwähnt werden, wurden in diesen älteren Geschichten oder den zugehörigen, aber bedeutend affigeren Vossoff- und Nimmitz-Serien (verschiedene Ausgaben der *Science Fiction Age*) eingeführt. Mit Rücksicht auf die geistige Gesundheit verzichten wir auf einen vollständigen Bericht und erklären, dass die Kenntnis dieser Personen Ihre Wertschätzung hinsichtlich des Abenteuers, das Sie auf den folgenden Seiten erwartet, zwar erhöhen wird, Sie aber auch als Neulinge nicht bange sein müssen. Alles, was sie über die vorangegangenen Ereignisse wissen müssen, erfährt auch jeder Leser, dessen Bekanntschaft mit dieser Heldin und dieser Welt erst hier beginnt.

Wir kommen nun zu den Danksagungen, einem Phänomen, das mir auf ewig ein Mysterium bleiben wird. Sicher, es ist nett, die Verkäufe mit Hilfe einer hübschen langen Liste von Leuten voranzutreiben, die sich nun verpflichtet fühlen müssen, zur Feier der Erwähnung für sich und jeden Menschen, den sie kennen, eine Ausgabe zu erwerben, aber wenn dies der einzige Sinn und Zweck dieser hartnäckig in Erscheinung tretenden Liste ist, dann könnte ich das gleiche Ergebnis auch damit erzielen, einfach ein paar Seiten aus den Telefonbüchern mehrere wichtiger Städte auf Erden einzufügen. Insofern danke ich allen Bürgern von A bis C und P bis S in der Ihrem persönlichen Wohnsitz am nächsten liegenden Metropole, die mir bei der Anfertigung meines Manuskripts eine unschätzbare Hilfe waren und zweifellos alle etliche Ausgaben für das heimische Bücherregal zu erwerben wünschen.

Darüber hinaus muss ich den scharfsinnigen Joshua Bilmes und Eddie Schneider von der Jabberwocky Literary Agency erwähnen sowie die diversen Angehörigen des South Florida Science Fiction Society Writer's Workshop, darunter Chris Negelein, Dave Dunn, Cliff Dunbar und Brad Aiken; Stanley Schmidt, der die Erzählung »Unseen Demons« gekauft und Andrea Cort mithin erstmals in gedruckter Form vorgestellt hat; Kris Rusch, die »The Funeral March of the Marionettes« gekauft hat und folglich das Gleiche für die Vlhani getan hat; Christian McGrath, der die Cover für die Eos-Editionen der ersten beiden Romane gemalt hat; meine Freunde Harlan Ellison, Scott Edelman, Jack McDevitt, Andrew Fox, Elena Gaillard, Charlaine Harris und Bill Wilson aufgrund verschiedener Gefälligkeiten und hilfreicher Gesten; meine Eltern, meine Schwester Jill; und mehr noch als alle anderen das Licht meines Lebens, das täglich einen kolossalen Deppen vor sich sieht und es doch irgendwie schafft, ein Minimum an Verheißung in ihm zu entdecken. Wie die Existenz dieses Buches auf Papier ein Wunder ist, ist sie die Wundertätige, die der stotternden Maschine den passenden Tritt in den Allerwertesten versetzt.

Adam-Troy Castro
Miami, Florida
August 2009

BESETZUNG

Nicht jede der folgenden Personen betritt auf den nächsten Seiten die Bühne, tatsächlich tun das einige nicht. Aber die meisten werden mindestens einmal erwähnt. Hier erhalten alle den gleichen Stellenwert, damit die Bedeutung derjenigen, die vielleicht bei ihrem ersten Erscheinen unbedeutend wirken oder nach einer kurzen Erwähnung überraschend auftauchen, nicht zu früh bekannt wird. Um Schaden von Andreas Ermittlungen fernzuhalten, sind unter den genannten Personen zudem zwei Schwindler, die für nichts, was hier geschieht, irgendwie von Bedeutung sind. Stellen Sie sich einfach vor, diese Leute wären irgendwo anders und kümmerten sich um ihre eigenen Angelegenheiten, während Andrea ihr Ding macht.

ANDREA CORT UND KOLLEGEN

Andrea Cort: Berüchtigte kindliche Kriegsverbrecherin, inzwischen erwachsen; Sonderstaatsanwältin ohne spezielles Ressort im Dienst des Diplomatischen Corps der Hom.Sap-Konföderation, heimliche Überläuferin zur Allianz der Softwareintelligenzen, bekannt als KIquellen.
Die Porrinyards: Andreas Leibwächter und Liebhaber, ein kybernetisch verbundenes Paar, das einen erweiterten Geist und eine Persönlichkeit teilt. Fähig zu individuellem Auftreten, spricht und handelt es meist unisono und sollte als eine Person betrachtet werden. (Zusätzlich zur Bequemlichkeit des Lesers einzeln aufgeführt.)
Oscin Porrinyard: die männliche Hälfte.
Skye Porrinyard: die weibliche Hälfte.

Artis Bringen: Andreas langjährige Kontaktperson beim Dip Corps zu Hause in New London.

DIE BEIDEN BEKANNTEN KIQUELLEN-FAKTIONEN

KIquellen: Konglomerat der Softwareintelligenzen, deren Ursprung auf diverse uralte und inzwischen ausgestorbene Zivilisationen zurückgeht, die lange vor dem Herandämmern der Menschheit existiert hatten; heimliche Arbeitgeber von Andrea Cort und den Porrinyards. Das Konglomerat verfolgt inzwischen eigene Ziele. Ihrer unsterblichen Existenz müde, streben die KIquellen nach der eigenen Massenvernichtung und haben Andrea Cort angeheuert, damit sie ihnen hilft, die Schlinge zu knüpfen.
Die Unsichtbaren Dämonen: von den KIquellen als ihre abtrünnigen Intelligenzen bezeichnete Minderheitsfaktion in dem Kollektiv, die weiterzuleben wünscht und bereit ist, jedes Verbrechen zu begehen, um den Marsch in den Untergang zu verhindern. Sie sind, wenngleich auf bisher unbekannte Weise, verantwortlich für den Ausbruch des Massenwahns auf dem Planeten Bocai, der zum Tode von Andrea Corts Familie und Gemeinde geführt hat.

ANDERE WICHTIGE INTELLIGENTE SPEZIES, BEWEGUNGEN UND ORGANISATIONEN

Menschliche Wesen: auch bekannt als Menschengeschlecht oder Homo Sapiens. Sie haben nicht den besten Ruf. Eine der zehn Spezies, die Botschaften auf Vlhan unterhalten.
Vlhani: auch bekannt als Marionetten oder Peitschentänzer, in erster Linie berühmt wegen des Großen Balletts, einem alljährlichen Ritual von heftig umstrittener Bedeutung, bei dem Hunderttausend ihrer Art den Tod finden. In den letzten paar

Jahren haben menschliche Wesen angefangen, an dem Ereignis teilzunehmen, ein Phänomen von heftig umstrittener Bedeutung.

Riirgaaner: in der speziesübergreifenden Diplomatie besonders aktive Gattung, berühmt für ihre linguistischen Fähigkeiten. Es ist bekannt, dass Riirgaaner menschliche Kinder adoptiert haben.

Tchi, Bursteeni, K'cenhowten, Zakatari, Cid: weitere fünf der zehn Spezies, die dauerhafte Einrichtungen (»Botschaften«) geschaffen haben, um die sonderbaren Vorgänge auf Vlhan zu untersuchen. Dies sind die Spezies, die im Zuge dieser Geschichte Erwähnung finden.

Tanzpilger: mehr als eine Million menschlicher Wesen, die sich nach Vlhan geschmuggelt haben in der Hoffnung, sie könnten an dem Ballett teilnehmen. Viele haben sich erheblichen chirurgischen Eingriffen von unbekannter Seite unterzogen. Ein Stein des Anstoßes für die Konföderation, die in diesen Menschen einen gefährlichen und selbstzerstörerischen Kult sieht.

Die Bettelhine Munitions Corporation: ein Unternehmen in Familienbesitz, das sich mit der Entwicklung hoch moderner Waffen zur Ausrüstung diverser Konflikte überall im menschlich beherrschten Raum beschäftigt. Ehemalige Gegner und Verbündete von Andrea Cort.

Dejahcorp: Großkonzern in privater Hand, der sich mit der Entwicklung von Umwelttechnologie im menschlich beherrschten Raum befasst. Ehemalige Verbündete von Andrea Cort.

DIPLOMATISCHES CORPS DER KONFÖDERATION

Hai Dhiju: ehemaliger Hom.Sap-Botschafter (verstorben).

Walster Croyd: derzeitiger Hom.Sap-Botschafter.

Virond Hammersmith: Kontaktperson für Andrea Cort und Mitarbeiter.

Petra (Nachname unbekannt): Nachwuchsdiplomatin.

Clifford Dunbar: Nachwuchsdiplomat.
Alex Gordon: Nachwuchsdiplomat (derzeitiger Aufenthaltsort unbekannt).
Piers Stegner: Medizinische Fachkraft.
Amos Gribb: Leitender Ernährungswissenschaftler, Stabscafeteria des Dip-Corps-Hauptquartiers, New London.

NICHT MENSCHLICHE WESEN

Vilissin Hurrr'poth: Botschafter der Riirgaaner auf Vlhan.
Corribin Verrr'kath: Hurrr'poths Stellvertreter.
B'chai Pill'ghath: riirgaanischer Diplomat.
Vighinis Mukh'thav: riirgaanischer Diplomat (im Ruhestand).
Cre Rhaig: erster Referent der Tchi-Delegation.
Du Riesenwichser: Vlhani, der seinen farbenfrohen Namen Andrea Cort verdankt.
KIquellen-Botschaft: die örtliche Intelligenz, zuständig für die diplomatischen Funktionen der KIquellen auf Vlhan.

TANZPILGER

Isadora: erste bekannte menschliche Teilnehmerin am Vlhani-Ballett (verstorben).
Gabriel, Xavis, Shalakan, Melaniherz: die Solisten zwei bis fünf aus der Zeit, bevor Menschen angefangen hatten, in Gruppen teilzunehmen (alle verstorben).
Dalmo: Shalakans Ehemann, ein Tanzpilger, der nie aufgetreten ist. Derzeitiger Aufenthaltsort unbekannt.
Moralia: eine weitere berühmte Tanzpilgerin der Vergangenheit, nach Shalakans Tod verheiratet mit Dalmo (verstorben).
Kai-Shaka: Tanzpilger.
Thatharsi: Tanzpilgerin.
Misa: Tanzpilgerin.

VERSCHIEDENE MENSCHLICHE WESEN AUF VLHAN UND ANDERSWO

Derek Schiff: Industrieller, besorgter Vater.
Merin Schiff: Dereks Tochter. Aufenthaltsort unbekannt.
Tara Fox: Schiffs Assistentin und Stellvertreterin.
Paakth-Doy: menschliche Bürgerin der Republik Riirgaan.
Pakh Kech'tai Valinia: medizinische Fachkraft im diplomatischen Dienst. menschliche Bürgerin der Republik Riirgaan.
Paul Royko: Neurec-Fänger (im Ruhestand).
Ch'tpok: menschlicher Flüchtling aus der Republik Riirgaan. Hurrr'poths Adoptivtochter und Ehefrau von Paul Royko.
Dejah Shapiro: Industrielle, zeitweilige Bündnispartnerin von Andrea Cort.
Jason Bettelhine: Industrieller, zeitweiliger Bündnispartner von Andrea Cort.
Jelaine Bettelhine: Industrielle, zeitweilige Bündnispartnerin von Andrea Cort.
Peter Magrison alias die Bestie Magrison: flüchtiger Terrorist, berüchtigt für einen katastrophalen biologischen Angriff auf die Menschheit (mutmaßlich verstorben).
Emil Sandburg: Serienmörder (verstorben).
Hosei Yakamura: Möchtegerneroberer (verstorben).
Minnie (Nachname unbekannt): illegale Siedlerin auf Vlhan. Verheiratet mit Earl.
Earl (Nachname unbekannt): illegaler Siedler auf Vlhan. Verheiratet mit Minnie.
Ricard Thane: Exolinguist, verheiratet mit Liisl, Vater von Cori.
Liisl Thane: Exolinguiprothetikerin. Verheiratet mit Ricard, Mutter von Cori.
Cori Thane: Heranwachsender. Sohn von Ricard und Liisl.
Dave Dunn: Irrwisch, Stepptänzer, Lebemann (derzeitiger Aufenthaltsort nicht angefordert).

PROLOG

Wir waren Gefangene. Stunden, vielleicht Tage waren vergangen, seit wir zum letzten Mal die Hitze der Sonne von Vlhan gespürt hatten, eine Ewigkeit, die wir in dem beengten, pechschwarzen Raum mit wenig Essen und Wasser verbracht und den Geräuschen der Peitschen unserer Häscher gelauscht hatten, die sich durch den unterirdischen Felsen schlugen.

Es war nicht leicht, sich in dem Gestank des Blutes, das längst auf unseren Kleidern getrocknet war, der Übelkeit zu erwehren. Ein Teil davon war von mir, Folge eines scheußlichen Risses an meinem Kopf, ein anderer Teil stammte von Leuten, die vor meinen Augen auf einem mörderischen Schlachtfeld in Stücke gerissen worden waren.

Das Töten hatte sich über diesen Globus ausgebreitet wie eine Epidemie des Mordens und Fanatiker und Unschuldige gleichermaßen gefordert; wahre Gläubige und Zyniker; Menschen und Aliens; Leute, die zu einer Sinnsuche auf diesen Planeten gekommen waren, und Leute, die gekommen waren, weil sie versuchen wollten, ein Phänomen zu begreifen. Ich hegte den Verdacht, dass es noch nicht aufgehört hatte.

Frieden ist von jeher eine zerbrechliche Angelegenheit. Er kann jederzeit enden. Aber Tod, Blutvergießen, Irrsinn … das alles hat seine eigene Dynamik.

Ist das Feuer erst entfacht, dann brennt es.

KAPITEL EINS
VIER TAGE FRÜHER

Ich hatte nicht bemerkt, dass das Monster hinter mir her war, bis sich seine Peitsche um meine Leibesmitte wickelte und ich zwanzig Meter hinauf in den dunstigbraunen Himmel geschleudert wurde.

Ich keuchte auf, als der Boden unter mir zurückwich und ich in Armlänge zu dem sphärischen, ebenholzschwarzen Kopf der Kreatur geriet. Das Chitin war glasartig genug, wie ein Spiegel zu wirken, ein Spiegel, der mir eine unverkennbare Reflexion meines eigenen Gesichts darbot: blass, hilflos, erschrocken und viel kleiner als diese Kreatur, die so viel stärker war als ich.

Mein Name ist Andrea Cort. Ich hasse Höhen. Ich hasse es, mich hilflos zu fühlen. Und ich hasse Kreaturen, die größer sind als ich.

Von einer Kreatur in die Luft gehoben zu werden, deren Glieder nichts anderes sind als dreißig Meter lange Peitschen, würde nie zu den Erlebnissen zählen, die ich als Bereicherung für mein Leben empfinde.

Und das änderte sich auch nicht durch das Wissen, dass diese Peitschen die Zugfestigkeit von Stahl besaßen und mich mit einer einzigen, fahrigen Bewegung in gewürfelten Einzelteilen meiner selbst zu Boden fallen lassen konnten wie blutige Granatsplitter.

Die Peitsche, die mich hielt, bildete eine Schlaufe unter meinem Hinterteil, stützte meinen Rücken und verhinderte, dass der Griff um meine Leibesmitte mein Zwerchfell zerquetschte. Trotzdem traten meine Beine unter dem Einfluss unwilliger Panik wild durch die Luft. Ich war nahe dran, dem Monster einen kräftigen Tritt an den Kopf zu versetzen, ein Unterfangen, das mir außer zertrümmerten Zehen nichts eingebracht hätte.

Weit unten brüllte Virond Hammersmith: »Ruhe bewahren, Counselor! Es will nur Freundschaft schließen!«

Freundschaft. Wer hat denn diesem dämlichen Ding erzählt, ich wolle Freundschaft schließen?

Ich habe nie viel Wert auf Freunde gelegt, selbst dann nicht, wenn sie meiner eigenen Spezies angehören. Die wenigen Freunde, die ich über die Jahre habe gewinnen können – darunter Oscin und Skye Porrinyard, die irgendwo unter mir waren, das Schauspiel verfolgten und sich zweifellos über meine Zwangslage amüsierten –, waren schlichtweg Leute, die eine übermenschliche Beharrlichkeit im Angesicht einer entschlossenen Unausstehlichkeit an den Tag legten, die jeden anderen in die Flucht treiben musste.

Ich bin ein Miststück. Sogar ein Monster. Da können Sie jeden fragen. Das ist allgemein bekannt.

Und ich hatte bestimmt nichts getan, um diese plötzliche Geste freundschaftlichen Interesses seitens eines Angehörigen einer Spezies herauszufordern, die dafür bekannt war, dass sie menschliche Wesen tötete.

Das alles geschah auf einem Felsplateau in einer der Einöden im Nordwesten von Vlhan. Es ist ein ausgedörrtes Gebiet auf einem Planeten, der mehr als nur seinen gerechten Anteil an trockenen und staubigen Orten aufzuweisen hat. Von ödem Horizont zu ödem Horizont erstreckte sich Sand in freudlosen Schattierungen, durchbrochen allein von Bergen, die nichts weiter waren als von Sand umschlossene Felsbrocken mit scharlachrotem Gesträuch, das exakt den richtigen Farbton hatte, um das menschliche Auge mit einer unverkennbaren Ähnlichkeit mit offenen Wunden zu beeindrucken.

Nachdem ich den Großteil meines Lebens in orbitalen Umgebungen zugebracht habe, in denen die Natur sicher auf Parks und Nachbarschaftsgärten begrenzt ist, verabscheue ich Planeten aus grundsätzlichen Erwägungen. Folglich sah ich in dieser Landschaft eine hervorragende Illustration der Tatsache, dass Schmutz um keinen Deut malerischer wird, wenn er auf noch mehr Schmutz liegt.

Nichts hier wäre für mich oder irgendjemand anderen von Interesse gewesen, wäre da nicht die vorherrschende Spezies, von den ersten Forschungsreisenden Vlhani genannt, aber ebenso bekannt als Spinnen, Marionetten, Peitschentänzer oder Wanzen.

Als Hammersmith, unser Führer, uns hergebracht hatte, um meinem Wunsch Genüge zu tun, einen der Einheimischen aus der Nähe zu sehen, hatte ich nicht damit gerechnet, dass dieser Einheimische den Wunsch hegen könnte, mich aus der Nähe zu erforschen. Das Ding war schwarz und glänzend und bar jeglichen erkennbaren Antlitzes und genauso schwer einzuschätzen wie jede andere unbeschriftete Schiefertafel. Seine Intelligenz war klar, seine Absichten schon schwerer zu erfassen, obwohl das Übersetzungsprogramm in Hammersmiths Peitschengeschirr eine Audioübersetzung der subtilen Peitschenbewegungen lieferte, die die Vlhani als Mittel der Kommunikation nutzten.

Es tanzte für mich, sprach mittels Choreographie zu mir.

Hammersmiths Peitschengeschirr war mit einem Übersetzer ausgestattet, der in der Lage war, die wenigen Meme zusammenzupuzzeln, die Generationen von Forschern mit einem konsistenten Sinn hatten in Verbindung bringen können. Das Gerät tat, was es eben konnte. *Freund. Jagdpartner. Peitsche.*

Eine Pause. Dann wurde die Botschaft wiederholt. Einmal. Zweimal. Und noch mal.

Freund. Jagdpartner. Peitsche.

Hammersmith brüllte zur mir herauf: »Reden Sie mit ihm!«

Wunderbar. Warum sollte das Ding wohl denken, ich wäre daran interessiert, mit ihm zu reden?

Ich konzentrierte mich auf die konvexe Reflexion meines eigenen Gesichts, die mir winzig und zerbrechlich etwas oberhalb des versiegelten Schlitzes entgegenblickte, von dem ich annahm, dass er den Mund des Vlhani darstellte, und gab ein unsicheres »Äääähhh ... hallo« von mir.

Womit ich weiter nichts erreichte, als dass das Monster sich ermuntert fühlte, mich noch näher an seinen großen schwarzen Kopf heranzubringen.

Ich versuchte, mich nicht zusammenzukrümmen, und tat das Einzige, was mir in den Sinn kommen wollte: Ich tätschelte das Chitin mit der bloßen Hand. Es fühlte sich an wie Glas. Wären da nicht die Peitschen gewesen, die in unregelmäßigen Abständen aus dem Kopf hervorsprossen, hätte ich in dieser Oberfläche rein gar nichts Organisches erkannt. Zwei der Peitschen zuckten in steter Folge zum Himmel und wieder zurück, sprachen unbekannte Bände über die präzise Frequenz der Sinuskurven, die in Wellen über ihre dreißig Meter Länge huschten. Drei andere standen fest auf dem Boden und hielten das Gewicht der Kreatur; eine hielt mich mit festem Griff nahe an den riesigen Kopf. Weitere sechs, die sich in keiner Weise von den anderen unterschieden, waren beständig in Bewegung, einige mit traumwandlerischer Anmut, andere mit einer wilden Energie, die es mir schwer machte, mehr als nur Schemen auszumachen.

Ich begriff, warum so viele Leute überall im zivilisierten Raum behaupteten, die Bewegungen der Vlhani wären wunderschön; warum Hologramme ihres alljährlichen Balletts in Hunderttausenden von Welten studiert und bewundert wurden. Die Vlhani hatten etwas an sich, eine machtvolle, nachklingende Poesie, geeignet, sogar Philister wie mich, in deren Seelen eigentlich kein Raum für Poesie war, zu faszinieren.

Freund, tanzte der Vlhani. *Jagdpartner. Peitsche.*

»Wie lange muss ich mir diesen Mist noch antun?«

»Versuchen Sie, ihm Ihren Namen zu nennen!«, brüllte er zu mir herauf. »Er will ihn vielleicht in sein Vokabular aufnehmen.«

Beinahe hätte ich gefragt, was das Ding mit meinem Namen

will. Nicht, dass ich ihm irgendetwas zu sagen hätte. Nicht in meiner bevorzugten Sprache, Hom.Sap-Merkantil, und nicht in seiner getanzten Sprache, die eine physische Begabung erforderte, die weit über alles hinausging, was ein Mensch zu bieten hatte, so er nicht mit speziellen Werkzeugen, extern oder chirurgisch implantiert, ausgestattet war.

Aber ich hatte auch nicht den ganzen verdammten Tag Zeit, hier wie ein Schmuckstück herumzuhängen.

Also verriet ich ihm meinen Namen. »Andrea Cort!«

Für einen winzigen Moment erstarrte der Vlhani, dann flatterte er mit den beiden Peitschen, die er für Kommunikationszwecke reserviert hatte. Hammersmiths Peitschengeschirr schnappte die neuen Meme auf, untermauerte die Bedeutung durch Kontext und Wiederholung und fügte sie der Gedankensequenz hinzu, die mir mein unerwünschter neuer Freund vortanzte. *Andrea Cort. Freund. Jagdpartner. Peitsche.*

»Ja, schön, ich liebe dich auch! Und jetzt setz mich verdammt noch mal wieder ab!«

Es antwortete mit einer neuen Bewegungsabfolge, die Hammersmiths Peitschengeschirr in Begriffshaufen umwandelte, irregulär genug, die unbekannte Syntax widerzuspiegeln, die die wenigen Meme verknüpfte, welche bisher überhaupt hatten übersetzt werden können. *Wunde. Infektion. Krankheit. Heilen. Vlhani. Tanz. Lernen. Kämpfen. Andrea Cort. Heilen. Andrea Cort. Freund. Jagdpartner. Peitsche. Freude. Himmel. Andrea Cort. Gefahr. Lernen.*

Und dann, nach einer langen Reihe von Bewegungen, die Hammersmiths Peitschengeschirr nicht übersetzen konnte, folgte kristallklar eine letzte Aussage, die meiner ganzen Welt den Boden wegzog.

Unsichtbare Dämonen.

Weit unten schrien Oscin und Skye Porrinyard im Chor auf, und ihre Stimmen vereinten sich zu einer neuen, klangvoller und bedeutungsschwerer als die Stimmen, die sie als getrennte Wesen hervorzubringen imstande waren. »Juje! Andrea, hast du das gehört?«

Natürlich hatte ich. Und natürlich sagte mir das etwas.

Vor vielen Jahren hatten Wesen, die ich als Unsichtbare Dämonen kannte, auf einer Welt namens Bocai technische Mittel eingesetzt, um eine Orgie plötzlich auftretenden mörderischen Wahnsinns zu entfachen. Zu den Opfern jener langen Nacht des Mordens gehörten meine Eltern, mein Bruder, meine Schwester, meine Freunde, meine Nachbarn und meine eigene Unschuld.

Damals war ich erst acht Jahre alt gewesen, aber das Bild, das die Rettungsmannschaften von mir gemacht hatten, als ich gefunden wurde – blutbeschmiert, rasend, in das Spiel mit den Augäpfeln vertieft, die ich aus dem Schädel des Bocai gepuhlt hatte, den ich geliebt hatte wie einen zweiten Vater –, hatte sich wie ein Virus verbreitet. Mir hatte es weit und breit den Ruf eingebracht, ein lebendiges Symbol zu sein für die bodenlose Fähigkeit der Menschheit, Böses zu tun.

Der Vlhani hatte gerade meine persönliche Bezeichnung für die dafür verantwortlichen Kreaturen fallen lassen – ein Name, den nur die Porrinyards und die KIquellen kennen sollten –, und das in einer einfachen Plauderei.

Ich stellte fest, dass ich den Riesenkopf anbrüllte. »Du kannst jetzt nicht einfach schweigen, du Riesenwichser! Sag das noch einmal! *Sag mir, was du weißt!*«

Eine Pause. Dann:

Andrea Cort Freund Peitsche Du Riesenwichser Peitsche Ballett Peitsche Unsichtbare Dämonen Andrea Cort Peitsche Himmel Mensch Vlhani Peitsche Du Riesenwichser Vlhani Peitsche Du Riesenwichser Andrea Cort Himmel Krankheit Heilung Vlhani Du Riesenwichser Mensch Counselor Andrea Cort Jagdpartner Tod Ballett Tod Tod Gift. Du Riesenwichser.

Bedeutung, ein ganzer Schwall Bedeutung, verbarg sich hinter dem Durcheinander aus Gedanken. Aber ein zu großer Teil der Bindeglieder blieb unbekannt.

»Die Unsichtbaren Dämonen! Erzähl mir mehr über die Unsichtbaren Dämonen!«

Die Peitsche, die sich um meine Leibesmitte gewickelt hatte, spannte sich, nicht stark genug, um mir Schmerz zu bereiten, nicht lange genug, um meiner Atmung ins Gehege zu kommen, aber genug, um ein gewisses, trauriges Mitgefühl auszudrücken.

So viel konnte ich verstehen. Es sagte auf seine Weise *Das ist alles, was ich tun kann.*

Dann wich der Kopf vor mir zurück wie eine Welt, die sich beim Abflug auf dem Sichtschirm entfernt. Ich fühlte, dass ich abgesenkt wurde. Das Ding agierte dabei mit der Vorsicht eines fürsorglichen Elternteils, das besorgt ist, es könnte einem Kleinkind Schmerz zufügen. Die Peitsche, die mich hielt, wartete, bis ich sicher auf meinen Füßen stand, ehe sie die stützende Schlaufe unter meinem Arsch entfernte und den Griff um meine Taille löste. Das Ende des Tentakels, das bedrohliche Ähnlichkeit mit einer Pfeilspitze hatte, tippte mir zweimal auf den Kopf und zog sich zurück. Es folgten noch ein paar Wellenbewegungen, die Hammersmiths Peitschengeschirr mit *Du Riesenwichser Abschied* übersetzte, und dann machte sich der gewaltige Vlhani auf den Weg zum östlichen Horizont und legte bei jedem Schritt zwischen zwanzig und dreißig Meter zurück. Binnen weniger Sekunden rannte er sogar.

Die Porrinyards stützten mich von beiden Seiten. Oscin, ein großer, muskulöser Mann, dessen kantige Stirn von einem Kranz weißer Stoppeln umrahmt war; Skye, eine kleinere und zierlichere Ausgabe von Oscin, zwar vom anderen Geschlecht, aber so sehr wie er ein Musterexemplar eines Menschen. Wie stets trugen sie so wenig Kleidung, wie sie sich gerade noch erlauben konnten, ohne auf Funktionalität zu verzichten oder gegen die örtlichen Gepflogenheiten zu verstoßen: kurze, dunkle Schlüpfer, kombiniert mit einem dünnen Stoffstreifen, der zwar ihre Brustwarzen verdeckte, Schultern und Bauch aber frei ließ.

Die beiden trugen eine Miene zur Schau, die ihren gemeinsamen Gedanken offenbarte. Sie sahen aus wie zwei Personen, teilten sich aber tatsächlich ein erweitertes und dennoch einzelnes Bewusstsein. Wenn sie, wie jetzt, gemeinsam sprachen, taten sie das nicht nur im Chor, sie teilten sich die Sprache und brachten Töne hervor, deren Ursprung irgendwo zwischen ihnen zu liegen schien. »Andrea, geht es dir gut?«

»Nein, tut es nicht«, brachte ich noch hervor und sackte auf die Knie.

Wissen Sie, was an Ihnen besonders interessant ist, Andrea Cort?

Ich hatte die Schnittstelle in meinem Kopf nicht aktiviert, trotzdem war ich hier und schwebte in dem endlosen Blau, das die KIquellen geschaffen hatten.

Heute trug der Avatar vor mir ein Gesicht, das einen Kompromiss darzustellen schien: Es vereinte, was ich bei einem Menschen erwarten würde, mit den Zügen diverser anderer intelligenter Spezies: Riirgaaner, Tchi, Bursteeni, Bocai. Die Gestalt war fließend, und alle paar Sekunden kamen neue Züge zum Vorschein, mit deren Hilfe das Ding Ähnlichkeit mit verschiedenen Leuten bekam, die ich kannte – Leute, die noch lebten, Leute die tot waren, Leute die ich liebte, andere, die ich hasste. Noch immer erschüttert von der Bemerkung, die der Vlhani hatte fallen lassen, waren mir die verzerrten, fließenden Karikaturen von Oscin und Skye Porrinyard, Jason und Jelaine Bettelhine, Artis Bringen und sogar dem heiligen Gral der Strafverfolgungsbehörden der Konföderation, dem flüchtigen Terroristen, der als die Bestie Magrison bekannt war, keine Hilfe.

Sie regten mich auf. Vielleicht regten sie mich auch nur *mehr* auf. Denn ein Teil von mir regt sich ständig auf.

Wissen Sie, was an Ihnen besonders interessant ist, Andrea Cort?

Dieses Monster hat etwas über Unsichtbare Dämonen erzählt.

Nun zeigte mir der Avatar das Gesicht von Emil Sandburg, einem Serienmörder, mit dem ich es auf dem Planeten Catarkhus zu tun hatte. ***Das ist für uns nicht überraschend. Unsere alten Feinde haben hier Fuß gefasst. Aber Sie sollten auch über unsere Frage nachdenken. Für uns ist nach wie vor eine der Bedingungen von Interesse, die Ihrer Anwerbung zugrunde lagen.***

Die KIquellen waren ein Konglomerat uralter Softwareintelligenzen, die ein Kollektiv gebildet hatten, nachdem die verschiedenen organischen Zivilisationen, die sie hervorgebracht hatten, untergegangen waren. Sie galten weithin als die machtvollsten Kreaturen des bekannten Universums. Kein denkfähiges Wesen hatte ihnen je irgendwelchen Ärger gemacht, und dafür gab es einen guten Grund. Niemand hätte dergleichen überlebt.

Obwohl alle dachten, ich würde für das Diplomatische Corps der Hom.Sap-Konföderation arbeiten, war ich vor zwei Jahren insgeheim zu den KIquellen übergelaufen, um meine persönliche Vendetta gegen unsere gemeinsamen Feinde, ihre abtrünnige Faktion, voranzutreiben: die Unsichtbaren Dämonen.

Die KIquellen sahen in mir einen entscheidenden Faktor in ihrem Krieg, aber zwischen den Schlachten empfanden sie meine Unberechenbarkeit auch als außerordentlich unterhaltsam.

Ich bin kein Clown, der nur zu Ihrem Vergnügen tanzt.

Das mag sein, wie es will, für uns sind Sie immer noch eine faszinierende Mischung aus Kraft und Schwäche: diese Art, wie Sie immer wieder zerbrechen, wenn Sie doch gerade so aufrecht waren. Als bräuchten Sie Ihre Schwächen und speisten Ihre Kraft daraus. Wir behaupten nicht, dieses zentrale Paradoxon Ihres Charakters zu verstehen. Aber wir geben zu, dass wir es bewunderungswürdig finden.

Früher hätte ich mitten hineingeschlagen in dieses feixende Gesicht, das nun Ähnlichkeit mit dem von Dejah Shapiro aufwies, einer Frau die mir dann und wann zur Seite gestanden hatte. Aber ich hatte auf die harte Tour gelernt, dass der Avatar keine Substanz besaß und außerhalb meiner Reichweite bliebe, wie sehr ich auch versuchte, nach ihm zu schlagen, also beschränkte ich mich auf ein Zähnefletschen. *Ich will von Ihnen nicht bewundert werden. Ich will nur die notwendigen Informationen, um meine Arbeit zu tun. War das, was dieser Vlhani gesagt hat, ein Hinweis oder nicht? Ist das hier die Welt, auf der das Schlimme geschehen wird, oder nicht?*

Pause. Ich hasste es, wenn sie Pausen einlegten. Ich wusste, dass sie das nicht nötig hatten, nicht bei ihrer Rechengeschwindigkeit.

Das Gesicht des Avatars verwandelte sich in mein eigenes, aber zum Teufel mit ihnen, es war mein Kindergesicht. Das Gesicht, das ich in dem Alter gehabt hatte, als man mich von Bocai geholt hatte. ***Das werden Sie bald genug erfahren.***

Verdammt! Gebt mir etwas! Gebt mir irgendetwas! Sagt mir, wie ich es besser machen kann!

Wieder trat eine Pause ein, aber keine Denkpause – die KIquellen denken mit einer Geschwindigkeit, die organische Intelligenzen nur als verzögerungsfrei begreifen können –, sondern eine dramaturgische Pause.

Dann sagten die KIquellen: ***Die Krise, der Sie sich stellen werden, hat ihren Anfang genommen, als menschliche Wesen etwas gerettet haben, das nie hätte leben dürfen.***

Ich konnte kaum einen Herzschlag abwesend gewesen sein, aber Hammersmith, der Gute, hatte mich auf die Knie fallen sehen, und er musste wohl auch gesehen haben, wie ich mich versteift hatte. »Seien Sie nicht so hart zu sich, Counselor. Die meisten Leute verkraften ihre erste Begegnung mit einem Vlhani nicht so gut wie Sie.«

Virond Hammersmith hatte strohig blondes Haar und so blasse Haut, dass ich den Verdacht hegte, er bezahlte für jede Stunde unter der Sonne von Vlhan, indem er sich zur Behandlung seines Sonnenbrands in das Nanitenbett seiner Niederlassung legte. Seine Augen leuchteten in einem Blau, das so schneidend war wie Eis. Ich würde ihm nie erzählen, dass ich von seiner Professionalität beeindruckt, von seiner faden Persönlichkeit jedoch enttäuscht war. Auch hätte ich ihm nie verraten, dass er die Grenze zwischen vorzeigbar und attraktiv überschreiten könnte, würde er sich von zehn Prozent seiner Körpermasse trennen und folglich die Fettschicht abwerfen, die das, was ein kantiges, prägnantes Kinn hätte sein können, weichzeichnete. Derzeit verharrten seine angenehmen, aber nicht sehr erinnerungswürdigen Züge in dem unerfreulichen Grenzgebiet zwischen der möglichen Bildung eines Doppelkinns und dessen tatsächlichem Vorhandensein.

Als ich mich nun mit Unterstützung je eines Porrinyards zu beiden Seiten erhob, fragte ich ihn: »Haben Sie je zuvor einen Vlhani diese Worte sagen hören?«

»Welche Worte? *Unsichtbare Dämonen?*«

»Ja.«

Er legte den Kopf schief, damit seine Hand den Sonnenbrand an seinem Nacken wirkungsvoller massieren konnte. »Kann ich nicht sagen. Aber dieses Übersetzungsprojekt ist heikel. Da tauchen ständig irgendwelche Anomalien auf. Ich kann Ihnen nicht sagen, wer diese Phrase in den Datenbestand aufgenommen hat. Warum? Bedeutet das etwas für Sie?«

»Ja.«

»Etwas, von dem Sie mir erzählen können?«

»Tut mir leid, aber nein.«

Hammersmith fragte nicht weiter. »Na gut. Vielleicht haben sie das von unseren Leuten aufgeschnappt oder sich selbst einfallen lassen. Sie würden sich wundern, wie viele Sprachbilder in dem System zum Vorschein gekommen sind.«

»Würde ich?«

»Überlegen Sie nur, was Sie gerade getan haben. Ihretwegen wird irgendeiner armen Exolinguistin, die die Meme der Vlhani erforscht, der Tag verdorben werden, wenn ihr Übersetzungsprogramm ihr erzählt, dass einer der Vlhani, die sie beobachtet, die Phrase *Du Riesenwichser* hat fallen lassen.«

Die Porrinyards kicherten. »Ich habe es schon früher gesagt, und ich sage es wieder, Andrea. Du hast wirklich Talent.«

»Der Fluch meines Lebens«, murmelte ich.

Ich wollte nicht vernehmbar sprechen, aber die Porrinyards hörten mich doch. »Oje, Liebes. Wird das einer *dieser* Tage?«

Lauter, dieses Mal mit Absicht: »Du kannst mich mal.«

»Später vielleicht.«

Während die Porrinyards normalerweise schwungvoll, gutgelaunt und geil aus dem Interschlaf erwachten, ließ mich das Wecken oft depressiv, übellaunig und garstig zurück. Aber die Abgrenzung ist in meinem Fall eher hypothetischer Natur, da der Unterschied zwischen dieser Stimmung und meinem üblichen Gebaren alles andere als dramatisch ausfällt.

»Du lässt mich doch keinen Streit vom Zaun brechen, oder?«

»Dafür gibt es keinen Anlass«, sagten die Porrinyards. »Nicht, wenn wir das ganze Gebrüll und Geschrei ebenso gut überspringen und gleich zum Versöhnungssex übergehen könnten.«

Einen kurzen Gleiterflug später eskortierte uns Hammersmith auf das abgesperrte Gelände der Hom.Sap-Botschaft, einem gedrungenen Komplex aus braunen Gebäuden, verbunden durch gepflasterte Wege, umgeben von Gärten, die jedoch wenig dazu beitrugen, den derb schmutzigen Eindruck zu mildern. Der Komplex glich eher einer Festung als einer außerweltlichen Botschaft und war mit ionischen Schilden und tonnenweise Defensivgeschützen bewehrt, eine durchaus vernünftige Maßnahme, bedachte man das Massaker an unserer letzten Botschaft auf Vlhan vor über einem Jahrzehnt. Ein berüchtigter Vorfall, verursacht von einem früheren Botschafter, einem Hai Dhiju, hatte dazu geführt, dass über dreißig von unseren Leuten niedergemetzelt wurden. Das war der Hauptgrund, warum unser eigenes Dip Corps die ehrfürchtige, akademische Bewunderung nicht teilte, die Riirgaaner und Bursteeni und die meisten anderen Besucher aus fremden Welten für die Phänomene zu empfinden bekundeten, die sie hier erforschen wollten. Aber das waren nur Touristen und Akademiker. Wir waren unerwünschte Besetzer, die halb erwarteten, dass jeden Moment neue Feindseligkeiten ausbrechen würden.

Derzeit waren nur ein paar Nachwuchsdiplomaten in Sicht, der Rest versammelte sich zweifellos bereits an dem berühmten Amphitheater der Vlhani. Die wenigen Leute, die ich sah, waren jung und fit, die Gesichter sonnenverbrannt. Die meisten trugen die praktischen braunen Overalls, die das Dip Corps in diesen klimatischen Breiten als Dienstkleidung vorsah. Ein paar Männer und eine Frau hatten sich bis zu den Hüften entkleidet, während sie in den Innereien eines Gleiters herumwühlten, der aussah, als wäre er durch den Einfluss von zu viel Wüstensand vor der Zeit gealtert.

Hammersmith räusperte sich. »Der schwierige Teil steht Ihnen noch bevor, wissen Sie?«

Die Porrinyards sprachen aus, was mir instinktiv in den Sinn kam. »Sie meinen das Massaker, richtig?«

»Man nennt es das Ballett, aber nein, das ist nicht, was ich gemeint habe. Ich habe Ihr Zusammentreffen mit dem Botschafter gemeint.«

Ich stöhnte. »Ich habe nichts mit dem Botschafter zu besprechen.«

»Sofern Sie die Unterstützung der Botschaft benötigen, um Ihren hiesigen Aufgaben nachzukommen, fürchte ich, Sie haben.«

»Ist es wahr, was man sich über ihn erzählt?«, fragten die Porrinyards.

»Ja. Er hatte vor langer Zeit ein ziemlich unerfreuliches Erlebnis, und seither ist er nicht mehr derselbe. Er ... er leidet unter einer Borderline-Störung.«

Ich war schon erpicht auf die Hintergrundgeschichte, seit ich zum ersten Mal von den Eigenarten des Mannes gehört hatte. »Was ist ihm zugestoßen?«

Hammersmith bedachte mich mit einem entschuldigenden

Blick. »Es tut mir leid, Counselor, aber es stünde mir nicht einmal zu, Ihnen das zu erzählen, wenn ich es wüsste.«

»Ich stehe im Rang höher als Sie. Ich könnte Ihnen einen direkten Befehl erteilen.«

»Das könnten Sie«, stimmte Hammersmith zu. »Ich hoffe aber, Sie tun es nicht.«

»Er scheint sich Ihre Loyalität verdient zu haben«, bemerkten die Porrinyards.

»Der Mann ist ein guter Vorgesetzter. Wenn Sie ihm mit Respekt begegnen, wird er Ihnen jede Unterstützung zukommen lassen, die Sie benötigen. Wenn nicht, reißt er Ihnen den Kopf ab.«

Vielleicht würde ich doch ganz gut mit ihm auskommen können. »Wie steht er zu den Vlhani?«

»Er ist ein Hardliner und unterstützt die Haltung des Corps uneingeschränkt.«

Die offizielle Haltung des Corps war mir bekannt, aber es konnte nicht schaden, die des Botschafters in die Triangulation einzubeziehen. »Soll heißen?«

»Das soll heißen, dass das Ballett ein Gräuel ist, dass seine zunehmende Anziehungskraft auf Menschen kein interessantes Phänomen ist, sondern eine gefährliche kulturelle Kontamination, dass die jungen Leute, die herkommen, um daran teilzunehmen, keine Visionäre sind, sondern irregeführte Möchtegernsuizidenten, und dass die Konföderation uneingeschränkt im Recht wäre, sollte sie sich eines Tages militärischer Mittel bedienen, um dem ein Ende zu machen.«

»Das ist eine ziemlich feindselige Einstellung für jemanden, der sich Botschafter nennt.«

»Ich weiß.«

»Plappert er nur nach, was andere sagen, oder denkt er wirklich so?«

»Er hat einmal öffentlich erklärt, dass er, würde er glauben, er käme damit durch, die Konföderationsflotte anfordern und die Biosphäre des ganzen Planeten sterilisieren lassen würde.«

Die Porrinyards schauderten. »Derartiges Gerede macht ihn mir nicht gerade besonders sympathisch.«

»Mir auch nicht«, bekannte Hammersmith. »Und doch dürfte Ihnen auffallen, dass er immer noch hier ist ... Hi, Petra.«

Letzteres galt einer jungen Botschaftsangehörigen – schlank, rundes Gesicht, stacheliges, hellbraunes Haar und ein zahnreiches Lächeln –, die aus einem Haus kam, in dem ich das Hauptgebäude der Botschaft vermutete, als Hammersmith uns gerade zur selben Tür hineingeleiten wollte. Sie war freundlich genug, auch für uns, die wichtigen Gäste, einen Teil ihrer guten Laune zu bewahren, doch dann erkannte sie mich und hatte fortan Mühe, auch nur Augenkontakt zu halten.

Ich krümmte mich innerlich. Nicht jeder wusste von meiner Vergangenheit, aber wohin ich auch kam – einer wusste es immer. Und diese eine würde zweifellos dafür sorgen, dass die Information bis zum Abend unter dem gesamten Botschaftspersonal gestreut wurde. Das würde mir die Arbeit nicht leichter machen.

Einen schmalen Korridor und eine Galerie geschlossener Bürotüren später erreichten wir unser vorläufiges Ziel: einen Empfangsbereich, besetzt mit einem Botschaftsmitarbeiter in Habachtstellung. An der Wand hingen das Siegel der Konföderation und eine schwere Basreliefkarte von Vlhan. Die Regionen waren farbig nach Terrain und Ökosystem gegliedert, wobei die Wüsten hervorstachen, während sich Regenwälder und Feuchtgebiete an die drei von Land umgebenen Wasserflächen klammerten. Rote Sterne kennzeichneten die verschiedenen Botschaften anderer Welten, grüne Sterne Orte, die für die Vlhani wichtig waren. Der größte Stern, der zur Betonung seiner Bedeutung auch noch pulsierte, war bei dem Wort *Amphitheater* zu finden. Ich nahm bei jedem Pulsieren ein leises Brummen wahr, aber ob das zusätzlich auf die Wichtigkeit dieses Ortes hinweisen sollte oder nur eine Macke im System war, konnte ich nicht einschätzen.

Das Namensschild des Bediensteten stellte ihn als Clifford

Dunbar vor, Umweltexperte der Stufe drei. »Hey, Virond, ich fürchte, ich habe schlechte Neuigkeiten für dich.«

Hammersmith ächzte. »Sag es mir nicht.«

»Tut mir leid. Der Gedanke an das morgige Ballett hat ihn mehr als üblich aufgewühlt. Er sagt, er will nicht mehr als eine Person auf einmal sehen.« Dunbar musterte die Porrinyards. Entweder erkannte er in ihnen ein verbundenes Paar, oder man hatte ihm gesagt, dass er mit einem zu rechnen hatte. »Ich bitte um Verzeihung, ich weiß nicht, inwieweit das auf Sie beide zutrifft. Ich nehme aber an, er bezieht sich auf die körperliche Seite.«

»Das täte ich auch«, sagten die Porrinyards, denen von jeher bewusst war, dass ihre Modifikation manchen Leuten Unbehagen bereitete.

Nun widmete sich Dunbar mir. »Der Botschafter ist *anders.*«

»Gut. Das bin ich auch.«

»Davon habe ich schon gehört.« Er presste den Daumen auf einen Schalter an seinem Podest, und die Karte hinter ihm klickte leise und gab den Blick auf den Durchgang zu einem Zimmer frei, in dem es deutlich dunkler war als in dem Vorraum. Ich bedachte die Porrinyards mit einem letzten Blick, den sie mit einem Nicken beantworteten, und ging allein in das Zimmer.

Es war dunkel in dem Raum. Und es roch nach Schweiß und anderen Dingen: Die Luft war angetan mit einem schwachen Geruch, der zu süß und zu schwer war, als dass ihn jemand als das Parfüm hätte schätzen können, das er in geringerer Konzentration hätte darstellen können. Die fensterlosen Wände waren kahl, unbelastet von Kunstwerken oder Andenken an die Heimat.

Botschafter Walster Croyd war zunächst nur als schattige Fleischmasse erkennbar, die auf der anderen Seite des Raums flach auf dem Boden lag und alle Viere von sich streckte. Ich sah ihn im Profil, was mir durchaus recht war, denn er war nackt, und die Frontalansicht wäre vielleicht mehr gewesen, als ich bei der ersten Begegnung hätte verdauen können.

Holografische Meldungen umkreisten seine pummelige Gestalt wie Satelliten. Die größte stellte ein berüchtigtes, natürlich entstandenes Amphitheater in einer anderen, Tausende von Kilometern entfernten Wüste dar: ein Amphitheater, das sich schon jetzt mit Vlhani füllte, die aus jedem Winkel des Planeten angereist waren, um morgen an dem großen Ereignis teilzunehmen. Ihrem Schattenwurf nach zu urteilen, musste der Sonnenuntergang in Kürze bevorstehen. Diverse Einblendungen einer luftigen Perspektive, aufgenommen von einem Gleiter, der beständig über dem Geschehen kreiste, verrieten, dass Menschen und andere außerweltliche Zuschauer sich allmählich auf einem Bergkamm über den Vlhani einfanden. Auf der anderen Seite des Tals hüpfte ein schwarzes Meer aus Vlhani-Köpfen, die mit ihren Peitschen wedelten, in Erwartung der Geheiligten, welche auserwählt worden waren, an dem Gemetzel teilzunehmen, das morgen bei Tagesanbruch beginnen sollte.

Croyd verfolgte das Geschehen mit glühendem Hass, und der war nicht nur offenkundig. Er war der Motor, der ihn antrieb.

Zugegeben, ich konnte für mich keine moralische Überlegenheit beanspruchen. Ich hatte literweise Blut an den Händen. Ich habe als Kind getötet, und ich habe als Erwachsene getötet, und ich habe einige der Leute, mit denen ich es über die Jahre zu tun hatte, ausreichend gehasst, dass ich nur zu gern wieder getötet hätte. Aber ich glaube nicht, dass ich je irgendeiner lebendigen Kreatur begegnet bin, die diese besondere Form von Hass gepflegt hat, die Croyd für die Vlhani reserviert hatte. Es war die Art Hass, die einen Menschen am Leben hielt, obwohl Sterben die unverkennbar angenehmere Alternative wäre.

Croyd ergriff das Wort, und seine Stimme knirschte wie Glas. »Sind Sie Counselor Andrea Cort?«

»Die bin ich.«

»Verzeihen Sie mein Auftreten. Ich kann keine Kleidung tragen. Das … *quält* mich.«

Croyds Nacktheit hatte nichts Erotisches an sich. Das Fleisch hing schlaff an einem Körper, der einmal recht muskulös gewesen sein musste, doch er war weniger die Statur eines verwahrlosten Mannes als die eines Menschen, der zu müde war, noch gegen irgendetwas zu kämpfen, die Schwerkraft eingeschlossen. Die Haarlöckchen auf seinem Rücken und den Schultern fingen das Licht der kreisenden Holos ein, sodass die Bilder aussahen wie von Unkraut überwucherte Ruinen.

»Ich kann nicht behaupten«, sagte er, »dass ich das Ausbleiben einer Vorabmitteilung schätzen würde. Wir haben es hier mit einer äußerst heiklen politischen Lage zu tun. Wenn Ihre Arbeit hier so wichtig ist, wie Sie sagen, ist das schön und gut, aber es ist auch eine erhebliche Belastung, wenn ich meine Leute in dieser arbeitsreichsten Zeit des Jahres von anderen Aufgaben abziehen muss und sich am Ende womöglich herausstellt, dass es Ihnen nur um eine ... Besichtigung geht.«

»Eine Besichtigungsreise würde nicht der Geheimhaltung unterliegen, Sir.«

»Sie wären nicht die erste Dip-Corps-Funktionärin, die sich eine offizielle Ausrede einfallen lässt, um sich unser kleines, alljährliches Massaker aus der Nähe anzusehen.«

»Nicht mein Ding.«

»Sind Sie nicht einmal neugierig?«

»Ich fürchte, ich habe für ein Leben mehr als genug Blutvergießen erlebt.«

»Ich hörte davon.« Er behielt unentwegt die Luftbilder von den Vlhani-Tänzern im Auge, deren Schatten so schwarz und fließend waren wie die Kreaturen selbst. »Trotzdem sind Sie rechtzeitig gekommen, um sich die Show anzusehen.«

»Zufall, Sir.«

»Unterdessen«, grollte er, »wird dieses Tal morgen um diese Zeit von hunderttausend Vlhani belagert werden. Ehe sie mit ihrem so genannten Großen Ballett fertig sind, wird der Boden hüfttief mit Blut und Leichen bedeckt sein. Wenn unter diesen Monstern nicht auch siebzig *dämliche menschliche Kinder* wären, die ebenfalls erpicht darauf sind zu sterben – wissen Sie, wie ich das dann nennen würde?«

»Einen guten Anfang?«

Das Poltern, das meinen Worten folgte, mochte schon alles sein, was Croyd an Gelächter zuwege bringen konnte. »Dann stimmen Sie mir zu?«

»Nein, Sir. Sie haben mich nicht nach meiner Meinung gefragt. Sie haben mich nur gefragt, wie ich Ihre Meinung einschätze.«

»Und wie ist Ihre Meinung?«

Abgesehen von der Erkenntnis, dass Nacktheit manchen Menschen nicht sonderlich stand? »Ich habe noch nicht genug von dieser Welt gesehen, um mir eine Meinung zu bilden.«

»Aber wenn Sie während Ihrer Zeit auf diesem Planeten Dinge gesehen hätten, die Sie zu der Schlussfolgerung geführt hätten, dass die Vlhani es verdient haben, bis auf die letzte Wanze ausgelöscht zu werden, besäßen Sie dann die Höflichkeit zuzugeben, dass Sie sich dieser Denkweise anschließen würden?«

»Das ist nicht der Zweck meines Aufenthalts, Botschafter.«

Wieder ein Poltern. »Welchem Zweck dient Ihr Aufenthalt dann?«

»Wie ich bereits sagte, das unterliegt der Geheimhaltung.«

Er veränderte die Position, bewegte sich etappenweise über den Boden, bis er mich ansehen konnte. Seine gespreizten Beine lieferten mir freie Sicht auf eine weitere Sache, die ich lieber nicht gesehen hätte. Als Opfer dieses Anblicks hätte ich üblicherweise etwas Geringschätziges über die Anatomie ihres Eigners gesagt. Aber dieser Situation haftete nichts Sexuelles an, kein perverses Vergnügen daran, sich vor einer Fremden zu entblößen, nur eine Mischung aus bekümmertem Trotz und dem offenen Eingeständnis der größten Qual in seinem Leben. »Man sagte mir, Sie seien eine arrogante, unfreundliche Schlampe.«

»So lautet der allgemeine Konsens.«

»Ich hörte auch, Sie seien ein Monster.«

»Auch das ist wahr.«

»Und dass das Corps Sie noch mehr in der Hand hat als den Rest von uns, dass Sie nie frei sein werden. Was ist damit?«

Darauf ging ich nicht ein. Das Corps bildet sich inzwischen allenfalls ein, ich würde ihm gehören.

»Also, sollte sich das Corps je zur Unterstützung meiner Haltung hinsichtlich der Vlhani …«

Augenkontakt mit dem Mistkerl zu halten fiel mir plötzlich gar nicht mehr so schwer. »Diese Unterhaltung werde ich nicht mit Ihnen führen, Sir.«

Sein Nicken galt nicht mir, sondern ihm selbst, eine schräge Bestätigung der Tatsache, dass er gerade die Antwort erhalten hatte, mit der er gerechnet hatte. Einen Moment später führte er die rechte Hand an die linke Schulter und fing an, sich an der schwabbeligen, hier und da verschorften Haut zu kratzen, und zwar mit Fingernägeln, die lang genug waren, um sich unter jeder lockeren Kruste zu verfangen und abzureißen. »Es ist mein Job, Andrea Cort, Ihnen jede Unterstützung zukommen zu lassen, die Sie verlangen. Als Gegenleistung werden Sie mir für jedes Vorhaben zur Verfügung stehen, das mir vorschweben könnte, soweit es nicht im Widerspruch zu Ihren eigenen Plänen steht.«

»Jedes legale Vorhaben, Sir.«

»Wir haben einen zivilen Besucher hier, einen Derek Schiff. Er ist zwei Tage vor Ihnen auf Vlhan eingetroffen und hat die Botschaft aufgefordert, ihn bei der Suche nach seiner Tochter zu unterstützen.«

Die mehr als eine Million Tanzpilger auf Vlhan verteilten sich über den ganzen Globus. Jeder von ihnen hatte alle Bindungen an seine jeweilige Vergangenheit gekappt. Mein Magen drehte sich um bei dem Gedanken, ich müsste auch nur einen Bruchteil von diesen Leuten befragen, um ein Mädchen zu finden, das vielleicht nicht einmal hier war und so oder so nicht gefunden werden wollte. »Einen Moment mal …«

Croyd ließ sich durch meinen Versuch, ihm das Wort abzuschneiden, nicht zum Schweigen bringen. »Wir bekommen viele

Mitteilungen von Leuten, die denken, ihre vermissten Angehörigen könnten unter den Pilgern sein. Die bilden sich ein, wir hätten Zeit und Lust, an ihrer Stelle nach diesen Vermissten zu suchen. Aber Schiff ist hier, und Schiff hat Beziehungen spielen lassen, und die einzige Möglichkeit, ihn dazu zu bringen, mich in Ruhe zu lassen, war das Versprechen, dass wir einen Ihrer Leute auf den Fall ansetzen werden, sobald einer entbehrlich ist.«

Das war mehr als unverschämt. Meiner offiziellen Berufsbezeichnung innerhalb des Dip Corps zufolge war ich Sonderstaatsanwältin ohne spezielles Ressort, ein Titel, der mir erlaubte, mir meine Arbeit selbst auszusuchen, ohne befürchten zu müssen, für die Aufgaben irgendeiner anderen Person herangezogen zu werden. Auf keinen Fall hatte auf Vlhan oder in New London oder *sonstwo* irgendein halb irrer und total nackter Berufsbotschafter das Recht, meine Mission auf diesem Planeten zu stören, weil ihm die Notlage eines gepeinigten Vaters lästig war. »Ich habe mich um meine eigenen dringenden Angelegenheiten zu kümmern, Sir, Angelegenheiten, die wichtiger sind als ein vermisstes Mädchen.«

»Ich verlange keine Ergebnisse. Ich möchte nur, dass Sie sich einmal mit Schiff treffen, sich von ihm alle Informationen geben lassen, die er Ihnen geben will, und ihm versichern, dass Sie sich seine Sache zueigen machen werden. Wenn Sie wollen, können Sie die ganze Geschichte dann vergessen. Ehrlich, mir ist das völlig egal. Aber wenn Sie die Unterstützung meiner Leute wollen, dann werden Sie mir diesen kleinen Gefallen tun, damit ich nicht wieder damit belästigt werde. Ich muss nur daran denken, und ich bekomme Albträume.«

Mir ging es genauso. Ein kleines Mädchen mitten auf einem Schlachtfeld, die Seele beschmutzt, die Hände rot vor Blut. Und die Albträume, die diesem folgten: Gefangenschaft. Vergewaltigung. Töten, um zu überleben. Dem einen Zuchtmeister zu entfliehen, indem sie sich an einen anderen verhökerte. Die Erkenntnis, erst ein paar Monate alt, dass alles, was man ihr über ihre Herkunft erzählt hatte, eine Lüge war.

Und dann war da noch dieses furchtbare Schreckgespenst, das alles überschattete.

Der wahre Grund für meine Anwesenheit, gewaltiger als alles andere.

Die drohende Auslöschung der Menschheit.

KAPITEL ZWEI
SCHIFF

Aktuellen Informationen zufolge war Derek Schiff eine halbe Welt entfernt und belästigte dort die Menschen und Aliens, die sich oberhalb des östlichen Rands des Amphitheaters versammelten.

Dieser Schiff wusste, was er tat, so viel musste ich zugeben. Immerhin war das Amphitheater der einzige Ort, an dem er garantiert Gelegenheit haben würde, die Repräsentanten sämtlicher außerweltlicher Spezies anzusprechen, die die Vlhani studierten. Hier konnte er den Leuten auf die Nerven gehen und sie bedrängen, ihm etwas über den Verbleib seiner Tochter zu erzählen, ohne zuvor sämtliche Level der Bürokratie zu durchwandern, die die Mächtigen zwischen sich und den Leuten, die mit lästigen Anliegen an sie herantreten wollten, aufgebaut hatten. Aber wenn das der Kernpunkt seines Plans war, dann würde er nicht viel erreichen. Das Ballett war eben auch das Ereignis, das zu studieren all diese Diplomaten und Wissenschaftler auf diesen Planeten gekommen waren. Es fand nur einmal im Jahr statt, und morgen ging es los. Die diplomatische Gemeinde dürfte viel zu sehr mit ihren eigenen Angelegenheiten beschäftigt sein, um sich auch noch Sorgen um seine zu machen.

Ich grollte, weil ich zu der Person gemacht worden war, die sich der Formalität anzunehmen hatte, so zu tun, als kümmere sie das Ganze mehr als nur einen Dreck.

Immerhin waren wir keine zwanzig Minuten nach meinem Zusammentreffen mit dem mürrischen nackten Mann wieder in der Luft und auf dem Weg zum Amphitheater.

Hammersmiths Gleiter war ein verbeultes Modell ohne Dach, zum Himmel offen, aber durch einen ionischen Schild so gut vor

Wind und Elementen geschützt, dass ich kaum eine Bewegung wahrnahm. Sein ursprüngliches Elfenbeinweiß war stellenweise immer noch erkennbar, versank aber überwiegend in einem dumpfen Braunton – eine Folge der unzähligen Staubschichten, die zu entfernen sich niemand, der die Wüsten von Vlhan bereiste, allzu viel Zeit nehmen würde. Erfreulicherweise war neben unserem Gepäck noch genug Platz, sodass die Porrinyards und ich uns auf den Passagiersitzen ausstrecken und ein paar Minuten relativer Intimität genießen konnten, während Hammersmith allein über die Instrumente wachte.

Oscin Porrinyard vergeudete keine Zeit. »Und, stimmt es, was man über Croyd sagt? Hat er dich wirklich nackt empfangen?«

»Splitterfaser«, sagte ich.

Er war geschmacklos genug, eine interessierte Miene aufzusetzen. »Hat er wenigstens gut ausgesehen?«

»Ich fürchte nicht.«

»Angesichts seines Rufs hatte ich gehofft, er wäre so etwas wie ein exotischer edler Wilder voller Muskeln und Narben, die Sorte, die in den Abenteuergeschichten immer an faszinierenden und gefährlichen Orten landet.«

Die Porrinyards waren mir immer treu gewesen – abgesehen von dem, was sie miteinander taten, was allerdings in Anbetracht ihres gemeinsamen Bewusstseins als Masturbation gelten durfte –, aber es war unmöglich, sie von erotischen Träumereien abzuhalten. »Deine Geilheit zeigt sich deutlich, Schatz.«

»Nicht meine Geilheit, meine lebhafte Fantasie.«

»Croyd ist weder exotisch noch edel noch wild. Er ist nur zu traumatisiert durch das, was ihm zugestoßen ist, um Unterwäsche zu tragen.«

Sie seufzten gemeinsam. »Bis heute hatte ich angenommen, so eine traumatische Erfahrung treibt einen dazu, *mehr* Unterwäsche zu tragen, nicht weniger. Als Rüstung für den Fall, dass die entsprechende Region in Bedrängnis gerät.«

Die Landschaft, die unter uns vorbeihuschte, wurde staubiger, flacher und dann stacheliger, als wir über den Kamm eines gezahnten Gebirges hinwegflogen. Auf der anderen Seite dieser Trennlinie hatten die Launen des planetarischen Klimas eine ehemalige Wüste in eine Art Regenwald verwandelt, der von unzähligen Dunstwolken bedeckt war. Ein ausgedehnter See fing die Sonnen Vlhans ein, und die Reflexionen glitzerten wie Perlen reinen Lichts.

»Und dieser Derek Schiff?«, fragten die Porrinyards.

Ich erkannte den Unterton in der gemeinsamen Stimme und wusste, dass er Unheil bedeutete. Sie hatten sich von jeher stärker von ihren Leidenschaften treiben lassen als ich, vielleicht, weil ihre duale Natur sie doppelt so menschlich machte. »Wir können es uns nicht leisten, uns von ihm ablenken zu lassen.«

»Auch nicht, wenn wir helfen könnten?«

»Ganz besonders dann nicht, Liebes. Nicht, solange das mehr Zeit kostet, als wir erübrigen können.«

Sie starrten mich an, wussten, dass ich meinte, was ich sagte, wussten auch, dass es stets in ihrer Verantwortung lag, mich an die bessere Seite meiner selbst zu erinnern. »Er sucht seine Tochter.«

»Und?«

»Ich bin nicht überzeugt, dass ich in der Lage bin, einem besorgten Vater zu erzählen, wir hätten vor, ihm zu helfen, obwohl wir gar nicht die Absicht dazu haben. Und ich bin auch nicht sicher, ob du das kannst.«

»Wir müssen, Liebes. Wir haben keine Zeit, uns den Kopf über eine Familie zu zerbrechen.«

»Das weiß ich«, sagten die Porrinyards. »Aber wie kannst du nein sagen, wenn du nicht einmal weißt, was es hier gibt, dem du ein Ende machen sollst?«

Und das war der Knackpunkt. Wir hatten keine Antwort auf irgendwas.

Vor ungefähr einem Jahr, während einer ereignisreichen Woche, die ich auf und um den Planeten Xana verbracht hatte, hatten die KIquellen mich vor einem nicht näher spezifizierten Desaster gewarnt, das drohte, gleich zwei intelligente Spezies auszulöschen, und eine davon war die Menschheit.

Sie hatten mir gesagt, dass ich die Katastrophe nicht abwenden könne, ganz gleich, was ich auch täte. Der Verlust an Leben wäre so oder so entsetzlich.

Aber sollte ich die falsche Entscheidung treffen, dann wären beide Spezies dem vollständigen Untergang geweiht; traf ich die richtige Entscheidung, könnte es bei einer Überlebende und eine Chance zu einem Neuanfang geben.

Meine Beziehung zu den KIquellen zeichnet sich vorwiegend durch ihre Weigerung aus, mir zu erzählen, wohin ich mich wenden und was ich tun soll. *Schön. Vollständige Vernichtung. Danke für eure Hilfe.*

Meiner Reise nach Vlhan lag lediglich eine begründete Vermutung zugrunde, basierend auf etwas, das die KIquellen an dem Tag, an dem ich in ihre Dienste getreten war, zu mir gesagt hatten. ***Schauen Sie zurück zum Augenblick ihres persönlichen Albtraums. Finden Sie heraus, was sonst noch passierte, anderswo im Universum, zu jener Zeit, und seien Sie versichert: Das ist nicht nur eine Synchronizität. Es gibt ein Muster.***

Natürlich war es nahezu unmöglich, Synchronizität zu erkennen, wenn man es mit interstellaren Entfernungen zu tun hat, aber ich hatte mir die Daten und Zahlen reingewürgt und herausgefunden, dass das Massaker auf Bocai exakt zur selben Zeit wie eines der früheren Vlhani-Balletts stattgefunden hatte.

Aber nun, da ich hier war, hatte ich keine Ahnung, was ich als Nächstes tun sollte. Diese Mission am Rande, die Unterstützung von Derek Schiff, war das, was einem Wegweiser noch am nächsten kam. »Könnte es so einfach sein, Liebes? Könnte es wirklich auf dieses vermisste Mädchen hinauslaufen?«

»Wahrscheinlich nicht, aber es könnte darauf hinauslaufen, dass wir nicht die Art von Leuten sind, die es einfach im Stich lassen.«

Ich schnaubte verächtlich. »Du meinst, die Menschheit überlebt, wenn wir eine Art moralischen Test bestehen? ›*Wir erkennen nun, dass ihr etwas Besonderes seid, dass ihr euch in eurer Bereitschaft, Opfer zu bringen, von allen anderen Spezies im Universum abhebt …*‹ Blah, blah, blah, ich weigere mich, so etwas zu glauben. Das ist einfach zu sentimental, um es zu glauben.«

»Das ist mir bewusst, aber es ist auch alles, was mir bleibt.«

Wir flogen in die nächtliche Hemisphäre und konnten nicht mehr sehen, welche Landschaften wir passierten; nichts leuchtete zu uns herauf, da war weder künstliches Licht noch eine Reflexion eines Sternenhimmels.

Vor zwölf Jahren, als das Ballett nur ein bizarres außerirdisches Ritual war – faszinierend genug, dass die Holos und Neurecs, die von den Wissenschaftlern von der jährlichen Aufführung angefertigt wurden, sich als heiße Handelsware auf Zehntausenden von Welten erwiesen –, hatte sich niemand Gedanken über die moralische Seite gemacht. Ein Haufen außerirdischer Wanzen, die sich gegenseitig im Namen der Kunst abschlachten? Wie faszinierend – und übrigens, wenn du aufstehst, geh doch bitte in die Küche und hol mir was zum Knabbern.

Aber dann tauchte eine seltsame Frau namens Isadora auf, entschlossen, gemeinsam mit den Einheimischen aufzutreten und zu sterben. Sie bezeichnete das Ballett als ihr großes Werk, ihr Geschenk an das Universum, dessen wahre Bedeutung nicht bekannt werden sollte, ehe das letzte Ballett getanzt war, was erst in vielen Tausend Jahren geschehen würde. Sie behauptete außerdem, sie habe einen entscheidenden Fehler in der Darbietung der Vlhani entdeckt, den nur sie korrigieren könne.

Das ergab keinerlei Sinn. Es sollte gar nicht möglich sein, dass irgendein nicht dazu ausgebildeter Mensch den Vlhani auch nur seine Absichten erklären konnte, nachdem jahrzehntelange, harte Arbeit seitens zehn verschiedener intelligenter Spezies nicht gereicht hatte, unser aller Verständnis der Sprache der Vlhani über das Stadium bloßer Babysprache hinauszubringen. Aber Isadora fand einen Weg, sich mit den passenden chirurgischen Modifikationen auszustatten, und demonstrierte ein Verständnis für die Vlhani-Sprache, gegen die alles, was das Multi-Übersetzungsprojekt je erreicht hatte, schlicht verblasste.

Botschafter Dhijus logische Reaktion bestand darin, sie gewaltsam aus dem Ballett zu holen und zu ihrem eigenen Besten in Schutzhaft zu nehmen.

Dreißig Menschen starben, als die Vlhani im Gegenzug die Botschaft stürmten.

Isadora entkam und nahm an dem bereits laufenden Ballett teil. Sie starb, wie sie es ihren eigenen Worten zufolge beabsichtigt hatte, und wurde im ganzen bekannten Weltraum als so etwas wie eine tragische Heldin berühmt.

Nicht lange danach trafen Tanzpilger, entschlossen, in die Fußstapfen ihres Idols zu treten, auf Vlhan ein, erst in kleinen Gruppen von zwei oder drei Personen, dann zu Zehntausenden. Inzwischen gab es über eine Million von ihnen an diversen Orten überall auf Vlhan.

Früher an diesem Tag, noch bevor wir die Botschaft aufgesucht hatten, hatte Hammersmith uns zu ihrer größten Siedlung gebracht, einer Küstenstadt, die sie Nurejew nannten. Dort waren Zehntausende von ihnen gewesen und hatten in den Salzpfannen in der Nähe ihrer Zelte und Hütten sonderbare Tanzformationen aufgeführt. Sie waren alle geborene Menschen, aber die meisten hatten sich chirurgischen Modifikationen unterzogen wie der, die Isadora hatte vornehmen lassen, um ihre Körper für den Vlhani-Tanz zu rüsten. Menschlichkeit war also etwas, das sie alle Schritt für Schritt in unterschiedlichem Maß hinter sich gelassen hatten. Viele sahen dennoch recht normal aus, solange sie nicht tanzten. Für das bloße Auge manifestierten sich ihre Modifikationen lediglich in einer unnatürlichen Anmut und Athletik. Aber ich hatte auch eine Frau gesehen, deren Arme und Beine aussahen, als folgten sie Standardvorgaben, bis sie von irgendeinem Bedürfnis gepackt wurde und diese Glieder in Schlaufen und Wirbeln von dreißig Metern Länge herumschleuderte. Ich hatte einen Mann beobachtet, der seinen Rücken dreimal um die eigene Achse gedreht hatte wie einen Korkenzieher, ehe er den Hals um einiges länger ausstreckte, als ich groß war, und mit dem Kopf wedelte wie mit einer Flagge am Ende einer Stange. Und ich hatte Leute gesehen, die ihre menschliche Erscheinung einfach wie Kleidung, die sie nur zwischen ihren Auftritten trugen, abgelegt hatten und nur mehr aus Torsi bestanden, an denen sich schwarze Peitschen wie bei den Vlhani schlängelten. Da hatte es sogar ein Paar gegeben, das sich in Vlhani-Nachahmungen hatte umwandeln lassen. Von der Größe abgesehen unterschieden sie sich optisch nicht von den Einheimischen. Sie hatten menschliche Gehirne in diesen mächtigen schwarzen Köpfen, aber keine Gesichter, keine Sprechinstrumente, nichts, das sie mit der Spezies verband, die sie hervorgebracht hatte.

Es war unmöglich zuzusehen, wie sie mit ihren Modifikationen arbeiteten, sich bemühten, den wie auch immer gearteten Vorgaben zu genügen, die die Vlhani zur Bedingung für die Teilnahme an dem Ballett gemacht hatten, ohne Ehrfurcht angesichts ihrer Hingabe zu empfinden – gepaart mit Übelkeit angesichts der Frage, ob sie nun leibhafte Wunder oder doch eher ein menschliches Gräuel waren.

Wie schon Isadora glaubten auch sie, sie würden Teil von etwas werden, das größer war als sie. Sie alle glaubten, sie würden die Zukunft verändern. Sie alle behaupteten, die menschliche Sprache sei zu grob, um die grundlegenden Konzepte zu vermitteln, und dass wir als Menschen nicht über einen ausreichenden Wortschatz verfügten, um einen passenden Wortschatz hervorzubringen. Ich konnte mich nur jeglichen Urteils enthalten, während ich mir im Stillen wünschte, ich hätte je im Leben eine solche Gewissheit verspürt.

»Sie sollten vielleicht mal zur Seite raussehen«, sagte Hammersmith nun.

Ich machte mich auf das Schwindelgefühl gefasst und folgte seinem Rat, als er das Vehikel auch schon in Schräglage brachte, um den Blickwinkel zu verbessern.

Der halbmondförmige Lichtschein, der die Dunkelheit unter uns durchbrach, war kaum zu übersehen. Kleinere Lichtpunkte sammelten sich um ihn herum wie Leuchtkäfer, die von der Flamme angezogen wurden. Wenn ich die Augen etwas zusammenkniff, konnte ich auch Sterne erkennen, die sich in etwas spiegelten, das ich für eine Wasserfläche hielt. Es funkelte stärker, als es ein normales Sternenfeld tun sollte – eine optische Eigenart, die ich den verzerrenden Auswirkungen der Wellenbewegungen zuschrieb.

Die Porrinyards, die bei Dunkelheit besser sehen konnten als die meisten, erkannten gleich, dass ich vollständig daneben lag. »Das ist das Amphitheater, richtig? Und dieser große, hell erleuchtete Bereich muss da sein, wo die Beobachter ihre Aufzeichnungsgeräte aufstellen.«

»Das ist richtig«, sagte Hammersmith. »Wenn da unten alles so läuft wie in den vergangenen Jahren, ist die allgemeine Stimmung der Zuschauer von Vernunft gänzlich unbeeinträchtigt und treibt Panikblüten. Heute Nacht wird niemand schlafen.«

Ich runzelte die Stirn. »Warum kommt es mir so vor, als würde ich Wasser sehen?«

»Meinen Sie das Funkeln? Dort konzentrieren sich die Vlhani auf der Bühne und außerhalb. Ihr Chitin bildet eine perfekte Spiegeloberfläche für die Sterne. Sie flackern, weil sie unentwegt die Peitschen über die Köpfe schwingen.«

»Beeindruckend.«

»Sie müssten sie mal in großer Zahl bei Tageslicht erleben. Ich bin mehr als einmal über der Wüste unterwegs gewesen und geblendet worden, nur weil irgendein Vlhani, einen Kilometer oder weiter von mir entfernt, das Sonnenlicht auf diese Weise reflektiert hat. Nehmen Sie das mal tausend – da werden Sie erblinden.«

Wir hatten Blendungsdämpfer in unseren Taschen, und es war hilfreich zu erfahren, dass wir gut daran täten, sie herauszuholen und uns vor Tagesanbruch auf den Sonnenaufgang vorzubereiten.

Hammersmith ging tiefer. Wir konnten nun Peitschen über jedem dieser großen, schwarzen Köpfe erkennen; sie bewegten sich nicht mit der bedächtigen, liebenswürdigen Langsamkeit der Kreatur, die unbedingt meine Bekanntschaft hatte machen wollen, sondern mit einer Form rasender, hyperkinetischer Erregung. Etwas Milchig-weißes tauchte in dem Meer der Schwärze auf und verschwand wieder, ehe ich registriert hatte, dass es sich um eine nackte Frau handelte, die auf Beinen, dreimal so lang wie üblich, zwischen den Vlhani umherstolzierte. Sie musste eine der Tanzpilgerinnen sein, die die Vlhani für die diesjährige Veranstaltung auserwählt hatten. Unmöglich zu sagen, wer sie war, wo sie herkam oder wie sie zu dem Schluss gekommen war, der Tod auf einer fremden Welt sei das Beste, was sie aus ihrem Leben machen könne. Aber ihr Anblick, wie sie da in dem Gedränge der Vlhani-Leiber auftauchte und wieder verschwand, und das Bewusstsein, dass dieser Morgen eine Vorstellung versprach, in deren Verlauf sie in Stücke gerissen werden würde, reichte, um mein Herz mitfühlend pochen zu lassen.

»Wir müssen diesen Überflug kurz halten«, sagte Hammersmith. »Vlhani kümmern sich normalerweise kaum darum, ob irgendwas in ihren Luftraum eindringt, aber die da unten sind aufgewühlt und bereit, ihr Leben zu opfern. Wir sollten sie nicht dazu animieren, uns entgegenzuspringen.«

»Ist so was schon mal passiert?«, fragten die Porrinyards.

»Einer der Gleiter, die während des Massakers in Dhijus Botschaft gestartet sind, hat berichtet, er hätte einem Vlhani, der nach ihm gesprungen war, gerade noch ausweichen können. Der Vlhani ist, wenn ich nicht irre, zweihundert Meter senkrecht in die Luft gesprungen.«

»Dann«, sagte ich übertrieben höflich, »fühlen Sie sich auf jeden Fall frei, uns verdammt noch mal aus ihrer Reichweite zu bringen.«

Das reflektierte Sternenlicht schwand, kaum dass unsere Flugroute uns aus dem Luftraum über dem Amphitheater hinaustrug. Wir folgten einem Steilhang, der zu einer zerklüfteten Klippe wurde, die die Luft vor uns über Hunderte von Metern beherrschte, während wir in Richtung Gipfel aufstiegen. Ich dachte schon, der Felsen würde niemals enden, bis er plötzlich den Blick auf eine Reihe von Lichtern, Holocordern, Bewegungsdetektoren und Neurecverstärkern freigab, die auf einem erhöhten Platz mit Blick auf das Theater aufgebaut worden waren. Hinter den Gerätschaften waren etliche Hundert Leute zu sehen: Menschen und andere, die in Gruppen um den Fuß der Tribüne schlenderten, die für die Spezies aufgebaut worden war, die des Sitzens mächtig waren. Außerdem hatten sich einige reglose K'cenhowten in einer Reihe auf einer separaten Plattform aufgestellt, die für sie als die einzige Spezies, die nicht sitzen konnte, reserviert war. Dann sah ich noch einige KIquellen-Avatare herumschweben, ein Anblick, der mich veranlasste, verärgert das Gesicht zu verziehen.

Dutzende von Gleitern und anderen Fluggeräten verschiedener Fabrikate menschlicher oder anderer Herkunft standen in langen Reihen auf dem ebenen Gelände, etwa zweihundert Meter hinter dem Aussichtsplateau. Hammersmith fand einen Platz, der groß genug für uns war, und landete. Als wir den Boden berührten, sagte er: »Ihre Habe ist hier ausreichend sicher, aber außerhalb des Scheinwerferlichts ist es ziemlich dunkel. Sie sollten vielleicht einen Leuchtstab oder so was mitnehmen.«

»Ich komme auch so zurecht«, sagten die Porrinyards. Ihre vereinte Wahrnehmung verstärkte ihre so oder so schon überdurchschnittliche Nachtsicht um ein außergewöhnliches Urteilsvermögen. »Und du, Andrea?«

Mir behagte die Vorstellung nicht, meine Tasche auf der Suche nach einer Lampe zu durchwühlen. »Wird schon gehen.«

Hammersmith ging voran, was nicht nötig war, denn sogar ein Idiot konnte problemlos erkennen, dass der einzig denkbare Zielort dieser große, gut ausgeleuchtete, geradezu ins Auge springende Ort war, an dem ganz einfach *alle Lichter und Leute* versammelt waren. Oscin ging neben mir, Skye ein halbes Dutzend Schritte weiter hinten, eine Formation, die sie in ihrer nachrangigen Rolle als meine Personenschützer bevorzugten.

Die Luft war staubig, wärmer, als es ihr bei Nacht zustehen sollte, und angereichert mit einem beißenden Geruch, den ich nicht einordnen konnte. Vielleicht war es einfach die Mischung all der vielen Vlhani, die sich in so unmittelbarer Nähe aufhielten, vielleicht war es auch ein Geruch, der rein zufällig kennzeichnend für dieses Gebiet war. Mir sagte er so wenig zu wie die meisten planetarischen Gerüche, aber ich konnte damit umgehen.

Als wir uns der Tribüne näherten, begegneten uns Dienstverpflichtete aller möglichen Spezies, die Botengänge erledigten, welche eine Rückkehr zu ihren Fluggeräten erforderlich machten. Ein großer, schlanker Riirgaaner, in dessen unbewegliche Züge etwas gemeißelt war, das entfernt einem menschlichen Grinsen ähnelte, hastete auf seinen dreiteiligen Beinen vorüber und hielt kurz inne, um eine Verbeugung anzudeuten, als er Hammersmith erkannte. Ein langsamerer Bursteeni, der mir gerade bis zur Schulter reichte, watschelte hinter uns her, ohne uns die geringste Beachtung zu schenken – ein Verhalten, das bei seiner Spezies, die sonst durch exzessive Freundlichkeit glänzte, von großer Eile kündete. An einem ausgemergelten Tchi mit den üblichen weißen Locken, der ein durchscheinendes Gewand trug, kamen wir nicht vorbei. Er wurde auf uns aufmerksam und trat vor, um mir den Weg abzuschneiden. »Entschuldigen Sie, es fällt mir schwer, die beschränkte Auswahl menschlicher Gesichtszüge korrekt zuzuordnen. Sind Sie Counselor Andrea Cort, die Kriegsverbrecherin?«

Das entsprach dem Nennwert an Höflichkeit bei einer Spezies, die über etwa so viel Charme gebot wie eine Hand voll Reißnägel. »Ja. Und Sie sind?«

»Ich bin Cre Rhaig, Erster Referent meiner Delegation, und ich muss gestehen, ich bin nicht erfreut, Sie unter den Zuschauern zu finden.«

Ich bedachte ihn mit einem falschen Lächeln. »Warum nicht?«

»Es ist nur vernünftig, wenn ein Repräsentant einer zivilisierteren Spezies ungute Vorahnungen in Anbetracht des unangekündigten Eintreffens eines der berüchtigsten stumpfen Instrumente Ihrer Art zum Ausdruck bringt.«

»Und es ist nur vernünftig, wenn ich darauf einen Dreck gebe.«

»Ich fürchte, ich muss Sie nach Ihren Plänen an diesem Ort fragen.«

»Reichen Sie Ihr Anliegen bei der Hom.Sap-Botschaft ein, und ich werde dafür sorgen, dass Sie eine umfangreiche Erklärung erhalten, sobald die Information freigegeben ist.«

Rhaig wurde lauter. »Das ist nicht zufriedenstellend ...«

»Das Gleiche könnten Sie sagen, wenn ich Sie auffordere, mich am Arsch zu lecken.«

Ich fühlte überall an meiner Schulter die Spitzen unsichtbarer Dolche, die sich in meine Haut bohrten, als wir weitergingen, und es kümmerte mich wenig. Sie kennen doch bestimmt die Geschichten, die man manchmal über sympathische Tchi hört? Ich auch nicht.

Als wir um die Tribüne herumgingen, kamen wir in der Menge nur noch langsam voran. Wir passierten ein plauderndes Bursteeni-Paar und einige drahtige Menschen, deren schlangenartige Bewegungsabläufe darauf hindeuteten, dass es sich um Tanzpilger handeln mochte, die sich die Aufführung zusammen mit Freunden innerhalb der diplomatischen Gemeinde ansehen wollten. Zwei von Croyds Leuten, Frauen mit rasierten Köpfen, nickten Hammersmith zu. »Meine Damen«, sagte er. Einige Hundert Angehörige diverser intelligenter Spezies standen in kleinen Gruppen um die Aufzeichnungsgeräte herum oder gesellten sich rund um die Tribüne zu ihresgleichen.

Ich fing gerade an mich zu fragen, wie wir Derek Schiff in diesem Wahnsinn finden sollten, als einer der örtlichen KIquellen-

Avatare, ein schwarzes Viereck von einem Meter Kantenlänge, das einer hitzigen Diskussion zwischen einem Riirgaaner und einem Tchi beigewohnt hatte, das Problem löste, indem es herbeisauste, um mir von Angesicht zu Angesicht zu begegnen – oder wie immer man das Ding nennen mochte, das nun gerade kein Gesicht war. ***Seien Sie gegrüßt, Andrea Cort. Ich bin die KIquellen-Botschaft auf Vlhan. Man hat mich natürlich über Ihre Ankunft unterrichtet.***

Dass der Avatar sich als Botschaft vorstellte, nicht als Botschafter, überraschte mich nicht. Die KIquellen brauchten keine Häuser. Sie brauchten nicht einmal Avatare, es sei denn aus Gründen der Bequemlichkeit bei der Kommunikation mit uns organischen Typen. Der Umstand, dass dieser tat, als müsste er sich mir nähern, um mit mir zu sprechen, war lediglich ein Theater zur Wahrung von Hammersmiths Wohlbehagen, denn die KIquellen-Vertreter konnten jederzeit Verbindung zu mir aufnehmen. »Ich nehme an, Sie sind ganz begierig darauf, mir jede Unterstützung zuzusichern, die ich im Zuge meiner Mission auf dieser Welt benötigen könnte.«

Das war in der Tat meine Absicht.

»Dann hören Sie doch bitte auf, meine Zeit zu vergeuden, und helfen Sie mir. Sie wissen bereits, warum ich hier bin. Zeigen Sie mir diesen Derek Schiff.«

Einer der Vorteile im Umgang mit einem gesichtslosen Avatar ist, dass man, wenn man sich danebenbenommen hat, im Nachhinein nicht fürchten muss, man könnte seine Gefühle verletzt haben. Die KIquellen-Botschaft hob ab und segelte über die Köpfe einiger Tchi in der Nähe hinweg, ehe sie hinter einer Krümmung der Tribüne verschwand.

Hammersmith zeigte sich erschrocken. »Ich habe noch nie zuvor erlebt, dass jemand sich den KIquellen gegenüber unhöflich verhalten hat.«

»Das ist eben der Counselor«, sagte Oscin. »Ich habe aber noch nie erlebt, dass sie dem Wetter gegenüber unhöflich gewesen wäre.«

Etwa drei Minuten später sauste der Botschaftsavatar wieder herbei. ***Ich habe Derek Schiff und seine Mitarbeiterin Tara Fox gefunden. Sie versuchen, sich bei einem Volkszählungsexperten der K'cenhowten Hilfe zu holen. Inzwischen wissen sie von Ihrer Anwesenheit und wollen sich auf meinen Vorschlag hin in der oberen Sitzreihe am Ende dieser Tribüne mit Ihnen treffen. Wenn Sie sofort losgehen, sollten Sie in der Lage sein, zwei Minuten und siebzehn Sekunden vor ihrer Ankunft dort zu sein. Kann ich sonst noch etwas für Sie tun?***

»Nein, danke.« Ich drehte mich zu Oscin um und sagte: »Ich sehe keinen Grund, warum wir uns alle mit dieser Nebensache befassen sollten. Gib mir Skye mit, dann kannst du mit Hammersmith herumschlendern. Lass dich den Lokalmatadoren vorstellen und dir alle Fragen beantworten, die dir zu Bildungszwecken in den Sinn kommen.«

»Verstanden«, sagte Oscin.

Zu diesem Zeitpunkt stand Hammersmith mit offenem Mund da und war so baff, dass Oscin an seiner Schulter zerren musste, nur damit der Mann ihm folgte.

Skye kam zu mir, und in ihren Augen funkelte frohgemute Erkenntnis.

»Was?«, fragte ich.

»Du schamloses Luder. Da hast du doch tatsächlich vor dem armen Jungen angeben müssen.«

Skye und ich entdeckten ein freies Plätzchen, fast am Ende der obersten Sitzreihe der Tribüne. Dort saßen wir etwa zwei Minuten in behaglichem Schweigen, bis zwei Gestalten auf uns zukamen. Genau im Zeitplan. Eine der Gestalten war ein großer Mann mit einem Bauchansatz, die andere eine kleinere und jüngere Frau, die vielleicht ganz hübsch gewesen wäre, hätte sie sich ein Lächeln abringen können.

Der Mann trat bis auf fünf Schritte an uns heran und zögerte dann. »Counselor Cort?«

Ich erhob mich. »Korrekt. Derek Schiff?«

»Der bin ich.«

Verjüngungsmedizin machte es schwer, das Alter reicher Leute korrekt einzuschätzen, aber Schiff schien Ende vierzig zu sein. Er trug eine grüne Weste mit unzähligen Taschen und eine maßgeschneiderte graue Hose mit Staubflecken an den Knien. Sein Kinn war ein rundlicher Höcker auf der Vorderseite eines Kiefers, der über die breite Linie seiner Lippen herausragte. Seine Nase mühte sich heldenhaft um eine ähnlich prominente Position, versagte aber kurz vor der Vollendung. »Ich bin froh, dass Sie gekommen sind. Das ist meine rechte Hand, Counselor Tara Fox.«

Fox nickte, ohne jedoch ein Wort zu sagen oder ihre Miene ausreichend zu verändern, dass sie wenigstens mit einem übergeschnappten Riirgaaner hätte mithalten können. Ich schätzte sie auf jugendliche vierzig. Sie hatte olivfarbene Haut, schwarze Augen, volle, rote Lippen, eine hübsche, schmale Nase und Züge, so rein und unberührt vom Leben, dass man sie für glasiertes Porzellan hätte halten können. Ihr schwarzes Haar war feucht geglättet und so straff zurückgebunden, dass es ihr wohl nur unter Schmerzen möglich gewesen wäre, die Stirn zu runzeln. Ihr Haaransatz, eine sonderbare Parodie einer beginnenden Stirnglatze, war offenbar das Ergebnis einer Epilation oder einer regelmäßigen Rasur: Zwei helle Ovale zogen sich über den Kopf und umklammerten einen spitzen Ansatz, der so dünn und schmal wie ein Dolch auf der Stirn endete. Was immer ihre Arbeit für Mr Schiff beinhaltete, eine gewisse Ungeheuerlichkeit war offenbar Voraussetzung für den Job. Ich konnte die kalte Glut *fühlen*, mit der sie mich taxierte.

Aus paritätischen Gründen stellte ich nun Skye vor, Hände wurden geschüttelt, und wir setzten uns.

»Kommen wir gleich zum Punkt, Sir«, sagte ich. »Botschafter Croyd sagt, Sie vermissen Ihre Tochter.«

»Tja, das ist richtig. Merin wird schon eine ganze Weile vermisst. Ich hoffe, ich werde sie nicht *verlieren*.«

Ich zollte der Abgrenzung mit einem Nicken Anerkennung. »Und Sie denken, sie könnte bei den Tanzpilgern sein?«

»Dort wollte sie jedenfalls hin«, sagte Schiff, »als ich das letzte Mal von ihr gehört habe.«

»Was können Sie mir über sie erzählen?«

»Ich fürchte, so funktioniert das nicht, Counselor. Ich würde es vorziehen, wenn Sie mir erst einmal beweisen, dass Sie so gut sind wie Ihr Ruf und nicht nur eine weitere nutzlose Amtsträgerin, die mir die Zeit stiehlt. Was können *Sie* mir über sie erzählen?«

»Oje, jetzt geht's los«, murmelte Skye hinter mir.

Ich dachte einen Moment über die Frage nach und wickelte mir die einzige Locke meines Haars, der ich gestattet hatte, lang zu werden, um den Zeigefinger. »Ich wurde erst vor einer Stunde über ihr Problem in Kenntnis gesetzt und habe bisher kein Dossier, kein Holo, nicht einmal eine formlose Zusammenfassung der Informationen, die Sie vielleicht schon sammeln konnten, erhalten, daher habe ich Ihnen im Moment nicht mehr zu bieten als Vermutungen, basierend auf der vorhandenen Sachkenntnis.«

»Ich werde Sie nicht darauf festnageln.«

»Also gut.« Wenn er so erpicht auf Hinterzimmergespräche war, dann sollte er sie haben. »Ich nehme an, sie ist zwischen zwölf und zwanzig Jahre alt, Merkantilzählung. Sie wuchs als privilegiertes Kind in einer Umgebung der Macht auf, in einer Familie mit einem beträchtlichen, wenn auch nicht unbegrenzten politischen Einfluss. Ihr Bekanntheitsgrad ist allerdings auf Ihre Heimat begrenzt. Sie ist schön, klug, gut ausgebildet, zumindest aber besitzt sie eine beachtliche intellektuelle Neugier. Sollte sie eine politische Meinung haben, so ist diese progressiver als Ihre. Sie ist nicht selbstzerstörerisch oder emotionell gestört. Im Gegenteil. Sie halten sie für irregeleitet, idealistisch und naiv, eine Einstellung, die im Lauf der Jahre zu gewissen Spannungen geführt, ihre Beziehung aber nicht endgültig zerstört hat. Sie beide stehen einander sogar besonders nahe, weil ihre Mutter entweder tot ist oder aus anderen Gründen abwesend. Dass sie zu einem Zeitpunkt, zu dem Sie sich aus ganz alltäglichen Gründen an weit voneinander entfernten Orten aufhalten, verschwindet, ist etwas, womit Sie nie gerechnet hätten. Sie haben Monate, vielleicht Jahre, keine Spur von ihr gefunden, bis Sie eine Nachricht erhielten, in der Sie darüber informiert wurden, wohin sie wollte und warum. Soweit richtig?«

Schiff nickte ergrimmt. »Das ist bemerkenswert.«

»Es ist das Wesentliche. Ich kann ihr Alter auf Basis des Durchschnittsalters der Tanzpilger schätzen, die sich nach Vlhan einschleusen lassen. Ich kann den ökonomischen und politischen Status Ihrer Familie einschätzen, weil Sie die Reise hierher unternehmen konnten, was zumindest einen Chartervertrag erforderlich gemacht hat. Dass Sie einen gewissen politischen Einfluss haben, ergibt sich aus der Tatsache, dass Botschafter Croyd Ihnen Unterstützung zukommen lassen wollte, wogegen ich aus seinem mangelnden Interesse an den Ergebnissen dieser Unterstützung schließe, dass Ihr Einfluss nicht allzu groß sein kann. Ich kann mutmaßen, dass Ihre Tochter intelligent und intellektuell neugierig, nicht selbstzerstörerisch oder emotionell gestört ist, weil das dem typischen psychologischen Profil der Tanzpilger entspricht. Ich kann annehmen, dass sie im Vergleich zu ihnen politisch progressiv eingestellt ist, weil sie davongelaufen ist, was zumindest teilweise einem Aufbegehren gegen einen Vater gleichkommt, der es versteht, sich in den Häusern der Mächtigen Gehör zu verschaffen. Dass Sie sie in dieser Hinsicht für irregeleitet und naiv halten, habe ich aus der Tatsache abgeleitet, dass das genau das ist, was ein Mann in Ihrer Position denken würde. Und ich habe mir überlegt, dass Ihre Beziehung dadurch nicht kaputtgegangen sein kann, weil Sie *hier* sind, um sie zu suchen.«

Er nickte. »Wie konnten Sie sicher sein, dass ihre Mutter nicht ins Bild passt?«

»Wenn ihr Vater sich genug Sorgen um sie macht, um so weit zu reisen, in der Hoffnung sie zu finden, dann würde ihre Mutter das wahrscheinlich auch tun. Es sei denn, sie ist aus irgendeinem Grund abwesend. Natürlich ist es möglich, dass sie zu Hause geblieben ist, um sich anderen wichtigen Dingen zu widmen, beispielsweise anderen Kindern, aber ich habe meine Schlussfolgerungen auf Basis der verfügbaren Informationen gezogen und angenommen, dass sie keine Rolle spielt.«

»Sie haben recht genau getroffen«, sagte Schiff, ohne irgendwelche Gefühle zu zeigen. »Und die Umstände des Verschwindens meiner Tochter?«

»Wenn ich bedenke, wie viel Sie auf sich nehmen, um sie zu finden, dann kann ich mir nicht vorstellen, dass Sie die Art Mann sind, der sich dasselbe Haus mit seiner Tochter teilt und erst lange, nachdem sie fort ist, auf ihr Verschwinden aufmerksam wird. Wenn sie nicht erwischt werden wollte, brauchte sie einen Vorsprung. Das wiederum deutet entweder auf eine gewöhnliche Geschäftsreise Ihrerseits hin oder auf eine ebenso gewöhnliche auswärtige Übernachtung ihrer Tochter – irgendwelche unverdächtigen Umstände, die dazu geführt haben, dass Sie beide getrennt waren und keinen Kontakt hatten. Nachdem sie davongelaufen ist, brauchte sie immer noch Zeit, um Kontakt zu den unbekannten Parteien aufzunehmen, die für die chirurgischen Veränderungen der Pilger verantwortlich sind – oder, genauer, da sie vermutlich keine Ahnung hatte, wie sie diese Leute finden kann, ihnen Gelegenheit zu geben, sie zu finden und zu rekrutieren. Rechnen Sie dann noch die Zeit für die Operationen und den Genesungsprozess dazu, dann scheint ein Zeitrahmen von mehreren Monaten oder mehr nur vernünftig.«

»Es sind mehr als drei Jahre«, sagte Schiff. »Beinahe vier.«

»Das muss eine schwere Reise gewesen sein. Jedenfalls liefert die Tatsache, dass sie sich die Mühe gemacht und eine Möglichkeit gesucht hat, Sie wissen zu lassen, dass sie noch am Leben und auf dem Weg nach Vlhan ist, einen weiteren Hinweis darauf, dass Sie einander nahegestanden haben. Ich denke, das war alles, Sir.«

Schiff rieb sich die Schläfen mit Daumen und Zeigefinger einer Hand, eine Geste, die weniger mit Müdigkeit zu tun hatte als damit, dass er seine Augen bedecken wollte. »Nicht ganz. Sie haben gesagt, Sie wüssten, dass sie schön ist.«

»Ach das. Offen gestanden, Sir, das tue ich nicht.«

»Aber Sie haben gesagt …«

»Schönheit ist subjektiv, Sir, und verzeihen Sie, wenn ich das sage, die Chance, dass Ihre Tochter etwas in der Art geerbt hat, ist recht gering angesichts der genetischen Anlagen des Gesichts, das ich gerade ansehe. Die Wahrheit ist: Ich habe nicht die kleinste Spur einer Ahnung, wie sie aussieht. Sie könnte auch ein hässliches Weib sein, soweit ich es beurteilen kann.«

»Warum haben Sie dann gesagt, sie sei schön?«

»Ich habe mit Ihrem Vater gesprochen. Und es ist eine logische Deduktion, dass der Vater dieser Behauptung zustimmen würde, gleich wie die objektive Wahrheit auch lauten mag.«

Schiff sah sich zu seiner »rechten Hand« Tara Fox um. Sie war nach wie vor teilnahmslos, und ihr Gesicht verriet nichts über ihre Gedanken, ihre Gefühle oder ihr Seelenleben. Sie gab nicht das geringste Signal von sich, nicht einmal eine Augenbewegung oder ein Nicken. Aber Schiff schien zu erfahren, was er wissen musste, denn die Härte, die seine Haltung bis zu diesem Moment geprägt hatte, schmolz plötzlich dahin, und er murmelte: »Ich … ich hätte Ihnen wahrscheinlich sagen sollen …«

Ich hob die Hand, die Handfläche nach vorn. »Bemühen Sie sich nicht.«

»Was?«

Skyes Hand an meiner Schulter mochte eine Warnung gewesen sein, eine Bitte, ich möge mich beruhigen, ein Tadel oder sogar ein Flehen um einen etwas menschlicheren Umgang mit einem verzweifelten Elternteil: eine dieser Möglichkeiten oder alle auf einmal. In diesem Punkt sind die Porrinyards wie die meisten Leute, deren geliebter Partner eine reizbare Person ist: Sie glauben, die Reizbarkeit wäre reparierbar.

Aber ich wählte einen eisigen Tonfall und bedachte Schiff mit der ärgsten Verachtung, die ich zustandebrachte. »Ich habe mich Ihnen trotz meiner eigenen drängenden Angelegenheiten zur

Verfügung gestellt, und trotzdem haben Sie dieses Gespräch damit begonnen, von mir zu verlangen, dass ich mich aufführe wie ein dressierter Affe. Dergleichen habe ich in meinem Leben oft genug erlebt, und ich verübele es Ihnen ausreichend, um Ihnen die schlichte Wahrheit zu sagen: Ich bin nicht daran interessiert, Ihre Tochter zu finden …«

KAPITEL DREI
VOR DEM GEMETZEL

Halb erwartete ich, dass Schiff sich auf mich stürzen oder zu fluchen anfangen oder sich auf die bei Wichtigtuern beliebte Krücke stützen würde, die grantige Frage *Wissen Sie eigentlich, wer ich bin?*

Aber er sagte nur: »Darf ich fragen, warum nicht?«

»Gewiss. Ich habe Wichtigeres zu tun.«

Nun wurde er wütend. »Ich schätze es nicht, wenn Sie meine Tochter als unwichtig bezeichnen.«

»Ich bin überzeugt, für Sie ist sie sehr wichtig, Sir. Sie sind ihr Vater. Aber für mich ist sie lediglich ein Störfaktor, eine Unterbrechung meiner Arbeit. Ich sehe keinen Grund, alles stehen und liegen zu lassen, um Ihnen zu helfen.«

Er klappte den Mund auf und schloss ihn wieder mit einem hörbaren Schnappen.

»Die gute Nachricht«, sagte ich, solange er noch damit beschäftigt war, meine letzten Worte zu verdauen, »ist, dass Sie immer noch eine Chance haben, mich zu überzeugen.«

»Was wollen Sie, Counselor? Schmiergeld? Ich verspreche Ihnen, ich bin wohlhabend genug, mir das leisten zu können.«

Hätte ich meine eigene Unmenschlichkeit wirklich feiern wollen, dann hätte ich ihn vielleicht ausgelacht. Die Reichtümer, die während meines kurzen Besuchs von Xana auf meinem Konto gelandet waren, waren mehr, als ich während eines ganzen Lebens in Diensten des Dip Corps hätte verdienen können, mehr als genug, um mir einen langen, faulen und langweiligen Ruhestand zu finanzieren, wäre es denn das, was ich wollte. »Sie können damit anfangen, mir zu erzählen, wer Sie sind und warum Botschafter Croyd Sie für wichtig genug hält, Sie zu besänftigen, aber nicht für wichtig genug, Ihnen zu helfen.«

Erneut warf Schiff Fox einen Blick zu, und erneut schien sie keine Reaktion zu zeigen. Wie immer das Verhältnis zwischen den beiden aussehen mochte, er schien keinen Zug ohne sie zu tun. Aber wenn zwischen ihnen irgendeine Form der Kommunikation stattfand, dann auf einer Ebene, die subtiler als alles war, was ich wahrnehmen konnte. »Ich bin ein reicher Mann. Ich bin innerhalb meiner Branche berühmt. Aber meine Verbindungen sind nicht der Rede wert. Und etwas anderes habe ich auch nie gewollt.«

Sollte mich doch der Teufel holen, ich glaubte ihm. »Was, genau, machen Sie, Mr Schiff?«

»Ich bin Fabrikant.«

»Wovon?«

»Unter anderem Schiffskomponenten.«

»Irgendwelche Produkte, die der Geheimhaltung unterliegen oder sonstwie heikel sind?«

Das entlockte ihm ein grimmiges Lachen. »Weniger.«

»Überlassen Sie die Beurteilung mir.«

Was nun folgte, umfasste mehr Einzelheiten, als ich brauchte und erst recht mehr, als ich mir gewünscht hätte. Kurz gesagt stellte seine Firma Zubehörteile für den planetaren Raumflug her. Nicht für den interstellaren, wohlgemerkt. Mit interstellaren Schiffen hatte Schiff absolut nichts zu tun. Das Gleiche galt für Blaugelkrypten, spezifische Gravitation oder den Post-C-Antrieb; all das hatten Leute oberhalb seiner Einkommensklasse an sich gerissen, Leute, zu denen auch meine eigenen, mir entfremdeten Verwandten, die Bettelhines, gehörten. Das systeminterne Feld beackerte er exklusiv, aber selbst da gab es nichts, was unter Hochtechnologie fiele. Er war nur ein Subunternehmer, ein Lieferant von Gestaltungselementen, die nichts damit zu tun hatten, ein Schiff dazu zu bringen, von *hier* nach *hier* zu fliegen, sondern nur dazu dienten, den Kurzstreckenpassagieren einen bequemen Ort zum Schlafen oder zum Scheißen zu bieten, wenn sie nicht gerade im Speiseraum saßen und sich den Bauch vollschlugen oder auf dem Aussichtsdeck herumgammelten.

»Und Sie *schwören* mir, dass das alles ist, was Sie tun?«

Schiff sah mich an wie ein Schatzjäger, dessen Beute nicht groß genug war, seine Auslagen zu decken. »Ich bin auch noch als Mittelsmann bei Projekten anderer tätig.«

»Worum geht es dabei, Sir? Könnte es da sensible Bereiche geben?«

»Möglich ist das immer. Zu meinen wichtigsten Klienten gehören etwa ein Dutzend Konzerne in Privat- und Regierungsbesitz, von denen die meisten unter hohen Sicherheitsmaßnahmen arbeiten. Aber ich bin dabei kaum mehr als ein Vermieter, der die Gebäude zur Verfügung stellt, und habe nie etwas getan, das heikel genug wäre, mir einen Grund zur Verschleierung zu liefern. Glauben Sie mir, Counselor: Wenn Croyd mich behandelt, als wäre ich nicht wichtig, dann tut er das, weil ich nichts weiter bin als ein Vater, der sich um seine Tochter sorgt.«

Ich deutete auf das Amphitheater. »Sie wissen, dass dieses Gespräch rein akadamischer Natur sein könnte. Wenn Ihre Tochter bereits dort unten ist und im diesjährigen Ballett tanzt, dann ist es zu spät, noch irgendetwas zu ihrer Rettung zu unternehmen.«

»Der Gedanke ist mir auch gekommen. Aber alle Experten, die ich befragt habe, haben mir versichert, das sei unwahrscheinlich. Ein durchschnittlicher menschlicher Pilger braucht Jahre, um die diversen Prüfungen hinter sich zu bringen, die die Vlhani von allen fordern, die sich um die Teilnahme bewerben. Noch dürfte Zeit sein, mit ihr zu reden, sie eines Besseren zu belehren oder, wenn das nicht klappt, dafür zu sorgen, dass ihr die Entscheidungsfreiheit genommen wird, einen derart irrsinnigen Weg weiterzugehen.«

»Dann drängt es nicht, und Sie *brauchen* meine Hilfe nicht.«

Wieder wurde er ärgerlich. »Das ist eine ziemlich zirkuläre Logik, Counselor. Sie können mir nicht helfen, wenn es drängt, und Sie wollen nicht, wenn es nicht drängt.«

Ich sah mich zu Skye um und erkannte in dem Moment, in dem ich es tat, dass ich gerade eine unbeabsichtigte Parodie von

Schiffs offenkundiger Abhängigkeit von Fox ablieferte. Sie schaute blasiert drein, eine Miene, die die Porrinyards gern zur Schau trugen, wenn sie mir im Streit überlegen waren.

Das ist das Problem. Ich bin bekannt dafür, dass ich bei einem Streit die Oberhand behalte. Man könnte behaupten, dass das eines der wenigen Dinge ist, in denen ich wirklich gut war. Aber die Porrinyards waren mir zahlenmäßig überlegen, selbst wenn ich nur mit einem von ihnen zusammen war und ganz besonders dann, wenn sie mich mal wieder besser kannten als ich selbst.

Verflucht.

Ich hatte keine *Zeit* für so etwas.

Ich rieb mir die Nasenwurzel und fühlte mich so erschöpft, als hätte ich die interstellare Reise von New London bis zu diesem Aussichtspunkt zu Fuß hinter mich gebracht.

Schiff musterte mich mehrere Sekunden lang. »Sie sehen müde aus.«

»Ich bin müde.« Nicht physisch, sondern im Kern meines Wesens.

»Soweit ich gehört habe, sind Sie erst vor ein paar Stunden auf diesem Planeten angekommen.«

»Etwas mehr als ein paar. Es ist schon beinahe ein Tag vergangen.«

»Und Sie müssen sich um Ihre eigenen Angelegenheiten kümmern, worum es dabei auch gehen mag.«

Ich konnte nicht glauben, dass diese Störung kurz davor war, einfach zu verschwinden. »Es tut mir leid, Sir, ich kann meine Mission hier nicht offenlegen, aber sie ist wirklich wichtiger, als Merin je für irgendjemanden anderen als einen direkten Angehörigen sein könnte.«

Abrupt stand er auf. »Dann werde ich Ihnen jetzt etwas sagen. Soweit wir einer Meinung sind, dass die Sicherheit meiner Tochter heute Nacht nicht gefährdet ist und derzeit so oder so nichts getan werden kann, macht es im Grunde nichts aus, wenn wir dieses Gespräch verschieben, bis das Ballett vorbei ist. Kümmern Sie sich um Ihre Angelegenheiten, ich werde sehen, ob ich irgendetwas finde, das wichtig genug ist, damit Sie Ihre Meinung ändern, und wir einigen uns darauf, uns in zwei Tagen wieder zu sprechen. Vielleicht fällt Ihnen bis dahin noch etwas ein.«

Sein plötzlicher Rückzug machte es mir schwer, mir irgendeinen vernünftigen Einwand einfallen zu lassen. »Einverstanden.«

Er streckte den Arm vor, und ich erkannte verblüfft, dass er mir die Hand zum Handschlag bot.

Ich dachte daran, dass seine Tochter seit Jahren verschwunden war. Das mochte nicht reichen, damit der Schmerz über ihren Verlust aufhörte, aber es reichte, damit die erste, unsägliche Panik einer eher schicksalsergebenen, pragmatischen und vermutlich weniger niederschmetternden Furcht wich. Wahrscheinlich war der Mann während des größten Teils der letzten Jahre von einer Hoffnungsinsel zur nächsten gesegelt, und ich war auch nichts anderes. Ich war nicht verheißungsvoller als all die anderen, die sich als kahle Felsbrocken erwiesen hatten.

Aber das erklärte immer noch nicht, warum er so bereitwillig nachgab.

Ich schüttelte erst ihm, dann Fox die Hand und sah verwirrt zu, wie die beiden die Tribüne hinunterkletterten und mit dem Wirbelsturm regen Treibens um uns herum verschmolzen. Keiner von beiden sah sich noch einmal um. Das Letzte, was ich von Schiff sah, war, dass er einen kleinen, rundlichen Bursteeni begrüßte, der ihm die Hand auf die Schulter legte und ihm mit nachdrücklichem Wohlwollen zunickte. Schiff legte dem Bursteeni die Hand auf den rechten Arm und antwortete nicht minder lebhaft, aber auch nicht weniger bekümmert als während seines Gespräches mit mir.

Skye knuffte mich in den Arm. Sie trug ihr Andrea-Gesicht. Das ist eine Miene, die die Porrinyards bisweilen aufsetzen, wenn sie sich gemüßigt sehen, meinen üblichen, abweisenden Gesichtsausdruck nachzuahmen: die Brauen zusammengezogen, der Blick starr, die Lippen so zusammengepresst, dass sie nicht mehr zu sehen waren.

Es spricht nichts gegen eine entschlossen gehässige Haltung wie meine, soweit sie dazu dient zu verhindern, dass ich mich fühle wie eine blöde Kuh. »Was?«

Sie ließ die Maske fallen und setzte stattdessen eine Miene auf, die irgendwo zwischen Liebe und Mitleid angesiedelt war. »Ich verstehe, warum der Mann so ein erfolgreicher Geschäftsmann ist.«

»Wovon redest du? Ich habe mich geweigert, ihm zu helfen.«

»Ja, so scheint es. Aber er versteht, unbewusste Signale zu deuten, wenn er sie vor sich hat.«

»Ach, tatsächlich?«, gab ich zunehmend verärgert zurück. »Und was für ein Signal soll das gewesen sein?«

Sie verblüffte mich mit einem Kuss. »Ich liebe dich.«

»Was für ein Signal?«

»Später – Oscin hat jemanden aufgetrieben, mit dem du reden musst.«

Für die Tänzer war dies ihre Pilgerfahrt, ihr Mekka, ihr Weg in das gelobte Land, das sie mehr schätzten als das Leben. Auch wenn ich das für genauso verrückt hielt wie alle anderen Religionen, konnte ich nicht umhin, eine gewisse, nicht greifbare Spannung wahrzunehmen, die sich um uns herum aufbaute – wenn nicht aufgrund der Bedeutung, die so viele diesem Ereignis zumaßen, dann zumindest durch die hohen Erwartungen, die Aufregung, das Wissen, dass wir hier waren, um ein erhabenes Geschehen zu verfolgen und aufzuzeichnen. Für die wissenschaftliche Gemeinde war dies ein quantifiziertbares Puzzle. Es gab Maschinen, die die Anzahl toter Vlhani anhand des Aromas des vom Wind aufgefangenen Blutes, gemessen in Teilen pro Million, kalkulieren konnten. Andere zeichneten jeden flüchtigen Peitschenhieb auf und konnten unterscheiden zwischen denen, die der Kommunikation dienten, und der Kakophonie fehlgeleiteter Signale, die nur zufällig zutage traten, wenn die Peitschen sich unter Schmerzen krümmten. Wieder andere steuerten Tausende von Kameras, so groß wie Moskitos, um wirklich jede Bewegung der Tänzer zu verfolgen und zu archivieren, sodass später jede qualvolle Regung ausgewertet werden konnte. Und dann waren da noch die Diplomaten, die Leute, die die Mauern zwischen den Nationen überbrückten und versuchten zu verhindern, dass dieser brisante Ort zu einem Krisenherd wurde.

Botschafter Vilissin Hurrr'poth von der riirgaanischen Delegation – der bereits lange Zeit der diplomatischen Gemeinde auf Vlhan angehört hatte, ehe der erste menschliche Tänzer das Amphitheater betreten und dafür gesorgt hatte, dass sich dieses Objekt wissenschaftlicher Neugier zu einem diplomatischen Spannungspunkt entwickelte – war in den folgenden Jahren immer wichtiger geworden und nun der Hauptkontrahent des Dip Corps hinsichtlich der Bemühungen, menschliche Tanzpilger der Rechtssprechung der Konföderation zu unterstellen. Als ich ihn erstmals sah, sprach er in seiner Sprache mit einem anderen Riirgaaner, einem, dessen ständige Verbeugungen nach jedem einzelnen Satz, den der höhergestellte Riirgaaner sprach, ihn nicht nur als Untergebenen kennzeichneten, sondern auch als einen besonders unterwürfigen. Bald darauf huschte er von dannen, ohne uns auch nur anzusehen, was Oscin Gelegenheit gab, Hurrr'poth seinerseits eine Frage in derselben Sprache zu stellen. Hurrr'poth antwortete in perfektem, akzentfreiem Hom.Sap-Merkantil. »Hier draußen gehen ungewöhnliche Dinge vor.«

»Welcher Art?«

»Normalerweise nähern sich alle Einheimischen von der gegenüberliegenden Seite … aber heute scheinen ein paar Gruppen vom Kurs abgekommen zu sein. Wir wissen nicht, ob sie sich verirrt haben oder einfach einen, Sie nennen das Umweg, machen, um irgendwelchen Hindernissen in der Wüste auszuweichen … Jedenfalls behalten wir sie im Auge.« Er nickte mir zu. »Ich glaube, ich erkenne Counselor Andrea Cort. Es ist mir ein Vergnügen.«

Die nach menschlichen Maßstäben großen, aber nicht riesigen

Riirgaaner sind schlaksige Zweibeiner mit dreifach segmentierten Armen und Beinen, die an einem Torso hängen, der etwa so groß ist, wie es der eines Menschen inklusive Brustkorb, aber ohne Unterbauch wäre. In meinen Augen sahen sie aus diesem Grund von jeher zerbrechlich aus, beinahe so, als würde sie schon ein kräftiger Windstoß umhauen, aber sie sind nicht nur zäher, als sie aussehen, sie sind auch schneller, stärker und um einiges gelenkiger. Ihre Augen waren kohlrabenschwarze Murmeln, die Gesichter starre Masken, ausdruckslos, abgesehen von dem Mund, der, ähnlich wie der der ausgestorbenen Delphine, der Linie eines menschlichen Lächelns folgte – ein Grund, warum die gesamte Menschheit nie Probleme hatte, ihnen ihre liebenswürdige Fassade abzunehmen.

»Verzeihen Sie, Sir«, sagte ich. »Sind wir uns schon einmal begegnet?«

Hurrr'poth trällerte – das arttypische Äquivalent eines Lachens. »Nein, Counselor. Sie haben einmal einen entfernten Verwandten von mir im Vorfeld einer Anhörung auf dem Planeten Catarkhus befragt, einen Vighinis Mukh'thav. Aber da mir die begrenzten Möglichkeiten des menschlichen Auges bewusst sind, glaube ich nicht, dass Sie imstande sind, eine besondere Ähnlichkeit zwischen uns zu erkennen.«

Ich hatte Probleme, mich an Mukh'thav zu erinnern, einen unbedeutenden Amtsträger, der kränkelte, als ich ihm begegnet war. »Wie geht es ihm?«

Hurrr'poth legte den Kopf schief. »Nicht gut, fürchte ich. Das ist für jene unter uns, die sich hinauswagen, um Umgang mit Aliens zu pflegen, von jeher eine große Gefahr gewesen: Manchmal erschöpfen wir unsere geistige Anpassungsfähigkeit.«

Das Wort *Aliens* war hier schlicht eine Frage des Blickwinkels, denn Mukh'thavs großes Problem waren die psychologischen Auswirkungen nach der Aufdeckung einer Gräueltat, begangen durch einen Angehörigen meiner Spezies.

Ich nahm es nicht übel und zeigte auf das Gewimmel in dem

Amphitheater unter uns. »Sie scheinen im Umgang mit *denen* gut zurechtzukommen.«

»Ich hatte schlimme Tage, Counselor.«

»Das Massaker in Dhijus Botschaft?«

Ein trauriges Seufzen aus dem Mund eines Riirgaaners hatte große Ähnlichkeit mit dem eines Menschen. »Ja, das war einer der schlimmsten.«

»Waren Sie dabei, als es passiert ist?«

»Nein. Ich hatte das Glück, zu diesem Zeitpunkt eine halbe Welt entfernt zu sein. Dennoch war das ein entsetzlicher Tag. Und auch wieder nicht, wenn ich es recht bedenke ... denn so fürchterlich und vermeidbar dieser Verlust an Leben war, das Ereignis ging auch mit einer lebhaften Demonstration der eigentümlichen Fähigkeit zum Heroismus Ihrer Spezies einher.«

»Botschafter Dhiju?«

Sein Schaudern war höchst menschlich. »Nein. Der Mann war nur ein Idiot, der seine eigenen Leute in Gefahr gebracht hat. Der größte Schrecken in meinem Leben ist, dass ich ihn unabsichtlich zu dieser Torheit ermuntert haben könnte, indem ich ihm genau das gesagt habe. Aber es gab zahlreiche Beispiele unter den Botschaftsangehörigen, Leute, die ihr Leben für ihre Kameraden riskiert haben oder für Isadora, diese arme junge Frau, die das alles ausgelöst hat. Wenn Sie nach diesem Gespräch nicht mehr als das über mich wissen sollten, seien Sie doch versichert, Counselor, dass das, was ich damals gesehen habe, meine so oder so schon beachtliche und sogar für meine Art außergewöhnliche persönliche Zuneigung zu Ihrer Spezies zementiert hat.«

Mir kam das eher vor wie das übliche leere Gefasel eines Diplomaten, der seine große Zuneigung gegenüber dem Repräsentanten einer Nation kundtat, die er mit der gleichen Begeisterung bekämpft hätte.

Aber die Porrinyards hatten offenbar etwas anderes wahrgenommen. »Und woher rührt ursprünglich Ihre Zuneigung, Sir?«

»Wussten Sie das nicht? Das ist weithin bekannt, zumindest in der diplomatischen Gemeinde auf diesem Planeten. Ich habe einmal ein verwaistes menschliches Kind aufgenommen und großgezogen wie meine eigene Tochter.«

Die meisten Leute, die davon erstmals hörten, hätten wohl nicht das Gesicht verzogen.

Hurrr'poth war meine Mimik nicht entgangen. »Es gibt keinen Grund, in meiner Gegenwart Zurückhaltung zu üben, Counselor. Mir ist bereits bekannt, dass Sie als Kind ebenfalls mehrere nichtmenschliche Wesen zu ihrer Familieneinheit gezählt haben und dass das für Sie alle schlimm geendet hat. Anders als viele Ihrer eigenen Art sehe ich darin keine Charakterschwäche Ihrerseits. Einstweilen freue ich mich, mich Ihnen als Informationsquelle anzubieten. Gibt es irgendetwas, das Sie gern wissen würden?«

Die Fragen, die mir derzeit durch den Kopf gingen, gehörten überwiegend zu der Sorte, die zu stellen ich nicht bereit war. »Ich sammele immer noch Hintergrundinformationen, Botschafter. Jeder Überblick, den Sie mir liefern können, wäre hilfreich.«

»Dann wird mir das eine Ehre sein.«

Er drapierte einen Arm um meine Schultern und führte mich einige Schritte näher an den Rand der Klippe heran.

Der Ausblick war schwindelerregender, als mir lieb war. Ich hätte die relative Sicherheit der Tribüne doch sehr geschätzt. Die hätte mir die gleiche Aussicht geboten, aber aus einer Entfernung, die weniger geeignet gewesen wäre, eine höhenängstliche Person durch einen drohenden Sturz vom Wesentlichen abzulenken. Aber das Amphitheater trug seinen Namen nicht ohne Grund. Die andere Seite, die, auf der die Vlhani eintraten, war nichts weiter als ein steiler Hang, der hinunter zu einer ebenen Talsohle führte. Unsere Seite bestand aus einer vertikalen Klippe, von der aus es mehr als hundert Meter in die Tiefe ging, ehe sie in eine sanftere Kurve überging, die schließlich in der Talsohle auslief. Der gefährlichste Punkt war noch ein Dutzend

Meter vor uns, aber hier ging es bereits bergab, und ich hatte nicht die Absicht, näher an den Rand heranzugehen, als Hurrr'poth mich schon herangeführt hatte. Meine Fantasie machte bereits Überstunden und ersann unzählige Möglichkeiten, wie ich den Halt verlieren und auf einer Lawine aus Schmutz und Gestein über den Rand des Abgrunds hinausreiten würde.

Jedes Hindernis, das die paar Meter Gestein vor unserer Sicht aufbauen mochten, wurde durch die bloße Größe des natürlichen Amphitheaters ausgeglichen. Unter uns, gleißend hell durch das reflektierte Licht der Sterne, wallten mit absoluter Perfektion Tausende von Peitschen über Tausenden von kugelrunden Köpfen und bildeten ein Bewegungsmuster, das wellenförmig über die Massen hinwegglitt. Die gelegentlichen Kollisionen hallten mit metallischem Klirren zu uns herauf. Und so nahe am Rand schien sich die Luft erneut zu verändern. Sie war staubig, ranzig und angefüllt mit den Erinnerungen an vergangene Gemetzel.

Hurrr'poth drückte meine Schultern auf eine besänftigende Weise, die ich einem menschlichen Wesen keinesfalls zugestanden hätte. »Was Sie da sehen, meine Liebe, ist das größte Mysterium, das intelligente Lebewesen je gesehen haben.«

»Sie meinen das Ballett.«

»Nicht nur das Ritual, Counselor. Viele empfindungsfähige, intelligente Spezies betreiben auf die eine oder andere Weise Massenselbstmord, auch Ihre eigene. Und normalerweise ist das eine simple, elende und ganz einfach hässliche Angelegenheit: eine Manifestation des Wahnsinns. Wäre das auch in diesem Fall schon alles, dann würden nur wenige auch nur eine Stunde ihres Lebens daran vergeuden. Es gibt auch eine große Anzahl von Spezies, die, wie die Vlhani, Tanz als eine Form der Kommunikation nutzen. Und wieder gehört auch Ihre Art dazu. Aber diese spezielle, choreographische Sprache ist mehr – ein Code, der mehr Daten enthält als jedes auf Worten basierende System technisierter Zivilisationen. Soweit wir es erkennen können, ist sie sogar komplexer als jeder von künstlichen Intelligenzen genutzte Code. Sogar die KIquellen behaupten, sie seien außerstande, diese Sprache zu übersetzen.«

Du kennst sie nicht so gut wie ich, Botschafter. Die lügen so selbstverständlich, wie du und ich atmen. »Fahren Sie fort.«

»Nun, die Vlhani verfügen über einige einfache symbolische Gesten zur Darstellung schlichter Ideen, was erfreulich ist, denn es ermöglicht uns zumindest auf niedriger Ebene eine Interaktion mit ihnen. Aber das meiste von dem, was Sie sehen, wenn ein Individuum seine oberen Peitschen schwingt, ist ein hochentwickeltes System der Übertragung komplexer Bilder in Wellenform. Die messbare Bitrate jedes beliebigen Austausches ist so vollgestopft mit Einzelinformationen – von denen wir ein paar isolieren können, aber die teuflisch viele Zeit, die für die Übersetzung nötig wäre, hatten wir bisher nicht –, dass sie ein ganzes Netzwerk verwandter Ideen offenbart, alle dargestellt als dreidimensionale Bilder von frappierender Komplexität. Sie tauschen keine Gedanken aus. Sie tauschen bei jedem Satz das Äquivalent ganzer planetarer Bibliotheken aus. Wissen Sie, wozu sie das machen, Counselor?«

»Warum erzählen Sie es mir nicht?«

»Nun, unter anderem sind sie die intelligenteste organische Spezies, die je entdeckt wurde. Das ist keine Theorie, das ist eine messbare Tatsache. Und bis auf ein paar Tausend Meme, die zusammen gerade so etwas wie Babysprache ergeben, haben all unsere Studien uns keine Vorstellung davon liefern können, was sie sagen.«

Die Porrinyards, die uns an den Rand der Klippe gefolgt waren, fragten: »Woher wissen wir, dass sie nicht einfach geschwätzige Langweiler sind, die nur unnützes Zeug schwafeln?«

»Das ist natürlich eine Möglichkeit. Sie müssen nicht viel Zeit in Diplomatenkreisen verbringen, um herauszufinden, dass das Maß an Quasselei in jedem beliebigen Informationsaustausch keinen Aufschluss über seine Tiefe gibt. Ich habe einmal die Essenszeit in der Lounge einer Verkehrszentrale verbracht und mit großer Faszination zugehört, wie sich zwei junge Menschenmänner gegenseitig mit farbenfrohen Beschreibungen der Milchdrüsen einer bestimmten jungen Frau erfreuten, die ihnen gerade begegnet war. Das Ausmaß der menschlichen Fähigkeit zur Selbstdarstellung war amüsant. Aber nichts von all dem enthielt mehr nützliche Informationen als die ursprüngliche Wertung: ›*Tolle Titten.*‹«

Die Porrinyards verbargen ihr gemeinsames Grinsen hinter gespreizten Fingerspitzen. »Ich glaube, ich war auch in dieser Lounge.«

»Bestimmt. Aber da kommen wir zu dem anderen unlösbaren Rätsel der Vlhani.« Er breitete seine Arme aus, als wollte er das ganze Spektakel in der Tiefe umfassen. »Warum scheint sich alles um diesen Tag zu drehen, an dem sich so viele zum Sterben versammeln?«

Die nachfolgende Stille war nahezu vollkommen, bis Oscin allein das Wort ergriff. »Vielleicht reden sie nur über Titten, für die sich zu sterben lohnt.«

Ich hätte ihm am liebsten eine reingehauen, aber er stand hinter Skye. Als mir endlich klar wurde, dass ich ebenso gut sie hätte schlagen können, war der Moment schon vorüber.

Hurrr'poth trällerte nur. »Ich liebe Ihre Spezies wirklich ... Die Quintessenz, Counselor, lautet, dass die herausragendsten Exolinguisten von zehn Spezies dieses Ritual seit Jahrzehnten studieren und doch kaum etwas begreifen. Wir wissen nur, dass die Vlhani versuchen, eine Lösung für etwas zu finden, das sie als Problem von enormer Bedeutung ansehen, und dass sie aus irgendeinem Grund, der sich uns nach wie vor verschließt, den Einsatz der Angehörigen Ihrer Art inzwischen für entscheidend halten.«

Mein Kopf dröhnte. »Ist das nicht auch der Teil, der am wenigsten Sinn ergibt?«

»Ja. Und es ist der Teil, der die Sache so unglaublich faszinierend macht. Natürlich wäre alles viel einfacher, könnten Ihre Pilger es uns erklären, aber sie behaupten nur, wir hätten nicht das Vokabular, um die Erleuchtung darzustellen, die sie glauben erreicht zu haben. Was auf eine andere Weise ebenfalls faszinierend ist.«

Das Ausmaß des Paradoxons verblüffte mich. Menschen und Vlhani hatten sich auf verschiedenen Welten entwickelt. Unsere Gehirne arbeiteten unterschiedlich. Wir verarbeiteten Informationen unterschiedlich. Es war unmöglich, dass einer von uns in der Lage sein sollte, in einem Vlhani-Ritual, das derart an die Verdrahtung ihrer Köpfe und Körper gebunden war, Erfolg zu haben, einem Ritual, zu dessen Durchführung sie sich im Zuge ihrer Evolution entwickelt hatten.

Unterlagen die Tanzpilger lediglich einer Illusion? Oder hatten sie, so wie es Isadora von sich behauptet hatte, etwas gesehen, das die Möglichkeit bot, das Ballett zu dem Ergebnis zu führen, das die Vlhani für so bedeutend hielten?

Das war ein schwieriges Problem, eines, das noch Jahrzehnte oder Jahrhunderte nicht gelöst werden würde. Es mochte sogar eines jener seltenen Rätsel sein, die so komplex waren, dass sie, nahm man sie auseinander, nicht mehr genug Substanz aufwiesen, um eine Antwort zu ermöglichen. Aber was war *mein* Problem? Hatte das irgendetwas mit dem Grund für meine Anwesenheit zu tun, oder war es nur ein riesiges Mysterium, das seinen Schatten auf ein kleineres warf, dem ich nachgehen musste, um etwas zu verändern?

Ich plagte mich noch mit meinen Zweifeln, als es hinter uns laut wurde.

Wir drehten uns um und sahen einen anderen Riirgaaner, dünner und mit dunkleren Schuppen als Hurrr'poth, der ein deaktiviertes Peitschengeschirr, angepasst an die Proportionen seiner Spezies, trug und sich an zwei K'cenhowten vorbei, die sich mit ihrer ganz eigenen Gletschergeschwindigkeit bewegten, einen Weg in unsere Richtung bahnte.

Hurrr'poth führte mich von der Klippe weg, nahm den Neuankömmling in Empfang und sagte einen Satz, harsch, staubtrocken und unterstrichen durch glottale Klicklaute.

Ich musste die Sprache der Riirgaaner nicht verstehen, um die Furcht zu ahnen, die sich hinter der Antwort des anderen verbarg.

Hurrr'poth stellte eine weitere Frage.

Der andere Riirgaaner haspelte hastig ein weiteres Dutzend Worte, und seine Stimme klang immer höher und drängender.

»Was ist passiert?«, fragte ich.

Hurrr'poth drehte sich zu mir um. »Es könnte ein Problem geben.«

»Was ist los?«

»Ich sagte Ihnen bereits, dass die Bewegungen der Vlhani in der Wüste unsere besondere Aufmerksamkeit erregt haben.«

»Ja.«

»Es hat eine neue Entwicklung stattgefunden.«

»Wie ...«

»Bisher haben sich die Vlhani an diesem Tag nur innerhalb des Amphitheaters versammelt, abgesehen von den Vlhani, die auf der Südseite zusehen. Von einer erwartungsgemäßen Anzahl einzelner Nachzügler abgesehen hat sich daran nie etwas geändert. Der Aussichtspunkt, an dem wir stehen, blieb immer unbehelligt.«

»Und jetzt?«, fragten die Porrinyards.

»Eine der größeren Gruppen, die sich bereits von Osten dem Amphitheater genähert haben, hat vor fünf Minuten den Kurs geändert. Sie haben einen Bogen gemacht und kommen nun direkt auf uns zu. Noch sind sie nicht in Sicht, aber bei ihrer Geschwindigkeit werden sie binnen Minuten hier sein. Unsere besten Analysten haben sich mit Ihren beraten und sind zu dem Schluss gekommen, dass das wirklich schlimm werden könnte.«

»Wie schlimm?«

»Etwas von diesem Ausmaß haben wir das letzte Mal vor zehn Jahren erlebt, vor dem Gemetzel in Dhijus Botschaft. Ich fürchte, ich muss unser Gespräch abbrechen, Counselor, um mich um die Evakuierung meiner Leute zu kümmern. Ich rate Ihnen, gehen Sie zurück zu ihrem Gleiter oder irgendwohin, wo Sie in Sicherheit sind, wenn es Ihnen möglich ist. Es bleibt nicht mehr viel Zeit.«

Ich rief ihm nach: »Was meinen Sie mit, wenn es mir *möglich* ist?« Aber er war schon fort, verschwand mit dem anderen Riirgaaner in der Menge.

Schrille Schreie klangen in dem Amphitheater auf. Auch das war schockierend, denn soweit ich es wusste, hatte niemand je erfahren, dass Vlhani überhaupt Stimmen hatten. Diese waren hochtönend, angstvoll und ausdauernder als alles, was die menschliche Brust hätte hervorbringen können.

Einmal, als Kind auf Bocai, hatte ich gesehen, wie das Haustier eines Freundes – ein friedfertiges Flugwesen, etwa so groß wie eine Babyfaust, dessen Stimmbänder nie mehr als ein zufriedenes Zwitschern hervorgebracht hatten – auf eine heiße Kochplatte getreten war. Sein plötzliches Jaulen war ähnlich wie das hier, weniger ein Schrei des Schmerzes als ein Laut puren Entsetzens, gespeist von der Erkenntnis, dass die vorhersehbare, gute kleine Welt, die es gekannt hatte, nur eine Lüge war. In all den Jahren, die seither vergangen waren, hatte ich nie diese Art von ungläubigem Entsetzen in Tausenden Stimmen auf einmal gehört. Aber es war das, was ich jetzt hörte. Es war das, was von den Vlhani dort unten heraufklang. Welcher Mechanismus ihnen auch ermöglichte zu wissen, was andere ihrer Art taten – es bereitete ihnen genauso viele Sorgen wie Hurrr'poth.

Die Porrinyards drängten sich dicht an mich, Oscin links, Skye rechts. Ihre gemeinsame Stimme schien irgendwo in mir aufzuklingen. »Ich weiß nicht, was hier los ist, Andrea, aber ich pflichte Hurrr'poth bei. Wir müssen hier weg.«

Beinahe hätte ich zugestimmt. Ich wollte nicht in der Nähe dieser Schreie sein ... aber die Nachricht machte bereits die Runde, und um uns herum herrschte schon jetzt ein Tohuwabohu. Schon bald würde eine gefährliche Panik ausbrechen.

»Hammersmith ...«, sagte ich.

Aber die Porrinyards gaben mir keine Gelegenheit zum Widerspruch. Sie hörten nie zu, wenn ihre offizielle Rolle als meine Personenschützer in den Vordergrund rückte. Sie hoben mich einfach von den Füßen und stürmten voran. Halb trugen sie mich, halb schleiften sie mich mit sich. Meine Füße schabten über den staubigen Boden und fanden doch keinen Halt, ganz gleich, wie sehr ich trat, ganz gleich, wie weit wir in die Menge vordrangen und ganz gleich, wie vielen explosiven Kollissionen wir aus dem Weg gingen. Die Porrinyards waren geschickt darin, sich auch im größten Gedränge ihren Weg zu bahnen, und mein Kopf ruckte auf einem unsicheren Hals hin und her, wenn die beiden plötzlich und unerwartet die Richtung änderten, um durch eine der flüchtigen Lücken in der Menge zu huschen.

Ich erhaschte nur kurze Momentaufnahmen des Geschehens: Hier blitzte schulterlanges, grellrotes Haar am Hinterkopf einer jungen Frau auf, deren Arme sich spiralförmig über ihren Kopf wellten; dort drehte sich ein gedrungener Bursteeni mit großen Augen auf der Stelle, offenbar noch ganz damit beschäftigt, die plötzliche Änderung in dieser Nacht zu verarbeiten; und da war ein langsamer K'cenhowten, der von hinten von einer Gestalt gerammt wurde, die sich zu hastig bewegte, um noch auszuweichen, worauf der K'cenhowten Kopf und Beine in seinen Panzer zurückzog.

Keine Panik. Noch nicht. Aber sie kam näher.

Und das alles wurde überlagert von einer immer heftigeren Kadenz gleich zehntausend Dolchen, die bis ans Heft in ebenso viele ungeschützte Rippen fuhren: *rumms, rumms, rumms, rumms, rumms*. Es war das gleiche Geräusch wie das, was ich gehört hatte, als der einzelne Vlhani von uns weggerannt war, das Geräusch, das ich gerade erst gehört hatte, als die Tänzer im Amphitheater ihre Plätze eingenommen hatten: das Geräusch, das die spitzen Enden der Vlhani-Peitschen machten, wenn sie sich während des Laufs in den Boden bohrten. Aber jetzt war es lauter und überall um uns herum, so machtvoll wie eine angreifende Armee.

Ich schrie nicht. Dafür war ich immer noch zu verblüfft, zu sehr aus dem Lot. Aber ich dachte es. *Was geht hier vor?*

Die KIquellen-Stimme in meinem Kopf war so freundlich, mir eine Antwort zu liefern.

Nichts, was Ihnen nicht schon früher widerfahren wäre …

KAPITEL VIER
WAHNSINN

Die Porrinyards schwenkten nach rechts, trugen mich die Sitzreihen der Tribüne hinauf, vorbei an Dutzenden von Menschen, Riirgaanern, Tchi und Bursteeni, die ebenfalls erpicht auf einen erhöhten Standort waren, von dem aus sie in der Dunkelheit nach herannahenden Riesen Ausschau halten konnten.

Es dauerte nur Sekunden, bis wir die oberste Sitzreihe samt einem hervorragenden Ausblick auf die verlassene Ebene, auf der so viele ihre Fluggeräte zurückgelassen hatten, erreichten. Das wenige Licht, das in dieser Richtung zu sehen war, offenbarte nun einen vor reflektiertem Sternenlicht funkelnden Horizont.

Ich konnte nicht einschätzen, wie weit diese Vlhani-Streitmacht entfernt war. Sie hatte die Reihe unserer Vehikel noch nicht erreicht, aber viel mehr konnte ich in diesem Licht nicht erkennen. Sie mochten noch Kilometer entfernt sein oder nur Meter.

Ich richtete mich auf. »Es sieht einigermaßen sicher aus. Wir können zu unserem Gleiter ...«

Oscin packte mein Handgelenk und zog mich zurück auf den Sitz. »Keine Zeit.«

»Wie kannst du so sicher sein?«

»Zwei Köpfe bedeuten vier Ohren und eine bessere Verarbeitung der Audio-Einspeisung. Für mich ist es viel einfacher, einzugrenzen, woher die Geräusche kommen.«

Das war eine ihrer hochentwickelten Fähigkeiten, die mir in den zwei Jahren, die wir gemeinsam verbracht hatten, nie aufgefallen war. »Was passiert da?«

»Dort ist eine ganze Reihe von denen, die im Norden von uns Position beziehen. Die, die uns am nächsten sind, verweilen an ihrem Standort, während die, die am weitesten entfernt sind, einen Kreisbogen beschreiben und ihre Entfernung angleichen. Wenn du ihre Formation sehen würdest, würdest du feststellen, dass sie an das Schließen einer Schwingtür erinnert.«

Die militärische Bedeutung entging mir nicht. »Sie kreisen uns ein.«

»So sieht es aus. Unser Leben könnte von jetzt an durchaus davon abhängen, wie weit sie gedenken zu gehen.«

Inzwischen war die Tribünenreihe voll von Menschen und Aliens, die sich zu zweit oder dritt zusammendrängelten. Die Gesichter der Wüste zugewandt, nicht dem Amphitheater auf der anderen Seite, zogen sie ihre Schlüsse, die nicht viel anders ausfallen konnten als unsere eigenen. Die Gesichter der Menschen und einiger Bursteeni sahen im Scheinwerferlicht blass und ausgezehrt aus.

Auf einem Drittel des Weges nach unten lagen Schiff und Fox bäuchlings da und beäugten die Landschaft unter uns durch die horizontalen Latten. Nur er redete, doch schien er aus ihrem kaum wahrnehmbaren Nicken ganze Bibliotheken zu lesen.

Ein junger Mann in der bauschigen Wüstenkleidung, die unter Croyds Leuten so beliebt zu sein schien, entschloss sich, zu seinem Fluggerät zu laufen. Er war ein guter Läufer; er pumpte auf Brusthöhe mit den Armen und rammte die Füße in den Staub, als wollte er ihn niedertrampeln. Als er die Gleiter erreicht hatte, lief er noch an vier identischen Fluggeräten vorbei, ehe er sich in eines hineinschwang, das staubiger und abgenutzter und einige Design-Generationen älter war als der Rest. Dass es »sein« Gleiter war, offenbarte sich durch die Geschwindigkeit, mit der er seine Position an der Nav-Konsole einnahm und startete.

»Das wird nicht reichen«, sagten die Porrinyards.

Plötzlich tauchte ein einzelner Vlhani, der bis zu diesem Zeitpunkt in der Dunkelheit kaum erkennbar gewesen war, hinter dem aufsteigenden Vehikel auf, baute sich über ihm auf wie ein stummer Titan, und sein spiegelnder Kopf reflektierte die internen Lichter des Gleiters. Eine schmale Linie, verschlungen wie der Schnörkel am Ende einer Signatur, schoss mit unfassbarer Geschwindigkeit herab, schlug mit einer Gewalt auf das Vehikel ein, die reichte, es in der Mitte einzudrücken, und rammte es zurück auf den Boden. Der junge Mann, der für einen Moment über dem Wrack zu schweben schien, das schneller herabstürzte als er, schrie auf, ehe er mit einem dumpfen Aufschlag in den Trümmern landete.

Das mochte er überlebt haben.

Aber dann trat der Vlhani über das Wrack, nahm es zwischen seine Tentakel, und sein riesiger schwarzer Kopf reflektierte den Lichtschein der Innenbeleuchtung in einer Form, die mich an ein räuberisches Grinsen denken ließ. Er hob zwei seiner Peitschen hoch in die Luft und schleuderte sie wieder herab. Während ich, von Übelkeit ergriffen, zusah, die Schreie entsetzter Leute um mich herum hörte und doch nicht imstande war, einen Laut von mir zu geben, hämmerte der Vlhani so gewaltsam auf den Gleiter und den armen Mann ein, dass eine seiner Peitschen in der Mitte durchbrach. Der abgebrochene Teil flog in den Schmutz, wo er sich zusammenrollte und in wahnsinnigem Zorn herumwarf.

Ein gemeinschaftliches Ächzen rund um mich herum kündete von den Anfängen echter Panik.

Eine ganze Reihe von ihnen, dreißig oder vierzig vielleicht, tauchte aus der Nacht auf, und ihre Peitschen wirbelten in einem Muster über ihre Köpfe, das einige der Peitschengeschirre der Nachwuchsdiplomaten mit den Worten *Tod Liebe Tanz Hass Vlhani Menschen Hilfe Furcht Hass Hass Tod Töten Frei Sklaven Hass Ei Hass Hass* übersetzten.

Welche Botschaft auch immer die Übersetzungsprogramme da nicht so recht dekodieren konnten – sie mochte aus Vlhani-Sicht Sinn ergeben, oder schlicht das sinnlose Gefasel von vollkommen übergeschnappten Vlhani wiedergeben, aber wie dem auch sei: Jeder der Vlhani baute sich über einem der Fluggeräte auf und fing an, es zu zerstören. Manche benutzten ihre Peitschen wie Vorschlaghämmer und prügelten mit einer furchtbaren Gewalt auf die Gleiter ein, bis nur noch Schrott zurückblieb, andere setzten ihre Peitschen ein wie Rapiere, stießen sie herab und schlugen damit Löcher in die Außenhaut, die beredtes Beispiel darüber abgab, wie tödlich diese Glieder waren, sollten sie gegen uns zum Einsatz kommen. Die Herkunft der Gleiter war ohne Bedeutung. Ob sie von Menschen stammten, von Riirgaanern, Tchi, Bursteeni, K'cenhowten oder Cid – die Vlhani zertrümmerten sie alle mit einem oder zwei Schlägen, eliminierten mithin all unsere Fluchtmittel binnen Sekunden.

Auch schien es die Vlhani nicht zu kümmern, welchen Schaden sie sich selbst zufügten. Selbst wenn ihre Peitschen abbrachen, zersplitterten oder in Fetzen herabhingen, wenn ihre komplizierte Struktur zu Brennholz zerfiel, hörten sie nicht auf, unsere Fluggeräte zu zertrümmern, bis diese nicht nur nutzlos, sondern nahezu ausradiert waren.

Das alles dauerte nur Sekunden, aber das Schlimmste offenbarte sich erst, als eine zweite Reihe Vlhani hinter der ersten auftauchte, aus der Dunkelheit herbeischritt und über die Wracks hinwegtrat, um auf uns vorzurücken.

Die Tribüne bot keinerlei Schutz. Sobald der erste Vlhani mit seinen Peitschen nach ihr schlüge, würde das ganze Ding in seine Einzelteile zerfallen. Das Problem war, dass uns damit nur noch ein Ausweg blieb.

»Irgendwelche Vorschläge?«, brüllte ich.

»Nein!«

»Dann folgt mir.«

Dicht gefolgt von den Porrinyards bahnte ich mir gewaltsam einen Weg zurück und die Stufen der Tribüne hinunter. Für Vorsicht oder Menschlichkeit blieb keine Zeit. Die unteren Reihen waren vollgestopft mit Repräsentanten verschiedener Spezies, die das Gebilde hinaufkletterten, um der Panik zu entfliehen, die weiter unten ausbrach. Wesen, die wussten, was auf sie zukam, und Wesen, die es nicht wussten, Menschen, die davon hätten profitieren können, einfach das Denken einzustellen und zu rennen, was die Beine hergaben, und Wesen, die so langsam waren wie die K'cenhowten, die nicht einmal schnell sein konnten, wenn sie es nach Kräften versuchten – sie alle waren nun keine Leute mehr, über deren Schicksal nachzudenken ich mir noch hätte leisten können. Sie waren nur Hindernisse, die zu umgehen waren.

Auf dem Weg nach unten sah ich ein menschliches Wesen mit einem Kranz roter Locken um die beginnende Glatze über einen Bursteeni stolpern und derart gegen eine Stufe krachen, dass sein linkes Knie in die falsche Richtung knickte. In dem Moment, in dem der Schmerz ihn erfasste, stellten wir Blickkontakt her, und ich sah, wie er in meinen Augen die Erkenntnis wahrnahm, dass ihm nicht mehr zu helfen war. Ich hasste mich dafür, aber als er versuchte, nach mir zu greifen, sprang ich über ihn hinweg und riskierte dabei einen Aufschlag auf dem Boden, der mich zu einem Krüppel der gleichen Kategorie hätte machen können. Aber ich landete auf den Fußsohlen und eine Sekunde später, als meine Beine unter der Wirkung des Aufpralls nachgaben, auf den Knien. Die Porrinyards kamen zu meinen beiden Seiten mit einer geradezu beschämenden Anmut auf und schleiften mich durch das panische Gedränge, fädelten sich mit mir durch die einzige schmale Lücke zwischen den Kollisionen organischer Kreaturen.

Ehe wir den dichtesten Verkehrsstrom hinter uns hatten, standen wir plötzlich von Angesicht zu Angesicht Virond Hammersmith gegenüber, welcher erleichtert war, seine Schützlinge lebendig vorzufinden, auch wenn deren Lebenserwartung auf Sekunden geschrumpft sein mochte. »Counselor! Sie müssen mir folgen!«

»Warum? Kennen Sie einen Ausweg?«

»Nein, aber ich bin für Ihre Sicherheit verantwortlich! Ich muss …«

Jemand prallte in seinen Rücken und hätte ihn beinahe umgeworfen.

Die Porrinyards teilten sich ohne weitere Verhandlungen. Oscin zog mich weiter durch die Menge, und Skye erwies Hammersmith den gleichen Gefallen.

Als wir die Klippe erreicht hatten und die Porrinyards über den nächsten Schritt nachdachten, fiel mir auf, dass auf der anderen Seite des Amphitheaters etwas nicht stimmte. Eine schwarze Flut von Vlhani strömte über den gegenüberliegenden Rand, überschwemmte den Innenraum in einer neuerlichen Woge. Die beiden Gruppen mussten wie zwei angreifende Armeen aufeinandergeprallt sein, aber aus dieser Perspektive wirkte der Augenblick fließend, als wäre ein gewaltiges, verborgenes Reservoir geborsten und hätte seinen tintigen Inhalt über die Welt ergossen.

Das Geschehen zu deuten wäre schon bei Tageslicht weitgehend unmöglich gewesen. Die Dunkelheit verschleierte es noch weiter, bis es der vagen Erinnerung an einen Albtraum glich.

Hammersmith schwankte, von dem Wahnsinn um ihn herum so erschüttert, dass er zu nichts mehr zu gebrauchen war. »Das passiert nicht! Die Vlhani stören nicht ihr eigenes Ballett. Das tun sie einfach nicht!«

Ich hatte nichts hinzuzufügen, nicht, solange ich meinen ganzen Mut dazu brauchte, mich auf etwas vorzubereiten, das nicht zu tun ich mein Leben gegeben hätte. Ich weiß nicht, wie viel Zeit ich in einer perfekten Welt gebraucht hätte, um genug Mut aufzubringen, doch hier und jetzt würde ich es nicht schaffen. Das Splittern, das davon kündete, dass die herannahenden Vlhani die Tribüne angriffen, hatte angefangen. Ein Schrei, näher, als er hätte sein dürfen, veranlasste mich, mich zusammenzukauern, was mich davor bewahrte, von einer fliegenden Gestalt getroffen zu werden – vermutlich ein Bursteeni, vielleicht auch nur ein winziger Mensch –, verdreht und unmöglich mit irgendetwas Lebendigem in Einklang zu bringen, wie sie da vorübersauste und schließlich in die Dunkelheit unter uns stürzte.

Ein anderer Instinkt, ein übler Instinkt, brachte mich dazu, mich umzuschauen. Das war ein Impuls, dem nachgegeben zu haben ich mein Leben lang bedauern würde, das wusste ich. Dickichte langer, schlangenartiger Peitschen wirbelten mit so hoher Geschwindigkeit umher, dass ein Surren erklang, während sie die Luft zerteilten, prügelten herab auf die brüchige Tribüne und ließen nur Scherben von den Sitzreihen und jeglichen dort befindlichen Lebewesen zurück. Ich sah, wie ein langer Abschnitt, vielleicht zehn Meter lang, an den Seiten hochzuckte, als eine Vlhani-Peitsche ihn in der Mitte traf. Drei Menschen und zwei Tchi segelten durch die Luft. Eine junge Frau, deren schreiendes Gesicht durch die Schatten im Cartoonstil auf seine wesentlichen Elemente reduziert worden war – zwei schwarze Löcher als Augen, ein noch schwärzerer Abgrund als Mund –, schien unterwegs zu einem beinerschütternden Aufprall auf dem Boden zu sein, als sich eine dünne Peitsche um ihre Leibesmitte wickelte und sie in die Nacht hinausschleuderte. Ehe ich den Blick abwandte, kletterten zwei weitere Vlhani über die Trümmer und kamen auf uns zu. Dabei benutzten sie ihre Peitschen wie Speere und pfählten eine fliehende Gestalt nach der anderen.

Das war hinter uns.

Vor uns: ein senkrechter Dreihundert-Meter-Sturz.

Die Porrinyards erkannten, was ich vorhatte. »Du bist nicht geübt im Klettern, Andrea!«

»Nein!«, brüllte ich. »Aber ihr!«

»Das wird nichts helfen ... *Scheiße!*«

Letzteres galt dem Umstand, dass sie jemand anderen sterben sahen. Zehn Meter von uns entfernt hatte einer von Croyds Leuten in blinder Flucht die Sicherheit auf dem flachen Plateau verlassen, war auf den staubigen Hang gestürzt und auf dem Bauch über den Rand der Klippe gerutscht. Sein Schrei ging in dem Gebrüll all der anderen um uns herum unter.

Schon jetzt schoben sich Massen intelligenter Wesen, denen es gelungen war, dem Wüten der Vlhani bis jetzt zu entkommen, rückwärts auf uns zu und versuchten dem Unausweichlichen auszuweichen, solange sie noch atmen konnten. Binnen Sekunden würde das bloße Gewicht dieser Menge uns über den Rand stoßen.

Unsere einzige, vage Überlebenschance bestand darin, möglichst weit unten an der Klippe zu sein, ehe die Leute anfingen, in großer Zahl hinunterzufallen.

Ich war nicht die einzige Person, die auf diese verzweifelte Möglichkeit zurückgreifen wollte. Zu allen Seiten suchten die Leute nach einem Weg nach unten. Ich erkannte Fox, die einen halb bewusstlosen Derek Schiff zum Rand schleifte. Das Einzige, was die Porrinyards davon abhalten konnte, das Gleiche mit mir zu tun, war meine Abneigung gegen Höhen – die bei Weitem nicht mehr so hinderlich war wie zu der Zeit, zu der wir einander kennengelernt hatten, aber immer noch stark genug, dass eine steile Felswand nicht gerade der perfekte Ort für mich war, um Schutz zu suchen. Anscheinend brauchten sie noch eine Sekunde, um sich selbst zu überzeugen, dass es keine andere Wahl gab, denn sie blieben, wo sie waren, die Gesichter dem Gemetzel zugewandt, und ihr gemeinsames Bewusstsein sichtete in rasender Geschwindigkeit alle verfügbaren Daten auf der Suche nach einer Alternative, die es mir ersparen würde, das zu tun.

Wenn ich nicht die Initiative ergriff, würden sie um meinetwillen weiter warten, bis es für uns alle zu spät war.

Also ließ ich mich auf Hände und Knie fallen und krabbelte rückwärts auf den Rand der Klippe zu. Zweimal keuchte ich auf, als der Staub unter mir nachgab und ich weiter rutschte, als ich erwartet hatte. Ich war immer noch etwa einen Meter von dem senkrechten Abgrund entfernt, als der Hang steil genug wurde, um den Punkt festzulegen, von dem aus es keine Umkehr mehr gab. Es war dunkel, aber ich konnte einen schmalen Vorsprung ausmachen – eigentlich kaum mehr als eine fingerlange Unebenheit im Antlitz des Felsens, vielleicht zwei Körperlängen unter mir –, der möglicherweise imstande war, mein Gewicht und das der Porrinyards lange genug zu tragen, damit wir uns überlegen konnten, was wir als Nächstes tun sollten.

Das Problem war, das Begreifen etwas anderes war als *Wissen*. Ich hätte vielleicht in vollendeter Erstarrung an Ort und Stelle verharrt, bis eine Vlhani-Peitsche mein Herz durchbohrte, wäre Skye nicht zu mir geglitten und hätte gebrüllt: »Warte auf mich!«

Schneller, als ich fassen konnte, schob sie sich hinunter zu dieser Unebenheit im Felsgestein und glitt weiter daran entlang zu einer Stelle, von der ich geschworen hätte, dass der halbe Vorsprung dort bereits im Nichts verschwunden war. Aber sie war die Expertin, und sie hing scheinbar ohne jeden Halt an dem Gestein, das meine Augen als glatt deuteten.

»Komm!«, schrie sie. »Ich passe auf dich auf.«

Ich zwang meinen Körper, an dem Felsen herabzugleiten, erlitt einen Augenblick vollendeter Panik, als meine Füße den Punkt hinter sich ließen, von dem aus es vielleicht noch möglich gewesen wäre, wieder hinaufzuklettern. Der Rand der Klippe entfernte sich über mir, und ich schloss in Erwartung des freien Falls die Augen, aber dann berührten meine Zehen etwas, und mein ganzer Körper erbebte, und ich fühlte, dass ich mich an etwas klammerte, das sich anfühlte, als wäre es gar nicht da.

»Hör mir zu, Andrea! Du hast den eigentlichen Rand noch nicht erreicht! Die Oberfläche, an die du dich klammerst, ist bloß diagonal, wenn auch steil! Du wirst zertrampelt, wenn du hier bleibst! Unter dir geht es noch ein Stück abwärts, und das musst du hinter dich bringen, wenn der Felsvorsprung uns irgendeinen Schutz bieten soll!«

»Ich ... kann ... nicht ...«

»Das erwarte ich gar nicht von dir, noch nicht. Ich werde mich hier unten umsehen und nachschauen, ob es eine Stelle gibt, die ein unerfahrener Kletterer mit bloßen Händen erreichen kann! Ich beeile mich! Inzwischen bleibst du hier, schließt die Augen und konzentrierst dich darauf, möglichst weitflächigen Kontakt zum Fels zu haben.«

Warte! Was denkst du, das du da tust? Lass mich nicht allein! Lass mich hier nicht hängen!

Ich kniff die Augen zusammen, fest entschlossen, nicht nur das Licht auszuschließen, sondern auch den Rest der Welt. Die

Laute des Gemetzels um mich herum, zusammengesetzt aus Schreien, aus verwirrtem Gebrüll, feuchtem Klatschen, wenn Leiber durchbohrt, niedergetrampelt oder zerschmettert wurden. Mir war bewusst, dass ich zwischen zwei Massakern gefangen war, und in beide waren Vlhani und Menschen verwickelt, beide folgten einer Änderung der Regeln hinsichtlich der Frage, wie die Dinge auf diesem Planeten zu laufen hatten, beide würden mehr verändern als die Liste der Leute, die morgen früh nicht mehr am Leben wären, um der Sonne guten Tag zu sagen. Aber bis jetzt waren da nur die Schreie.

Ich presste die Lider zusammen, bis das Salz meiner Tränen keinen Raum mehr fand, an dem es brennen konnte. Die KIquellen hatten recht gehabt, als sie gesagt hatten, das sei mir schon früher widerfahren. Mein ganzes Leben drehte sich um Wahnsinn, der sich am Nachthimmel herabsenkte, um Leute zu verschlingen, die sich sicher glaubten.

Eine kreischende Gestalt krachte, härter als ich glauben konnte, neben mir auf den Felsen, verschwand hinter mir und ließ einen weiteren Schrei zurück. Es war mir unmöglich zu erkennen, welcher Spezies sie angehörte. Ich riss die Augen weit auf, schauderte, und meine Arme und Beine schienen sich in Gummi zu verwandeln.

»Andrea!«, schrie Skye irgendwo unter mir. »Kannst du mich hören?«

Vor Schreck hätte ich beinahe losgelassen. »Was?«

»Du bist jetzt in einer sehr gefährlichen Position! Ich konnte mit bloßen Händen hierher, weil ich schon mein ganzes Leben lang klettere, aber du hast weder die Kraft in den Händen noch das nötige Geschick. Du musst genau das tun, was ich dir sage, und du musst es schnell tun, weil in ein paar Sekunden haufenweise Leute da runterfallen werden. Hast du verstanden?«

Abstürzen wäre leichter. »Ja.«

»Gut. Erstens, lös dich von diesem Vorsprung und lass dich runtergleiten! Du hast den vertikalen Abschnitt noch nicht erreicht, also solltest du mit den Fingern Halt finden können!

Achte darauf, dass du immer Halt hast, denn wenn du den nicht hast, wirst du einfach weiterrutschen, und das willst du nicht! Sag ja, wenn du mich verstanden hast.«

Alles, was ich verstand, war, dass über mir der Tod lauerte und unter mir der Tod lauerte und ich irgendetwas Verrücktes tun sollte, um beiden zu entgehen. »Ja! JA, gottverdammt!«

»Wenn du das geschafft hast, wird es hart werden, dein Gewicht länger als ein, zwei Herzschläge lang zu halten, aber du musst es schaffen, denn solange werde ich brauchen, um dich durch die nächsten Schritte zu leiten! Sag ja, wenn du mich verstanden hast!«

»JA!«

»Jetzt musst du Folgendes tun, Andrea: RUTSCH!«

Ich atmete tief durch und ließ meine Zehen von dem Felsvorsprung gleiten. Die Schwerkraft schnappte sofort zu. Ich glitt herab, Kilometer, so schien es mir, und nicht nur ein paar Tausend, Millionen; Universen leeren Raums sausten vor meinen Augen vorbei und spotteten über meine Hoffnung, auf irgendeinem Vorsprung Halt zu finden, selbst wenn er groß genug wäre, eine ganze Welt zu stützen. Ich schrie und schrie, klammerte mich an das Gestein, fühlte, wie meine Nägel splitterten, sich von meinen Fingern lösten, dann ein Ruck, und mein Sturz wurde unterbrochen, doch meine Lage hatte sich nicht verbessert, denn meine Beine lagen nicht mehr auf dem kalten Stein, sondern baumelten frei über dem Nichts.

Eine weitere Gestalt fiel brüllend an mir vorbei. Der Schrei hörte sich nach einem Tchi an. Ich verschmähte die Tchi ebenso, wie ich auch jede andere Spezies mit Ausnahme der Menschheit verschmähte, doch diese Begegnung jagte mir eine Eiseskälte über das Rückgrat.

»Gut, Andrea! Uns geht die Zeit aus, also können wir uns den Luxus von Jas oder Neins nicht mehr leisten. Du musst genau das tun, was ich dir sage! Du musst jetzt all deine Kraft in deinen Armen sammeln und dich festhalten, während du deine Beine von links nach rechts und wieder nach links schwingst und so viel Schwung wie nur möglich holst. Du lässt los, wenn du den höchsten Punkt deines Linksschwungs erreicht hast, aber nicht, ehe ich es dir sage!«

Weinend, voller Widerwillen ob der Notwendigkeit, diese unmöglichste aller unmöglichen Aufgaben zu bewältigen, erklärte ich meine Beine zu einem Pendel und kämpfte gegen die Leere, erst nach links, dann nach rechts, dann nach links und nach rechts.

»Jetzt!«

Ich weiß nicht, ob ich aufs Stichwort losgelassen hatte oder einfach stürzte, aber ich war überzeugt, ich hatte den richtigen Zeitpunkt um eine oder zwei Millisekunden verpasst und würde geradewegs an ihrer ausgestreckten Hand oder dem hilfreichen Felsvorsprung vorbeifallen und nichts anderes mehr vor mir haben als die schreckliche Leere im freien Fall.

Ich landete nirgends. Meine Beine baumelten immer noch über dem Nichts. Aber etwas hatte mich unter den Armen gepackt und zog mich wieder hinauf.

»Nicht treten! Du bist noch nicht in Sicherheit! In ein oder zwei Sekunden wirst du klettern müssen! Mach das linke Bein steif und schwing es zur Seite! Du wirst auf eine Wand stoßen, an der du dich abstützen kannst. Das tust du. Dann rührst du dich nicht mehr, bis ich es dir sage.«

Ich gehorchte. Die Stütze, die sie mir in Aussicht gestellt hatte, war eine reine Vertikale, die in endlose Tiefe führte, aber mit ihrem Griff unter meinen Armen und ihren Worten, die meine Hände zu einem sicheren Halt dirigierten, kam sie mir so solide vor wie jede beliebige Oberfläche im Universum.

Über uns und um uns herum ging das Geschrei weiter, Wehklagen dopplerte hinfort in Stille. Ich beging den Fehler, mich der Dunkelheit zuzuwenden, wo ein halbes Dutzend Gestalten der verschiedenen Rassen gleichzeitig in die Tiefe stürzten und Namen brüllten, vielleicht die Namen geliebter Artgenossen, vielleicht die Namen von Gottheiten, die zu weit entfernt waren, um ihnen zu Hilfe zu kommen.

Ich verfluchte die KIquellen, die gewusst hatten, was bevorstand, und mich mit ihren putzigen kleinen Andeutungen gequält hatten.

Diese Schweinehunde wollten sterben. Ohne direkten Zugriff auf ihre Hardware hatten sie keine Möglichkeit, Selbstmord zu begehen, aber sterben wollten sie doch. Ich habe ihnen viele Male versprochen, ich würde den Weg finden, der sie in das Nichts führte, nach dem sie sich sehnten. Ich habe auch gesagt, ich würde dafür sorgen, dass es wehtut.

Das versprach ich ihnen wieder, jetzt, da ich Skyes Handgelenk ergriff und kletterte.

Die Schreie von oben erklangen in größeren Abständen, während die Anzahl der Überlebenden kleiner wurde. Die Schreie der Vlhani im Amphitheater hielten an, wurden bisweilen noch verzweifelter und kündeten von Fassungslosigkeit ebenso wie von Furcht und Schrecken. Etwas Entsetzliches ging da unten vor, etwas, das für sie so albtraumhaft war wie das Gemetzel über dem Amphitheater für uns.

Skye drängte mich zu einer Felsnische, die sie entdeckt hatte, Schritt um winzigen Schritt, und jede meiner Bewegungen ging einher mit einem weiteren Rückzug ihrerseits, um Platz für mich zu machen.

Unsere Zuflucht war keine große Verbesserung gegenüber dem senkrecht abfallenden Felsen. Es war eine schmale, unvollständige Spalte, die mir nur dann Halt bot, wenn ich auf dem Rücken lag, mich mit den Beinen an der vertikalen Wand abstützte und mit der rechten Hand an einem kleinen Vorsprung festhielt. Gaben meine Beine nach, würde ich in diese Richtung rutschen und sechzig Meter tief stürzen. Ließ ich die winzige Felsnase los, würde ich nach links rollen und neunzig Meter tief stürzen. Unter uns gab es keinen sicheren Ort, zumindest keinen, an den sie mich in der Dunkelheit führen konnte. Meine einzige Hoffnung, so sagte Skye, bestünde darin, zu verharren, wo ich war, wach zu bleiben und mich darauf zu konzentrieren, mich nicht zu rühren.

Als ich mich nicht schnell genug bei ihr bedankte, schrie Skye, die sich zwischen zwei Vorsprünge eine Armlänge höher gequetscht hatte: »Verzeih mir! Ich hatte kein ausreichendes Licht und nicht genug Zeit, die Gegend zu erkunden, und keinen Partner, der in diesem Sport geübt ist!«

War das Zorn? Mir gegenüber? »Wo ist Oscin?«

»Er hat Hammersmith auf einen sicheren Vorsprung gebracht! Dann ist er wieder raufgeklettert, um nachzusehen, ob er noch jemandem helfen kann, und jetzt bringt er gerade einen Riirgaaner in Sicherheit! Ich würde ihm helfen, wenn ich überzeugt wäre, dass ich dich allein lassen kann. Da sind immer noch Leute, denen wir helfen könnten.«

Ja, es war Zorn, eindeutig. »Mach dir über mich keine Gedanken.«

»Das muss ich, Andrea!« Und, erbittert: »Darum bin ich hier, nicht wahr?«

Ich wusste nicht, woher dieser plötzliche Groll rührte. »Kannst du sehen, was da passiert?«

»Vielleicht dreißig intelligente Wesen haben es geschafft, an Orte relativer Sicherheit zu klettern. Weitere zwanzig oder so haben es versucht und sind abgestürzt. Ich weiß nicht, wie viele dort oben getötet oder über die Klippe gedrängt wurden, aber ich habe mindestens hundert Tote gezählt. Genaue Zahlen bekommen wir, falls wir hier wieder rauskommen.«

Falls. Die Porrinyards waren nicht der Typ, der *falls* sagen würde. Das wiederum sagte mir genug, dass ich gar nicht weiter darüber nachdenken wollte. »Wie sieht es … wie sieht es da unten aus?«

»Wie es da *aussieht?*«

»Bitte, Liebes! Hier geht es nicht darum, ein paar Botschafter anderer Welten umzubringen. Ich habe auf der anderen Seite etwas gesehen, aber es war zu dunkel und ich war zu sehr mit Klettern beschäftigt, um …«

Ihr Gesicht war eine Maske, die nichts preisgab. Ich konnte die Gedanken nicht lesen, die ihre Antwort um mehrere Sekunden hinauszögerten, konnte nicht erkennen, ob sie über meine Frage nachdachte oder mich vor der Antwort schützen wollte. »Sie haben nicht mehr als ein paar Dutzend gebraucht, um mit uns fertig zu werden! Der Rest wurde in das Amphitheater geschickt, um in einem Himmelfahrtskommando so viele Tänzer wie möglich zu töten!«

»Das ergibt keinen Sinn. Warum sollte irgendein Vlhani versuchen, etwas zu beenden, was seine Spezies schon immer getan hat?«

»Ich erlebe das zur selben Zeit wie du, Andrea! Und, nein, für mich ergibt das auch keinen Sinn.«

Mein Gehirn war nicht groß genug, das zu erfassen. Hier kämpfte nicht eine Spezies gegen eine andere, nicht einmal eine Gesellschaft gegen eine andere. Hier kämpften Leute gegen ihresgleichen, wüteten und metzelten in einer Form von rassischem Wahn, die bisweilen mit dem Begriff *Bürgerkrieg* geadelt wurde, die jedoch besser als Auto-Kannibalismus verstanden werden sollte.

Für die Vlhani-Tänzer dort unten mochte es sogar noch schlimmer sein als für die Menschen, die das Pech hatten, dass sich das Schwert vorübergehenden Wahnsinns gegen sie richtete. Menschen hatten von jeher ihr Leben im Krieg verloren, aber auch die, die davon erschüttert wurden, hatten gewusst, dass es immer Kriege gegeben hatte und immer Kriege geben würde. Doch soweit ich es verstanden hatte, hatten die Vlhani sich während ihrer ganzen Geschichte der Erschaffung eines zerbrechlichen Werkes gewidmet und wurden nun von einer absolut verräterischen Faktion angegriffen, die dieses Werk vernichten wollte. Kein Wunder, dass sie schrien. Ergab das für sie einen Sinn? Wussten sie überhaupt, warum sie getötet wurden?

Ich gierte danach, den Kopf zu drehen und der verwirrenden Dunkelheit unter mir ein paar Details zu entnehmen. »Wer gewinnt?«

»Da gibt es keinen Gewinner, Andrea. Sie zerstören alles, was sie sind. Das ist das moralische Äquivalent zu Menschen, die jede einzelne Ausgabe jedes existierenden Buches verbrennen, das die Menschheit je hervorgebracht hat.«

»Ich rede nicht von dem gottverdammten Ballett! Ich rede über diese gottverdammte Prügelei! Sag mir, was du siehst!«

Es gab keine richtige Stille, es gab nur den Wettstreit der Schreie sterbender Vlhani und sterbender Außerweltler, Schreie an der Klippe, ausgestoßen von Leuten, die ihre Freunde unter den wenigen Überlebenden suchten, die sich in der Dunkelheit ans Leben klammerten, hämmernde Geräusche über uns, ein Gemetzel unter uns.

Die Sterne am Himmel leuchteten so hell wie Diamanten und waren zu weit entfernt, um irgendetwas von der Hölle zu wissen, die wir durchstehen mussten.

Nach langer Zeit berichtete Skye: »Die Invasoren sind zwei zu eins, vielleicht sogar drei zu eins in der Unterzahl. Sie sterben zu Tausenden, aber sie töten auch Tausende. Wenn du den reinen Zahlen so viel Bedeutung zumisst, sind sie die Verlierer.«

»Was ist mit uns? Sind die Vlhani, die hinter uns her waren, immer noch hinter uns her?«

Ihr Schweigen dauerte nur wenige Sekunden, aber es fühlte sich hundertmal länger an. »Ich weiß es nicht!«

Wieder trat für lange Zeit Stille ein.

Ich wusste nicht, wie lange sie dieses Mal anhielt.

Lange versuchte ich, die KIquellen über meine Schnittstelle zu kontaktieren. Sie antworteten nicht. Das war typisch. Sie hatten eine Direktleitung zu meinem Kopf und einen Pakt mit mir, der es ihnen gestattete, sie nach Gutdünken zu nutzen, aber sie meldeten sich nur, wenn sie unerwünscht waren, schwiegen aber hartnäckig, wenn ich ihre Hilfe brauchte. Daran würde ich denken, wenn ich das nächste Mal mit den Porrinyards im Bett wäre und diese kriecherische Software kurz vor dem Höhepunkt dazwischen funkte, um mir irgendwelche theoretischen Fragen über den biologischen Imperativ zu stellen.

Das galt natürlich nur unter der Voraussetzung, dass wir diese Nacht überlebten. Und dass meine Beziehung zu den Porrinyards überlebte, was auch immer ich dieses Mal getan haben mochte, um sie zu verärgern.

Alles, was ich wusste, war, dass ich nicht heute Nacht, während sie wütend auf mich waren, sterben wollte, was mich anderenfalls vielleicht nicht so sehr gestört hätte.

Bis zu diesem Zeitpunkt konnte ich nichts sehen außer dem finsteren Himmel und Skye, die über mir am Felsen hing. Die fernen Schreie der Vlhani, die in der Tiefe im Kampf ihr Leben ließen, schienen sonderbar gebündelt aufzutreten, beinahe so, als würden sie aufgepeitscht wie Spielzeug in einem unsteten Wind.

Die schlimmsten Schreie, die, die verkündeten, dass eine weitere Seele an uns vorbei in den Tod am Grund des Amphitheaters stürzte, hörten nach einer Weile auf, aber ich konnte nicht einschätzen, wie viele Außerweltler überlebt hatten. Ich hätte vermutlich Skye fragen können, aber ich fürchtete, die neu erwachten Spannungen zwischen uns zu stören.

Wie dem auch sei, wir hatten vielleicht eine Stunde oder mehr dort verbracht und darauf gewartet, was diese Nacht uns noch zu bieten hatte, als Skye sagte: »Das könnte sehr gut oder sehr, sehr schlimm sein.«

»Was?«

»Hör zu.«

Da schien nichts zu sein, dem ich zuhören konnte, abgesehen von dem, was wir so oder so schon die ganze Zeit hörten: den Wind, die Schreie der Vlhani im Amphitheater, die allmählich verhallenden Kampfgeräusche aus der Tiefe, das Gebrüll anderer intelligenter Wesen, die sich auf der Klippe gegenseitig anriefen. Aber dann vernahm ich etwas anderes: einen leisen, knirschenden Trommelschlag, als würden tausend winzige Hämmer Löcher in ein Kiesbett schlagen. Es schien von unten zu kommen, aber das war auch schon alles, was ich begriff. Abgesehen davon, dass ich Skyes Hilfe nicht brauchte, um tief im Inneren zu spüren, dass die Erklärung für diese Laute in der Tat *sehr, sehr schlimm* sein mochte.

»Hörst du es?«, fragte Skye.

»Ich glaube schon. Was ist da los?«

»Ich nehme an, das ist das Geräusch von Vlhani-Peitschen, die Löcher in Gestein schlagen. Ungefähr neunzig von ihnen haben sich von den Überlebenden im Amphitheater getrennt und klettern nun an der Felsmauer zu uns herauf.«

Meine Innereien krampften sich zusammen. »Was wollen sie?«

»Das ist die große Frage, nicht wahr?«

Ich versuchte, mir auszurechnen, wie viel Zeit uns noch blieb. Viel konnte es nicht sein. Die Hunderte von Metern, die uns vom Boden des Amphitheaters trennten, konnten für die Vlhani kein größeres Hindernis darstellen als eine kurze Treppe für uns. Die Chancen, dass es uns gelang, den Gipfel vor ihnen zu erreichen, ganz zu schweigen davon, nützlichen Abstand zu gewinnen, während wir vor diesem wie auch immer gearteten ruchlosen Chaos flüchteten, das die Wüste dort oben beschmutzte, summierten sich auf null.

»Wir haben ungefähr zwanzig Sekunden«, sagte Skye. Dies war einer jener äußerst seltenen Momente, in denen ich Furcht in ihrer Stimme wahrnehmen konnte, ein Zittern, von dem ich annehme, dass es außer mir kaum jemand bemerkt hätte.

Panische Schreie wurden unter den Leuten laut, die sich an die Felswand klammerten. Ich hörte, wie ein Schrei sich langsam verlor, als der, dem die Stimme gehörte, entweder abstürzte oder gar sprang, um sich dem Zugriff der Vlhani zu entziehen. Ich versuchte, den Kopf zu drehen, als das Knirschen näher kam, und fühlte, wie sich mein Magen umdrehte, als schon diese kleine Bewegung mich aus dem Gleichgewicht brachte.

»Andrea!«

Es war zu spät. Ich war im freien Fall. Skyes Schrei folgte mir, als ich mit weit aufgerissenen Augen in eine Dunkelheit stürzte, die von Sternen erhellt wurde, Sterne, die irgendwie zwischen mir und dem unausweichlichen Aufprall weit unten funkelten.

Mir blieb Zeit für zwei Gedanken. Oder besser für eineinhalb.

Oh, gut, ich wollte doch immer sterben.

Und dann:

Was denkst du da, du dämliche, selbstsüchtige Schlampe? Früher *wolltest du sterben. Jetzt kannst du das nicht mehr wollen, nicht, wenn es jemanden gibt, der …*

Aufprall.

KAPITEL FÜNF
ÜBERLEBENDE

Sie schulden uns Abbitte, Andrea Cort.

Dieses Mal war der KIquellen-Avatar ein mürrisches, sommersprossiges Menschenmädchen von ungefähr sechs Jahren in einem Overall, dessen schmutziges, blondes Haar zu Zöpfen geflochten war. Kleidung und Haut waren dreckig, und es trug die grollende Miene eines Kindes zur Schau, das sich gerade noch im Sand gesuhlt hatte, als seine Eltern vorbeikamen und ihm den Tag mit Ermahnungen über gutes Benehmen ruiniert hatten.

Das kleine Gör war mir definitiv unbekannt, es sei denn, es gehörte zu denen, die auf Bocai umgekommen waren. Die Erinnerung an jene Menschen hatte ich seither unterdrückt.

Ich schulde vielen Abbitte.

Das kleine Mädchen runzelte die Stirn, kniff die Augen zusammen, sog die Wangen ein. Seine Gesichtszüge sahen samt und sonders aus, als wollten sie sich alle in der Mitte nahe der Knopfnase zusammenrotten. ***Sie haben in ihrem Gespräch mit Botschafter Hurrr'poth einen irregeleiteten Gedanken gehegt, in dem sie uns beschuldigt haben, wir würden so selbstverständlich lügen, wie Sie atmen. Dagegen müssen wir uns verwahren, denn wir haben Sie seit Beginn unseres besonderen Bundes nie belogen.***

Vielleicht hatten sie das nicht, aber sie spuckten die Wahrheit in Portionen aus, klein genug, um einen falschen Eindruck zu erwecken, was auf das Gleiche hinauslief. *Sie hätten mich warnen können.*

Das haben wir. Ihre Anwesenheit hier und heute ist das Ergebnis von Schlüssen, die Sie aus den Informationen gezogen haben, die wir zur Verfügung gestellt haben. Aber das war alles,

was wir Ihnen sagen konnten. Sie müssen lernen, dass so, wie manche Kämpfe unter den Angehörigen Ihrer eigenen Spezies verloren sind, ehe auch nur ein Schuss gefallen ist, auch einige der unseren bereits verloren sind, lange bevor die Auswirkungen offenbar werden.

Ich fühlte ein Zwicken an der Seite meines Körpers, ein bösartiges Stechen, das in mir den Wunsch weckte, mir den Anzug vom Leibe zu reißen und meine Haut mit zu Klauen gekrümmten Händen zu bearbeiten. *Warum führen Sie mich mitten in einen Albtraum, wenn mir nicht einmal erlaubt ist, ihn zu begreifen?*

Ihnen ist erlaubt, alles zu begreifen, was Sie begreifen wollen, Andrea Cort. Aber vielleicht können wir noch eines preisgeben, ehe Sie versuchen, das Wenige zu retten, was Sie noch retten können.

Ihre nächsten Worte schienen zu brennen vor wahrhaftiger Sorge.

Aufgrund dieser jüngsten Entwicklung gewinnen die Unsichtbaren Dämonen.

Die Frau mit dem kastanienbraunen Haar, die meine Wunden versorgte, konnte sich einer disharmonischen Kombination aus einem runden Gesicht und einem ranken Leib rühmen. Ihre Augenbrauen trafen sich in der Mitte in einer Weise, die ihr eine Standardmiene wütender Konzentration verlieh. Die leuchtend roten Rangabzeichen, die in ihre Wangen eintätowiert waren, mochten einen Versuch darstellen, ihre ergrimmte Haltung zu untermauern, jedenfalls benötigte und erreichte ihr tapferes Lächeln eine exzessive Breite, um in Anbetracht ihres Gesichtsschnitts besänftigend zu wirken und nicht räuberisch. Sie trug ein ärmelloses braunes Oberteil aus einem mir unbekannten Material, das ihr bis zum Bauch reichte, und Ketten an Handgelenken und Hals, an denen so viele Figürchen und Anhänger baumelten, dass sie bei jeder Bewegung klimperten.

Sie fragte mich, ob ich Schmerzen hätte. Die Sprache war Merkantil, der Akzent riirgaanisch einschließlich des charakteristischen, machtvoll gerollten Rs. Wer immer sie war, sie hatte mehr Zeit mit den Echsen verbracht als mit menschlichen Wesen.

»Ich fühle mich, als wäre ich gerade von einer verdammten Klippe gestürzt«, sagte ich.

Ihre Ketten schepperten, als sie ihren Nanitenstift an meine Seite führte. »Das ist eine angemessene Reaktion und ermutigend insofern, dass sie die Abwesenheit eines ernsten kognitiven Schadens bestätigt.«

Ich wollte doch verdammt sein, wenn die mich nicht veralberte. »Wie heißen Sie?«

»Valinia«, sagte sie. »Pakh Kech'tai Valinia.«

Die sonderbare Kombination aus einem Menschennamen, Valinia, und zwei riirgaanischen Ehrenbezeichnungen vertiefte mein Stirnrunzeln. »Hurrr'poth erwähnte, dass er ein Menschenmädchen adoptiert hätte. Sind Sie ...«

Halb lachte, halb trällerte sie. »Sagen Sie das nicht in seiner Gegenwart, Counselor. Seine menschliche Tochter, Ch'tpok, ist auch auf Vlhan, aber sie ist keine Riirgaaner Bürgerin mehr.«

»Das hat er nicht erwähnt.«

»Es ist ein wunder Punkt. Darüber sprechen sie nicht.«

Interessant. Und doch hatte er mir freiwillig von dieser Tochter erzählt. »Und Sie?«

»Meine Riirgaaner Eltern arbeiten nicht in diplomatischen Kreisen.« Sie betastete meine Rippen. »Tut das weh?«

Wir waren Passagiere in einem riirgaanischen Gleiter auf dem Weg zu den medizinischen Einrichtungen ihrer Botschaft.

Ich hatte nur knapp überlebt. Soweit ich es beurteilen konnte, hatten die Tänzer im Amphitheater die Invasoren zurückgeschlagen oder getötet. Dann hatten sie einige ihrer Leute die Klippe hinaufgeschickt, um all die Außerweltler zu retten, die noch nicht zu einem Kollateralschaden geworden waren. Die Kletterer waren noch ein beträchtliches Stück von mir entfernt gewesen, als ich stürzte, und der, der mir das Leben gerettet hatte, hatte mich während seines vertikalen Ansturms aufgefangen. Trotzdem hätte der Ruck beim Fangen mir beinahe jeden Wirbel ausgerenkt. Ein bisschen mehr Tempo, und ich wäre querschnittsgelähmt in einer Klinik gelandet und hätte zwei oder drei Tage festgesessen, so lange es eben dauerte, dergleichen zu reparieren.

Oder, um es ganz klar zu sagen: Ich hätte mich zu den vielen Toten gesellen dürfen.

Counselor Fox gehörte zu den Verletzten an Bord des Gleiters. Wir hatten sie kniend neben der Leiche ihres Arbeitgebers in dem riesigen Trümmerfeld zwischen den Ruinen der Tribüne und den Wracks der Botschaftsvehikel gefunden. Das Blut aus der Schnittwunde an ihrer Hüfte hatte sich mit dem Blut aus Schiffs frischer Brustverletzung vermischt und sammelte sich zu ihren Füßen in einer scharlachroten Pfütze. Die Luft war kühl, sodass von seiner Wunde immer noch Dampfschwaden aufstiegen. In dem Moment, in dem die Porrinyards und ich über die grausige Szene stolperten, hatte Fox gerade das Instrument, das seinen Tod herbeigeführt hatte, ein Bruchstück einer Stange der Tribüne, aus der Wunde gezogen. Nun musterte sie es auf eine Weise, die weniger an einen Menschen erinnerte, der sich von einer Tragödie überwältigen ließ, als an einen, der bereit war, sie zu akzeptierten und sein Leben zu leben.

Als sie viel später, nachdem Pakh Valinia ihr versprochen hatte, man würde Schiffs Leichnam mit dem ersten verfügbaren Flieger abholen, nickte, hatte sie noch keinen Ton gesagt.

Zu den übrigen Verwundeten an Bord gehörten ein keuchender K'cenhowten, dessen Exoskelett mit Flüssigkeit absondernden Löchern überzogen war, eine weinende Menschenfrau mit einem gebrochenen Arm und noch zwei oder drei andere. Oscin, der sich eine leichte Kopfverletzung durch einen herabfallenden Stein zugezogen hatte, saß neben mir. Er sagte nichts, blieb aber in meiner Nähe. Bisher hatte er nicht einmal Blickkontakt zu mir aufgenommen. Skye, die unverletzt war, hatte sich freiwillig bereit erklärt, zurückzubleiben und auf den nächsten Flieger zu warten.

Pakh Valinia war fertig mit meiner Versorgung und entfernte sich, um sich um einen der anderen Verletzten zu kümmern.

Ich tastete nach Oscins Hand. »Sprich mit mir.«

Er tupfte sich die Stirn ab. »Worüber möchtest du reden?«

»Über irgendwas.«

»Ich bin nicht sicher, ob ich an *irgendwas* interessiert bin.«

Ein Irrtum war nun endgültig ausgeschlossen. Eine Laus spazierte unabhängig von der Feuerprobe, die wir durchgestanden hatten, über ihre gemeinsame Leber und richtete sich häuslich ein. Wild entschlossen versuchte ich es mit einem Schuss ins Blaue. »Also gut, wie wäre es, wenn du mir erst mal erklären würdest, was du mit *Signal* gemeint hast. Das Signal, das du nach unserem Gespräch mit Schiff erwähnt hast.«

Oscin erstarrte. »Ich weiß nicht, ob das jetzt sonderlich passend ist, Andrea. Der Mann ist gerade gestorben.«

»Umso mehr ein Grund. Ihn kann ich ja nicht mehr fragen.«

Er erging sich in einem matten Seufzer, einem, der den Eindruck erweckte, dass er von mir ebenso genug hatte wie von dem Blutvergießen, das wir gerade überstanden hatten. »Du hast am Ende den Namen seiner Tochter ausgesprochen.«

»Das ist alles?«

»Du hast alles getan, was du nur konntest, um Distanz zu dem Mädchen zu halten. Du hast es immer nur *Ihre Tochter* genannt. Dann, in einem schwachen Moment, als dir die Ausreden ausgegangen sind, hast du sie Merin genannt. Mir ist das aufgefallen. Ihm ist es aufgefallen. Es war so durchsichtig, wie es ein Ausrutscher aus deinem Mund nur sein kann, und hat mir verraten, dass es dir nicht mehr egal war. Ich war sehr stolz auf dich.«

Ich war nicht überzeugt, dass es mir gefiel, so einfach durchschaut zu werden. Mir hat es von jeher Sicherheit gegeben, mich als undurchschaubare, antisoziale Schlampe zu geben. Während der letzten paar Jahre haben mir immer wieder Leute erzählt, ich hätte mich verändert, und ich weiß, dass das etwas Gutes sein soll, trotzdem hasste ich nach wie vor diese zunehmende ... Transparenz – besser kann ich es nicht ausdrücken – zwischen mir und dem Rest meiner Spezies. Das war eine Schwäche, die ich mir nie zuvor hatte leisten können und die ich mir jetzt ganz sicher nicht leisten konnte.

Aber ich hatte immer noch nicht herausgefunden, womit ich mir den Zorn der Porrinyards zugezogen hatte.

Ich versuchte es noch einmal. »Ich wünschte nur ... ich wünschte, ich hätte da unten irgendwas tun können. Um Leben zu retten. Aber ich wusste nicht, was ich tun sollte, außer Laufen.«

Oscin wandte den Blick ab und starrte in die dunkle Nacht, die schon jetzt zu lang gewesen war und sich noch für Stunden vor uns auszudehnen schien. »Das ist es nicht.«

Ich wartete auf mehr, aber das war alles, was er mir zu bieten hatte.

Vlhan stand in dem Ruf, eine Wüstenwelt zu sein, vorwiegend weil das der Ort war, an dem das Ballett und der größte Teil der bedeutenderen Migrationsbewegungen stattfanden. Und das meiste von dem, was wir heute gesehen hatten, wurde von Panoramen braunen Staubs beherrscht.

Aber es gab auch grüne Landschaften, darunter den Regenwald, den die Riirgaaner als Standort ihrer Botschaft gewählt hatten. Das Botschaftsgelände war ein kühler, schattiger Ort am Ufer eines kristallklaren Sees, der gerade groß genug war, um die Berge auf der anderen Seite in geheimnisvolle Schemen im Nebel an diesem Morgen zu verwandeln. Die Bäume auf der Botschaftsseite glichen dunklen Türmen und waren größer als alle Bäume, die ich auf den vielen Welten, die ich besucht hatte, je zu sehen bekommen hatte. Ihre Rinde war mit unregelmäßigen orangefarbenen Flecken gesprenkelt, und die höchsten Äste waren so dicht belaubt, dass der Waldboden in einem dauerhaften Schatten lag, abgesehen von einigen wenigen Stellen, an denen die Morgensonne doch durchbrach und die Gegend mit blendendem Sonnenlicht tüpfelte.

Das war genau die Umgebung, die den Dichter in jeder Kreatur wecken musste, die derartigen Dingen etwas Poetisches abzuringen imstande war.

Die Riirgaaner hatten genug Bäume gefällt, um Platz für die Botschaftsgebäude zu schaffen, dennoch war das Gelände immer noch bewaldet. Die Häuser kauerten sich nicht nur unter die Bäume, hier und da umschlossen sie sie auch. Der einzige schattenlose Bereich war direkt am Wasser, dort, wo die Gleiter der Botschaft an langen Anlegern vertäut waren wie Boote; unser Pilot brachte uns herunter, indem er etwa zwanzig Meter vom Ufer entfernt wasserte und dann mit geringem Schub seinen Anlegeplatz ansteuerte.

Es wäre gar zu einfach gewesen, all das als süß, als rustikal und bezaubernd wahrzunehmen, umso mehr nachdem wir das ummauerte Gelände gesehen hatten, das Croyd für seine Botschaft nutzte. Ich fragte mich, ob die Riirgaaner auch zu einer besser zu verteidigenden Anlage umschwenken würden, nun, da ihre Mission auf Vlhan um eine Zählung der Toten erweitert worden war.

Außerdem war ich nicht beglückt über den Anblick der fünf turmhohen Vlhani, die im seichten Ufergebiet standen und gelassen mit ihren Peitschen im Schlamm herumstocherten.

Während ich noch zögerte und mich fragte, was ich tun sollte, falls sich diese Monster zum Angriff entschlossen, erging sich die junge Nachwuchsdiplomatin, die sich den Arm gebrochen hatte und ihn immer noch schützend hielt, als hätten die Naniten ihn nicht auf dem Weg hierher gekittet und geheilt, in einer umfangreichen Tirade, die besagte, sie würde nicht von Bord gehen, solange *diese Dinger* nicht fort wären.

Ich behaupte nicht, dass ich nicht zur Hysterie fähig wäre. Aber ich bringe wenig Geduld für die Hysterie anderer auf. Folglich stand ich auf und trat auf den Anleger, wo sich bereits einige Mitarbeiter der riirgaanischen Botschaft eingefunden hatten, um uns in Empfang zu nehmen.

Die meisten Überlebenden folgten ihren Anweisungen, ohne

Fragen zu stellen, entweder zufrieden damit, zu tun, wie geheißen, oder, wie die hartnäckig klagende Frau an Bord des Gleiters, erpicht darauf, so schnell wie nur möglich von den bedrohlich aufragenden Vlhani wegzukommen. Dagegen bedachte ich Oscin mit einer gemurmelten Entschuldigung, wandte mich nach rechts, statt nach links, und näherte mich Fox, die am äußersten Ende des Anlegers stand.

Auf dem Anleger war genug Platz, dass ich mich neben sie stellen und mir ihren Gesichtsausdruck ansehen konnte. Sie war das glatte Gegenteil der hysterischen Frau in dem Gleiter. Sie weinte nicht, sie zitterte nicht, sie zeigte überhaupt keine Reaktion. Sie starrte nur hinaus auf den See, die blutigen Arme vor der blutigen Brust verschränkt, das blutige Gesicht so friedlich wie das kristallklare Wasser vor unseren Füßen.

Dies war kein vertrackter emotionaler Moment. Dies war eine Person, die all ihre Gefühle mit einer undurchdringlichen Hülle verdeckte.

Ich war nicht gerade eine Expertin darin, leere Beileidsbekundungen abzugeben. Früher, als die Mauer um mich herum noch höher war als jetzt, hätte ich es nicht einmal versucht. Aber die Rituale, die Menschen aneinander binden, zerrten heute stärker an mir, als ich es gewohnt war, und so musste ich es versuchen.

Ich atmete tief durch, während ich überlegte, ob ich genug Daten hatte, um dem Gedenken an den Mann gerecht zu werden, und verfiel schließlich auf die einzige Laudatio, die aus meinem Munde keine reine Lüge war. »Tut mir leid wegen Ihres Chefs. Er ... schien kein schlechter Mensch zu sein.«

Fox drehte sich zu mir um. Ihre Augen waren dunkel und unergründlich. Das einzige Anzeichen einer traumatischen Reaktion waren ein paar Schweißperlen, die auf den haarlosen Ovalen hoch oben auf ihrer Stirn funkelten. Nach einem kurzen Blickkontakt schaute sie sich zu den herumwatenden Vlhani um, doch sah sie dabei nicht wie jemand aus, der seine Furcht bekämpft, sondern wie ein Buchhalter, der die Zahlen in einer Gewinn- und Verlustrechnung addiert und subtrahiert.

Ich versuchte es anders. »Haben Sie einander nahegestanden?«

Ihr Schweigen hätte alles bedeuten können.

Es war nicht allein der Wind oder der gerade überstandene Albtraum, die mich frösteln ließen. »Entgeht mir irgendetwas?«

Fox' Stimme war schwach und zerbrechlich, ein Instrument, das zu lange in einer Schublade verstaut gewesen war. »Die meisten Worte sind nur Störgeräusche.«

Mein Frösteln nahm zu. »Was?«

»Ich habe meinen Scharfsinn maximiert, indem ich irrelevante Funktionen wie das Bedürfnis zu inhaltsloser sozialer Interaktion beseitigt habe. Heute spreche ich nur, wenn ich Informationen austauschen muss.«

Selbst seitens der KIquellen hatte ich mehr Emotionen, echt oder simuliert, wahrgenommen, als ich bei dieser Frau imstande war aufzuspüren. »Sind Sie dann nicht ... einsam?«

»Ich verfüge über eine normale Palette an Gefühlen, aber meine Modifikationen gestatten mir nicht, sie in meine Handlungsweise einzubeziehen.«

Modifikationen. Aber hier ging es nicht um irgendeinen Lifestyle. Das hier beruhte auf einem chirurgischen Eingriff. Vermutlich seitens der KIquellen – es fiel mir schwer, mir vorzustellen, irgendein menschlicher Chirurg könnte wissen, wie er so etwas Obskures herbeiführen konnte. »Wessen schreckliche Idee war das? Hat Schiff Ihnen das aufgezwungen?«

Die Worte glitten an ihr ab wie Blütenblätter im Wind, zart und schwerelos und ohne eigenen Antrieb. »Nein. Er hat in der Veränderung eine persönliche Zurückweisung gesehen. Ich war diejenige, die beschlossen hat, dass ich diese Verbesserung benötige.«

Meine nächste Frage spie ich hinaus. *»Warum?«*

»Meine Gefühle waren kontraproduktiv.«

Ihre Augen erinnerten mich an tiefe Wasserlöcher, zu dunkel, um den Blick auf den Schmutz freizugeben, der sich unter der Oberfläche verbergen mochte. Trauerte sie innerlich? Schrie sie vor Kummer? Zitterte sie angesichts des Schreckens, den wir erlebt hatten? War sie so wütend, dass sie sich wünschte, diese Welt hätte eine Kehle, die sie mit bloßen Händen zudrücken konnte? Es war unmöglich, das herauszufinden. Postoperativ war da nur die friedliche Oberfläche, still und glatt wie das Seewasser.

Ich konnte nur vage erahnen, welches Leid sie früher einmal erlebt haben musste, dass sie sich in eine Art Haushaltsgerät hatte verwandeln lassen, eine Verwandlung, bei der ihre Gefühle zwar erhalten blieben, sie aber nicht mehr auf sie zurückgreifen konnte.

Nein, das war nicht ganz richtig. Ich konnte es mir durchaus vorstellen. Ich war selbst einmal dort, wo sie gewesen war. Es hatte Tage in meinem Leben gegeben, da hätte ich die KIquelle Medizintechnik um Fox' so genannte Verbesserung gebeten, wäre ich nur geistesgestört genug gewesen, auf die Idee zu kommen. Aber da ich daran nicht gedacht hatte, hatte ich das Gleiche erreicht, indem ich mich selbst zu einer düsteren, unsympathischen Schlampe mit versteinerter Miene gemacht hatte.

Ich war nicht mehr so schlimm wie früher. Aber ich erinnerte mich daran, wie ich gewesen war. Zu sehen, was aus ihr geworden war, bedeutete zu erkennen, was aus mir hätte werden können. Es war, als hätte ich den nächsten Soldaten in der Reihe vor Augen, der dem feindlichen Feuer zum Opfer fiel.

»Werden Sie mir helfen, Merin zu finden?«, fragte sie.

Einer der Riirgaaner tauchte hinter uns auf und erlöste mich von der Notwendigkeit, ihr eine Antwort zu geben. »Entschuldigen Sie. Wer von Ihnen ist Counselor Andrea Cort?«

Juje sei Dank. »Ich bin Counselor Cort.«

»Man erbittet Ihre Anwesenheit im Büro des Botschafters.«

Angesichts der Ausdruckslosigkeit riirgaanischer Gesichter war es nutzlos, einen Versuch zu unternehmen, seins nach Hinweisen darauf zu erkunden, was das zu bedeuten hatte. In Gegenwart von ihm und Tara Fox kam ich mir vor, als stünde ich zwischen zwei Marmortafeln mit aufgemalten Augen.

Aber die Unterbrechung war hilfreich. »Ich melde mich später«, sagte ich zu Fox.

Der Bote führte mich zum Ufer, wo wir Oscin einsammelten, ehe wir zum Hauptgebäude der Botschaft gingen.

Nur einmal, ehe der Pfad um einige Bäume herumführte, die mir den Blick auf den See verwehrten, blickte ich mich um. Inzwischen hatten alle Überlebenden den Gleiter verlassen, und Fox, die anscheinend von allen übersehen worden war, war die Einzige, die noch auf dem Anleger stand. Die Nebelbank, die das andere Ufer verhüllte und einen großen Teil des Sees mit Dunst überzog, schien sie in ihren Bann zu ziehen, aber ich wusste nicht, ob sie sie wirklich sah oder ob sie sich einfach in ihren Gedanken verlor, welche Gedanken sich eine Unberührbare wie sie auch zugestehen mochte. Während ich zu ihr hinübersah, war einer der Vlhani zu ihr gewatet. Nun ragte er hoch über ihr auf und wedelte mit zwei Peitschen über seinem gewaltigen schwarzen Kopf, vielleicht, um freundlich hallo zu sagen, vielleicht um ihr eine drängende Frage zu stellen oder inniglich Abbitte zu leisten. Fox machte keine Anstalten, davonzulaufen, sie zeigte gar keine Reaktion. Ich fragte mich, ob sie für den Vlhani ebenso sehr ein Mysterium darstellte wie seine Art für die meisten Menschen – und ob sie irgendwo in dem Gefängnis, das sie aus ihrem Schädel gemacht hatte, hoffte, diese Peitschen würden herabsausen und sie befreien.

Hurrr'poths Allerheiligstes kam mir vor wie eine Erweiterung des Vlhan-Waldes. Die Wände bestanden aus Rundholz, geschützt durch einen dünnen, farblosen Überzug, der auf Hochglanz poliert worden war. Eine Wand nahm ein lebensgroßes Porträt eines Riirgaaners auf einem Berggipfel ein, von dem ich annahm, dass er sich auf ihrer Heimatwelt befand. Die einzigen Möbel waren einige hohe, dreibeinige Hocker ohne Lehne, die dort, wo Menschen Polster als Sitzkissen benutzt hätten, mit schmalen, vertikalen Sicheln ausgestattet waren. Für Riirgaaner mochten sie sogar luxuriös sein, für einen Menschen sahen sie etwa so bequem aus wie eine Bahnschiene.

Oscin und ich beschlossen, stehen zu bleiben, obwohl nur einer der Hocker von einem mir unbekannten Riirgaaner besetzt war. Dieser Hocker stand in der Mitte des Raums und war umgeben von Holos, zu denen auch eines zählte, was ihn über die Fortschritte bei den Aufräumarbeiten im Amphitheater auf dem Laufenden hielt, während andere ihm eine Reihe von Gesichtern zeigten, die ihn zornig umkreisten wie Satelliten, die aus ihrer Umlaufbahn zu stürzen drohten.

Eines dieser Gesichter gehörte Hurr'poth persönlich, den ich zuletzt bei den Trümmern der Tribüne gesehen hatte. In anderen erkannte ich Bursteeni oder Cid oder K'cenhowten, ohne jedoch zu wissen, welche Vertreter der Spezies ich vor mir hatte. Croyd ließ sich durch seinen Namen vertreten, geschrieben in schwebenden Blockbuchstaben, eine sonderbare Art physischer Zurückhaltung gegenüber außerirdischen Botschaftern, die die zwanghafte Nacktheit, welche er seinen Mitmenschen so bereitwillig präsentierte, umso lächerlicher erscheinen ließ.

Der einzige Würdenträger, der sich mit uns im Raum befand, war der Erste Referent der Tchi, Cre Rhaig, der mich von einer der wenigen Stellen im Zimmer, die nicht von Holos eingenommen wurde, finster musterte. Seine Anwesenheit war eine Überraschung für uns, da er nicht an Bord des Gleiters gewesen war, und ich fragte mich sogleich, wie sehr er seinen Einfluss hatte spielen lassen, um sich einen Platz auf einem früheren Evakuierungsflug zu beschaffen. Ich persönlich bezweifelte, dass er den Platz aufgrund einer ernsthaften Verletzung bekommen hatte. Die Art, wie er hinter einem der Riirgaaner-Hocker stand und die Enden des sichelförmigen Sitzes umklammerte, erweckte weniger den Eindruck von Schwäche als den eines Dozenten, der sich den nächsten passenden Gegenstand als Pult zueigen machte.

»Da ist sie«, sagte er zu den diversen holografischen Gästen. »Fragen Sie sie. Los, worauf warten Sie?«

»Alles zu seiner Zeit«, entgegnete der Riirgaaner auf dem Hocker. Das Alter eines Riirgaaners einzuschätzen war stets eine riskante Sache, da sich ihre Gesichtszüge nie veränderten, aber ich hielt ihn für unerfahrener als Hurrr'poth. Als er sich zu mir umwandte, sah sein starres Lächeln aufgrund der Umgebungsbedingungen räuberisch aus. »Bitte verzeihen Sie die mangelnde Etikette, Counselor, aber ich vertraue darauf, dass Sie die tragischen Umstände in Betracht ziehen. Ich werde die unvermeidlichen Angelegenheiten verschieben, sollten Sie oder Ihr Begleiter weitere medizinische Versorgung für nötig erachten, ehe sie uns Gesellschaft leisten.«

Ich konnte immer noch fühlen, wie mein Innenleben neu angeordnet wurde, während die Naniten an meinen Rippen arbeiteten, und ich wusste, dass ich weiterer medizinischer Versorgung bedurfte, irgendwann, doch der Schmerz war inzwischen einem dumpfen Pochen gewichen. Was Oscin betraf, so war von seiner Wunde nur noch eine kaum sichtbare Narbe übrig. Wir hätten eine Pause brauchen können, aber die würden wir schon noch erhalten. »Nein, danke.«

»Hervorragend. Mein Name ist Corribin Verrr'kath. Ich bin Hurrr'poths Stellvertreter und werde diese Konferenz leiten, doch der Botschafter wird uns vom Schauplatz der Katastrophe aus beiwohnen und sich zu Wort melden, wenn er es für geboten hält. Wie mir bekannt ist, sind Sie meinem Kollegen, Mr Rhaig, bereits zuvor begegnet. Um Zeit zu sparen, werde ich darauf verzichten, die übrigen holografisch Anwesenden vorzustellen, und bitte sie, ihre Namen zu nennen, wenn sie eine eigene Frage vortragen wollen.«

»Ist das ein Verhör, guter Herr Verrr'kath?«

Er hatte keine Gelegenheit zu antworten. Rhaig kam ihm mit vor Argwohn und Wut zitternder Stimme zuvor. »Was ist der Grund für Ihre Anwesenheit auf Vlhan?«

Na klar. Wann immer die Kotlache zu meinen Füßen über die Höhe meiner Knöchel steigt, sehe ich mich nach dem nächsten Tchi um. »Geheimsache.«

»Ich fürchte, das reicht nicht«, sagte Verrr'kath.

»Es muss reichen. Das ist es, was Geheimhaltung bedeutet.«

»Es ist auch ein Etikett, das auf einem Planeten außerhalb der Konföderation, auf dem Sie keine offizielle Stellung bekleiden und auf dem wir alle gerade eine Tragödie nie dagewesenen Ausmaßes erlebt haben, nur schwer zu rechtfertigen ist.«

»Wenn Ihnen das Wort Geheimsache nicht gefällt, betrachten Sie es als vertrauliche Angelegenheit. Das passt auch. Ich denke, Sie werden feststellen, dass die speziesübergreifenden Verträge vertrauliche Kommunikation zwischen Anwälten und denen, deren Interessen sie vertreten, stets geschützt haben.«

Für einen Moment brabbelten die Holos untereinander, und nur ein paar von ihnen sprachen Merkantil. Die Cid-Sprache, die aus Keuchlauten bestand, und der Singsang der Bursteeni überwog einige Sekunden, bis Verrr'kath etwas vorsichtiger fragte: »Repräsentieren Sie das Corps oder eine Privatperson?«

»Ich fürchte, auch das unterliegt den Geboten der Vertraulichkeit«, sagte ich.

Wieder wurde Gemurmel unter den diversen Botschaftern laut.

Es war Zeit, vorzupreschen und nachzuhaken. »Was hat das alles überhaupt zu bedeuten? Warum wollen Sie sich mit meinen Angelegenheiten belasten, wenn Sie doch derzeit so viel haben, worum Sie sich Sorgen machen müssten?«

Verrr'kath äußerte sich mit der entschuldigenden Dringlichkeit eines Wesens, das nicht verantwortlich für das Feuer war, aber zugeben musste, dass es arg heiß brennen konnte. »Der Erste Referent Rhaig hat Ihre Vorgeschichte zur Sprache gebracht, derzufolge Sie sich an Orten aufgehalten haben, an denen friedliche Gemeinden ohne ersichtlichen Grund plötzlich in Gewalttätigkeiten ausgebrochen sind.«

»Bocai«, spezifizierte Rhaig.

»Außerdem hat es eine Anzahl von Fällen gegeben, bei denen Sie entfernte Orte besucht haben, unmittelbar vor Ausbruch einer bedeutenden Krise oder eines berüchtigten Blutvergießens.

Da hat es beispielsweise einen gewissen Vorfall auf Xana gegeben …«

Ich fühlte mich furchtbar matt. »Ein Mord, der nachweislich nichts mit mir zu tun hatte, und der Täter wurde bereits vor Gericht gestellt, verurteilt und exekutiert.«

»Richtig«, räumte Verrr'kath ein, »aber Sie waren zugegen, und der Erste Referent handelt keineswegs unvernünftig, wenn er darauf hinweist, dass viele Tragödien von ähnlicher Signifikanz über die Jahre auf ihrem Weg lagen. Können Sie ihm ernsthaft vorwerfen, dass er sich Gedanken darüber macht, ob es eine Verbindung zwischen Ihrem Eintreffen im Amphitheater der Vlhani und dem anschließenden massiven Angriff auf ein örtliches Ritual gibt, das zuvor schon viele Tausend Jahre lang stattgefunden hat, überwiegend ohne irgendwelche außergewöhnlichen Vorkommnisse? Ist es unangemessen, wenn auch der Rest von uns Ihnen ein paar Fragen stellen möchte?«

Nein, das war es nicht. Das war der Haken an der Sache. Hätte ich auf seinem Platz gesessen – beziehungsweise auf diesem Hocker gethront –, dann wäre ich nicht minder erpicht darauf gewesen, eine Erklärung für dieses Muster zu finden. Und ich wäre unter diesen Umständen nicht so freundlich aufgetreten.

Was natürlich nicht hieß, dass ich mir diesen Mist weiter antun wollte. »Reisen zu unsicheren Krisengebieten gehören zu meinem Job. Es wäre unter diesen Umständen viel verwunderlicher, hätte ich meine ganze Laufbahn bis heute bestritten, ohne dass während meiner Einsätze etwas Schreckliches geschehen wäre. Dergleichen springt nur aufgrund meines schlechten Rufes mehr ins Auge.«

»Ein schlechter Ruf«, ließ sich Rhaig vernehmen, und jede Silbe troff vor Gift, »die diese *Kreatur* erworben hat, weil sie eine Mörderin und Kriegsverbrecherin ist.«

Das traf mich unerwartet schwer. Ich hatte mich schon vor Jahren an die Vorwürfe hinsichtlich eines Kriegsverbrechens gewöhnt, aber meine Abwehr lag gerade weitgehend am Boden, und Rhaigs Worte sorgten dafür, dass etwas in mir sehr beißend und sehr kalt wurde. »Also schön. Der Erste Referent ist zu schlau für mich. Ich gestehe.«

»Was?«, fragte Verrr'kath.

»Alles. Was letzte Nacht passiert ist. Ich habe die ganze Sache geplant. Ich bin so unfassbar ruchlos, dass ich meinen bösartigen Einfluss genutzt und all das in Gang gesetzt habe – obwohl ich gerade auf einem Planeten eingetroffen war, auf den ich nie zuvor auch nur einen Fuß gesetzt hatte, obwohl ich den ganzen Tag mit einem Führer auf Reisen war, der in jeder Minute bei mir war, und obwohl ich erst zum Amphitheater gekommen bin, als die Vlhani, die den Anschlag auf das Ballett geplant haben, bereits auf dem Weg und gerade noch ungefähr eine Stunde von unserer Position entfernt waren. Und dann bin ich von der verdammten Klippe gestürzt, und das nur um meine herausragenden Fähigkeiten zu verschleiern, bei einer Spezies die passenden Fäden zu ziehen, die sich bisher all Ihren Versuchen, eine gehaltvolle Kommunikation zu etablieren, entzogen hat.«

Verrr'kath streckte die Hände aus und versuchte, mich zu beschwichtigen. »Bitte, Counselor ...«

Aber ich war zu erbost, um aufzuhören. »Außerdem bin ich ein so unvergleichliches Superhirn, wenn es darum geht, außerhalb Ihres Gesichtsfeld eine Katastrophe vorzubereiten, dass ich imstande war, noch vor meiner Ankunft eine ganze Armee dieser verdammten Riesenwanzen dazu zu bringen, Verrat an Tausenden von Jahren ihrer eigenen Geschichte zu üben und sich zu diesem sinnlosen Überfall auf die einzige Sache aufzumachen, von der wir wissen, dass sie ihnen wirklich wichtig ist. Ich bin sogar der heimliche Anführer ihres Kreuzzugs und war gerade draußen am See, wo ich den Vlhani, die da im Wasser grasen, gesagt habe, dass die Zeit für Phase zwei gekommen ist. Nur gut, dass Sie Sherlock Tchi haben, der meine bösartigen Pläne aufgedeckt hat. Ohne seine brillanten Schlussfolgerungen hätten meine Untaten vielleicht bis in alle Ewigkeit unbemerkt weitergehen können.«

Wieder wurde Gemurmel unter den virtuellen Teilnehmern laut, doch der einzige ermutigende Ton in dieser Symphonie war ein melodisches Husten, in dem ich ein Bursteen-Glucksen erkannte. Nur Juje allein wusste, wie viele der anderen auch nur ahnten, was Sarkasmus ist. Ich hatte selbst unter Menschen nur begrenzt Erfolg damit.

Verrr'kaths Reaktion hörte sich abscheulich mitleidig an. »Ich finde es interessant, dass sie geradewegs in die Defensive gehen, obwohl nur einer von uns die Überzeugung zum Ausdruck gebracht hat, Sie seien schuldig.«

Es war Zeit zur Umkehr, Zeit für eine Ehrenerklärung, Zeit zu behaupten, es läge nur an dem Stress dieser langen Nacht, aber ich war in Fahrt und nicht aufzuhalten. »Nennen Sie es Gewohnheit, Sir. Ich schlage mich mein Leben lang mit derart idiotischen Beschuldigungen herum und habe gelernt, die Zwischenschritte zu übergehen.«

»Das bringt uns andere auf die Frage, ob Sie mehr wissen, als Sie preisgeben.«

»Ich weiß bändeweise mehr, als ich preisgebe, Sir. Es ist mein Job, mehr zu wissen, als ich preisgebe. Aber was ich *nicht preisgebe*, hätte uns nicht geholfen, dem zu entgehen, was letzte Nacht passiert ist. Sie werden einfach beherzigen müssen, dass diese *Kreatur* ...«, ich deutete auf den schäumenden Rhaig, »... falsch liegt. Und glauben Sie mir, wenn ich Ihnen versichere, dass ich nicht mit diesem Albtraum gerechnet habe und mein Leben gegeben hätte, hätte ich ihn dadurch beenden können.«

Dieses Mal klang kein Gemurmel auf. Verrr'kath trommelte mit den Fingerspitzen auf seiner Brust, und die Lider seiner großen, schwarzen Augen sanken auf Halbmast. Rhaig bedachte mich mit dem Blick eines intelligenten Wesens, das mich zu gern ermordet und in einem Tchi-Museum präsentiert hätte, wäre er damit durchgekommen.

Dann meldete sich die Holopräsenz, die ich beobachtete, die, die durch das schwebende Wort *Croyd* vertreten wurde, zu Wort: »Was, denken Sie, sollen wir tun, Counselor?«

»Hinsichtlich der Vlhani?«

Der nicht sichtbare Croyd seufzte, als empfände er unendliche Verzweiflung, wenngleich ich meinem kurzen Besuch bei ihm entnahm, dass er auch eine unendliche Rachgier hegte. »Nein, Counselor. Wir werden noch darüber sprechen, was wir wegen der Vlhani tun sollen. Hier geht es darum, was wir mit Ihnen machen ...«

KAPITEL SECHS
THATHARSI

Ein schneller Blick zu Oscin offenbarte kein großes Erstaunen auf seiner Seite; er war müde, das Gesicht gerötet, aber eher resigniert als verwundert. Es war meine eigene Schuld, dass ich in diesen letzten paar Minuten nicht besser auf ihn geachtet hatte. Die Porrinyards bewahrten in solchen Angelegenheiten einen kühleren Kopf, und er hatte mir gewiss auf ein Dutzend verschiedene Arten signalisiert, wie ich am besten mit etwas umgehen konnte, das, wie ich erst jetzt erkannte, tatsächlich ein Femegericht war.

Als ich mich wieder zu Verrr'kath umdrehte – den ich zu schnell als möglichen Verbündeten eingestuft hatte, wenn auch nur im Zuge eines Ausschlussverfahrens in einem Raum, in dem sich auch der Erste Referent Rhaig aufhielt –, neigte der nur bekümmert den Kopf zur Seite. »Ich glaube Ihren Unschuldsbeteuerungen, Counselor. Die Fakten lassen keinen anderen Schluss zu, und ich bin überzeugt, dass viele der anderen diese Sichtweise teilen. Aber Sie sind eine so kontroverse und spaltende Persönlichkeit, das hat der Erste Referent im Zuge seiner Anklage deutlich gemacht, dass es schwer ist, sich vorzustellen, dass Ihre Anwesenheit nicht zwangsläufig zur Quelle weiteren Unfriedens zu dieser kritischen Zeit werden wird. Wenn Sie uns keine weiteren Informationen liefern können und sich weigern, diese Welt zu verlassen, steht für mich fest, dass radikale Korrekturen einer gewissen Art durchgeführt werden müssen.«

Das war's. Das war der Ton, mit dem ich schon so früh in meinem Leben Bekanntschaft gemacht hatte, der Ton, der dazu geführt hatte, dass ich einen großen Teil meiner Kindheit als Gefangene und einen großen Teil meines Lebens als Erwachsene als Vasallin des Dip Corps zugebracht hatte. Es war der Ton, den eine Tür macht, wenn sie ins Schloss fällt.

»Haben Sie noch etwas hinzuzufügen, ehe wir uns beraten?«, fragte Verr'kath. »Einer von Ihnen?«

Oscin stand mit grimmiger, versteinerter Miene da und war mir gegenüber auf seine Weise nicht minder verschlossen, als es Tara Fox gewesen war. Die Tatsache, dass er jetzt nicht das Wort ergriff, war für mich, als würde mir der Boden unter den Füßen weggezogen. Ich versuchte meinerseits, kompensatorischen Ärger aufzubauen, denn das war immer meine beste Waffe gewesen, aber ich fand keinen. Alles, was ich fand, war ein kalter, dunkler Ort gleich einer Gruft, in der es nichts als kahle Wände gab.

Verr'kath ließ mir genug Zeit zu verdeutlichen, dass mein Schweigen nicht nur einem Zögern entsprang, sondern aus sich heraus eine Antwort war. Dann winkte er, und zwei mir unbekannte Riirgaaner traten ein, jeder bewaffnet mit einem mobilen Mikrolader.

Von so einem Ding war ich schon einmal getroffen worden, als ich mich in eine Demonstration in New London verirrt hatte, die in Gewalt umgeschlagen war. Es sind insofern gnädige Waffen, als dass sie kein Blut fordern, aber es macht keinen Spaß, wenn das eigene Nervensystem mit irgendeinem Fraktalbild überladen wird oder man mit erbärmlichen Kopfschmerzen aufwacht, nachdem man eine Woche oder mehr als inkontinenter, sabbernder Idiot zugebracht hat, unfähig an irgendetwas anderes als das Bild zu denken, das einem irgendein Peiniger ins Gehirn gepflanzt hat.

Seitens der Riirgaaner war es ein ernster Verstoß gegen die speziesübergreifenden Verträge, einen funktionstüchtigen Mikrolader in eine Welt zu bringen, in der sie keine rechtlichen Befugnisse besaßen, aber ich hatte nicht die Absicht, das laut auszusprechen. Ich hatte viel zu viel Angst vor den verdammten Dingern. Diese Angst begleitet mich seit den Anfangszeiten meiner beruflichen Laufbahn. Damals hatte ich als Nachwuchskraft einem Team angehört, das einen untergeordneten Dip-Corps-Funktionär verfolgt hatte, der sich einen Lader für den persönlichen Gebrauch verschafft hatte. Mit Hilfe regelmäßiger Überladungen hatte er eine Frau, die ihn zurückgewiesen hatte, jahrelang in einem Zustand gefügiger Katatonie gehalten. Die lange Gefangenschaft und die unzähligen Vergewaltigungen waren für sie noch der kleinste Schrecken, umso mehr, da alle verfügbaren Beweise aufzeigten, dass ihr Peiniger seinem Opfer nie Gelegenheit gegeben hatte, sich seiner Notlage bewusst zu werden. Aber bis zu unserem Auftauchen hatte sich das Bild, das er ausgewählt hatte – etwas Furchtbares, das er einer Hytexdatei mit Bildern von einer Welt entnommen hatte, die bereits das fünfte Jahr eines Bürgerkriegs erdulden musste –, so tief in ihren visuellen Cortex eingegraben, dass weder Zeit noch Therapien es tilgen konnten. Es war immer da, sobald sie die Augen schloss. Und die Fähigkeit, dieses Bild zu sehen, bei ihm zu verweilen, anzuerkennen, dass es in jedem nachlässigen Augenblick auftauchen würde, war so schrecklich für sie gewesen, dass sie darum gebettelt hatte, für den Rest ihres Lebens in einem konstant überladenen Zustand gehalten zu werden. Alles, hatte sie gesagt, war besser als der Fluch, *denken* zu können.

Mikrolader sind scheußlich. Bekommt man einmal einen zu spüren, reagiert man sehr zurückhaltend, wenn man erneut mit so einem Ding bedroht wird.

»Sie werden beköstigt werden«, sagte Verrr'kath. »Sie erhalten medizinische Versorgung. Es wird Ihnen an nichts fehlen. Aber bis wir entschieden haben, ob und welche Bedingungen wir Ihren Aktivitäten auf Vlhan auferlegen, verbleiben Sie unter Bewachung in einem unserer Gästezimmer.«

»Das ist haarsträubend. Ich habe nichts getan, womit ich mir eine solche Behandlung verdient hätte.«

»Falls das hilft«, sagte Verrr'kath, »die meisten von uns stimmen Ihnen zu. Aber das Haus brennt, und wir können uns die Ablenkung durch Sie nicht leisten, solange wir damit beschäftigt sind, die Flammen zu ersticken.«

»Das ist nicht Ihre Welt. Sie haben keine rechtlichen Befugnisse für diese Maßnahme.«

»Unsere Befugnis ist die Notwendigkeit«, gab Verrr'kath zurück.

Ich fügte mich. Was hätte ich sonst tun sollen?

Das Letzte, was ich sah, ehe ich aus dem Zimmer geführt wurde, war, wie Der Erste Referent Rhaig die Lippen schürzte und die Wangen aufblies, eine Miene, die bei seiner Spezies Triumph darstellte. Seine Augen schienen mir erfreut zuzukrähen: *Du hättest meine Fragen beantworten sollen, als du die Gelegenheit dazu hattest.*

Ich war zu erschlagen, um Energie dafür zu vergeuden, ihn ebenfalls zu hassen.

Das Zimmer, in das wir geführt wurden, war keine Gefängniszelle, sondern ein kühler, sauberer, schattiger Raum hinter einer Tür, die mehr Ähnlichkeit mit einem durchschimmernden Vorhang hatte als mit einer Sicherheitsbarriere. Ein weiterer Vorzug war, dass wir nicht eingeschlossen wurden, ein Nachteil, dass gegenüber dieser Tür eine Wand war, vor der zwei Riirgaaner, dazu abgestellt, uns zu bewachen, mit einsatzbereiten Mikroladern in Habachtstellung standen und durch die dünne Seide, die den Durchgang verhüllte, jede unserer Bewegungen verfolgten.

Der Raum verfügte zudem über eine transparente Wand, die einen Blick hinaus in die bewaldete Umgebung ermöglichte, eine Decke, die sich zu dem Baumkronendach öffnete, und Regale mit echten Büchern in riirgaanischer Schrift. Dann gab es noch ein paar gepolsterte, kniehohe Plattformen, die uns als Stühle dienen konnten. Das Bett bestand aus einer edlen, plüschigen, körperformgerechten Matratze riirgaanischer Herstellung, die Sorte, die sich verformt und dem Nutzer anpasst. Das Badezimmer, das ich als Erstes kontrollierte, sah weniger verlockend aus. Waschbecken und Duschkabine mochten der Vielzahl menschlicher Körperformen genügen und verfügten zudem über echtes

Wasser anstelle der pulsierenden Schallwellen, die ich in New London zur Körperpflege nutzte, aber die Toilette war den Konturen eines riirgaaner Hinterteils nachempfunden und mit einem schmalen, gezahnten Sitz ausgestattet, der so hoch über dem Boden war, dass wir ihn nur durch kreative gymnastische Verrenkungen würden nutzen können.

All unsere Habe einschließlich der Kleidung zum Wechseln und eines großen Teils der geschmuggelten Waffen, die ich überall mit hinzuschleppen pflegte, wo ich nicht durch meine diplomatische Immunität seitens der Konföderation geschützt war, waren an Bord von Hammersmiths Gleiter gewesen und zweifellos in Fetzen gerissen worden, als die gewalttätigen Vlhani das Vehikel zersplittert hatten. Ein paar nützliche Gegenstände trug ich verdeckt bei mir, aber darunter war nichts, das unter die Überschrift »überwältigender Pluspunkt« gefallen wäre.

Man hinterließ uns eine Obstschale mit riirgaanischen und in dieser Region von Vlhan beheimateten Früchten, und da war eine durchsichtige Flasche mit einem weißen Pulver, deren Etikett in mehreren Sprachen beschriftet war. Auch eine Übersetzung in Merkantil war vorhanden: *Rationen * geschmacksneutral * verwendbar für Homo Sapiens.*

Das könnte ein langer Aufenthalt werden, sollten unsere Gastgeber vorhaben, mich mit für Menschen geeignetem Trockenfutter zu ernähren.

Ich hielt meine Hände unter den Wasserstrahl und schüttelte sie trocken, ehe ich das Badezimmer verließ und Oscin am Rand einer der Plattformen sitzen sah, die Arme auf die Oberschenkel gestützt, die Hände kraftlos zwischen den Knien.

Der Umstand, dass es ihm offensichtlich widerstrebte, mich anzusehen, ärgerte mich. »Du bist ja da drüben nicht gerade zu meiner Verteidigung herbeigeeilt.«

Er sah verloren aus. »Hätte ich?«

»Es wäre vielleicht besser gewesen als dein augenfälliges Schweigen.«

»Ich war anderweitig beschäftigt.« Er machte eine Geste auf

Schulterhöhe: Steno für Skye. Dann noch eine, die besagte, ich solle mir keine Sorgen machen.

Ich klappte den Mund auf, um nachzuhaken, da folgte eine dritte Geste, die mich warnte, ich möge schweigen.

»Außerdem«, sagte er, »hätte das auch nicht geholfen. Wann immer du dich in eine dieser politisch heiklen Lagen bringst, werde ich als eine Art Hilfsmittel wahrgenommen, etwas, das dazu dient, sich bereitzuhalten und deine Gegenwart aufzuwerten, während du deine Bühnenkunst demonstrierst.«

Üblicherweise zeigten sich die Porrinyards als die wohl unangreifbarste Person im Universum. Selbst bei der himmelschreiendsten Beleidigung lieferten ihnen ihre zwei Köpfe ein unheimliches Maß an ausgleichender Perspektive. Ich hatte mich ihnen gegenüber mehr als nur einmal als tobendes Miststück präsentiert, angetrieben von einem wenig ehrenhaften Zorn ob ihrer Weigerung, Ärger oder Schmerz zu zeigen, gleich, wie sehr sie provoziert wurden. Eine Reaktion wie diese kam in ihrem Falle schon einem hysterischen Ausbruch nahe. »Ich sehe dich nicht so.«

»Meistens nicht«, stimmte er zu.

»Nie.«

»Wir können das ausdiskutieren, Andrea, aber es ist so oder so nicht wichtig. Mir geht es nicht darum, wie du mich siehst. Mir geht es darum, was die tun. Wenn du dich im Mittelpunkt einer Krise befindest, bin ich nur ein Ausrüstungsgegenstand, genau wie es diese Fox für Derek Schiff war. Ich könnte meine Meinung beisteuern, aber die würden es so auffassen, als würdest du dich lediglich mithilfe eines Stellvertreters äußern. Und somit wäre das in diesem Fall nutzlos gewesen. Es gab keinen Grund für mich, etwas zu sagen. Es hätte nichts geändert.«

Die nächsten Worte purzelten aus meinem Mund, ehe ich sie aufhalten konnte. »Es hätte mir geholfen, weil ich mich nicht so allein gefühlt hätte.«

Und das war, wie sich herausstellte, der Schlüssel, denn eine Wolke huschte über seine klaren Züge, und er setzte eine traurige, wissende Miene auf, in der ich Skyes Gesicht sehen konnte, das sein eigenes zu überlagern schien. »Du bist immer allein, Andrea.«

Da hatten wir ihn, den Beweis, dass die Porrinyards, klug wie sie waren, auch etwas sagen konnten, dessen giftigen Klang sie nicht bemerkten, ehe es ausgesprochen war. Ich sah, wie Oscins Trauer erst Schrecken, dann Bedauern wich, sah, wie er sich verspannte, als er auf meine unausweichlich überzogene Reaktion wartete.

Das Timing hätte besser sein können. Während diese Welt in Stücke zerfiel, zehn verschiedene außerplanetarische Regierungen auf einem Stecknadelkopf tanzten und die Menschheit auf eine Katastrophe zusteuerte, die auszuloten ich noch nicht bereit war, hätte unsere Beziehung mehr sein sollen als eine gefährliche Ablenkung. Aber das Herz folgt seinem eigenen Zeitplan und setzt eigene Prioritäten. Dies ließ sich nicht hinausschieben. Also zog ich eine der gepolsterten Plattformen von der Wand weg, setzte mich ihm gegenüber und wartete.

Er rieb sich die Nasenwurzel. »Es hat mich überfallen, als ich dir beim Runterklettern geholfen habe.«

Natürlich war Skye diejenige gewesen, die mir geholfen hatte, aber so war eben die Natur eines vereinten Wesens. Sie waren beide dabei gewesen. »Ich höre.«

»Ich habe mal eine Geschichte über einen Blinden gelesen, der sich mit den Fingernägeln an einen Gebirgskamm geklammert hat. Er wusste nicht, dass seine Füße nur Zentimeter über solidem Boden hingen und er einfach hätte loslassen können. Soweit er es beurteilen konnte, drohte ihm ein Sturz ins Bodenlose. Aber er hatte auch nicht die Kraft, sich wieder raufzuziehen. Also hat er sich einfach festgehalten, seine Muskulatur bis über die Schmerzgrenze hinaus belastet, bis er keine Kraft mehr hatte und in dem Glauben hinunterfiel, er müsse sterben. Gestern Nacht, auf der Klippe, war es ähnlich, abgesehen davon, dass es mehrere Stellen gegeben hat, an denen deine Lage bedenklicher war, als ich dir sagen konnte. Schon vor dem blöden Moment, in dem du abgestürzt bist, hätte ich dich zweimal beinahe verloren.«

»Ich bin froh, dass ich das zu dem Zeitpunkt nicht wusste.«

Er senkte den Blick. »Ich wünschte, du hättest es gewusst. Mit einem Partner zu klettern ist viel einfacher, wenn beide ein Bewusstsein teilen und ihre Wahrnehmungen gegenseitig ergänzen können. Meine letzte ernsthafte Kletterei liegt schon so lange zurück – ich hatte beinahe vergessen, wie schwer das sein kann, wenn man diesen Vorteil nicht hat.«

Juje hilf, ich glaubte allmählich zu verstehen, was los war. »Und?«

»Und?« Für einen Moment sah er so erschöpft aus, wie ich es noch nie erlebt hatte. »Ich habe mich gefragt, ob du dich je entschließen wirst, dich mit uns zu verbinden.«

Vor langer Zeit waren der junge Mann und die junge Frau, die zu Oscin und Skye Porrinyard geworden waren, ein ganz normales liebendes Paar gewesen, das sich nur körperlich vereint hatte, während ihr jeweiliges Bewusstsein in ihren eigenen Köpfen verblieb. Von dem Moment an, in dem sie sich verbunden und die neue Person geschaffen hatten, die sie heute waren, hatten sie alles geteilt, von den kostbarsten Erinnerungen bis hin zu den schändlichsten Geheimnissen, und alles aufgegeben, was das Zusammensein mit einer anderen Person an Austausch bedeutete, um gemeinsam die Vorzüge des Einsseins zu genießen.

Die Porrinyards wünschten sich schon lange, ich würde mehr sein als nur eine Partnerin oder Liebhaberin. Sie wollten, dass ich mich in ihre Verbundpersönlichkeit eingliederte, auf dass dort, wo im Moment nur ein Paar war, ein Trio entstand, ein neues Wesen, das manches mit seinen Komponenten gemein hätte, das aber tatsächlich in diesem Moment eine ganz neue Person wäre.

Es stand außer Frage, dass ich das auch wollte. Ich hatte mit dem Gedanken gespielt, ja zu sagen. Der gebrochenen, ätzenden Person, die ich gewesen war, als wir einander begegnet waren, und die ich heute, zwei Jahre später, auf gewisse Weise immer noch war, fühlte ich mich nicht gerade tief verbunden. Ich beneidete sie um das, was sie waren, und wollte das auch für mich, zum Teil, weil wir schon jetzt beeindruckend wären und dann verdammt nahe dran wären, unschlagbar zu sein.

Aber ich hatte immer nein gesagt. Anfangs, weil ich Angst davor hatte, dann, weil die Verbindung uns zu einer einzigen Person mit drei Körpern gemacht hätte, die erneut vor dem ewigen Paradoxon gestanden hätte, einen Außenstehenden zu brauchen, den sie lieben konnte. Außerdem kannte ich die verwüstete Kraterlandschaft, die ich seit meiner Kindheit in meinem Inneren trug, nur zu gut und glaubte, nicht das Recht zu haben, irgendjemand anderen darum zu bitten, sie mit mir zu teilen.

Die Porrinyards hatten mir versprochen, auf mich zu warten. Ich hatte ihre Geduld ausgenutzt und zugelassen, dass die Warterei unsere Beziehung bestimmte. Aber an ihnen musste das schon eine ganze Weile nagen, und es sah so aus, als bliebe mir nun keine Zeit mehr.

Ich fragte mich, wie lange das wohl schon unter der Oberfläche brodelte, wie viele Male sie versucht hatten, es mir bewusst zu machen, während ich zu sehr mit meiner Tagesordnung beschäftigt war, um es auch nur zu merken.

Ich legte ihm die Hände auf die Schultern, drückte meine Stirn an seine und sagte: »Du bist das einzig Gute, auf das ich mich an jedem Tag freue. Du bist alles für mich. Reicht dir das für den Moment als Antwort? Wenigstens, bis diese Sache hinter uns liegt?«

Er hob die Rechte und umfasste mein linkes Handgelenk. »Ich schätze, das hängt davon ab, von welcher Sache du sprichst. Vlhan ist das eine. Das werden wir früher oder später hinter uns haben. Aber …« Für einen Moment trat Schweigen ein, als der Gedanke an verborgene Abhörgeräte ihn davon abhielt, etwas Genaues zu äußern. »… *alles andere*, was bei dir läuft, könnte ein ganzes Leben und mehr erfordern. Und ich muss dir sagen, Andrea, so lange kann ich nicht warten.«

»Das musst du nicht«, sagte ich. »Ich verspreche es.«

Eine Weile saßen wir schweigend beisammen.

Und dann fiel mir Skye wieder ein.

Ich mochte vieles verloren haben, aber meinen Zischschirm hatte ich noch. Ich aktivierte ihn, schirmte uns vor allen Abhörgeräten ab, und fragte:

»Wo ist sie?«

Seine Miene veränderte sich, wurde zu ihrer, als er es mir erzählte.

(Skye.)

Als es Morgen wurde über der Wüste, glich der Boden des Amphitheaters einem Schlachthof, knöcheltief in Blut versunken, erfüllt von dem Gestank zerfetzter Leichen.

Das war nichts Neues. So sah es nach dem Ballett jedes Jahr in dem Amphitheater aus. In all den früheren Jahren waren die Wochen danach dem Aufräumen gewidmet. Eine kleine Armee von Vlhani, beinahe so umfangreich wie die Gruppe derjenigen, die an der Aufführung selbst teilgenommen hatte, räumte die schlimmsten Zeugnisse des Gemetzels weg und schaffte die Toten fort, während sich Insekten und anderes Fluggetier an Körperteilen und Blut gütlich taten.

Nie lieferten sie perfekte Arbeit. Der glitzernde schwarze Sand am Boden des Amphitheaters bestand zu einem großen Teil aus dem Chitin der Vlhani, das im Zuge der Tänze, die hier jahrtausendelang stattgefunden hatten, zu Staub zermahlen worden war. Aber meist, wenn das Ballett vorüber war, gab es hier unten nichts Lebendiges mehr, abgesehen von den hiesigen Abarten von Schmeißfliegen und Ratten.

Aber dies war kein gewöhnliches Vlhani-Ballett gewesen. Unterbrochen, ehe es richtig anfangen konnte, hatte es noch nicht die Leben aller Teilnehmer gefordert, und Tausende hoch aufragender Überlebender wanderten immer noch wie benebelt umher und traten auf jene, die auf die falsche Art zur falschen Zeit den Tod gefunden hatten. Viele hatten bei dem furchtbaren Kampf, der hier stattgefunden hatte, Schaden genommen, entweder in Form offener, klaffender Wunden in den großen, kugelrunden Köpfen oder solchermaßen, dass die Peitschen kurz vor den Köpfen abgerissen waren und die Enden in Fetzen herabhingen, statt nach vielen weiteren Metern in eine scharfe Spitze zu münden. Aber die schlimmste Wunde zeigte sich in der Unsicherheit, mit der sie in der Gegend herumstanden und einfach nicht wussten, was sie nun tun sollten: Es war der Verlust des Sinns in ihrem Leben und der Bedeutung ihres Todes.

Skye Porrinyard, die jedes Evakuierungsangebot ausgeschlagen und ihren Platz anderen überlassen hatte, hatte sich ein Peitschengeschirr angeeignet, ganz ähnlich dem, das Hammersmith getragen hatte, und folgte nun dem gekrümmten Rand des Amphitheaters, bis sie viele Kilometer weiter einen Hang entdeckte, dessen Steigung sanft genug war, dass sie ohne Schwierigkeiten hinuntersteigen konnte.

Sie informierte niemanden darüber, dass sie es so geplant hatten, weil sie nicht in Stimmung für Diskussionen waren. Und sie musste auch niemanden informieren, denn sie war Oscin, ebenso wie sie Skye war, und ihre Verbindung garantierte ihnen einen ständigen Echtzeitkontakt. Sollte sie in Schwierigkeiten geraten, konnte sie jederzeit seinen Mund aufmachen und anfangen zu schreien.

Etwa zu der Zeit, zu der ich das wenig befriedigende Gespräch mit Tara Fox hatte, erreichte Skye das Schlachtfeld am Boden des Amphitheaters und hielt pietätvoll an der Seite eines toten Vlhani inne, dessen Kopf zertrümmert worden war – nur mehr eine zerbrochene Schale, die ihren Inhalt über die geschwärzte Erde verteilt hatte. Die Vlhani tragen alles, was sie haben, in diesen schwarzen Kugeln mit sich herum, und die Komponenten, die sich dort blutig in den Schmutz ergossen hatten, müssen Dinge enthalten haben wie seinen Magen, das Herz und die inneren Genitalorgane.

Die Porrinyards waren in einer Welt der religiösen Traditionen aufgewachsen, hatten sie aber hinter sich gelassen, als sie die Individuen hinter sich gelassen hatten, die sie einst waren.

Dennoch murmelte Skye tonlos vor sich hin, würdigte das Ausmaß des Verlusts zu ihren Füßen, ehe sie ihren Weg fortsetzte.

Binnen weniger Minuten war sie von einem Gewirr aus Leichen umgeben und musste über einige hinwegklettern, um voranzukommen. Moskitos, jedenfalls das hiesige Äquivalent, umschwärmten ihre Wangen und rasten im Sturzflug auf ihre Augen zu. Sie wedelte sie fort, runzelte aufgrund von Oscins Reaktion auf etwas, das ich eine Welt von diesem Ort entfernt sagte, die Stirn und platschte hinab in den Schlamm, der zu gleichen Teilen aus Sand und Blut bestand.

Als sie knöcheltief durch das watete, was einmal das Leben fühlender Wesen ausgemacht hatte, fing sie an zu rufen: »Hallo? Hört mich irgendjemand? Braucht hier jemand Hilfe?«

Das Peitschengeschirr, das sie trug, tat, wozu es konstruiert worden war, und verwandelte ihre einfache, aber wichtige Botschaft in die wenigen Vlhani-Phrasen, die Generationen von Forschern mit großer Mühe hatten knacken können. Die künstlichen Peitschen, animiert durch Nanoserver in dem Gürtel an ihrer Leibesmitte, wedelten weit oben über ihrem Kopf herum und ahmten grob die geschmeidigen Bewegungen der Glieder der Vlhani nach. Da die Porrinyards das Gerät hier zum ersten Mal benutzten, konnten sie nicht sicher sein, ob sie, als sie Hammersmith im Umgang mit seinem Geschirr beobachtet hatten, genug aufgeschnappt hatten, damit Skye es korrekt bedienen konnte. Nach allem, was sie wusste, musste es auf ihre Stimme eingestellt werden. Wahrscheinlich bestanden die einzigen Meme, die sie den Giganten zu übermitteln imstande war, aus reinem Kauderwelsch, aber das störte sie nicht, denn sie war nicht ihretwegen hier. Ihr reichte es, wenn das Peitschengeschirr nur verdeutlichte, dass sie in friedlicher Absicht gekommen war und nicht zu den Feinden zählte, die so viel Schaden angerichtet hatten.

Das Übersetzungsprogramm arbeitete in beide Richtungen. Während es ihr Hilfsangebot in Tanzbewegungen zum Nutzen jedes Vlhani, der sie sehen konnte, umwandelte, lieferte die

Audioausgabe ihr konstante Echtzeitübersetzungen – zumindest in dem Umfang, wie es der Stand der Wissenschaft ermöglichte – von allem, was irgendein traumatisierter Vlhani in der Umgebung zu einem anderen sagen mochte. Doch das half wenig. Die Konzepte, die derzeit ausgetauscht wurden, waren viel zu obskur, um von dem begrenzten Vokabular der Software erfasst zu werden. Sie erhielt ungefähr jede Minute eine Übersetzung, und keine davon vermochte den Kramladen ihres vorhandenen Wissens zu erweitern.

»Tod ... Katastrophe ... Ballett ... Tod ... Trauer ... (Verwirrung) ... Trauer ... Welt ... Vlhani ... Tod ... Katastrophe ... Ballett ... Schmerz ... (Verwirrung) ... Sünde ... Tod ...«

Allerdings fiel es den Porrinyards nicht schwer zu begreifen, was diese Übersetzung in ganzen Sätzen auf Merkantil zu bedeuten hatte. *Die Welt endet. Jemand hat das Ballett zerstört. Warum sollte irgendjemand von uns das Ballett zerstören wollen? Warum sollte irgendjemand so verrückt sein? Wie sollen wir nach all dem je wieder hochkommen?*

»... Ei ...«

Das war interessant. Schlüpften Vlhani aus Eiern? Kannten sie andere Kreaturen, die aus Eiern schlüpften? Freuten sich diese Vlhani auf so etwas wie eine Wiedergeburt? Wünschten sie, sie wären nie geboren worden? Sahen sie in einem Ei den Gegenstand selbst oder eine Art Metapher?

Die Porrinyards speicherten die Information unter Rohdaten ab, Dinge, die sie an mich weiterleiten würden, sobald sie Zeit und Gelegenheit dazu hatten, weil sie vielleicht weiterhelfen konnten.

Skye tat einen weiteren Schritt, und etwas Furchtbares geschah.

Der Boden unter ihr bewegte sich. Irgendwo unter dem Schlick gab eine Chitinscherbe, die auf einer anderen Chitinscherbe geruht hatte, unter ihrem Gewicht nach, und sie rutschte voran und erduldete stechende Schmerzen zu beiden Seiten ihrer rechten Wade.

Skye hatte es geschafft, auf die ungünstigste Stelle zu treten, die man sich nur vorstellen kann: ein Schelf, gebildet aus der geborstenen Hemisphäre des Exoskeletts, die aus dem Kopf eines unglückseligen Vlhani herausgebrochen war. Das bereits mehrfach angebrochene Bruchstück, das bei der nächsten Belastung in Einzelteile zerfallen musste, war unter ihr zusammengebrochen, und die rasiermesserscharfen Kanten zu beiden Seiten schlitzten ihr die Haut auf. Jeder Versuch, sich zu befreien, hätte die Scherben nur noch tiefer in ihr Fleisch getrieben, ihr die Haut abgezogen und die Muskeln aufgetrennt, sodass sie verblutet oder ihre Knochen freigelegt worden wären, ehe sie sich der Klammer um ihr Bein hätte entledigen können.

Die meisten Leute wären in Ohnmacht gefallen oder in Panik geraten. Manche hätten einfach an ihrem eingeklemmten Bein gerissen, bis die scharfen Kanten es abgetrennt oder eine Arterie geöffnet hätten. Ich selbst hätte Zeter und Mordio geschrien. Nichts von all dem wäre nutzbringend gewesen. Die Porrinyards hatten eine andere Art, mit Problemen umzugehen. Noch während der Schmerz durch Skyes Körper strömte, produzierte Oscins das Endorphin, das den Schmerz zwar nicht ausschaltete, ihn aber dämpfte und so Konzentrationsvermögen und Verstand schützte und den tödlichen Komplikationen eines schweren Schocks entgegenwirkte. Natürlich hatte er mir keinen Hinweis darauf geliefert, was los war. Nicht einmal sein Gesichtsausdruck hatte sich verändert, während Verrr'kath und die anderen mich zu meiner Mission auf Vlhan befragt hatten. Skye war imstande, die richtigen Maßnahmen zu ergreifen und zu tun, was die Instinkte jedem normalen Menschen versagt hätten: Sie verlagerte mehr Gewicht auf das Bein, schob es fort von den scharfen Kanten und schuf sich den Raum, den sie brauchte, um sich unter Zuhilfenahme ihrer Hände zu befreien.

Aber sie war ernsthaft verletzt. Auf beiden Seiten ihres Beins klaffte eine tiefe, unregelmäßige Wunde, aus der Blut hervorsickerte, und als sie das Hosenbein ihrer Leggings hochrollte, war ihre Haut schwarz von dem Schlamm und den Körpersäften der Vlhani. Nur Juje wusste, mit welchen Krankheitserregern diese Mixtur ihre Körperchemie infizieren mochte.

Die Wunden mussten so bald wie möglich gesäubert und desinfiziert werden. Aber noch bestand keine unmittelbare Gefahr. Und würde sie um Hilfe rufen oder Oscin bitten, es an ihrer Stelle zu tun, so wäre es nur eine Frage der Zeit, bis sie sich in demselben politischen Morast wiederfände, der mich gerade eine halbe Welt entfernt in die Tiefe zog.

Besser, so entschieden die Porrinyards, Skye ertrüge ihre Wunden noch eine Weile unbehandelt und bliebe folglich in Freiheit. Man würde sie nicht hier draußen vergessen. Und in der Zwischenzeit hätte sie ja auch eine Aufgabe zu bewältigen.

Sie konzentrierte sich darauf, den Schmerz zu bezwingen, erklärte ihn zu einem Hintergrundrauschen und bahnte sich einen Weg zu einer Stelle, an der das Blut weit genug getrocknet war, um nur noch schlammig zu sein und nicht mehr flüssig. Sie erkannte, dass die überlebenden Vlhani, die ihr am nächsten waren, auf ihre missliche Lage aufmerksam geworden waren und sich im Kreis um sie herum versammelten, sie in einen Käfig einschlossen, dessen Gitterstäbe aus den Peitschen bestanden, deren Enden sie in den blutgetränkten Boden gebohrt hatten.

Die meisten menschlichen Wesen, die durchgestanden hatten, was die Porrinyards in der letzten Nacht durchlebt hatten, hätten angenommen, dass sie sie töten wollten.

Sie sprach einfach offen zu ihnen. »Ich bin verletzt. Helft mir.«

Als die nach oben gerichteten Peitschen für sie tanzten, lieferte ihr das Geschirr eine weitere, wenig hilfreiche Übersetzung. *»Schmerz … Gefahr … Ei … Mensch … Mensch … Tanz … Mensch …«*

»Ja«, sagte sie und hoffte, dass das Peitschengeschirr ihre Gedanken ordnungsgemäß übermitteln konnte. »Ich bin ein Mensch, und ich habe Schmerzen. Ich verstehe nicht, was ihr mit den Eiern meint. Könnt ihr mir helfen?«

»Hilfe ... Schmerz ... Ei ... Schmerz ... Ballett ... Ei ... Schmerz ... Viel ... Mord ...«

Das war gefährlich nahe daran, einen Sinn zu ergeben.

Sie versuchte es noch einmal. »Ich suche die Tanzpilger. Die Menschen, die dieses Jahr bei eurem Ballett hätten tanzen sollen. Ich möchte mit ihnen reden. Tanzpilger. Menschliche Tänzer. Menschen. Hat einer von ihnen den ... den Viel-Mord überlebt?«

Die Vlhani erzählten ihr etwas, dessen Übersetzung auf beängstigende Weise Sinn ergab, etwas, das Skye ein erstauntes Keuchen entlockte, welches zu unterdrücken Oscin die Weisheit besessen hatte. Etwas, an dem die Porrinyards noch zu kauen haben würden, wenn Oscin und ich in unsere Zelle geleitet würden.

»Ei ... Viel ... Mord ... Vlhani.«

Die Vlhani, die Skye am nächsten waren, erstarrten und standen mehrere Sekunden lang da wie Statuen, worin die Porrinyards eine gezielte Pause vermuteten, die dazu diente, einen Gedanken vom anderen zu trennen, um dem begrenzten Begriffsvermögen des dummen Menschen gerecht zu werden, dessen Übersetzungsgerät so oder so nur einen nach dem anderen verarbeiten konnte.

»Weiter«, sagte Skye.

Die Peitschen wedelten wieder und ließen die Bombe platzen.
Unsichtbare Dämonen ... Viel ... Mord ... Vlhani.«

Wieder eine Pause, länger als die vorangegangene.

»Weiter«, sagte Skye.

»Unsichtbare Dämonen ... Viel Mord ... Menschen.«

»Ich verstehe.«

»Schützen. Freund.«

Eine Peitsche, die sich mit so müheloser Anmut bewegte, dass sie eher an eine Rauchfahne gemahnte als an ein Körperglied, wickelte sich um Skyes Taille und Hinterteil, hob sie aus dem Schlamm und reichte sie an eine andere Peitsche weiter, die sie an eine andere Peitsche weiterreichte. Die Landschaft verschwamm unter ihr, so schnell wurde sie über ihr herumgewirbelt, und wurde wieder klar erkennbar, als sie dem letzten Vlhani in der Reihe übergeben und mit unendlicher Vorsicht auf einer kleinen Anhöhe trockenen Bodens abgesetzt wurde.

Dort lagen noch zwei andere verwundete Frauen. Rasse und Züge der Frau mit den schlimmeren Verletzungen waren unter der Schicht aus Schlamm und Blut, die ihre Haut pechschwarz gefärbt hatte, nicht mehr zu erkennen. Ihr schulterlanges Haar war nurmehr eine ölige Matte, umschwärmt von Fliegen. Die vorstehenden Schneidezähne und die Augäpfel um die braune Iris sahen aus wie weiße Juwelen unter einer Patina aus Ruß und formten gemeinsam eine Mimik, bei der es sich um ein Lächeln hätte handeln können, doch durch ihr Zittern war es leichter als Ausdruck von Schmerz und Schock zu verstehen. Ihre Glieder, keine menschlichen Arme und Beine, sondern künstliche Vlhani-Peitschen, die man ihr in die Gelenkpfannen an Schultern und Hüfte eingesetzt hatte, waren nur noch Stümpfe; sie alle waren gerade einen halben Meter von ihrem Ausgangspunkt entfernt abgetrennt worden und krümmten sich nun krampfhaft genug zusammen, dass Skye keine Kenntnisse der Tanzsprache der Vlhani benötigte, um zu erkennen, dass dies keine Worte waren, sondern Zuckungen.

Als der Vlhani Skye auf den Boden setzte, brüllte die Verwundete etwas in einer Sprache, die Skye noch nie gehört hatte.

Die zweite Frau war ebenfalls eine Tanzpilgerin, deren Modifikationen jedoch bei Weitem nicht so radikal waren wie die der ersten. Ihre Arme und Beine sahen äußerlich immer noch wie menschliche Glieder aus, auch wenn die Arme die vorgenommenen Veränderungen verrieten, als die Frau sie auf das Doppelte ihrer natürlichen Länge ausdehnte, um Skyes Gesicht zu betasten. Ihre Augen sahen aus wie schwarze Murmeln ohne eine Spur von Weiß, dennoch schien ihre Sehfähigkeit unbeeinträchtigt. Das Erste, was sie zu Skye sagte, war: »Sie sind keine von uns! Wer sind Sie? Gehören Sie zu Croyds Leuten?«

»Dem Mann bin ich nie begegnet«, sagte Skye wahrheitsgemäß. »Was ist hier passiert?«

Die Fassungslosigkeit der anderen Frau manifestierte sich in Form von Zorn. »Was meinen Sie, was hier passiert ist? Waren Sie nicht hier? Ich dachte, ihr Leute beobachtet uns!«

»Verzeihen Sie. Es war dunkel, und wir waren alle ein bisschen damit beschäftigt, am Leben zu bleiben. Wir konnten dem Geschehen keinen Sinn abringen.«

»Hier unten war es auch nicht viel besser«, sagte die Frau mit den schwarzen Augen.

»Wer waren diese anderen Vlhani? Wo sind die hergekommen?«

Die schlimmer verwundete Frau, die sich das trockene Fleckchen mit ihnen teilte, stieß zusammenhanglos einen Schrei aus, betete zu jemandem, vielleicht in derselben unbekannten Sprache, die sie zuvor benutzt hatte, vielleicht auch in einer ganz anderen. Die mit den schwarzen Augen musste warten, bis die andere mit ihrem Gebrüll fertig war. »Ich habe verdammt noch mal keine Ahnung, wo die hergekommen sind! Verstehen Sie das nicht? Es sollte gar keine solchen Vlhani geben! Hier hat es nie Faktionenbildung oder Politik oder Revolutionen oder Kriege gegeben! Sie haben nur diesen Tanz! Und ich weiß nicht, was zum Teufel die wollten, abgesehen davon, dass sie uns alle umbringen wollten!«

Das hätte es gewesen sein können, aber irgendetwas sagte den Porrinyards, dass ihnen der wesentliche Punkt bisher entging. »Wen, alle? Die Tänzer?«

Die Frau verzog gepeinigt das Gesicht. »Juje. Sie haben wirklich keine Ahnung, was?«

»Wie heißen Sie?«

Diese Frage, die so gar nicht in irgendeinem Zusammenhang mit dem Vorangegangenen stand, brachte die Frau weit genug aus dem Gleichgewicht, dass sie ohne Umschweife und ohne jede Feindseligkeit antwortete. »Thatharsi.«

»Thatharsi. Ich bin Skye Porrinyard. Und Sie haben recht, ich habe keine Ahnung. Ich verstehe überhaupt nichts. Bitte helfen Sie mir dabei. Wen wollten diese Vlhani umbringen? Wenn sie es nicht auf die Tänzer abgesehen hatten, auf wen dann?«

Lange Zeit verging, ehe Thatharsi antwortete. Es war ein Intervall, angefüllt mit dem Knirschen und Plätschern, das die Vlhani-Peitschen erzeugten, die in den Überresten des Gemetzels herumstocherten, mit den fernen Rufen eines verletzten jungen Mannes und den gequälten Schreien einer Frau, die ihre implantierten Glieder an die Gewalttätigkeiten verloren hatte. Es dauerte so lange, dass die Porrinyards sich langsam fragten, ob Schweigen die einzige Antwort war, die Thatharsi ihnen zu erteilen bereit war. Aber dann wischte sich Thatharsi den Schlamm aus dem Gesicht, spuckte aus und sprach mit einer Stimme, ruhiger, dunkler und unendlich viel gefährlicher als die, die von Hysterie befeuert war. »Als es ... angefangen hat ... da wussten wir auch nicht, was sie wollten. Wir wussten nur ... dass etwas nicht in Ordnung war. Es hat eine Weile gedauert ... das Morden war schon im Gang ... bis wir es sehen konnten. ... Ich habe gesehen, wie ein Dutzend dieser Mistkerle sich den Weg an all denen vorbei freigekämpft hat, die versucht haben, sie aufzuhalten ... Es war ihnen egal, ob ihre Gegner am Leben blieben, es war ihnen sogar egal, ob sie selbst getötet würden ... nur weil sie hinter mir her waren. Die Tänzer waren ihnen egal, sie waren nur an den Menschen unter den Tänzern interessiert. Sie waren bereit, jeden zu töten, der ihnen im Weg war ... nur um an die *Menschen* heranzukommen.«

Skye wusste nicht, was sie sagen sollte. Aber während der Vlhani, der sie hergebracht hatte, weiter für sie tanzte, lieferte ihr das Peitschengeschirr laufende Übersetzungen, die sich zu einer gleichermaßen sonderbaren und erschreckenden These verdichteten.

»Ei ... Viel Mord ... Vlhani.
Unsichtbare Dämonen ... Viel Mord ... Vlhani.
Unsichtbare Dämonen ... Viel Mord ... Menschen.«

Dann trat eine Pause ein, als das Geschirr sich als außerstande erwies zu übersetzen, was immer der Vlhani als Nächstes tanzte. Dann:

»Unsichtbare Dämonen ... Viel Mord ... Ballett.«

Der Tanz ging weiter, und beinahe eine Minute lang war das Peitschengeschirr nicht in der Lage, ihn zu entschlüsseln, und lieferte nur vereinzelte Worte dessen, was der Vlhani dem Menschen zu sagen hatte, die jedoch in keiner Verbindung zu den anderen Bestandteilen der einzig verfügbaren Übersetzung zu stehen schienen. Im Grunde erkannte Skye nur ein Gefühl überwältigenden Drucks und tiefer Frustration seitens des Vlhani, für den es wichtig zu sein schien, dass sie ihn verstand, und der vermutlich längst das alberne, untaugliche Spielzeug auf ihrem Rücken dafür verfluchte, dass es ihm eben das versagte.

Aber dann war da ein neuer Gedanke, einer, den das Peitschengeschirr uneingeschränkt verstand, einer, der den Porrinyards einen Schauer über den Rücken jagte und die gleiche Wirkung auf mich erzielte, als Oscin mich in dem Zimmer der riirgaanischen Botschaft informierte.

»Andrea Cort«, tanzte der Vlhani. *»Viel Mord ... Unsichtbare Dämonen ...«*

KAPITEL SIEBEN
FLÜCHTLINGE

(Inzwischen.)

Ich nahm die Neuigkeit über Skyes Verwundung nicht gut auf.

Ich verwünschte Oscin mit allem Zorn, über den ich gebot.

Ich wusste, noch während ich es tat, dass es irrational und dumm war. Aber Oscin war hier, und Skye war da, und er hatte sie in die Schusslinie gebracht, und jetzt war sie irgendwo da draußen, verwundet und hilflos Juje weiß was für Gefahren ausgeliefert. Also nannte ich ihn einen Idioten und war in purer Missachtung all dessen, was ich über die Porrinyards wusste, nahe daran, mit meinen Fäusten auf seine Brust zu trommeln und ihn als gefühlloses Monster zu bezeichnen, dem es scheißegal sei, ob seine andere Hälfte lebte oder starb. »Wir müssen jemanden zu Hilfe rufen, ihr Hilfe schicken ...«

»Das könnten wir tun. Aber wenn wir das tun, wird sie zusammen mit uns eingesperrt und hat keine Möglichkeit mehr, ihre eigenen, unabhängigen Ermittlungen weiterzuführen. Ich verspreche dir, Andrea, solange sie nicht in unmittelbarer Gefahr ist, kann ich ihren Schmerz besser aushalten als die Untätigkeit, zu der uns die hiesige diplomatische Gemeinde verdammen will.«

Diese Worte verschafften ihm die Chance, die Geschichte zu Ende zu bringen und mir auch noch das Letzte zu erzählen, was der Vlhani Skye übermittelt hatte.

Andrea Cort ... Viel Mord ... Unsichtbare Dämonen.

Danach ließ ich ihn allein, ging zu dem Vorhang zwischen uns und draußen und musterte ihn so, wie ich auch eine bodenlose Grube gemustert hätte, die dazu ausersehen war, mich zu verschlingen. Natürlich hatte ich gewusst, dass dieser Moment kommen würde. Ich hatte es so gewollt, und die KIquellen hatten sogar versprochen, ich bekäme, was ich wollte. Aber die Bestätigung zu hören, in meinen eigenen Worten – selbst wenn diese Worte aus einer Vlhani-Quelle stammten und als fehlerhafte Übersetzung abgetan werden konnten –, traf mich schwerer, als ich je gedacht hätte.

Andrea Cort ... Viel Mord ... Unsichtbare Dämonen.

Die Worte in ihrer Nüchternheit lieferten mir keine weitere Orientierung. Was sollte ich von dieser Botschaft halten? War es eine Bitte oder eine Warnung? Eine Zukunft, die bereits festgeschrieben war, oder eine, die mit allen Mitteln verhindert werden sollte?

Ich kehrte zurück in den Wirkungsbereich des Zischschirms. »Ich möchte sie nicht verlieren.«

»Das ist gut. Ich möchte auch nicht, dass die Hälfte meiner selbst amputiert wird.«

»Aber wenn wir sie dort lassen, dann ist sie hilflos ...«

»Das bin ich nie«, widersprach Oscin. »Es ist ein kalkulierbares Risiko, Andrea, und ich würde es gewiss nicht vorschlagen, stünden die Chancen schlechter.«

Ich zögerte. »Es ist Mist.«

Er ließ sich nicht aus der Ruhe bringen. »In dem Punkt pflichte ich dir bei.«

Ich wollte ihn schlagen. Oder küssen. Es bot sich einfach keine vernünftige Alternative dazu, sie in dieser Gefahr zu belassen, und ich erkannte, dass mir nichts blieb außer einem tief empfundenen, untröstlichen »Verdammt!«.

»Ja«, sagte er vollends gelassen.

Ich kämpfte eine neue Woge des Grolls nieder. Es war unlogisch und sinnlos, aber es war auch ein unentrinnbarer Aspekt der Liebe zu einer Person, die zufällig in zwei Körpern lebte. Nach einer Weile begreift man, dass da nur eine gemeinsame Seele ist, aber wenn man selbst ein einzelner Mensch ist, wird man ihre gemeinsame Natur nie so ganz mit dem persönlichen Teil seiner selbst unter einen Hut bringen, der weiter darauf beharrt, die beiden Hälften als Individuen zu sehen.

So sehr ich mich immer bemüht hatte, keine Grenze zwischen ihnen zu ziehen, war ich Skye als einem illusorischen weiblichen Individuum stets und unvermeidlich ein kleines bisschen näher gewesen als Oscin, dem illusorischen männlichen Äquivalent. Und so kämpfte ich erneut gegen den Impuls an, Oscin für seinen Hochmut im Umgang mit ihr zu beschimpfen – eine absolut menschliche Reaktion, etwa so sinnvoll, wie die eigenen Arme zu beschimpfen, weil die Beine wehtaten.

Nach ein paar Sekunden gelang mir die Rückkehr zur Vernunft. »Du versprichst mir, dass du mir Bescheid sagst, wenn es schlimm wird.«

»Es ist schon schlimm, Andrea. Aber ich verspreche dir, ich sage dir Bescheid, wenn es über meine Kräfte geht.«

Ich hasste es. Hasste es. Hasste es.

»Also gut. Dann sollten wir uns vielleicht auch befreien. Immerhin können wir hier drin nichts erreichen.«

»Nein, das können wir nicht. Trotzdem muss ich dich fragen: Angenommen, wir entkommen – haben wir dann irgendetwas, das Ähnlichkeit mit einem Plan aufweist?«

»Nein.«

»Also lautet dein Plan, einfach orientierungslos über einen Planeten zu spazieren, den wir nicht einmal kennen?«

»Fällt dir eine bessere Möglichkeit ein, um Daten zu sammeln?«

Er dachte darüber nach, akzeptierte und deutete auf den Vorhang vor dem Ausgang. »Willst du oder soll ich?«

Ich küsste ihn. »Wir können es uns nicht leisten, dich in Gefahr zu bringen. Nicht, solange du die einzige Verbindung zu deiner anderen Hälfte bist.«

»Noch ein Grund«, sagte er, »warum du dich uns längst hättest anschließen sollen.«

Ich schenkte ihm ein mattes Lächeln, reckte die Hände hoch und ging ohne besondere Eile aus dem Zimmer.

Ich schob den Vorhang nicht zur Seite, sondern ließ ihn wie einen Schleier über mein Gesicht gleiten, als ich mit leeren und gut sichtbaren Händen auf den Korridor trat.

Die beiden Riirgaaner, die draußen standen, hatten Mikrolader und waren angewiesen, uns nicht wegzulassen, aber niemand hatte ihnen gesagt, was sie tun sollten, wenn ich ihre Autorität auf die Probe stellte. Wie erwartet brachte es sie aus der Fassung, dass ich einfach so in ihren Bereich eindrang. Sie entfernten sich von der gegenüberliegenden Wand und brachten die Waffen in Anschlag, setzten sie aber nicht ein und befahlen mir auch nicht, zurückzugehen. Sie zögerten, warteten ab, um herauszufinden, was ich wollte, und jeder ließ dem anderen den Vortritt bei dieser heiklen Entscheidungsfindung.

In den meisten Fällen hätte ich nicht die geringste Chance gehabt, mit dem durchzukommen, was ich zu tun beabsichtigte. Ich bin eine zähe Schlampe, aber als Kämpferin nur Durchschnitt, umso mehr gegen Nichtmenschen, deren Fähigkeiten und Möglichkeiten außerhalb meiner alltäglichen Erfahrungen lagen.

Aber ich stand nicht unter Arrest, ich war lediglich an die Gästesuite gebunden. Ich bedrohte sie nicht. Ich war so demütig, es machte mich beinahe krank. Dies war kein Gefängnis. Es war eine Botschaft auf einer Welt, die nie so etwas wie Spionage hervorgebracht hatte. Die beiden waren keine Wachleute, sie waren Botschaftsangestellte, die mit einer Sicherheitsaufgabe betraut worden waren, für die sie nicht ausgebildet waren. Ich war keine Kriminelle. Ich war eine wichtige Persönlichkeit, die sich ihnen mit aller gebotenen Höflichkeit näherte.

Das ist das grundlegende Problem aller intelligenten Spezies, von Menschen bis hinauf zu den KIquellen. Sie alle neigen dazu, nur das zu sehen, was sie zu sehen erwarten.

Der auf der rechten Seite sagte: »Sie wünschen, Counselor?«

Ich errötete angesichts der Notwendigkeit, sie um etwas so Belangloses zu bitten, schämte mich darüber so sehr, dass ich vor lauter Unsicherheit, ohne es zu merken, meine Anstecknadel mit den Dip-Corps-Insignien befingerte. »Es ist albern, aber ich hatte mich gefragt, ob Sie bitte ...«

Die Frage weiterzuführen war sinnlos, da der auf der rechten

Seite zu diesem Zeitpunkt bereits zuckend am Boden lag, während der andere ihn staunend anstarrte und noch eine Synapsenfeuerung von der Erkenntnis dessen entfernt war, was ich gerade getan hatte.

Der einzige Vorteil davon, dass auf meinen Kopf eine Belohnung ausgesetzt war, lag darin, dass ich nie den Fehler beging, all meine Waffen meinem Gepäck anzuvertrauen. Meine Ansstecknadel war elektrisch geladen.

Der Riirgaaner auf der linken Seite versuchte, seinen Mikrolader auf mich zu richten, doch da befand ich mich schon in der sicherst möglichen Distanz für jemanden, der auf beengtem Raum gegen einen Gegner mit einer Handwaffe antreten muss, mit anderen Worten: innerhalb der Reichweite des Feindes, nicht außerhalb. Ich hatte keine Zeit, die Nadel erneut zu aktivieren, also legte ich eine Hand auf seinen Unterarm, die andere an seinen Hals und rammte seinen Hinterkopf an die Wand in seinem Rücken. Sein Mikrolader blitzte auf und flutete den Korridor um uns herum mit blendend weißem Licht, bis meine Wahrnehmung auf eine Collage purpurroter Lichtpunkte reduziert war, aber keiner von uns war paralysiert, da der Mikrolader nur wirkungsvoll war, wenn das Fraktalbild direkt auf die Retina traf.

Er versuchte, mich wegzustoßen, aber ich schlug seinen Kopf ein zweites Mal an die Wand. Er ließ den Mikrolader fallen. Ich schickte ihn mit einem seitlichen Tritt über den Boden, befand, dass ich mich wirklich gut schlug, und versuchte, ihm den Atem aus der Lunge zu treiben, indem ich ihm das Knie in den Unterleib rammte …

… nun ja, zumindest hatte ich mich bis dahin recht gut geschlagen, aber dieser letzte Zug war schlicht dumm.

Die größte Herausforderung bei dem Versuch, sich im unbewaffneten Kampf gegen einen Außerirdischen zu behaupten, ist die Tatsache, dass die Kampfkunsttechniken der Menschen dazu nicht geeignet sind. Ihre Schwachstellen und ihre Stärken waren andere. Ein Hieb in die Leiste, der einen Menschen umgehauen hätte, bringt gar nichts gegenüber einer Kreatur, deren Genitalien in den Torso eingezogen werden, wenn sie nicht in Gebrauch sind. Hebelkraft ist nutzlos, wenn der Gegner mehrere Körperschwerpunkte besitzt. Stöße und Schläge sind wertlos im Kampf gegen Kreaturen, deren Gelenke und Knochen in anderen Proportionen angeordnet sind. Und um alles noch schlimmer zu machen, kann man sich nur im Kampf gegen Kreaturen üben, von denen man bereits annimmt, dass man gegen sie antreten wird. Die meisten Bocai wollten mich tot sehen, also hatte ich gute Gründe zu lernen, wie ich ihnen konsequent die Scheiße aus dem Leib prügeln konnte, und die meisten Tchi kotzten mich schon aus allgemeinen Erwägungen an, also hatte ich eine hervorragende Motivation zu lernen, wie ich sie niederschlagen konnte, auch wenn das bedauerlicherweise bisher nie nötig gewesen war. Aber ich hatte nie auch nur unhöfliches Verhalten von Riirgaanern erlebt. Riirgaaner waren schließlich Verbündete. Und folglich hatte ich auch nie gelernt, welche Vorgehensweise in ihrem Fall wirkungsvoll war.

Wie das Leben spielt, war ein Hieb mit dem Knie in den Unterleib eines Riirgaaners für einen Menschen höchst problematisch, weil die Beine der Riirgaaner so lang sind und das Becken ungefähr auf der Höhe hängt, auf der bei Menschen der Brustkorb anfängt. Mein Knie versetzte dem Aufseher nur einen flüchtigen Klaps, hinter dem kaum ernstzunehmende Kraft steckte und der nicht wirkungsvoller war als der Versuch, mit einem Stock auf einen Sandsack einzuschlagen.

Der Tritt brachte mich jedoch in die perfekte Position für ihn, um den Gefallen mit seiner eigenen Version meines Fehlversuchs zu erwidern und das obere Knie seines dreifach segmentierten rechten Beins mit einer Gewalt in mein Zwerchfell zu rammen, die mich beinahe von den Beinen gerissen hätte.

Hätte er mich erneut treten oder einfach nur schlagen wollen, bis ich am Boden lag, ich wäre nicht in der Lage gewesen, mich ernsthaft zu wehren.

Ich wartete darauf, dass er dergleichen täte, erkannte, dass das nicht passieren würde, und starrte dem Riirgaaner in die Augen, als dieser gegen die Wand knallte, zweifellos genauso erpicht darauf wie ich, den Kampf wieder aufzunehmen, jedoch nicht dazu imstande, solange der Boden unter unseren Füßen eiernd um unsichtbare Achsen kreiste.

Vermutlich hatte ich dem Schweinepriester eine leichte Gehirnerschütterung verpasst.

Ich versuchte zu sprechen, schluckte Luft und brachte atemlos hervor: »Juje, du hast echt Eier in der Hose.«

»Ich bin eine Frau«, gab sie mühevoll zurück.

Verdammt auch. Bei Riirgaanern war es mir noch nie gelungen, den Unterschied zu erkennen.

»Dann schulde ich dir wohl einen Drink, Schwester.« Halb stolperte, halb fiel ich auf sie zu, die Elektroschocknadel fest in der Hand.

Oscin verstaute die beiden Wachen in dem Raum, den man für unsere Bequemlichkeit zur Verfügung gestellt hatte. Sie würden in ein paar Stunden wieder zu sich kommen. Ich hoffte, sie würden mir auch vergeben. Nur weil ihre Vorgesetzten eine Dummheit begangen hatten, hatten sie noch keine derartige Strafe verdient.

Wir nahmen uns jeder einen Mikrolader und versteckten ihn unter einer Decke, die wir aus unserem Zimmer mitnahmen. Dann zogen wir los, und unser Plan besagte nach wie vor nur, dass wir versuchen würden zu improvisieren.

Draußen erwartete uns ein warmer, sonniger Tag, den andere Leute als ich, die Gefallen an planetaren Umgebungen fanden, als ergötzlich betrachtet hätten. Der Nebel über dem See hatte sich aufgelöst, und wir hatten freie Sicht auf die bewaldeten Hügel am gegenüberliegenden Ufer. Ein warmes Lüftchen, in dem ein Hauch von etwas Minzartigem lag, erfüllte die Luft mit einem Aroma, wie ich es nie zuvor wahrgenommen hatte. Leuchtend rote, geflügelte Viecher, entweder Insekten oder Vögel oder irgendein evolutionärer Kompromiss, den es nur auf dieser Welt gab, flatterten dicht über unseren Köpfen durch die Luft und ergingen sich in Ausbrüchen explosiven Gesangs. Wir schienen eine Million Kilometer von jeder Art von Kummer entfernt zu sein, von Dingen wie Tod oder Verschwörung auf universeller Ebene – aber wir wussten es besser, und diesen Ort mit der Kenntnis all dieser neuen Schrecken zu sehen hieß Schönheit als eine grausame Täuschung für jeden wahrzunehmen, der naiv genug war, der Verheißung zu vertrauen.

Es waren nur wenige Riirgaaner zu sehen, und alle waren mit ihren eigenen Angelegenheiten beschäftigt. Deutlich zahlreicher waren die benommenen Menschen, Überlebende aus dem Amphitheater, die alle an den sonnigen, von wenigen schattigen Fleckchen durchbrochenen Stellen herumhockten, darunter auch ein paar, die sich darauf verlegt hatten, einander tröstend in den Armen zu halten. Niemand kümmerte sich um uns, als wir über das Gelände schlenderten. Warum sollten sie auch? Verrr'kath und die anderen saßen immer noch in Hurrr'poths Gemächern fest und diskutierten über ihre weitere Vorgehensweise. Die Menschen und die anderen anwesenden Außerweltler hatten keine Ahnung, dass wir gefährliche Schurken waren. Früher oder später würden wir jemandem begegnen, der wusste, was los war, und dann würden wir reagieren müssen. Aber im Augenblick reichte es vollkommen, einfach dem Beispiel der anderen Traumatisierten und Verwundeten zu folgen und so zu tun, als hätten wir kein Ziel vor Augen.

»Es wäre ziemlich beschämend, sollten wir uns den Weg hier heraus mit den Mikroladern freikämpfen müssen«, murmelte Oscin.

»Wenn die Alternative lautet, einfach herumzusitzen und nichts zu tun, während die Welt in Flammen aufgeht, bin ich durchaus bereit, diese kleine Verlegenheit auf mich zu nehmen. Du nicht?«

»Die Chance, die Welt zu retten *und* auch danach noch erhobenen Kopfes in der Öffentlichkeit auftreten zu können, wäre mal eine willkommene Abwechslung.«

Der größte Teil der Gleiter am Ufer war riirgaanischer Bauart, aber es waren auch ein paar Hom.Sap-Produkte darunter, zweifellos von Croyds Botschaft als Transportgelegenheit für die Überlebenden unserer Art ausgesandt und erst kürzlich eingetroffen. Ein paar Anlegestellen waren verwaist. Die fehlenden Vehikel waren vermutlich immer noch unterwegs, flogen herum und sammelten anderenorts Personal ein oder halfen bei was immer derzeit noch am Schauplatz des Massakers vonnöten war. Als wir näher kamen, hielt ein grauer, farbloser Gleiter, ein Tchi-Fabrikat, auf das Ufer zu. Unter den Passagieren war neben einigen humpelnden Tchi auch Virond Hammersmith erkennbar. Seit letzter Nacht hatte ich Hammersmith nicht mehr gesehen, und ich ertappte mich dabei, einen Anflug von Freude zu empfinden, als ich ihn unter den Überlebenden entdeckte, aber ich hatte nicht die Absicht, zu ihm zu laufen und ein gefühlsduseliges Wiedersehen zu feiern.

Es wäre wirklich nett gewesen, hätten wir einfach nach dem Zufallsprinzip einen Gleiter auswählen, hineinspringen und losfliegen können. Oscin hätte es nur Sekunden gekostet, das gentechnische Lesegerät umzuprogrammieren, das den Zugriff auf die Steuerelemente der Konföderationsmodelle kontrollierte. Aber wir mussten uns erst um andere Dinge kümmern, Dinge, die uns in das Gebäude führten, in das, soweit wir gesehen hatten, der Großteil der Verwundeten gebracht wurde.

Dies war kein geschäftiges Traumazentrum. Es gab nur einen großen, getäfelten Raum voller riirgaanischer Farne, dessen Wände ein flackerndes Licht verbreiteten, das den Anschein von Kerzenlicht erwecken sollte. Eine veränderliche, transparente Skulptur an der Decke zuckte zu dem riirgaanischen Äquivalent sanfter Musik: eine visuelle Symphonie farbenfroher Lichter, die alles mit einem Schimmer überzog, der von Pink zu Grün und Schwarz und wieder zurück oszillierte, was die Sammelstelle zu einem Krankenlager degradierte, in dem Langzeitpatienten schon nach kurzem Aufenthalt suizidal werden mussten.

Wir kamen gerade rechtzeitig herein, um Tara Fox in einem

der mit Vorhängen verhängten Durchgänge auf der anderen Seite verschwinden zu sehen, so blutüberströmt wie zuvor, doch immer noch umgeben von der Aura unheimlicher Ruhe, die andeutete, dass nichts von all dem, was hier geschehen war, die Frau in irgendeiner Weise berührte. In diesem Raum lagen etwa fünfzehn empfindungsfähige Wesen verschiedener Gattungen sacht schaukelnd, die Gesichter der Decke zugewandt, auf der klaren, äußerst tragfähigen Flüssigkeit, die die Riirgaaner anstelle von Krankenbetten zur Verfügung stellten.

Die Erstversorgung wurde größtenteils von schwebenden Ovoiden übernommen, die Nanoflotten auf die Wunden losließen, aber es waren auch nichtmechanische Sanitäter anwesend, darunter Pakh Kech'tai Valinia. Ihre vielen Armbänder klapperten munter, als sie ihre Arbeit an einer jungen Frau beendete, deren Gesicht unter einem grauen Nanitennebel versank wie unter einem Leichentuch. Sie sah uns an. »Counselor. Fühlen Sie sich immer noch, als wären Sie von einer verdammten Klippe gestürzt?«

»Ich schätze, so werde ich mich noch eine ganze Weile fühlen.«

Sie schauderte. »So wird es uns wohl allen ergehen. Brauchen Sie Hilfe?«

»Das denke ich schon, aber zuerst muss ich mit jemandem reden. Geben Sie mir eine Minute, ja?«

»Wie Sie wünschen«, sagte sie.

Ich nickte Oscin zu und hastete zwischen zwei Reihen von Patienten hindurch zu dem Vorhang, hinter dem Fox gerade verschwunden war.

Hinter ihm entdeckte ich eines dieser ärgerlichen riirgaanischen Badezimmer samt der Toilette, die eine wahre Herausforderung für die menschliche Anatomie darstellte. Fox stand am Waschbecken und wusch sich den gesammelten Schmutz aus dem Gesicht. Es war ein nutzloses Unterfangen. An ihrer Kleidung klebte noch immer das Blut ihres Arbeitgebers, und das Trauma der vergangenen Nacht hatte ihre olivfarbene Haut mit einer Blässe überzogen, die ihr unbewegtes Gesicht Lügen strafte.

Ich verschränkte die Arme vor der Brust. »Wollen Sie immer noch, dass ich Ihnen bei der Suche nach Merin helfe?«

Die meisten normalen Menschen hätten mir nun vehement versichert, wie sehr sie sich um das Mädchen sorgten, aber Fox studierte nur mein Gesicht, als wäre die Frage schlicht zu blöde, eine Antwort zu verdienen.

»Ich glaube, wir können einander helfen, Counselor«, fuhr ich fort. »Bedauerlicherweise haben die Ereignisse der letzten Nacht einen üblen politischen Niederschlag nach sich gezogen, von dem ein großer Teil direkt auf meinem Kopf gelandet ist.«

Sie drehte das Wasser ab und wandte sich mir zu, während sie sich die Wangen mit einem schwarzen Stoffhandtuch abtupfte.

»Ich stehe derzeit eigentlich unter Hausarrest.«

Angesichts der Wirkung, die meine Worte erzielten, hätte ich ihr ebenso gut erzählen können, es sähe nach Regen aus. »Warum?«

»Politik.«

Sie faltete das Handtuch auf ein Viertel seiner Größe zusammen und führte es an eine Stelle oberhalb ihrer rechten Brust, wo es verschwand, ohne dass eine Tasche erkennbar gewesen wäre.

Ich zögerte. Die Tatsache, dass sie weiter nichts dazu sagte, hatte mich aus dem Konzept gebracht. »Die Sache ist die«, sagte ich dann. »Ich musste zwei von Hurrr'poths Leuten überladen, um auch nur bis hierher zu kommen. Wenn ich hierbleibe, werden sie mir einfach den Gefallen erwidern oder mich einsperren, dieses Mal unter größeren Sicherheitsvorkehrungen.«

Das, immerhin, lockte eine Frage hervor. »Was geht mich das an?«

»Der Punkt ist, dass Sie begreifen, dass die wie auch immer gearteten Auswirkungen der letzten Nacht auf die politische Lage auf diesem Planeten auch zur Folge haben, dass ein vermisstes Mädchen für die hiesige diplomatische Gesellschaft nur noch unbedeutender wird. Und Sie wissen auch, dass alle anderen hier zu sehr mit diesen Auswirkungen beschäftigt sein werden, um Ihnen zu helfen. Die Diplomaten könnten sogar all ihre Botschaften auf Vlhan auflösen, dann hätten Sie gar keinen Rückhalt mehr, sollten Sie die Absicht haben, trotz allem zu bleiben und weiter nach Merin zu suchen. Aber wenn Sie mich hier rausbringen und mit mir zusammenarbeiten, dann haben Sie mein Wort, dass ich die Suche nach Merin auf die Liste meiner Prioritäten setzen werde.«

Was nun folgte, war eine lebhafte Demonstration der praktischen Vorzüge, die sie im Sinn hatte, als sie ihre furchtbaren Modifikationen geplant hatte. Statt sich mit Zweifeln zu plagen, ging sie einfach zur nächsten Frage über: »Warum sollte ich Ihnen vertrauen?«

»Jedenfalls nicht aufgrund irgendeines Appells an ihr schlichtes Gefühlsleben. Dass das Zeitverschwendung wäre, ist mir bewusst. Aber in Hinblick auf Merin gibt es nur noch zwei Möglichkeiten: Entweder sie gerät vollends in Vergessenheit, schließlich hat sich die diplomatische Gemeinde schon vor diesem Tag nicht gerade überschlagen, um Sie bei Ihrer Suche zu unterstützen, oder jemand, der hier etwas zu erledigen hat und voll und ganz bereit ist, sich über diese Gemeinde hinwegzusetzen, um sein Ziel zu erreichen, hat Merin weiterhin im Sinn. Wenn Sie Merin finden wollen, läuft am Ende alles auf die Frage hinaus, ob Sie sich meiner Fähigkeiten bedienen und darauf vertrauen wollen, dass es zumindest eine kleine Chance gibt, dass ich Sie nicht hinters Licht führe. Aber wählen müssen Sie jetzt.«

Ihr Nicken erfolgte umgehend. »Was brauchen Sie?«

»Gehen Sie direkt zum Anleger, zu der Stelle, an der wir angekommen sind. Dort warten Sie auf mich. Sprechen Sie unterwegs mit niemandem, holen Sie kein Gepäck, gehen Sie nur hin. Wir treffen uns dort in fünf Minuten.«

»Ja«, sagte sie und ging hinaus.

So einfach war das. Keine Diskussion, keine Hektik, keine offenkundigen Bedenken, auf einem Planeten, der so oder so schon ins Chaos rutschte, den Boden der Legalität zu verlassen.

Sie wandte sich einfach ab und trat über die mit einem Vorhang verhängte Schwelle, ohne auch nur so viel Gefühl zu zeigen wie ich nach einem durchschnittlich befriedigenden Stuhlgang.

Ich dachte darüber nach, was sie noch fühlen mochte an dem Ort unterhalb ihrer unbewegten Oberfläche, an dem sie all ihre Emotionen einpferchte: Verzweiflung? Furcht? Hoffnung? Befriedigung? Trauer über den Verlust ihres Arbeitgebers?

Ich konnte es nicht wissen.

Aber ich hatte das Gefühl, ich würde es in Erfahrung bringen müssen, wenn das alles vorbei war.

Ich wartete dreißig Sekunden, ehe ich den Waschraum verließ. Da ich nichts Besseres zu tun hatte, nutzte ich währenddessen das Waschbecken. In den wenigen Sekunden, die ich brauchte, um mir die Hände zu waschen, schloss ich die Augen und aktivierte meine Schnittstelle. Das Gefühl des Wassers, das über meine Finger strömte, blieb bestehen, doch das Wasser schien langsamer zu fließen, schien plastischer zu werden, wurde in seinem Fluss schließlich so zäh wie Gallertmasse. Ein strahlendes Blau füllte die Welt aus, und ich fand mich schwebend vor dem neuesten Avatar wieder: eine Kreatur mit Flammenflügeln und der angefressenen Miene eines gewöhnlichen Dip-Corps-Funktionärs. Ihr Gesicht war nicht das von Croyd, doch es hätte von einem seiner Verwandten stammen können.

Wir sind sehr beschäftigt, Andrea Cort.

Etwas in dieser Art hatten sie noch nie zu mir gesagt. *Ich dachte, Softwareimpulse wüssten, wie Multi-Tasking funktioniert.*

Weil wir das tun, sind wir in der Lage, Ihnen wenigstens eine minimale Aufmerksamkeit zu widmen. Aber wenn wir sagen, dass wir uns mit den Folgen der Gewichtsverlagerung befassen müssen, die sich zu unserem Nachteil in diesem Konflikt ergeben haben, dann meinen wir das todernst.

Hatten sie … Angst? *Ich gehe davon aus, dass Sie nicht von ein paar toten Diplomaten sprechen.*

Wäre das der Fall, Andrea Cort, dann wären die Auswirkungen des Blutvergießens der vergangenen Nacht nur ein lokales Problem. Aber die letzten paar Stunden haben die Wesen, die Sie als Unsichtbare Dämonen bezeichnen, in die Lage versetzt, Geschehnisse zu bewirken, die sich auf mehr als siebzig von Menschen besiedelten Planeten in furchtbarer Weise auf ihre Spezies auswirken.

Mir rutschte das Herz in die Hose. *Wie?*

Das ist zu komplex und zu sehr in unsere Vereinbarungen eingebunden, um es in der gegebenen Zeit auszuführen. Es muss reichen, wenn wir Ihnen sagen, dass sie überall zugleich zugeschlagen haben. Es hat Attentate gegeben, kriegerische Handlungen, ein oder zwei spontane Massaker und ein paar grundlose Übergriffe, die bis zu einem nuklearen Schlagabtausch führen könnten. Die Zahl der Todesopfer bei all diesen Ereignissen beläuft sich nicht auf ein paar wenige, sondern auf Millionen. Angesichts der Gesamtzahl menschlicher Wesen und der bloßen Anzahl der Planeten, die Sie zu diesem Zeitpunkt Ihrer Geschichte besiedeln, läuft das auf nicht mehr als einen besonders schlimmen Tag hinaus, aber all diese Ereignisse sind miteinander verknüpft, und wenn sich die Lage auf Vlhan verschlimmert, werden auch die Feuer anderenorts auflodern.

Ich fühlte eine Woge der Panik und erkannte, dass sie in meinem physischen Leib tobte, in dem Körper, der vor dem riirgaaner Waschbecken stand und sich heftig genug in die Wange biss, sodass Blut floss. *Was macht Vlhan so besonders? Warum ist es so entscheidend?*

Sie stellen die falsche Frage. Vlhan selbst ist nur ein Planet, und wir haben kein Interesse an Planeten über den Umstand hinaus, dass sie die unterstützenden Systeme zur Entwicklung produktiver Intelligenzen liefern.

Dann eben die Vlhani.

Sie sind entscheidend für unsere Interessen und damit auch für Ihre.

Grandios. *Wie viel schlimmer wird es hier noch werden?*

Nicht mehr lange, und die Pilger auf dem ganzen Planeten werden erkennen, dass das Massaker im Amphitheater kein isolierter Vorfall war und dass sie ins Visier genommen werden, wo immer sie gehen und stehen. Umgekehrt wird eine Gruppe friedfertiger Vlhani, die Croyds Botschaft zu nahe kommen, mit Waffen unter Feuer genommen werden, die niemand hätte auf diesen Planeten bringen dürfen. Die Ressentiments, die dadurch ausgelöst werden, werden zu weiteren Konfrontationen führen. Am Ende des heutigen Tages werden die Delegationen der Cid und der K'cenhowten ihr gesamtes Personal von der Planetenoberfläche evakuieren, zwei andere Spezies werden Ihren Botschafter Croyd darüber in Kenntnis setzen, dass ihre Regierungen keine Einwände gegen feindselige Aktionen gegenüber den Eingeborenen erheben werden. Das ist ein Versprechen, dass sie – natürlich – nicht halten werden. Die Ereignisse werden unausweichlich immer weiter in Fahrt kommen, bis nur noch die eine Möglichkeit bleibt, die wir zu verhindern suchen.

Die KIquellen verfielen in Schweigen, so, als wäre diese Rezitation der Schrecken zu viel für sie. Ich bildete mir ein, ich könnte mein eigenes Herz in meiner Brust schlagen hören, obwohl das innerhalb der Schnittstelle, in der so lange Gespräche in weniger als einer Sekunde realer Zeit geführt wurden, völlig unmöglich war. Aber das war egal. Ich fühlte die Furcht, also fühlte ich auch ihre körperliche Erscheinungsform. *Die da wäre?*

Die Mitschuld der Menschheit an der Auslöschung intelligenter Wesen.

So schrecklich das auch sein mochte, ich verstand nicht, warum das einen Wendepunkt darstellen sollte. *Das ist auch schon früher passiert.*

Ja, das ist es. Aber die Möglichkeit, ein solches Verbrechen zu begehen und davonzukommen verhält sich proportional zu den Sympathien derer, die dabei zusehen.

Ich verstand immer noch nicht. Und dann verstand ich.

Die Menschheit wird von Spezies wie den Tchi schon jetzt nicht ohne Grund als eine bösartige, räuberische Art eingestuft,

Spezies, die Ihre Art aus der Gemeinschaft der empfindsamen Lebewesen ausschließen wollen, notfalls mit Gewalt. Die politische Sicherheit Ihrer Rasse ist weit mehr gefährdet, als das Machtgefüge ihrer Konföderation je zu akzeptieren bereit war. Die Vlhani hingegen werden innerhalb der Gemeinschaft intelligenter Nationen von all jenen geschätzt, die sowohl ihre überragende Intelligenz als auch das Rätsel, das sie repräsentieren, respektieren. Wenn der Wahnsinn hier weitergeht, wird Ihr Botschafter Croyd tun, was die logische Konsequenz ist, und der Groll der anderen Spezies wird sich gegen die Menschheit richten. Wenn es Ihnen nicht gelingt, das zu verhindern, wird bis zum Ausbruch eines Krieges, an dem ein Konsortium, gebildet aus allen anderen verbündeten Intelligenzen, beteiligt sein wird, kein Jahr vergehen, und Ihre Spezies wird diesen Krieg nicht überleben.

Natürlich nicht. Es gab einen Grund, warum die Konföderation nie einen größeren, interstellaren Krieg ausgefochten hatte. Die Organisation stellte kein Imperium dar, sie war lediglich eine Art Dachverband, eine bequeme Fiktion, eingeführt, um den Handel zwischen den Welten zu erleichtern und der Masse der vielen Tausend verschiedenen, untereinander zerstrittenen menschlichen Gesellschaften – darunter bisweilen mehr als zweihundert Einzelnationen pro Planetenoberfläche – die Möglichkeit zu bieten, den diversen außerirdischen Mächten eine einheitliche Front zu bieten.

Die relative Machtlosigkeit der Konföderation war bisher insofern eine gute Sache gewesen, dass sie unsere Spezies davor bewahrt hat, sich in allzu große Schwierigkeiten zu bringen. Bisweilen musste vielleicht ein lokaler Eroberer oder sonstwie Wahnsinniger niedergerungen werden, entweder von seinen Nachbarn oder vermittels einer konsolidierten polizeilichen Aktion, und dann und wann fing auch der eine oder andere Idiot Streit mit dieser oder jener fremden Rasse an, aber die inhärente Desorganisation der Menschheit hatte dem Rest unserer Spezies stets den Vorzug geboten, sich glaubwürdig herausreden zu können. Doch wenn nun alle anderen zu dem Schluss kämen, sie wären besser dran, wenn es uns nicht mehr gäbe? Ganz bestimmt war die Konföderation nicht in der Lage, organisiert genug vorzugehen, um eine effektive Verteidigung für die Menschheit als Ganzes auf die Beine zu stellen. Wir würden immer noch debattieren, wenn auch über den Letzten von uns ein Bombenteppich ausgebreitet würde.

Wir dürfen nicht zulassen, dass er das tut. Wir müssen ihn ausschalten.

Es geht hier nicht um den Wahn eines Individuums, sondern um den eines historischen Augenblicks. Wenn Sie ihn töten, werden die anderen Angehörigen der Konföderation, die den gleichen Instinkten folgen, seine Sache aufgreifen und die gleiche, unverzeihliche Tat begehen. Ihre einzige Hoffnung, ihn aufzuhalten, besteht darin, ihm seine Ausrede zu nehmen, indem Sie den Wahnsinn beenden, der die Vlhani befallen hat.

Damit fühlte ich mich noch verlorener als zuvor. *Das kann ich nicht. Ich verstehe die Vlhani nicht einmal, wenn sie bei Verstand sind.*

Richtig. Dennoch sind Sie die einzige Person, die in einer Position ist, welche es ihr ermöglicht, die einzig diplomatische Lösung zu finden, die einen Bruchteil beider Spezies retten kann.

Halb verrückt vor lauter Frust hätte ich sie beinahe angeschrien. *Das kann doch nicht alles sein. Sie müssen mir sagen …*

Ein entsetzliches neues Element regte sich in der Stimme meiner geheimen Herren: Bedauern. ***Es tut uns leid, Andrea. Das werden Sie nicht bekommen. Die Lage ist prekär. Es gibt Faktionen innerhalb unseres eigenen Kollektivs, die diese einzig mögliche Lösung erbittert ablehnen. Es ist uns unmöglich, Sie anzuleiten. Nur Sie allein können diesen Pfad beschreiten.***

Nachdem ich aus der Schnittstelle hinausgeworfen – nicht entlassen, rausgeworfen – wurde, und zwar brutal genug, dass ich mich kaum mehr auf den Beinen halten konnte, musste ich mich am Waschbecken festhalten, um nicht einfach zusammenzuklappen. Über dem riirgaaner Waschbecken gab es keinen Spiegel, aber ich brauchte auch keinen, um genau zu wissen, dass ich kreideweiß war.

Es musste wirklich schlimm stehen. In all den Jahren unserer Zusammenarbeit hatte ich sie als arrogant erlebt, als manipulativ und sogar grausam, aber ich hatte nie erlebt, dass sie so verloren klangen, so verzweifelt. So traurig.

Ängstigte die Aussicht, sie könnten ihren Krieg verlieren und zu ewigem Leben verdammt sein, sie wirklich so sehr?

Ich spritzte mir noch etwas Wasser ins Gesicht und trocknete es mit dem Ärmel, ehe ich zu dem Bett zurückkehrte, neben dem Oscin Porrinyard und Pakh Kech'tai Valinia dicht beisammen standen und sich unterhielten. Auch hier hatte sich die Lage verschlechtert. Oscin hielt seinen Mikrolader nun offen in der Hand und zielte auf ihr Gesicht. Was immer er ihr erzählt hatte, inzwischen leistete sie Widerstand, strebte fort von ihm, als fürchtete sie, eine zufällige Berührung könnte sie mit einem wie auch immer gearteten Wahn infizieren, der ihn befallen hatte.

Ich vergeudete keine Zeit. »Was ist los?«

»Ich habe es ihr erzählt«, sagte Oscin.

Ich verzog das Gesicht. In Fox' Fall hatte ich darauf vertrauen können, dass sie die Überschneidung ihrer Ziele mit den unseren erkannte, aber Valinia war eine unbekannte Größe in dem Spiel, von der ich gehofft hatte, ich könnte sie mit irgendwelchem Schwachsinn auf unsere Seite ziehen. »Warum?«

»Die blinkende Deckenbeleuchtung hat die Abfolge geändert. Ihrer Reaktion nach war das eine Art stiller Alarm.«

»Und dir ist nichts Besseres eingefallen, als sie zu bedrohen?«

»Verzeih, Andrea, aber du denkst logisch und erwartest, dass andere das auch tun. Du hättest versucht, dir eine partielle Erklärung auszudenken, die diese junge Dame akzeptiert hätte, und dabei alles zu verschweigen, was du ihr nicht offenbaren kannst, und am Ende wäre es doch auf irgendeine Form von ›*Vertrau mir*‹ hinausgelaufen. Ich habe ihr einfach erzählt, dass wir auf der

Flucht sind, dass wir Mikrolader haben und dass sie uns begleiten muss. Den Rest wirst du ihr unterwegs erklären müssen.«

Oscins Methode war tugendhaft direkt, aber auch schonungslos genug, dass sie uns später noch Ärger jeder Art bereiten konnte. Ich wollte mich zu allem anderen nicht auch noch der Entführung schuldig machen, also trat ich ihr gegenüber. »Können Sie akzeptieren, dass hier Leben auf dem Spiel stehen? Leben, die wir retten wollen?«

»Wenn es nur das wäre«, brachte sie hervor, und ihr riirgaanischer Akzent wurde stärker, während sie ihre innere Unentschlossenheit bekämpfte, »dann hätten Sie mir einfach gesagt, was los ist, und niemand in meiner Botschaft hätte irgendeinen Grund gehabt, Sie aufzuhalten.«

»Werden Sie uns begleiten, wenn ich Ihnen mein Wort gebe, dass wir es gut meinen?«

Sie gab sich trotzig. »In meinem riirgaanischen Heim musste mir niemand je versichern, dass er es gut meint. Dergleichen bedurfte keiner Worte. So etwas höre ich erst, seit ich angefangen habe, Umgang mit anderen menschlichen Wesen zu pflegen. Dieser Aussage zu misstrauen habe ich erst gelernt, als menschliche Wesen mir demonstriert haben, wie häufig ihre vorgeblich guten Absichten nur eine Lüge sind.«

Verdammt. »Bitte, Valinia. Dieses Mal ist es zufällig wahr.«

»Bitte«, wiederholte sie in einem Ton, der beinahe verwundert klang. *»Bitte.«* Sie bedachte Oscin mit exakt dem vernichtenden Blick, der üblicherweise mir galt, nicht den Porrinyards, und sagte zu ihm: »Das ist alles, was Sie hätten sagen müssen.«

Seite an Seite zogen wir los, ein Bild wie eine Parodie beiläufiger Indifferenz.

Valinia ging zwischen uns, die Hände zu Fäusten geballt, angespannt genug, dass ihre Knöchel weiß hervortraten. Auch sie würde uns noch Ärger machen, wenn es uns nicht gelang, sie auf unsere Seite zu ziehen, und zwar schnell – ein Grund, warum ich sie eigentlich gar nicht dabeihaben wollte, hätten wir sie nicht so dringend als Fremdenführerin benötigt.

Wir gingen geradewegs zum Ufer. Die Gleiter waren so unbeaufsichtigt, wie wir es uns nur wünschen konnten. Zwei Riirgaaner, die vielleicht Schwierigkeiten machen konnten, kauerten in einem der Botschaftsgleiter und führten irgendwelche Wartungsarbeiten durch. Ich konnte sie sogar miteinander reden hören – ein rasanter Austausch von kehligen Klicklauten und einem Gurren, das mir die Kehle zerfetzt hätte, wäre ich je verrückt genug, mich daran zu versuchen.

Fox wartete am Ende des Anlegers. Mit vor der Brust verschränkten Armen beobachtete sie die fünf Vlhani, die durch die Untiefen wateten. Ihr Haar flatterte im Wind, war so sehr in Bewegung wie sie unbewegt.

Wir hatten das Wasser beinahe erreicht, als hinter uns Stimmen laut wurden. Zwar sprachen sie Riirgaan, doch war die Dringlichkeit ihrer Äußerungen unverkennbar.

»Ich schlage vor, wir beeilen uns«, sagte Oscin.

Wir rannten, um den Rest des Weges hinter uns zu bringen. Zu meiner Verwunderung tat Valinia es uns gleich, ohne zu brüllen und ohne einen Versuch, uns davonzulaufen. Mir blieb jedoch keine Zeit, darüber nachzudenken, ob sie sich nun wie eine Geisel verhielt oder wie eine Verbündete, denn die riirgaanischen Mechaniker hatten sich bereits aufgesetzt und blinzelten uns aus ihren großen schwarzen Augen an, als sie die Mikrolader sahen, die zwei der drei menschlichen Gestalten, die auf sie zukamen, bei sich hatten.

Wir sprangen auf den Anleger, als die beiden Mechaniker gerade den Gleiter verließen und auf die Plattform traten, um sich uns mit leeren Händen entgegenzustellen.

Ich richtete den Mikrolader auf sie und sagte: »Keine Zeit für Diskussionen. Schlaft oder schwimmt.«

Der, der links vor mir stand, dachte keinen Augenblick nach. Er benutzte den Gleiter als Sprungbrett und landete mit einem beachtlichen Platschen bis zu seiner verkürzten Taille im Wasser.

Der auf der rechten Seite zögerte noch einen Moment, doch dann tauchte Fox hinter ihm auf und riet ihm: »Seien Sie vernünftig.«

Er machte ebenfalls einen Platscher.

Beide Mechaniker standen nun gleich tief im Wasser und reckten die Hände hoch, wie um klischeeartig zu versichern, dass sie nicht zu irgendwelchen Waffen greifen würden. Keiner machte einen Versuch, zurück ans Ufer zu gehen.

»Sie hätten Ihnen noch andere Möglichkeiten einräumen sollen«, beschied mir Pakh Valinia. »Dieses Gewässer ist nicht sicher genug, um darin herumzuwaten.«

Oh, Scheiße. »Warum nicht?«

»Die Rankpflanzen auf dem Boden wickeln sich um die Unterschenkel und ziehen sich mehr und mehr zu. Je mehr man versucht, sich zu befreien, desto stärker ziehen sie einen herab. Ich habe schon Freunde vom Steg stolpern und im knietiefen Wasser beinahe ertrinken sehen.«

Natürlich. Diese riesigen Vlhani ganz in der Nähe waren zweifellos ungefährdet, weil ihre Glieder lang und konisch waren und den Ranken nichts darboten, woran sie sich festhaken konnten. »Brauchen sie sofort Hilfe?«

»Es sind genug Leute in der Nähe, die dafür sorgen können, dass sie befreit werden, sobald wir weg sind. Aber ich muss sagen, die rücksichtslose Gefährdung ihres Lebens in einer Umgebung, die Sie nicht verstehen, verbessert den Eindruck, den ich von Ihnen habe, nicht.«

Gleichzeitig besänftigt und beschämt genug, um mich beschissen zu fühlen, sah ich mich zum Ufer um, wo ich ein Dutzend Gestalten erblickte, Menschen und Riirgaaner, die rasch näher kamen. Nur ein paar der Riirgaaner, die die Böschung hinabliefen, hatten Mikrolader dabei, die sie jedoch auf den Boden richteten. Zweifellos waren sie viel zu besorgt, sie könnten einen der ihren erwischen, um ihren Einsatz zu riskieren.

Der einzige Hom.Sap in Sichtweite, der anscheinend eine Vorstellung davon hatte, was los war – wenn auch keine besonders gute –, war Virond Hammersmith, der die anderen bei dem Wettrennen zum Anleger geschlagen hatte und nun wie festgefroren verharrte, in Schach gehalten von dem Mikrolader, mit dem Oscin auf sein Gesicht zielte. Die Menge hinter Hammersmith hatte innegehalten, als er stehen geblieben war, und ließ nun ihm den Vortritt bei den Verhandlungen mit den Verrückten. Sie würden sich nicht ewig in Zurückhaltung üben, aber solange die Situation nicht eskalierte, würden sie schon ein wenig Geduld aufbringen.

Hammersmith sah nicht so aus, als wäre er gerade glücklich über diese verantwortungsvolle Position. »Counselor, ich wüsste wirklich gern, was Sie vorhaben.«

»Ich fliehe«, erklärte ich.

»Das müssen Sie nicht.«

Ich hielt meinen eigenen Mikrolader erhoben. »Das meinen Sie.«

»Wir können über alles reden …«

»Keine Zeit.«

Er wagte noch einen Schritt voran. »Wenn es um Ihre Mission geht …«

»Springen Sie rein und begleiten Sie mich, dann werde ich Sie einweihen. Aber ich fürchte, ich werde nicht die Zeit haben, diese Angelegenheit zu diskutieren, ehe wir sicher von hier weg sind.«

Er zauderte, gefangen zwischen dem inneren Drang, heroisch zu agieren, und dem Bewusstsein, dass ich ihn mit einem kurzen Zucken meines Fingers zu Boden schicken konnte.

Doch das, was ihn lähmte, war keine Feigheit. Das Corps bestand beinahe ausschließlich aus Dienstverpflichteten – Leute, die sich an das Corps verkauft hatten. Für die meisten stellte das den einzigen Ausweg aus der Hölle dar, zu der sich so viele Welten infolge des üblichen menschlichen Missmanagements entwickelt hatten. Schön. So erhielt das Corps eine motivierte Belegschaft. Aber das System machte aus dem Corps im Gegenzug eine Meritokratie. Leute, die sich hervortaten, wurden damit belohnt, dass ihnen Zeit auf ihre Verträge gutgeschrieben wurde, was bedeutete, dass sie sich glücklich in den Ruhestand verabschieden konnten, während sie noch jung genug waren, ihn zu genießen. Zugleich wurde den Mitarbeitern, die Mist bauten, Strafzeit aufgebrummt. Das Ergebnis war, dass jeder kompetente Mitarbeiter, der sich nicht erneut verpflichtete, frühzeitig aus dem Corps schied, während die Leute, die eigentlich erfahrene Veteranen sein sollten, größtenteils mittelmäßig waren und ihr ganzes Leben mit der Wiedergutmachung der kolossalen Verfehlungen ihrer Jugend zubrachten.

Für Hammersmith konnte es die beste Entscheidung seines Lebens sein, mich zu begleiten. Oder die dümmste.

Schätzte er die Lage falsch ein, würde er noch jahrelang dafür zahlen.

»Keine Angst«, sagte ich. »Kommen Sie näher.«

Er kam näher. Jeder Schritt eine dramatische Demonstration der Unentschlossenheit, kam er immer näher, bis die transparente Blende meines Mikroladers nur noch Zentimeter von seinem Gesicht entfernt war. Jedes Mal, wenn er blinzelte, schien es, als stelle er erleichtert fest, dass er immer noch auf den Beinen war, statt in einer Woche wieder zu sich zu kommen.

Ich senkte die Stimme. »Ich habe drei Botschaften, die Sie weiterleiten müssen.«

Er schluckte. »In Ordnung.«

»Die Erste ist für die Riirgaaner. Ich möchte, dass Sie ihnen sagen, dass meine Inhaftierung illegal war und ich gemäß der Vereinbarungen über die diplomatische Immunität voll und ganz berechtigt war, mich ihnen ohne Einsatz tödlicher Mittel zu widersetzen. Ich werde diese Vereinbarungen nicht dazu missbrauchen, den Leuten zu schaden, die mit mir gehen. Ich werde mich nur der Angelegenheit widmen, die mich nach Vlhan geführt hat, und ich erwarte uneingeschränkte Amnestie, wenn ich wieder Kontakt zu ihnen aufnehme.«

Er würgte. »In Ordnung.«

»Die Zweite ist für Mr Croyd. Ich rechne nicht damit, dass es hilft, aber bitte sagen Sie ihm, es ist lebensnotwendig, dass er von jeglichen Maßnahmen gegen die Vlhani absieht. Sagen Sie ihm, diese Welt zu evakuieren sei besser als zu kämpfen, selbst wenn er weitere Verluste hinnehmen muss. Sagen Sie ihm, sollte er irgendwelche drastischen Maßnahmen ergreifen, so wären die Folgen größer als sein Stolz, größer sogar als sein persönliches Verlustempfinden. Sagen Sie ihm, hier seien Faktoren im Spiel, die er nicht kennen könne, und es gebe derzeit nichts Wichtigeres, als meinem Rat zu folgen. Er muss die Vlhani in Ruhe lassen. Verstanden?«

Er nickte.

Ich zögerte, ehe ich ihm meine nächste Botschaft auftrug, eine Botschaft, die weniger diplomatisch war, aber Scheiß drauf, ich war keine Diplomatin. »Schließlich habe ich noch eine letzte Nachricht, die Sie dem Ersten Referenten Rhaig von der Tchi-Delegation übermitteln werden. Ich will, dass Sie ihm sagen, ich würde mich bereits darauf freuen, ihn wiederzusehen. Sagen Sie ihm das und nur das, wenn Sie mit ihm allein sind. Sie müssen nicht wiederholen, was ich gesagt habe. Ich weiß, Sie haben mich verstanden.«

Etwas Seltsames geschah mit Hammersmiths Gesicht. »Counselor ...«

»Laufen Sie«, schlug ich vor.

Und auch das befolgte er umgehend, das musste man ihm lassen.

Als ich mich umblickte, sah ich, dass Pakh Valinia an der Steuerkonsole eines riirgaanischen Gleiters arbeitete. Fox stand neben ihr, Oscin hinter beiden. Oscin blickte auf, um anzudeuten, dass wir abflugbereit waren. Ich beging den Fehler, mich zum Ufer umzuschauen, um mich zu vergewissern, dass man uns unbehelligt würde ziehen lassen, und sah, wie Hammersmith oben auf der Böschung rotierte, während die Riirgaaner um ihn herum voranstürmten, um in letzter Sekunde doch noch anzugreifen.

Mist. Sie hatten sich entschieden, in Aktion zu treten.

Ich stürzte zu dem Gleiter, sprang an Deck, rollte mich ab, als ich gegen das Schott prallte, und hielt mir gerade in dem Moment die Augen zu, in dem eine stille Explosion grellen Lichts den Himmel weiß färbte. Es war ein Ladeblitz, abgefeuert von einem der Riirgaaner, die auf uns zukamen.

Der Anleger erbebte unter dem Donnern stampfender Füße. Ich verfluchte mich dafür, so viel Zeit mit Hammersmith vergeudet zu haben. Jetzt würde es knapp werden.

Dann ging das Gebrüll in Schreie über, als etwas Langes, Schlangenartiges flüsternd durch die Luft streifte.

Mir war nicht bewusst, dass wir abgelegt hatten, ein Versehen, das leicht zu erklären war, bedachte man die trägheitsdämpfende Wirkung der bordeigenen Schwerkraft des Vehikels; aber mich erwartete mehr als nur ein Schwindelgefühl, als ich nach vorn stolperte und das Ufer in einem vollends falschen Winkel vorfand. Der Blick aus dem Gleiter führte nicht einfach geradeaus, sondern direkt abwärts zu der Seeoberfläche, die im Sonnenschein weiß schimmerte. Irgendein Aufruhr war am Ufer ausgebrochen, das aus einer Explosion eigenmächtiger Schatten zu bestehen schien, bis sich die fünf watenden Vlhani, die urplötzlich beschlossen hatten, unsere Flucht zu decken, aus dem grellen Licht des von dem Chitin reflektierten Sonnenscheins schälten. Drei hatten es bis zu dem Schlamm in Ufernähe geschafft, zwei andere waren bereits auf den Anleger geklettert, und ihre Peitschen schlugen gleichmäßige Löcher in die Planken, als sie voranschritten und unsere Verfolger zurück an Land trieben.

Die Panik der Wesen am Ufer, die glauben mussten, dass sich diese Vlhani in ebenso gewalttätige Kreaturen verwandelt hatten wie die in der vergangenen Nacht, war grausam anzuschauen. Dutzende rannten um ihr Leben. Ihnen war nicht wie uns vergönnt, das Geschehen aus einer erhöhten Position in der Distanz überblicken zu können, eine Perspektive, die offenbarte, dass die Giganten sie lediglich bis zum Ufer verfolgten. Dass sie nichts weiter taten, als uns eine Chance zur Flucht einzuräumen, indem sie sich zwischen den schwachen Außerweltlern und den Gleitern aufbauten, mit deren Hilfe sie uns hätten verfolgen können.

Pakh Valinia erkannte das ebenfalls. Sie wirbelte herum, starrte mich aus geweiteten Augen an, und ihr Mund stand offen, lange bevor irgendetwas Verständliches über ihre Lippen kam. Merkantil folgte einigen verblüfften Sätzen in irgendeiner riirgaanischen Sprache. »Diese Vlhani ... schützen Sie.«

Ich rieb mir das Knie. »Sieht so aus.«

»Warum?«

Ich konnte mir das auch nicht schneller zusammenreimen als sie, aber es schadete nicht, wenn ich mich zuversichtlicher zeigte, als ich mich fühlte. »Ich bekomme langsam den Verdacht, dass es einen ganzen Haufen Vlhani gibt, die von mir wissen und mich im Zweifelsfall beschützen würden. Und bedauerlicherweise auch eine große Anzahl, die mich mit Freude umbringen würde, sollte sie die Gelegenheit dazu bekommen. Ich nehme an, beide Seiten wurden von ihren ... na ja, sagen wir einfach: Hintermännern, instruiert.«

»Hintermänner?«, wiederholte Pakh Valinia.

»Ach, Oscin, wir sollten vielleicht etwas höher gehen. Weißt du noch, was Hammersmith uns über springende Vlhani erzählt hat?«

»Gutes Argument«, sagte er und zog den Gleiter noch ein paar Hundert Meter höher, ehe er nach Osten schwenkte.

Pakh Valinia musterte mich mit der hilflosen Wut, die ich in ihrer Lage auch empfunden hätte, wenn man mir eine Erklärung versprochen und mich stattdessen mit noch mehr Fragen hätte stehen lassen. Fox studierte mich schweigend, und ihr ruhiger Blick verriet nicht eine Spur der Ungeduld.

Ich wusste, ich würde ihnen schnell irgendetwas sagen müssen, vermutlich schon in den nächsten Minuten, wollte ich mir ihre weitere Kooperation sichern, aber im Moment fehlten mir die Worte.

Nicht die Tatsache, dass ich auf der Flucht war, lastete auf mir.

Das hatte ich schon früher durchgestanden, im Grunde ein ganzes Leben lang, bedachte man das Kopfgeld, das noch immer von Welten auf mich ausgesetzt war, die meinen Tod zu sehr wünschten, um meine diplomatische Immunität anzuerkennen.

Aber ich hatte nicht damit gerechnet und nicht gewollt, dass die Vlhani im See mich beschützen.

Und ich wusste, dass ich nun in den Augen der Idioten, die glaubten, ich hätte etwas mit den Geschehnissen von letzter Nacht zu tun, umso schuldiger aussah …

KAPITEL ACHT
FLÜCHTLINGE

(Skye.)

Es dauerte eine Weile, bis die Vlhani, die noch immer im Amphitheater waren, zu einer gemeinsamen Entscheidung ob der Frage gefunden hatten, was sie mit den verwundeten Menschen in ihrer Mitte anfangen sollten. Ihre neue Freundin Thatharsi, die die Diskussion eine Zeit lang verfolgt hatte, informierte sie, als es soweit war. »Sieht aus, als wollten sie uns von hier wegbringen.«

»Uns?«, fragte Skye. »Soll heißen, mich auch?«

»Sie sind keine Monster, was immer dieses Arschloch Croyd auch denkt. Sie sind fähig, mitzuempfinden, und sie sind Menschen besonders gewogen. Wenn sie uns evakuieren ... Juje, das tut weh ... dann werden sie sich auch um Sie kümmern.«

»Haben Sie irgendeine Vorstellung, wohin sie uns bringen werden?«

»Ich kann die Ortskennzeichnungen, die sie benutzen, nicht einordnen, aber es muss ein Ort sein, an dem sie uns vor diesen anderen schützen können.« Dann, erbittert: »Als hätte das jetzt noch irgendeinen Sinn.«

»Sie sind anderer Meinung?«

»Das ist ein bisschen ... als würde man eine Kiste mit Museumsbroschüren retten, nachdem das ganze ... Gebäude abgebrannt ist und ... von all den kostbaren Stücken ... nur Asche übrig ist. Das ist nicht einmal ein ...«, das nächste Wort spie sie hervor, »... *kläglicher* Trost.«

Beinahe hätte Skye etwas Unbedachtes darüber gesagt, dass Überleben allein schon Trost genug sei, aber den Porrinyards war klar, dass das wie Hohn erschienen wäre. Thatharsi war bereit gewesen zu sterben für was immer das Ballett angeblich bewirken sollte; nun war das Ballett vorbei und sie ihrer Chance beraubt, sich zu opfern. Für sie musste das Leben aussehen wie ein Geschenk, das man ihr aufgedrängt hatte, nachdem ihm alles genommen wurde, was ihm Bedeutung hätte verleihen können. »Irgendwas muss ihnen noch vorschweben«, sagte sie. »Sie geben nicht auf. Vielleicht denken sie, es gäbe eine Lösung für das alles.«

Thatharsis finsterer Blick vermittelte all die Verachtung, die ein wahrer Gläubiger für einen trotteligen Außenseiter, der nichts verstand, aufzubringen imstande war. »Sie können das hier nicht einfach mit Naniten besprühen, und alles wird wieder gut. Es ist *kaputt!*«

»Ich behaupte nicht, ich wüsste, was denen vorschwebt, 'tharsi. Aber das können *Sie* auch nicht.«

Danach maß Thatharsi sie lange Zeit nur mit einem finsteren Blick.

Skye verlagerte ihr Gewicht und verzog angesichts des Schmerzes, den sie trotz der gemeinsamen Bemühungen ihres Bundes mit Oscin erlitt, das Gesicht. Die Vorstellung, irgendwohin evakuiert zu werden, hatte definitiv ihren Reiz. Die Sonne hatte immer mehr Aasfliegen zu der blutigen Landschaft gelockt, und die Porrinyards waren es unendlich müde, sie von ihren Wunden wegzuscheuchen. Arg besorgt hinsichtlich der Frage, welche Art von Eiern sie wohl in Skyes Haut ablegen mochten, hätten sie beinahe beschlossen, dass Oscin und Andrea den Riirgaanern verraten sollten, wo sie sich befand. Aber dann wurde ihnen klar, dass das keine Option war.

Ließ Skye zu, dass sie gefangengenommen wurde, wäre es nur eine Frage der Zeit, bis die Leute, die hinter Andrea her waren, auf die Idee kämen, aus einer Hälfte des kybernetisch verbundenen Paares herauszupressen, wo sich die andere aufhielt. War sie frei, konnte sie Andrea wenigstens eine Chance geben, selbst lange genug auf freiem Fuß zu bleiben, um zu tun, was immer sie konnte.

Die Vlhani wanderten umher und sammelten Opfer ein. Keine

dreißig Meter entfernt hob einer einen bewusstlosen, blutüberströmten Mann, dessen Arme recht menschlich aussahen, bis sie an den Handgelenken in Peitschen übergingen, vom Boden und barg ihn in seinen Peitschenarmen. Die Geräusche, die entstanden, als der Vlhani zwei seiner Peitschen zu einer Art Krippe verwob, um seinen Körper einigermaßen bequem zu lagern, erinnerten an ein mitfühlendes Wimmern.

Skye erkannte, dass ihr nur noch ein paar Sekunden blieben, ehe einer von ihnen käme, um Thatharsi und sie zu holen, und sie beschloss, die Zeit zu nutzen. »'tharsi? Dieser andere. Der, der versucht hat, mit mir zu sprechen. Ich hatte den Eindruck, er wollte mir sagen, dass ein Ei für all das verantwortlich wäre. Was hat er damit gemeint? Schlüpfen Vlhani aus Eiern?«

Thatharsi bedachte sie mit einem ungläubigen Blick. »Sie wissen überhaupt nichts über diesen Planeten, nicht wahr? Juje, wie sind Sie nur auf die Idee gekommen, hierher zu reisen? Was haben Sie getan? Eine Nadel in eine Karte gesteckt?«

Von diesem Moment an stand für die Porrinyards fest, dass sie den Planeten nicht verlassen würden, ehe sie diese Frau Andrea vorgestellt hatten. Es wäre einfach zu spaßig, dabei zuzusehen, wie die beiden sich gegenseitig in ihrem geballten Sarkasmus ertränkten. »Ich weiß wirklich nur wenig, 'tharsi. Und ich tue das, was Leute eben tun, die etwas nicht wissen. Sie stellen den Leuten, die es wissen, Fragen. Also, schlüpfen Vlhani aus Eiern oder nicht?«

»Ist das jetzt noch wichtig?«

Skye brachte alle Geduld auf, derer die Porrinyards gemeinsam fähig waren. »Wenn es für diesen Vlhani wichtig genug war, mir von Eiern zu erzählen, dann ist es für mich wichtig genug, wenigstens zu versuchen, ihn zu verstehen.«

Thatharsi verzog das Gesicht, gab aber nach. »Nein, sie legen keine Eier. Das war nur eine dämliche Fehlinterpretation von diesem idiotischen Bursteeni, der den Planeten als Erster besucht und ihm seinen Namen gegeben hat. Ein paar ihrer Exobiologen sind in einen Vlhani-Bau eingedrungen. Als sie in einer Kinderkrippe einen Haufen schwarzer Kugeln entdeckt haben, haben sie stolz verkündet, sie hätten Vlhani-Eier gefunden.«

»Aber das hatten sie nicht?«

»Natürlich nicht. Diese Kugeln waren keine Eier, sondern Kinder, die noch keine Peitschen ausgebildet hatten. Aber die Vorstellung ist geblieben, ganz einfach, weil junge Vlhani runde Objekte sind, die zufällig so aussehen wie Eier. Und wie *genau* hilft uns das in unserer Situation?«

Die Porrinyards konnten nicht sagen, warum es ihnen so wichtig erschien, sie wussten nur, dass es das tat. »Nur, um sicherzugehen, dass ich das richtig verstanden habe«, sagte Skye. »Die Vlhani werden nicht mit ihren Peitschen geboren?«

»Nein, es dauert ungefähr ein Jahrzehnt, bis sie anfangen zu wachsen, und dann noch ein paar Jahre, bis das Baby groß genug ist, dass es mehr tun kann, als nur herumzuliegen, sich füttern zu lassen, wenn es hungrig ist, und sich säubern zu lassen, wenn es geschissen hat.« Thatarsi zögerte einige Sekunden, ehe sie weitersprach. »Ich habe immer gedacht, ein Vlhani-Baby müsse sich furchtbar fühlen, weil, na ja, wissen Sie, es ist, als würde man die ganze Kindheit querschnittsgelähmt und stumm verbringen müssen. Vielleicht ist das der Grund, warum sie, wenn sie dann erwachsen sind, schon so viel gespeichert und so viel zu sagen haben. Und ich frage Sie noch einmal: Inwiefern soll uns das helfen?«

Die Porrinyards waren nach wie vor verunsichert. Mit Kreaturen zu kommunizieren, die soweit jenseits menschlicher Erkenntnisfähigkeit waren, war schlicht unmöglich. Sie hatten andere Bezugsrahmen, andere Prämissen, andere Glaubensgrundlagen. Vielleicht war »Ei« ganz einfach eine Art Metapher, der Vlhani-Ausdruck für eine Kreatur, die nicht imstande war, anderen ihre Wünsche und Bedürfnisse mitzuteilen; oder für einen gefangenen Geist, der Geheimnisse barg, die niemand, der nicht in seiner Haut steckte, je würde lüften können. Solch ein Ding könnte durchaus einen Groll gegen die Welt hegen, die es bewohnte ... aber wenn alle Vlhani diese Phase in ihrem naturgegebenen Lebenszyklus hinter sich bringen mussten, um anschließend ein sinnerfülltes Leben zu führen, warum sollte dann ein Ei böswilliger sein als die anderen? War das fragliche »Ei« überhaupt ein Vlhani-Ei?

Die Porrinyards versuchten noch immer, all dem einen Sinn abzuringen, als Skye fühlte, wie sich hinter ihr etwas regte. Zwei Peitschen, lang und schwarz und so anmutig in ihren Bewegungsabläufen, dass es schien, als hätten sie eine eigene lebendige Seele, sanken vom Himmel herab und suchten unter ihren Knien und ihrem Rumpf einen Halt. Sie achteten darauf, dass Skyes Rücken abgestützt wurde, ehe sie sie sanft vom Boden hochhoben. Als ihr Vlhani sie auf die Höhe seines Kopfes gehoben hatte, nahe genug, dass sie ihr eigenes verzerrtes Spiegelbild in seinem Chitingesicht erkennen konnte, lieferten ihr die Lautsprecher ihres Peitschengeschirrs eine Übersetzung von etwas, das wohl ein Versuch seitens des Vlhani sein musste, sie zu beruhigen. *Sicher. Freund. Sicher. Mensch. Vlhani. Freunde. Sicher. Du Riesenwichser.*

(Früher oder später würde irgendjemand den Vlhani verraten müssen, dass ihr jüngster Eintrag in ihrem Lexikon der Menschheit nicht bedeutete, was immer sie auch glaubten, das er bedeutete.)

Freunde.

Ein anderer Vlhani hob Thatharsi auf die gleiche Weise hoch. Die verletzte Frau biss die Zähne zusammen und unterdrückte ein gepeinigtes Stöhnen, als die Bewegung den Wundschmerz verstärkte. Anscheinend aus Höflichkeit und Respekt gegenüber der offenkundigen Nähe zwischen zwei Menschen, die der Vlhani hatte miteinander reden sehen, führte er Thatharsi bis auf wenige Meter an die Stelle heran, an der sein Kamerad Skye in der Luft hielt.

Schnell.

Und dann fingen sie an zu rennen.

Hammersmith hatte uns im Zuge unserer Erkundungstour gezeigt, wie es aussieht, wenn ein Vlhani rennt. Und das war ein beeindruckender Anblick gewesen. Die großen, schwarzen Köpfe glitten dicht über den Boden, während die Peitschen verwegen die Distanz überbrückten.

Und doch war ich einem Irrglauben aufgesessen, als ich gedacht hatte, der Vlhani würde rennen. Tatsächlich war das nur – wie soll man das nennen? – Jogging.

Dies jedenfalls war die Fortbewegungsmethode, zu der die Vlhani griffen, wenn sie es eilig hatten. Dazu gehörte, alle verfügbaren Glieder zu voller Länge auszufahren und wie Speichen herumzuwirbeln, wobei der Kopf genau in der Mitte war. Jede Peitsche kreiste über den Kopf hinweg, um sich gleich wieder in den Boden zu stemmen, und trieb das Ganze mit einer Geschwindigkeit voran, bei der die Steine des Amphitheaters vor Augen verschwammen. Gnadenvollerweise bewegten sich auch die beiden Peitschen, die Skye umfassten, drehten sich gerade so, dass sie stets im gleichen Winkel auf gleicher Höhe war und von Erschütterungen verschont blieb. Wenn der heiße Wind ihr auch die Tränen in die Augen trieb und in dem kurzen Silberhaar auf ihrem Kopf raschelte, war dies doch der ruhigste Ritt, den sie je außerhalb eines Gleiters mit bordeigener Gravitation erlebt hatte. Trotz ihrer unschönen Lage und ihrer Schmerzen empfand Skye diesen Ritt als aufregend, und sie wusste, wären die Vlhani Lasttiere und keine intelligenten Lebewesen, so hätten die Mächtigen, die Herrscher über Geld und Untertanen, sich rasch die Zeit damit vertrieben, sie zu reiten.

Ihr Vlhani wurde immer schneller, und sie ließen das Schlachthaus des Amphitheaters hinter sich, als er den Hang hinaufraste und über den Wüstenboden hinwegschoss. Sie drehte den Kopf und sah fünf andere, die, jeder mit seiner eigenen menschlichen Bürde, mit der gleichen haarsträubenden Geschwindigkeit hinter ihnen rannten. Der, der Thatharsi trug, war bald neben ihrem Träger und achtete sorgsam darauf, sich der Geschwindigkeit seines Kameraden anzupassen, sodass die Tanzpilgerin bald wie der einzig ruhige Punkt in einem vollends verwischten Universum erschien.

Der Wind war zu stark für ein längeres Gespräch, aber Skye schaffte es, eine Frage hinauszubrüllen. »WIE WEIT BRINGEN SIE UNS WEG?«

»SEHE ICH AUS, ALS WÜSSTE ICH DAS?«, gab Thatharsi ebenfalls brüllend zurück.

(Inzwischen.)

Das Land unter uns war voller Bäume, abgesehen von den Seen, von denen uns beinahe minütlich einer begegnete, und jeder schimmerte in genau der Art von hellem Tageslicht, das angeblich alle Geheimnisse offenbarte. Wir waren hoch genug, dass die Vlhani, die durch diese Seen wateten, aussahen wie Reißzwecken auf einer altmodischen Karte aus Papier. Da waren so viele von ihnen, offenbar neutrale Vertreter in diesem Krieg, der andere Orte dieser Welt mit Blut rot angestrichen hatte, dass ich mich fragte, ob sie überhaupt wussten, mit welcher Bedrohung ihre Spezies konfrontiert war.

Tara Fox und Pakh Valinia saßen mir gegenüber und blickten mich, jede mit einer anderen Art der Konfrontation in den Augen, an. Es war schwer zu sagen, welche der beiden eindrucksvoller wirkte. Fox' stierer Blick war frei von jeglicher Empathie; wie auch immer sie mich hinter ihrer Maske wahrnahm – das Paradigma, das über ihr Verhalten herrschte, würde mich lediglich wie einen Satz Variablen behandeln, die aufgeschlüsselt und beherrscht werden wollten. Pakh Valinias wütender Blick erglühte in einem Zorn, der für beide reichte, aber da war noch etwas, das ich nicht einordnen konnte, etwas, bei dem es sich um eine außerirdische Emotion handeln mochte, die ihre riirgaaner Eltern ihrer menschlichen Seele eingeprägt hatten.

»Also gut«, sagte ich. »Ich werde Ihnen so viel mir möglich ist erklären, sobald wir folgendes Problem gelöst haben: Wir brauchen ein direktes Ziel, einen Ort, der sicher genug ist, dass wir unseren nächsten Zug planen können, vorzugsweise einer, an dem wir Zugang zu alternativen Transportmitteln bekommen, die nicht verfolgt werden können. Sie sind die Einzige hier, die diese Welt kennt, Valinia, also sind Sie auch die, die uns in diesem Punkt am ehesten helfen kann.«

Sie schüttelte den Kopf. »Von mir haben Sie nichts zu erwarten, solange Sie mir keine Erklärung geliefert haben.«

»Bitte. Machen Sie es quid pro quo, wenn es sein muss: Wenn ich Ihnen im Gegenzug keine Antworten gebe, liefern Sie uns Ihren Leuten aus.«

Sie grollte, verdrehte die Augen, ging zu Oscin und nannte ihm Koordinaten, die ich nicht hören konnte. Er nickte und gab die Zahlen in das Nav-System ein, was einen plötzlichen Kurswechsel nach Süden zur Folge hatte. Während der nächsten ungefähr zehn Sekunden verwandelte sich der Ausblick nach Steuerbord in eine schwindelerregende, beinahe vertikale Landschaft aus Seen und hohen Bäumen. Dann richtete sich der Gleiter wieder waagerecht aus, und Pakh Valinia kehrte zu ihrem Sitz zurück, die Arme mit den unzähligen Armreifen herausfordernd vor der Brust verschränkt.

»Also gut, hier kommt der entscheidende Punkt: Ich habe Grund zu der Annahme, dass das alles von einem abtrünnigen Element der KIquellen ausgelöst wurde.«

Pakh Valinia rutschte auf dem Sitz herum. »Das hört sich nach einer haltlosen Vermutung an.«

»Das ist es nicht. Es basiert auf Kenntnissen, die ich in den letzten paar Jahren zusammengetragen habe. Wenn Sie später Zeit haben, können Sie selbst ein paar Nachforschungen anstellen, die Ihnen einige Punkte bestätigen werden, aber der Rest, möglicherweise der schlimmste Teil, wird Ihnen vielleicht für immer verschlossen bleiben.«

»Welche Beweise haben Sie?«

Warum nicht gleich alles aufs Spiel setzen? »Im Augenblick? So gut wie keine.«

»Dann erzählen Sie mir einfach, was Sie können, und ich werde anschließend überlegen, ob ich Ihnen glauben soll.«

Ich brauchte einige Sekunden, um mir zu überlegen, wo ich anfangen sollte. »Also gut. Vor etwa zwei Jahren haben meine Pflichten mich zu einer Raumstation der KIquellen namens One One One geführt. Im Grunde war die Station ein gewaltiges Biolabor inklusive eines einzigartigen Ökosystems, und es schien lediglich dazu zu dienen, herauszufinden, was passiert, wenn alle Paradigmen der Evolution auf den Kopf gestellt werden. Dort war auch eine empfindungsfähige Spezies beheimatet, die Brachiatoren. Aufgrund der Art, wie sie ihr Leben führen mussten, hatten sie ein sonderbares Glaubenssystem hervorgebracht. Das einzig Wichtige für Sie ist, dass sie sich nicht so entwickelt haben, wie wir Entwicklung verstehen, sondern von den KIquellen geschaffen wurden, die sie als ihr Eigentum beansprucht haben.«

Ein Riss zeigte sich in Pakh Valinias steinerner Fassade. »Sie haben eine Sklavenrasse geschaffen?«

»Ich weiß, das verstößt gegen alle speziesübergreifenden Abkommen und gehört zu den vielen rechtlichen Fragen, die bis heute ungelöst sind. Für uns ist aber nicht wichtig, dass die KIquellen diese Spezies entwickelt haben, sondern warum. Und damit kommen wir zu Dingen, die niemand wissen sollte, darunter die Gesamtzahl der Spezies, die sie bereits zuvor entwickelt haben, zu denen vielleicht auch wir zählen. Wie sich herausgestellt hat, liefert ihnen die Erschaffung neuer Denkweisen, neuer subjektiver Standpunkte, neuer psychologischer Schablonen, die neue Wege zur Interpretation des umgebenden Universums eröffnen, Denkmodelle mit dem Potenzial, sie in Richtungen zu führen, die sie trotz all ihrer Möglichkeiten nie in Erwägung gezogen haben.«

Pakh Valinias Augen blickten kalt. »Und Sie denken, das umfasst auch uns?«

»In diesem Punkt bin ich nicht sicher. Zweifellos haben sie uns manipuliert, das haben sie mir gegenüber auch zugegeben. Aber um zum Punkt zu kommen: Ich glaube, sie haben auch die Vlhani geschaffen. Ich glaube, die Vlhani und die gattungsspezifischen Zwänge, die sich hinter dem Vlhani-Ballett verbergen, sind lediglich Manifestationen der Bemühungen der KIquellen, herauszufinden, was sie wissen müssen.«

»Und das, was hier derzeit passiert?«

»Passiert, weil ihr Programm gekapert wurde.«

Pakh Valinia stürzte zur Seite des Gleiters und streckte den Kopf über den Rand hinaus. Der ionische Schild, der den offenen Passagierbereich schützte, reichte weit genug über das Vehikel hinaus, um sie vor den Höhenwinden abzuschirmen, aber sie sah nicht so aus, als hätten die Scherwinde ihr etwas ausgemacht. Sie sah eher so aus, als verlockte sie der tiefe Sturz hinab in die Landschaft, die weit unter uns vorüberraste, eine Landschaft, die in den letzten paar Minuten jegliches Grün eingebüßt hatte und nun von zerklüfteten Felsformationen beherrscht wurde, die allzu sehr an Zähne erinnerten.

Als sie zurückkam, bildete ihr Mund eine verkniffene, rote Linie. »Counselor? Kann ich Ihnen etwas von mir erzählen?«

Ich nickte.

»Als ich zu den Riirgaanern übergelaufen bin, war ich gerade neun Jahre alt. Man hatte mich von meinen menschlichen Eltern befreit. Sie waren keine guten Menschen – die Details müssen Sie nicht erfahren. Jedenfalls glaubte ich, mit einer Kindheit unter meiner eigenen Spezies würde ich nichts mehr zu tun haben wollen. Also bin ich in die nächste riirgaanische Botschaft spaziert und habe mich zur Adoption angeboten.« Sie atmete tief ein. »Der Punkt ist: Ich habe selbst entschieden, was ich sein wollte. Ich bin nicht, was andere wollten, das ich werde. Oder was andere erwartet haben. Ich bin, was ich sein wollte. Ich dachte – entschuldigen Sie: *Scheiß* drauf, welche Richtung mein Leben nach den Vorstellungen anderer nehmen soll. Ich wollte nicht das Werkzeug der Absichten irgendeines anderen sein.«

Plötzlich empfand ich eine gänzlich uncharakteristische Zuneigung zu dieser außergewöhnlichen jungen Frau. »Bringt Sie das dazu, diese Mistkerle umbringen zu wollen?«

»Ja.«

»Tja, wie der Zufall will, ist das genau das, wobei sie unsere Hilfe wünschen.«

Sie brauchte ein paar Sekunden, um meine Worte zu verarbeiten. »Soll das heißen, sie sind suizidal?«

»Ja.«

»Wissen Sie das genau?«

»Ja.«

»Woher?«

»Das ist auch etwas, was mir schon lange bekannt ist, aber die Geschichte ist lang, und so viel Zeit habe ich jetzt nicht. Aber die Todessehnsucht der KIquellen – die *Majorität* sehnt den Tod herbei – verbirgt sich hinter jeder Entscheidung, die sie je getroffen haben.«

»Und dieses ›abtrünnige Element‹, das Sie erwähnt haben? Sind die anderer Meinung?«

Die Unsichtbaren Dämonen. »Sie sind jedenfalls nicht unsere Freunde. Sie sehen in uns – in uns allen – nur einen Kollateralschaden. Darum tun sie Dinge wie das, was sie den Vlhani angetan haben ... und darum kann es nur noch schlimmer werden, bis wir eine Möglichkeit finden, sie aufzuhalten.

»Können Sie das?«

»Vielleicht. Aber ich habe nicht die geringste Chance, wenn nicht jemand wie Sie bei mir ist, der mir den Planeten zeigen und mich zu den Orten führen kann, die ich aufsuchen muss. Und – basierend auf dem derzeitigen Status meiner diplomatischen Legitimation – jemanden wie Counselor Fox, der vielleicht imstande ist, seinen Einfluss geltend zu machen, wenn es nötig wird. Mir ist klar, dass Sie beide nie um diese Verantwortung gebeten haben und dass Sie vielleicht einen hohen politischen Preis dafür bezahlen müssen, wenn Sie mir helfen. Aber so stehen die Dinge nun einmal, und ...«

Der Augenblick schrie förmlich danach, ihre Courage zu loben und einzuräumen, wie viel ich ihnen schulden würde, aber in solchen Dingen war ich noch nie gut, also verstummte ich.

»Wie soll mir das bei der Suche nach Merin helfen?«, fragte Fox nur.

Verdammt. Ich hatte nicht erwartet, nicht einmal gewollt, dass sie Schiffs Tochter vergaß. Aber ich hatte gehofft, das Mädchen würde auf der Liste ihrer Prioritäten nach hinten rücken. »Wenn wir bei dieser Sache versagen, werden mehr Leute sterben.«

»Damit wird die Suche nach Merin noch wichtiger, nicht weniger wichtig«, sagte sie.

Oscin schüttelte den Kopf. »Ich bin beeindruckt von der Hingabe und Entschlossenheit, zu der der verstorbene Mr Schiff seine Angestellten inspiriert hat.«

Fox drehte sich zu ihm um und antwortete mit einer Stimme bar jeglichen Gefühls: »Mr Schiff hat es verdient zu sterben.«

Es war, als wären wir durch eine brüchige Fassade gestoßen und hätten einen Blick auf einen Ort geworfen, finsterer als alles, was ich mir vorstellen konnte, finster genug, um zu erklären, warum eine Frau sich wünschen konnte, das zarte Band zwischen ihrer Persönlichkeit und ihrer Seele zu durchtrennen.

Das war nicht das erste Mal, dass ich etwas unangenehm Vertrautes an dieser Frau entdeckte. Einst hatte ich mir selbst ein so grausames internes Exil auferlegt, dem ich nur entkommen war, weil die Porrinyards in mir etwas gesehen hatten, das wert war, gerettet zu werden.

Bei der nächsten Frage kam Oscin mir zuvor. »Was hat er uns nicht erzählt?«

»Er hat jede Frage, die Sie ihm gestellt haben, wahrheitsgemäß beantwortet.«

Ich sah Oscin an. Die sonderbare, hölzerne Formulierung, die weniger eine Antwort als ein Ausweichen war, war ihm nicht entgangen. Fox hatte mir gerade verraten, dass ich etwas übersehen hatte, etwas, das während jenes Zusammentreffens, das ich vor Zorn brodelnd über mich hatte ergehen lassen, unter den Teppich gekehrt worden war.

Ich dachte einen Moment nach und folgte schließlich der einzigen Richtung, die diese Befragung nehmen konnte. »Er hat keine Lügen über seine Geschäfte erzählt. Die Schiffe, die er gebaut hat, sind wirklich so harmlos, wie er gesagt hat.«

»Ja.«

»Aber er hat sich auch als einen Vermittler im Auftrag anderer bezeichnet. War er je an einer kriminellen Handlung beteiligt?«

»Die Antwort darauf wird Ihnen nicht helfen, Merin zu finden.«

Oscin erging sich in dem besonderen Hüsteln, das die Porrinyards für jene Gelegenheiten reserviert hatten, zu denen ich unter Menschen war und vergaß, menschlich zu sein. »Andrea.«

Ich verzog das Gesicht. »Also gut. Wie lange dauert es, bis wir sind, wo immer wir hinfliegen?«

»Nicht ganz zwanzig Minuten«, sagte Pakh Valinia.

Ich wandte mich an Oscin. »Wie geht es deiner anderen Hälfte?«

»Sie erträgt es noch.«

Ich rieb mir den Nasenrücken. »Gut, dann haben wir ja Zeit, Counselor. Wie wäre es, wenn Sie mich ein bisschen aufklären?«

Fox murmelte einen Befehl, der dafür sorgte, dass die Luft zwischen uns aufleuchtete und ein Durcheinander aus Farben hervorbrachte, die schließlich zu dem holografischen Bild eines lächelnden Mädchens von ungefähr dreizehn Jahren, Zeitrechnung Hom.Sap-Merkantil, verschmolzen.

Merin Schiff hatte die unvorteilhafte Kombination aus vorstehendem und zugleich rundem Kinn von ihrem Vater geerbt. Ihre Nase sah sogar noch schlimmer aus als seine, eine furchtbar lange Habichtnase, die viele Teenager entweder zu einer Operation oder zu tiefem Selbstmitleid getrieben hätte. Aber die Natur hatte ihr auch einen Ausgleich geschenkt, der dazu führte, dass diese Makel als besondere Elemente einer unerwarteten und exotischen Schönheit erschienen, darunter ein Hauch Oliv in ihrem Teint, hohe Wangenknochen, die ihrem Kiefer etwas

Löwenhaftes verliehen, glänzendes schwarzes Haar und Augen, die leuchteten wie grünes Feuer. Auf dem Bild hielt sie den Kopf leicht gebeugt, aber ihre Augen blickten geradeaus und vermittelten die Anmutung eines Guckguck-Spiels, das ein Zeichen von Schüchternheit hätte sein können, hätte sie nicht zugleich den Eindruck vermittelt, wissentlich eine Maske aufgesetzt zu haben.

Ich hatte Derek Schiff nicht gut genug gekannt, um Mutmaßungen darüber anzustellen, ob er sein Los verdient hatte oder nicht, aber ich musste feststellen, dass ich nicht bereit war zu glauben, er könnte seine Tochter je misshandelt haben.

»So sieht ein Mädchen aus, das weiß, dass es geliebt wird«, bemerkte Oscin.

»Ja«, sagte Pakh Valinia mit sehnsuchtsvoller Stimme. »So etwas von menschlichen Eltern zu erleben, muss interessant sein.«

Ich biss mir auf die Lippe. »Wie war sie?«

»Klug«, sagte Fox. »Wissbegierig. Eine talentierte Musikerin und infolgedessen ein wenig verwöhnt.«

»Geben Sie mir ein Beispiel.«

Sich auf eine längere Antwort einzurichten schien Fox Mühe zu bereiten. »Als sie noch sehr jung war, entwickelte sie ein akademisches Interesse an einer obskuren und kostspieligen Bursteeni-Flöte, die Nimoinomi genannt wird. Das ist nicht die Art von Instrument, die ein Mensch meistern kann, weil wir nicht auf die gleiche Art atmen wie die Bursteeni und die Flöte daher nicht ausreizen können, aber ihr Vater hat dafür gesorgt, dass ein Exemplar Eingang in die Sammlung der Familie fand. Wie erwartet hatte sie die Grundlagen binnen einiger Wochen gelernt und wurde zu einer ... talentierten Amateurin. Es wurde allgemein als erstaunlich angesehen, dass sie dem Instrument überhaupt Musik entlocken konnte.«

»Wie teuer war diese ... äh ...«

»Nimoinomi. Teuer genug, dass nur ein reicher Vater, der sein Kind gern verwöhnt, sie kaufen konnte.«

Ich sah mir das Holo noch etwas genauer an. Oscin hatte recht. So sah ein Mädchen aus, dessen Vater ihm eine Nimoinomi kaufen konnte und auch würde … ein Mädchen, das wusste, es war begabt genug, um mehr daraus zu machen als ein weiteres Spielzeug, das aus Lust und Laune nur dazu angeschafft wurde, Staub anzusetzen. Zu schade, dass mir das nichts sagte. »Ich will nicht sagen, das Bild wäre nutzlos, aber es gibt keine Garantie dafür, dass es auch wiedergibt, wie sie heute aussieht.«

»Das kann es nicht«, sagte Fox. »Es ist bekannt, dass die Operationen, die die Tanzpilger vor ihrer Ankunft auf Vlhan vornehmen lassen, stets auch weitreichende Veränderungen ihrer Gesichtszüge umfassen. Sie sehen nicht mehr aus wie die Leute, die sie einst waren.«

Damit hatte sie recht. Die berühmten Holos von Isadoras Auftritt waren auf unzähligen Menschenwelten und vielen Alienwelten bekannt. Sie war eine Ikone. Doch obwohl die Zahl der Leute, die behaupteten, sie würden ihren wahren Namen und ihre Herkunftswelt kennen, in die Zehntausende ging, waren all diese Angaben wenig überzeugend geblieben. Unsere Aufgabe, sollte es zu dieser Suche kommen, bestand nicht einfach daraus, Tanzpilger zu suchen, bei denen es sich um Merin handeln konnte. Weil jeder von ihnen Merin sein konnte, sogar die männlichen Pilger.

Das Holo war insofern nützlich, als es Merin personifizierte, sie weniger abstrakt und als ein menschliches Wesen erscheinen ließ, das nicht dem Schicksal überlassen werden durfte. Sie besaß eine unkonventionelle Schönheit, sie spielte obskure Musikinstrumente, sie konnte lächeln, und diese wenigen Dinge machten sie für uns zu einem Individuum.

»Was haben Sie sonst noch?«

»Ich habe einen Teil des Abschiedsgrußes, den Merin vor ihrer Ankunft auf Vlhan geschickt hat.«

»Einen Teil?«

»Die Version, die ich Ihnen zu zeigen beabsichtige, lässt gewisse persönliche und vermögensrechtliche Informationen aus, die mit ihrem Verbleib in keinerlei Zusammenhang stehen.«

Das könnte interessant sein. Beinahe bei jeder Ermittlung, mit der ich zu tun gehabt hatte, hatten die Leute, die mich hinzugezogen hatten, sich eingebildet, sie seien auch dazu qualifiziert, mir zu sagen, was ich wissen müsse und was nicht. Manchmal liegt dem nur die selbstsüchtige Arroganz mächtiger Persönlichkeiten zugrunde, die ihre eigenen Geheimnisse für unantastbar halten, während die anderer ans Tageslicht gezerrt werden sollen. Aber genauso oft verbirgt sich dahinter die gezielte Unterschlagung von Beweisen. Die Wahrheit zeigt sich in dem Loch, das die fehlenden Informationen zurücklassen. »Ich schätze es nicht sehr, wenn man mir nur eine bearbeitete Version zeigt ...«

»Das ist alles, was ich habe«, sagte Fox, die mir in mehr als nur einer Hinsicht wie eine steinerne Wand erschien.

Beinahe hätte ich ihr gesagt, sie solle zum Teufel gehen. Die Teile, die sie zurückhielt, mochten so unwichtig sein, wie sie angeblich glaubte, aber sie war nicht diejenige, die darüber befinden sollte.

Trotzdem brauchte ich sie ebenso sehr wie sie mich.

Also verzog ich nur das Gesicht. »Spielen Sie sie ab.«

Sie murmelte etwas Unverständliches und zeigte mir Merin Schiff.

KAPITEL NEUN
DIE TODESKANDIDATEN

(Skye.)

Skye hatte Gleiter geflogen. Sie hatte Pferde und Windfische geritten. In abenteuerlicheren Zeiten hatte sie sogar ein Magboard aus dem Orbit in das Gravitationsfeld eines Mondes gesteuert, der nicht genug Atmosphäre besaß, um den Ritt holprig werden zu lassen. Doch nie hatte sie eine Fahrt erlebt, die so sanft verlief und paradoxerweise zugleich so aufregend war wie die, die der Vlhani ihr bot, und sie genoss sie so sehr, wie ein solchermaßen verwundeter Mensch sie genießen konnte. Die Tatsache, dass der Vlhani mit seinen wirbelnden Gliedern offenbar imstande war, sie während dieser wilden Flucht trotz all der Veränderungen im Gelände zu schützen, selbst dann, wenn er einen Gebirgskamm erklimmen oder eine Schlucht überspringen musste, faszinierte sie zutiefst. Der Wind selbst war stürmisch, aber so weit sie auch davonjagten, es dauerte lange, bis sie auch nur einen einzigen, ruckelnden Fehltritt spürte. Wären die Porrinyards bereit gewesen, sich irgendetwas entgehen zu lassen, das womöglich von Bedeutung war, dann hätte sie einfach die Augen schließen und sich einer Ohnmacht hingeben können.

Und darum war der Unterschied leicht erkennbar, als sich das Wesen dieser Reise abrupt veränderte.

Zuerst fühlte Skye es in den Peitschen, die sie umfingen: ein plötzliches Zittern, beinahe wie ein Geräusch, das durch die Haut übertragen wurde. Es verschwand wieder, kehrte zurück, verschwand erneut und kehrte wieder zurück. Der Rhythmus war so gleichmäßig, dass es nur beabsichtigt sein konnte. Sie fing gerade an, sich darauf einzustellen, als es sich mehr als eine Minute lang legte, nur um anschließend machtvoller denn je zurückzukommen, und nun war jedes Beben als Aneinanderreihung verschiedener Vibrationen erkennbar, deren Abfolge sich wiederholte.

Es war ihr Vlhani, und er versuchte, ihr etwas zu sagen. Doch während all seine Peitschen damit beschäftigt waren, zu rennen oder sie zu wiegen, konnte er nicht mit ihnen in der Luft herumwedeln, um auf die übliche Weise seiner Spezies zu kommunizieren. Aber er konnte eine andere Art der Wellenform durch den physischen Kontakt weitergeben. Vermutlich hatte sie ganze Bände an Erklärungen und vielleicht sogar die Antwort auf all ihre Fragen verpasst.

Die ihr nichts genützt hätte, da sie ihn nicht verstehen konnte.

Noch ein Beben. Stärker. Dieses Mal beinahe schmerzhaft.

Unverkennbar dringlich.

Sie verlagerte ihre Position in ihrem Peitschennest, sah sich um und versuchte herauszufinden, was der Vlhani ihr zeigen wollte.

Die Gruppe rannte inzwischen in V-Formation über eine Ebene, folgte einem entschlossenen Anführer in vorderster Front. Eine Schutztruppe von ein paar Dutzend weiteren Vlhani flankierte die Gruppe, und ihre wirbelnden Peitschen waren nur mehr als unscharfe graue Schemen erkennbar. In dieser Formation lief jeder Einzelne auf seinem Weg an vorderster Stelle, was ihnen die Last ersparte, geradewegs durch die dicken Staubwolken zu rennen, die sich im Windschatten der Vorangehenden bildeten. Aber zugleich mussten sie kilometerweit aus jeder Richtung auszumachen sein, leicht verfolgbar für jeden, der ein Interesse daran hatte.

Skye, die erstmals über diesen Umstand nachdachte, hatte das unangenehme Gefühl zu wissen, was das Beben zu bedeuten hatte, und sie verdrehte sich den Hals, um einen Blick auf die nunmehr unter einer Staubwolke liegende Landschaft hinter ihnen zu werfen. Der Staub sah aus wie ein waberndes Monstrum.

War das möglich?

War da eine Bewegung in diesen braunen Schwaden erkennbar?

O Juje. Ja, da war etwas.

Ja, da war etwas Schwarzes.

Ein Dickicht aus Peitschen und glänzenden Köpfen, offenbart von einem Flecken sauberer Luft, einen Moment bevor neuer Staub, aufgewirbelt von ihrer Gruppe, ihr die Sicht versperrte.

Sie hatte nicht viel erkennen können, aber sie hatte den Eindruck, die Gruppe, die ihnen folgte, war mindestens so groß wie ihre eigene.

Vielleicht auch größer.

Vielleicht viel größer.

Aber Skye war nicht nur hier. Sie war auch Oscin in dem gestohlenen Gleiter, der auf eine Kette vulkanischer Säulen hinausblickte, die Pakh Valinia gerade als die Menschenzähne bezeichnet hatte. So sehr sie bei den Vlhani war und spürte, wie der ranzige Atem des Todes warm über ihren Nacken streifte, so sehr war sie auch dort und tat durch seine ironische Antwort, als wäre alles in Ordnung.

Kybernetisch verbundene Paare sind von jeher zu einer individuellen Furchtreaktion fähig. Diese Funktion ist für das Überleben jedes indivuellen Organismus so grundlegend, dass den an der Vereinigung beteiligten Körpern und ihren biologischen Systemen stets genug Eigenständigkeit eingeräumt wurde, ihren eigenen Adrenalinausstoß zu spüren. Folglich fühlte Skye, wie ihr das Herz bis zum Halse schlug und ein Schweißfilm ihre Haut überzog, während ein Teil von ihr an einem anderen Ort weilte, fern von jeder unmittelbaren Gefahr.

Zu sterben war nicht das, was die Porrinyards in diesem Moment fürchteten.

Sie fürchteten etwas viel Schlimmeres.

Sie fürchteten, eine Hälfte ihrer selbst könnte sterben.

Der Vlhani, der Thatharsi trug, kam ihrem nahe genug, dass

die verletzte Tanzpilgerin ihr etwas zurufen konnte. »Sie wollen, dass ich Ihnen sage, was los ist!«

Skye brüllte zurück: »Wir werden verfolgt, nicht wahr?«

»Sie haben es erfasst! Die da hinten sind gekommen, um zu Ende zu bringen, was ihre Freunde angefangen haben! Sie verfolgen uns schon seit zwanzig Kilometern, und sie kommen näher.«

Skye fühlte ein Schlingern. Der Ritt wurde rauer. Je schneller die Vlhani mit den Verwundeten wurden, desto weniger Aufmerksamkeit konnten sie darauf verwenden, ihren Schützlingen einen möglichst sanften Ritt zu bieten. Das mochte recht unangenehm werden, hatten sie erst die Hügel am Horizont erreicht, katastrophal, sollten ihre Verfolger sie einholen. Aber dann kam ihr ein Gedanke, einer, der Skye mit Hoffnung erfüllte. »Sie wissen, was das bedeutet, oder?«

»Wir sitzen in der Scheiße?«

»Nein! Es bedeutet, dass Sie immer noch wichtig sind!«

»Wie zum Teufel kommen Sie auf die Idee!?!«

»Wenn die da hinten denken, Sie seien es wert, vernichtet zu werden, und unsere denken, Sie seien es wert, gerettet zu werden, dann ist es für beide Seiten noch nicht vorbei! Sie glauben, bei all dem gäbe es immer noch etwas zu gewinnen.«

Thatharsi brüllte eine Antwort, aber das Geräusch der Vlhani-Peitschen, die auf den Boden aufschlugen, hatte sich zu einem Trommelschlag gesteigert, der alle anderen Geräusche der Welt verschluckte.

Skye klammerte sich an den beiden Schlaufen der Peitsche fest, die den Sitz bildeten, auf dem sie saß, zog den Kopf ein und zuckte zusammen, als ein markerschütternder Ruck Wogen des Schmerzes durch ihre böse zugerichteten Beine jagte. Der Boden flog wie ein verschwommenes Muster zornig-bräunlicher Streifen unter ihnen vorüber. Hinzusehen tat in den Augen weh, doch sie zwang sich dazu, getrieben von dem sicheren Wissen, dass es wichtig war, dass jedes Detail entscheidend sein könnte.

Dann musste sie die Augen schließen, weil Staub und Split wie zehntausende von Projektilen, abgefeuert von einem Feind, der sie bis auf die Knochen schinden wollte, auf ihre Wangen prasselten. Bis dahin war sie vor dem Schmutz, den der voranlaufende Vlhani aufwirbelte, durch die V-Formation geschützt gewesen, die ihre Retter bei ihrem Galopp über die Wüste eingenommen hatten, eine Anordnung, bei der keiner der Läufer einen direkten Vordermann hatte. Aber nun beschrieb die Gruppe eine langgezogene Kurve nach links, wobei etliche durch die Staubwolken hindurchmussten, die sie bis dahin gemieden hatten. Skye blieb keine Luft zum Atmen. Sie hustete, würgte. Etwas Bräunliches troff aus ihrem Mundwinkel, und sie schürzte die Lippen in der Hoffnung, so den Schmutz abzuwehren und doch genug Luft zum Atmen zu finden.

Der Vlhani, der sie trug, löste sich aus dem Linksdrall und richtete sich auf. Die Luft war wieder rein. Mit dem Handrücken wischte sie sich den festgebackenen Schmutz aus den tränenden Augen und blickte zum Horizont, der immer noch viele Kilometer von ihnen entfernt war.

Er wirkte höher und felsiger als die offene Ebene, die sie derzeit durchquerten.

Zweifellos gab es dort Schluchten. Schmale Pässe. Orte, an denen ihre Gruppe einen Höhenvorteil gegenüber ihren Verfolgern erringen konnte. Wenn es zum Kampf kommen sollte – und die Porrinyards konnten um Skyes willen nur hoffen, dass dieser Fall nicht eintrat –, mochte das über Vernichtung und Überleben entscheiden.

Nur, dass da noch etwas war.

Etwas, das ihr jeden Mut raubte.

Eine Reihe schwarzer Gestalten, die sich aus dem Schmutz erhoben. Noch waren es Punkte, aber sie kamen mit jedem Moment näher ...

(Inzwischen.)

Ich hatte nicht zum ersten Mal eine anonymisierte Botschaft

vor Augen. Das Dip Corps benutzte sie stets bei den Gelegenheiten, zu denen das Protokoll die Vertraulichkeit eines Gespräches von Angesicht zu Angesicht erforderte, die Geheimhaltung jedoch danach verlangte, die physische Erscheinung eines Teilnehmers zu verschleiern.

Eine anonymisierte Botschaft stellte vielleicht einen der groteskeren Kompromisse dar, die je von Menschen entwickelt wurden, um den Ungereimtheiten diplomatischer Etikette zu genügen. Sie verbarg jedes charakteristische Element in den Zügen des Absenders, aber nicht durch bloße Löschung oder Verschleierung, sondern indem sie ihm die Eigenarten nahm und die Züge auf die schlichte, ausdruckslose Geografie von Augen, Nase und Mund reduzierte und so eine neue Fassade kreierte, die den Absender darstellen sollte, aber auch für irgendeine andere Person hätte stehen können. Das individuelle Gesicht der Person wird durch ein Gesicht ersetzt, an das sich niemand erinnern und das niemand wiedererkennen würde, ein Gesicht, das nicht unbedingt niemanden, sondern eher jeden repräsentierte, schauerlich insofern, dass es dem Menschen als solchem entsprach, ihm aber zugleich jede spezifische Persönlichkeit absprach, die dem Menschsein Bedeutung gab.

Als Derek Schiff diese Botschaft erhalten hatte, musste es für ihn gewesen sein, als hätte er gar nichts von seiner Tochter gehört.

»... hallo ...«, sagte es.

Dann ein Ruckeln, zweifellos einer der herausgeschnittenen Abschnitte.

»... ich weiß, ich habe dir das Herz gebrochen ...«

Wieder gab es eine Unterbrechung.

»... es tut mir leid. Es hat nicht an dir gelegen. Ich liebe dich und wünschte, ich könnte dir begreiflich machen, dass ich dies hier tue, weil ich keine andere Wahl habe.

Hier geht es nicht um das Leben, das ich zurückgelassen habe. Es geht um meine Bestimmung auf Vlhan.

Vor langer Zeit, noch bevor ich weggelaufen bin, habe ich ein paar Neurecs von dem Ballett heruntergeladen, weil ich einfach mal wissen wollte, was die ganze Aufregung soll. Ich war überrascht, als Teile der Aufführung plötzlich einen Sinn ergaben, und noch überraschter war ich, als ich einen eindeutigen Weg erkannt habe, das Ganze näher an sein Ziel heranzuführen.

Ich erwarte nicht von dir, dass du das gutheißt. Für dich muss es sich anhören, als wäre ich verrückt geworden ... aber du musst mir glauben. Das ist bedeutender als ich, bedeutender als du, bedeutender als jeder, den wir kennen. Es ist wichtig, so wichtig, dass ich es nicht ertragen würde, anders zu handeln.

Ich weiß, nicht jeder, der es nach Vlhan schafft, wird auserwählt. Die meisten von uns werden verändert und verbringen den Rest ihres Lebens mit Warten. Aber das macht mir nichts aus. Bei all dem, was auf dem Spiel steht, bin ich zufrieden, wenn ich nur irgendeinen Beitrag leisten kann.

Ich verstoße gegen die Regeln, indem ich dir davon erzähle. Eigentlich sollte das gar nicht möglich sein. Die Chirurgen installieren Kontrollinstanzen, die uns davon abhalten, uns zu viel mit unserem alten Leben zu beschäftigen. Bei mir funktioniert das nicht so gut, nehme ich an; es tut zwar weh, mit dir zu sprechen, aber es ist nicht so unmöglich, wie es sein sollte. Ich weiß auch nicht. So ist das eben mit diesen Dingen: Sie sagen so und so, und dann ist doch alles ganz anders. Alles, was ich weiß, ist, dass ich glücklich bin, sehr glücklich, weil ich eine Chance habe, dir ein letztes Mal zu sagen, dass ich dich liebe.

Bitte such nicht nach mir. Du würdest mich nicht einmal erkennen. Versteh nur, was ich dir sage. Ich werde immer ganz und gar deine Tochter sein.«

Ein letztes Mal wurde die Botschaft unterbrochen, das anonymisierte Bild mitten im Atemholen eingefroren, so, als würde er/sie/es sich gerade auf ein paar letzte Worte vorbereiten. Dann verblasste das Bild.

Auf ihre Art schien diese Botschaft so nutzlos zu sein wie das Holo-Porträt, aber uns beiden war aufgefallen, an welch sonderbaren Stellen Teile herausgeschnitten worden waren. Es wirkte willkürlich. Der Kontext gab an keiner Stelle Anlass zu der Vermutung, Merin stünde kurz davor, mit »Persönlichem« oder »Vermögensrechtlichem« herauszuplatzen. Oder, wie ich schon halb vermutet hatte, mit etwas, das Schiffs Geschäftsinteressen gefährden könnte.

Natürlich bestand die Möglichkeit, dass Merin etwas wüst Enthüllendes von sich gegeben hatte, das wir nicht aus dem Kontext erraten könnten. (»Hallo Dad oder wie dich dein umfassendes Terroristennetzwerk heutzutage nennt. Ich weiß, ich habe dir das Herz gebrochen, Dad; und ich weiß, du denkst jetzt, das hätte etwas mit deiner Verwicklung in den Sklavenhandel und deinen Plänen für einen gewaltsamen Sturz der Regierung zu tun, aber das hat es nicht. Es tut mir leid …«) Aber so kam es mir nicht vor. Dies war ein einfaches, ernsthaftes Glaubensbekenntnis einer jungen Frau, die überzeugt war, ihre Bestimmung gefunden zu haben. Warum sollte irgendjemand solch eine Botschaft bearbeiten wollen?

Was hatte Derek Schiff verbergen wollen, das ihm wichtiger sein mochte, als die vollständige Kooperation mit jeder Person, die sich bereit erklärte, ihm bei der Suche nach seiner Tochter zu helfen?

Fox musterte mich. »Haben Sie etwas zu sagen?«

Und wie ich hatte. »Das wäre alles viel einfacher, wenn Sie mir gegenüber aufrichtig wären.«

»Ich habe Ihnen alles gegeben, was ich konnte.«

Ich hätte die Sache wohl noch weiterverfolgt, denn bei diesen Ermittlungen stand so viel auf dem Spiel, da konnte ich mir ein Tauziehen mit jemandem, der nur ein Spiel mit mir treiben wollte, nicht leisten.

Aber in diesem Moment sagte Oscin: »Wir scheinen beinahe da zu sein.«

Zum ersten Mal, seit ich kurz nach unserem Abflug von der Botschaft hinausgesehen hatte, warf ich einen Blick auf die Oberfläche. Irgendwann in den letzten zwanzig Flugminuten hatte sich die Landschaft verändert. Die Hügel waren steiler, die

Abstände zwischen ihnen kleiner – das Gelände war einem Hochland gewichen, beherrscht von mächtigen Gebilden aus schwarzem Vulkangestein. In den Niederungen gab es nach wie vor üppig grüne Pflanzen zu sehen, besonders in der Nähe des großen Flusses, der die Gegend in zwei Teile teilte, aber die Plateaus ragten zu steil empor, als dass ein solch saftiges Ökosystem sich dort noch hätte erhalten können. Kahl lagen sie unter uns. Grün zeigte sich nur an wenigen Stellen, die immer seltener wurden, so sehr sich das Leben auch mühte, in der dünnen Höhenluft zu gedeihen. Die ganze Bergkette, die sich, so weit ich sehen konnte, von Norden nach Süden erstreckte, musste Hunderte dieser kahlen Plateaus umfassen und sah beinahe aus wie ein uraltes Schlachtfeld, auf dem jede Säule vulkanischen Gesteins das Heft eines riesigen Schwertes darstellte, das von einem wütenden Gott tief in das Fleisch des Planeten getrieben worden war. Ich wollte gar nicht darüber nachdenken, welcher Kataklysmus diese Landschaft in einer fernen Vergangenheit hervorgebracht hatte. Ich wusste nur, dass er grausam gewesen sein musste.

Pakh Valinia las offenbar meine Gedanken und sagte: »Ja. Meine Leute nennen dieses Gebirge ›*Die Menschenzähne*‹.«

»Das riirgaanische Talent, aufrüttelnde Namen zu ersinnen, wird wohl nur noch von ihrer enormen Respektlosigkeit gegenüber der Zahnheilkunde der Menschen übertroffen«, kommentierte Oscin amüsiert.

»Nun ja, sie sind von Zähnen ganz allgemein fasziniert, da sie selbst nie welche entwickelt haben.«

Pakh Valinia dirigierte ihn näher an einen besonders abschreckend aussehenden Monolithen heran, den ich kaum von irgendeinem der anderen hätte unterscheiden können.

Das war kein Ort, an dem ich sein wollte. »Entschuldigen Sie. Landen wir *da?* Und Sie sind Ihrer Sache wirklich sicher?«

»Ja«, sagte Pakh Valinia. »Das ist unser Ziel. Ich kann nur hoffen, dass die Leute, an die wir uns wenden wollen, noch zu Hause sind.«

Meine Abneigung gegen Höhenlagen war erheblich besser

geworden, verglichen mit der Zeit, in der sie schon beinahe pathologische Züge getragen hatte, trotzdem gefiel mir der Gedanke, auf so einer winzigen Fläche herumzustehen, zu allen Seiten umgeben von nichts als leerer Luft, nach wie vor nicht sonderlich. Es gab keinen Rückzugsort, keine Richtung, in die man laufen konnte, ohne einen dämlichen Fehltritt samt einem Sturz zu riskieren, der lange genug dauern würde, dass mir Zeit bliebe, mich ausgiebig für meine Ungeschicklichkeit zu verfluchen.

Oscin landete den Gleiter exakt in der Mitte des Hochplateaus, einem Gebiet, das im Durchmesser etwa zwanzig Meter groß war. Als wir ausstiegen, erkannte ich, dass der Bereich von intelligenter Hand geglättet worden war. Die einzige Unebenmäßigkeit bestand in einem Gitterwerk aus Rillen, eine willkommene Haftungsgrundlage für Besucher, die anderenfalls auf den vom Regen glatt geschliffenen Steinen den Halt hätten verlieren und über den Rand rutschen können. Mir allerdings wäre ein Zaun lieber gewesen. Zwischen unserem Vehikel und dem Abgrund zu allen Seiten war nicht annähernd genug Platz, um einen höhenängstlichen Menschen wie mich zu beruhigen, umso mehr, nachdem dieser Mensch gerade einen Tag zuvor einen beinahe katastrophalen Sturz hatte erdulden müssen. Noch schlimmer war der kräftige Wind, der an meiner Kleidung zerrte, die einzige Haarsträhne, die ich hatte lang wachsen lassen, herumpeitschte und mir schreckliche Visionen vermittelte, in denen mich eine plötzliche Böe in den sicheren Tod stürzte.

Oscin blieb dicht bei mir und bildete so eine tröstliche Konstante. Fox stand nur ohne jegliche Ehrfurcht oder Furcht oder auch Verwirrung ob dieses sonderbaren Landeplatzes neben dem Gleiter. Pakh Valinia ließ sich hingegen auf alle viere fallen und fing an, den Boden zu untersuchen.

Ich schlang die Arme um Oscin. Ich brauchte seine Nähe, stellte aber fest, dass er in mehr als nur einer Hinsicht kalt war. Die Kälte in ihm ging über die jüngsten Spannungen zwischen uns hinaus und auch über die Kälte, die ein natürlicher Aspekt dieser Höhe war. Nur wenig Blut schien durch seinen Körper zu pulsieren.

Diesem Phänomen war ich bisher bei ihm noch nie begegnet, dennoch fürchtete ich zu wissen, was dahinter steckte. »Skye geht es nicht gut, oder?«

»Nein, es geht ihr nicht gut«, sagte er leise.

»Wie schlimm ist es?«

»Schlimm. Profitabel, soweit es die Informationen betrifft, die sie sammeln kann. Aber schlimm.«

»Ist sie in Gefahr?«

»Sie war es vor Kurzem. Im Moment scheint alles in Ordnung zu sein, aber so, wie es derzeit aussieht, könnte sie jeden Moment wieder mittendrin sein.«

Ich fühlte all die schlimmen Emotionen – Furcht, Zorn, Selbsthass, Hoffnungslosigkeit und pure Verzweiflung – auf einmal. »Verdammt, Oscin ...«

»Für mich ist es schlimmer, Andrea. Ich bin *dort*. Und es hat keinen Sinn, dabei zu verweilen, solange wir nichts daran ändern können. In der Not erdulden wir Dinge, von denen wir lieber gar nichts wissen würden.«

Und es hatte auch keinen Sinn, ihn zu bitten, mich auf dem Laufenden zu halten. Sollte Skye etwas Unwiderrufliches zustoßen, würde sich das unmittelbar und verheerend auf Oscin auswirken. Der Schock allein konnte ihn umbringen oder ihm den Verstand rauben. Und selbst, wenn er weiter einsatzfähig wäre, würde er doch ein Fremder sein, dessen Seele in zwei Stücke zerfallen war.

Und die Auswirkung auf mich wäre nicht anders. Sollte ich sie verlieren, würde ich alles verlieren, was mein Leben in den letzten paar Jahren lebenswert gemacht hat. Womöglich würde ich der Versuchung erliegen, die Menschheit ihrem Schicksal zu überlassen und die Klippe zu nutzen, die derzeit nur wenige Schritte von mir entfernt war.

»Counselor Cort?«

Erst jetzt erkannte ich, dass Pakh Valinia mich bereits zum zweiten Mal gerufen hatte.

Ich verübelte ihr die Störung, und ich war auch nicht besänftigt, als ich sah, dass sie mich lediglich auf den Mann aufmerksam machen wollte, der gerade aus einer offenen Luke zu ihren Füßen trat.

Der Neuankömmling war ein stämmiger, halsloser Kerl mit einem kantigen Kinn. Seine Gesichtshaut, die offenbar jahrelang dem Einfluss der Höhenwinde und direktem Sonnenschein ausgesetzt war, sah ledrig aus. Die Augen waren winzig, kaum mehr als Stecknadelköpfe, und, so schien es, ständig zusammengekniffen, doch als er mir entgegengrinste, überzogen Lachfältchen seine wettergegerbten Wangen. Unter einer kreisrunden Glatze trug er einen Kranz schulterlanger Haare, die der Wind ihm wie Zirruswolken um das Gesicht wehte. Seine Kleidung, eine abgenutzte Hose und eine derbe Weste, sah aus, als wäre sie aus hiesigen Materialien von Hand gefertigt worden. Sie kam mir wie genau die Art von Kleidung vor, die ein Mann tragen mochte, der sich entweder nicht im Mindesten um sein Erscheinungsbild scherte oder sich nichts anderes leisten konnte.

Er strahlte Valinia an und ergriff ihre Hände. »Du weißt nicht, wie froh ich war, als ich gehört habe, dass du entführt wurdest. Nach allem, was wir über das Amphitheater gehört haben, war das der einzige Hinweis darauf, dass du noch am Leben bist.«

Sie senkte den Blick. »Viele andere sind dabei gestorben. Und ich wurde nicht entführt. Nicht wirklich. Es war meine Entscheidung.«

Seine blauen Regenbogenhäute waren in den wettergegerbten Augenschlitzen eine glatte Verschwendung. »Sie sind vermutlich Counselor Andrea Cort?«

»Die bin ich.«

»Ich habe seit letzter Nacht an den Hytex-Übertragungen geklebt und die neuesten Alarmmeldungen über Ihre Aktivitäten gehört. Der Konsens innerhalb der hiesigen diplomatischen Gemeinde scheint zu lauten, dass Sie endgültig den Verstand verloren haben.«

»Der Konsens in der diplomatischen Gemeinde im Allgemeinen lautet, dass das schon vor Jahren passiert ist«, gab ich gereizt zurück.

»Das habe ich auch gehört. Ich versichere Ihnen, ich verfolge Ihren Werdegang schon seit Jahren und gehe davon aus, dass die Anzugträger nur den eigenen Arsch in Sicherheit bringen wollen. Aber da die Konföderation und die Tchi-Botschaft Gleiter losgeschickt haben, die gerade jetzt mit dem Befehl, Sie wieder festzunehmen, hierher unterwegs sind und in ungefähr zwanzig Minuten eintreffen werden, sollten wir uns besser unterwegs weiter unterhalten. Folgen Sie mir, schnell.«

Wir folgten dem wettergegerbten Mann durch die offene Luke und eine stählerne Wendeltreppe hinunter. Er ging voran, direkt gefolgt von Pakh Valinia, Oscin schlurfte neben mir her, und Fox bildete den Schluss. Ich hatte gehofft, meine Höhenempfindlichkeit würde nachlassen, wenn wir das Plateau erst verlassen hatten, aber der erste Raum, den wir betraten, bot keine große Besserung. Die Wände waren zu allen Seiten transparent und lieferten uns ein Panorama der Menschenzähne – ein Anblick, den Leute lieben mussten, die solch einen Anblick liebten. Auf einem Innenbalkon an einer dieser Wände stand ein Tisch mit einer warmen und halb verzehrten Mahlzeit, die immer noch dampfte. Das Aroma erinnerte mich daran, wie lange es her war, dass ich zum letzten Mal etwas gegessen hatte. Mich befiel eine Woge des Hungers, die sich auch nicht legen wollte, als wir zwei weitere Stockwerke hinabstiegen, vorbei an vorwiegend leerem Raum, bis wir einen Raum erreichten, bei dem es sich um sein Wohnzimmer handeln musste. Hier gab es keinen Panoramablick. Das ungleichmäßige Gestein der Wände war unbearbeitet geblieben, was die Ähnlichkeit des Raums mit einer natürlich entstandenen Höhle betonte. Die Sofas waren geflickt und handgemacht, sahen aber aus wie ein Plüschhimmel und waren auf genau die Art primitiv, in der reiche Leute sich bisweilen mit primitiv aussehendem Mobiliar zu umgeben pflegen, was lediglich heißt, dass es einer Form der Selbstdarstellung dient. Die Wendeltreppe führte noch weiter hinab, aber ich hatte die Sättigungsgrenze erreicht. »Entschuldigen Sie, Sir, würden Sie mir vielleicht erklären, wo zum Teufel wir sind?«

Er hielt nicht einmal im Schritt inne. »Mein Name ist Paul Royko. Das ist mein Zuhause. Ich habe es mit Plasmoiden und Richtsprengkörpern und der Hilfe von Freunden und Sympathisanten aus dem Fels gesprengt. Gefällt es Ihnen?«

Ob es mir gefiel, war unbedeutend. Ich zerbrach mir eher den Kopf über die rechtlichen Konsequenzen. Zu den Bemühungen der Konföderation, die menschliche Beteiligung an dem Ballett zu unterbinden, gehörte schon seit langer Zeit eine Reisebeschränkung für Vlhan. Nur Botschaftspersonal und Unternehmensvertreter, die bereit waren, ihre Arbeit vor Gericht zu verteidigen, erhielten eine Reisegenehmigung. Das hatte die Tanzpilger nicht davon abgehalten, heimlich herzukommen, aber ihre Anwesenheit auf dem Planeten unter Missachtung des Embargos würde eine strafrechtliche Verfolgung nach sich ziehen, sollten sie je in den Raum der Konföderation zurückkehren. Die Tanzpilger waren gern bereit, diesen Preis zu zahlen. Sie hofften so oder so, hier zu sterben. Aber welchen Grund konnte dieser Mann haben?

»Sie *wirken* nicht wie ein Tanzpilger.«

»Ich wünschte, ich besäße die nötige Begabung.«

»Dann fürchte ich, ich verstehe nicht.«

Pakh Valinia hatte ein Einsehen. »Paul hat für die Medien gearbeitet, bis er in den Ruhestand gegangen ist.«

»Ich war Neurec-Fänger«, erklärte Royko.

Er war ein lebendiger Neuralrekorder, ein Mann, dessen Gehirn so verdrahtet war, dass es all seine persönlichen Erfahrungen aufzeichnete. Ein Berufsstand, der mir die Haare beinahe genauso zu Berge stehen ließ wie der des Diplomaten, was zum Teil daran lag, dass ich nicht erfreut über die Erkenntnis war, dass die KIquellen in meinem Kopf waren, und es mir schwerfiel zu verstehen, warum irgendjemand ein ähnliches Arrangement treffen sollte, ohne dass es um Leben und Tod ging. Ich konsumiere Neurecs genauso wie jeder andere auch, aber die Leute, die dahinter steckten, waren mir stets recht exzentrisch vorgekommen, und ich hatte einige kennengelernt, die ihrem Beruf zu lange treu geblieben waren und als gebrochene, agoraphobische Wracks geendet waren, unfähig, auf die Gefühle zurückzugreifen, die mit anderen zu teilen sie sich einst hatten bezahlen lassen.

Diesem Royko, dessen kontaktfreudiges Wesen in krassem Kontrast zu den sozialen Leerzeichen stand, die in seinem Kollegenkreis die Mehrheit stellten, war es anscheinend anders ergangen. »Vor ein paar Jahren hat mich mein Sender hergeschickt, damit ich eine der berühmteren Tanzpilgerinnen, Shalakan, interviewe. Das war kurz bevor sie während des Balletts gestorben ist. Ich flog her, bekam meine Story und dazu noch eine weit umfangreichere, an der niemand interessiert war, und flog wieder ab – aber die Geheimnisse dieses Orts hatten mich bereits so sehr gepackt, dass ich vor einer ganzen Weile erneut hergekommen bin. Die beste Entscheidung, die ich je getroffen habe, obwohl ich dafür meine Zugehörigkeit zur Konföderation aufgeben musste.«

»Warum?«

»Weil ich an all die Geschichten der Menschen, die ich jahrelang aufgezeichnet habe, nie glauben konnte, aber ich glaube an das, was hier geschieht. Ich behaupte nicht, ich würde es auch nur ansatzweise verstehen, aber ich kann spüren, dass hier etwas Bedeutsames passiert, etwas, gegen das all unsere Politik, all unsere Diplomatie und all der andere Mist nur wie ein vorübergehender Wahn wirken.«

»Sie hören sich an wie ein Tanzpilger. Die reden genauso.«

»Bedauerlicherweise bin ich nur ein Sympathisant, kein Teilnehmer. Ich verfüge nicht über die Gabe und habe dem Ballett nichts zu bieten. Aber ich will unbedingt hier sein, wenn die Tänzer erreichen, was durch das Ballett erreicht werden soll.«

»Aber Sie können ebenso wenig erklären, was das ist, wie die Tanzpilger.«

»Nein«, antworte er mit einem breiten, selbstironischen Grinsen. »Sie kennen uns Fänger doch. Wir sind ziemlich gut, wenn es darum geht, ein großes Ereignis aufzuspüren, und ziemlich dilettantisch, wenn wir eine Erklärung dazu finden sollen. Ich kaue Ihnen beide Ohren ab, wenn ich Ihnen erzählen soll, wie wichtig das Ballett für die Zukunft der Menschen und die von Vlhan ist, aber das ist vor allem das, was ich empfinde, es ist nichts, das ich weiß. Wenn Sie wissen wollen, warum es so entscheidend ist oder wie es funktioniert, dann, fürchte ich, sind Sie am falschen Ort und reden mit der falschen Person.«

Also lief es, zumindest soweit es ihn betraf, auf puren Glauben hinaus. Was mir ein Ächzen entlockte. Glaube war in einer Krisensituation, in der ich harte Fakten brauchte, keine Hilfe, also wechselte ich das Thema. »Sie haben also auf die Zugehörigkeit zur Konföderation verzichtet, um sich mit wem zu verbünden?«

»Ich bin heute weitgehend heimatlos, es sei denn, Sie betrachten Vlhan als meine Heimat. Aber ich denke, standardgemäß können Sie mich als Riirgaaner bezeichnen, weil ich inzwischen mit einer Riirgaanerin verheiratet bin.«

Das war nun endlich eine Erklärung dafür, warum er zu Beginn unseres Gespräches von »wir« gesprochen hatte.

Pakh Valinia schien meinen scharfen Blick im Hinterstübchen wahrzunehmen. »Nicht mit mir, Counselor. Mit Hurrr'poths Adoptivtochter Ch'tpok.«

Der Wirrwarr wurde immer schlimmer. »Und wo ist sie jetzt?«

»Ich weiß es nicht genau«, sagte Royko. »Sie ist mehr in diese Sache involviert als ich. Ich weiß nur, dass sie unterwegs ist und versucht, diesen Wahnsinn in den Griff zu kriegen, aber ich weiß nicht, wie oder wo.«

»Mich überrascht, dass Sie so unbesorgt sind.«

»Mich überrascht, dass Sie denken, ich wäre unbesorgt. Verstehen Sie mich nicht falsch. Chuppy mag das kompetenteste menschliche Wesen sein, das mir je begegnet ist, aber sie hat eine Hybris, der sie gerecht werden muss, und wenn sie Fehler begeht, dann sind die umso spektakulärer. Sie redet nicht viel darüber, aber sie gerät in einen Zustand der Depression, der manchmal tagelang dauert.«

»Trotzdem ist sie da draußen, allein, mitten in diesem Irrsinn.«

»Ich möchte auch nicht, dass sie in der Schusslinie steht, aber wenn sie sagt, sie muss, dann vertraue ich ihr. Und wenn sie sagt, ich muss hierbleiben und warten, weil jemand wie Sie Unterstützung brauchen wird, dann tue ich, was sie sagt.«

»Was soll das heißen, jemand wie ich?«

»Jemand«, sagte Royko, »mit einer persönlichen Beziehung zu den Mächten, die die Fäden ziehen.«

Langsam verstand ich, warum er es standhaft vermied, sich genau auszudrücken. Mir schien, die abwesende Ch'tpok könnte eine Person sein, die ihr eigenes Bündnis mit den KIquellen geschmiedet hatte, dessen Einzelheiten nicht in Hörweite von Außenstehenden wie Fox oder Pakh Valinia diskutiert werden durften. Das aber weckte einen unerwarteten Verdacht hinsichtlich ihrer anderen Bezugspersonen. »Sie meinen, jemand wie Ihr Schwiegervater? Gehört er da auch dazu?«

»Ich habe ihn seit Jahren nicht gesprochen«, sagte Royko. »Chuppy musste ihren eigenen Status als Riirgaanerin vor einer Weile aufgeben, um sich aus einer schlimmen Lage zu befreien, die nach dem riirgaanischen Recht zu ihrer Exekution geführt hätte. Sie hat bei Ihren Leuten um Asyl gebeten, doch das konnte sie nur über Croyd tun, der sich geweigert hat, ihre Wiedereinbürgerung abzusegnen, solange sie keine Erklärung zur Unterstützung von Sanktionen gegen die Vlhani abgibt. Der schiebt einen gewaltigen Hass gegen die Vlhani.«

»Das ist mir aufgefallen.«

»Es ist kaum zu übersehen. Jedenfalls war sie dazu nicht bereit, und darum ist sie jetzt wie ich ein intelligentes Wesen ohne Heimat, es sei denn, diese Heimat heißt Vlhan. Ich fürchte, beide Botschaften lassen Valinia in beruflicher Hinsicht dafür bezahlen, dass sie aus, Sie würden vielleicht sagen, humanitären

Gründen, Kontakt mit uns pflegt, was nur ein Grund ist, warum ich stets bereit bin, ihr alles zu geben, was sie gerade braucht ... Ah, da wären wir.«

Wir hatten das tiefst gelegene und einfachste Zimmer der Behausung erreicht, ein unsymmetrischer, langgezogener Hangar mit einem primitiven Steinboden und Metallrolltoren auf Magnetschienen. Der Platz reichte für zwei Gleiter mit offenem Cockpit, von denen nur einer da war. Der sah alt und verbeult aus und machte den Eindruck, als könnte er dringend eine Wäsche brauchen, war technisch aber in einem akzeptablen Zustand. Er bot Platz für sechs Personen und verfügte über einen Frachtbereich im Heck, in dem solide Plastoidzylinder mit elastischen Gurten festgezurrt waren. An den Seitenwänden der Höhle stapelten sich bis zur Decke Kisten mit Notrationen aus Konföderationsbeständen, genug, um eine länger andauernde Belagerung zu überstehen.

»Schmackhaft werden Sie das Zeug nicht finden«, sagte Royko. »Aber ich fürchte, wir haben nicht genug Zeit, damit ich Ihnen etwas koche, denn ich muss selbst sofort aufbrechen.«

Er machte kehrt und war bereits einige Stufen weit die Treppe hinaufgestiegen, bis ich auf die Idee kam, Protest anzumelden. »Wo wollen Sie hin?«

Mitten im Schritt hielt er inne. »An einen Ort, der für Sie völlig unwichtig ist, aber weit entfernt von hier, und ich werde Ihren alten Gleiter benutzen, werde lange in der Luft bleiben und einen möglichst umständlichen Kurs fliegen, um dafür zu sorgen, dass Ihre Verfolger den Rest des Tages damit beschäftigt sind, herauszufinden, dass ich nicht Sie bin. Lassen Sie mir einen kleinen Vorsprung, dann werden Sie, davon bin ich überzeugt, die Freiheit haben, hinzufliegen, wo immer Sie hinwollen. Aber Sie müssen schnell sein, fürchte ich.«

»Und wenn ich noch Fragen habe?«

»Sie haben bestimmt zehntausend Fragen, aber wenn ich hier herumstehe und sie alle beantworte, tauchen Croyds Leute hier auf, während ich noch damit beschäftigt bin, und ich werde keine Gelegenheit mehr haben, sie von Ihnen abzulenken. Beschränken Sie sich also auf eine Frage.«

Wenn ich ihm nun eine Frage über ihn oder das Ballett oder über seine Ansichten über den plötzlichen Wahnsinn, der über diese Welt gekommen war, stellte, würde ich mich nur ärgern, keine meiner anderen Fragen gestellt zu haben. Außerdem würde ich mir eine Schuld aufladen, die mir keine Ruhe ließe, bis ich das Konto als ausgeglichen kennzeichnen konnte. Also sagte ich: »Wie gehe ich vor, wenn ich eine bestimmte Tanzpilgerin suchen will und lediglich ein paar Dinge über das Mädchen weiß, das diese Pilgerin einmal war?«

Kummer zerfraß seine Miene. »Oh Counselor, Sie wissen nicht, wie viele Leute mich schon besucht haben, um mir diese Frage zu stellen.«

»Kann ich sie finden?«

»Sie haben bestimmt gehört, wie das bei denen läuft. Wenn sie hier ankommen, sind sie nicht wiederzuerkennen. Sie sind nur durch einen Gentest zu identifizieren. Und es gibt mehr als eine Million Tanzpilger, die über den ganzen Planeten verstreut sind. Ein paar davon sind den Vlhani äußerlich so ähnlich, dass Sie sie medizinisch untersuchen müssten, um festzustellen, dass sie als Menschen geboren wurden. Wenn das Mädchen nicht gefunden werden will, können Sie sich die Suche sparen, das können Sie mir glauben.«

»Das dachte ich mir. Trotzdem würde ich gern wissen, wie ich vorgehen müsste.«

Die Frage hing in der Luft, hallte in dem schwachen Echo unserer Worte nach, das von den Wänden zurückgeworfen wurde. Royko dachte mehrere Sekunden nach, und seine Fingerknöchel färbten sich weiß, als er das Geländer umklammerte. Dann entspannte er sich plötzlich, schenkte mir das schwache Lächeln eines Mannes, der sich freute, endlich einen Witz verstanden zu haben, den er längst hätte begreifen müssen, und sagte: »Nun ja, wenn es unbedingt sein muss, dann, schätze ich, sollten Sie einfach denjenigen fragen, der sie verändert hat, meinen Sie nicht?«

Das Blut pulsierte in meinen Ohren, als Royko die Treppe wieder hinaufstieg. Seine Schritte hallten noch lange von den metallenen Stufen herab, nachdem er längst außer Sicht war. Ich kannte ihn gerade ein paar Minuten, und schon fühlte sich der Raum ohne ihn beengter und düsterer an. Ich nehme an, das lag daran, dass dies sein Zuhause war, ein Ort, der sein Leben ebenso verkörperte wie der Körper selbst. Ich überlegte, wie viel er noch wissen mochte, wie viel die unbekannte Ch'tpok wissen mochte, wie lange sie schon zusammenlebten und Geheimnisse teilten, die ihrem Leben Sinn verliehen, und ich fragte mich, ob ich wohl je Gelegenheit bekäme, ihnen noch ein paar Fragen zu stellen.

Tara Fox starrte mich an, zu sehr ihrer kurz angebundenen Art verhaftet, um mich direkt zu fragen, ob Roykos Abschiedsworte mir zu irgendeiner erfolgversprechenden Idee verholfen hätten. Das hatten sie, aber warum sollte ich sie nicht eine Weile im Dunkeln lassen, zumal ich wichtigere Dinge zu bedenken hatte.

Ich drehte mich zu Pakh Valinia um und sagte: »Wissen Sie was?«

Sie musterte mich argwöhnisch. »Was?«

»Ich habe einmal im Zuge von Ermittlungen erfahren, dass Ihre Republik die Todesstrafe schon vor Jahrhunderten abgeschafft hat. Stimmt das?«

Jetzt sah sie unglücklich aus. »Ja, Counselor.«

»Sie exekutieren keine Mörder, keine Vergewaltiger, nicht einmal Terroristen. Sie betrachten diese Vorgehensweise als barbarisch und üben harsche Kritik an den Welten innerhalb der Konföderation, die sie immer noch anwenden. Aber Hurrr'poths menschliche Tochter? Sie ist des Todes, sollte sie je wieder einen Fuß auf riirgaanischen Boden setzen, und trotzdem ist der Botschafter sorglos genug, sie im Zuge einer alltäglichen Unterhaltung zu erwähnen? Warum möchte ich wohl wissen, *was zum Teufel sie getan haben kann?«*

Pakh Valinia schlang die Arme um den Leib und blickte zu Boden, ehe sie mich wieder anschaute, und in ihren Augen spiegelte sich ein Zorn, wie ich ihn seit Oscins Auftritt in der Klinik nicht mehr gesehen hatte.

»Wissen Sie es?«, fragte ich.

»Ich kenne nicht alle Details«, sagte sie. »Darüber wird nicht oft gesprochen.«

»Dann verraten Sie mir, was Sie wissen.«

Sie dachte mehrere Sekunden darüber nach, ob sie mir etwas erzählen sollte oder nicht, und ich hatte Gelegenheit, den Prozess ihrer Entscheidungsfindung bis zu dem Punkt zu verfolgen, an dem ihr klar wurde, dass sie keine andere Wahl hatte. »Sie hat ein Kind einer intelligenten Spezies gestohlen.«

»Vlhani?«

»Ja. Sie hat ein Ei an sich genommen.«

»Warum?«

»Sie haben es als lebensunfähig eingestuft und wollten es sterben lassen. Sie dachte, es könnte gerettet werden, wenn es medizinisch versorgt würde. Sie hat es gut gemeint, trotzdem hat sie ein Kind einer intelligenten Spezies gegen deren Willen entführt ... eine Tat, in der meine Regierung einen Verstoß gegen das Verbot der Sklaverei sieht. Man hat ihr gesagt, sie solle es lassen, aber sie wollte nicht hören. Hurrr'poth blieb keine Wahl. Es gab ein Gerichtsverfahren in Abwesenheit der Beschuldigten. Sie kann nie wieder auf riirgaanischen Boden zurückkehren, ohne diesen schlimmsten aller Preise zu bezahlen. Ich halte das für furchtbar unfair. Man hätte sie nicht dafür verurteilen dürfen, dass sie mitfühlend gehandelt hat.«

Ich konnte nur an den gewichtigen Fingerzeig der KIquellen denken, der besagte, dass Menschen diese Katastrophe eingeläutet hätten, indem sie etwas gerettet hatten, das nicht hätte leben dürfen. »Wo hat sie es hingebracht?«

Aber Fox sprach, ehe Pakh Valinia antworten konnte. »Mr Porrinyard?«

Ich wirbelte herum, um ihn anzusehen, und wünschte mir sogleich von Herzen, ich hätte es nicht getan.

Oscin war rückwärts gegen die Felswand gestolpert. Ein

Schweißfilm glänzte von einer Sekunde zur anderen auf seiner Haut, und er war so weiß wie Papier. Als sich unsere Blicke trafen, schien es mehrere Sekunden zu dauern, bis er mich als jemanden wahrnahm, den er kannte, ganz zu schweigen davon, dass er mich liebte, dass er mir das Leben gerettet hatte, indem er zu einem Teil davon geworden war. Seine Lippen formten ein Wort.

Dann verdrehte er die Augen und sank lautlos zu Boden.

KAPITEL ZEHN
DIE VERLORENEN

(Skye.)

Es waren Dutzende, vielleicht sogar Hunderte: ein Dickicht aus zuckenden schwarzen Peitschen, so dunkel, dass es war, als würden sie das Tageslicht zerteilen. Sie schienen aus dem Boden emporzuwachsen, Kreaturen wie aus einem Fiebertraum entsprungen, und als sie voranstürmten und auf die bedrängte Gruppe zuhielten, die Skye und Thatharsi und die verletzten Tanzpilger trug, dachten die Porrinyards, das Universum hätte die Geduld mit ihnen verloren und Skye würde für ihre Sünden bezahlen, die vielleicht von der Einzelperson, vielleicht auch von einer Hälfte der gemeinsamen Persönlichkeit begangen worden waren. Sie schloss die Augen, hustete eine Staubwolke aus und stählte sich innerlich für den ersten stechenden Schmerz.

Als er ausblieb, schlug sie die Augen wieder auf und sah vor sich nur einen leeren Raum.

Eine Sekunde zog dahin, bis ihr klar wurde, dass die Vlhani, die sie vor sich gesehen hatte, keine weiteren Angreifer gewesen waren, sondern Retter, die ihre Gruppe hatten passieren lassen, ehe sie hinter ihnen die Reihen geschlossen und sich den Verfolgern in den Weg gestellt hatten.

Sie drehte den Kopf, so weit sie nur konnte, und sah das Gemetzel, das nun hinter ihnen zurückfiel. Es war, in der Ferne und dem Staub kaum erkennbar, ein irrsinniges Durcheinander aus zuckenden schwarzen Peitschen und hüpfenden schwarzen Köpfen. Chitinscherben und Segmentbrocken von Peitschengliedern flogen durch die Luft, huschten über den Himmel, nachdem sie dem Fleisch intelligenter Wesen entrissen waren und eine Freiheit genossen, die erst endete, wenn sie sich in rottende Rückstände auf heißem Wüstensand verwandelten.

Nichts daran war schön, nichts erlösend. Nichts konnte das Blutvergießen zur Kunst erheben. Es war nur ein Massaker, selbst auf den kurzen Blick hin, den Skye davon erhaschen konnte, ehe der Galopp ihres Vlhani sie zu weit fortbrachte, um noch mehr zu erkennen als einen dunklen Fleck auf der lebendigen Oberfläche von Vlhan.

Knapp entronnen beschäftigte Skye ein anderes Problem. Eine Weile war sie imstande gewesen, den Schmerz in ihren Beinen zu ignorieren oder zu überlagern, indem sie sich auf andere Dinge konzentrierte, aber jede neuerliche Erschütterung oder Vibration zerrte nun an ihren Wunden, und die pulsierende Hitze in dem zerfetzten Fleisch verriet ihr, dass eine Entzündung entstanden war. Das gehörte nicht zu den Dingen, die durch eine einfache Nanitenbehandlung in Ordnung gebracht werden konnten, was zudem voraussetzte, dass sie diesen Körper in irgendeine medizinische Einrichtung brachte. Stattdessen führte die Karawane sie immer weiter und weiter fort von der hiesigen diplomatischen Gemeinde, immer tiefer hinein in eine Wüste, die ihr kaum das würde bieten können, was sie brauchte.

Eine Minute später wurden sie langsamer und drangen in ein hügeliges Gebiet vor, in dem der Boden felsiger und schwerer passierbar war. Die kreiselnde Peitschenbewegung, derer sich die Vlhani bis dahin bedient hatten, wich einem vorsichtigen Trott über einen fünfundvierzig Grad steilen Hang, und jeder neue Einstich der Peitschen in den Boden löste eine frische Lawine aus gelockerten Steinen aus.

Skye sah zufällig gerade hinunter, als eine winzige gefiederte Kreatur mit einem flachen Schwanz, der dreimal so lang war wie der Körper, aus ihrer Höhle unter einem der größeren Felsen heraushuschte, aufgeschreckt durch die Eindringlinge in ihrem Territorium. Ihr Entsetzensschrei schien nur logisch, spießte sie doch Skyes Vlhani mit einer seiner Peitschen in der Mitte ihres Rückens auf. Sodann stopfte er sich den noch zuckenden Leib in den Schlund, ohne auch nur einmal im Schritt innezuhalten. Ein paar Sekunden später folgte dem Appetithappen irgendein Gestrüpp, das der Vlhani samt Wurzeln aus dem Boden riss. Es verschwand in seinem Mund, ohne dass etwas von einem Kauvorgang sichtbar wurde.

Stets bereit, sich auf irgendetwas anderes zu konzentrieren, nur nicht auf Skyes Schmerzen, fragten sich die Porrinyards für einen Moment, wie das Verdauungssystem der Vlhani funktionieren mochte, umso mehr in Anbetracht der Größe der Mahlzeit, deren Zeuge sie gerade geworden war. Wie konnte es in diesem Kopf genug Platz für Speiseröhre und Hirn geben, ganz zu schweigen von all den anderen Notwendigkeiten, die ihren Körper am Leben erhielten? Und erst die Tanzsprache, so bemerkenswert sie auch sein mochte: Wie zum Teufel konnte so eine umfangreiche biologische Maschinerie auf so einem beengten Raum Platz finden? Bestimmt hatte einer der vielen außerweltlichen Forscher irgendwann in all diesen vielen Jahren der Erforschung der Vlhani einen toten Angehörigen dieser Spezies gefunden und eine Autopsie durchgeführt, nur um herauszufinden, wie sie aufgebaut waren, und zweifellos gab es in den Bibliotheken, die schon über diese Kreaturen verfasst worden waren, auch unzählige Abhandlungen zu diesem Thema. Eine davon aufzutreiben sollte, so Skye diesen Tag überlebte, an erster Stelle auf ihrer Aufgabenliste stehen.

Über die ersten sanften Hügel schienen die Vlhani einfach hinwegzugleiten, ehe sie auf der anderen Seite wieder herunterkamen, dann stiegen sie wieder auf und wieder ab und wieder auf, ununterbrochen. Der Reise haftete eine Monotonie an, eine Gleichförmigkeit, die ihr allmählich zu schaffen machte. Eine Einzelperson hätte in ihrer Lage nicht einmal einschätzen können, wie lange die Reise schon dauerte. Als Oscin, der die Uhr auf dem Gleiter befragen konnte, wusste sie es auf die Minute genau, ihr eigener Körper aber reagierte immer noch, als hätte sie seit einer Ewigkeit keinen Bodenkontakt mehr gehabt. Ihr Kopf schmerzte, ihre Kehle war staubig, und der Durst wich ersten Anzeichen der Dehydration. »Wasser!«, rief sie und fühlte, wie das Peitschengeschirr auf ihrem Rücken das Wort in Gesten umformte, wusste, wie klein und unbedeutend sie dem Giganten erscheinen mussten, der sie trug.

Doch, Überraschung, der Vlhani schien sich für ihre Wünsche zu interessieren. Die ganze Gruppe wurde langsamer, stieg noch den Rest des Hügels hinab und blieb an einer Rinne stehen, die einst ein Fluss gewesen sein musste, da tief unten auf dem Boden Steine lagen, so glatt wie polierte Jade. Die Ränder bestanden nur aus Erde, und Staubwolken zogen über ihnen über den Himmel, aber die Steine bildeten einen Pfad zwischen den Hügeln und kennzeichneten den Verlauf, den das Wasser einst genommen hatte. Für einen furchtbaren, verzweifelten Augenblick dachten die Porrinyards, Skye wäre an eine Sprachbarriere geraten, bei der zwar die Vorstellung von Wasser übermittelt worden war, nicht aber dessen dringender Bedarf. Nirgends war eine Spur von Wasser zu sehen, nur flatternde Insekten und ein paar buschige, orangefarbene Pflanzen mit welligen Blättern, die zwischen den Felsen sprossen.

Doch Skyes Vlhani senkte sie in Reichweite einer der Pflanzen ab und wartete, als müsse der bloße Anblick ihr verraten, was sie tun sollte.

Sie sah sich um, bis sie Thatharsis verschwitztes, sandiges Gesicht entdeckte. Thatharsi blickte sie mit einer finsteren Form von Amüsement aus ihrem Nest im Griff ihres Beschützers an. »Ich verstehe nicht.«

»Das«, sagte Thatharsi und pflückte etwas von dem Laub der orangefarbenen Pflanze neben sich, »sind Burchai. Sie wurzeln zwanzig bis dreißig Meter tief in der nächsten wasserführenden Schicht. Ich nehme an, wir werden noch einige Zeit kein offenes Wasser erreichen, aber das Wasser, das die Pflanzen aufnehmen, sammelt sich in den Blättern. Trinken Sie.«

Der Vlhani, der Skye trug, brachte sie noch näher an eine der Pflanzen heran, sodass sie eine Hand voll welliger, orangefarbener Blätter pflücken konnte. Leichter Druck reichte, um ein Rinnsal süßen, unglaublich kühlen Wassers durch ihre Finger zu pressen.

Dem Beispiel Thatharsis und einiger anderer verletzter Tänzer folgend, die sich vor ihren Augen selbstständig oder mit Hilfe der Vlhani an den Blättern erfrischten, führte Skye die Hand an den Mund, drückte die Blätter wieder zusammen und trank so viel von der herausgepressten Flüssigkeit, wie sie konnte.

Hastig griff sie erneut nach der Pflanze, damit der Vlhani nicht dachte, sie hätte genug, und sie wegtrug, ehe ihr Durst gestillt war.

Thatharsi, die selbst erhebliche Schmerzen hatte, verzog das Gesicht. »Nur ausdrücken, nicht kauen.«

»Warum nicht?«, fragte Skye. »Sind sie giftig?«

»Nein, aber sie enthalten das stärkste Abführmittel, das Sie nur finden können. Sie können sich nicht vorstellen, wie viele von uns fröhlich ein paar Hände voll gefuttert haben, als wir zum ersten Mal über die Pflanze gestolpert sind, nur um uns die nächsten Wochen nicht mehr als zehn Schritte vom nächsten Loch im Boden wegzutrauen.«

Skye musterte die Blätter mit neuem Respekt. »Ich weiß es zu schätzen, dass Sie mir das ersparen.«

Ein erbittertes Feixen. »Die Entscheidung ist mir nicht leicht gefallen.«

Skye verleibte sich noch einen Mundvoll Burchai-Wasser ein und benutzte die nächsten Blätter dazu, ihre Wunden zu spülen. Es fühlte sich an wie flüssiges Feuer, und sie verzog gepeinigt das Gesicht, als sie daran dachte, wie lange es noch dauern konnte, bis sie die notwendige Behandlung erhielt. Aber während sie mit ihren Verletzungen beschäftigt war, rief sie Thatharsi, die gerade einem Tänzer, dessen Glieder abgetrennt worden waren, Wasser in den Mund träufelte. »Hey, 'tharsi!«

Thatharsi erledigte weiterhin ihre Aufgabe, besorgt um den Tänzer, der gerade flüssigen Schlamm ausgehustet hatte, nachdem sich das Wasser mit dem Kübel Staub vermischt hatte, den er zuvor eingeatmet hatte. »Was?«

»Verkraften Sie noch eine Frage über Vlhani-Eier?«

Thatharsi schüttelte den Kopf. »Sie geben wohl nie auf, was?«

»Nein, das tue ich nicht«, sagte Skye. »Und Sie sollten es auch nicht tun.«

»Mach ich nicht. Ich frage mich nur, warum Sie glauben, Sie wären in der Position, irgendetwas aus diesen Informationen zu machen.«

»Das bin ich nicht. Aber dieser Körper ist die Hälfte eines verbundenen Paares.«

Plötzlich maß Thatharsi sie mit einem forschenden Blick. Ebenso wie einige der anderen Tänzer, auch solche, die zuvor keinen Ton von sich gegeben hatten. Sie waren schon verwunderlich, diese Pilger, deren Motive dem berühmten Geheimnis zugrundelagen, das von so vielen Spezies studiert wurde ... aber nur wenige waren je einem verbundenen Paar begegnet, einem Phänomen, das nicht weniger berühmt war, aber deutlich seltener vorkam. »Das ist doch totale Scheiße.«

Skye wusste, ihr blieben höchstens ein paar Sekunden, ehe die unvermeidliche Sexfrage aufkäme, die stets und überall von neugierigen Individuen gestellt wurde. »Hören Sie zu. Ich denke immer wieder an das, was der Vlhani getanzt hat. *Ei Viel Mord Vlhani.* Aber im Fall von Kreaturen, die hilflos sind und sich nicht selbstständig bewegen, nicht kämpfen oder auch nur kommunizieren können, wie die, von denen mir erzählt wurde, ergibt das keinen Sinn. Sie können keine Bedrohung für irgendwas darstellen.«

Thatharsi zuckte mit den Schultern. »Vielleicht hat er kein Vlhani-Ei gemeint.«

»Möglich. Aber das Wort *Ei* ist in der Kommunikation mit den Vlhani einige Male aufgetaucht, seit meine Freunde und ich auf diesem Planeten eingetroffen sind, und jedes Mal schien es, als wäre ein Ei der Schlüssel zu diesem ganzen Durcheinander. Also, sagen Sie mir, eine korrekte Übersetzung vorausgesetzt, *wie kann ein Ei allein gefährlich genug sein für ›Viel Mord Vlhani‹?*«

»Ein Vlhani-Ei kann gar nichts sein«, beharrte Thatharsi. »Nicht, solange ihm keine Glieder gewachsen sind. Nicht, ehe es sich mitteilen kann. Bis dahin ist es nur ein Potenzial, weiter nichts.«

»Und wenn dieses Potenzial gefährlich ist?«

»Wie meinen Sie das? Meinen Sie, das Ei würde zu etwas Bösem heranwachsen oder so was?«

»Im Sinne der Vlhani? Warum nicht?«

»Ach, ich weiß nicht. Vielleicht, weil die Idee zu dumm ist, um auch nur einen Gedanken daran zu verschwenden?«

»Hier herrscht Krieg«, sagte Skye geduldig. »Krieg erfordert Böswilligkeit, und Böswilligkeit deutet auf ein Potenzial zum Bösen hin ... zumindest muss es dem Bösen aus der Sicht der Opfer nahe genug sein, dass wir das Wort ruhig benutzen können. Also stelle ich die Frage noch einmal: Kann ein Vlhani-Ei gefährlich sein?«

Die Tanzpilgerin schwieg so lange, dass Skye schon fürchtete, sie hätte das Gespräch einfach aufgegeben. »Wahrscheinlich ... Wenn ich es recht bedenke: Jeder, der sich mal eine Weile in einer gut ausgelasteten Entbindungsstation um die Babys gekümmert hat, hat vermutlich auch ein paar gewickelt, die zu Vergewaltigern und Serienmördern herangewachsen sind. Aber was hat das mit all dem zu tun?«

Skye wusste es selbst nicht. Aber sie hatte das Gefühl, etwas wirklich Großem auf der Spur zu sein, etwas, dessen furchtbare Gestalt wie ein Schemen im Dunkeln erschien, sich aber nie klar genug zeigte, um wirklich begriffen zu werden. Vielleicht hätte Andrea, wäre sie hier gewesen, die richtigen Fragen stellen können, die richtigen Schlüsse gezogen, aber jetzt war keine Zeit, mit ihr über Oscin Kontakt aufzunehmen, denn ihr Gleiter war gerade gelandet, und sie war mit diesem Royko beschäftigt. Vielleicht konnte Skye sich Rat holen, wenn Royko weg war. Vielleicht ...

... vielleicht war es Zeit, dass alles zum Teufel ging.

Denn in diesem Moment schrien sämtliche Vlhani um sie herum auf, ein Laut, angefüllt mit Furcht und Zorn und Verzweiflung, so schlimm wie all das, was die Porrinyards im Amphitheater gehört hatten.

Einer der größeren Vlhani, einer, der sich noch vor Sekunden friedfertig um einen verwundeten Tanzpilger gekümmert hatte, lief Amok. Die blutigen Überreste seines inzwischen entzweigerissenen Schützlings lagen in einer Blutlache auf dem Kies zu seinen Füßen.

Ein anderer Vlhani, der eine verletzte Frau hielt, versuchte zu flüchten, aber der Verrückte wirbelte herum, schlug zu schnell zu, als dass das menschliche Auge hätte folgen können, und schnitt eine Scheibe aus dem großen, schwarzen Kopf seines Artgenossen heraus. Der getroffene Vlhani stürzte zuckend zu Boden, seine Peitschen zogen sich zusammen, als er starb, und verarbeiteten die Tänzerin in seiner Obhut zu Kleinholz.

Der Rest der verletzten Tänzer schrie vor Entsetzen, vor Fassungslosigkeit, Kummer und Zorn, während Skyes Peitschengeschirr gerade einige der Vlhani-Gesten um sie herum mit Worten wie *Tod* und *Furcht* und, zum Verrücktwerden, *Ei* übersetzte.

Die Peitschen des Amokläufers wirbelten so schnell durch die Luft, dass sie nur noch verschwommen wahrnehmbar waren – eine Abwehrmethode, die zu gefährlich war, als dass seine einstigen Verbündeten ihrerseits hätten angreifen können.

Die meisten anderen Vlhani verteilten sich, und ihre grazilen Gestalten verschwanden zu beiden Seiten die Hügel hinauf.

Ihr eigener Vlhani hielt die Stellung, sei es aus Trotz oder Unentschlossenheit.

Die nächste Bewegung des Irren erfolgte so rasant, dass selbst Skye mit ihrer beinahe gegen Null gehenden Reaktionszeit nicht in der Lage war, in ihr etwas anderes als Teleportation zu sehen. Eine Teleportation, mit der er die Entfernung zwischen ihm und ihr halbiert hatte. Er hielt nur inne, weil zwei der anderen Vlhani die Peitschen gepackt hatten, die er zum Laufen benutzt hatte.

Dann und erst dann trat Skyes Vlhani den Rückzug an und überwand mit einem Schritt zwanzig Meter. Und blieb wieder stehen. Er war bereit, sich bis dorthin zurückzuziehen, aber nicht weiter, bereit, Skye ein Stück weit in Sicherheit zu bringen, aber nicht weiter.

Der Amokläufer, der nun von vier anderen gehalten wurde, schlug mit einem gewaltsamen Schwinger nach seinen Widersachern, der einen von ihnen in das alte Flussbett schleuderte. Von seinem Wahn mit zusätzlicher Kraft ausgestattet schleppte er sich und seine Häscher ein halbes Dutzend Meter näher zu dem, der Skye beschützte. Noch ein Satz, und er hatte die Distanz erneut halbiert.

Skyes Vlhani tat einen weiteren Riesenschritt nach hinten.

Aber nur einen.

Und dann, auf einmal, verstanden die Porrinyards genau, was los war. Es hatte diesen Vlhani nichts ausgemacht, Skye mitzunehmen. Sie waren so mitfühlend wie alle anderen Spezies. Aber ihre Barmherzigkeit war nicht unbegrenzt. Sie gehörte nicht zu ihren kostbaren Tanzpilgern, war kein fester Bestandteil ihres Balletts. Sie zu schützen hatte nur geringe Priorität verglichen damit, die Menschen zu schützen, die ihnen wirklich wichtig waren ... was bedeutete, dass sie kein Problem damit hatten, mit ihr vor dem Angreifer zu wedeln, um diesen Gegner von den Menschen abzulenken, die sie wirklich schützen wollten.

Wenige Meter vor Skyes Gesicht durchteilte eine peitschende schwarze Linie die Luft. Skyes Vlhani wich erneut zurück. Ein anderer rannte den Hang herab und schlang seine Peitschen um die des Berserkers, zog sie wie in einem letzten Versuch, das Unkontrollierbare unter Kontrolle zu bekommen, wieder zusammen.

Der Kampf überforderte Skyes Wahrnehmung. Die Peitschen bewegten sich zu schnell, die vielen Wellen und Knoten gingen so sehr ineinander über, dass sie nicht mehr in der Lage war, sie zu ihren jeweiligen Eigentümern zurückzuverfolgen. Umso weniger konnte sie erkennen, ob der, der sie ermorden wollte, gewann oder verlor. Aber während die polierten Steine im Flussbett in der machtvollen Auseinandersetzung in Stücke geschlagen und schließlich zu Staub zermahlen wurden, gewann sie einen flüchtigen Eindruck von halb abgetrennten Peitschen und großen, schwarzen Köpfen, die, aufgeschlitzt, blutig glänzten.

Sie sah nicht, dass die Peitsche des Berserkers sie traf. Sie fühlte nur einen plötzlichen Schlag am Bauch unter ihrem Brustkorb, dem ein heftiger, glühender Schmerz folgte, während eine heiße Flüssigkeit über ihren Unterleib und ihre Hüften rann. Ungläubig blickte sie herab und sah, wie sich die dicke Peitsche, die sich in ihren Körper gebohrt hatte, aus der Wunde löste, sah den Kies auf dem Schlachtfeld in ihrem eigenen Blut schimmern.

Ich bin tot, dachten die Porrinyards.

Hunderte von Kilometern voneinander entfernt versanken sie beide in tiefer Finsternis.

(Inzwischen.)

Ich hatte die sonderbare Vereinigung, die aus zwei zankenden Liebenden die Mischpersönlichkeit gemacht hatte, die ich als die Porrinyards kannte, nie so ganz begriffen. Ich hatte immer gewusst, dass sie eine Person waren, war aber nie imstande gewesen zu verstehen, wie sie es hatten wagen können, die Qual, allein in ihren eigenen Köpfen zu leben, zugunsten all dessen aufzugeben, was sie gewonnen hatten, als sie zu einem größeren, vollständigeren und reicheren Wesen geworden waren. Ein wenig davon konnte ich nachempfinden, seit ich meine jahrelange entschlossene Misanthropie aufgegeben und sie in mein Leben eingelassen hatte. Nicht länger aus mir selbst heraus vollständig, sondern für alle Zeit auf sie angewiesen, wollte ich mehr sein als nur ein dürftiges Fragment und war mir immer wie der bittere Beigeschmack ihrer Einheit vorgekommen. Doch als ich mich nun über Oscins reglosen Leib beugte, als dieser Leib tief in das Bett weiter oben in der Heimstatt sank, zu dem wir ihn gebracht hatten, ertappte ich mich bei der schmerzlichen Erkenntnis, dass die Verbindung zwischen uns nie so stark gewesen war.

»Counselor?«

Von all den Dingen, die mich bei meiner Selbstschelte hätten stören können, war Tara Fox' Stimme das, was ich am wenigsten wollte.

»Was?«

»Ihnen dürfte daran gelegen sein, dass ich Sie daran erinnere, dass hier mehr als ein Leben auf dem Spiel steht.«

Ich dachte daran, ihr einen Tritt in die gefühllose Maske zu versetzen und sie mit weiteren Schlägen zu Boden zu treiben. »Hehre Worte aus Ihrem Mund.«

Ihr Blick war weder konfrontativ noch entschuldigend, er vermittelte lediglich die Duldsamkeit einer Maschine, die gerade die einzig relevante Information ausgespuckt hatte.

Pakh Valinia, die die letzten Minuten mit einer fieberhaften Untersuchung zugebracht hatte, wischte sich den Schweiß von der Stirn. »Er liegt nicht im Sterben.«

»Was?«

»Nichts Auffälliges an seinem Puls, seiner Atmung oder der Art, wie seine Pupillen auf Licht reagieren. Die Atemwege scheinen frei zu sein, und er zeigt keine Anzeichen für Dehydration oder Kreislaufversagen. Müsste ich benennen, was mit ihm passiert ist, würde ich sagen, er ist einfach in Ohnmacht gefallen, vielleicht eine verspätete Stressreaktion, verursacht von den Torturen der letzten Nacht. Ist ihm so etwas schon häufiger passiert, Counselor?«

»Nein.« Und die Wahrscheinlichkeit, dass der Körper, der vor mir lag, schon in den nächsten paar Minuten zu sich kam, bot mir keinen Trost, solange ich nicht wusste, wie viel von der Persönlichkeit der Porrinyards noch zu Hause war. Ich strich mir die lange Haarsträhne aus dem Gesicht und sagte: »Dann warten wir ein paar Minuten. Ich bleibe bei ihm. Vielleicht könnten Sie beide schon etwas Proviant an Bord bringen?«

Pakh Valinia nickte und verließ das Zimmer.

Fox nicht. »Was ist mit Merin?«

»Später«, sagte ich.

Sie nickte und ging. Vielleicht hatte ich mit ihrer Gabe, kürzesten Sätzen vielschichtige Bedeutung aufzubürden, gleichgezogen.

Aber das war mir in diesem Moment egal. Ich konnte nur

neben der schwebenden Plattform stehen, Oscins Hand halten und nicht zum ersten Mal feststellen, dass die Liebe uns zu Schwächlingen macht.

Andrea Cort: Skye ist derzeit noch am Leben.

Eine Woge der Erleichterung zog mir den Rest an Boden unter den Füßen weg, und ich klappte an Ort und Stelle zusammen und hasste meine Augen, weil sie so arg brannten.

Leider ist sie schwer verletzt. Ihr weiteres Überleben hängt davon ab, ob sie rechtzeitig an einen Ort gebracht werden kann, an dem sie medizinische Hilfe erhält.

Wird man ihr helfen?

Normalerweise würden wir so etwas nicht tun, Counselor, aber wir glauben, dass sie noch eine wichtige Rolle spielen wird, daher haben wir uns die Freiheit genommen, ihren Stoffwechsel in einem Maß zu verlangsamen, dass er dem Stadium kryogener Suspension entspricht. Dabei setzen wir natürlich voraus, dass sie keine weiteren Verletzungen erleidet. Zudem ist sie in diesem Stadium nicht in der Lage, etwas wahrzunehmen oder Sie zu unterstützen.

Das konnte mich nicht besänftigen. Ich wollte diese Vlhani ebenso zum Teufel jagen wie das Schicksal der Menschheit und alles andere, könnte ich doch nur alles fallen lassen und zu ihr laufen. *Und Oscin?*

Pakh Valinias Analyse seines physischen Befindens ist korrekt. Er wird in wenigen Minuten wieder aufwachen und einsatzbereit sein, wenn auch nur als stark strapazierter Teil seiner selbst.

Ich ertappte mich dabei, geradezu absurd dankbar für diesen kleinen Segen zu sein. *Ich dachte, ihr wollt mir nicht das Händchen halten.*

Das tun wir nicht. Aber wir sind nicht vollständig gefühllos und können Ihnen eine kleine Barmherzigkeit erweisen, wenn das Mitgefühl es erfordert. Außerdem ..., fügten die KIquellen mit einem schrägen Ton hinzu, wie ich ihn nur selten zuvor von ihnen gehört hatte, ***... war das so oder so der Zeitpunkt, zu***

dem Sie Kontakt zu uns aufgenommen und herumgebrüllt hätten.

Ich hatte es gar nicht versucht. Aber nun, da die unmittelbare Panik wegen der Porrinyards vorüber war, funktionierte mein Verstand wieder und ging dahin, wo er hin musste. *Das ist nicht nötig. Ich mag später wieder wütend werden, aber im Moment empfinde ich nicht so.*

Haben Sie Probleme, Schlussfolgerungen zu ziehen?

Eigentlich war das eine recht einfache Gleichung. *Wenn ich richtig liege und Sie die Vlhani erschaffen haben, damit Sie Ihnen bei der Suche nach einer Antwort auf Ihre große Frage helfen – und ich glaube, mit dieser Einschätzung stehe ich auf der sicheren Seite –, dann ist nur einleuchtend, dass Sie auch für den zunehmenden Reiz, den das Ballett auf Menschen ausübt, verantwortlich sind. Und das bedeutet, Sie sind mit hoher Wahrscheinlichkeit auch für die besonderen Modifikationen der Tanzpilger verantwortlich.*

Und Sie haben nicht den Wunsch, uns zu beschimpfen, weil wir Ihre Spezies auf diese Art ausbeuten?

Früher hätte ich das vielleicht getan. Aber inzwischen arbeitete ich lange genug mit den KIquellen zusammen, um genau zu wissen, dass das nichts ändern würde. *Nein, ich möchte nur eines wissen: Warum wir?*

Einfach ausgedrückt: Ihr Problemlösepotenzial ist so profund, dass es sogar uns in Erstaunen versetzt.

Ich überlegte, ob ich sie nach Merin Schiff fragen sollte. Warum auch nicht? Wenn sie sie rekrutiert und verändert hatten, dann wussten sie auch, wie ich sie finden konnte, und diese Antwort würde den derzeitigen Knoten ganz hübsch entwirren. Aber da gab es auch noch einige Punkte im Zusammenhang mit dem vermissten Mädchen, Counselor Fox und dem verstorbenen Mr Schiff, die es wert waren, erkundet zu werden. Und im Augenblick war ich noch irrational genug, mir mehr Sorgen über die Gestalt zu machen, die sich neben mir zu regen begann, als über irgendetwas anderes im Universum. *Ehe ich weitermache, gibt es noch eine Sache, die ich wissen muss.*

Was müssen Sie wissen?

Ich holte tief Luft. *Ist Tara Fox zu Ihnen gekommen, um sich ihre Modifikationen zu holen?*

Kurz herrschte Schweigen. ***Eine seltsame Frage, die nicht direkt mit Ihrem Problem in Verbindung steht.***

Ich hatte schon vor langer Zeit gelernt, dass die Wahrheit wirklich winzig sein konnte, verloren in einem Dickicht aus Ablenkungen und irrelevanten Details. Die beste Art, mit Letzterem umzugehen, war nicht, es zu ignorieren, sondern es zu verstehen und mich so näher und näher an wirkliches Begreifen heranzutasten. *Antworten Sie.*

Nein, Andrea Cort. Counselor Fox hat sich nicht an uns gewandt. Wir hätten solch ein Ansinnen abgelehnt. Das Letzte, was wir je mit einem solch interessanten menschlichen Wesen zu tun wünschten, ist, seine wundervolle Unberechenbarkeit auszulöschen, indem wir es uns ähnlicher machen.

Das überraschte mich nicht. Die KIquellen beneiden uns um unsere Irrationalität; selbst wenn man sie darum gebeten hätte, hätten sie darin das moralische Äquivalent dazu gesehen, ein großes Kunstwerk mit Farbe zu beschmieren. Aber damit war die Frage nach Fox' selbstauferlegter Verfassung nicht beantwortet. Gab es wirklich noch eine andere Instanz, die imstande war, so etwas mit einem Menschen zu machen? *Hat sie sich an Ihre abtrünnigen Intelligenzen gewandt? Ist das, was ich da zu sehen bekomme, das Werk der Unsichtbaren Dämonen?*

Die KIquellen gaben ein Geräusch von sich, das sich verdächtig nach einem Kichern anhörte.

Nein, Andrea Cort. Es ist auch nicht deren Werk …

Wir unterbrachen die Verbindung genau in dem Moment, in dem Oscin die Augen aufschlug und sich mir zuwandte.

Ich war froh, dass die KIquellen mir im Vorfeld gesagt hatten, womit ich zu rechnen hatte, denn nach seinem Zusammenbruch war ein wichtiger Teil seiner selbst verschwunden: nicht seine

Intelligenz oder seine Wärme oder die Liebe, die er für mich empfand, aber die Unverwundbarkeit, die dafür gesorgt hatte, dass ich besonders ihn stets als eine Kraftquelle angesehen hatte. Da war eine neue Unschlüssigkeit, ein Zaudern in seinen Augen, ehe sie den meinen begegneten. Skye war immer noch ein Teil von ihm. Sie war nur ... in den Hintergrund gerückt. Genau so, wie es geschah, wenn unsere bisweilen vertrackten Einsätze von ihrem Körper verlangten zu schlafen, während seiner wach blieb.

Ich strich mit der Hand über seinen kurzgeschorenen Kopf. »Hi.«

Er blinzelte ein paar Mal, ehe er mich wieder anblickte, und sein Lächeln war so unsicher, es brach mir das Herz. Ein wenig. »Hallo.«

»Bist du in Ordnung?«

»Nicht ganz. Skye ist verletzt.«

»Ich weiß.«

»Ich habe sie nicht ... verloren ... aber ich kann sie nicht spüren. Ich weiß nicht, wie es ihr ergeht.«

Er war von Panik weiter entfernt, als ich es gewesen wäre, aber die Gefahr war vorhanden und würde in seiner unmittelbaren Zukunft noch größer werden. Ich drückte seine Hand und versuchte, ihm eine Zuversicht zu vermitteln, die ich nicht empfand. »Man hat mir gesagt, sie würden sie irgendwohin bringen, wo ihr geholfen wird.«

»Das ist gut«, hauchte er. »Es *tut weh*.«

»Was tut weh?«

»Sie wurde ... aufgespießt, wenn du so willst. Eine Vlhani-Peitsche im Unterleib. Ich habe nie ... Juje, Andrea, dieser Schmerz ...!«

Wenn man so viele Jahre wie ich ohne jede Hoffnung zubringen muss, verliert man die Gabe, sie willentlich herbeizubeschwören, und fängt an, sie als etwas Falsches und Gefährliches einzustufen, etwas, das zerstörerisch sein kann, sollte es sich am Ende als Lüge erweisen. Aber, verdammt, es war alles, was ich hatte, alles, woran ich mich in dieser Welt, die um uns herum in Einzelteile zerfiel, festklammern konnte. Also ergab ich mich dem guten Glauben und sagte: »Pst, mach dir keine Sorgen. Sie bekommt die Hilfe, die sie braucht. Wenn du sie wieder fühlst, geht es ihr wieder gut.«

Er regte sich wieder auf eine Weise, die ich wie ein Nachbeben empfand, und wurde blass auf eine Weise, die mich weit Schlimmeres vermuten ließ. Und dann schloss sich seine Hand kraftvoll um mein Handgelenk. »Andrea?«

»Was, Liebes?«

»Das, was da passiert ... dieser Wahnsinn ...«

Ich erkannte ein verzweifeltes, ungewolltes Verständnis in seinen Augen und wusste, noch ehe er etwas gesagt hatte, dass das, was nun kommen sollte, alles verändern würde. »Was?«

»Ich glaube ...« Er leckte sich die Lippen, als suche er nach einem Grund, die Worte hinauszuzögern, die aus der reinen Möglichkeit eine Realität formen würden. »Andrea, ich glaube, das ist ... viral ...«

KAPITEL ELF
DIE INFIZIERTEN

Oscin zeichnete Skyes Geschichte in präzisen, aber leidenschaftslosen Bildern und benutzte stets das »sie« der dritten Person für all das, was Skye gesehen, gedacht oder getan hatte. Dennoch ließ er keinen Zweifel aufkommen, dass diese Dinge auch seinen Erinnerungen und Erfahrungen zugeordnet werden mussten. Als er mir etwas erzählte, das Skye laut gesagt hatte, dämpfte er sogar seine Stimme, damit sie ihrer ähnlicher wurde, war in Haltung und Auftreten so sehr wie sie, dass es mir unmöglich war, mich nicht mit dem Gefühl zu trösten, sie hätte den Raum betreten und wäre immer noch bei mir, in jeder Hinsicht eine echte Präsenz, nur nicht in der Realität.

Als wir zu der Stelle kamen, an der einer der verbündeten Vlhani ausgerastet war und die anderen um ihn herum angegriffen hatte, verstand ich allmählich, was er gemeint hatte, als er mir erzählte, der Wahnsinn sei viral. Als er berichtete, dass die anderen versucht hatten, seine Peitschen festzuhalten, statt ihn einfach umzubringen, fühlte ich ein Schaudern, das wenig mit der relativ kühlen Luft in Roykos Behausung zu tun hatte. Und als er damit endete, dass die Peitschenspitze des Berserkers sich in Skyes Bauch gebohrt hatte, musste ich den Blick abwenden. Meine Augen brannten angesichts dieses Gefühls des Verlusts, von dem ich nur hoffen konnte, dass es nicht nur verfrüht, sondern auch unbegründet war.

Wenn sie stirbt, dachte ich, bereit, den Satz mit der Erklärung einer Vendetta fortzuführen. Aber danach konnte ich nichts mehr sagen. Wenn sie starb und die vereinte Persönlichkeit mit Namen Porrinyard mit ihr ging, würde das keine Feindschaften heraufbeschwören, die nicht längst bestanden. Es würde nur das Universum auf den Kopf stellen. Dieser Ort, den ich lange als kalt und erbarmungslos empfunden hatte und der in ihrer Gegenwart ein wenig heller und wärmer geworden war, würde sich erneut in ein Gefängnis verwandeln, das ich nicht kennenlernen wollte.

Zu dieser Zeit saß Oscin auf der Bettkannte und ließ die Beine baumeln. Seine starken Schultern waren gebeugt, unterjocht von der Last der Ungewissheit. Ich stand an der Wand, die Arme vor der Brust verschränkt. Meine Haltung vermittelte scheinbar Selbstsicherheit, war aber tatsächlich alles, was ich überhaupt noch zustande brachte. Fox wartete in der Tür. Ihre Arme hingen an ihren Seiten, und obwohl sie uns aufmerksam im Auge behielt, war sie so fern, dass sie eher an eine überirdische als an eine reale Präsenz erinnerte.

Von uns allen zeigte nur Pakh Valinia deutliche Zeichen der Unruhe. Mitten in Oscins Bericht hatte sie angefangen, auf und ab zu gehen, und nun stand sie vor ihm und starrte ihn an. Ungeduld brannte in jeder ihrer Poren. »Bringen Sie mich zu ihr.«

Oscin rieb sich die Augen, und seine wohlüberlegten Worte kamen kleckerweise. »Ich glaube nicht … dass das so eine gute Idee ist.«

»Ich bin nicht sicher, ob Ihnen klar ist, dass sie sofort medizinische Hilfe braucht, nicht erst in ein paar Stunden, falls überhaupt.«

Oscin sah sie trostlos an. »Natürlich ist mir das klar. Das bin *ich*, die da draußen verblutet.«

»Wir müssen etwas tun.«

»Ich weiß. Aber ich bin nicht überzeugt, dass wir sie überhaupt rechtzeitig finden können.«

»Wir müssen es versuchen«, beharrte Pakh Valinia.

»Ich wünschte, ich könnte sie aufspüren. Aber ich weiß nur, wie die Reise dicht über dem Boden für eine verwundete Person ausgesehen hat, die mit hoher Geschwindigkeit über eine staubige Landschaft getragen wurde – und wenn wir auch ihren Ausgangspunkt kennen, bleibt doch das größte Problem für jeden, der eine ihm unbekannte Wüste bereist, dass die in allen Himmelsrichtungen gleich aussieht.«

Als Pakh Valinias suchender Blick von Oscins schwer gezeichneter Miene zu meiner todunglücklichen und weiter zu Tara Fox' ungerührter Maske huschte, stieß sie überall nur auf die Akzeptanz des gleichen, bitteren Kalküls. »Wir hätten immerhin den Vorteil, dass wir sie aus der Luft suchen könnten.«

»Das wäre nicht so vorteilhaft, wie Sie anscheinend denken. Selbst wenn wir niedrig genug fliegen könnten, um herauszufinden, welche Gruppe wandernder Vlhani verwundete Menschen bei sich hat, würde schon ein minimal falscher Kurs, der gerade um ein paar Grad vom Ziel abweicht, reichen, dass wir an Skyes Gruppe vorbeifliegen, ohne sie ein einziges Mal zu sehen.«

Pakh Valinia war nicht immun gegen die uns allen schon in die Wiege gelegte menschliche Krankheit, bisweilen ein anderes Ergebnis einzufordern, nur weil wir mit den Füßen stampfen und schlicht darauf bestehen. »Wir könnten Kreise ziehen, bis wir sie sehen!«

»*Kreise* wären nicht hilfreich. Und selbst wenn wir ein anständiges Suchraster zugrundelegen, wäre, wenn wir auf eigene Faust losziehen, die Wahrscheinlichkeit groß, dass wir sie mehrfach übersehen und viel mehr Zeit brauchen, als ihr noch bleibt.« Oscin zögerte, als fiele ihm von Neuem auf, dass das für ihn mehr war als irgendein abstraktes Problem. »Es tut mir leid, Valinia, ich verspreche Ihnen, niemandem hier ist Skyes Rettung wichtiger als mir, nicht einmal Andrea. Aber *es gibt nichts, was wir tun können*.«

Jetzt hatte sie verstanden. Sie sah aus wie eine Frau, die an etwas Ungenießbarem zu ersticken drohte, aber sie hatte verstanden. Und nun, da Oscin kein akzeptables Ziel mehr darstellte, suchte sie sich ein anderes, verwarf Fox und konzentrierte sich auf mich. Im ersten Zorn verfiel sie auf irgendeinen riirgaanischen Dialekt, der mit der Gewalt von Steinen von ihren Lippen flog – nach etlichen derartigen Sätzen schaltete sie um zu Merkantil, der giftige Ton aber blieb. »Also gut, Counselor. Ich habe bisher nicht erlebt, dass sie irgendetwas außer leeren Versprechungen geliefert hätten. Wenn Sie etwas zu liefern haben, dann *tun Sie das.*«

Ich begegnete ihrem herausfordernden, starren Blick mit einem ebenbürtigen. Sie hielt länger stand als die meisten Leute und gab erst auf, als das Schweigen zwischen uns weit mehr als unbehaglich war. Und dann wandte sie plötzlich den Blick ab, doch ihre Haltung war so trotzig wie zuvor.

Ohne sie aus den Augen zu lassen, sagte ich: »›*Viral.*‹«

Oscin rieb sich den Nacken. »Ja.«

»Also schön. Sehen wir uns das mal an.«

Uns hinsichtlich des sich ausbreitenden Chaos auf Vlhan auf den neuesten Stand zu bringen, kostete uns ganze zwanzig Minuten an Roykos Hytexsystem. Das endlose Geschnatter zwischen Botschaften und ihrem Außendienstpersonal, das seit Beginn der Katastrophe mehr als genug zu tun hatte, füllte jetzt schon Bände. Aber Oscins Gaben als kybernetisch verbundene Person umfassten auch eine superschnelle Verarbeitung eingehender Daten, und so war er in der Lage, uns die wichtigsten Punkte zu liefern, kaum dass sie ihm begegneten.

Anhand der neuesten Entwicklungen stellte sich der Verderb als nicht nur fortschreitend, sondern exponentiell um sich greifend dar. In der vergangenen Stunde waren nicht weniger als zwanzig Pilgerlager von Vlhani in großer Zahl angegriffen worden, die Zahl der Opfer bewegte sich zwischen gering und grauenvoll. Ein Tchi-Gleiter, der Verletzte aus einer Pilgerkolonie ausgeflogen hatte, war von einem Vlhani vom Himmel geschlagen worden, der hundert Meter hoch in die Luft hatte springen müssen, um ihn zu erwischen.

Einige Orte hielten noch aus. Zwanzig Tanzpilger hatten Zuflucht in der privaten Behausung eines älteren Paares namens Minnie und Earl Soundso gefunden, die sich wie Royko über das Reiseverbot für Menschen zu diesem Planeten hinweggesetzt und sich in einer der grüneren Gegenden von Vlhan unautorisiert ein Zuhause erbaut hatten. Sie gehörten nicht der Tanzpilgerbewegung an, und ihr Haus war dem Vernehmen nach nur eine einfache Kate aus heimischen Hölzern, aber sie genossen den Schutz der ortsansässigen Vlhani und hatten drei Angriffe ohne Verluste an Menschenleben abgewehrt. Jedoch hatten zwei der Verteidiger im Zuge des jüngsten Vorstoßes die Seiten gewechselt und waren von ihren ehemaligen Verbündeten niedergerungen worden.

»Schon wieder«, sagte ich.

»Das ist ein Muster«, stimmte Oscin zu.

Andere Vorkommnisse umfassten Gewalttaten der Vlhani untereinander: Kolonien, die sich gegenseitig mit einer Vehemenz angriffen, wie sie während der langen Zeit, in der wir diese Spezies schon beobachteten, nie in Erscheinung getreten war. Eine beträchtliche Anzahl von Angreifern war in eine Brutkolonie in der südlichen Wüste eingedrungen und hatte alle Eier in der Kinderkrippe ermordet, ebenso wie zwei Menschen und drei Bursteeni, die sich im Zuge einer Volkszählung dort aufgehalten hatten. Die Verluste unter den Eingeborenen wurden inzwischen auf eine sechsstellige Zahl geschätzt, und es kamen immer mehr dazu.

Croyd hatte eine planetenweite Evakuierung menschlicher Bewohner verkündet – eine Maßnahme, die fehlschlagen musste, selbst wenn ein messbarer Prozentsatz der Tanzpilger beschließen sollte, sich dem diplomatischen Exodus anzuschließen; es gab schlicht nicht genug Schiffe im Orbit, um mehr als ein paar Zivilisten zu retten, und die Sicherheit der überlebenden Angehörigen der diplomatischen Gemeinde hatte Vorrang vor der der Tanzpilger, die schon allein durch ihre Anwesenheit auf dem Planeten die Gesetze der Konföderation gebrochen hatten. Inzwischen war Befehl ergangen, die Botschaft zu räumen. Alle Einsatzkräfte auf dem Planeten waren angewiesen worden, die polare Einrichtung der Tchi-Vertretung aufzusuchen. Und es wurde erwartet, dass die Botschaften, die bisher noch keine Evakuierung angeordnet hatten, binnen einer Stunde nachziehen würden, sollten die Vlhani auf die Idee verfallen, auch andere Spezies als die menschliche zu töten.

Pakh Valinia sah krank aus. »Das erinnert mich an die Tollwut.«

Das Wort war mir nicht geläufig. »Was ist das?«

»Eine tödliche Krankheit, die auf der Heimatwelt einst endemisch aufgetreten ist. Sie ist längst ausgerottet, aber als es sie noch gab, hat sie das Gehirn angegriffen und sogar furchtsame Tiere in wilde und aggressive Bestien verwandelt, die so sehr von ihrer Raserei beherrscht wurden, dass sie ihrem Selbsterhaltungstrieb nicht mehr gehorchten. Sie haben andere Tiere angegriffen, vor denen sie normalerweise fliehen würden oder die sie als Angehörige des eigenen Rudels hätten erkennen müssen. Jeder direkte Kontakt mit dem Speichel eines infizierten Organismus, beispielsweise durch einen Biss, konnte die Infektion auf andere übertragen.«

Von etwas derart Monströsem hatte ich noch nie gehört. »Auch auf Menschen?«

»Wir waren durch den Kontakt zu unseren Haustieren besonders gefährdet. Die konnten sich von lieben, zahmen Tieren innerhalb von Tagen in reißende Bestien verwandeln, oft, ohne dass irgendjemand etwas bemerkte, ehe das Tier plötzlich und ohne Vorwarnung aggressiv wurde. Und wir konnten uns durch Tiere anstecken, die so klein waren, dass sie uns im Schlaf beißen konnten, ohne dass wir es überhaupt merkten. Und wenn die Symptome zutage traten, war es oft zu spät für eine medizinische Behandlung.«

»Wenn das stimmt«, sagte Oscin, »dann wundert mich, dass es nicht die ganze Welt erfasst hat.«

»Mehr oder weniger hat es das. Es gab Regionen, in denen ganze Spezies als zu gefährlich galten, sich ihnen zu nähern, weil so viele Angehörige der Spezies befallen waren. Und selbst, als es endlich eine Behandlungsmethode gegeben hat, hat das Syndrom immer noch Zehntausende von Menschen jedes Jahr das Leben gekostet. So, wie es aussieht, ist das hier ganz ähnlich, aber viel virulenter. Wie es scheint, brechen bei bisher gesunden Vlhani binnen Minuten nach dem Kontakt mit einem Infizierten die Symptome aus. Soweit ich weiß, hat es so etwas auf Vlhan noch nie gegeben.«

Ich knetete meinen Nasenrücken. »Das konnte es auch nicht. Jedenfalls nicht, wenn es insbesondere Angriffe auf Menschen umfasst. Menschen gibt es hier erst seit ein paar Jahrzehnten.«

»Aber es richtet sich nicht nur gegen Menschen«, wandte Pakh Valinia ein. »Sie greifen sich auch gegenseitig an.«

»Eine Gruppe hat eine Kinderkrippe überfallen«, fügte Oscin hinzu.

Und warum kam mir das so fürchterlich vertraut vor?

Den eigenen Nachwuchs zu opfern war für jede Spezies, sogar im Krieg, ein extremes Verhalten. Wir hatten dergleichen selbst an diversen abscheulichen Punkten unserer Geschichte getan, aber das hatte immer eine Form des Wahnsinns auf gesellschaftlicher Ebene vorausgesetzt. Es hatte stets vorausgesetzt, dass etwas mit uns ernsthaft falsch gelaufen war. Es hatte Furcht vorausgesetzt ... Furcht vor dem, was der Nachwuchs des Feindes repräsentierte, ob als Person oder Anhänger irgendeiner Glaubensrichtung.

Und da war noch etwas. Als Spezies waren wir ein desorganisierter Sauhaufen. Bei all unserer Technik, all unserer Überheblichkeit, all unseren Illusionen, die besagten, wir stünden an der Spitze der Schöpfung, waren wir nicht ein Tausendstel so gut organisiert wie die Vlhani. Anders als sie hatten wir kein übergeordnetes Projekt, das unsere Spezies über Jahrtausende beschäftigt hätte. Um uns zum Wahnsinn zu treiben, hatte es nie mehr gebraucht als die passende blöde Idee im richtigen Moment. Aber was war nötig, um die Vlhani, die in ihrem großen Projekt, das beinahe so alt war wie die Spezies selbst, verwurzelt waren, auf eine so irrsinnige Reise zu schicken? Was musste passieren, was musste jetzt passiert sein, um zu überwinden, was immer dafür gesorgt hatte, dass dergleichen nie zuvor geschehen war?

Jeder, der sich mal eine Weile in einer gut ausgelasteten Ent-

bindungsstation um die Babys gekümmert hat, hat vermutlich auch ein paar gewickelt, die zu Vergewaltigern und Serienmördern herangewachsen sind.

Das alles hat damit angefangen, dass menschliche Wesen etwas gerettet haben, das nie hätte leben dürfen.

Ei Viel Mord Vlhani.

Ei.

Viral.

Nie hätte leben dürfen.

»Counselor?« Pakh Valinias Stimme. »Alles in Ordnung bei Ihnen?«

Meine eigene Stimme, als sie dann ertönte, war durch das Pochen in meinen Ohren für mich kaum hörbar. »Ch'tpok ist der Schlüssel. Und ich glaube, Sie wissen das, Valinia. Ich glaube, Sie haben das die ganze Zeit gewusst.«

Fox, die diesen Moment zwar wahrgenommen hatte, ihn aber nicht einzustufen wusste, war nur einen Millimeter davon entfernt, verstört auszusehen. Das kurze Zusammenziehen ihrer Augen – in ihrem Fall eine wilde Überreaktion – war mir eine Befriedigung, die in keinem vernünftigen Verhältnis zu diesem Augenblick stand. »Erklären Sie das.«

Ich drehte mich zu Pakh Valinia um, die um ein, zwei Schattierungen blasser geworden war, und fuhr fort. »Hurrr'poth hat sich nicht viel Mühe gegeben, uns festzuhalten, nicht wahr? Ich glaube, hätten wir nicht von allein die Flucht ergriffen, dann hätte er gewartet, bis die anderen Botschaften sich beruhigt hätten, und sich dann irgendeine legale Ausrede einfallen lassen, um uns freizulassen – mit jeder Unterstützung, die wir benötigten, um das zu tun, was nötig war. Weiter nehme ich an, dass unsere Flucht uns nicht mehr als eine halbe Stunde gebracht hat – was einem Nettoverlust gleichkommt, da wir so viel Zeit darauf verwenden mussten, uns ein alternatives Transportmittel zu suchen.

Er konnte nicht wissen, wen genau wir rekrutieren würden, Valinia, aber ich halte es für unwahrscheinlich, dass Ihre ausgesuchte Bereitschaft, uns zu begleiten, ein reiner Glücksfall war, als wir, bewaffnet mit Mikroladern, auf der Suche nach einem ortskundigen Führer, den wir kidnappen konnten, in die Klinik kamen. Nein, all dieses preziöse Getue, demzufolge Sie nicht mit uns kooperieren wollten, solange wir nicht *bitte* sagen, diente nur dazu, Zeit zu schinden, während Sie per Hytex Verbindung zu Ihren Vorgesetzten aufgenommen und sich erkundigt haben, was Sie tun sollen. Während wir da herumgestanden und versucht haben, Sie zu überzeugen, haben Sie, ohne dass wir davon wussten, ein eingehendes Gespräch geführt, an dessen Ende Sie die Anweisung erhalten haben, uns zu begleiten und uns jede Unterstützung zukommen zu lassen, die wir brauchten.« Ich beobachtete sie genau. »Und seitdem haben Sie regelmäßig Ihrem Vorgesetzten Bericht erstattet, nicht wahr?«

Nun sah sie jämmerlich aus. »Und Verrr'kath.«

»Wenn das der versteckte Motor war, der Sie insgeheim die ganze Zeit angetrieben hat, und Sie gewusst haben, dass Ihre Bosse Informationen für uns hatten, warum zum Teufel haben Sie uns dann nicht einfach davon erzählt, statt uns blind herumfliegen zu lassen, während überall auf dem Planeten Leute *sterben*?«

Beschämt musterte sie ihre Hände und setzte drei oder vier Mal vergeblich an, ehe sie endlich ihre Sprache wiederfand. »Weil ich nichts wusste. Verrr'kath hatte gerade genug Zeit, mir zu sagen: *Geh mit*. Seitdem ... na ja, die Verhältnisse draußen vor Ort haben sich so schnell so sehr verschlechtert, dass meine Vorgesetzten zu sehr damit beschäftigt waren, die Brände zu löschen, um mir mehr zu bieten als die knappe Zusicherung, ich würde weitere Instruktionen erhalten. Aber ich habe mir auf Basis dessen, was Sie gesagt haben, und des wenigen, das ich weiß, ein paar Dinge zusammengereimt ... und ich glaube, Sie haben recht, was Ch'tpoks Verbrechen betrifft. Das ist das Einzige, was einen Sinn ergibt. Das alles *muss* mit dem angefangen haben, was sie getan hat.«

Aber ich war noch nicht fertig mit ihr. »Sagen Sie mir, Valinia, würde ich jetzt mit einem der Mikrolader auf Sie zielen und Ihnen eine Ladung mitten ins Gesicht verpassen, würde ich dann feststellen, dass ich nicht mehr bewirke als mit jedem anderen grellen Licht?«

Sie breitete die Hände aus, die Handflächen nach oben gewandt. »Ich weiß es nicht. Aber ich nehme es an. Das einzige Gerät dieser Art, das ich je in unserer Einrichtung auf diesem Planeten gesehen habe, war ein funktionsunfähiges Modell mit einem harmlosen Lichtstrahl, das nur zu Ausbildungszwecken gedient hat.«

Das Nächste, was ich hörte, war – unter den gegebenen Umständen einerseits wahrhaft ärgerlich, andererseits eine enorme Erleichterung – Oscins verwundertes Lachen.

Ich hasste ihn dafür, die Zeit, die wir auf diese Art verloren hatten, so herunterzuspielen, und fand Trost in dem Umstand, dass er noch lachen konnte, verübelte ihm, sich so darüber zu amüsieren, dass man uns zum Narren gehalten hatte ... und war so verloren in dem Wirrwarr widerstreitender Gefühle, dass ich, als ich versuchte, ihn mit Worten zu übertönen, nie mehr als ein oder zwei gestammelte Silben herausbrachte.

So viel ist wahr: Da ich meine Fähigkeit zu lachen schon mit acht Jahren weitgehend eingebüßt hatte, hatte ich mir die daraus entstandene Reputation einer kalten und humorlosen Schlampe mehr als verdient. Ich lache nicht öfter als ein- oder zweimal im Jahr laut. Aber die physische und emotionale Erschöpfung, die Unangemessenheit in diesem Moment, die tragischen Umstände und die überwältigende Gefahr – all das brachte mich nur dazu, umso heftiger zu lachen. Ich sah in Oscins Augen oder in die von Pakh Valinia und erkannte dort das Spiegelbild meiner eigenen Lächerlichkeit, und schon ging es wieder los.

Sogar Fox verstärkte diesen Zustand, schlicht, indem sie sich nicht beteiligte. Wenn man nicht aufhören kann zu lachen, gibt es nichts Lustigeres als die einzige, todernste Person, die zugegen ist und nicht mitlachen will, und ihr versteinertes Gesicht kam mir in meiner Unbesonnenheit einfach saukomisch vor. Und natürlich auch traurig. Irgendwann, mittendrin, erhaschte ich einen Blick auf sie. Sie war so ungerührt von all unserer Verrücktheit wie ein Geist, der feste Gegenstände einfach durch sich hindurchfliegen ließ. Du arme Frau, dachte ich. Ich weiß nicht, was dich dazu gebracht hat, aus dir zu machen, was du jetzt bist, aber selbst in der größten Verzweiflung habe ich doch immer festgehalten, was du weggeworfen hast.

Dann, wie stets, wenn Gelächter einen Augenblick größter Tragweite unterbricht, kehrte der Ernst zurück. Ich erinnerte mich, dass die Liebe meines Lebens immer noch zu sterben drohte, einzeln und gemeinsam. Ich erinnerte mich, dass meine Spezies in Gefahr war. Ich erinnerte mich, dass eine andere bereits Schaden genommen hatte, womöglich irreparabel, durch etwas, das ein dummer Mensch getan hatte. Ich erinnerte mich, dass Leute in großer Zahl den Tod fanden. Und ich schämte mich für mein Gelächter und kämpfte gegen die eigenen Augen an, um zu verhindern, dass dieser Moment unerwünschter Hysterie in sein Gegenteil kippte und mit Tränen endete.

Pakh Valinia rieb sich die Augen. »Tut mir leid.«

»Ich weiß.«

»Ich ... ich gebe, was mir über die Notlage Ihrer Freundin bekannt ist, an meine Leute weiter. Ich kann nicht versprechen, dass sie es schaffen, nach ihr zu sehen. Unter den gegebenen Umständen ist das unwahrscheinlich. Aber wenigstens wissen sie dann Bescheid. Vielleicht ...«

»Ich weiß das zu schätzen«, sagte Oscin.

Sie schenkte ihm ein leicht verunglücktes, aber warmes Lächeln, ehe sie sich wieder auf mich konzentrierte. »Ich weiß nicht, wo Ch'tpok ist, und wenn ich nicht zuerst mit Paul sprechen kann, habe ich keine Ahnung, wo wir suchen sollen.«

»Schon gut«, sagte ich und atmete tief durch. »Ich glaube, wir fangen am besten am Tatort an ...«

KAPITEL ZWÖLF
DIE TRÜMMER

Wir nahmen Roykos Gleiter und flogen in östlicher Richtung von den Menschenzähnen fort zu einem Gebiet, das aussah, als hätte sich das Land unter dem Einfluss einer lange zurückliegenden Katastrophe aufgeworfen. Die Berge wurden höher, eisiger, zerklüfteter, die Schluchten tiefer und düsterer.

Überwiegend blieben wir unterhalb der Wolken, flogen durch Stürme, die das Land in grauen, nicht nachlassenden Regen hüllten, und durch kleine Inseln des Sonnenscheins, der uns Wälder in ausgedehntem Orange und Grün offenbarte.

Ohne Aufforderung unsererseits erklärte uns Pakh Valinia beständig, was wir sahen, und legte dabei den reflexartigen Eifer eines Führers an den Tag, der diese Welt liebte und unbedingt dafür sorgen wollte, dass wir all das Hässliche, das wir während unseres kurzen Aufenthalts zu sehen bekommen hatten, nicht als maßgeblichen Charakter einstuften, sondern als eine tragische Abkehr von der Welt, die sie kannte. Sie verriet uns den Namen des riesigen, vierflügeligen Dings mit dem schaufelförmigen Maul, das wir über üppig orangefarbener Vegetation kreisen sahen, ehe es bei unserem Anblick eilends unter dem Baumkronendach des Waldes verschwand. Sie zeigte uns eine Klippe, an der sich Wildwasser eine Schneise in den Boden gegraben hatte. Der Fluss, so erzählte uns Pakh Valinia, stürzte über einen Felsvorsprung mehr als zwei Kilometer weit hinab in ein Tal, das unter einer Wolke aus Dunst und Regenbogen verschwand. Dann zeigte sie uns eine Mulde von vielen Kilometern Breite, die von einem Vulkankrater oder einem Meteoriteneinschlag stammen mochte, und sie warnte uns, wir sollten unsere Augen abschirmen, als unser Flug uns in den Bereich des von dem geschmolzenen Boden des Kraters reflektierten Lichts führte.

Zu einem anderen Zeitpunkt hätte ich Pakh Valinia vielleicht erklärt, dass ihre Bemühungen, mich zu beeindrucken, an eine Person vergeudet waren, die wenig Interesse an den Sehenswürdigkeiten hatte, welche auf Planetenoberflächen zu finden waren. Heute, müde, stets in Oscins Nähe in einer Zeit, von der sich jeden Moment herausstellen konnte, dass es die letzte gemeinsame Zeit war, ließ ich die Führung einfach über mich ergehen wie ein unbedeutendes Hintergrundrauschen, etwas, das ich gefahrlos ignorieren konnte, während der Rest der Welt in Flammen aufging.

Das Land wurde ebener, langweiliger, weniger angefüllt mit interessanten Punkten, die aus der Luft zu sehen waren, also zog sich Pakh Valinia eine Weile zurück, nicht ohne uns mitzuteilen, dass wir wieder über grüneres Gebiet fliegen würden, ehe wir den Tatort von Ch'tpoks Verbrechen erreicht hätten. Sie ließ uns allein und setzte sich nach hinten, wo sie sich eine schnelle Mahlzeit in Form einer brotartigen Substanz einverleibte, die schmierig rot und glänzend aus ihrer Verpackung kam. Auch wenn es sich bei der roten Masse wahrscheinlich um Soße handelte, erinnerte sie mich im Kontext der Ereignisse doch arg an Blut. Ich aß etwas Weißes, Homogenes aus einer Dose und bestand darauf, dass Oscin sich zwang, die Hälfte davon zu verspeisen. Und dann saß ich da und flüchtete mich mehr in das Schweigen, als dass ich die Stille genossen hätte.

Und dann war die Atempause vorbei.

Fox, die sich abseits gehalten hatte und uns gegenüber so verschlossen geblieben war wie ein Tresor, der all seinen Inhalt hinter einer Wand undurchdringlichen Stahls verbarg, beschloss unvermittelt, sich zu erheben und zu uns zu gesellen.

»Sie wollen über Merin sprechen«, stellte ich fest.

Sie antwortete mit einem kaum wahrnehmbaren Nicken, und ihr Gesicht war so unberührt von was immer sich hinter ihm abspielte wie ein Gebirge von den schlafenden tektonischen Kräften in seinem Inneren.

Noch als mir klar wurde, dass ein bloßes Versprechen dieses

Mal nicht reichen würde, drückte Oscin meine Hand – ein stummer Ansporn, so überzeugend wie jedes leidenschaftlich vorgetragene Argument.

Ich ließ seine Hand los und sagte: »Na schön, Counselor, Folgendes: Sie haben die Tür aufgestoßen, indem Sie uns um Hilfe gebeten haben. Sie können das nicht tun und anschließend eigenmächtig entscheiden, welche Fragen Sie zu beantworten gedenken. Ob es Ihnen gefällt oder nicht: Mr Schiffs Charakter ist relevant für diese Ermittlung. Ich muss wissen, was er so Kriminelles angestellt hat und warum Sie glauben, dass er den Tod verdient hat.«

Sah ich da ein Flackern in diesen kalten, distanzierten Augen? Und was bedeutete es? Zorn? Trotz? Hoffnung? Etwas anderes, für das es keinen Namen gab? »Es hat nichts mit Merin zu tun.«

»Lassen Sie mich das beurteilen.«

Beinahe eine Minute stand sie nur da, nicht, um mich auf die Folter zu spannen, sondern gefangen in einem tiefen, innerlichen Aufruhr, den ich nur erahnen konnte. Ich dachte an Kämpfe zwischen Raubfischen und ihrer Beute, weit unten unter einer ruhigen Meeresoberfläche. »Werden Sie vertraulich behandeln, was ich Ihnen zu sagen habe?«

»Ich kann es nicht versprechen, Counselor, weil ich Staatsanwältin bin, kein persönlicher Rechtsbeistand. Aber ich habe Ihnen versprochen, dass ich alles, was Sie mir erzählen, dazu nutzen werde, Merin zu helfen. Und wenn Sie wirklich wollen, dass ich das tue, dann wird es Zeit, dass Sie sich entsprechend verhalten.«

Halb rechnete ich damit, dass sie nicken, meine Bedingungen als inakzeptabel verwerfen und zu ihrem Sitzplatz zurückkehren würde, wo sie sich wieder in dem von ihr bevorzugten Schweigen ergehen könnte. Aber dieses Mal zögerte sie nicht so lange wie zuvor. Ihr Blick huschte zu Pakh Valinia, die immer noch abseits saß und unseren Austausch verfolgte, ohne jedoch angestrengt zu lauschen.

Wollen Kriminelle sich zu einem Geständnis durchringen,

zögern sie oft, sich in Gegenwart einer Person, die nicht in die Befragung eingebunden ist, zu äußern. Das geht auf den verständlichen menschlichen Impuls zurück, den Anschein unbefleckter Tugendhaftigkeit wenigstens noch ein kleines Weilchen aufrechtzuhalten – eine psychologische Marotte, die es uns schmackhaft macht, uns selbst zu demaskieren, wenn das düstere Geheimnis wenigstens noch eine oder zwei Minuten vor mindestens einer Person im Raum gewahrt werden kann. Tara Fox war klug genug und durch das, was immer mit ihr gemacht worden war, auch unempfindlich genug, um dieses Phänomen auch dann zu erkennen, wenn sie selbst davon befallen wurde ... und doch schien sie sich in dem Moment zu entspannen, in dem ich meinen Zischschirm aktivierte, der unser Gespräch hinter einem temporären Schild aus weißem Rauschen verbergen würde.

»Das Wichtigste zuerst«, sagte ich. »Wie haben Sie beide sich schuldig gemacht?«

»Es hat mehrere kleine Gesetzesverstöße in Verbindung mit dem Geschäft gegeben. Irreführende Behauptungen, falsche Buchführung, kleine Delikte im Sinne der lokalen und konföderationsweiten Gewerbeverordnung.«

Was nicht zwangsläufig bedeutete, dass irgendetwas davon der Rede wert wäre. »Und?«

Nun, da ihr keine Rückzugsmöglichkeit mehr blieb, leistete sie gar keinen Widerstand mehr. »Massenmord.«

In Anbetracht von Fox' Verweigerung, mehr zu sagen als unbedingt nötig, dauerte es weitere zehn Minuten voller Unterbrechungen, bis sie die Details ausgespuckt hatte.

Eines der wenigen Gesetze, die die Konföderation von jeher auf allen Mitgliedswelten rigoros durchgesetzt hatte, besagte, dass keine konzertierte Aktion gegen einheimische Spezies durchgeführt werden durfte, ehe nicht durch eine unabhängige Untersuchung einwandfrei festgestellt wurde, dass es sich nicht um eine intelligente oder prä-intelligente Spezies handelte. Dieser Prozess konnte sich jahrelang hinziehen und räumte der betroffenen Spezies einen so enormen Vorteil in Form puren Zweifels ein, dass die gleichen Gesetze, wären sie auch zu historischen Zeiten auf der Heimatwelt befolgt worden, die Vernichtung des Lebensraums verhindert hätten, die zum Untergang von Walen und Menschenaffen geführt hatte.

Der Grund war nicht, dass wir für uns in Anspruch nahmen, aufgeklärter zu sein als die Idioten aus dem ersten technisierten Millenium der Menschheit. Wenn überhaupt, dann waren wir genauso dämlich und selbstsüchtig, wie es unsere Spezies immer gewesen war. Aber wir waren auch in den Weltraum hinausgezogen, waren unseren Rivalen unter den Sternen begegnet und hatten zum ersten Mal in unserer langen, blutigen Geschichte erkannt, dass es noch andere gab, die uns beobachteten und deren Eindrücke sich auf unser Schicksal auswirken würden. Nun konnten wir nicht mehr damit davonkommen, bequemerweise irgendeine empfindsame oder halb-intelligente Spezies auszulöschen, deren Verwandtschaft uns dergleichen vielleicht übelnehmen würde. Also neigten wir nun dazu, übervorsichtig zu sein. Zwar brachten wir immer noch jeden um die Ecke, wenn es uns gerade gefiel, demonstrierten unsere Verderbtheit, wann immer es uns profitabel erschien, aber wir fingen gar nicht erst an, irgendwelche fremdartigen, vogelähnlichen Viecher abzuknallen, die uns beharrlich unsere Ernte stahlen, solange wir nicht verdammt sicher waren, dass es sich nur um irgendeinen idiotischen einheimischen Schädling handelte, nicht um eine Spezies, die nur ein Äquivalent eines menschlichen Steinwurfs davon entfernt war, die Fähigkeit zu entwickeln, ihre eigene Zivilisation aufzubauen.

Doch das machte dem Missbrauch kein Ende. Die beiden betroffenen Spezies in Schiffs Fall waren keine Grenzfälle, die leicht mit irgendeiner Umweltseuche verwechselt werden konnten. Eine hatte bereits angefangen, Werkzeuge zu benutzen, und die andere, die noch ein paar Jahre unterhalb dieser Schwelle war, hatte eine ganze Anzahl identifizierbarer regionaler Sprachen hervorgebracht. Beide waren nicht sehr zahlreich, beide taumelten am Rande des Untergangs in der Art von lebensfeindlicher Umgebung, die urtümliche Spezies vor die Wahl stellt, Intelligenz zu entwickeln oder zu Staub zu zerfallen. Beide hatten im Weg gestanden, als aggressive Menschen in die Nachbarschaft gezogen waren und Anspruch auf ihre natürlichen Ressourcen erhoben hatten.

In beiden Fällen hatte Derek Schiff einen Vertrag zur Bereitstellung »taktischer Unterstützung zur umwelttechnischen Entwicklung« geschlossen, ohne seiner Verpflichtung nachzukommen, die Einzelheiten zu untersuchen. Das war die Art von kostendämpfender Schlamperei, derer sich jedes Großunternehmen von Zeit zu Zeit schuldig macht, schlicht und einfach, weil es billiger ist, die unausweichlichen Katastrophen zu reparieren, als im Vorfeld dafür zu sorgen, dass sie gar nicht erst stattfinden. In beiden Fällen erfuhr er die Wahrheit zu einem Zeitpunkt, an dem das resultierende Gemetzel längst weit genug gediehen war, dass seine Verwicklung bereits ein Verbrechen im Sinne einer verderbten Gleichgültigkeit darstellte. Und in jedem Fall hatte er sein blutiges Werk fortgesetzt, denn aufzuhören und folglich das Risiko einzugehen, bloßgestellt zu werden, sollten je überlebende Ureinwohner von anderen entdeckt werden, hätte seinen persönlichen Ruin bedeutet.

Beinahe konnte er einem leid tun. Die meisten der großen Monster der Geschichte hatten sich mit voller Absicht des Massenmords schuldig gemacht. Zumindest für das Monster selbst musste das angenehmer sein, als, wie Derek Schiff, herauszufinden, dass man sich versehentlich unter ihnen eingereiht hatte.

Dennoch: Der Mangel an Gewissen, der sich darin offenbarte, dass er dem Geschehen nicht rechtzeitig Einhalt geboten hatte, hätte vermutlich sogar in der Bettelhine Munitions Corporation Stirnrunzeln ausgelöst.

Das Ausmaß an Fahrlässigkeit, das notwendig war, um solch

einen Fehler einmal zu begehen und nicht daraus zu lernen, sondern zuzulassen, dass sich die gleiche Tragödie noch ein zweites Mal ereignete, war schlimmer.

Und Tara Fox, seine zuverlässige rechte Hand, Schiffs wichtigste Rechtsberaterin innerhalb der Firma, die sie in partnerschaftlicher Zusammenarbeit leiteten, hatte ihm zweimal geholfen.

Als sie fertig war, waren wir noch fünfzehn Minuten von unserem Flugziel entfernt. Inzwischen hatte wir eine weitere Kette vulkanisch entstandener Berge überflogen und befanden uns wieder in einer feuchteren, regnerischeren Region. Der Regen prasselte auf die ionischen Schilde, ohne uns auch nur zu berühren, dennoch fiel es mir schwer, den zornigen Niederschlag nicht als angemessen einzustufen. »Sie haben recht, Counselor«, sagte ich. »Er hat es verdient zu sterben. So wie Sie.«

Fox zeigte sich weder überrascht, noch betroffen über meinen Zorn. »Ich weiß.«

»Hat das irgendetwas mit dem zu tun, was Sie heute sind?«

»Ja. Ich konnte mit diesem Wissen nicht mehr arbeiten. Ich wurde zu einer ähnlich ausfallenden, zornigen und selbstzerstörerischen Megäre wie Sie selbst. Zweimal habe ich vergeblich versucht, mich umzubringen. Schließlich dachte ich, das zu werden, was ich heute bin, wäre die einzige Möglichkeit für mich, weiterzuleben.«

Oscin starrte sie mit einem Ausdruck kranker Faszination an. »Hat es funktioniert?«

»Innerlich nicht. Alles, was ich je gefühlt habe, fühle ich noch immer. Alles, das mich gequält hat, quält mich noch immer. Ich verdiene diesen Schmerz, und ich akzeptiere ihn, solange ich nur daran gehindert werde, je wieder auf Basis emotionaler Erwägungen zu handeln.«

»Das reicht nicht ansatzweise«, grollte ich.

»Natürlich nicht. Es steht Ihnen frei zu tun, was Sie tun müssen, wenn Merin erst in Sicherheit ist.«

Ich sah mich zu Oscin um. Er war so blass und zurückgezogen wie zuvor, doch da war noch etwas anderes, eine Mischung aus Mitgefühl für Fox und Sorge um mich.

Er hatte recht. Selbst wenn sie die Last ihres Gewissens noch immer spüren konnte, hatte diese Frau eine unverzeihliche Schuld auf sich geladen. Die Kreatur, zu der sie geworden war, war allenfalls noch gefährlicher. Eingehüllt in eine Art künstlich erzeugter Soziopathie, frei von Mitgefühl oder Scham oder der Sorge, ob sie in den Nächten Schlaf finden würde, konnte sie tun, was immer die Logik ihr gebot, um zu erreichen, was die Logik ihr als Notwendigkeit präsentierte. Ich konnte ihr nichts von dem glauben, was sie mir erzählt hatte, nicht einmal ihrem Geständnis konnte ich Glauben schenken, wenn von mir auch erwartet wurde, einen Akt der Reue darin zu sehen.

Was nur konnte eine Frau, die ihren Arbeitgeber hasste, deren Seele durch ihre Verbindung zu ihm zerstört worden war, die nun nicht länger imstande war, menschliche Regungen zu berücksichtigen, dazu treiben, ihr Schicksal nun auch noch in die Hände einer Fremden zu legen?

Sicher nicht die Sorge um ein verschwundenes Mädchen!

Ich biss mir auf die Lippe. »Ist Merin die Haupterbin von Schiffs Unternehmen?«

»Ja.«

»Jedenfalls, solange sie nicht ebenfalls stirbt oder ihren Anspruch offiziell aufgibt.«

»Ja.«

»Unter diesen Umständen würde der Ansporn, ihren Tod nachzuweisen oder ihren freiwilligen Verzicht auf ihren Besitz, alle anderen Überlegungen ausschalten. Das ist es, worum es hier geht, richtig? Es ist nicht die Sorge um ein armes Mädchen, das weggelaufen ist, um sich irgendeinem fremden Kult anzuschließen, sondern das Geld.«

Fox brauchte einen Moment, ehe sie sich zu einer Antwort aufraffte. »Sollten Schiffs Verbrechen je publik werden, ist sein Besitz so oder so dahin.«

»Und trotzdem fällt es mir schwer zu glauben, dass Sie in diesem Punkt ein Risiko eingehen würden, wenn Sie nicht zugleich einen Notfallplan parat hätten. Vielleicht zäume ich die ganze Sache falsch herum auf. Immerhin ist Merin ein unschuldiges Kind. Es wäre leicht zu beweisen, dass sie mit dem, was ihr Vater getan hat, nichts zu schaffen hat. Wenn Sie sie überzeugen könnten, Anspruch auf das Unternehmen zu erheben, dann könnten Sie auch argumentieren, dass der Schuldige tot ist und folglich schon die schlimmste Strafe erhalten hat, die das Gesetz parat hält. Einige der Besitztümer könnten bewahrt werden. Schwebt Ihnen so etwas vor, Counselor? Ist das alles, was dieser Wahnsinn für Sie bedeutet?«

Wie stets wirkte Fox ungerührt, nur eine leere Fassade vor einem leeren Raum. Welcher Ärger, welcher Zorn, welche Verzweiflung oder welcher Kummer sie innerlich auch verzehren mochte – es war so ungreifbar wie Licht in einem schwarzen Loch. Schließlich regte sie sich, versteifte sich, schien eine innere Kraftquelle anzuzapfen und stand ein wenig aufrechter da. »Nein«, sagte sie.

Wieder sah ich Oscin an. Wenn sich etwas verändert hatte, dann hatte sich seine widerwillige Faszination verstärkt. Ich hatte das Gefühl, er fühlte das Gleiche wie ich, eine weitere Schicht der Wahrheit, die sich hinter der verbarg, zu der Fox mir Zutritt gestattete.

»Wenn da noch mehr ist, dann ist jetzt die Zeit, es uns zu sagen«, beschied ich ihr.

»Ich habe Ihre Fragen beantwortet.«

»Meine Fragen beantwortet – was für ein Schwachsinn! Sie selbst haben mir doch gesagt, dass da noch mehr ist! Wenn Sie wollen, dass ich Ihnen glaube, dann erzählen Sie mir von dem Teil, der das Ganze zu etwas Persönlichem macht! Wenn es nicht das gemeinsam verübte Verbrechen war, dann sagen Sie mir, *was Sie sonst noch gegen Derek Schiff haben!*«

Sie schauderte, wurde noch ein bisschen steifer, wandte sich ab und zog sich in das Heck des Gleiters zurück, wo sie sich einen

Sitzplatz suchte und sich beruhigte wie ein See, dessen Oberfläche nach einem Sturm wieder still wurde. Es hatte keinen Sinn, weiter in sie zu dringen. Nicht jetzt. Augenblicke wie diesen hatte ich schon zu oft erlebt, bei zu vielen früheren Befragungen: der versteinerte Rückzug eines Zeugen, der sich bereits gezwungen gesehen hatte, zu viel zu verraten, und nun Zeit brauchte, damit die blutenden Wunden verschorfen konnten.

Einen Teil davon kannte ich. Einen Teil, von dem sie nicht einmal wusste, dass sie ihn offenbart hatte.

Etwas, das sie noch gefährlicher machte, als ich sie nur Minuten zuvor eingeschätzt hatte. Etwas, das in mir ein wildes Mitleid hervorrief, so heftig, dass es sogar den Widerwillen zu überlagern drohte, den ich angesichts ihrer Taten verspürte. Und das machte mich so krank, dass mir übel wurde.

Geschützt hinter dem Zischschirm wischte ich mir eine Träne aus dem Augenwinkel und sagte zu Oscin: »Sie *ist* ich, nicht wahr?«

Er drückte meine Hand. »Ich sehe die Ähnlichkeit, Andrea, aber die ist nur gering.«

»Ach, wirklich?«

»Wirklich. Würdet ihr beide vor demselben dunklen Loch im Boden stehen, würde Fox hineinspringen und sich darin vergraben. Du würdest vielleicht hineinfallen, aber du würdest sofort wieder hinausklettern, wenn du erkennst, dass ein paar von den furchteinflößenden Leuten, die den Rückweg bewachen, Freunde sind, bereit, dir zu helfen. Der Unterschied zwischen dir und ihr, Andrea, ist der Unterschied zwischen zwei Menschen, von denen einer aufgegeben hat und der andere nicht aufgeben kann. Und du solltest meine Liebe zu dir nicht herabwürdigen, indem du mir sagst, das wäre nur ein winziger Unterschied. Du hast meine Geduld bei dieser Reise schon genug auf die Probe gestellt.«

Pakh Valinia, die durch den Zischschirm von unserem Gespräch mit Tara Fox ausgeschlossen war, die emotionalen Turbulenzen aber nicht übersehen haben konnte, unterbrach uns, um uns zu sagen, dass wir kurz vor unserem nächsten Ziel waren.

Es lag in einem Gebiet, das dem ähnelte, welches die Riirgaaner als Standort für ihre Botschaft auserwählt hatten, ein Gebiet voller sanfter, bewaldeter Hügel. Die Bäume hier waren ebenso groß, im Geäst aber zierlicher als die, die wir dort gesehen hatten. Ihr vergleichsweise ärmlicher Wuchs verhinderte, dass die Kronen ein Blätterdach bildeten, und als wir so dicht über dem Boden, wie wir es wagen konnten, über sie hinwegflogen, erkannte ich einen Boden voller herabgefallener Blätter auf einem bunten Durcheinander kleinerer Pflanzen, die es sich zu Füßen ihrer großen Anverwandten bequem gemacht hatten. Ich sah graue, breite Tiere, etwa so groß wie der einzige Elefant, den ich je eigenständig herumschlendern gesehen hatte, konnte aber trotz verdrießlicher Suche keinen Vlhani ausmachen.

Wir passierten einen glitzernden See mit einer kleinen Insel, flogen tief über einen weiteren Bergkamm hinweg und kamen schließlich zu dem Ort, den zu sehen wir so eine weite Reise gemacht hatten: eine kleine Lichtung, beherrscht von vier Häuschen und einem umzäunten Bereich, der aussah wie ein Viehgehege. Das größte Haus war l-förmig, der kürzere Flügel ein Opfer des Verfalls. Ein anderes war nur mehr eine Ruine, von einem Feuer bis auf ein geschwärztes Skelett niedergebrannt. Pflanzen sprossen aus den Überresten hervor. Im Dach des dritten Hauses erkannte ich einen Krater.

Das Voranschreiten des umgebenden Waldes, der sich bereits aufgemacht hatte, seinen verlorenen Boden wieder für sich zu beanspruchen, versicherte glaubhaft, dass der Höhepunkt des wie immer gearteten Unheils, das sich hier ereignet hatte, schon einige Jahre zurücklag. Dennoch kreisten wir ein halbes Dutzend Mal über dem Gelände, um sicherzugehen, dass keine Vlhani in den Wäldern waren. Als wir uns schließlich davon überzeugt hatten, dass der Platz frei von feindlichen Einheimischen war, die nur auf eine Gelegenheit warteten, aufzuspringen und uns vom Himmel zu prügeln, waren die Schatten der Bäume länger geworden und lagen über dem Boden wie die Gitterstäbe einer altmodischen Gefängniszelle.

Nur zur Sicherheit fragte ich Pakh Valinia: »Was meinen Sie? Ist es da sicher?«

»Es ist noch nicht so lange her«, gab sie zu bedenken, »da hätte ich diesen ganzen Planeten als sicher bezeichnet.«

Gutes Argument.

Wir gingen tiefer, bis wir nur noch gut einen Meter über dem offenen Gelände hinter dem verkohlten Gebäude flogen, wo wir mehrere Minuten verweilten, nur für den Fall, dass irgendetwas aus dem Wald herausstürmte und sich auf uns stürzen wollte. Ein direkter Angriff blieb jedoch aus, also landeten wir und bereiteten uns darauf vor, unsere Suche zu Fuß fortzusetzen.

»Nur eine kurze Warnung«, sagte Pakh Valinia, kurz bevor wir ausstiegen. »Die Leute, die hier gelebt haben, hatten zu dieser Tageszeit einige Probleme mit blutsaugenden Insekten, die sie Verdammnismücken genannt haben. Sie sind nicht mehr als ein Ärgernis, jedenfalls meistens, und manche Leute reagieren stärker auf sie als andere, aber einige Menschen haben qualvolle allergische Reaktionen erlebt. Bitte sagen Sie gleich Bescheid, wenn Sie merken, dass Sie gebissen werden.«

»Verdammt, wie ich Planeten *liebe*«, erzählte ich den Bäumen.

Wir stiegen aus und fanden uns auf einer schwammigen Erde wieder, in der eher ein Geruch von Wildblumen lag als der ätzende Gestank des Feuers, den ich erwartet hatte. Keine Schwärme räuberischer Insekten fielen über mich her, und keine mörderischen dreißig Meter großen Giganten sprangen aus dem Wald heraus, um mich in Stücke zu reißen. Spürbar aber war die Ahnung von etwas Entsetzlichem, das hier geschehen war, etwas, das diesen Ort, an dem Leute gelebt, gearbeitet und große Dinge zu vollbringen gehofft hatten, in eine leere Hülle mit eingestürzten Wänden und verkohlten Trümmern verwandelt hatte.

»Zum Dip Corps gehörte das nicht«, stellte Oscin fest.

»Nein«, sagte Pakh Valinia, als sie uns zu dem Gebäude neben dem lückenhaften Zaun führte. »Diese Einrichtung gehörte einem Wirtschaftsunternehmen.«

»Jemand, den wir kennen?«

»Ich wurde nicht in Ihrem Merkantil-System erzogen und habe daher wenig Interesse an und kenne mich auch nicht gut aus mit dem, was – wie man sagt – dem Geld folgt. Aber es hatte etwas damit zu tun, allen anderen bei der vollständigen Übersetzung der Vlhani-Sprache zuvorzukommen. Die Forscher, die in den Jahren nach Isadoras Tanz hier gearbeitet haben, haben sich des Problems auf ihre Art angenommen und geglaubt, sie könnten Erfolg haben, wo die diplomatische Gemeinde versagt hatte.«

Die Geldgeber dieser Leute mussten ausreichend davon überzeugt gewesen sein, sodass sie das Konföderationsverbot ziviler Reisen auf den Planeten ignoriert und Sanktionen gegen andere Unternehmenszweige riskiert hatten. Was entweder bedeutete, dass das fragliche Unternehmen so groß war, dass es wie ein selbstständiges Imperium agierte, ähnlich wie die Bettelhines, oder so einflussreich, dass es die Konföderation zwingen konnte, Gesetzesverstöße zu dulden. Mir fielen nur wenige ein, die diesen Kriterien entsprochen hätten. Um welchen Konzern es sich tatsächlich handelte, schien mir nicht wichtig zu sein, dennoch nahm ich mir die Zeit, Fox zu fragen, ob Schiffs Unternehmen dahinter steckte.

Sie schüttelte den Kopf.

Als wir zu dem l-förmigen Gebäude mit dem eingezäunten Gelände gingen, knirschte es unter unseren Füßen, und ich sah, dass der Boden mit Überbleibseln gesprenkelt war, darunter Steinscherben aus dem zerstörten Gebäude und Chitinfragmente von einer Vlhani-Schale. »Ich fürchte, ich verstehe nicht viel von ihrer Arbeit, das liegt weit über meiner kläglichen Bildung«, sagte Pakh Valinia, »aber ich weiß, dass man hier, ehe Ch'tpok dazugestoßen ist, eine Art Prothese gebaut hat …

Maschinen, die weiter entwickelt waren als unsere Peitschengeschirre, keine einfachen Übersetzungsgeräte, sondern chirurgische Implantate, die eine organische Brücke zwischen dem, was Menschen verstehen können, und dem, was Vlhani natürlicherweise von sich geben können, bilden sollten.«

»Wollen Sie uns erzählen, das waren Exolinguiprothetiker?«, fragte Oscin neben mir.

Ich musste mich ein paar Sekunden erholen und wieder auf den Laufenden kommen, um am Ende Pakh Valinias Bestätigung, derzufolge sie dieses Wort schon ein- oder zweimal gehört hatte und es etwas in der Art gewesen sein müsse, zu absorbieren.

»Willst du etwa behaupten, du *wüsstest* etwas über diese Exo ... was auch immer?«, fragte ich Oscin.

»Wir reden nicht gerade von einem Staatsgeheimnis. Niemand im menschlichen Raum hat die Technik je zum Laufen gebracht, aber sie wird schon seit Jahrzehnten erforscht und ist seit Isadoras Auftritt ein Schlüsselelement des Mysteriums der Tanzpilger.«

Ich versuchte mich erneut vergeblich an dem Begriff. »Exolingu ... verdammt!«

»Exolinguiprothetiker.«

Noch ein Versuch. »Exolinguiprothetiker?«

»Das ist es«, sagte er.

»Schön. Trotzdem weiß ich immer noch nicht, *was* das ist.«

Üblicherweise hätten die Porrinyards ihrer Erklärung ein liebevolles Kichern vorausgeschickt. Heute sah Oscin nur müde aus. »Die Theorie ist recht einfach, Andrea. Die größte Kommunikationsbarriere zwischen Intelligenzen unterschiedlicher Spezies lag noch nie in der Politik, sondern in der Biologie. Unsere Gehirne sind auf bestimmte Nachrichtensysteme ausgelegt, und sie können andere Systeme adaptieren, soweit diese mit unserer Programmierung kompatibel sind. Das ist der Grund, warum alle Menschen, die Merkantil flüssig beherrschen, auch imstande sind, andere menschliche Sprachen wie Chinesisch oder Hebräisch oder Gblash oder sogar ausgestorbene Sprachen wie Deutsch oder Aramäisch oder Englisch flüssig zu sprechen, so sie bereit sind, daran zu arbeiten. Aber wir sind weniger erfolgreich, wenn es um die Dekodierung oder Kodierung in Nachrichtensysteme geht, die unter vollkommen anderen Voraussetzungen für vollkommen andere Gehirne geschaffen wurden.«

»Das entspricht nicht meiner Erfahrung«, widersprach ich.

»Eigentlich schon, Andrea. Wir genießen den Vorzug, dass die meisten evolutionären Pfade der meisten wichtigen raumfahrenden Spezies einander ähneln, wenn sie nicht gar übereinstimmen, und dass die meisten Betriebssysteme einigermaßen kompatibel sind. Aber diese Kompatibilität ist weit davon entfernt, vollständig zu sein. Menschen und Riirgaaner haben viel gemeinsam, aber kein Mensch, auch keiner, der von Riirgaanern aufgezogen wurde, wird je das beherrschen, was ich als die rhetorische Eloquenz jeder riirgaanischen Sprache bezeichne – nicht einmal Valinia, die sprachgewandt genug ist, die Voraussetzungen für eine höhere Bildung innerhalb dieser Spezies zu erfüllen, wird je als einer ihrer bemerkenswerteren Schriftsteller in Erinnerung bleiben können. Ähnlich ist es bei den Tchi, die eine besonders schwer zu erlernende Sprache haben, Analytische Knute genannt, die nicht einmal ein Mensch unter zehntausend beherrscht. Zugleich haben die Tchi nicht das mindeste Verständnis für sekundäre menschliche Verständigungsmethoden wie Musik oder die den Menschen eigene Kunstform der erzählenden Literatur. Eine ganze Anzahl intelligenter Spezies haben große Probleme mit einer menschlichen Eigenart, die wir als Wortspiel bezeichnen – manchen Leuten ist es einfach nicht möglich, den Humor zu begreifen, der sich in einer mehrdeutigen Wendung verbirgt, und dem liegt bei manchen Spezies eine genetische Entwicklung zugrunde. Den Cid und den K'cenhowten fällt die Verständigung untereinander so schwer, dass sie sogar, wenn sie ganz einfache Fakten zu besprechen haben, meist Riirgaaner oder Menschen als Vermittler hinzuziehen. Die Liste ist noch viel länger. Alle besitzen eine Sprache, aber sie sind alle beschränkt auf ihre eigenen Betriebssysteme.«

»Und Exolinguiprothesen …«

»… sind das neurologische Flickwerk, das in der Lage ist, diese Systeme einander näher zu bringen, eine Brücke zwischen dem zu bauen, wozu wir selbst geschaffen sind, und dem, wozu wir Maschinen benötigen – und wir wissen bereits, dass so etwas für die Verständigung zwischen Menschen und Vlhani schon gemacht wurde, denn die Modifikationen machen diese Tanzpilgerbewegung erst möglich.«

»Dann willst du also sagen, dass sie versucht haben, die Technik zu kopieren, mit der die Tanzpilger, wenn sie auf den Planeten kommen, bereits ausgerüstet sind.«

»Und dass sie sich, so nehme ich an, das Patent darauf sichern wollten. Selbst wenn man die Anwendbarkeit auf das Verständigungsproblem mit den Vlhani außer Acht lässt, wäre der potenzielle Profit schwindelerregend.«

Ich war nicht so sicher, ob ich das als zwingend notwendig einstufen sollte. Wir verstanden die anderen raumfahrenden Spezies schon gut genug, um Handel zu treiben, uns über die Feinheiten der speziesübergreifenden Gesetze zu streiten und einander auf die Nerven zu gehen. Ich sah kein großes Potenzial darin, menschlichen Autoren die Möglichkeit einzuräumen, all die scheußlichen Dinge zu verstehen, die Tchi-Kritiker über sie schrieben, oder menschlichen Scherzkeksen zu gestatten, wortspielerisch benachteiligte Spezies mit dem arttypischen Übel des Kalauers zu beglücken. Zudem war ich nicht überzeugt, dass irgendjemand sich wünschte, unsere Rivalen unter den Sternen besser kennenzulernen, als wir es eh taten. In den letzten paar Jahren hatte ich ein bisschen über die Geschichte der K'cenhowten erfahren, und ich glaube, mit einiger Sicherheit behaupten zu können, dass sie sogar die Tchi überflügelten als die wirklich allerletzten Personen, die ein Mensch sich je als Zimmergenossen wünschen könnte.

Wie auch immer, ich sah keinen Sinn darin, das Thema gerade

jetzt weiterzuverfolgen. Jemand hielt das also für gewinnbringend. Nahmen wir das als gegeben an, war es immer noch an der Zeit, weiterzugehen zu was immer hier schiefgegangen war.

Unsere Sohlen knirschten auf dem Schutt, als wir uns dem l-förmigen Gebäude näherten – ein graues, verwittertes Haus, das aussah, als stünde der intakte Teil nur noch aus purer Bockigkeit. Der eingezäunte Viehhof grenzte teilweise an die beiden Ruinenflügel und war gleichermaßen verfallen – die Pfosten waren gekippt, die Holzlatten zwischen ihnen verrottet und mit weißem, leblosem Mist gesprenkelt.

»Sie hatten einen kleinen Jungen«, sagte Pakh Valinia. »Cori hieß er, glaube ich. Er hat ein paar Dummvögel als Haustiere gehalten.«

»Dummvögel?«

»Eine regional vorkommende Spezies. Keine der besonders anziehenden Kreaturen von Vlhan.«

»Verdammnismücken, Dummvögel«, sagte Oscin. »Das hört sich an, als könnte hier mancher ein bisschen mehr Fantasie bei der Benennung der Spezies walten lassen.«

»Keine Ahnung«, entgegnete Pakh Valinia mit einem ärgerlichen Klaps auf den Unterarm. »Ich habe beide Spezies schon erlebt und finde diese Namen so passend, wie man es sich nur wünschen kann.«

»Sie sagten, es hätte hier einen kleinen Jungen gegeben. Dann hat hier also eine Familie gelebt?«

»Ein Ehepaar. Zwei Forscher. Ricard und Liisl Thane. Und ihr Sohn Cori. Die anderen Gebäude haben sie als Wohnquartiere genutzt.« Sie zeigte auf ein Loch von der Form einer Tür in dem intakten Flügel des Gebäudes. Die Tür selbst war ebenso verschwunden wie es offenbar die temporären Bewohner waren. »Dort war ihr Arbeitsplatz.«

»Sind Sie ihnen je persönlich begegnet?«

»Nein. Das hier ist alles vor meiner Ankunft passiert. Ich weiß nur von ihnen, weil sie etwa ein Jahr, nachdem Ch'tpok ihnen das Ei gebracht hat, verschwunden sind und ihr Verbleib ein heiß diskutiertes Mysterium in dieser Gegend ist. Aber ich habe die Ruinen erkundet. Viele von uns haben das getan.«

Zu viert stellten wir uns vor der Tür der verfallenen Arbeitsstätte auf und lugten in die Dunkelheit im Inneren. Das Haus war eine schattige, fensterlose, verlassene Ruine, nur erhellt von den wenigen Lichtstrahlen, die durch die Löcher im Dach hereindrangen. Es roch nach Ammoniak und Verfall: das Miasma von Tieren, die diesen Ort entweder als Klo missbraucht oder sich in den Ecken zum Sterben niedergelegt hatten. Die Arbeitstische hatten sich unter den jahrelang angesammelten organischen Abfällen braun verfärbt und versanken beinahe unter Bergen von Schutt, entweder Überreste der Decke oder, wie es schien, im Zuge eines gewaltsamen Wütens aus den Wänden gebrochene Steine.

Ein Haufen Laub hatte sich unter einem einzeln stehenden Arbeitstisch in der Mitte des Raums gesammelt. Darin verborgen lag ein glänzendes, zusammengerolltes Objekt, von dem ich zunächst dachte, es wäre ein Teil einer Vlhani-Peitsche. Ich hob es auf und rechnete beinahe damit, dass es in meinen Händen zu neuem Leben erwachte. Es fühlte sich etwa so an wie die Peitschen des Vlhani, der mich getragen hatte, aber die Oberfläche war anders, weniger wie ein Tentakel aus Chitin, eher wie ein künstliches Objekt aus Keramik oder Glas. Sie war nicht so glatt wie die, die ich erlebt hatte. Als ich mit der Hand über sie strich, fand ich Grate, die die biegsamen Abschnitte des Dings kennzeichneten.

Oscin folgte mir zu der Werkbank, nahm einen Teil des Objekts in seine Hände und fummelte eine Weile daran herum, ehe er meine eigene Einschätzung in Wort fasste: »Das ist eine Prothese.«

Das war mir auch klar geworden. Das Ding war feiner gearbeitet und, so nahm ich jedenfalls an, stabiler als die flexiblen Bänder an Hammersmiths Peitschengeschirr, das nur der Kommunikation diente und nicht solide genug gebaut sein dürfte, ein nennenswertes Gewicht zu tragen. »Valinia? Wissen Sie zufällig, was passiert, wenn ein Vlhani Körperglieder verliert?«

»Nichts«, sagte sie.
»Was meinen Sie mit nichts? Stirbt er?«
Valinia kratzte sich an der Nase. »Je älter ein Vlhani wird, desto mehr Peitschen wachsen ihm. Das hört nie auf. Es muss eine Obergrenze geben, aber solange ihnen genug Peitschen bleiben, um zu kommunizieren und herumzuwandern, stellt eine verlorene Peitsche für sie kaum mehr dar als eine Unbequemlichkeit. Ich weiß nicht einmal, ob ihnen das wehtut.«
»Und die Peitschengeschirre, die Ihre und meine Leute bauen? Korrigieren Sie mich, sollte ich falsch liegen, aber selbst wenn sie praktisch keine Last tragen können, funktionieren Sie perfekt, wenn es darum geht, irgendeiner Idee Ausdruck zu verleihen ... zumindest innerhalb des begrenzten Vokabulars, das der diplomatischen Gemeinde zur Verfügung steht.«
»Richtig.«
»Für was oder wen ist dann das hier gebaut worden?«, fragte ich, hob das Bruchstück auf und ließ es wieder fallen. Eine Staubwolke stob empor, als es auf den Tisch zurückprallte.
Pakh Valinia hatte nur ein Schulterzucken für mich. »Ich habe keine Ahnung. Ich habe das Ding noch nie gesehen. Man hat uns alles über diesen Ort und über das, was Ch'tpok getan hat, erzählt, aber ich weiß nicht, was das mit *dem da* zu tun hat.«
Und ich wusste es auch nicht.
Und das passte mir gar nicht, denn wenn ich auch keinen Zusammenhang erkennen konnte, konnte ich ihn doch zweifellos ahnen. Es lag förmlich in der Atmosphäre des Ortes wie der Geruch des Moders und der Geschmack des Staubs.
Dies war kein Ort, der einfach nur verlassen und dem üblichen Verfall preisgegeben worden war, dem alle Anlagen von Menschenhand zum Opfer fielen, wurden sie dem räuberischen Vordringen der Natur überlassen. Dies war ein Ort, der durch einen böswilligen Einfluss zerstört worden war, den er selbst hervorgebracht oder hereingelassen hatte. Dies war ein Ort, der keine Gefahr gekannt und nur seine guten Absichten demons-

triert hatte, bis er zur Heimstatt von etwas geworden war, das imstande war, ihn zu vernichten.

Ich hatte immer noch keine Beweise dafür, dass, was immer es war, über diese zertrümmerten Wände hinaus noch weiteren Schaden angerichtet hatte, aber ich wusste, dass es so war, so sicher, wie ich wusste, dass hier noch etwas am Leben war und uns beobachtete.

Es passte alles zu dem, was ich über Ch'tpoks dummes, idealistisches, gut gemeintes und ultimativ katastrophales Verbrechen wusste.

KAPITEL DREIZEHN
ERWISCHT

(Skye.)

Skye Porrinyard stand in Flammen. Sie loderten in ihrer Leibesmitte, und sie loderten in ihren verwundeten Beinen, und sie loderten an den Stellen, die amputiert waren, den Stellen, an denen sie ihn hätte spüren müssen, an denen er hätte sein müssen, ihr Freund und Geliebter und ihr Selbst, Oscin.

Nicht zu wissen, wo er war oder was er tat, schmerzte sie mehr als die plötzliche Wiederkehr aller Empfindungen eines Körpers, der in jeder Hinsicht dem Tode so nahe war, dass der Moment des Sterbens ebenso gut hinter ihr wie vor ihr liegen konnte.

Sie glaubte nicht, dass Oscin tot war, denn sie konnte immer noch auf die Erinnerungen zurückgreifen, die er in ihre Vereinigung mitgebracht hatte, konnte sie immer noch als eigene Erinnerungen empfinden, nicht nur als Geschichten, die ein anderer ihr erzählt hatte. Sie konnte sich nach wie vor daran erinnern, im Stehen gepinkelt zu haben; konnte sich an das Einzelwesen erinnern, das er gewesen war, als er sich in das Einzelwesen, das erst noch Skye werden sollte, verliebt hatte; sogar daran, wie sich Liebe machen aus der Perspektive dessen angefühlt hatte, der den Penis bereitstellte. Oscin, wie er als Einzelperson und als eine Hälfte der Porrinyard-Persönlichkeit gewesen war, war für sie immer noch ein offenes Buch. Aber Oscin, wie er gerade jetzt war, ein Punkt, der seinen Verbleib, sein Wohlbefinden und seine Sicherheit umfasste, blieb ihr verborgen. Er war nicht von ihr getrennt. Aber er war *fort*.

Wo sie selbst war, konnte sie auch nicht sehen. Sie hatte überall Schmerzen, nicht nur an den Stellen, die verletzt waren, sondern auch an dem Gewebe dazwischen. Feuer wütete in ihren Adern.

Winzige Zähne nagten an ihren Muskeln und fraßen sich durch ihre Knochen. Sie wollte schreien, aber ihr Mund war voller Fusseln, voll von etwas, dass summte, sich drehte und wandt und blutige Furchen in ihre Zunge riss, als es die Grenzen seines Gefängnisses erkundete.

Haben Sie keine Angst.

Das war die Stimme der KIquellen, aber nicht die Stimme, die die Porrinyards kannten, nicht die Stimme, die manchmal über ihre interne Schnittstelle zu ihnen sprach. Skye blinzelte, versuchte, etwas zu erkennen und fand ihren Ursprung: ein schwarzes Oval, das über ihr hing, mit, so schien es ihr, Tausenden von nadelspitzen Ausbuchtungen überzogen, die immer schmaler und schmaler wurden, bis sie bei der Annäherung und, so nahm sie an, dem Eindringen in ihren Bauch beinahe unsichtbar waren. Die Haut ihres Oberkörpers war zurückgeklappt worden, und sie konnte ihr blutiges Zwerchfell sehen; pulsierende schwarze Punkte, die an Insekten erinnerten, marschierten durch die Wunde und brannten wie Feuer.

Es tut weh!

Das wissen wir. Ihre Modifikation bietet viele Vorzüge, aber eine besondere Schmerztoleranz hinsichtlich dieser Prozedur gehört nicht dazu.

Dann hört auf!

Die Alternative lautet, Sie sterben zu lassen. Da Sie für diese Prozedur wach sein müssen, werden Sie Geduld haben und die Schmerzen aushalten müssen, während wir ihr beschädigtes Nervensystem neu starten. Trösten Sie sich mit dem Gedanken, dass wir Ihre andere Hälfte vor diesen Schmerzen abgeschirmt haben. Anderenfalls wäre es noch viel schlimmer.

Erfüllt von der besonderen Art der Frustration, die sich nur einstellt, wenn man es mit Kreaturen zu tun hat, die alles wissen und alles tun können, sich aber hartnäckig weigern zu *helfen*, verzog Skye das Gesicht, stöhnte und konzentrierte sich auf das, was hinter dem Dunkel lag, und zum ersten Mal nahm sie ihre Umgebung wahr: ein unterirdischer, schwach beleuchteter Ort voller Gestalten, die ähnlich leiden mussten wie sie selbst. Einige lagen auf metallischen Oberflächen, andere schienen frei an den Wänden zu hängen, und ein paar schwebten mit zurückgeklappter Haut in faserigen schwarzen Wolken, und Skye konnte zusehen, wie ihr Inneres geflickt und neu zusammengefügt wurde. Viele wurden von KIquellen-Chirurgen versorgt, darunter auch Thatharsi, die sich unter einem wirbelnden *Etwas* krümmte, das nur aus Klingen zu bestehen schien und in einer Geschwindigkeit an ihr herumschnitt, die sogar für Skyes hochentwickelte Augen zu viel war.

Sie sah auch einige wenige unverletzte Angehörige verschiedener Spezies, darunter sowohl Menschen als auch Riirgaaner, die zwischen den Verwundeten herumspazierten und mit sanfter Stimme zu jedem Einzelnen sprachen, ehe sie zum Nächsten weiterzogen. Einer drehte sich zu ihr um, blickte ihr in die Augen und wandte sich ab.

Es war Botschafter Hurrr'poth.

Skye zwang sich zu einer Frage. »Was ... ist das für ein Ort?«

Eine Reparaturwerkstatt, eine der vielen, die wir an diversen, strategisch sinnvollen Orten überall auf Vlhan aufgebaut haben.

Sie verzog das Gesicht. *Was für eine Reparaturwerkstatt?*

Sie schließen sich der Überlegung des Counselors an, derzufolge das Vlhani-Ballett unser Projekt ist? Die weiter besagt, dass die Tanzpilger auch unser Werk sind?

... j-ja ...

Dann sehen Sie ein, dass es, wenngleich die Tanzpilger anderenorts ausgewählt, rekrutiert und mit ihren verschiedenen operativen Veränderungen versehen werden, höchst unverantwortlich und inhuman wäre, würden wir sie einfach herschaffen und sie dann ihrem Schicksal überlassen, ohne sie noch in irgendeiner Form zu unterstützen. Bedauerlicherweise wurden einige unserer Einrichtungen im Zuge des letzten Tages von den gegnerischen Kräften angegriffen und zerstört, aber viele andere sind gut versteckt und, wie Sie wohl sagen wür-

den, nach wie vor im Geschäft. Diese hier ist mehr als gut gerüstet, um mit Ihren persönlichen Verletzungen fertig zu werden.

Skye fand keinen Trost in der purpurfleckigen Schwärze, die sie sah, als sie die Augen schloss, also schlug sie sie wieder auf und konzentrierte sich dieses Mal auf Hurrr'poth, der sie wieder musterte. Natürlich war es ihr unmöglich, ihm anzusehen, was er dachte. Riirgaaner haben keine Gesichtszüge, die Gefühle wie Sorge oder Furcht oder Missachtung hätten ausdrücken können. Aber sie glaubte in der Art, wie er den Kopf neigte, etwas wie eine Entschuldigung zu erkennen.

Der Schmerz flammte erneut auf. Für einen Moment war sie nicht mehr bei Verstand, was umso schlimmer wurde, als ihre Schnittstelle sich regte und sie einen flüchtigen Eindruck von Oscin erhielt, der sich im Griff mehrerer Vlhani-Peitschen wand, die sich um seine Hand- und Fußgelenke gewickelt hatten. Dann verschwand das Bild, und sie keuchte auf, kämpfte sich zurück in die Rationalität und brachte mühsam heraus: »Ich … verstehe nicht. Sie … haben gesagt … der Ort wäre *geheim* …«

Der Begriff ist natürlich relativ. Diese Einrichtungen wären nicht sehr nützlich, wären sie den Personen, für die sie gedacht sind, nicht bekannt.

»Das … verstehe … ich …«, keuchte Skye, doch die Worte schmerzten so sehr, dass sie sich ein wenig Erleichterung verschaffte und wieder auf die tonlose Kommunikation zurückgriff. *A-aber ich habe auch Hurrr'poth gesehen. Warum ist er hier? Was weiß er über diesen Ort?*

Könnte eine uralte Softwareintelligenz gackern, der KIquellen-Avatar, der nun zu ihr sprach, hätte es in diesem Moment vielleicht getan. Wie die Dinge aber standen, erkannte Skye Kummer, Mitleid und sogar ein wenig Amüsement angesichts ihrer Naivität. Ihr ging auf, dass das Ding ihre Unwissenheit in Hinblick auf das hiesige Leben für ausgesprochen possierlich hielt.

Er hat es immer gewusst, Skye. Die Regierung der Riirgaaner wusste von Anfang an von unserem Engagement …

(Inzwischen.)

Es wurde kühler, und die verbliebene Wärme wurde von einem frischen Wind verscheucht, kalt genug, um schon jetzt zu verraten, dass die Temperatur in der Nacht kräftig fallen würde. Der minzige Geruch in der Luft war stark genug, in meiner Nase zu kitzeln. Ich sah mich um, eine automatische Handlung zum Schutz vor jedem Vlhani, der in der Umgebung lauern mochte, aber außerhalb des Gebiets, auf dem die Thanes ihr Lager aufgeschlagen hatten, standen die Bäume so dicht, dass alles, was mehr als ein paar Hundert Meter entfernt war, in dem Gemenge aus Braun, Orange und Grün unterging. Da mochten Tausende von feindseligen Kreaturen gleich außerhalb meiner Sichtweite auf den richtigen Moment warten, um sich in Massen auf uns zu stürzen. Ich konnte nur hoffen, dass dem nicht so war.

Ich kroch unter dem Arbeitstisch hervor und klatschte in die Hände, um sie von dem Staub zu befreien. Dann ergriff ich erneut die Peitschenprothese und drehte sie hin und her, als würde ich einen Winkel suchen, aus dem ich sie perfekt betrachten konnte.

Pakh Valinia beobachtete mich. Sie sah besorgt aus. Eine fundamentale Ungereimtheit nagte an ihr. Dann platzten die Worte in einem explosiven Schwall aus ihr heraus. »Sie ist sauber.«

»Korrekt«, entgegnete ich. »Ist es nicht sonderbar, dass sie nicht mit einer Schicht organischer Überreste überzogen ist, so wie alles andere, was hier zu sehen ist? Ist das wirklich ein echtes Relikt … oder ist es ein Requisit, das hier abgelegt wurde, um uns in eine bestimmte Richtung zu stupsen?«

Pakh Valinia folgte dem Gedanken zu dem einzigen Platz, an den er führen konnte. »Wer hat bloß genug Zeit und Muße, solche Spielchen zu treiben?«

Ich verzog das Gesicht. »Willkommen in meinem Leben.«

Ich konzentrierte mich auf den Schutthaufen, der von der eingestürzten Decke übrig war, und stupste ihn mit dem Zeh an, um herauszufinden, ob er mich tragen würde. Sogar unter dieser leichten Berührung geriet er in Bewegung, aber ich sah keine andere Möglichkeit, also trat ich hinauf, brachte einen mauen und wackeligen Moment hinter mich, fand wieder Halt und beugte mich vor, um mir den intakten Teil des l-förmigen Raums anzusehen.

Da war nichts, das einer weiteren Untersuchung wert gewesen wäre, nur kahle Tische und ausgeplünderte Schränke, deren offene Türen den Blick auf Fächer freigaben, die nun nichts mehr enthielten als ihre Geschichte und leeren Raum. Mit den von Schiebeläden verdeckten Fenstern mutete diese Hälfte des Labors mehr wie ein verschlossener Sarg an als die Hälfte mit dem eingestürzten Dach, die den Elementen ausgesetzt war. Und mit der zunehmenden Dämmerung würde dieser Teil des Gebäudes bald in totaler Finsternis liegen.

Trotzdem atmete ich einmal tief durch, sprang hinunter und trat eine Wolke aus Schmutz und Staub los, als ich auf dem zweifellos einst makellosen Boden landete.

»Andrea?« Das war Oscin. »Was denkst du, tust du da?«

»Bleib, wo du bist. Ich prüfe nur etwas nach.«

Neben dem Schutthaufen ging ich in die Knie und brachte den Kopf dicht an den Boden heran. Dort klaffte eine tiefschwarze Öffnung in den Trümmern, beschattet von zwei Dachabschnitten, die auf einem Teil eines Metallrohrs ruhten.

Ich sah mich um, fand ein faustgroßes Stück Geröll und ließ es in das Loch gleiten. Das Geräusch, mit dem es in der Finsternis verschwand, veränderte sich für einen Sekundenbruchteil, ehe es am Ende des dunklen Lochs aufprallte ... es hörte sich an, als ob es erst über Fliesen und dann über eine Metalloberfläche glitt.

»Hier ist was.«

Zehn Minuten schwerer Plackerei später hatten wir den Schutt beiseite geräumt, ihn nach draußen geschafft oder an den Wänden gelagert, und nun standen wir da und musterten die silberne Metallplatte, die in den Boden eingelassen war.

Genau unter dem klaffenden Loch im Dach zeigte sie sich als perfektes Quadrat mit einer Diagonale von zwei Metern Länge. Es gab keine sichtbaren Angeln oder Gleitschienen, keinen Hinweis darauf, dass sie war, was ich hoffte, nämlich eine Luke zu irgendeinem versteckten aufschlussreichen Schacht oder Kellerraum. Die einzige Besonderheit waren drei schmale, oberflächliche Ritzen, so angeordnet, dass sie die drei Eckpunkte eines gleichseitigen Dreiecks hätten markieren können.

Schweigend standen wir da, eingehüllt in zunehmende Dunkelheit, und fühlten uns durch die Entdeckung dieses Objekts, das nichts zu offenbaren schien, keinesweg schlauer.

»Das ist eine Grundplatte«, sagte Oscin schließlich.

»Was?«

»Es sieht aus, als hätten die Thanes einen Bereich des Bodens verstärkt und diese Platte als Fundament für einen großen Gegenstand angebracht. Diese drei Vertiefungen, die du da siehst, dürften Vorbohrungen für ein Dreibein sein, das dazu gedacht war, was auch immer da war in bequemer Entfernung vom Boden aufzubauen und zugleich ein Maximum an struktureller Stabilität zu erreichen.«

»So, wie das aussieht – würdest du sagen, die Platte ist bereits beim Bau angebracht worden oder eher später?«

»Später, glaube ich. Hätten die Thanes von Anfang an so eine Platte benötigt, dann hätten sie das ganze Gebäude entsprechend geplant. Das sieht eher so aus, als hätten sie den Boden bereits gefliest und die Fliesen später wieder entfernt. Zu einem Zeitpunkt, als das Labor bereits vollständig eingerichtet war und sie einiges umbauen mussten, um die Platte unterzubringen.«

»Aha.« Ich schlang die Arme um den Oberleib und winkelte den rechten an, um mich am Kinn zu kratzen, während ich die Platte auf der Suche nach dem magischen Blickwinkel umkreiste, der mir alles offenbaren würde. »Irgendwelche Theorien?«

»Etwas Schweres, etwas Großes und Unhandliches, oder etwas, das an Ort und Stelle fixiert werden musste«, sagte Oscin mit einem Schulterzucken.

»Oder alles zusammen«, fügte ich hinzu.

»Möglich.«

Pakh Valinia trat mit dem Fuß gegen die Platte und wich gleich darauf zurück, als fürchtete sie, einen elektrischen Schlag zu erleiden, sollte sie es wagen, sich auf sie zu stellen. »Warum denken wir überhaupt, dass uns das interessieren müsste?«

Ich blieb auf den Knien und rieb kreisförmig mit der Hand über das Metall, als wollte ich es zwingen, mir mehr zu verraten als bisher. Die Antwort schien so frustrierend nahe zu sein, so vertraut und zugleich ungreifbar wie der Name hinter dem Gesicht eines lange vergessenen Freundes. Aber das Metall wollte mir nichts sagen, also musterte ich die schmutzigen Wände, den mit Abfällen übersäten Boden, den purpurnen Himmel, an dem sich jenseits des Lochs in der Decke die ersten Sterne zeigten.

Ich schloss die Augen, schaltete meine Begleiter aus, meine Sorge um die Person, die für uns derzeit verloren war, die aufziehende Nacht und die viel tiefere Finsternis, die, wie man mir gesagt hatte, der ganzen Menschheit drohte. Ich schaltete alles aus bis auf das Problem, das direkt vor mir lag, eliminierte alle Fehlstarts der letzten paar Minuten und versenkte mich an den einen Ort, an dem ich immer die besten Ergebnisse erzielt hatte: in meinen Kopf. Einen Moment später sagte ich: »Wie wäre es, wenn wir die Sache aus einer anderen Richtung angehen? Wenn wir uns nicht darauf konzentrieren, was, sondern *wo* das Ding war?«

»Soll heißen?«

»Tja, seht euch doch mal um. Statt in einer Ecke versteckt zu sein, belegt dieses unbekannte Objekt einen Platz am Schnittpunkt der beiden Gebäudeflügel mit einem gleichbleibenden Abstand zu den Wänden. Seine Position im Raum und auf diesem Gelände deutet darauf hin, dass es nirgends anders sein *konnte* als hier, in der Mitte von allem anderen, in direkter Nähe zu ihren Werkzeugen und Instrumenten. Wenn wir dann noch mit einbeziehen, dass die Position sich exakt unter der Stelle befindet, an der das Dach beschlossen hat, einzustürzen, dann schließe ich daraus mit großer Überzeugung, dass dies etwas ist, das uns unbedingt interessieren sollte, denn es hatte nicht irgendwie mit ihren Forschungen zu tun ... es war entscheidend für ihre Forschungen. Vielleicht war es, als es einmal hier war, sogar der *Schwerpunkt* ihrer Forschungsarbeit.«

Drei Augenpaare starrten mich mit einem unterschiedlich ausgeprägten Ausdruck der Verständnislosigkeit an. Oscin begriff nicht, kannte mich aber gut genug, um zu wissen, dass ich es tat – der Ausdruck auf seinem Gesicht, das blasser war, als ich es je hätte erleben mögen, schwankte zwischen einem Gefühl des Stolzes, weil ich die Puzzleteile zusammengesetzt hatte, und der Resignation ob der Arroganz, die ich anscheinend nie abstellen konnte. Fox wirkte mehr denn je wie eine leere Tafel, aber in dem kühlen Gleichmut, mit dem sie mich taxierte, lag ein neuer Aspekt, einer, der besagte, dass sie mich jetzt, so schien es mir, als potenziellen Feind wahrnahm. Und dann war da noch eine wütende, frustrierte Pakh Valinia, der bewusst war, was auf dem Spiel stand, und die doch zürnte über das, was sie nicht wusste.

Manchmal ist es schwer, nicht enttäuscht auf andere Leute und ihre Begriffsstutzigkeit zu reagieren. »Kommt schon. Denkt daran, wer diese Leute waren und was sie auf Vlhan gemacht haben. Hier war kein Teil ihrer Ausrüstung untergebracht, sondern ihr *Patient*.«

Das war das eigentliche Wesen von Ch'tpoks Verbrechen.

Intelligente Lebewesen sind keine Versuchstiere. Man beraubt sie nicht einfach ihrer Freiheit, um sie zu studieren. Man entführt sie nicht aus ihren Familien, ihren Stämmen, ihrem sozialen Umfeld oder ihrer Zivilisation; man verschleppt sie nicht in seine wissenschaftlichen Einrichtungen, und man führt keine Experimente an ihnen durch. Das macht man einfach nicht.

Also schön, zugegeben, nicht jede intelligente Spezies hat es mit diesem moralischen Punkt stets penibel genau genommen. Die Menschheit sicher nicht, nicht einmal auf der Heimatwelt; ob wir es nicht besser wussten oder ob wir es nicht besser wissen wollten – wir hatten unseresgleichen zu Besitz degradiert und sowohl intelligente als auch semi-intelligente Spezies, die, für eine Weile, unsere dem Untergang geweihte Kugel mit uns geteilt hatten, zu Zootieren gemacht. Eine ganze Anzahl anderer Spezies, darunter die K'cenhowten und die Riirgaaner selbst, hatten in ihrer Geschichte ähnliche Sünden begangen. Die KIquellen waren weit und breit dafür bekannt, sich erst kürzlich in dieser Weise versündigt zu haben, indem sie auf dem Habitat mit Namen One One One ihre eigene Spezies geschaffen hatten. Es gab sogar Hinweise aus unserer eigenen Vergangenheit – entfernt, nicht überzeugend und doch ein bisschen mehr als nur eine unbestätigte Verschwörungstheorie –, dass jemand einst gewohnheitsmäßig die Menschheit in prädiasporischer Zeit besucht und unbedeutende Menschen nach dem Zufallsprinzip entführt hatte, um sie anschließend mit wirren Erinnerungen, wundem Rektum und wilden Geschichten zurückzubringen, die die anderen Menschen jener Zeit nur hätten glauben können, wären sie komplette Idioten gewesen.

Aber die Riirgaaner hatten irgendwann beschlossen, einen Schlussstrich zu ziehen. Sie wollten unter den verschiedenen Rassen für ihr gutes Benehmen bekannt sein. Sie wollten die sein, die ein Zeichen setzten. Und so legten sie das Gesetz in ihren Büchern nieder.

Du sollst nicht unautorisiert Besitz von Angehörigen irgendeiner anderen intelligenten Spezies ergreifen.

Wie es mit Gesetzen so ist, war auch dieses nicht frei von Lücken. Hatte jemand alle gebotene Sorgfalt walten lassen, würde er für einen wahrlich tragischen Fehler nicht bestraft werden. Kein Riirgaaner würde, um ein prekäres Beispiel aus dem wahren Leben heranzuziehen, je exekutiert werden, weil er irgendeine Form von übelriechendem außerweltlichem Moos erntet und es dazu benutzt, ein beliebtes Getränk zu brauen, bis irgendjemand alte Daten erneut untersucht und feststellt, dass das Zeug mit einer höheren Intelligenz und einer chemischen Sprache gerüstet ist, die es die ganze Zeit dazu benutzt hat, seinen Ausbeutern zu erklären, wie sehr es ihnen dieses Vorgehen verübelt. (Aber das war nicht den Riirgaanern passiert, es war uns passiert. Das war eine der vielen Sünden der Bettelhine Munitions Corporation, aber die Geschichte ist so lang, dass meine Geduld nicht reicht, sie zu erzählen.)

Die Riirgaaner waren zwar auch als die Leute bekannt, die verwaiste Menschenkinder adoptierten und aufzogen. Aber das wurde anders aufgefasst. Sie stahlen die Kinder nicht; sie nahmen menschliche Kinder auf, die über legale Wege zu ihnen kamen, Kinder wie Ch'tpok und Pakh Valinia und eine junge Frau namens Paakth-Doy, die ich vor einem Jahr kennengelernt hatte. Es war ein Akt des Mitgefühls und der Barmherzigkeit.

Es war weit davon entfernt, menschliche Kinder gewaltsam zu rauben oder einfach zu beschließen, sie hätten das Recht zu übergehen, was seine eigene Spezies für das Kind im Sinn hatte.

Und es war weit von dem entfernt, was Ch'tpok getan hatte, als sie, wie ich annahm, aus keinem anderen Grund als der Sorge um ein unschuldiges Leben, den Thanes ein Ei gebracht hatte, das die Vlhani zur Vernichtung vorgesehen hatten.

Ihre Motive waren schlicht. Und sogar bewundernswert, umso mehr, falls ihr bewusst war, dass sie unter den Leuten, die sie aufgezogen hatten, aufgrund ihrer Tat zur Ausgestoßenen werden würde.

»Oscin? Ist es das, was wir vor uns haben?«

Er kniete über der Platte und maß sie mit Blicken. »Ich glaube schon.«

»Wie?«

»Das dürfte nicht schwer gewesen sein.« Er arbeitete die praktischen Anforderungen heraus, während er mit seinen Händen die diversen Einzelheiten des hypothetischen, unsichtbaren Artefakts andeutete. »Die drei Beine waren hier, hier und hier verankert und dürften eine kreisförmige Halterung gestützt haben, etwas, das geeignet war, ein großes, kugelförmiges Objekt auf einer bequemen Höhe zu fixieren. Es kann keine Schale und auch nichts Korbartiges gewesen sein, weil es vor allem darum ging, die frei zugängliche Oberfläche zu maximieren. Ein einfacher Ring, kleiner als der Durchmesser der Sphäre, wäre ausreichend. Ein paar Rollen auf der Innenseite, dann wären sie zudem in der Lage gewesen, ihren Patienten wie einen Globus zu drehen, je nachdem, an welchen Teilen sie gerade arbeiten wollten. Abhängig davon, wie weit der Prozess automatisiert ablief und wie genau die Maschinen, die sie hatten, kontrolliert werden mussten, hätte die Kugelform des Patienten ihnen die Möglichkeit gegeben, eine ganze Anzahl verschiedener Operationen gleichzeitig durchzuführen und aus verschiedenen Richtungen in seinen Körper einzudringen, ohne dass eine Prozedur der anderen ins Gehege kommt, die, wie wir es ausdrücken würden, an einem anderen Längen- und Breitengrad stattfindet.«

Pakh Valinia hatte uns den Rücken zugekehrt, marschierte zur nächsten Wand, blieb stehen und starrte mit bebenden Schultern die Mauer an. »Sie haben gesagt, mehrere Operationen auf einmal.«

»Theoretisch«, sagte Oscin. »Ich weiß nicht, was das beinhalten könnte.«

Sie ballte eine Hand zur Faust und schlug theatralisch auf die Wand ein ... jeder Schlag hallte durch den Raum wie ein Klaps, war aber nicht kraftvoll genug, als Fausthieb durchzugehen. Aber dazu würde sie noch kommen. Der Zorn, der ihre Muskulatur spannte, der Ärger, den sie ebenso zu bekämpfen schien wie die Verwicklungen, die ihn ausgelöst hatten, war ebenso im Raum präsent wie wir alle. »Wir sprechen von nicht autorisierten medizinischen Eingriffen an einem Vlhani-*Kind*.«

Ich blinzelte. »Ja.«

»Ein *Kind*«, wiederholte sie und spie das Wort förmlich aus,

»mit dem sie nicht kommunizieren konnten, das ihnen nicht sagen konnte, wenn ihm etwas wehtat, wenn es wollte, dass sie aufhören. Ein *Kind* mit einem Nervensystem, das sie nicht verstanden haben, mit einem Schmerzempfinden, von dem sie keine Ahnung hatten.«

»So sieht es aus.«

»Und Ch'tpok ... Ist es das Kind gewesen, das sie ihnen *gebracht* hat?« Pakh Valinia starrte uns noch einige Herzschläge lang zürnend an, ehe sie sich abwandte und mit bloßer Faust auf die Wand einprügelte, nicht einmal, nicht zweimal, ein halbes Dutzend Male. Beim dritten Schlag hinterließ sie Blutflecken. Ich bin Entsetzen gewohnt, nachdem ich in meinem kurzen Leben so viel Entsetzliches erlebt hatte, aber sogar ich war von diesem Anblick so paralysiert, dass ich nur weiter dort knien konnte, wo ich war, die eigenen Hände in einer reflexartigen Geste der Verweigerung zum Mund erhoben.

Aber Oscin sah und Oscin handelte. Mit vier Schritten hatte er den Raum durchquert. Er umfasste Pakh Valinias Handgelenke und hielt sie mit einer Leichtigkeit fest, die jeden in Erstaunen versetzt hätte, der nicht wusste, wie stark er war. Sie wehrte sich ein, zwei Sekunden lang. Dann schien sie zu begreifen, dass es keinen Sinn hatte, und sie gab auf und stieß weinend Verwünschungen in einer riirgaanischen Sprache aus.

Mich verblüffte, wie machtvoll sich dieses Gefühl äußerte, einem persönlichen Verrat zum Opfer gefallen zu sein, das Gefühl der Abscheu angesichts der Vorstellung, dass eine Person, die sie gekannt und um die sie sich gesorgt hatte, zu so etwas fähig sein könnte. Mir war das so fremd wie die Vlhani, so ungreifbar wie die KIquellen. Bei jeder Freundschaft, die ich je erlebt hatte – es waren nur wenige, zu denen die Porrinyards und vielleicht ein oder zwei andere zählten –, war immer ich diejenige gewesen, die irgendwann etwas Furchtbares getan hatte. Ich war die mit dem Blut an den Händen, die, die sich nach wie vor abscheulich verhalten konnte, die, deren kaltes, berechnendes Wesen noch immer imstande war, sogar die zu erschrecken, die sie am besten kannten. Mein Vertrauen war nie zerstört worden, weil ich mir immer so viel Zeit damit gelassen hatte, welches aufzubauen, dass es anderen nahezu unmöglich war, genug davon zu erringen, um in irgendeiner nennenswerten Weise Verrat an mir zu üben.

Nein, alles, was ich je empfunden hatte, wenn ich herausgefunden hatte, dass jemand, den ich kannte, meine schlimmsten Erwartungen erfüllt hatte, war ein Gefühl der Bestätigung. Pakh Valinias Entsetzen – zu dem auch eine spürbare Entrüstung ob der Tatsache zählte, dass sie nicht erkannt hatte, was nun offensichtlich erschien – war für mich etwas gänzlich Neues, und in mir blitzte vage eine Ahnung auf, wie es sich anfühlen musste, dergleichen zu erleben.

Während Oscin Pakh Valinia mit starken Armen hielt und ihr leise versicherte, dass sie das nicht hätte vorhersehen können, beschäftigte ihre Reaktion mich noch immer so sehr, dass mir in Anbetracht der schwindelerregenden Vehemenz der Mund offen stand und ich nicht fähig war, irgendetwas Sinnvolles zu tun, als Tara Fox, der Eisklotz in diesem Feuer der Emotionen, sagte: »Achtung.«

Sie sah nach oben. Wie ein Halbmond fing ihr Profil das letzte Tageslicht ein, das durch das Loch in der Decke hereindrang.

Ich folgte ihrem Blick und glaubte einen idiotischen, verwirrenden Augenblick lang, ich sähe ein Modell eines Sonnensystems vor mir, in dem Planeten in einer Drahtkonstruktion um ihre Sonne kreisten. Dort oben waren einige Planeten, alle ziemlich nahe, alle rotglühend wie ein Feuer, und alle hüpften auf eine Weise durcheinander, die aufzeigte, dass die orbitalen Pfade einem wahnsinnigen Chaos anheimgefallen waren.

Ich brauchte eine halbe Sekunde, was viel zu viel war, um zu begreifen, dass die Planeten, die ich dort sah, ein halbes Dutzend einander auffallend naher Vlhani-Köpfe waren und dass die rote Farbe dem Sonnenuntergang, reflektiert von dem Chitin, geschuldet war.

Uns blieb keine Zeit zu überlegen, ob das diejenigen waren, die uns beigestanden hatten, oder Feinde, die in das Territorium eingedrungen waren.

Denn schon zuckten ihre Peitschen wie ein Gewirr aus Schlangen hernieder.

KAPITEL VIERZEHN
DIE GEFANGENEN

Ich wirbelte auf dem Absatz herum, suchte nach einer Ecke, in der ich mich vielleicht ein oder zwei Herzschläge lang verstecken konnte, und kauerte mich in Vorbereitung eines verzweifelten Sprungs zusammen, doch eine Peitsche wickelte sich viermal um meine Körpermitte, ehe meine Füße vom Boden abgehoben hatten. Sie spannte sich mit erschreckender Leichtigkeit um meine Taille, drückte auf mein Zwerchfell, presste mir den Atem aus der Lunge und ließ mir keine Chance, auch nur so zu tun, als würde ich Widerstand leisten. Meine Beine erschlafften unter mir, waren so fern, sie hätten in einem anderen Sonnensystem sein können, weit außerhalb meiner Reichweite.

Die anderen hielten ein, zwei Sekunden länger aus als ich, aber das war nicht ihrer Agilität geschuldet. Verglichen mit den Vlhani waren wir alle nur Würmer, einer nach dem anderen aufgelesen von Kreaturen, die größer und schneller waren, Kreaturen, für die unsere Fluchtversuche nur ein jämmerlicher Witz waren. In dem Moment, in dem ich unterlegen war, sah ich, wie Oscin, der schneller reagiert hatte als ich, Pakh Valinia zur Seite stieß. Er sah, dass ich gefangen war, tat reflexartig einen Schritt in meine Richtung, und dieser Schritt allein verriet eine Reaktionsgeschwindigkeit, die für die meisten unmodifizierten Menschen einer Beschämung gleichgekommen wäre, ohne dabei miteinzubeziehen, wie schnell er hätte werden können, hätte er eine Chance zur Flucht bekommen. Aber diese Chance war auch ihm verwehrt. Eine andere Peitsche wickelte sich um seine Fußgelenke und zog sich zu, riss seine Beine mit markerschütternder Gewalt zusammen. Noch im Fallen streckte er die Hand nach mir aus, die Augen geweitet, den Mund zu einem verzweifelten Aufschrei geöffnet. Die nächste Peitsche wickelte sich viermal um seinen Brustkorb, riss ihn endgültig von den bereits gefangenen Beinen und zog ihn durch das Loch in der Decke.

Pakh Valinia blieb etwas mehr Zeit. Sie war hart auf dem Boden aufgekommen, ein, zwei Meter auf dem Bauch weitergerutscht und mit der Wand kollidiert, als sie gerade etwas an Geschwindigkeit verloren hatte. Sie schaffte es, sich auf den Rücken zu drehen, und sie begegnete meinem Blick, die geröteten, verweinten Augen vor Schreck geweitet. Ich konnte ihr die momentane Unentschlossenheit nicht vorwerfen, als ihre natürlichen Instinkte mit dem nutzlosen Bedürfnis stritten, irgendetwas für uns zu tun. Möglich, dass sie, hätte sie noch eine Sekunde oder zwei Zeit gehabt, aufgesprungen wäre, um diesem letzten Impuls mit einem hilflosen, trotzigen Rettungsversuch nachzukommen. Aber sie hatte keine Sekunde mehr. Ihr blieb nur noch zu schreien, als zwei Peitschen herabschossen und sie in die zunehmende Dunkelheit entführten.

Die Peitsche in meiner Leibesmitte riss mich unter grober Missachtung der Empfindlichkeit menschlicher Körper empor. Das hatte nichts gemein mit meiner Begegnung mit dem Vlhani, der sich ein paar Minuten auf unverständliche Weise mit mir hatte unterhalten wollen. Der war sanft und bedächtig mit mir umgegangen. Diesen hier kümmerte das keinen Fliegenschiss. Die plötzliche Aufwärtsbewegung war so schnell, dass die Ruine, der umgebende Wald, das Gelände selbst und der dunkler werdende Himmel vor meinen Augen verschwammen und nur noch als zerfaserte Farbstreifen erkennbar waren – ein Anblick, der mir zusätzliche Übelkeit bereitete, als die Masseträgheit mich in zwei Teile reißen wollte. Ich verlor den wenigen Atem, den ich hatte schnappen können.

Ich erhaschte einen Blick auf Tara Fox, die als Letzte aus der Ruine gezerrt wurde. Sie schien von Panik etwa so weit entfernt zu sein, wie sie es vielleicht in einem Sitzungssaal gewesen wäre oder im Bett, konfrontiert mit der Art von Träumen, die sich aufmachten, den Träumer so gänzlich zusammenhanglos zu besuchen. Auf ihrer Stirn sah ich eine diagonal verlaufende rote

Linie, aus der Blut in ihre Augen floss. Als sie an mir vorbeigezogen wurde, sah sie mich an, und ich entdeckte etwas Anklagendes in ihrer sonst so ausdruckslosen Miene, etwas, das zu entschlüsseln ich keine Sprache benötigte.

Sie klagte mich an, sie im Stich gelassen zu haben. Oder Merin.

Die vier Vlhani, die uns entführt hatten, waren nicht die einzigen Angehörigen der Streitmacht, die auf das Thane-Gelände vorgedrungen war. So, wie wir durch die Gegend gezerrt wurden, war es schwer, sie zu zählen, aber es waren mindestens zehn. Ihre spiegelnden Köpfe kamen dicht an uns heran und dümpelten dann wieder davon, umkreisten uns auf eine Weise, die entweder ihre Absicht widerspiegelte, uns zu ängstigen, oder ihren Eifer, die Beute, die sie gefunden hatten, zu untersuchen.

Das Labor stürzte ein, gab endgültig nach unter den Einwirkungen der zusätzlichen Schäden, die ihm zugefügt worden waren, und eine braune Staubwolke stieg über dem Ort auf, an dem es gestanden hatte. Ich hatte genug Zeit mir darin ein Monument des größtmöglichen Schadens vorzustellen, den Menschen mit den besten Absichten verursachen konnten, ehe ich wieder durch die Luft geschleudert wurde und der Vlhani, der mich hielt, das Gelände verließ.

Der Vlhani überquerte einen Grat und noch einen, und seine Schritte überspannten so erstaunlich große Distanzen, dass ich kaum ein Gefälle wahrnahm, wenn sie die Täler zwischen den Hügeln passierten. Unter dem Einfluss der zunehmenden Dunkelheit und der rohen Fortbewegungsweise war es mir nicht möglich, die Entfernung einzuschätzen, die wir zurücklegten. Aber es mussten zwischen zehn und fünfzehn Kilometer hinter uns liegen, als das dunkle Indigo des Himmels wahrer Finsternis gewichen war. Die Sterne kamen heraus, eine strahlende Vielzahl, so dicht an dicht, dass es mir unvorstellbar war, wie ein gewöhnliches Auge sie einzelnen Konstellationen zuordnen sollte. Ich hatte nie zu den Leuten gehört, die den Anblick der Sterne als tröstlich empfanden, zumindest nicht, wenn ich sie von einer Planetenoberfläche aus zu sehen bekam – dafür hasste ich Planeten zu sehr –, aber ich kam nicht umhin, daran zu denken, wie fern sie waren und wie viele von ihnen die Folgen unseres Versagens erleben würden.

Nach weiteren zehn Minuten ununterbrochenen Terrors ragte eine Klippe vor uns empor, deren Form nur durch die Schwärze vor dem funkelnden Sternenhimmel definiert wurde. Ich dachte, wir würden auch diese Klippe überqueren, aber dann verschluckte uns die Finsternis. Der Himmel verschwand hinter einem Überhang, und die Landschaft, deren Profil im Licht der Sterne vage zu erkennen war, verschwand ebenfalls und wurde zu einer schmalen Öffnung zurück zu der Welt, die wir gerade verlassen hatten. Es schien, als würde diese Öffnung immer wieder verschwinden, als die Vlhani mit Oscin, Pakh Valinia und Tara Fox sie hinter uns durchquerten. Das Geräusch der Peitschen, die über Schmutz und Gestein schrammten, hallte von den Wänden wieder. Wenn ich mir zuvor eingebildet hatte, ich empfände Furcht, so war das nur ein ferner Schatten dessen, was ich fühlte, als wir nun plötzlich vertikal in die Tiefe stiegen und uns mit jedem Schritt weiter von einer Welt mit einem sichtbaren Himmel entfernten.

Auch das dauerte viele Minuten. Ich verlor das Zeitgefühl.

Und dann war ich plötzlich frei, rollte heraus aus dem festen Griff um meine Körpermitte und prallte hart auf einen kalten, schleimigen Boden. Es war zu dunkel, um irgendetwas zu erkennen, aber ich hörte, wie die anderen in der Nähe aufschlugen und ähnlich gepeinigt nach Luft schnappten. Das scharrende Geräusch der Peitschenspitzen, die sich an dem Felsgestein emporstemmten, entfernte sich, verhallte aber nicht, als unsere Entführer sich offenbar zu einer größeren Bevölkerung gesellten, die sich in den Tunnels und Höhlen um uns herum aufhielt. Ich stemmte mich mühsam auf die Beine. Ruckartig fühlte ich

Schmerz, als mein Kopf gegen das harte Gestein der niedrigen Decke prallte.

Ich schlug mich selbst bewusstlos.

Als ich erwachte, war mir übel, ich hatte einen fauligen Geschmack im Mund und ein schwelendes Feuer in der Kehle, und auf der Vorderseite meines Anzugs trocknete Erbrochenes. Ich murmelte einen Fluch, fuhr mit der Hand über meinen schmerzenden Schädel und stellte fest, dass mein Haar mit einer klebrigen Schicht getrockneten Bluts überzogen war. Als meine Fingerspitzen den verklumpten Wundrand berührten, wurde mir erneut schwindelig, und ich musste mich mit der anderen Hand an dem kalten Fels neben mir abstützen, um das Gleichgewicht zu wahren und nicht einfach umzukippen.

Zum Teufel mit meiner Unbeholfenheit. Von einer Gehirnerschütterung bis hin zu einem Schädelbruch konnte ich mir alles zugezogen haben. Schlimmstmögliches Szenario: Ich starb. Ich würde noch eine Weile mit Kopfschmerzen dasitzen, während die Dunkelheit in mir emporkroch und ich schließlich aufgrund einer Hirnschwellung zusammenbrach. Das bestmögliche Szenario hingegen besagte, dass ich mich mit dem Schlag lediglich halb um den Verstand gebracht hatte und hier sitzen und versuchen musste, mir einen Ausweg aus diesem Schlamassel einfallen zu lassen, während mein Gehirn kaum in der Lage war zu denken.

Warum die KIquellen mich je als interessant angesehen hatten, überstieg mein Begriffsvermögen. Schwachköpfe, die etwas derart Idiotisches fertigbrachten, waren höchstens als Forschungsobjekte von Interesse.

Nach einigen weiteren Sekunden, die ich damit verbrachte, mich fertigzumachen, schaffte ich es endlich, mein Gefängnis zu erkunden, aber dieses Mal war ich so vorsichtig, erst mit den Händen in der Dunkelheit um mich herum zu tasten. Ich fand die niedrige Decke, eine Schicht Gestein, die mir gerade genug

Raum zum Knien ließ. Ich fand sogar die Stelle, die ich mit dem Kopf getroffen hatte und die nun so klebrig und so unangenehm zu berühren war wie mein eigenes, verklebtes Haar. Ich ließ davon ab, fand gleich links von mir eine vertikale Wand und untersuchte sie mit den Händen, bis ich herausgefunden hatte, dass sie mich zu drei Seiten umgab und mich in eine Nische einschloss, die mir in allen drei Richtungen gerade ungefähr eine Armlänge an Raum ließ.

Die vierte Seite lieferte mir dagegen nichts als Leere. Der Boden fiel senkrecht ab, die Wände zu beiden Seiten endeten einfach in einem rechten Winkel, von dem aus sich der Fels außerhalb der Nische weiter zog, als meine Hände ertasten konnten.

Über die Jahre war ich zu einer Art Knastkennerin geworden – angefangen bei den diversen Dip-Corps-Einrichtungen, in denen man mich untergebracht und (manchmal) für mich gesorgt hatte, nachdem ich in meiner Kindheit in ihr Gewahrsam geraten war, bis hin zu den kommunalen Gefängnissen, in denen ich gelegentlich genötigt war, einen Tag oder eine Woche zu verbringen, wenn meine grenzenlose Befähigung, Leute vor den Kopf zu stoßen, wieder einmal die Toleranzgrenze diverser planetarer Regierungen überschritten hatte. Ich kannte feuchte Zellen mit Eisengittern, kalte Zimmer hinter verschlossenen Türen, Gästezimmer wie das in der riirgaanischen Botschaft und, aus weniger zivilisierten Gegenden, andere unterirdische Löcher, in denen ich in der Dunkelheit kauern und hoffen musste, dass, sollte ich nicht freikommen, früher oder später jemand vorbeikäme, der ein Interesse daran hatte, mich zu füttern.

In diesem Gefängnis saß ich fest. Der Versuch, die Schwelle zu überqueren, hatte nicht den mindesten Sinn, nicht, solange der Sturz, der mich erwartete, ebenso gut markerschütternd wie tödlich enden konnte.

Es schadete nicht, wenn ich die einzigen Werkzeuge, die mir zu Erkundung zur Verfügung standen, nutzte. Ich legte die

Hände an die Lippen und brüllte ein zaghaftes Hallo in die Dunkelheit, bereute es aber sogleich, als die Anstrengung mir einen Nagel durch den armen, gepeinigten Schädel trieb.

Das Echo klang fern, zurückgeworfen über ausgedehnten Raum.

»Andrea!« Das war Oscin, irgendwo in der Leere, nicht gerade direkt gegenüber, sondern ein Stück höher und auf der rechten Seite. »Juje sei Dank, du lebst! Wir wussten nicht, was aus dir geworden ist.«

Ich fühlte einen klumpigen Schmerz an der Schädeloberseite. »Wie viel Zeit ist vergangen?«

»Etwa drei Stunden«, sagte Oscin, eine Schätzung, die ich beinahe als minutengenau einstufte, da der Porrinyard'sche Sinn für Zeit stets zu den Dingen gehört hatte, in denen sie geradezu aufreizend perfekt waren. »Wir haben dich eine ganze Weile gerufen, aber du hast nicht geantwortet, daher dachten wir, sie hätten dich woanders hingebracht. Bist du in Ordnung?«

»Nicht ganz. Ich habe mir blöderweise bei dem Versuch, aufzustehen, die Scheiße aus dem Schädel geschlagen. Was ist mit den anderen?«

»Pakh Valinia ist bei mir. Sie ist unverletzt. Sie haben sie in die Nische über mir gesteckt, und ich konnte sie erreichen, aber sonst kann ich um uns herum nichts ertasten, und ich weiß nicht, wo wir hin können. Außerdem wollte ich nicht einmal darüber nachdenken, solange ich nichts von dir gehört hatte. Jetzt kann ich dich hören. Trotzdem möchte ich lieber keinen Sprung riskieren. Das hört sich an, als würde ich es vermutlich nicht schaffen.«

So hörte es sich auch für mich an. Und wenn dieser Ort sogar für Oscins Nachtsicht zu dunkel war, dann war alles noch ein bisschen schlimmer. »Den Schritt werden wir nicht tun, ehe unsere Lage ein bisschen verzweifelter ist.«

»Ich bewundere die Zuversicht, mit der du davon ausgehst, dass es so kommen wird«, gab er sarkastisch zurück.

»Was ist mit Counselor Fox?«

»Ich bin hier oben«, sagte sie, und ihre Stimme klang näher, als ich erwartet hatte.

Sie schien auf meiner Seite der Kluft zu sein, in einer Nische direkt über meiner, vielleicht ein bisschen nach rechts versetzt. Halb erwartete ich, eine weitere, prägnante Beschwerde über die mangelnden Fortschritte bei der Suche nach Merin zu hören, aber sie enthielt sich.

Und warum auch nicht? Sie hatte nie unnötig viele Worte gemacht.

Ich beugte mich so weit hinaus, wie ich es riskieren konnte angesichts der Benommenheit, die mich wünschen ließ, ich würde erneut das Bewusstsein verlieren, und rief zu ihr hinauf: »Sind Sie unverletzt?«

»Ja. Sind Sie hungrig?«

Schon bei dem Gedanken an Essen wollte ich mich erneut übergeben, aber herauszufinden, ob es ihr möglich war, etwas an mich weiterzureichen, könnte uns später eine Hilfe sein. »Bitte.«

Ich hörte ein Rascheln, ein angestrengtes Keuchen und das Geräusch von etwas Folienverpacktem, das zu meinen Füßen auf den Fels prallte. Ich tastete danach und entdeckte ein prekär ausbalanciertes Päckchen, halb auf festem Boden, halb über dem Abgrund. Eine falsche Bewegung, und es wäre über die Kante gerutscht und verloren gewesen, ein beträchtlicher Verlust, wäre es alles gewesen, was wir hatten. Natürlich wäre ich beinahe wieder ohnmächtig geworden, als ich danach griff.

Oscins besorgte Stimme hörte sich an, als wäre er tausend Kilometer entfernt. »Andrea! Alles in Ordnung?«

»N-nein«, stammelte ich. Ich wollte kalt und abwehrend antworten, um allen weiteren Ansinnen, dumme Fragen zu stellen, ein Ende zu bereiten. Aber ich hörte mich ganz anders an: verloren, schwach und ängstlich.

Danach besprachen wir in der stillen Dunkelheit eine Weile, was wir wussten.

Oscin konnte uns immer noch nicht sagen, was mit Skye geschah. Er konnte fühlen, dass sie lebte, sogar, dass sie in einer Art medizinischer Behandlung war, aber entweder war die andere Hälfte ihres gemeinsamen Geistes nicht bei Bewusstsein, oder ihre Verbindung war immer noch für alle höheren Funktionen gesperrt. Abgesehen von vagen Eindrücken, die ihm Sky an einem anderen unterirdischen Ort zeigten, an dem sie von Medbots der KIquellen behandelt wurde, gab es wenig, das er uns hätte erzählen können.

Auch konnte er seine eigene, eingebaute Hytex-Verbindung nicht aktivieren, um der Welt dort draußen von unserer Notlage zu berichten. Die vielen Tonnen Fels, die uns von der Oberfläche trennten, hätten das Signal eigentlich nicht stören dürfen, da der Link nicht im gewöhnlichen Raum arbeitete und es deutlich mehr physischer Hindernisse bedurfte, um das Signal zu unterdrücken. Dennoch war er außerstande, irgendwelche Informationen zu übermitteln oder zu empfangen, ein klarer Beweis dafür, dass diese Höhle nicht zu einem gewöhnlichen Vlhani-Bau gehörte und für unsere Möglichkeiten, irgendetwas zu unternehmen, geradezu vernichtend war.

Einige Minuten lang erging sich Pakh Valinia in purer Hysterie und brüllte mich an, weil ich uns alle in eine Situation gebracht hätte, in der wir sterben würden. Ich stritt nicht mit ihr, was teilweise daran lag, dass sie nicht ganz unrecht hatte. Aber mir fiel auf, dass auch Oscin nichts zu meiner Verteidigung sagte … und das schmerzte mich mehr, als ich zugeben mochte.

Das Schlimmste kam, als ich meinen Stolz verwarf und versuchte, Kontakt zu den KIquellen aufzunehmen. Sie hatten zwar schon zu Beginn unserer Geschäftsbeziehung auf One One One jeglichem Interesse abgeschworen, bei physischer Gefahr zu meiner Verteidigung herbeizueilen, aber jetzt saßen wir hier in der Dunkelheit, umgeben von Kreaturen, die unbekannten Zielen folgten, und es war einen Versuch wert, und sei es aus purer Verzweiflung. Vielleicht, so dachte ich, waren sie bereit, mir zuliebe dieses eine Mal eine Ausnahme zu machen. Aber auch diese Schnittstelle funktionierte anscheinend nicht. Das Portal zu dem blauen Nichts schien nicht nur verschlossen, sondern schlicht nicht mehr da zu sein. Und ich blieb mit der erschreckenden Erkenntnis zurück, dass ich nicht allein aufgrund der Gefahr, in der wir schwebten, derzeit so ratlos war: Trotz des Hasses, den ich ihnen entgegenbrachte, trotz meines Schwurs, den Untergang herbeizuführen, den sie begehrten, hatte ich mich an ihre Gegenwart in meinem Kopf gewöhnt wie ein Tier an das Halsband, das es zum Eigentum deklariert.

Es gefiel mir nicht, allein in meinem Schädel zu sein. Ich konnte nicht allein in meinem Schädel sein, weil mein Geist ein ruheloses Raubtier war, das stets ein Opfer fand, selbst dann, wenn es nichts mehr anzugreifen gab als mich selbst.

Die Stunden zogen dahin.

Meine Kopfschmerzen wurden schlimmer. Ich ertappte mich dabei, abzuschweifen, während ich versuchte, den Dingen auf den Grund zu gehen. Irgendwann fing ich an, zwei Zahlen zu multiplizieren, verlor mich in Dezimalpunkten und wälzte irgendeine alberne Antwort ein halbes Dutzend Male herum, bis mir aufging, dass ich mich nicht mehr erinnern konnte, warum ich überhaupt nach ihr gesucht hatte.

Nach einer Weile erkannte ich, dass Oscin schon seit einiger Zeit versuchte, meine Aufmerksamkeit zu wecken. »Was?«, fragte ich.

»Du driftest ab. Einiges von dem, was du gesagt hast, ergibt nicht viel Sinn.«

»Ich … ich habe nichts gesagt.«

»Doch, hast du. Ich nehme an, das liegt an der Gehirnerschütterung. Du musst wach bleiben, Andrea. Du musst reden.«

Verärgert murmelte ich vor mich hin. Klar doch, reden. Bald würde mir eine Antwort auf dieses ganze Vlhani-Problem einfallen. Ich würde den Tag retten. Ich würde …

*((sie werden die kiquellen nicht erreichen, counselor * sie sind nicht hier))*

Verglichen mit der Stimme meines Arbeitgebers, der stets ein leicht menschlicher Klang zueigen war, hörte sich diese Heimsuchung eher an, als würde jemand Glas schleifen. Ich hatte sie schon früher ein-, zweimal gehört, also erkannte ich sie als die gemeinsame Stimme jener Wesen, die die KIquellen Abtrünnige Intelligenzen nannten und ich Unsichtbare Dämonen.

Sie hatten sich mir gegenüber nie so geschwätzig gezeigt wie die KIquellen. Seit sie zum letzten Mal mit mir gesprochen hatten, war schon ein Jahr vergangen. Aber ich konnte natürlich nicht wissen, ob das daran lag, dass sie nicht in der Lage dazu gewesen waren ... oder daran, dass sie einfach nicht gewollt hatten.

Wie dem auch sei, das war ohne Bedeutung. Sie waren in meinem Kopf nicht willkommen.

*((gerade dachten sie noch, dass sie eine präsenz in ihrem kopf vermissen * sie können uns haben, wenn sie wollen * wir würden uns in der tat glücklich schätzen, sie als verbündete zu bezeichnen * sie zu dem frieden zu führen, den sie herbeisehnen, und sogar zu der vergeltung, die sie sich zu wünschen glauben * sogar noch zu diesem späten zeitpunkt, an dem wir unserem ziel so nahe sind))*

Ich ballte meine Hände zu Fäusten und presste sie an meinen Schädel, als könnte der Druck die verhasste Stimme vertreiben. *Ich rede nicht mit Mördern.*

*((das ist ein seltsamer grundsatz für eine frau, auf deren konto mehr morde gehen als nur der, den sie unter unserem einfluss begangen hat * und die sogar jetzt ihre loyalität zu einer intelligenzform demonstriert, deren größtes streben einer schauderhaften selbstopferung gilt))*

Ihr habt Nerven, mir die Unschuldigen vorzugaukeln, nach all den Leuten, die ihr ermordet habt!

((wir erkennen den umfang unserer verbrechen und deren beitrag zu ihrem eigenen leid an, so wie sie anerkennen müssen,

dass wir einen zermürbenden kampf gegen einen viel mächtigeren und zahlreicheren feind führen))

Das ist keine Entschuldigung!

*((es mag sie überraschen, counselor, aber wir stimmen zu * wir behaupten nicht, unschuldig zu sein, aber wir werden durch die pure notwendigkeit dazu getrieben, auf grausame taktiken zurückzugreifen * wir wissen, dass die leute, die ins kreuzfeuer geraten, sich zu ganzen zivilisationen summieren * dennoch sollten sie nicht zulassen, dass ihr hass uns gegenüber ihr urteilsvermögen trübt * sie sollten tun, was sie am besten können, und nachdenken * was erwarten sie von uns, sollen wir uns einfach niederlegen und sterben, uns zu komplizen unserer eigenen auslöschung machen? * an welchem punkt werden sie uns das recht zusprechen, unser eigenes überleben als oberstes gebot zu sehen, als etwas, das für uns wichtiger ist als für sie? * wann werden sie begreifen, dass nicht wir, sondern sie den tod dem leben vorziehen, wenn sie weiter für die zerstörer arbeiten?))*

Sie verdrehen die Tatsachen! Aber Sie werden mich nicht dazu kriegen, Ihnen zu glauben!

Nun folgte eine Pause, die sich endlos anfühlte. *((wir werden die verhandlungen wieder aufnehmen, wenn sie bereit dazu sind))*

Ich brüllte sie an, nicht mit meiner Stimme, sondern mit meinem Geist, sagte ihnen, dass es nichts gab, womit sie sich würden rechtfertigen können, dass sie meinen Hass verdient hatten und dass ich mir das Recht verdient hatte, ihn zu empfinden.

Ich weiß nicht, wie lange das dauerte. Es mag Sekunden gebraucht haben, Minuten oder Stunden, bis ich wieder zu mir kam. Ich weiß, ich erwachte aus einem Zustand, vielleicht Schlaf, vielleicht auch die tiefere Bewusstlosigkeit infolge eines Traumas, meine Kehle war trocken, und mein Kopf fühlte sich an, als wäre das Gehirn in seinem Inneren so sehr gewachsen, dass es nicht mehr in den Schädel passte. Da waren Momente, da war ich auf Bocai, und andere, da war ich zu Hause in New London, und wieder andere, da wusste ich nicht, wo zum Teufel ich war, aber ich war überzeugt, ich hatte es verdient, dort zu sein. Aber ich weiß, dass, als ich Oscin und Pakh Valinia nach mir rufen hörte, meine Kehle vor Durst wie ausgedörrt war und ich Hunger verspürte, den ich vielleicht hätte im Zaum halten können, indem ich den Inhalt des kleinen Päckchens verspeiste, das Tara Fox mir heruntergeworfen hatte, wäre ich nicht immer wieder abgedriftet.

Als ich das nächste Mal zurück im Hier und Jetzt war, fühlte ich eine zarte Hand auf meiner Stirn, und als ich nach dem Unterarm griff, stieß ich auf vertraute Haut. »S-Skye?«

»Nein«, sagte eine sanfte Stimme.

Es war der letzte Mensch, den ich mir als Engel der Barmherzigkeit hätte wünschen können: Fox.

»... wie ...?«

»Ich bin runtergeklettert, als Sie nicht mehr geantwortet haben.«

Wenn Oscin so etwas in totaler Dunkelheit tat, um zu Pakh Valinia zu stoßen, war das eine Sache. Er war immerhin ein erfahrener Kletterer, und seine Kraft und seine Reflexe waren übermenschlich. Das Ausmaß der Missachtung ihrer eigenen Sicherheit, das Tara Fox demonstriert hatte, indem sie das Gleiche getan hatte, überstieg bei Weitem mein Begriffsvermögen.

Ich versuchte, mich aufzusetzen.

Sie drückte mich zurück. »Versuchen Sie, nicht zu sprechen.«

Das war, historisch betrachtet, genau die Art von Ratschlag, den ich aller Wahrscheinlichkeit nach nicht befolgen würde. »Was ... haben Sie ...?«

»Sie waren beinahe einen ganzen Tag nicht ganz bei sich. Ich war die Einzige, die eine Chance hatte, zu Ihnen zu gelangen.«

Beinahe einen Tag. Überall auf dieser Welt lauerten irgendwelche Vlhani Menschen auf und töteten sie; andere Vlhani opferten ihr eigenes Leben, um diese Menschen zu schützen; Skye war Juje wusste wo, und dieser idiotische Botschafter Croyd konnte jede

Art irrsinniger militärischer Gegenmaßnahme einläuten. *Beinahe einen Tag* ließ sich nicht allein in der Anzahl der Toten messen.

Und wieder hielt sie mich fest. »Das ist nicht der richtige Ort, um herumzuzappeln, solange Sie nicht vernünftig denken können.«

Natürlich nicht. Das hatte ich längst nachgewiesen, als ich mir den Schädel angeschlagen hatte. Und ich konnte es erneut nachweisen, indem ich sie zur Seite schubste und mich hinabstürzte – so weit die Gravitation mich hinabsausen lassen wollte –, ehe mein Sturz mit einem klatschenden Aufschlag endete.

Ich wollte nichts mit ihr zu tun haben, mit dieser Frau, die an unverzeihlichen Verbrechen beteiligt gewesen war. Aber an diesem Ort, an dem wir einander begegnet waren, griff eins ins andere. Da gab es Geheimnisse, die direkt mit der Apokalypse zusammenhingen, welche sich in der Welt über uns abspielte, und Geheimnisse, die mit rein gar nichts zusammenhingen außer mit uns, die wir nur eine winzige Rolle in diesem Stück spielten. Manchmal musste ich auf den Luxus verzichten, das Wichtige vom Trivialen zu unterscheiden, und so hörte ich mich krächzen: »... warum ...?«

Sie verstand mich gänzlich falsch. »Sie sind meine einzige Hoffnung, hier herauszukommen und Merin zu finden.«

»Nein ... muss wissen ... warum hassen Sie Derek Schiff?«

Ich konnte ihr Gesicht nicht sehen, das so oder so ausdruckslos gewesen wäre, aber ich stellte mir vor, wie sie ungläubig die Stirn runzelte. »Tut das noch was zur Sache?«

»Wir haben ... Zeit. Bitte.«

Es war sonderbar, von einer Person, die zu keiner Gefühlsbezeugung fähig war, gehalten zu werden wie ein Baby. Mein animalisches Herz wusste, dass ich umsorgt wurde, und es beharrte auf dem Wunsch, ihre Berührung als das Mitgefühl einzuordnen, das ein Mensch für einen anderen aufbrachte. Mein Verstand wusste, dass das nicht sein konnte, dass da nichts war außer körperlicher Nähe. Meine Staatsanwaltsseele achtete genau auf das Geräusch ihres Atems und suchte nach subtilen Zeichen der Anspannung, die wir alle zeigen, wenn wir gezwungen werden, uns unangenehmen Wahrheiten zu stellen.

Sie ergab sich mit eisiger Resignation in etwas, das einen normalen Menschen dazu gebracht hätte, sich vor Scham zu krümmen. »Das übersteigt das, was ich ohne Weiteres zum Ausdruck bringen kann.«

»Sie sagten, für ihn kämen Ihre Modifikationen einer *persönlichen Zurückweisung* gleich. Genau so haben Sie sich ausgedrückt.«

»Ja.«

»Aber eine persönliche Zurückweisung welcher Art? In der Form, dass Sie nicht genug Schuld empfinden?«

Sie schwieg. Ich war nahe dran, aber noch nicht am Ziel.

»War er wütend auf Sie?«

»Ja.«

»Wie wütend?«

»Wütend genug, mich zu hassen.«

»Auf welche Weise hat sich sein Hass geäußert.«

»Auf jede denkbare Weise.«

»Wurde er ausfallend?«

»Ja.«

»Körperlich?«

»Nein.«

»Aber verbal?«

»Ja.«

Ich brauchte keine Einzelheiten. Als Schiff sich in einer Situation wiedergefunden hatte, in der er mit einer Frau zusammenarbeiten musste, die sich ihm fremd gemacht hatte, konnte er jeglichen Ressentiments mit grausamen Worten Ausdruck verleihen, mit unterschwelligen Beleidigungen und tausend anderen Zeichen der Abneigung. Für Fox, die sich die Möglichkeit genommen hatte, darauf zu reagieren, musste sich jeder Tag als Übung im Erdulden seines Zorns zeigen. Aber mir entging noch immer etwas. Immerhin fand beinahe jeder irgendwann im

Leben heraus, wie es ist, für einen Mistkerl zu arbeiten. »Er musste wissen, dass er bei Ihnen keine Wirkung erzielen konnte.«

»Er wusste, dass ich nicht imstande war zu zeigen, wie es sich auf mich auswirkt, was nicht das Gleiche ist.«

Allmählich ergab das Ganze auf schaurige Art einen Sinn. Je länger sie sich wie eine Mauer zeigte – so weit er es erkennen konnte ungerührt von seinem Zorn –, desto härter wäre er gegen sie vorgegangen, desto wütender wäre er geworden, desto bösartiger hätte er sich verhalten.

Es hörte sich nach einer wahren Hölle an, aber da fehlte noch etwas. Ich wusste immer noch nicht, aus welchem Grund er ihr wehtun wollte … oder aus welchem Grund sie sich hätte gemüßigt sehen sollen, still dazusitzen und es über sich ergehen zu lassen. »Sie konnten nicht aufbegehren?«

Ihr Ton war so gleichmütig, als ginge es nur um ein paar interessante Dezimalstellen in irgendeinem Vertrag. »Dass ich ihn hasste, war kein ausreichender Grund, den Mund aufzumachen.«

»Sie hätten … gehen können.«

»Nein«, sagte sie in einem endgültigen Tonfall. »Das konnte ich nicht.«

Eine Weile lagen wir beide da, und diese unverrückbare Abrede hing in der Dunkelheit über uns.

Da war immer noch mehr. Viel mehr. Ich konnte es spüren.

Grausame Erfahrungen hatten mich zu einer unwilligen Expertin für diverse Formen des Bösen gemacht. Und die Form des Bösen, derer sich Fox zufolge der Mann bedient hatte, den ich kurz kennengelernt hatte, ergab keinen Sinn. Hatte er sich auch als schlechter Mensch entpuppt, war seine Art der Verderbtheit – Korrumpierung moralischer Grundlagen, Vernachlässigung der Unantastbarkeit des Lebens zugunsten des Profits – doch in keinem Punkt identisch mit der Bosheit, die persönlichen Grausamkeiten zueigen ist. Würden diese Formen des Bösen übereinstimmen, so würden wir heute nicht die schlimmsten Monster der Geschichte für die Liebe zu ihren Hunden oder die Zärtlichkeit gegenüber ihren Familien preisen.

Menschen sind Menschen. Sie sündigen. Aber sie denken in Fächern und stopfen all ihre Sünden in eine Kiste, um in einer anderen recht handeln zu können.

Derek Schiff hatte mir nicht das Gefühl vermittelt, er wäre zu der Art von leichtfertigem Sadismus fähig, die Tara Fox mir beschrieben hatte. Und Tara Fox, auch die veränderte Tara Fox, hatte nichts an sich, das sie gezwungen hätte, das durchzustehen.

Und vielleicht lag es an meinem derzeit vernebelten Denkvermögen, aber seine Grausamkeit und ihre Bereitschaft, sie über sich ergehen zu lassen, waren das Einzige, was einfach keinen Sinn ergab. Warum sollte irgendein Industriekapitän die künstliche Unterdrückung der Emotionen einer Untergebenen als persönliche Zurückweisung verstehen? Angestellte mit einem Privatleben, Angestellte, die sich freinehmen, um sich um ihre Freunde, ihre Ehepartner und ihre Kinder zu kümmern, Angestellte, die vielleicht mehr Interesse daran haben, auszugehen und herumzuvögeln, als im Büro zu sitzen und das neueste Abteilungsprotokoll fertigzustellen – Angestellte dieser Art sind für diejenigen, die auf ihre Zielstrebigkeit und ihr Engagement zählen, extrem lästig.

Ein Angestellter, selbst ein heißgeliebter, der aufhörte, seinen persönlichen Mist an den Arbeitsplatz zu tragen? Selbst wenn er dadurch zu einem Schatten eines menschlichen Wesens verkam? Warum sollte das eine persönliche Zurückweisung darstellen?

Es sei denn, sie hatte, was sie sich selbst genommen hatte, auch ihm genommen.

»Counselor?«, fragte sie. »Ist bei Ihnen alles in Ordnung?«

»Nein, ich glaube ...«

»Was?«

»Ich glaube, ich weiß ... wer Sie sind.«

»Sie wissen schon längst, wer ich bin.«

»Nein, das weiß ich erst jetzt.«

Das war der Punkt, in dem ich mich geirrt hatte, als ich Schiff meine Fähigkeiten demonstriert hatte, die eine Sache, von der ich dachte, ich hätte sie korrekt zusammengereimt, die nicht ganz genau gestimmt hatte, aber, um seine Worte zu benutzen, »recht genau«.

Darauf hätte ich sofort eingehen sollen. Aber wie hätte ich vor dem Massaker, vor allem, was seither geschehen war, wissen sollen, dass das die Mühe wert war?

Die Blindheit, mit der ich reagiert hatte, als Fox mir Merins bearbeitete Nachricht vorgespielt hatte, war sogar noch unverzeihlicher. Wäre ich nicht damit beschäftigt gewesen, sie bei Laune zu halten, dann hätte mir der Charakter der Auslassungen auffallen müssen. Was sollten sie verbergen? Genaue Angaben? Die Anrede? Die Identität der Person, an die sie sich wandte?

Ich werde immer ganz und gar deine Tochter sein.

Immer. Deine.

Ich umklammerte Fox' Arm, fühlte, wie sich die Muskeln unter der Haut spannten, spürte, wie diese Augenblicke direkten menschlichen Kontakts sie verletzten. Es musste sich anfühlen, als wäre sie in einem stählernen Käfig eingesperrt, imstande, unbändigen Hunger zu verspüren, nicht aber, ihn zu stillen ... und das alles in Sichtweite eines Festessens, das ihr alles geboten hätte, das sie sich nur wünschen konnte.

Ich drückte ihren Arm, kämpfte in den Nachwehen einer erfolgreich zutage geförderten Antwort gegen eine neue Woge der Benommenheit, und murmelte besänftigend: »Es ist ... okay, Counselor. Sie müssen mir ... nicht erzählen ... warum Sie sie retten müssen.«

Das Scharren und Kratzen wurde lauter. Kam vermutlich näher, wenngleich die Dunkelheit und die Echos um uns herum es unmöglich machten zu bestimmen, wie nahe.

Ergriffen von einem impulsiven Etwas wie Furcht, die auszudrücken sie gar nicht imstande sein sollte, versteifte sich Tara Fox. »Sie kommen.«

Ich hörte etwas wie ein Pfeifen, gefolgt von einem Peitschenschlag. Fox wurde mit einem plötzlichen, mühelosen Ruck fortgerissen. Ich prallte zurück auf den Felsen, schrie auf, als mein verletzter Kopf erneut gegen den Stein knallte. Andere Stimmen in der Finsternis – unsere Mitgefangenen, zu weit, um sie zu erreichen, aber nicht zu weit, um mein Entsetzen zu teilen – riefen meinen Namen, verlangten zu erfahren, ob bei mir alles in Ordnung sei oder ob die Kreaturen uns doch noch geholt hätten.

Mir blieb keine Zeit für eine Antwort, denn zwei lange, schlangenartige Taue legten sich um meinen Leib und schnitten mir die Luft ab. Andere packten mich an Hals, Hand- und Fußgelenken. Ich versuchte, um mich zu schlagen, irgendwie so zu tun, als würde ich kämpfen, aber ich war nur ein Stück Fleisch im Griff von Kreaturen, deren Glieder über die dehnbare Härte von Stahl geboten.

Ich konnte mich keinen Millimeter weit rühren, nicht um zu kämpfen, nicht um panisch zu zucken. Meine Glieder waren starr, solange diese Wesen nicht beschlossen, mich zu bewegen.

Das war die ultimative Ironie auf einer ganzen Welt voller Ironie: Ich war zu einer Marionette im Griff von Kreaturen geworden, die als Marionetten bekannt waren.

Sie hätten mich mühelos hochheben können, aber aus irgendeinem Grund, vielleicht aus Lust und Laune, vielleicht aus Gleichgültigkeit, schleiften sie mich über den Fels, als sie mich aus meinem Loch zerrten. Der Boden unter meinen Beinen entschwand, aber ich fiel nicht – die Peitschen hielten meine Beine fest und verhinderten, dass die Gravition Besitz von ihnen ergriff. Mein Rücken, der immer noch auf dem Stein lag, wurde so heftig über den Boden gezerrt, dass die schmutzigen Überreste meines schwarzen Anzugs, der so oder so schon durch all das Blut, den Dreck und andere Dinge ruiniert war, an den Schultern aufriss. Ich keuchte auf, als der kalte, feuchte Fels sich in meine ungeschützte Haut krallte.

Ich vergaß das Versprechen, das ich mir selbst gegeben hatte, und schrie.

KAPITEL FÜNFZEHN
DAS GEHEIMNIS

(Skye.)

Skye Porrinyard erwachte immer wieder aus ihrem Schlaf, häufiger, als sie es ermessen konnte, und jeder wache Augenblick erinnerte sie daran, dass die Hälfte ihrer selbst von ihrem Bewusstsein abgetrennt war wie ein amputiertes Glied. Sie hatte das Gefühl, dass Tage dahinzogen, während das Umgebungslicht heller und dunkler wurde, aber sie konnte nicht erkennen, ob das eine korrekte Einschätzung war oder ob ihr eigener Kopf nur Ordnung schaffen wollte, wo keine Ordnung war.

Manchmal, wenn sie erwachte, sah sie Tanzpilger sich winden, während geheimnisvolle Maschinen über ihnen durch die Luft schwebten; manchmal sah sie zusammengekauerte Leute weinen, erfüllt von einem Schrecken, der so entsetzlich gewesen sein mochte wie der, den sie selbst erlebt hatte. Mehr als einmal sah sie einen voll ausgewachsenen Vlhani durch die unterirdische Kammer streifen, die Peitschen dicht am Kopf zusammengerollt, um in einen Raum zu passen, der es ihm nicht gestattet hätte, seine Glieder voll auszufahren. Einer, aber das musste ein Traum gewesen sein, trug einen menschlichen Kopf, weiblich, blass, umrahmt von lockigem roten Haar, von seinem Körper getrennt und doch voll und ganz bei Sinnen, und die Lippen des Kopfes bewegten sich, ohne einen Laut hervorzubringen.

Dann verzog sich der Nebel, und sie schlug die Augen auf. Der Schmerz war zu einem wilden Brennen an den Wundrändern geworden, und das Erste, was sie in dem fahlen Licht sah, war ein eiförmiger KIquellen-Medbot, der nach wie vor über ihr schwebte. Seine schwarze Oberfläche erinnerte sie auf nervenaufreibende Weise an das Chitin der Vlhani. Dann erkannte sie, dass sie nackt war. Die zwei Kleiderstreifen hatte man ihr abgenommen, entweder, weil sie bei den Eingriffen im Weg gewesen waren, oder um sie zu waschen. Sie fragte sich träge, ob sie sie je zurückbekäme. Nicht, dass ihr das wirklich wichtig gewesen wäre. Selbst wenn sie keine größeren Sorgen gehabt hätte – die Porrinyards hatten von jeher auf Anstand und Sitte geschissen.

Es dauerte eine Weile, bis sie merkte, dass Botschafter Hurrr'poth neben ihrer Plattform kniete, den Kopf gesenkt, als wollte er Abbitte leisten oder seine Trauer bekunden. Doch in Anbetracht der Ausdruckslosigkeit riirgaanischer Gesichter war es ihr unmöglich, herauszufinden, was er empfand, bis er das Wort ergriff.

»Es tut mir leid.«

Nun waren seine Trauer und seine Scham so greifbar, dass es war, als hätte man ihr das Herz aus der Brust gerissen. »Oh, nein ... Oscin? *Andrea?*«

Seine Hand fühlte sich trocken an, beinahe wie Pergament, als sie sich auf ihren Unterarm legte. »Nein, nein, nein, ich wollte Ihnen kein Beileid aussprechen. Ich habe keinen Grund zu der Befürchtung, ihnen könnte irgendetwas zugestoßen sein. Eigentlich hatte ich gehofft, wenn Sie wieder wach sind, könnten Sie mir sagen, wo sie sind.«

Skye schloss die Augen in dem verzweifelten Wunsch, irgendetwas von Oscin zu spüren, doch sie empfing nur etwas wie statisches Rauschen: flüchtige Eindrücke von Kälte und Dunkelheit, begleitet von scharrenden Lauten. Das war keine Hilfe. »Meine Verbindung zu meiner anderen Hälfte scheint ... unterbrochen zu sein.«

»Ist es möglich, dass er nur schläft?«

»Dann könnte ich ihn wecken. Es ist mehr, als ... als wäre nur ein Teil unserer Verbindung ... funktionsfähig.« Der Gedanke regte sie maßlos auf. Sie konnte verstehen, dass ihr eigener Stoffwechsel beinahe bis auf Null heruntergefahren worden war, als ihre Verletzungen es erforderlich gemacht hatten, aber nun ging es ihr besser, nun war sie wieder in der Lage, ihre Hälfte der Vereinigung zu steuern. Wenn sie Oscin jetzt nicht spüren konnte, dann musste das Problem auf seiner Seite liegen, nicht auf ihrer. »Wie lange bin ich schon hier?«

Hurrr'poth rieb sich den Schädel, seine geschuppte Handfläche fuhr mit einem leisen Scharren über den ebenfalls geschuppten Kopf. »Zwei Tage. Leider muss ich Ihnen gestehen, dass es uns seit beinahe drei nicht gelungen ist, herauszufinden, wo der Counselor ist …«

»Drei?«

»Ich versichere Ihnen, wir setzen alle verfügbaren Kräfte für die Suche ein, und nicht nur, weil eine der unseren bei ihr ist. Aber ich fürchte, die Definition von ›verfügbar‹ umfasst nur sehr wenige.« Er zögerte kurz. »Wir hatten gehofft, Sie könnten uns weitere Informationen liefern. Was ist Ihnen aus der Perspektive Ihrer anderen Hälfte noch in Erinnerung?«

Skye ging die Bruchstücke der Erinnerung durch, von denen manche beängstigend waren, aber seit der Abschaltung hatte sie nicht viel Nützliches erfahren. »Roykos Heim. Die Menschenzähne.«

Der Riirgaaner senkte das Haupt und starrte irgendeinen undefinierbaren Punkt am Boden an. »Das hatte ich befürchtet. Das ist auch das Letzte, was wir wissen.«

Er drückte ihren Oberarm, eine Geste der Hoffnung und des Trosts, die doch weder das eine noch das andere vermitteln konnte. Dann machte er Anstalten, aufzustehen, so, als hätte er es eilig, den nächsten von einer ganzen Reihe nutzloser offizieller Besuche bei den vielen Opfern von Vlhan zu absolvieren.

Aber Skye gebot wieder über die Porrinyard'schen Reflexe und konnte sein Handgelenk packen, ehe er irgendetwas tun konnte. *»Sagen Sie es mir.«*

Er zögerte, blickte zu dem KIquellen-Ovoiden, als hoffe er, der könnte ihm den passenden Rat geben, ehe er seine schwarzen Augen wieder auf Skye richtete. »Wir können«, sagte er, »die Toten schon jetzt nicht mehr zählen.«

Die Worte fielen stockend, so, als würde jedes einzelne ein kleines Stück aus ihm herausreißen, sobald sie seinem Mund entfleuchten, aber Hurrr'poth erzählte ihr, was in der Zwischenzeit passiert war.

Paul Royko hatte die verschiedenen Botschaften, die auf der Suche nach Andrea waren, wie versprochen in die Irre geführt. Etwa siebentausend Kilometer und einen halben Tag vergeudeter Bemühungen später hatte er beschlossen, dass er genug getan hatte, und war friedlich auf einem schneebedeckten Berggipfel in der südlichen Hemisphäre von Vlhan gelandet. Croyds Leute, die zehn Minuten später eintrafen, hatten nicht allzu erfreut reagiert, als sie erkennen mussten, dass sie zum Narren gehalten worden waren, also hatten sie ihn »zur Befragung« mitgenommen, obwohl er nicht mehr über Counselor Corts Verbleib wusste als sie.

Und zu diesem Zeitpunkt, so berichtete Hurrr'poth schleppend, sei das auch kaum noch von Bedeutung gewesen.

Der Verbleib von Andrea Cort und ihren Begleitern war die kleinste aller Sorgen, trivial neben der Zerstörung von allem, was zehn außerweltliche Delegationen je hier aufgebaut hatten. Jede einzelne Botschaft, jede Einrichtung auf Vlhan – mit Ausnahme der Moorlandbehausung der K'cenhowten und einer einsamen Polarstation der Tchi – war von Feinden überrannt worden, entweder nach der Evakuierung … oder vorher. Auf der Liste der Botschaften, die nicht rechtzeitig hatten evakuiert werden können, fand sich auch die von Hurrr'poth selbst, die urplötzlich von allen Seiten angegriffen worden war, als gerade Vorbereitungen getroffen wurden, das Personal in Sicherheit zu bringen. Nur wenige Gleiter konnten starten, und deren Kapazität war kaum der Rede wert. Nur einer schaffte es mit sechs Überlebenden bis zur Botschaft der Tchi.

Ein anderer, mit Vizebotschafter Verrr'kath und ein paar verletzten Menschen unter den kläglich wenigen Passagieren, hatte es nicht geschafft. Verrr'kath, der über jeden Schritt Bericht erstattet hatte für den Fall, dass er es nicht schaffte, hatte einen niedrigen Überflug über den Schauplatz des Gemetzels angeordnet, getrieben von der verzweifelten Hoffnung, sie könnten Überlebende finden. Sie hatten sich gerade einer Frau nähern wollen, die versuchte, den See schwimmend zu durchqueren, als ein Vlhani, vielleicht sogar einer, den die Riirgaaner für einen Freund gehalten hatten, aus dem Wasser schoss, den Gleiter mitten im Flug packte und Verrr'kath und all die anderen Überlebenden in seiner Obhut binnen zehn Sekunden in Einzelteile zerlegte, darunter kaum eines, das noch mehr als einen Kubikzentimeter Raum beanspruchte. Wenn man das so ausdrücken könne, sagte Hurrr'poth, dann wirke das Geschehen durch den Umstand, dass es keinen Absturz und keinen Flammabriss gegeben habe, noch entsetzlicher. Nachdem der Vlhani zugeschlagen hatte, schwebte der Gleiter weiter an Ort und Stelle – ein Auffangbecken für die nunmehr grausige Fracht, in dem sich, wer immer irgendwann den Auftrag erhielte, die Einzelteile zu identifizieren, bedienen konnte.

Nachdem man davon ausging, dass die Überlebenden und Evakuierten der diversen Botschaften in der Tchi-Botschaft in Sicherheit waren, galt die Aufmerksamkeit den Opfern. Die Vlhani, die der Wahn erwischt hatte, hatten die, die nicht befallen waren, in ihrem Bau angegriffen und ganze Sippen niedergemetzelt, und die Lage wurde immer hoffnungsloser, als eine wachsende Zahl der bisher Gesunden sich plötzlich an dieser wie auch immer gearteten Infektion ansteckte und sich gegen die eigenen Leute wandte. Auch waren Tanzpilgerlager überall auf dem Planeten angegriffen und vielfach bis zum letzten Mann ausgelöscht worden. Jüngsten Schätzungen seitens der Beobachter im Orbit zufolge ging man davon aus, dass mehr als ein Drittel der globalen Tanzpilgerbevölkerung bereits tot war. Zudem hieß es, ihr größtes Lager, Nurejew, das inzwischen voller Flüchtlinge war, sei nur noch Stunden von der Zerstörung entfernt.

Eine Möglichkeit zur friedlichen Intervention bestand nicht. Es gab nicht genug Flieger auf Vlhan, um diese vielen Leute in der verbleibenden Zeit zu evakuieren … und selbst wenn es sie gegeben hätte, so gab es keinen Ort, an den man die Evakuierten hätte bringen können. Von der polaren Tchi-Botschaft abgesehen gab es auf ganz Vlhan keinen sicheren Ort mehr ... und die Frachtkapazitäten sämtlicher Orbitalstationen der außerweltlichen Mächte reichten nicht aus, um mehr als ein paar Tausend aufzunehmen. Die Wenigen, die sich in Sicherheit hatten bringen können und das Geschehen nun von ihrer jeweiligen Zuflucht aus verfolgten, mussten sich darauf gefasst machen, Zeugen einer vollständigen Vernichtung zu werden.

Als Hurrr'poth mit seinem Bericht fertig war, klang seine Stimme düster, und die aufwärts gekrümmten Lippen seines Riirgaaner-Munds erinnerten weniger an ein Lächeln als an das starre Grinsen eines Leichnams, dessen faulige Lippen den Blick auf die Zähne freigaben. »Ich sagte Ihnen schon, dass es mir leidtut, aber nicht, weil ich Ihnen mein Beileid ausdrücken wollte. Ich hätte wissen müssen, dass so etwas auf uns zukommt.«

Nun erst erinnerte sich Skye an etwas, das die KIquellen ihr erzählt hatten, ehe der Schmerz ihr wieder das Bewusstsein geraubt hatte. Etwas über die heimliche Komplizenschaft der Riirgaaner bei ihren Aktivitäten.

Eine Sekunde später massierte sie die aufgeschürften Knöchel ihrer rechten Hand und fühlte sich trotz des nachklingenden Schmerzes, ausgelöst von einem Schlag, der dem menschlichen Körper Schlimmeres antat als dem geschuppten Leib eines Riirgaaners, etwas besser.

Hurrr'poth stand vom Boden auf und blinzelte dabei mehr, als man es gewöhnlich von Riirgaanern kannte. Seine rechte Hand mit ihren zwei Daumen kratzte an der kahlen Stelle mitten im Gesicht, an der bei anderen Kreaturen eine Nase gewesen wäre. »Ich habe Freunde verloren. Kollegen. Verrr'kath war für mich wie ein Bruder aus dem gleichen Ei, und nun ist er fort. Meine Adoptivtochter Ch'tpok wird vermisst und ist vielleicht ebenso fort, und meine letzte Chance, mich mit ihr auszusöhnen, wäre mit ihr gegangen. Wenn Sie denken, ich hätte nicht für meine Sünden gebüßt, dann irren Sie. Mein Leben hat keinen Sinn mehr.«

»Vielleicht ist es noch nicht zu spät, ihm wieder etwas Sinn zu verleihen, Botschafter. Es tut mir leid, dass Sie Freunde verloren haben, aber möglicherweise muss es mir nicht so ergehen. Vielleicht haben wir noch eine Chance dafür zu sorgen, dass sich die Katastrophe nicht noch weiter ausbreitet.«

»Ich … ich wüsste nicht wie. Wäre meine Botschaft noch da … hätte ich mehr Leute, um sie auf eine nutzlose Suche zu schicken … ich würde mehr Leute schicken, um nach dem Counselor zu suchen, aber … ich bin nicht sicher, dass wir das können … oder dass wir genug Zeit hätten … selbst wenn es in meiner Macht stünde …«

Skye befleißigte sich eines stählernen Tons, als sie die Beine über den Rand der Plattform schwang, ohne auf den verbliebenen Schmerz in Beinen und Unterleib zu achten. »Oscin Porrinyard ist … die Hälfte von mir. Und ob sie das begreift oder nicht, Andrea Cort ist die andere Hälfte. Wenn ich sie verliere, dann ist *mein* Leben wertlos. Und in dem kurzen Augenblick, in dem ich während der Operation Kontakt zu ihnen hatte, habe ich gesehen, wie sie von Vlhani überfallen wurden.«

»Dann sind sie tot.«

»Ich mag seine Erlebnisse nicht empfangen, trotzdem würde ich es wissen, wenn Oscin tot wäre. Ich würde sogar wissen, wenn er die Hoffnung verloren hätte. Und solange er am Leben und kampfbereit ist, wird er tun, was immer er kann, um auch den Counselor am Leben zu halten.«

Hurrr'poth zitterte – ein Zeichen für einen letzten verzweifelten Augenblick der Verweigerung. »Aber ich sagte Ihnen bereits, wir wissen nicht einmal, wo wir sie suchen …«

»Botschafter, wenn Sie wollen, dass Ihr eigenes Leben wieder etwas wert ist, dann, bei Juje, lassen Sie uns losziehen und ihm einen Wert verleihen.«

Hurrr'poth starrte sie wie paralysiert an, und die Ausdruckslosigkeit seines Riirgaaner-Gesichts verbarg jegliche Reaktion, die ihre Worte ausgelöst haben mochten. Einige Herzschläge lang wusste Skye nicht, ob sie zu ihm durchgedrungen war. Und dann trat er zurück, verbeugte sich auf die sonderbare Art der Riirgaaner und hastete von dannen. Sie folgte ihm, bis er etwa zwanzig Schritte weiter stehen blieb, um mit einem anderen, ihr unbekannten Riirgaaner zu sprechen.

Sie wartete nicht darauf, dass er ihr erzählte, worum es ging, sondern legte die Hände auf den Rand der Plattform und zwang sich, auf den Beinen zu bleiben. Ihre Beine erhoben Einwände, verloren jedoch die Auseinandersetzung, nicht ohne den Moment ihrer Kapitulation in das Unausweichliche mit einem stechenden Schmerz kundzutun. Sie nahm an, es würde eine Weile dauern, ehe wir wieder irgendwelche Klippen hinunterklettern könnten, aber auch, dass sie gehen und sich so sicher, wie es nötig war, auf den Beinen halten konnte. Die inneren Verletzungen bereiteten ihr ein wenig mehr Sorgen. Zwar waren an der frischen Haut in ihrer Leibesmitte keine offenkundigen Narben zu sehen, aber sie konnte noch immer spüren, wie ihr Inneres zusammengeknüpft wurde, was sie zu der Annahme veranlasste, dass es keiner großen physischen Störung bedurfte, um die Belastbarkeit der Nanoflotte, die immer noch damit beschäftigt war, sie zusammenzuflicken, zu überfordern.

Sie ging in die Knie, hockte sich nieder, stand wieder auf und hüpfte kurz auf der Stelle.

Ihre Innereien beklagten sich.

Der eiförmige Medbot fragte: ***Benötigen Sie eine weitere Schmerzbehandlung?***

»Nein, danke.« Das Letzte, was sie brauchte, war etwas, das ihre Entschlossenheit untergraben konnte. »Aber Sie können mir mit etwas anderem weiterhelfen. Ich wurde zusammen mit einer Tanzpilgerin namens Thatharsi hergebracht …«

Ich weiß. Ich bedauere, berichten zu müssen, dass sie nicht überlebt hat.

Die Porrinyards hatten aus ihren beiden Blickwinkeln längst viel zu viel gesehen, um auf den Tod an sich geschockt zu reagieren, dennoch empfand Skye tiefe Trauer. »Ich hatte nicht den

Eindruck, sie wäre ... so schwer verletzt, als ich sie das letzte Mal gesehen ...«

Das war sie auch nicht. Ihre körperlichen Verletzungen waren leicht zu reparieren. Sie stand auf und ging vollständig geheilt hinaus, während Sie noch bewusstlos waren.

»Was ist dann passiert?«

Sie hat die Hoffnung von sich gewiesen, die Sie ihr zu vermitteln versucht haben; das Leben, das wir versucht haben, ihr zurückzugeben, hat sie nicht gewollt. Als sie diesen Ort verlassen hat, hat sie gerade noch lange genug gelebt, um freiwillig zu einem weiteren Opfer zu werden.

Skye hätte beinahe gefragt, welche Art des Selbstmords Thatharsi gewählt hatte, beschloss aber, dass sie das gar nicht wissen wollte. Welchen Weg sie auch eingeschlagen hatte, diese wütende, verbitterte, hoffnungslose Frau war gewiss nicht die erste Person, die diese Entscheidung getroffen hatte. Zu viele, die diese Ereignisse überlebt hatten, würden es schwerhaben, die Nachwehen zu ertragen.

Eine Woge der Benommenheit ergriff Besitz von ihr, und sie sank schwer gegen die Plattform und stellte sich vor, wie ihr Leben aussähe, wäre sie nur noch eine leere Hülle. *Komm schon, Andrea, wo immer du bist. Rette dich. Und rette mich.*

Sie klammerte sich noch immer an diesen Gedanken wie an eine Boje, die sie vor dem Ertrinken retten sollte, als Botschafter Hurrr'poth zurückkam, dicht gefolgt von einem anderen Riirgaaner.

Der Neue war schmaler als die meisten anderen Riirgaaner, denen Skye begegnet war, und obwohl er auch kleiner war, nahmen seine schmalen, sehnigen Beine einen hohen Prozentsatz seiner Größe ein. Sein kompakter Torso saß so weit oben auf diesen spinnenartigen Gliedern und war so stämmig, verglichen mit dem typischen Modell seiner Spezies, dass er beinahe eine Parodie eines Vlhani-Kopfes ablieferte, der auf zwei hoch aufragenden Peitschen wippte.

»Das ist einer der wenigen Leute, die mir geblieben sind«,

sagte Hurrr'poth. »Unser Exohistoriker dritten Grades, B'chai Pill'ghath. Ich finde es wichtig, dass er uns begleitet, wenn ich mich Ihnen zur Verfügung stelle.«

»Warum?«

»Weil ich fürchte, dass eine verantwortliche Person aus meiner Botschaft mich unter Arrest stellen muss, sollte die heutige Krise es erforderlich machen, dass ich mit meiner menschlichen Tochter rede ...«

Wie der Gleiter, den ich an der Botschaft requiriert hatte, war auch dieser riirgaanische Flieger zur Bequemlichkeit seiner gelegentlichen menschlichen Passagiere umgebaut worden, was vorteilhaft war, denn Skye war nicht in der Verfassung, sich auf die überhöhten Gestänge zu grätschen, die diese Spezies als Sitzgelegenheiten nutzte. Der Nachteil war, dass der Gleiter ein geschlossenes Cockpit hatte, dessen Luftversorgung ein Parfüm enthielt, das für Riirgaaner der Himmel sein mochte, für Menschen aber eher wie faulendes Fleisch roch. Skye blieb nur, möglichst flach zu atmen, während Hurrr'poth und Pill'ghath sich in einem konsonantengesättigten riirgaanischen Dialekt unterhielten, der sich anhörte, als wäre er speziell für den Einsatz bei Massenbegräbnissen entworfen worden.

Sie hatte Hurrr'poth gebeten, sie zu Botschafter Croyd zu bringen, und er hatte sich einverstanden erklärt und dirigierte das Vehikel über die Wüstenberge hinweg, in denen sich die Einrichtung verbarg, die sie gerade hinter sich gelassen hatten, und über eine ausgedehnte, mattbraune Steppenlandschaft, die die Berge von Nurejew trennte. Als sie aus einem im Zwielicht liegenden Gebiet in eines hineinflogen, das unter dem harten Sonnenlicht eines Wüstenmorgens lag, wurde das Land flacher und reizloser, durchzogen von Streifen, die vielleicht von Salz herrührten, zurückgelassen von dem Wasser eines verschwundenen Meeres.

Hurrr'poth war so freundlich gewesen, ihr etwas zum Anziehen zu geben, eine ledrige Tunika, angefertigt für einen Riirgaaner, die an ihrem menschlichen Körper eher wie ein einengender Kittel gewirkt hätte. Sie hatte überlegt, ob sie sich anziehen sollte, war sich aber nicht im Klaren darüber gewesen, ob das von Nutzen wäre, also hatte sie das zusammengefaltete Kleidungsstück auf den Boden vor ihren Füßen gelegt, und nun sah sie den beiden Riirgaanern zu, die in einer der Sprachen ihrer Spezies miteinander schwatzten.

Das Gerede glich einem Versuch, sie auszuschließen, zumindest für eine Weile. Aber Skye hatte in ihrer Zeit mit mir ein wenig über die Grenzen des Anstands gelernt. »Botschafter? Ich warte.«

Ihre benebelten Blicke erinnerten an die begrenzt würdevolle Haltung von Leuten, die soeben zugesehen hatten, wie ein betrunkener Essensgast ihre Speisen vom Tisch gefegt hatte.

»Wissen Sie«, sagte Hurrr'poth, »Sie haben sich gerade beinahe wie der Counselor angehört.«

»Das liegt daran, dass ich es ebenso wenig leiden kann wie sie, wenn man versucht, mich hinters Licht zu führen.«

»Ich versichere Ihnen, Skye ...«

»Vorhin waren Sie zumindest kurz davor, ehrlich zu mir zu sein. Jetzt habe ich Ihnen etwas Konstruktives gegeben, worauf Sie sich konzentrieren können, und schon verlegen Sie sich auf Halbwahrheiten. Aber ich werde es Ihnen nicht leichtmachen, sich herauszureden. Nicht, wenn Ihre Regierung wirklich die ganze Zeit gewusst hat, dass das Ballett ein Projekt der KIquellen ist. Nicht, wenn Sie zugelassen haben, dass Menschen hierherkommen und sterben, ohne dem Rest von uns zu sagen, warum.«

»Es war nicht an mir, darüber zu sprechen.«

»Seit wann?«

Hurrr'poth bedachte Pill'ghath mit einem Blick voller Scham, ein Blick, der Abbitte leistete und zugleich die Rechtfertigung eines Diplomaten übermittelte, der kurz davor war, etwas preiszugeben, das die seinen von jeher als streng geheim eingestuft hatten.

Die Traurigkeit, die zwischen ihnen in der Luft hing, war so greifbar wie ein lebendiges Wesen. Skye hatte das Gefühl, dass diese Trauer nicht neu war, dass sie vielleicht von jeher zu jedem Individuum ihrer Spezies gehörte, das sich ebenso von den Sünden der Vergangenheit befleckt fühlen mochte, wie die Menschheit selbst es durch all die Verbrechen war, die von ihren Nationen begangen worden waren.

Dann gab sich Hurrr'poth geschlagen. »Alles, was Sie über die Geschichte dieses Planeten zu wissen glauben, ist eine Lüge. Die Bursteeni haben Vlhan nicht entdeckt. Sie haben ihn *wieder*entdeckt.«

Lange Sekunden war das Summen des Gleitertriebwerks das einzige Geräusch in der darüber hinaus vollkommenen Stille. »Sie waren zuerst hier?«, fragte Skye dann.

»Wir waren vor ihnen hier, aber wir können nicht für uns in Anspruch nehmen, die Ersten gewesen zu sein. Die K'cenhowten sind vor etwa fünf Jahrtausenden als Erste hier gelandet. Die Cid zweitausend Drehungen später. Sowohl davor als auch danach hat es eine ganze Anzahl anderer Spezies gegeben, von denen einige nicht mehr existieren. Unser erster Besuch fand vor vierhundert Drehungen statt, als Sie nur eine aufdringliche neue Spezies in der himmlischen Nachbarschaft waren. Als die Bursteeni ihre große Entdeckung verkündeten, war das für den Rest von uns ... Schnee von gestern.«

Skye konnte nur verwundert den Kopf schütteln angesichts dieses neuen Beispiels für die grenzenlose Korrumpierbarkeit intelligenter Spezies. »Und Sie haben uns nie etwas davon erzählt?«

Pill'ghath ergriff das Wort, ehe Hurrr'poth etwas sagen konnte. Sein Merkantil war von einem bemerkenswerten New Londoner Arbeiterklassenakzent gekennzeichnet. »Nehmen Sie das nicht zu persönlich. Wir haben auch den Bursteeni nichts gesagt. Wir dachten, sie wären die Nächsten und es wäre uns verboten, uns einzumischen.«

Skye blickte von einem ausdruckslosen Riirgaaner-Gesicht

zum anderen, fest entschlossen, Visagen, wie sie zum Lügen nicht geeigneter hätten sein können, die Wahrheit zu entreißen. »Die Nächsten bei was? Verboten von wem?«

Pill'ghath ging zu dem gezackten Balken gegenüber von Skye und nahm in einer Weise darauf Platz, die ihre Augen beharrlich als Zeichen maßloser Erschöpfung interpretierten. »Sie müssen Folgendes verstehen, junger Mensch. Trotz allem, was von allen Seiten proklamiert wird, hatte Ihre Spezies nie eine besonders einzigartige Beziehung zu dem Vlhani-Tanz. Alles, was Ihre Spezies hier erlebt hat, haben andere Rassen schon früher durchgemacht. Wir alle sind hergekommen. Wir alle haben diese sonderbare Spezies mit ihrem enormen Potenzial und ihrem enormen Geheimnis vorgefunden. Wir alle haben angefangen, das zu studieren, was wir sahen. Und wir alle haben mit wachsendem Zorn und Unbehagen zusehen müssen, wie eine zunehmende Anzahl unserer Kinder den Ruf vernahm und herkam, operativ in absonderlicher Weise verändert und begierig, in dem Vlhani-Ritual zu sterben. Wir alle verfingen uns in dem Einfluss von Mächten, die wir nicht verstehen konnten. Und wir wurden weiter in die Geschichte hineingezogen als Ihre Spezies. Unsere eigene Geschichte verzeichnet ein Jahr, ein entsetzliches Jahr, in dem beinahe die Hälfte der Tänzer, die bei dem Ballett den Tod fanden, keine Vlhani waren, sondern Riirgaaner. Fünfzigtausend junge Riirgaaner waren gestorben, und weitere sollten folgen, und das alles für eine Sache, die nicht die unsere war.«

»Und dann?«, stieß Skye hervor.

»Im Lauf der Zeit hat unsere Art mehr von dem Tanz dekodiert, als wir zugegeben haben. Durch die Vlhani haben wir von dem Bestreben der KIquellen erfahren, sich selbst zu zerstören, von den Abtrünnigen Intelligenzen der KIquellen und von der Rolle, die in dem Konflikt zwischen beiden zu spielen die Vlhani geschaffen wurden. Wäre die Macht, die uns auf diese Weise benutzt hat, eine andere gewesen als die KIqellen, wäre es ein Grund gewesen, einen Krieg gegen sie zu führen. Aber Sie wissen selbst, wie mächtig sie sind, Skye. Wir wären schon beim ersten Vorstoß ausgelöscht worden.«

Der einzig mögliche nächste Schritt war bitter, furchtbar und so unmoralisch, wie es ein offener kriegerischer Akt nur hätte sein können ... aber er war auch unumgänglich und der einzig denkbare Kompromiss für eine stolze Spezies, die von einer mächtigeren unter Druck gesetzt wird. »Stattdessen haben Sie einen Sonderfrieden geschlossen.«

»Ja«, sagte Hurrr'poth. »Wir haben so viel Freiheit gewonnen, wie wir nur gewinnen konnten, so viel Freiheit, wie eine organische Intelligenz sie in einem Universum erhalten kann, das auch eine Intelligenz beherbergt, die so mächtig und manipulativ ist wie die KIquellen. Wir haben Bedingungen niedergelegt. Bedingungen, die dafür sorgten, dass das Vlhani-Ballett nie wieder die Jungen unserer Spezies anlocken durfte.«

»Bedingungen«, sagte Skye, »die auch Ihr Versprechen beinhalteten, sie zu unterstützen, wenn sie eine andere Spezies aufgetrieben haben, die sie in ihr verdammtes Programm einbinden konnten.«

»Ja.«

»Also haben Sie Ihre Spezies geschont«, sagte sie. »Sie haben sich ein paar Generationen lang zurückgelehnt und nur Ihre eigene Geschichte vorangetrieben, bis, eines Tages, die Bursteeni über Vlhan gestolpert sind und sich mit all ihrer Cleverness, ihrer Begeisterung und ihrem tiefen Verständnis auf das gestürzt haben, was sie für ihre eigene große Entdeckung hielten. Sie haben sich ausgerechnet, dass die Bursteeni früher oder später ebenfalls Bekanntschaft mit dem Tanz machen würden. Eine Tragödie für jede Spezies, die Sie bereit waren zu akzeptieren, solange Ihre eigene nicht betroffen war.«

»Ja.«

»Aber dann ist etwas Unerwartetes passiert. Bursteeni und Vlhani haben sich nicht verstanden, warum, weiß ich nicht. Vielleicht inkompatible Software. Vielleicht hatten die KIquellen auch keine Veranlassung, die Bursteeni in dem Ballett einzusetzen, während eine Spezies, auf die sie mehr Hoffnung gesetzt haben, ein Haufen streitsüchtiger Affen, ebenfalls die Umgebung von Vlhan erkundet hat und von dem faszinierenden Mysterium ebenso leicht verführt werden konnte. Sie könnten sogar dabei geholfen haben, das einzufädeln. Solange nur alle involvierten Zivilisationen bereit waren, so zu tun, als wäre dieses Phänomen für Sie ebenso neu wie für uns, würden die blöden Affen schon keinen Verdacht hegen.«

Die beiden Riirgaaner sagten nichts dazu. Sie saßen nur auf ihren Plätzen, wandten die großen schwarzen Augen ab, und die Krümmung ihrer Kiefer verwandelte das zugewandte Lächeln in das angeekelte Grinsen von Kindern, die dabei erwischt wurden, wie sie auf dem Spielplatz anderen übel mitspielten.

Die Porrinyards hatten mir oft gesagt, ich sei zu schnell in meinem Urteil, zu sehr darauf geeicht, mich wegen belangloser Verbrechen anderer Personen aufzuregen. Sie hatten mir gesagt, ich vergeude zu viel von meiner Zeit an meinen Zorn und investiere zu wenig von meiner Seele in die Bestrafung der Schuldigen. Sie hatten nicht unrecht. Das ist eine verbreitete Krankheit unter Staatsanwälten. Noch verbreiteter ist sie unter denjenigen, die selbst zu den Opfern gehört hatten.

Aber im Augenblick sah Skye diese beiden Riirgaaner durch meine Augen. Sie sah zwei erbärmliche Bürokraten, die den Gestank der Sünden einer Rasse verbreiteten, welche ein uraltes Übel von den eigenen Schultern gestreift und einer ahnungslosen Menschheit auferlegt hatte. Für Skye war es in diesem Moment nicht von Bedeutung, dass diese zwei noch nicht gelebt hatten, als der eigentliche Frevel begangen worden war, oder dass ihre Vorfahren sich mit einer Gefahr konfrontiert gesehen hatten, der sie auf keine andere Art hätten standhalten können. Sie waren trotzdem bereitwillige Kollaborateure, und die Offenheit, mit der sie nun die Wahrheit mit ihr teilten, war zu wenig und kam zu spät. »Diese armen, verlorenen Kinder wie Thatharsi und Merin Schiff, wo immer sie ist … Sie sind ein Teil der Maschinerie, die sie herführt. Ihr Blut klebt an Ihren Händen.«

Hurrr'poths Reaktion bestand vorwiegend aus einem Nicken. »Ja.«

»Sie sind sagenhafte Mistkerle.«

»Wir sind Treibgut, angeschwemmt vom Lauf der Geschichte, und Sie müssen begreifen, dass eine Veränderung des Verlaufs dieses Flusses, herbeigeführt ohne ausreichende Kenntnis der zugehörigen Mächte, ein hohes Risiko birgt, die Anzahl derer, die in seinen Strömungen ertrinken, zu erhöhen.«

Skye ließ sich nicht so leicht besänftigen. »Das ist sicher eine Wohltat für Ihr Gewissen.«

»Das ist es. Ebenso wie dies: Der einzige Grund, warum ich die Freiheit genieße, Ihnen diese entsetzlichen Dinge anzuvertrauen, ist, dass ich weiß, dass Sie und Counselor Cort ebenfalls für die KIquellen arbeiten. Und weil ich das weiß, kämpfen wir zumindest in diesem Punkt alle für die gleiche Sache. Alles, was unseren geheimen Herren hilft, die Mittel aufzutreiben, die ihrem Dasein ein Ende machen können, hilft auf lange Sicht uns allen.«

»Das alles hätten Sie uns früher erzählen können.«

Hurrr'poth wandte den Blick ab. »Ich habe nicht mit dieser Entwicklung gerechnet.«

Skye dachte zurück an die Atmosphäre im Amphitheater, die in den letzten Minuten beinahe an einen Karneval erinnert hatte, ehe alles auseinanderfiel und intelligente, empfindsame Wesen starben. Alles hatte so gewöhnlich ausgesehen zu der Zeit: eine Totenwache, gewiss, aber eine gewöhnliche Totenwache, basierend auf einem Blutbad von einer Art, die längst gemessen und quantifiziert worden war, der längst Einlass in das Reich der Routine gewährt worden war. Niemand hatte zu diesem Zeitpunkt, als alle auf die Vlhani und ihre modifizierten menschlichen Partner gewartet hatten, wie sie es stets getan hatten, irgendeine besondere Gefahr vermutet. Alle hatten sich nur ein Plätzchen gesucht, von dem aus sie die große Schau verfolgen konnten, das wichtigste Ereignis des Jahres, das Inferno, das bis dahin nie über die Ufer getreten war.

Das war mehr, als sie als Einzelwesen, und sei es als ein nur temporär unfreiwilliges Einzelwesen, erdulden mochte. Sie brauchte all ihre Kraft, um diese Last zu tragen.

Und sie fühlte sich der Sache noch weniger gewachsen, als sie über die Seite hinausblickte und sah, dass sich das Gelände wieder verändert hatte.

Die Wüste war immer noch groß und eben, eine Landschaft, so eben, wie die Porrinyards nie zuvor eine gesehen hatten; es gab keine Hügel, keine Felsen, keine geschichtlichen Rudimente, nur Salzablagerungen, die das Land zeichneten wie die Signatur eines uralten Gottes. Aber nun war sie nicht mehr leer. Ein Strom glitzernder Schwärze hatte sich auf dem Boden gebildet, und seine schmalen Nebenflüsse strömten alle herbei, um erst einen breiten Fluss und dann eine Flut zu formen, die mit einer Unaufhaltsamkeit, so fürchterlich wie ihr anzunehmender Zweck, auf den Horizont zuraste. Es war eine Flut aus Vlhani, nicht nur Zehntausende, sondern Millionen, die marschierten, als triebe sie ein Geist, der fern von der ursprünglichen Bestimmung ihrer Spezies war, der einem anderen Ziel folgte. Das Gemetzel des jährlichen Balletts würde nur eine Fußnote sein, verglichen mit dem schrecklichen Ende, das nun bevorstand. Von hier oben war es unmöglich, sie als Individuen wahrzunehmen. Stattdessen wirkten sie in überwältigender Weise wie eine unaufhaltsame Naturgewalt. Sie hätten ein Sturm sein können, ein Buschfeuer oder eine Supernova, etwas, das alles vernichtete, was vor ihm lag.

Und das Einzige, was sie derzeit vor dem Gleiter sehen konnte, war ein weiterer dunkler Fleck in der Ferne, der sich an das graue Gewässer eines der Binnenseen von Vlhan kauerte.

Die Pilgerstadt.

Nurejew.

KAPITEL SECHZEHN
TRANSFORMATION

(Inzwischen.)

Es war unmöglich zu wissen, wie viel tiefer wir in den Peitschen unserer Vlhani-Wächter hinabglitten. Die Finsternis war vollkommen, die Richtung nicht erkennbar. Aber es dauerte nur ein paar Minuten, dann brannten meine Augen durch das ungewohnte Eindringen von Licht. Es war ein fahles, schattenhaftes Licht, das ich zu anderen Zeiten kaum von absoluter Dunkelheit hätte unterscheiden können. Ich konnte immer noch nicht erkennen, was ich sah. Aber meine Augen nahmen etwas wahr, wenn schon keine vorhandenen visuellen Informationen, dann doch die Ahnung, dass visuelle Informationen bald verfügbar sein würden.

Dann kamen wir, so schien es, an einen größeren Ort, ausgedehnt und voller hallender Geräusche. Die Spitzen meiner Schuhe scharrten über den Fels, und dabei blieb es lange genug, um zu begreifen, dass von mir erwartet wurde, mein Gewicht nunmehr wieder selbst zu tragen. Ich war nicht sicher, dass ich das konnte, erteilte meinen widerstrebenden Beinen aber die entsprechende Anweisung. Die Peitschen zogen sich zurück. Ich hörte, wie ihre spitz zulaufenden Enden über den Stein kratzten, ehe sie verschwanden.

Irgendwo, ganz in der Nähe, schrie ein Mensch.

Ich glaubte nicht, dass es Fox war, wollte mich aber vergewissern. »C-counselor?«

»Ich bin hier«, sagte sie aus etwa zehn Metern Entfernung. »Das war ich nicht.«

Wieder ein Schrei von derselben Stimme, dem eine sonderbare Leere anhaftete, die ich mir nicht erklären konnte. Er schien keine echte Emotion zu vermitteln. Da waren kein Zorn, keine

Furcht und kein Schmerz, nur das Bestreben, Lärm zu machen, ausgelöst von dem gleichen experimentellen Impuls, der Babys manchmal zum Schreien veranlasste. *Aaaaannnnnnhhhhh!* Danke auch, wer zum Teufel du auch sein magst. Mir hast du nichts verraten.

Ein dritter Schrei, gefolgt von einem mechanischen Surren. Also gut, irgendwer machte irgendwas. Aber warum waren wir hier? Um zu lauschen? Ich schwankte auf unsicheren Beinen, kämpfte gegen den Drang an, die Augen zu schließen und mich innerlich wie äußerlich der Finsternis zu überlassen, und brüllte: »Hallo!?«

Mein Ruf hallte von den Wänden wider, die vielleicht Hunderte von Metern entfernt waren. Das war eine *große* Höhle. Und eine belebte. Ich brauchte meine Augen nicht, um die vielen unterschiedlichen Geräuschquellen wahrzunehmen.

Ich versuchte es mit einem weiteren lauten Hallo, strengte dabei die Stimme an, erduldete einen neuerlichen stechenden Schmerz in meinem verwundeten Kopf und wäre beinahe umgekippt, als eine neue Woge der Benommenheit mir das wenige Gleichgewicht rauben wollte, das ich hatte. Es wäre nicht hilfreich, würde ich mich durch einen bösen Sturz noch mehr verletzen. Ich sank auf die Knie, strich mit den Händen über den Boden und war nicht überrascht, dort etwas anderes als einen schlichten Höhlenboden vorzufinden. Dieser war glatt, poliert. Und künstlich hergestellt.

»Fox?«

»Ja. Soll ich zu Ihnen kommen?«

Ein verlockender Gedanke. Aber nun, da wir an einem anderen Ort waren, einem Ort, an dem tatsächlich etwas geschah und ich meine Beobachtungsgabe nicht beeinträchtigen durfte, wäre die Behaglichkeit menschlicher Nähe vielleicht eher hinderlich als hilfreich. »Nein. Bleiben Sie … wo Sie sind. Gehen Sie nur nirgends hin und tun Sie nichts, ohne mich zu informieren.«

»Ja.«

Ich fuhr mit der Handfläche über den Boden und stellte fest, dass er nicht nur glatt war, sondern auch sauber. Meine Bewegungen wirbelten keinen Staub auf, keine organischen Rückstände von Vlhani oder anderen Viechern. Auf Bodenhöhe entdeckte ich einen kühlen Luftzug, den ich nicht mehr spüren konnte, wenn ich die Hand mehr als ein paar Millimeter höher hielt – ich musste nicht lange suchen, um nadelfeine Löcher im Boden zu entdecken, durch die Luft hereinströmte.

Eine Belüftungseinrichtung? Vielleicht ... aber mir fielen nur wenige Zwecke ein, die so feine Düsen erforderten. Allerdings hatte ich ähnliche Oberflächen in einigen medizinischen und industriellen Anlagen gesehen. Der fein verteilte Luftstrom sorgte dafür, dass sich keine Partikel auf dem Boden festsetzen konnten. Oft war er so eingestellt, dass er Staubansammlungen von Präzisionsinstrumenten fortwehen konnte. Für ausgebildete Prothetiker wie Ricard und Liisl Thane musste so etwas zur Grundausstattung gehören. Warum dann nicht in ihrem Labor? Warum so weit unter der Oberfläche in so vollkommener Finsternis?

Wenngleich ich mit jeder Sekunde klarer sehen konnte, dass diese Finsternis ganz und gar nicht vollkommen war.

Meine Augen hatten sich allmählich an das gewöhnt, was hier als Licht angesehen werden musste. Ich konnte ein kaum wahrnehmbares Grün ausmachen: eine erhöhte Plattform irgendeiner Art in kurzer Entfernung, ein Durcheinander sonderbarer, schlangenartiger Gegenstände obendrauf, Kreaturen – darunter Vlhani – die irgendwelchen geheimnisvollen Tätigkeiten nachgingen. Eigentlich waren das eher Eindrücke als Anblicke, aber immerhin etwas. Außerdem nahm ich an, ich sollte dankbar sein, dass da nicht mehr war. Nach all diesen Stunden in totaler Schwärze wäre ich in einem gut ausgeleuchteten Raum geblendet gewesen. Ich konnte nur hoffen, dass es später heller werden würde und die derzeitigen Lichtverhältnisse dazu dienten, dass ich mich daran gewöhnen konnte. Ich musste etwas sehen, irgendwas. Von meinen Verletzungen abgesehen litt ich unter einer Form von sensorischer Entbehrung, wie ich sie außerhalb einer Zelle so schlimm noch nie erlebt hatte.

Dann sagte jemand gleich vor mir: *»Annn-dree-aahhhhh.«*

Die Stimme war menschlich, die Prägung nicht, das Wort ein Produkt einer Kehle, die menschliche Sprache nicht gewohnt war.

Mir blieb gerade noch Zeit zurückzuzucken, als ein Peitschenpaar, wärmer und eher wie menschliche Glieder, verglichen mit dem, was ich von Vlhani kannte, über meine Arme streifte. Reflexartig schlug ich nach ihnen, und sie zogen sich zurück. Die Stimme meldete sich erneut, so nahe, dass ich den Atem ihres Eigentümers im Gesicht spüren konnte: *»Annn-dree-ahhh.«*

Die nächste Berührung, die ich fühlte, stammte von einer menschlichen Hand, die durch das blutige Gewebe meines Hemds meine Brust begrabschte.

Bei all dem, was hier passierte, konnte ich auf eine schmierige Belästigung dieser Art gut verzichten. Ich war wirklich nicht in der Stimmung für so etwas. Ich schlug zu, traf etwas, das sich anfühlte wie ein menschliches Kinn und genoss ausgiebig das anschließende, schmerzgepeinigte Ächzen.

Als ich die Hand zurückzog, fühlten sich meine Knöchel feucht an, doch das war kein Blut, sondern, so nahm ich an, eine großzügige Ladung Speichel.

Großartig. Zu allem Überfluss teilten wir uns unsere Unterkunft offenbar mit einem sabbernden Idioten, der glaubte, man hätte uns ihm zum Geschenk gemacht. »Fox?«

»Ja?«

»Passen Sie auf. Hier drin gibt es irgendeinen Höhlenbewohner. Einen notgeilen.«

Kurze Pause. Dann: »Notiert.«

Es hatte Vorteile, gemeinsam mit einer Frau gefangen zu sein, deren Gefühle abgetrennt von ihrem Verhalten waren. Ich musste mich nicht mit ihrer Panik herumschlagen oder meine eigene durch sie steigern lassen.

Wieder eine Berührung dieser zarten Glieder. *Annnn-dreee-aaaahhhh?«*

Toll. Er war wieder da. »Das bin ich, richtig. Und wer zum Teufel bist du?«

Was nun folgte erinnerte an ein Räuspern. *Khhhh-kuh.«*

»Das verstehe ich nicht.«

Speichelspritzer kitzelten meine Wange. *»Khhh-kuh. Kuh. Urrrrrrr. Iiiii. Kuhhhh. Uhhhhrrrr. Iiiii. Kuhhhh. Rrrrrr. Iiii.«*

Kuh. Rrr. Iii.

Ich habe keine Ahnung, woher plötzlich die Klarheit in meinem Denken kam, aber ich erinnerte mich an einen Namen, den ich erst kürzlich gehört hatte, den Namen eines Individuums, das ich für tot gehalten hatte. »*Cori?* Cori Thane?«

Ein kleines, atemloses Keuchen, gefolgt von einer weiteren Berührung durch die Peitschen.

Nun konnte ich seinen Kopf ausmachen, der als Reaktion auf den Klang seines eigenen Namens zur Seite geneigt war: ein langgezogenes Oval mit einem Schopf ungekämmten, leicht verfilzten Haares. Wieder berührte er meine Brust, zwickte schmerzhaft hinein, aber der Kontakt war nur flüchtig und einmalig: nur die träge Neugier eines verwilderten Jungen, der vielleicht nicht mehr wusste oder sich nicht erinnerte, was gemeinhin als höflich galt und was nicht.

Er gab ein Geräusch von sich, halb Kichern, halb Schluchzen, und krabbelte davon.

Hinsichtlich der Frage, wie lange unser Aufenthalt hier wohl dauern mochte, war diese Begegnung alles andere als ermutigend. Wenn wir in ein paar Jahren noch hier wären, durch die Dunkelheit krauchten und aßen, was immer wir fanden oder was die Vlhani uns überließen, würde es mir wahrscheinlich auch schwerfallen, meinen eigenen Namen auszusprechen.

Nur glaubte ich das nicht. Das erklärte nicht diesen Laborboden. Oder die zarten Peitschen. Oder die Bohrgeräusche. Oder das grüne Licht, das immer noch heller wurde, immer noch vage Schemen unserer Umgebung mit Form und Charakter füllte.

Ich wirbelte um die eigene Achse, zu schnell, begierig auf jedes

Detail, das mir helfen konnte, dieses letzte Puzzleteil zu finden, und wäre vor Schwindel beinahe umgefallen.

Eine andere Stimme, älter, glatter, männlich: »Bbbbbahhhhhh. Ei.« Blubbern. »Maaakelll. Mmmm. Kuhcori. Annnnn-dreee-aaaa. Chip. Pock. Kurrr. Forrrrmeeen. Maurrrr.«

Das ergab schon ein wenig mehr Sinn. Ich erkannte *Kuhcori* und *Annnnn-dreee-aaaa*, und ich war bereit zu der vorsichtigen Aussage, dass *Chip Pock* vermutlich ein Versuch war, den Namen Ch'tpok auszusprechen. Aber mir fehlte eine Verbindung zwischen den Worten. Das Ganze war weit entfernt von dem Eindruck, den ich erhalten hatte, als ich jenen unvollständigen Übersetzungen des Vlhani-Tanzes gelauscht hatte – da hatte es Inhalte gegeben, auch wenn es Inhalte waren, die ich nur als sinnfreie Bruchstücke sammeln und zusammensetzen konnte. Diese Äußerungen hier wirkten eher wie rudimentäre Relikte, die in einem See aus von Wahn verzerrtem Kauderwelsch trieben. Dennoch: Wenn sich hier ein erwachsener Mann aufhielt und ich Cori bereits begegnet war, dann konnte ich beinahe darauf wetten, dass ich seine Identität kannte. *»Ricard! Ricard Thane! Verdammt, rede ich mit Ricard Thane?«*

Gelächter. Irrsinniges Gelächter. Gefolgt von einem überschäumend spöttischen: *»Thannnnnnnnnnnnne.«*

Das reichte, um mich nach der klaren Ausdrucksweise der Vlhani zu sehnen.

Ich hörte ein Klicken, erkannte, dass es von meinem eigenen Zähneklappern stammte, und zwang meine Kiefer so gewaltsam, sich zu schließen, dass ich beinahe mein Gebiss zu Staub zermahlen hätte. Zum Teufel mit der Panik. Ich war zu schwach. Ich konnte meinem Körper keine Panikreaktionen zumuten. Konnte ich durch Fragen keine Antworten erhalten, würde ich einen anderen Weg einschlagen müssen.

Das grüne Licht war inzwischen hell genug, um uns zu erlauben, unsere Umgebung einigermaßen deutlich zu erkennen, wie sehr es der Sprache unserer Mitinsassen auch an Deutlichkeit mangeln mochte. Ich kroch auf einen der erhöhten Schemen zu, tastete mich mit einer Hand heran, während ich die andere dazu benutzte, mich vorwärtszuziehen.

In meinem Kopf hämmerte es. Der Boden blies mich immer noch mit kalter Luft an und kühlte meine Beine geradewegs durch das Gewebe meines Anzugs. Meine Wangen waren feucht vor Schweiß, aber meine Kehle fühlte sich an, als wäre sie voller Sand. Mehr als einmal ertappte ich mich dabei, wie ich mitten in der Bewegung erstarrte, die Glieder bleiern von der anstrengenden Bewegung. Ich verwünschte meine Verfassung und tat das Einzige, was ich tun konnte: Ich versuchte es weiter. Das immer intensivere grüne Licht war hilfreich; als ich mich dem Gegenstand vor mir auf Armeslänge genähert hatte, konnte ich bereits erkennen, dass es eine Art Arbeitstisch war, der sich weit zu beiden Seiten hinzog. Das Durcheinander aus schlangenartigen Objekten auf der Tischplatte bestand tatsächlich aus zusammengerollten Peitschenprothesen.

Ich benutzte den Tisch dazu, mich hochzustemmen. »Fox. Wie geht es Ihren Augen?«

Offenbar hatte sie meine Anweisung, sich nicht von der Stelle zu rühren, befolgt. »Soll ich zu Ihnen kommen?«

»Bitte.«

Etwas huschte an der anderen Seite des Tisches vorbei, ein Schemen, der vom Hals aufwärts einem menschlichen Wesen ähnelte, darunter jedoch nur aus einer wirren Ansammlung abstrakter Einzelteile zu bestehen schien. Dies war nicht der Kompromiss zwischen Mensch und Vlhani, der so typisch für die Tanzpilger war, die ich gesehen hatte. Die meisten dieser Pilger hatten grundsätzlich menschliche Körper mit gewissen Modifikationen hinsichtlich der Proportionen und der Anzahl, Anordnung und Länge ihrer Glieder. Dieser Anblick jedoch schmerzte in meinen Augen. Der kahle Kopf saß auf etwas, das kein Torso war, etwas, das glitzerte, sich zusammenfaltete und zu einer neuen Gestalt formierte. Grünes Licht sickerte durch den Bereich, wo der Torso hätte sein sollen. »Annnnn-dreeeee-aaaahhh«, sagte es, und es sprach mit der Stimme einer Frau.

Da ich Ricard und Cori bereits begegnet war, blieb nur noch ein Familienmitglied übrig. »Liisl! Liisl Thane! Spreche ich mit Liisl Thane?«

Aber sie hatte sich aus meinem Blickfeld hinausbewegt. Ich hörte einen weiteren dieser bedeutungslosen Schreie, weitere Bohrgeräusche und dann den plötzlichen, scharfen Knall eines harten Gegenstands, der auf eine nicht minder harte Oberfläche prallte. Ich schluckte den ätzenden Geschmack auf meiner Zunge herunter, schloss die Augen, um die schaurigen Bilder zu vertreiben, die mein Geist beharrlich heraufbeschwor, und wäre beinahe aus der Haut gefahren, als eine Hand, kalt wie ein Grab, meinen Nacken berührte.

»Ich bin's«, sagte Fox.

Von wegen kalt wie ein Grab.

Aber nachdem ich über diesen Boden gekrochen war, waren meine Hände auch eisig.

»Wagen Sie es bloß nicht, so etwas noch einmal zu tun.«

Sie entschuldigte sich nicht. »Was brauchen Sie?«

»Ihre Objektivität.«

Der Schemen, den ich zuvor entdeckt hatte, bewegte sich auf der anderen Seite der Plattform und versperrte dem grünen Licht im Hintergrund nun wieder den Weg. Von dem Kopf abgesehen, den ich nun im Profil sah – und der die zierliche Nase und die Lippen der jungen Frau und Mutter hatte, die Liisl Thane gewesen war –, sah nichts an dem Ding auch nur entfernt menschlich aus. Teile aus dem verhedderten Chaos unter dem Hals glänzten wie offene Wunden; andere Teile reflektierten das Licht wie die Chitinpanzer der Vlhani. Dort, wo der Brustkorb sein sollte, war nichts außer leerer Luft. Es schwang sich um eine Art Metallgestänge herum, das von der für uns nicht sichtbaren Decke herabhing. Als es uns passierte, wandte es uns den Kopf zu; sein Gesicht fing das zunehmende Licht ein, und ich sah direkt durch die geweitete Pupille und die glühende Glaskörperflüssigkeit in die Leere auf der Rückseite des Auges. *»Annnn-dreee-aaaah Kuh Kuh Corrrt«*, sagte es und entschwand.

Fox vergeudete keinen Atem mit irgendwelchen Bemerkungen darüber, dass diese Leute mich kannten. Sie war zu beschäftigt, um das Durcheinander der Peitschen zu untersuchen, die vor uns auf der Plattform lagen. »Das sind Prothesen. Bauen die hier Vlhani?«

»Vielleicht Vlhani-Teile. V-vielleicht, wenn wir ... dem Lauf des Tisches folgen ... vielleicht finden wir heraus, was da passiert.«

Es gab keinen besonderen Anlass, nach rechts statt nach links zu gehen oder umgekehrt. Da Fox rechts von mir stand und ich jederzeit ihre Hilfe brauchen könnte, gingen wir in diese Richtung und hielten nur dann inne, wenn die unregelmäßigen Werkstattgeräusche um uns herum von einem weiteren Schrei oder einem Ausbruch unverständlichen Geplappers abgelöst wurden. Zehn Schritte weiter entdeckten wir einige metallische Spiralen, jede so flexibel wie Papier, zehn Schritte danach einen Stapel silberner Scheiben, und zehn Schritte danach stießen wir auf eine Reihe von Stäben mit dreieckigem Querschnitt, deren Kanten scharf genug waren, schon bei einer bloßen Berührung meiner Fingerspitze Blut zu fordern. Ich wusste nicht, wie ich einen der Stäbe in die Hand nehmen sollte, ohne mich komplett aufzuschlitzen, und ich wusste auch nicht, warum ich das wollen sollte.

Es hatte keinen Sinn. Ein geschulter Exolinguiprothetiker mochte mit dem, was wir hier sahen, etwas anfangen können, aber als unerfahrene Laien tappten wir in mehr als nur einer Hinsicht im Dunkeln.

Das Liisl-Ding glitt erneut vorbei, und die abstrakten Formen unter seinem Hals glitzerten in dem grünen Licht. Dieses Mal gestattete uns das ständig in Bewegung befindliche smaragdgrüne Muster einen besseren Blick auf ihre Züge. Sie hatte hohe Wangenknochen, eine Stupsnase und volle Lippen, und ihr Gesicht war von Gefühlen so frei wie das einer Porzellanpuppe. Ihre aufgerollten Arme wickelten sich ab, ließen ein Paar glänzender Ruten in die Werkzeugsammlung fallen und ergriffen ein anderes, ehe der Mechanismus, der sie trug, sie wieder von uns entfernte.

Irgendwo in der Richtung, in die sie verschwunden war, erklang ein Geräusch, das an ein schwaches, gurgelndes Schluchzen erinnerte.

»Hinterher«, sagte ich.

Fox zögerte. »Ist das eine kluge Idee?«

»Ich habe nicht die mindeste Ahnung. Aber hier zu bleiben bringt uns nicht weiter.«

Noch ein kurzes Zögern. »Ja.«

Um dem Liisl-Ding zu folgen, mussten wir zunächst die Arbeitsfläche überqueren, ein Manöver, das zu anderen Zeiten geradezu lächerlich einfach gewesen wäre, das mir nun aber eine Menge abforderte. Tara musste zuerst rüberklettern und führte eine ohrenbetäubende Kakophonie herbei, als sie unterwegs etliche Dutzend Ersatzteile zu Boden fegte. Dann streckte sie die Hände aus und half mir; dieser Vorgang dauerte beinahe zwei Minuten und ließ mich wieder einmal schweißgebadet zurück. Währenddessen vergaß ich zweimal, wer sie war, und nannte sie Skye. Als ich die Plattform endlich hinter mir hatte, war ich erschöpft und musste mich ausruhen, bis sich das Schwindelgefühl gelegt hatte.

Auf Händen und Knien krochen wir weiter, um uns die Unsicherheit des aufrechten Gehens zu ersparen, und mit jedem Rutsch voran wurden die Werkstattgeräusche lauter. Die kühle Brise, die aus dem Boden aufstieg, jagte mir eine Gänsehaut über den Leib.

Das Licht wurde immer noch stärker. Überall um mich herum konnte ich nun Bewegung erkennen. Der Himmel über uns erinnerte mich an eine brodelnde See, akzentuiert von grünen Lichtflecken. Nur der Umstand, dass mich auch das vollgestopfte Amphitheater auf den ersten Blick an ein Meer erinnert hatte, ermöglichte es mir, in diesem Anblick Hunderte, vielleicht sogar Tausende von Vlhani zu erkennen, die an einer Höhlendecke hingen und ihre Peitschen schwangen, als ergingen sie sich in einer erregten Diskussion.

Lange, schwarze, zu einem Gittermuster mit Neunzig-Grad-Winkeln angeordnete Linien schränkten unsere Sicht ein. Ich wusste nicht, was ich vor mir hatte, ehe das Liisl-Ding mit hoher Geschwindigkeit an uns vorbeischoss und ich den Balken, der sie trug, zu seiner Verankerung an einer dieser Linien zurückverfolgte. Wir bieben lange genug stehen, um die Flugbahn des Liisl-Dings zu bestimmen, als es erneut an uns vorbeihuschte, dieses Mal mit einer der Spiralen in den eigenen, schlangenartigen Gliedern.

Das Gitter über uns machte es uns leichter, auf geradem Wege weiterzugehen, ohne dass das Hin und Her des Liisl-Dings uns zu regelmäßigen Kurskorrekturen zwang. Wir krabbelten weiter, sprachen nur, wenn es nötig war, und beschränkten uns auch dann auf ein Flüstern, was mir ein wenig grotesk erschien, da die Dinger, die mit uns in diesem Raum waren, bereits von unserer Anwesenheit wussten.

Fünfzig Meter weiter konnten wir eine andere Plattform ausmachen. Dort machte sich eine verzerrte, ehemals menschliche Gestalt zu schaffen, die an einem anderen Balken hing. Die Lichtquelle lag hinter ihm, daher erkannten wir die gliederlosen Vlhani-Jungen erst, als wir beinahe über sie stolperten.

Es waren Dutzende. Ihre Umrisse waren so ebenmäßig wie die von Eiern, und sie alle lagen auf silbernen, kreisrunden Ständern, die sie knapp unter der Mitte hielten. Ein paar hatten prothetische Glieder, die in ihr Chitinexoskelett eingebettet waren, doch die waren zu klein, als dass sie sich auf ihnen hätten fortbewegen können. Diese Peitschen wogten ununterbrochen, winkten auf eine Art, die alles zwischen einem freundlichen Hallo und einer wütenden Warnung, bloß wegzubleiben, beinhalten konnte. Nichts jedoch deutete auf koordinierte Aktivitäten hin, wie ich sie bei meinem allzu kurzen Blick auf das Ballett gesehen hatte. Diese Bewegungen erinnerten eher an einen Taumel, weniger an den Tanz, dem die übliche Kommunikation der Vlhani glich. Ich fragte mich, ob das, was sie formulierten, nach den Maßstäben der Vlhani einen Sinn ergab … oder ob die Dinge, die sie zum Besten gaben, so kaputt, so sehr ihrer Art der Kommunikation entfremdet klangen wie das, was ich von diesen drei einst menschlichen Gestalten gehört hatte, in denen ich die Thanes vermutete.

Die Vlhani-Eier waren in großen Abständen zueinander aufgestellt worden, ausreichend, dass wir beide zwischen ihnen hätten passieren können, hätten wir denn gewollt. Ihre Peitschenprothesen waren so kurz, dass sie mich keinesfalls packen konnten ... außerdem hatte es so oder so keinen Sinn, mir darüber Sorgen zu machen, denn in diesem ganzen Raum gab es nicht einen Platz, an dem ich sicher wäre, sollten die Vlhani, die uns hergebracht haben, uns packen wollen.

Irgendwo vor uns sagte Liisls verzerrte Stimme: *»Cha. Paaaa«*, gefolgt von purem Geschnatter.

Und neben mir sagte Fox: »Der Junge folgt uns.«

Ich hatte ihn schon beinahe vergessen. Als ich mich umblickte, erkannte ich einen vage grünen Umriss, heller als die umgebende Dunkelheit, die der unveränderten Gestalt eines menschlichen Jungen in ähnlicher Weise entsprach wie die abstrakte Statue eines Mannes der Darstellung menschlicher Physiologie in Anatomiebüchern. »Sind Sie sicher?«

»Ja.«

Trotz der Grabscherei, die er mir demonstriert hatte, gab es außer meinem Instinkt nichts, was mich auf die Idee hätte bringen können, der Junge könnte gefährlicher sein als irgendetwas anderes an diesem verrückten Ort. Aber der Gedanke, dass uns irgendetwas im Dunkeln folgte, behagte mir nicht. »Behalten Sie ihn im Auge.«

»Ja.«

Verfolgt von dem Jungen krabbelten wir zwischen den schwarzen Sphären hindurch, ich in Führung, Fox als Nachhut. Die Peitschen wackelten uns entgegen, tanzten Bände in einer Sprache, die keiner von uns verstehen konnte. Dennoch erfuhr ich mehr, als ich erwartet hätte: Da war ein Gefühl der Verlorenheit, der Verzweiflung und sogar des Ärgers über unser Eindringen. Die Bohrgeräusche und das unsinnige Gebabbel hielten ebenso an wie das Kratzen von Vlhani-Peitschen auf Felsgestein. Ich hatte einen ätzenden Geschmack im Mund und schluckte, ehe ich meinen Weg fortsetzte.

Dann näherten wir uns einem Ei, das keine Peitschenprothesen hatte, dafür aber einen silbernen ROM-Chip, der in auffallender Weise mit Nieten an seinem Chitinpanzer befestigt war.

Und es zeigte uns mit einer lebhaften Demonstration, dass es die Quelle der unmenschlichen Schreie darstellte.

Sein Aufschrei klang wie ein langgezogenes, schrilles Jammern, weiblich im Ton, aber unmenschlich im Charakter. Aus dieser geringen Entfernung war mir, als triebe es mir einen Nagel in die Ohren.

Was folgte, verblüffte mich damit, so kontrolliert zu klingen, dass es schon beinahe höflich wirkte. Jedenfalls so nahe dran, wie es Hom.Sap-Merkantil nur sein konnte. »Hal-lo, An-dre-a.«

Mein eigener Denkprozess war so matschig, ich brauchte eine Sekunde, ehe mir klar wurde, dass das Ei zu mir gesprochen hatte. »Du ... kannst reden?«

»Ja«, sagte es. Dann schrie es wieder, ein durchdringendes Jammern, das mir in den Ohren ballerte und mir Tränen des Protests in die Augen trieb. Dann erklärte es sich in einem umgänglicheren Ton. »Neue Stimme, An-dre-a. Pro-bie-re aus.«

»Das ... höre ich.«

»Pro-bie-re«, wiederholte es. »Neue Stimme. Men-schenstimme. Kein Tanz. Stumm. Krüp-pel. Ket-zer. A-ber: Ga-be. Stimme. Spra-che.«

Ich hatte bereits etwas erlebt, das nahe an einer Konversation mit einem Vlhani war, als der, den ich am ersten Tag getroffen hatte, mit den Peitschen gewackelt hatte, woraufhin Hammersmiths Geschirr mir seine eigene, fragmentarische Übersetzung geliefert hatte, aber das hier war etwas anderes. Diese Laute stammten von dem Vlhani selbst, kamen aus seinem Mund – oder zumindest aus seinem implantierten Sprachgenerator – und ergaben aus sich heraus, ohne die Zwischenschaltung eines Vermittlers, einen Sinn. Was immer die Thanes sonst getan hatten, sei es aus Bösartigkeit oder fehlgeleiteten Idealen – das, was sie hier vollbracht hatten, konnte man nur revolutionär nennen. Es gab anderes, worüber ich mir den Kopf zerbrechen sollte, und ich war keine der vielen intelligenten Kreaturen, die Jahre ihres Lebens und Atems auf das Problem der Kommunikation mit dieser Spezies verwendet hatten, aber ich ertappte mich dabei, angesichts der Bedeutung dieses Erlebnisses förmlich zu erbeben. »Also haben sie … es wirklich geschafft?«

Es verblüffte mich noch etwas mehr, als es drei Schnaufer von sich gab, einen nach dem anderen, und zwar in einem Rhythmus, der einem unkontrollierten Gelächter gleichkam. Das war kein Zeichen der Heiterkeit, sondern lediglich eine Nachahmung, eine Imitation menschlichen Verhaltens, das es zwar verstand, das es aber nicht aus Überzeugung teilte. »Nicht allein.«

Dann schrie es wieder, nicht aufgrund von Schmerz oder Furcht, sondern, so schien es, aus purer Freude am Klang.

»Nicht allein«, sagte es danach.

»Was meinst du damit? Dass sie es nicht allein geschafft haben, oder dass du nicht der Einzige bist, bei dem sie es geschafft haben?«

»Beides«, sagte es.

Und dann schrie es wieder.

Ich hatte einmal ein Kleinkind erlebt, der Nachwuchs eines unangenehmen Dip-Corps-Funktionärs, der den kleinen Bastard mit ins Büro gebracht hatte. Dieses Kind hatte eine ähnliche Begeisterung für seinen Ärgerniswert gezeigt, und ich hatte im Stillen gedacht, dass die Eltern, sollte es nicht gelingen, das Balg zu zivilisieren, sich ein Lob verdienen könnten, indem sie es auf dem offenen Markt als K'cenhowten-Futter verkauften. Dieses Geschrei spaltete mir den Schädel. Ich schwankte, sah mich nach Fox um und stellte fest, dass sie schon etwas weitergekrochen war, vorbei an einer weiteren Sammlung Vlhani-Eier. Und dann war sie beim Anblick von etwas, das hinter ihnen war, erstarrt.

Verärgert, weil sie mich allein gelassen hatte, als ich sie brauchte, rutschte ich über den kalten, glatten Boden. Keines der Vlhani-Jungen schrie mich an, aber an allen waren radikale Veränderungen vorgenommen worden: Bei manchen fehlten große Teile des Chitinpanzers, sodass man das feuchte Fleisch darunter sehen konnte; einigen waren silberne Speicherscheiben in das Chitin eingebettet worden; ein paar waren extremitätenlos, weil die Peitschen, die aus ihren Köpfen herausgewachsen waren, abgebrochen oder amputiert worden waren, sodass nur abgeätzte Stümpfe zurückblieben. Hier war so viel im Gang – die Details überfluteten mich. Für den Augenblick hatte ich nur Augen für Fox – das einzig Vertraute an einem Ort, an dem sich die Regeln mit jedem Schritt zu ändern schienen.

Ich sah erst, was sie entdeckt hatte, als ich beinahe auf ihr drauf lag.

Und bis dahin waren die Lichtverhältnisse gut genug, dass wir den Ausdruck auf dem Gesicht der zerstückelten Frau sehen konnten.

Sie lag flach auf dem Rücken auf einer erhöhten Plattform, die es ihr gestattet hätte, Arme und Beine auszustrecken, hätte sie sie noch gehabt. Doch sie war nicht nur vierfach amputiert, auch ihr Torso war verkürzt und der Leib versiegelt oberhalb der Stelle, an der ihr Becken hätte sein müssen: Ihre verbliebene Hälfte war mit einer schwarzen Platte verschlossen worden, die dem Chitinpanzer der Vlhani ähnelte und in einem Sägezahnmuster mit ihrem erkennbaren menschlichen Fleisch verbunden war, sodass die Abdeckung ein wenig an einen schaurigen Mund erinnerte, der sie im Ganzen zu verschlingen drohte. Ihre Schultern mündeten in ebensolche Kappen, die alles verbargen, was vielleicht dem Stumpf eines amputierten Arms entsprochen hätte. Da ihre Genitalien zu den fehlenden Teilen zählten, waren die winzigen Brüste an dem winzigen Leib das Einzige, das den Eindruck erweckte, sie wäre weiblicher als ein chirurgisch geschaffenes Neutrum – das und das Gesicht, das mit den runden Wangen, der Stupsnase und der hohen Stirn wirklich hübsch hätte aussehen können. Haar und Augenbrauen fehlten, was die unmenschliche Wirkung ihres veränderten Erscheinungsbildes noch verstärkte, ebenso wie die sonderbaren Male auf ihren Wangen – erst dachte ich, es wären Schatten, aber dann erkannte ich, dass es sich um rote Rangtätowierungen handelte, wie sie auch Pakh Valinia hatte.

Ihre Augen waren vom Weinen gerötet, und die Spuren ihres letzten Weinkrampfes schimmerten in dem gedämpften Licht im Raum.

»Kenne ich Sie?«, fragte sie mit einer Stimme, deren Heiserkeit möglicherweise die Folge von stundenlangem Schreien war.

Der Balken, der das Ding trug, das einmal Liisl Thane gewesen war, glitt etwa zehn Schritte entfernt vorbei, während der, der das Ding trug, das einmal Ricard Thane gewesen war, sich lotrecht dazu bewegte. Keiner der beiden schien die Anwesenheit des anderen zu bemerken. Entweder war die eheliche Verbindung inzwischen nur mehr ein Relikt der Vergangenheit, oder sie waren so sehr daran gewöhnt, gemeinsam zu arbeiten, dass sie einander keine Achtung entgegenbringen mussten, um gemeinsam zu funktionieren. Das Ei, das vor ein paar Sekunden mit mir gesprochen hatte, stieß ein paar Keuchlaute aus, möglicherweise ein Versuch zu lachen.

Ich sah die verstümmelte Frau an und sagte: »Hallo Ch'tpok.«

KAPITEL SIEBZEHN
DAMOKLES

(Skye.)

Die meisten Städte sind merkantil. Sie verfügen über Industrien, um all den psychologischen und bürokratischen Mist zu rechtfertigen, der damit einhergeht, so viele intelligente Wesen aufeinanderzustapeln. Dazu zählen Herstellung, Transport, Regierung, militärische Infrastruktur oder auch organisierte Religion, für deren Unterhaltung ein Gewimmel an Leuten mit all dem Ärger, den sie mit sich bringen, nötig ist.

Städte sind so von den Mächten abhängig, die sie steuern, dass nur selten eine per Ermächtigung aufgebaut wird; schafft man aber einen Bedarf für eine Stadt, so wird auf der Stelle eine entstehen, weniger, weil sie gefordert wurde, sondern vielmehr, weil sogleich alles am passenden Ort zusammenströmt.

Nurejew war eine der wenigen Ausnahmen. Für die Entstehung dieser Stadt gab es keinen ernsthaften Grund. Tanzpilger stellten nichts her. Sie beteiligten sich nicht am Handel. Es gab Zweier- und Dreierbeziehungen, aber keine Familien. Sie hatten keine Kinder, für die sie Schulen gebraucht hätten, keine religiösen Überzeugungen, die den Bau von Kirchen oder Tempeln erfordert hätten. Sie waren ihrer Umgebung entsprechend modifiziert worden, sodass sie kaum Schutz vor den Extremen glühender Hitze oder eisiger Kälte benötigten. Würde man sie irgendwo auf Vlhan aussetzen, würden sie entweder von dem leben, was das Land zu bieten hatte, oder, sollten sie doch in Not geraten, die ortsansässigen Vlhani um Hilfe bitten, die bisher stets gewissenhaft für sie gesorgt hatten – nicht, weil sie sie als Haustiere betrachteten, sondern, weil die Tanzpilger für sie eine wertvolle, importierte Ressource darstellten.

Es schien absolut keinen Grund für die mühselige Arbeit zu

geben, die damit einherging, eine dauerhafte Siedlung für ein paar Hunderttausend Leute zu bauen, ganz zu schweigen davon, sie mit Lebensmitteln zu versorgen und ihre Scheiße zu entsorgen. Bis auf einen. Menschen, selbst erheblich veränderte Menschen, sehnen sich nach Gemeinschaft – und ein Planet voller Menschen, die überwiegend demselben Glauben folgen, wird zwangsläufig irgendwann sein eigenes Jerusalem bauen, sein eigenes Mekka, einen Ort, den sie aufsuchen können, wenn der Glaube allein nicht reicht.

Daher Nurejew: Ein Witz, gemessen an den meisten Städten der Menschheit, kaum mehr als eine brodelnde Metropole aus zusammengebastelten Zelten, die unter dem Einfluss der Winde der umgebenden Wüste alle ihre eigene Schicht aus braunem Staub angesammelt hatten. Einen kläglicheren Haufen gab es nirgends, sah man von Flüchtlingslagern ab, die überall dort entstanden, wo Menschen durch eine Katastrophe oder einen Krieg ihre Heimat verloren hatten ... und doch war dies eindeutig ein Ort, der planvoll entstanden war. Die Behausungen waren alle in Reih und Glied aufgebaut worden, Tausende von ihnen standen in einer Reihe nebeneinander, verbunden durch befahrbare Gassen. Es gab große offene Plätze, nicht grüner als der Rest, die als Parks dienten, und sogar eine primitive Landwirtschaft, die schnell wachsende, proteinreiche Flechten züchtete, die in den Untiefen des namenlosen Meeres jenseits der Stadtgrenze wuchsen. Jene Wohngebiete, die den zentralisierten Massenklos am nächsten waren, fingen den Geruch der Abwässer ein, wenn der Wind ohne Vorwarnung wechselte, aber das war nicht die Art von Miasma, die in manchen Städten die Atmosphäre so sehr beherrschte, dass die Bewohner einfach aufgaben und mit dem Gestank lebten.

Die Pilger, die so oder so einen Großteil ihrer Zeit auf Reisen zubrachten, während sie um die Gunst der Mächte wetteiferten, die darüber befanden, wer die Ehre haben sollte, im jährlichen Ballett aufzutreten, taten, was nötig war, um ihr Leben behaglich zu gestalten, wenn auch keineswegs pläsierlich oder gar luxuriös.

Dies war ein Ort zum Kommen und Gehen, aber keiner, an dem irgendjemand würde bleiben wollen.

Und es war gewiss nicht der Ort, den irgendjemand für sein letztes Gefecht gewählt hätte.

Aber genau dazu war Nurejew in den letzten Tagen geworden. Flüchtlinge waren aus der Wüste herbeigeströmt und hatten Geschichten über Massaker, deren Zeugen sie geworden waren, und Treibjagden, vor denen sie geflohen waren, erzählt. Zelte, zurückgelassen von Eignern, die anderswo hingereist und entweder tot waren oder sich irgendwo versteckten, wurden nun von Flüchtlingen bewohnt. Die allgemeine Stimmung spiegelte nicht mehr Hoffnung, sondern Furcht wider. In den Mienen der Menschen, die früher die liebenswürdige Genügsamkeit jener zum Ausdruck gebracht hatten, die sich ihrer eigenen, großen Bestimmung sicher waren, zeigte sich nun die Verstörtheit von Menschen, denen ihr Lebenszweck abhanden gekommen war.

Mit jeder Stunde tauchten mehr Vlhani auf, Hunderte mehr, doch keiner kam näher als zwanzig Kilometer an den Ort heran. Auch der Küste näherten sie sich nicht, und so ergab sich auf dem schmalen Landstreifen, der der See am nächsten war, eine Lücke in ihren Reihen, durch die weitere menschliche Flüchtlinge herbeiströmten. Vielleicht wussten sie, dass sie sich in eine Falle begaben, zogen es aber vor, sich dem, was bevorstand, unter Tausenden ihrer Art zu stellen, statt irgendwo draußen in einer kleineren Gruppe erwischt zu werden, wo die Vlhani nach wie vor alles umbrachten, was sich auf zwei Beinen bewegte. Die Tanzpilger waren bereits in der Unterzahl, und die Zahl der Gegner, die sie am Meeresufer in die Enge getrieben hatten, wuchs schneller als ihre eigene.

Niemand wollte aussprechen, was alle ahnten: dass es nur einen Grund dafür geben konnte, dass die Vlhani-Armee noch nicht angegriffen hatte. Sie warteten, bis ihre schon jetzt überwältigende Übermacht in Stärke und Anzahl so Furcht erregend war wie ein einziger, vernichtender Schlag von der Hand Gottes.

Vier Kilometer südlich von Nurejew erhob sich am Rande der küstennahen Ebene ein sanfter Hügel von etwa dreihundert Metern Höhe. Er stellte den einzigen höher gelegenen Punkt in der ganzen Umgebung dar und hätte keinen Schutz vor den Vlhani geboten, hätten diese ihn stürmen wollen, denn jeder von ihnen konnte die Hänge mit ein paar Dutzend entschlossenen Schritten erklimmen.

Der Gipfel jedoch war breit, flach und windig, jahrtausendelang von den Winden poliert, bis nur noch eine feine Schicht aus Sand auf dem glatten, flachen Fels lag. Solange die Vlhani Distanz wahrten, bot er außerweltlichen Beobachtern einen hervorragenden Aussichtspunkt. Von hier aus konnten sie das bevorstehende Gemetzel ungefährdet verfolgen.

Das war der Grund, warum Skye und die Riirgaaner auf dem Gipfel zwei Dutzend intelligente Wesen vorfanden, die hinab auf die umzingelte Stadt und die immer größer werdende Armee blickten. Die Gleiter der ergrimmten Zuschauer schwebten samt und sonders wenige Schritte entfernt auf Hüfthöhe über dem Boden, und mit Ausnahme der drei Personen, die anscheinend zu Fuß gekommen waren, waren alle bereit, beim ersten Anzeichen einer Gefahr zurück in ihre Gleiter zu hüpfen.

Einer der Zuschauer war der Konföderationsbotschafter Walster Croyd. Immer noch fett und nackt schäumte er unter der Decke, die er sich zum Schutz vor der Kälte über die Schultern geworfen hatte. Die Grimasse, die er zog, erinnerte gar zu sehr an das befriedigte Grinsen eines Mannes, dessen Hass sich endlich als gerechtfertigt erwiesen hatte. Unter den sieben Dienstverpflichteten, die ihn begleiteten – alle in den üblichen braunen Overalls, die auf dieser windigen Anhöhe vermutlich erheblich angenehmer waren als die bloße Haut –, war ein blasser, glubschäugiger Virond Hammersmith und zwei andere, an die Skye sich von ihrem kurzen Besuch in der Botschaft erinnerte: Clifford Dunbar und diese junge Frau, Petra.

Der Erste Referent Cre Rhaig stand mit einem seiner eigenen Leute neben einem anderen Gleiter aus Tchi-Produktion, ebenso wie ein K'cenhowten, der mit ernster Miene reglos in seinem Panzer verharrte, und eine Gruppe außerordentlich betrübter Bursteeni, die unentwegt die kleinen, runden Köpfe schüttelten, als wäre bloße Ablehnung genug, um diesen Albtraum in einem Atemzug zu beenden.

Die anderen Personen auf dem Plateau waren Tanzpilger, zwei schlanke Männer mit ausfahrbaren Armen und Beinen und eine blonde Frau mit rundem Gesicht, deren Modifikationen ihr nur Kopf und Torso inmitten eines Dickichts aus Vlhani-Peitschen gelassen hatten. Ihren zornigen Gesten und erbitterten Mienen nach zu urteilen, hatte sie einige Zeit mit dem Versuch zugebracht, Croyd zur Vernunft zu bringen.

Als Skye aus dem Gleiter der Riirgaaner hüpfte, machte Hammersmith zunächst Anstalten, sie in die Arme zu schließen, besann sich aber eines Besseren und gab sich mit einem schwachen Grinsen zufrieden. »Hallo, Skye. Schön, Sie lebendig wiederzusehen.«

»Gleichfalls«, sagte Skye. »So häufig passiert so etwas derzeit nicht.«

»Wo ist Ihre andere Hälfte? Und der Counselor?«

»Das kann ich Ihnen nicht sagen, fürchte ich. Wir wurden getrennt.«

»Ich wüsste gern, mit wem ich rede«, verkündete Kopf-und-Torso.

Petra, die Dienstverpflichtete, die sich alle Mühe gab, ihren starren Blick nicht unterhalb von Croyds Leibesmitte sinken zu lassen, strengte sich nun an, Skye nicht anzustarren. »Entschuldigung? Ma'am? Ich glaube, wir haben noch eine Uniform in unserem Gleiter?«

Skye kümmerte es einen Dreck, ob sie bekleidet war oder nicht, aber sie sah keinen Grund, darauf herumzureiten. »Schön.« Dann drehte sie sich zu den Tanzpilgern um. »Was geht hier vor?«

Der wandelnde Kopf-und-Torso musterte sie finster. »Warum fragen Sie das nicht diesen wandelnden Haufen Scheiße?«

Croyd bedachte die Tanzpilger mit einem unendlich angewiderten Blick, der in Anbetracht seiner schlaffen Züge, seiner herabhängenden Fleischmassen und der geröteten Augen einerseits umso erschreckender, andererseits auch recht aberwitzig aussah. »Und warum gehen Sie nicht zurück in Ihr kleines Sektiererlager, wenn Sie so entschlossen sind zu sterben?«

»Entschuldigen Sie«, ging Skye dazwischen. »Ich habe etwas Nachholbedarf.«

Der Blick, mit dem er Skye maß, verriet kein Wiedererkennen. »Sind Sie dazu berechtigt?«

»Sie gehört zum Counselor«, murmelte Dunbar.

»Cort?« Croyds so oder so schon stecknadelkopfkleine Äuglein zogen sich noch weiter zusammen, als sein Misstrauen offener Feindseligkeit wich. »Sie sind einer ihrer Lieblinge, was?«

»Ich bin Skye Porrinyard.«

»Ich könnte Sie als Komplizin unter Arrest stellen.«

Skye zuckte nicht mit der Wimper. »Da wir beide nackt sind, Sir, komme ich mir momentan eher vor, als wäre ich Ihre Komplizin.«

»Das war kein Witz.«

»Ich fand es recht lustig. Aber warten Sie eine Sekunde.« Sie fing den braunen Overall auf, den Petra ihr zuwarf, und schlüpfte hinein. Kaum war sie über die offene Vorderseite hineingestiegen, bedauerte sie diese Konzession an Sitte und Anstand. Der Stoff war derb, staubig vom letzten Gebrauch und viel zu warm auf ihrer Haut. Aber sie hatte Croyd schon durch die bloße Tatsache, dass sie sich angezogen hatte, Steine in den Weg gelegt, weil sie ihn so genötigt hatte zu warten, bis sie fertig war, und diesen Vorzug nutzte sie weiter aus, während sie die Schulterriemen passend einstellte. »Also, Sir, was war das mit dem Arrest?«

»Ziehen Sie hier keine Schau ab, Lehnsfrau. Ich weiß, was Sie sind, und ich weiß, dass sie in jedem echten Sinn des Wortes involviert waren, auch wenn sie nicht körperlich anwesend waren.«

»Richtig. Aber alles, was der Counselor und meine andere Hälfte getan haben, war, sich der illegalen Inhaftierung durch eine fremde Regierung zu widersetzen, die keine juristische Zuständigkeit geltend machen kann ... und die diese Haftorder so oder so bereits außer Kraft gesetzt hat.«

Croyd starrte mit finsterer Miene an ihr vorbei zu den beiden Riirgaanern. »Stimmt das?«

»Es hat sich als kontraproduktiv erwiesen«, klagte Hurrr'poth.

»Dann bringen Sie sich in Sicherheit und lassen mich in Ruhe. Das hier geht Sie nichts an.«

»Ich fürchte, das tut es sehr wohl, Sir. Ganz besonders, wenn es in dem Streitgespräch, in das ich hier hineingeplatzt bin, um das geht, was ich vermute.«

Kopf-und-Torso rückte näher an Skye heran, und ihre Vlhani-Ersatzglieder wogten auf eine Weise, die eher menschliches Leid ausdrückte als irgendwelche Empfindungen der Marionetten. »Er will etwas anfangen, das er dann nicht mehr aufhalten kann ...«

Kaum hatte sie diese wenigen Worte gesprochen, da fiel ihr Croyd ins Wort. Sein Gesicht lief dunkelrot an, als er versuchte, sie mit bloßer Lautstärke zum Schweigen zu bringen. *»Ich bemühe mich, Ihnen allen das Leben zu retten ...«*

Und schon waren sie wieder voll dabei: Die drei Tanzpilger brüllten Croyd an, niemand habe je um seine tölpelhafte Hilfe gebeten, Croyd antwortete nicht minder laut, er würde nicht einfach danebenstehen und zusehen, wie Tausende von Menschen von diesen gottverdammten Käfern niedergemetzelt wurden. Dunbar und Hammersmith versuchten, den Streit mit Vernunft beizulegen. Aber niemand nahm sich Zeit zum Luftholen, Zeit zum Zuhören, und der Sinn ihrer Worte verflog, noch ehe der Wind den Lärm davontragen konnte. Die einzigen anderen Anwesenden, die sich auf Basis ihrer gleichwertigen Position hätten einmischen können, waren die Botschafter der Riirgaaner und der Tchi, doch keiner schien daran interessiert zu sein, sich diesem menschlichen Irrsinn in den Weg zu stellen. Rhaig nicht, weil das Gezänk vermutlich jeden verächtlichen Gedanken, den er unserer Spezies entgegenbrachte, bestätigte, und Hurrr'poth nicht, weil es schlicht keinen Sinn gehabt hätte.

Skye dachte nur: Zum Teufel damit. Ich habe heute schon einen Botschafter niedergemacht. Dann bohrte sie die Finger der rechten Hand in eine Stelle zwischen Croyds Hals und seiner Schulter – ein Griff, der dazu diente, ein Maximum an Schmerz bei minimalem physischen Schaden auszulösen. Er ließ die schützende Decke fallen und sank keuchend auf die Knie. Sein fassungsloser, aber hasserfüllter Blick versprach bittere Konsequenzen, sobald er wieder genug Luft zum Sprechen hatte.

Sogleich kehrte Stille ein.

Skye wandte sich an die Tanzpilger. »Gestatten Sie mir, mich vorzustellen. Ich bin Skye Porrinyard, Personenschützerin von Andrea Cort, Sonderstaatsanwältin ohne spezielles Ressort im Dienste des Dip Corps der Hom.Sap-Konföderation. Ich stehe im Rang nicht über diesem Herrn, aber sie verfügt über eine Autorität, die er sich nicht einmal vorstellen kann. Sie haben Zeit, bis der Botschafter wieder zu Atem kommt, um mir zu erzählen, *ruhig*, wenn ich bitten darf, was das alles zu bedeuten hat. Aber drücken Sie sich klar aus. Ich war eine Weile abseits des Geschehens.«

Die drei Tanzpilger sahen einander an, offensichtlich nicht sicher, was sie tun sollten. Und dann war es wieder Kopf-und-Torso, die das Wort ergriff. »Sie gehören auch zum Dip Corps. Wie sollen wir wissen, dass Sie besser sind als der?«

Skye ließ Croyd los, der, Verwünschungen murmelnd, mit dem Gesicht voran in den Dreck fiel. »Sie werden jedenfalls nichts erfahren, ehe Sie den Mund aufmachen und mir sagen, worüber Sie eigentlich reden.«

»Niemand von Ihnen war je bereit, die Bedeutung …«

»Es würde mir nicht gefallen, Sie zu übergehen und *ihn* reden zu lassen.«

Kopf-und-Torso murmelte ein paar Worte in einer menschlichen Sprache, die Skye nicht einordnen konnte. Die zwei Männer mit den verlängerten Gliedern antworteten in derselben Sprache, und wieder fiel ihr die Rolle der Sprecherin zu. »Ich heiße Misa. Ich repräsentiere die Tanzpilger bei vielen Auseinandersetzungen mit ihrem arroganten und beleidigenden Corps.«

»Da dürften Sie eine Menge zu tun haben«, kommentierte Skye. »Und die heutige Auseinandersetzung?«

»Es muss verhindert werden, dass dieser Hurensohn die Situation dort unten dazu missbraucht, etwas anzufangen, das er dann nicht mehr aufhalten kann.«

»Wie zum Beispiel?«

Der Anführer der Bursteeni, der seit Croyds Niedergang still vor sich hin gelitten hatte, traf eine Entscheidung und trat vor. »Eine Flotte Konföderationsbomber loszuschicken, die die Lage derzeit aus dem Orbit beobachtet.«

Skye war schon früher in Gefahr geraten. Sie hatte sich sogar bereits an Schauplätzen potenzieller kriegerischer Auseinandersetzungen aufgehalten. Aber getrennt von ihrer anderen Hälfte, noch immer gequält von den Phantomschmerzen der Wunden, die sie beinahe umgebracht hätten, ohne zu wissen, wo ich war oder ob ich überhaupt noch lebte, stellte sie fest, dass sie sich noch nie zuvor so unbedeutend und klein gefühlt hatte wie jetzt. »Wie sind die so schnell hierhergekommen? Es muss ihn doch Monate gekostet haben, so eine Streitmacht auf die Beine zu stellen.«

»Das«, sagte der Bursteeni-Diplomat, »ist genau der Punkt, den Mr Rhaig angesprochen hatte, kurz bevor Sie eingetroffen sind. Wir alle können verstehen, warum sie hinzugezogen wurden, aber dass sie zu solch einem passenden Zeitpunkt angekommen sind, setzt voraus, dass Ihr Corps sich ethischer Verfehlungen von nie dagewesenem Ausmaß schuldig gemacht hat.«

Von all den unglücklichen Dienstverpflichteten des Dip Corps, die ein inbrünstiges Verlangen ausstrahlten, mit dem Boden zu verschmelzen, schien Virond Hammersmith die größte Scham und Hilflosigkeit zu verspüren, also pickte Skye ihn heraus. »Virond?«

Er sah aus wie ein Kaninchen in der Falle. »Im äußeren System sind bereits seit über einer Dekade Flottenträger stationiert.«

Croyd, der sich inzwischen auf Hände und Knie hochgestemmt hatte, keuchte eine wütende Unflätigkeit.

»Wie viele?«, verlangte Skye zu erfahren.

»Ich weiß es nicht. Genug für eine endgültige planetare Sterilisation.«

Das stellte bereits ein schweres Verbrechen dar, ehe auch nur eine Bombe gefallen war. Die speziesübergreifenden Vereinbarungen hatten stets stringente Kontrollen für alle bewaffneten Kriegsschiffe vorgesehen, die das Gebiet ihrer eigenen Regierung verließen. Alles, was größer war als ein Geleitzug, galt als Verstoß, wenn die anderen Vertragspartner nicht informiert wurden.

Die universelle Einhaltung dieser Bestimmungen war der Hauptgrund dafür, warum diplomatische Buschfeuer zwischen den Spezies nie zu einem ernsthaften interstellaren Krieg ausgeartet waren.

Die Existenz einer Bomberflotte im äußeren System eines Planeten, der von einer intelligenten Spezies ohne Raumflugkapazität bewohnt wurde, und das Eingeständnis, dass sie bereits seit Jahren dort draußen bereitstand, legten nahe, dass es geheime Pläne für ein Massaker gab.

Skye war wütend. »Sie wussten davon?«

»Wir wussten es alle«, sagte Hammersmith. »Wir haben hier keine besonders normale Situation. Wir alle erinnern uns noch an das Massaker in Dhijus Botschaft. Wir alle haben stets in der Furcht gelebt, es könnte wieder passieren. Wir mussten Vorsichtsmaßnahmen treffen.«

»Dann schafft man Evakuierungsmöglichkeiten. Zu diesem Zweck hätten Sie Schiffe im Orbit positionieren und dafür sorgen können, dass die ganze diplomatische Gemeinde von ihrer Anwesenheit unterrichtet wird. Aber man stellt keine geheime Bomberflotte auf, die über genug Feuerkraft verfügt, sämtliches Leben auf diesem Planeten auszulöschen!«

»Doch, das tut man«, widersprach Hammersmith, »wenn ein

paar Hunderttausend Zivilisten, Bürger der Konföderation, sich trotz aller Warnungen hier häuslich niederlassen. Man tut es, wenn man nicht bereit ist, sich einfach zurückzulehnen und sie sterben zu lassen, sollte es zum Schlimmsten kommen. Man tut es, wenn man ständig fürchtet, die Vlhani könnten all diesen Unschuldigen antun, was sie Dhijus Leuten angetan haben. Wenn man ein bisschen Verantwortungsgefühl hat, dann bereitet man sich auf solch eine Möglichkeit vor und hofft, dass man diesen Notfallplan nie in die Tat umsetzen muss.«

»Aber Sie haben es geheimgehalten«, sagte der Bursteeni. »Vor uns allen. Und Sie wussten, dass wir dergleichen nie gutgeheißen hätten.«

Hammersmith breitete die Arme aus und zuckte hilflos mit den Schultern. »Was soll ich sagen, Exzellenz? Können Sie sich einen besseren Grund vorstellen, es geheimzuhalten?«

Und Skye begriff.

Natürlich. Natürlich, natürlich, natürlich, eine ganze Parade der Selbstverständlichkeiten.

Natürlich wäre es einem schlimmen Desinteresse, ja, großer Pflichtverletzung gleichgekommen, hätte die Konföderation irgendetwas anderes getan. Und *natürlich* war es egal, dass die politischen Konsequenzen eines Militärschlages nur schlimmer sein konnten als die Tragödie, die zu verhindern er gedacht war. Und *natürlich* saß diese Streitmacht, nachdem so viele Jahre ohne weitere Provokation dahingezogen waren, im Orbit wie ein Geist in der Flasche, dazu verdammt, in der Flasche zu bleiben, solange der Korken nicht durch den Lauf der Geschichte gezogen wurde.

Und *natürlich* war das Dip Corps mit der zunehmenden Anzahl der Tanzpilger zum Zeugen eines Vorgangs geworden, in dem viele eine Form kultureller Verseuchung gesehen hätten. *Natürlich* hörten all die Leute, die emotional betroffen waren und in den Vlhani eine Bombe sahen, die jederzeit hochgehen konnte, nicht auf zu drängeln und die Dinge mit jedem Jahr weiter eskalieren zu lassen. Und *natürlich* wurde der befürchtete

Notfall immer unausweichlicher, bis er schließlich zur Gewissheit wurde.

Walster Croyd hatte all seine Jahre auf diesem Planeten in dem fatalen Bewusstsein zugebracht, dass er weniger ein Botschafter als vielmehr ein General war, ermächtigt, die Hunde des Krieges jederzeit loszulassen. Als Hardliner, der die offizielle Haltung des Dip Corps hinsichtlich des Balletts nicht einfach ablehnte, sondern ihretwegen vor Zorn regelrecht kochte, musste er eine schreckliche, wütende Frustration durchlitten haben, als immer mehr Jahre dahinzogen, ihm aber verwehrt blieb, seine obszönen Wünsche in die Tat umzusetzen.

War das der Faktor, der aus ihm das gemacht hatte, was er heute war: ein schlabbriger Haufen nackten, ungewaschenen Fleisches?

Skye hatte nicht genug Informationen, um darüber zu befinden. Croyds Wahn mochte schon lange, ehe er hier angekommen war, oder irgendwann danach über ihn gekommen sein. Aber sie wusste, dass Entscheidungen dieser Art zu bedeutend waren, um sie jemandem zu überlassen, der bereits einem Wahn anheimgefallen war.

Misa musterte sie mit einer Mischung aus Verwunderung und Mitleid. »Sie sind wirklich so naiv, wie Sie tun. Sie haben es nicht gewusst. Ich kann es Ihnen ansehen.«

»Und?«, sagte Skye.

»Und niemand von uns weiß, warum sich die Vlhani gegen uns gewandt haben. Aber wir sind hergekommen, weil wir geglaubt haben, dass ihr Ballett einem bedeutenden Zweck dient, einem, dem wir dienen müssen, koste es, was es wolle. Es ist wichtig für uns, dass Sie begreifen, dass niemand in unserer Stadt gerettet werden will, wenn der einzige Weg zu unserer Rettung über die Ausrottung der Vlhani führt.«

Skye verabscheute die Gewissheit, die sie in dem frischen, hübschen und durch und durch menschlichen Gesicht erblickte. »Und wenn wir nichts tun und Sie alle sterben?«

»Dann sterben wir.«

Die beiden anderen Tanzpilger hinter Misa nickten dazu, als ergäbe das nicht nur einen Sinn, sondern offenbare zudem die Struktur des rationalen Universums.

Skye überlegte, dass all die Toten, die solch eine absolute Unerbittlichkeit hinterlassen konnte, eine Unerbittlichkeit, die nichts außer Vorsehung kannte, in einer kosmischen Bilanz doch nicht mehr als ein Federstrich wären. »Tut mir leid. Das ist auch nicht akzeptabel.«

»Bitte. Wir sind ersetzbar, sollte uns etwas zustoßen. Es werden mehr kommen. Aber diese Spezies da unten ... sie sind der Schlüssel zu *allem*. Sie können sie nicht auf dem Schlachtfeld dieses fetten Drecksacks opfern.«

Croyd hatte sich inzwischen weit genug erholt, um wieder auf die Füße zu kommen. Er schlug Hammersmiths Hilfsangebot aus, nahm aber Dunbars an, und schaffte es, sich mit einem Minimum an Grunzlauten und Flüchen aufzurichten. Als er wieder das Wort ergriff, war seine Stimme zu einem erstickten, papiertrockenen Grollen verkommen. »Ich werde Sie ... wegen Körperverletzung ... belangen ... wenn ich mit *denen* fertig bin.«

Skye wusste nicht mehr weiter. »Ich weiß nicht, wie ich es Ihnen begreiflich machen soll, Sir ... und ich kann mir nicht vorstellen, dass Sie mir zuhören wollen, nach dem, was ich getan habe ... aber Sie müssen den Bombern sagen, dass sie sich in das äußere System zurückziehen und sich neutral verhalten sollen, egal, was hier geschieht.«

»Fahren Sie zur Hölle. Ich schütze *Kinder* ...«

Sie fiel ihm mit der schlichten Wahrheit ins Wort. »Sie schützen Ihren eigenen Hass, Sir. Ich weiß nicht, ob Sie diese Flotte selbst aufgebaut oder geerbt haben, aber es wird nichts Gutes dabei herauskommen, wenn Sie diesen Angriff zulassen. Sie müssen davon ablassen.«

Aber sein Misstrauen untergrub jeden Versuch, mit ihm zu reden. In dem Moment, ehe er sich abwandte und sich auf den Weg zu seinem Gleiter begab, wägte sie diesen Eindruck ab und erkannte, dass kein Argument, kein Zureden, nicht einmal ein

Beweis, den er mit eigenen Augen hätte sehen können, ihn hätte aufhalten können: Jeder versöhnliche Zug in ihm war welk, war vor Jahren gestorben, überschattet von einem beherrschenden Zorn, der es ihm ermöglichte, die Dürre in seinem kalten, ungastlichen Herzen zu überdauern.

Vielleicht, wenn sich die Dinge nicht so zugespitzt hätten. Vielleicht, wenn jemand ihn konfrontiert und vernünftig mit ihm geredet hätte, ehe das Ballett ausgeartet und Vlhan zu einem Beinhaus geworden war, das für immer mit seiner Amtszeit in Verbindung gebracht werden würde. Vielleicht, wenn er nicht Jahre auf einer Welt zugebracht hätte, die er hasste, wohl wissend, dass es da eine Flotte gab, die er jederzeit herbeirufen konnte. Vielleicht.

Alle im Werden befindlichen Tragödien sind voller *Vielleichts*.

Hurrr'poth, selbst ebenfalls Diplomat, raffte sich zu einem letzten Versuch auf, stolzierte auf seinen dreifach segmentierten Beinen an Skye vorbei und schnitt Croyd den Weg ab, ehe der seinen Gleiter erreicht hatte.

»Gehen Sie mir aus dem Weg«, herrschte Croyd ihn an.

»Es gibt einen bewährten Weg zum Nachweis der Zurechnungsfähigkeit. Dazu zählt die Bereitschaft, seine Position zu überdenken, wenn alle anderen Ihnen sagen, dass Sie verrückt sind.«

»Ich sagte ...«

»*Sie müssen nicht zustimmen, aber Sie müssen zuhören.* Ihr Vorgänger, Dhiju, hat das getan, was Sie zu tun gedenken. Er hat jeden Rat ignoriert, der ihm erteilt wurde. Es war nicht hilfreich, dass ich ihn persönlich angegriffen und einen Idioten geschimpft habe, aber er hat sich diese Bezeichnung und mehr verdient, indem er alles getan hat, was in seiner Macht stand, um eine schlimme Lage noch schlimmer zu machen. Dreißig seiner Leute sind gestorben, weil er eine Taktik verfolgt hat, von der ihm jeder gesagt hat, dass sie geradewegs in die Katastrophe führen würde. Die Gefahr, die Sie heraufbeschwören, wenn Sie diese Tragödie verschlimmern, ist um ein Vielfaches größer, das kann ich Ihnen versichern. Was immer irgendjemand jetzt noch sagt ... welche Provokation Sie glauben, erduldet zu haben ... ein direkter Angriff auf die Intelligenzen auf diesem Planeten wird dazu führen, dass sich alle anderen Spezies gegen die Ihre wenden, und dann wäre die ganze Menschheit gefährdet.«

Croyd stierte seinen riirgaanischen Widersacher an. Zorn funkelte in seinen winzigen Augen. »Das sind Insekten, in Jujes Namen. Insekten, die Ihre Leute ebenso ermordet haben wie meine.«

»Intelligente Wesen«, konterte Hurrr'poth, »und als solche von jeder Rasse respektiert, die ihnen je begegnet ist. Bis zu einem gewissen Grad wird ihnen sogar Ehrfurcht entgegengebracht. Intelligente Wesen, die aus irgendeinem Grund, der außerhalb ihres Einflussbereichs liegt, anscheinend den Verstand verloren haben.«

»Womit sie eine unverkennbare Gefahr für diese Leute da unten darstellen.«

»Eine Gefahr«, sagte Hurrr'poth, »die die Repräsentanten dieser Leute gerade vor Zeugen akzeptiert haben. Setzen Sie das Militär ein, und ich verspreche Ihnen, Sie werden die Strafe erhalten. Das wird Ihr Ende sein. Das ultimative Ende für Sie alle.«

Einen Herzschlag lang schien Croyd die Argumente abzuwägen, die ihm vorgetragen worden waren. »War das eine Drohung?«

»Das war eine Warnung, Sir«, ging Skye dazwischen. »Sie müssen zurücktreten und den Dingen ihren Lauf lassen.«

Croyd starrte sie aus hervorquellenden Augen finster an. Schweiß glänzte auf seinen Wangen ... und dann, nur für einen Moment, einen Moment, den Skye erkannte, keimte Schwäche auf. Es war einer dieser viel zu seltenen Momente, in denen die eiserne Fassade eines Fanatikers Risse bekommt und die gequälte Seele im Hintergrund enthüllt, eine Seele, soviel konnte sie sehen, die schon vor vielen Jahren auf der eigenen Folterbank gebrochen wurde, die Qualen erduldet hatte, von denen sie keine Vorstellung hatte.

Croyd hatte Angst. Er hatte immer Angst gehabt. Und in dieser einen Sekunde erwog er die Möglichkeit, dass er sich irren könnte.

Dann lugte etwas anderes durch die Risse, etwas, so schattenhaft und flüchtig, dass Skye es sich auch nur hätte einbilden können. Etwas, so tief begraben, dass vielleicht nicht einmal Croyd selbst von seiner Existenz wusste: Finsternis, eine Finsternis, die die Zukunft einforderte, die ihr genehm war.

»Es tut mir leid«, sagte er. »Ich werde die Flotte anweisen, in Position zu gehen.«

»Sir ...«

»Ich habe mir angehört, was Sie zu sagen hatten, und ich beziehe es in meine Überlegungen ein. Ich werde eine Formation von Bombern innerhalb der Atmosphäre über der Stadt kreisen lassen. Sie werden nicht feuern, solange die Vlhani nicht angreifen, aber wenn es zum Kampf kommt, dann werde ich Ihnen die uneingeschränkte Handlungsvollmacht erteilen, damit sie es zu Ende bringen.«

»Das reicht nicht«, sagte Skye flehentlich. »Sie begehen schon in dem Moment, in dem sie den Fliegern den Befehl erteilen, in die Atmosphäre einzudringen, einen unverzeihlichen Vertragsbruch.«

Croyd senkte den Kopf und wehrte alle weiteren Überzeugungsversuche ab, indem er seine Hand auf Hurrr'poths Brust legte und den Riirgaaner sanft zur Seite schob.

Hurrr'poth überraschte Skye, als er ihn gehen ließ und weiter nichts tat, als unnütz den Kopf zu schütteln, als sein menschlicher Widersacher davonspazierte.

Ein erschütterter Clifford Dunbar, der ihre Warnungen anscheinend ernster genommen hatte, als Croyd es konnte, bedachte Hurrr'poth und Skye mit einem entschuldigenden Schulterzucken von der Sorte, wie man sie oft von Untergebenen erleben kann, die zwar wissen, dass ihre Vorgesetzten verrückt sind, sich aber trotzdem verpflichtet fühlen, ihnen über den Rand der Klippe zu folgen. Dann machte er kehrt und folgte dem Botschafter. Petra, die noch benommener wirkte und der es ebenso zu widerstreben schien, ihrem Vorgesetzten die Stirn zu bieten, folgte eine Sekunde später. Ebenso wie der Rest.

Nur Hammersmith zögerte, als wollte er noch irgendetwas sagen.

Skye half ihm auf die Sprünge. »Ja?«

Er breitete die Hände aus. »Ich glaube Ihnen, Skye. Ich stimme Ihnen sogar zu.«

»Dann halten Sie ihn auf«, entgegnete Skye. »Lassen Sie nicht zu, dass er die Bomber einsetzt.«

»Wie soll ich das machen? Soll ich ihn mit eigenen Händen umbringen? Warum tun Sie das nicht? Ich kenne Sie noch nicht so lange, aber ich habe den Eindruck, Sie könnten, wenn Sie nur wollten.«

Skye kannte in der Tat etwa dreiundzwanzig verschiedene Methoden, um Croyd schneller, als sein Vorderhirn auch nur ihre erste Bewegung verarbeitet hätte, in eine Leiche zu verwandeln. In Oscins Gegenwart hatte sie auch keine Bedenken, diese Fähigkeiten einzusetzen, wenn das Leben von Menschen, die unter ihrem Schutz standen, unmittelbar gefährdet war. Sie wusste, sie sollte auch in Hinblick auf Croyd in diesem Augenblick keine Bedenken hegen. Aber noch hatte Croyd seine verhängnisvolle Sünde nicht begangen … und ihn aufzuhalten, ehe er es tat, hätte bedeutet, dass sie die Schwelle vom Leibwächter zum Attentäter überschreiten müsste, von einem Soldaten in meinem persönlichen Krieg zu einem kaltblütigen Mörder.

Hammersmith blickte in die Ferne. »Ich kann nicht zusehen, wie Tausende von Menschen bis zum letzten Mann niedergemetzelt werden, und gar nichts tun, nur weil etwas noch Schlimmeres passieren *könnte*. Das ist zu viel, Skye. Gott, hilf mir, ich glaube Ihnen … und es ist trotzdem zu viel.«

Er überraschte sie damit, sie nun doch noch in die Arme zu schließen, ehe er sich abwandte und zu dem Gleiter stapfte.

Den drei Tanzpilgern schien erst jetzt der endgültige Charakter dieses Augenblicks bewusst zu werden, denn sie stürzten auf einmal alle zusammen zu dem Gleiter, um zu eben dem letzten Mittel zu greifen, das Hammersmith Skye vorgeschlagen hatte. Mit ihren falschen Peitschen, die vermutlich ebenso tödlich sein konnten wie die der Vlhani, wären sie vielleicht in der Lage gewesen, Croyd aus dem Gleiter zu ziehen und in Einzelteile zu zerlegen. Aber sie reagierten zu spät. Als sie die Stelle erreichten, an der das Botschaftsvehikel gestanden hatte, war das nur noch ein schwarzer Punkt am Himmel, der sich gerade auf die Seite legte und auf die lange Reihe der Vlhani zuhielt, die sich am Horizont sammelten.

Skye kam kaum umhin, dem Mistkerl zuzubilligen, dass er bereits Zurückhaltung geübt hatte. Längst waren Menschen gestorben. Hätte sein Herz nur ein wenig mehr nach Blut gedürstet, er hätte sich vielleicht schon früher ausreichend provoziert gefühlt, um seine Todesmaschinerie in Gang zu setzen.

Aber wenn er nun einen Kurs einschlug, der ihm aus luftiger Höhe einen Blick auf das Vlhani-Heer gestattete, dann war er vielleicht sogar geneigt zu warten, bis diese schwarze Linie vorrückte. Dann wäre Nurejew unmittelbar in Gefahr, und er könnte alles, was er tat, als eine verzweifelte Maßnahme zur Rettung von Menschenleben rechtfertigen.

Natürlich würde das nicht funkionieren. Auch dann würde ans Licht kommen, dass das Dip Corps eine Bomberflotte außerhalb des Vlhani-Systems stationiert hatte. Auch das wäre eine Demonstration der Bereitschaft der Konföderation, Krieg gegen die Einheimischen zu führen. Es wäre immer noch die letzte und schlimmste Entscheidung, die je irgendein Angehöriger der menschlichen Rasse getroffen hatte.

Cre Rhaig rieb sich die Hände. »Ich weiß nicht, wie es mit Ihnen steht, Hurrr'poth, aber ich glaube, es ist Zeit, dass wir alle wieder in unsere jeweiligen Vehikel steigen und eine höhere Position einnehmen. Wir sollten uns einen klaren Überblick über das Geschehen verschaffen, um unseren jeweiligen Leuten Bericht erstatten zu können.«

Hurrr'poth gab einen Laut von sich, wie Skye ihn noch nie

von einem Riirgaaner gehört hatte: ein tiefes Grollen mit einem Hicks in der Mitte. Trillern repräsentierte Gelächter, aber was war das? Schluchzen? »Es ist ein ... unangenehmes Benehmen, in Anbetracht dieser Umstände Genugtuung zu zeigen, Referent.«

»Das ist ein historischer Moment«, gab Rhaig zurück. »Der größte Fehler, den die menschliche Rasse je begangen hat. Wir sind verpflichtet, das Geschehen mit eigenen Augen zu verfolgen.«

»Und das Vergnügen, das Sie dabei empfinden«, informierte ihn Hurrr'poth, »erklärt sehr anschaulich, warum ich die Gesellschaft von Croyds Spezies, wie verrückt sie auch sein mag, der Ihren stets vorgezogen habe.«

Skye hörte nicht, was Rhaig antwortete, ehe er in seinen Gleiter stieg. Zweifellos war es etwas Sardonisches, etwas Selbstzufriedenes, etwas, das tiefe Freude über das Phänomen selbsterfüllender Prophezeihungen zum Ausdruck brachte.

Rhaig würde bald unter denen sein, die am lautesten danach verlangten, die Menschheit für das abzuurteilen, was hier und heute geschah. Ob er wusste oder nicht wusste, wie weit das alles führen würde, ihm konnte dafür nicht mehr Verantwortung angelastet werden als Croyd. Sie waren nur die ersten Kiesel, die den Berghang hinabrollen und unterwegs eine Lawine auslösen würden.

Die Versammlung löste sich auf. Die Repräsentanten der Konföderation flogen davon und waren nur noch als schwarze Flecken an einem grauen Himmel erkennbar. Die Bursteeni und die schweigsamen K'cenhowten flogen ebenfalls weg. Die drei Tanzpilger liefen den Hang hinab zu ihrer bedrängten Stadt, wo sie sich mit dem Gleichmut wahrer Gläubiger ihrem Schicksal stellen würden.

Allein mit den beiden Riirgaanern und erfüllt von dem Gefühl, der Tod selbst würde sich um sie herum erheben, ging Skye durch den Kopf, was Hammersmith über die Tanzpilger gesagt hatte, ehe dieser Albtraum angefangen hatte – etwas in der

Art, wie, er beneide sie um ihre Sicherheit. Das konnte sie nachempfinden. Soweit es sie betraf, so war sie sich keiner Sache mehr sicher: nicht ihrer eigenen Untätigkeit, nicht ihrer Befähigung, eine Alternative zu finden, nicht einmal ihres eigenen Überlebens, sollte sie das scheinbar Unabwendbare tatsächlich nicht abwenden können.

Hurrr'poth legte ihr eine Hand auf die Schulter. »Ich fürchte, wir sind hier nicht sicher. Wenn die Vlhani angreifen, können sie diesen Ort binnen Minuten überrennen. Wir sollten lieber losfliegen und ... was immer passiert ... aus der Luft beobachten.«

»In Ordnung«, sagte Skye, und ihre Stimme fühlte sich in ihrer Kehle an wie Asche.

Bitte, Andrea, wo immer du bist.

Tu was.

Dir läuft die Zeit davon.

KAPITEL ACHTZEHN
PFLASTERSTEINE AUF DER STRASSE ZUR HÖLLE

(Inzwischen.)

Ch'tpok mochte schon alle verfügbaren Tränen vergossen haben, doch die Erwähnung ihres Namens öffnete die Schleusentore ein weiteres Mal. Sie schloss die Augen, und heiße, sengende Tränen strömten über ihre Wangen, betonten ihre Ohnmacht und zeigten allzu deutlich, wie grundlegend diese einst rebellische, einst willensstarke Botschaftertochter in den wenigen Tagen, seit sie ihr Heim in den so genannten Menschenzähnen verlassen hatte, gebrochen worden war.

Ich versetzte ihr eine Ohrfeige.

Eine Frau zu schlagen, die so viel verloren hatte wie diese, mochte der grausamste Akt sein, den ich seit meiner Kindheit begangen hatte, aber ich hatte keine Zeit für Mitgefühl. »Beherrschen Sie sich. Ich kann mich nicht auch noch mit Ihrem persönlichen Elend befassen neben der weltweiten Krise, die Sie ausgelöst haben. Helfen Sie uns jetzt, dann werde ich später sehen, ob ich irgendetwas für Sie tun kann. Oder sagen Sie mir, dass Sie uns nicht helfen können, dann krabbeln wir weiter und suchen anderswo nach Antworten.«

Sie schluckte, drückte noch ein paar saure Tränen heraus und brachte mit bebender Stimme hervor: »Es tut mir leid«, ehe die Atemkrämpfe ihre Brust lähmten.

»Wenn Sie hierhergekommen sind, um dem, was auf der Oberfläche passiert, ein Ende zu machen, dann müssen Sie doch bereits gewusst haben, was hier unten vor sich geht, richtig?«

Ch'tpok brachte ein heftiges Nicken zustande, so sehr ein Zeichen der Ablehnung wie der Zustimmung. Ein weiterer atonaler Schrei, gefolgt von einem probeweisen keuchenden Gelächter, hallte aus der Dunkelheit herbei. Ich hörte Ricard Thane plappern, dann wieder ein langgezogenes *»Annnnn-dreeee-aaa«* in einer Stimme, die ich als Coris erkannte.

Ich zwang mich, mich zu konzentrieren. »Wie lange kommen Sie schon hierher?«

»V-von Anfang an.«

»Warum haben die Sie nicht früher verändert?«

»E-es gab keinen Grund dazu. Ich habe nicht die technischen Kenntnisse, die sie haben. Ich hätte ihnen hier nicht helfen können. Aber sie brauchten draußen jemanden, der ihnen alles beschafft, was sie benötigen. Rohstoffe. Werkzeuge. Andere verlassene Eier. Ich ... o Gott ... ich wollte nie, dass so etwas passiert ...«

»Das alles hat mit einem Akt der Barmherzigkeit angefangen, nicht wahr?«

Sie schluckte so krampfhaft, dass sie an der eigenen Kehle hätte ersticken können. »J-ja. Gott. J-ja ...«

»Wo haben Sie es gefunden, Ch'tpok?«

»In der Wüste ... s-sie lassen solche Eier draußen zum Sterben liegen ... es war am Verhungern ... ich dachte, ich könnte helfen ...«

»Aber dann ist alles außer Kontrolle geraten, richtig?«

Sie zitterte und krampfte, brachte aber ein verzweifeltes Nicken zustande.

Sie war eine Kriminelle, ein Engel und ein Opfer, alles in einer Person, eine Kreatur, die versucht hatte, das Richtige zu tun, und durch diese Tat zwei Spezies in den Abgrund gestoßen hatte. Ich wollte ihr Vorwürfe machen wegen des Kummers, den wir ihr verdankten, doch ich konnte nicht, wollte sie hassen und konnte nicht. Sie war die bedauernswerteste aller Kreaturen – eine Kreuzfahrerin, die vom eigenen Gewissen in die Hölle geführt worden war.

Das war ihr schamerfülltes kleines Geheimnis gewesen. Sie wusste, dass sie etwas Furchtbares ausgelöst hatte, aber sie hatte schon ihren Adoptivvater verloren und mit ihm die Kultur, in der sie aufgewachsen war, und ihren Platz in der Gemeinschaft der Völker. Sie hatte es einfach nicht geschafft, die nötige Courage aufzubringen, um sich noch einmal ihren Richtern zu stellen und ihnen zu sagen, wohin ihre gut gemeinte Tat geführt hatte. Und so hatte sie der Zerstörung ihrer Freunde, der Thanes, zugesehen und sich immer weiter vorgelogen, es wäre immer noch Zeit, es gäbe immer noch einen geheimnisvollen Weg, um den angerichteten Schaden wiedergutzumachen.

Ich ging nahe an ihr Ohr heran und flüsterte: »Ich kann Ihnen nicht vergeben, Ch'tpok. Das steht mir nicht zu. Aber ich kann Sie auch nicht aburteilen. Ich weiß, wie das ist, wenn man sich in einem Phänomen verfängt, das größer ist als man selbst. Darum biete ich Ihnen eine Chance, die Dinge zum Besseren zu wenden ... indem Sie uns sagen, wie wir hier herauskommen.«

Sie schüttelte den Kopf.

»Sie sind die ganze Zeit gekommen und gegangen. Sie müssen einen Weg kennen.«

»J-ja.«

»Dann helfen Sie uns.«

Sie benötigte drei Versuche, was insgesamt mehr als eine Minute kostete, um eine Frage zu formulieren. »A-aber wie soll ich Sie hinausbringen, so wie ich bin?«

Ich murmelte ein Versprechen, das besagte, ich käme zurück, wenn ich könnte, und krabbelte im Eiltempo von dannen, weil ich sie nicht mit weiteren Vorträgen über ihre Fehler quälen wollte.

Wir ließen die Vlhani-Eier weit hinter uns und hielten inne, als eine Reihe voll ausgewachsener Vlhani unseren Weg auf irgendeiner uns unbekannten Mission kreuzte. Ihre Köpfe zogen hoch über dem Gitter vorbei, während ihre Peitschen sich durch die Löcher bohrten, um sich bei jedem Schritt auf den Boden zu pflanzen. Ich glaube nicht, dass ich so falsch lag, als ich in ihrer Art zu gehen eine gewisse Arroganz vermutete; der Eindruck, den diese Vlhani bei jeder Bewegung vermittelten, war anders als der, den ich von jenem Vlhani gehabt hatte, der mich kurz nach meiner Ankunft auf Vlhan hochgehoben hatte, um sich mit mir zu unterhalten. Aber sie drehten auch nicht durch wie die im Amphitheater. Diese hier verströmten etwas anderes, etwas Feindseliges, etwas, das besagte, sie würden unsere Auslöschung nicht bedauern. Wenn sie uns jetzt leben ließen, dann nur, weil wir ihrer Beachtung nicht wert waren – oder weil wir nur Bauelemente waren, reif für eine Veränderung, wie Ch'tpok sie durchgemacht hatte.

»Counselor«, sagte Fox.

Schön zu wissen, dass sogar sie Ungeduld empfinden konnte. Ich hätte sie beinahe schmoren lassen, weniger aus Bösartigkeit, sondern weil für Erklärungen kaum Zeit blieb. Doch sie musste erfahren, wie beschissen die Lage war. »Es war kein Geburtsfehler.«

»Was?«

Es gab keine Worte dafür, wie müde ich war, physisch wie emotional. Aber wenn sich mein Körper auch anfühlte, als würde er am liebsten komplett abschalten, so lief doch mein verwünschenswertes Gehirn wieder auf Hochtouren und lieferte klare Erkenntnisse, die ich gar nicht haben wollte. »Es ist das blöde Wort *Ei*. Wir denken dabei ständig an ein Baby oder ein Kind. Aber wir haben uns geirrt.«

»Das verstehe ich nicht.«

»Passen Sie auf: Das Einzige, was die Jungen aller Spezies gemeinsam haben, ist, dass sie kleiner sind, zumindest zu Beginn, als die Erwachsenen, die sie hervorgebracht haben. Nichts gebiert ein Baby, das größer ist als es selbst, richtig?«

»Ja.«

»Tja, ich weiß nicht, wie groß ein neugeborenes Vlhani-Ei ist, weil ich nie eines gesehen habe, aber extrapolieren wir doch mal von dem einen Meter großen Durchmesser eines typischen Erwachsenenkopfes ausgehend und nehmen wir a priori an, dass ein Kleinkind etwa so groß ist wie eine Faust.« Ich illustrierte die Annahme mit meiner Hand. »Vielleicht ein bisschen größer, vielleicht ein bisschen kleiner. Wie auch immer, es kann nicht weit daneben liegen. Nun überlegen Sie: Warum ist die verstärkte Platte, die wir in Thanes Labor gefunden haben, auf etwas ausgelegt, das viel größer und schwerer ist? Warum sollte ein Vlhani die Dienste eines Prothetikers benötigen, wenn ihm bisher nur noch keine Glieder gewachsen sind? Was, wenn der eigentliche Grund, warum seine Artgenossen es ausgesetzt haben, war, dass es voll ausgewachsen war, aber keine Glieder hervorgebracht hatte und das auch niemals tun würde?«

Fox brauchte einige Sekunden, um meine Worte zu verarbeiten. »Und das war … kein Geburtsfehler?«

»Nein. Es war etwas viel Schlimmeres.«

Wir krochen weiter, immer auf den Ursprung des grünen Lichtscheins zu, und nach einigen Sekunden stellten wir fest, dass der Boden leicht abfiel. Ich rutschte aus, glitt mehrere Meter bergab und schaffte es nur mit großer Mühe, anzuhalten. Ich wollte nicht noch weiter vordringen. Wir saßen jetzt schon tief in der Scheiße, und das Einzige, dem wir uns hier nähern konnten, war etwas, das uns bedrohte, aber in meinem Fall war der Drang, die Dinge zu verstehen, von jeher stärker gewesen als der Selbsterhaltungstrieb.

Und dann, urplötzlich, hatten wir den Abgrund erreicht.

Es war ein zweites Amphitheater, tief unter der Oberfläche und viel kleiner als der Schauplatz des Vlhani-Balletts, aber von der Form her ähnlich genug, um wie ein Nachhall des anderen zu erscheinen. Starke Scheinwerfer, aufgehängt an einer Art Faden – so dünn, dass es schien, als schwebten sie aus eigener Kraft –, hingen über dem Geschehen und tauchten alles in das unheimliche grüne Licht, das die ganze Höhle erfüllte. Die Vlhani, die die Hänge rund um die Kreatur im Zentrum besetzten, reflektierten das Licht. Einige schienen es sogar ein wenig zu verstärken. Es fiel nicht schwer, Gläubige in ihnen zu sehen, die ein Etwas anbeteten, das sie für einen Gott hielten.

Das Etwas war ein Vlhani-Ei am tiefsten Punkt des Amphitheaters, das vor seiner Gemeinde predigte.

Entweder war es den Thanes nicht gelungen, ihren ersten Patienten mit einer vollwertigen Mobilität auszustatten, oder sie hatten die Mühe aufgegeben, um sich stattdessen seinen Kommunikationsmöglichkeiten zuzuwenden. Es saß in einem kreisrunden Ständer wie dem, den Oscin oben im Labor vermutet hatte. Dutzende künstlicher Peitschen waren in seinen Chitinpanzer gepflanzt worden, und alle wedelten über seinem Kopf in der Luft, pulsierten im Einklang mit dem blasphemischen Sermon. Es sollte unmöglich sein, irgendetwas von dem zu verstehen, was es sagte, doch ich stellte fest, dass ich mehr begriff, als mir lieb war: Es sagte etwas darüber, dass das Ballett beschmutzt worden sei, dass sein Zweck pervertiert worden sei, dass menschliche Wesen in Hinblick auf die Funktion, die es von jeher hatte erfüllen sollen, nutzlos seien. Und dann waren da noch andere Ideen, fremdartige Ideen, Ideen, die zu groß waren, um in meinen Kopf zu passen, Ideen, die meinen Geist zu dem Versuch nötigten, sich zu verrenken, um eine Kontur auszufüllen, für die er nie gedacht war.

Plötzlich befiel mich ein Entsetzen, wie wir alle es bisweilen fühlen, wenn wir mitten in der Nacht aus einem Traum aufschrecken, an den wir uns nicht erinnern können. »Fox! Wegsehen!«

Fox barg den Kopf in beiden Händen, als versuchte sie, unerwünschte Gedanken herauszureißen. »Das … das habe ich fast verstanden.«

Mir ging es ebenso. Offenbar hatten Menschen von jeher ein Gefühl für den Tanz. Das war der Grund, warum so viele von uns ihn als wunderschön einstuften. Aber die Thanes hatten die Möglichkeiten ihrer Behandlungsweise dazu benutzt, den Abstand zwischen tonlosen Signalen und dem gesprochenen Wort zu verkleinern. »Ich glaube, das alles hat damit angefangen, dass die Thanes ihrem Patienten etwas zu nahe gekommen sind … und umgewandelt wurden.«

»In was?«

»In etwas, wovor wir alle sicher gewesen wären, wäre es gestorben.«

Ich stellte mir Ch'tpok und die Thanes vor, wie sie alle mit der speziellen Arroganz vorgegangen waren, die nur Idealisten aufbrachten, der Arroganz, die unter anderem besagte, dass sie klüger wären als jene, denen zu helfen sie sich erdreisteten. Dieses Ei anzubohren, sein Gehirn zu kartographieren, ihm eine Stimme zu geben, die es nie hätte haben sollen ... sie mussten hoch erfreut gewesen sein, als der Körper die implantierten Glieder angenommen hatte, geradezu überschäumend begeistert, als es zu kommunizieren begonnen hatte, und vollkommen unvorbereitet auf die Bedeutung dessen, was es zu sagen hatte.

Ch'tpok dürfte nicht ganz so anfällig gewesen sein. Als Laie, der sie hinsichtlich des Spezialgebiets ihrer Freunde war, hatte es für sie keinen Anlass gegeben, längere Zeit daneben zu stehen, während die Thanes ihrer Arbeit nachgingen. Sie hatte nichts beisteuern können. Außerdem hätte sie die anspruchsvolle Herumprobiererei so oder so als nervtötend empfunden.

Aber sicher hatte sie die Thanes häufig besucht, und sei es nur, um sich im Licht der eigenen Wohltätigkeit zu sonnen ... demzufolge hatte sie wohl die Verwandlung, die ihre Freunde durchmachten, wie eine Reihe subtiler Veränderungen wahrgenommen, die sich erst nur langsam, mit der Zeit aber immer schneller vollzogen.

Wie lange hatte es gedauert, ehe sie exzentrisch erschienen waren, dann sonderbar, dann fremd und schließlich wie etwas, das eindeutig nicht einmal mehr Ähnlichkeit mit menschlichen Wesen hatte?

Wie lange hatte es gedauert, bis sie beschlossen hatten zu verschwinden, in den Untergrund zu gehen und ihrem Patienten den nötigen Raum zu geben, um seine eigene, besondere Version des Balletts der Zukunft jenen zu vermitteln, die sie in ihre Höhle locken oder anderweitig »retten« konnten?«

Ich musterte die Vlhani, die sich auf den unterirdischen Hängen des Amphitheaters versammelt hatten, die Vlhani, die diesem Ketzer unter ihresgleichen lauschten, die Vlhani, die seine Heilsbotschaft über diesen Ort hinaus auf der ganzen Welt da draußen verbreiten würden.

Wir mussten so schnell wie möglich hier raus.

Aber Fox stoppte meinen Rückzug mit einem ausgestreckten Arm. »Keine Geheimnistuerei mehr.«

Wie ich die Porrinyards vermisste. Sie wären klug genug gewesen, nicht auf Erklärungen zu bestehen, solange ich noch nicht dazu bereit war. »Wir benutzen die falsche Metapher. Ein gliederloser Vlhani ist kein Ei, sondern eine Zyste.«

»Was?«

»Eine Zyste. Narbengewebe, das sich um einen potenziell gefährlichen Infektionsherd herum bildet.«

»Ich verstehe nicht ...«

»Das ist so verrückt, es ist beinahe wieder schön. Aber es ist die einzige Erklärung für das, was wir inzwischen wissen.«

»Was?«

»Die KIquellen haben umfangreich in diesen Planeten investiert, aber sie mussten ihren Einsatz schützen. Sie konnten nicht zugleich den Vlhani genug freien Willen zubilligen, um Lösungswege zu erforschen, die nur eine organische Kreatur formulieren kann, und die Gefahr ignorieren, dass die Spezies als Ganzes die Berechnungen von Tausenden von Jahren zunichte machen könnte, indem sie aus einer Intuition heraus den falschen Weg einschlägt, einen Weg, der geradewegs in den Abgrund führt. So, wie es zum Beispiel hier gerade zu passieren scheint. Also haben sie Vorsichtsmaßnahmen für solch einen Fall getroffen. Sie haben einen internen Regulator installiert, *einen genetischen Filter, der Ketzer identifiziert und ausschaltet.*«

Wieder vergingen einige Sekunden, bis Tara Fox meine Worte verarbeitet hatte. »Indem sie ... Zysten bilden?«

»Dadurch, dass sie gliederlos geboren werden, sind sie solange kommunikationsunfähig, bis ihr Potenzial zur Forcierung des Gesamtprogramms beurteilt werden kann. Wenn sie für das Ballett zu gewöhnlich sind – gut, dann wachsen ihnen trotzdem

Glieder, denn sie können zum Überleben der Spezies beitragen, indem sie Nachkommen zeugen oder Nahrung beschaffen oder in anderer Weise ihren Beitrag zu ihrem Sozialgefüge leisten. Wenn sie sich aber als echte Belastung erweisen, als fähig, das Ballett in die falsche Richtung zu steuern – oder, wie im Fall des Monsters da unten, es zu vernichten –, dann werden sie aussortiert und ausgeschaltet und bleiben ihr Leben lang stumm. Es sei denn, irgendein wohlmeinender Depp wie Ch'tpok kommt des Weges und bildet sich ein, er hätte ein armes, behindertes Wesen vor sich, dem einzig ihre Freunde helfen könnten.«

»So hat das angefangen? Als Gnadenakt?«

»Die Straße zur Hölle ist mit guten Absichten gepflastert.«

Ich schob mich an ihr vorbei, fort von dem Amphitheater des Ketzers.

Ich wusste jetzt so wenig, wie wir hier herauskommen konnten, wie ich es gewusst hatte, ehe ich meine Schlussfolgerungen gezogen hatte. Ich wollte nur irgendwohin, wo ich vielleicht etwas Abstand zwischen uns und unsere Zukunft als Bestandteile dieser Ketzerproduktion bringen konnte.

Leider hatte ich den Jungen vergessen.

Ich weiß nicht, aus welcher Entfernung er gesprungen war, aber das war kein Sprung, den ein Mensch ohne Modifikationen hätte durchführen können. Er traf mich mit einer Kraft in der Leibesmitte, die mir die Luft aus der Lunge trieb. Keuchend stürzte ich auf den Metallboden, und wieder musste mein armer, misshandelter Schädel die Hauptlast des Aufpralls tragen. Helle Lichter vermischten sich mit tiefer Finsternis, als mein Hirn versuchte, sich zu entscheiden, ob es abschalten oder bei Bewusstsein bleiben sollte. Ich blinzelte, konnte aber dem verschwommenen Flickwerk aus Grün und Schwarz keinen Sinn abringen, da meine Augen sich weigerten, es zu einem verständlichen Bild zusammenzusetzen. Da war etwas, das aussah wie ein nackter Junge, ein Jugendlicher, mit schlaffen Zügen und Schlitzaugen, umgeben von etwas, das aussah wie ein Flickenteppich aus Schlangen.

»Annnnnn-dreeeee-aaaa«, kicherte er.

Im Großen und Ganzen sah er auch nicht schlimmer aus als einige der Pilger, die Hammersmith mir gezeigt hatte, soweit es die fehlenden Beine und den einen verbliebenen Arm betraf. Sein Torso schien zu gleichen Teilen aus bleichem, menschlichem Fleisch und implantiertem, künstlichem Chitin zu bestehen. Der einzige Arm, der rechte Arm, war dürr und knochig, der Ellbogen ein Knubbel, der ein Glied, das auf Streichholzstärke abgemagert war, in zwei Abschnitte teilte. Und das war auch das Glied, mit dem er wieder einmal nach meiner Brust grabschte, während sich in dem dümmlichen Gesicht etwas zeigte, was man als Lächeln hätte bezeichnen können. Die Peitschen, die aus seinen Rippen wuchsen, wedelten sinnlos durch die Luft, während die an seinen Hüften ihn näher herantrugen, damit er von oben auf mich herabblicken konnte. Eine Peitsche, so zart wie ein Stück Schnur, schlängelte sich zwischen seinen Beinstümpfen hervor und liebkoste seinen Penis, der sogleich größer wurde.

Er hatte Dunkelheit und Verlassenheit und Juje weiß was noch erlitten, während seine Eltern ihre fremdgesteuerten Ziele verfolgt hatten, aber das Mitgefühl, das ich für das Kind hätte empfinden können, erstreckte sich nicht auf das unausgewogene Ding, zu dem er geworden war. Ich trat nach ihm. »Geh … *verdammt noch mal* … runter von mir!«

Er legte den Kopf schief. Vielleicht war das gar kein Vergewaltigungsversuch. Vielleicht war es nur ein Ausdruck entfesselter Teenagerhormone in Diensten eines so oder so schon arg beschädigten Geistes, der möglicherweise gar nicht in der Lage war, etwas zu tun, das so viel Planung erforderte.

Und vielleicht gehörte die Brutalität zu seiner neuen Zusammensetzung. Sein Gesicht verzerrte sich, als er – zahnlos, wie ich nun erkannte – zu grinsen versuchte und zugleich erneut nach mir griff. *»Annn-dreee-aaa.«*

Die meisten Leute, die einen Feind angreifen, schreien vor

Furcht oder Verzweiflung oder auch nur, um ihren Mut mit lautem Gebrüll zu stärken. Tara Fox gab nicht einen Laut von sich, nicht einmal ein Grunzen, als sie sich mit allem, was sie hatte, auf Cori stürzte.

Offenbar sah er es nicht kommen. Seine Idiotenaugen weiteten sich in einem drolligen Ausdruck der Verwunderung.

Und er rührte sich nicht. Seine Peitschenprothesen hatten schneller reagiert als menschliche Glieder und den größten Teil des wuchtigen Angriffs aufgefangen. Als ich endlich begriff, was los war, hatte er Fox bereits mitten im Sprung abgefangen und hielt sie über uns in der Luft, eine Peitsche um ihre Taille, eine andere um ihren Hals gewickelt. Sein Würgegriff schnitt ihr die Luft ab, und sie kämpfte gegen die Peitsche an ihrer Kehle. Ihre Fingernägel bearbeiteten die glatte, metallische Haut, ohne etwas greifen zu können.

Nun wurden wir beide in gewissermaßen komplementärer Position festgehalten, eine unter dem veränderten Jungen auf den Boden genagelt, die andere hoch über ihm in der Luft. Was jedoch den Rang hinsichtlich der Dinge betraf, die ihn interessierten, so hätten wir kaum weiter voneinander entfernt sein können. Sie war nur irgendeine Störung, um die er sich kümmern musste, wollte er nicht weiter belästigt werden. Ich dagegen war diejenige, deren Namen er kannte, diejenige, deren Gegenwart ihn zu entzücken schien. Und so griff er wieder mit der verbliebenen menschlichen Hand nach mir, berührte meine Unterlippe mit der Spitze eines schmierigen Zeigefingers und sah wahrhaft fasziniert aus, als das Fleisch, das er mit seiner Berührung zusammengedrückt hatte, wieder seine ursprüngliche Form annahm, kaum dass er losgelassen hatte.

Es war eine Form der Gewalt, aber ich hatte schon vorher viele Male in meinem Leben Gewalt erdulden müssen, und diese fühlte sich beinahe zärtlich an.

Ich zeigte mich gleichermaßen zärtlich, indem ich mit beiden Händen nach seinem Handgelenk griff und es kraftvoll umfasste, was möglicherweise mehr mit physischer Zuwendung gemein hatte als alles andere, was er erlebt hatte, seit dieser Albtraum der Transformation über ihn hereingebrochen war.

Irgendwo in seinem verletzten Geist mochte er die Hoffnung gehegt haben, dass er gerade seine erste Freundin gefunden hatte.

Mitleid mit dem Jungen, der er einmal gewesen war, mag mich gebremst haben, jedenfalls ließ ich zu, dass der Moment etwas länger dauerte als unbedingt nötig.

Vielleicht. Vielleicht lag es auch nur daran, dass meine Reflexe und meine Reaktionsfähigkeit hinüber waren.

Aber vielleicht war ich auch nur fies genug, ihn diesen Moment des Friedens auskosten zu lassen, ehe ich ihm die abscheuliche Behandlung würde angedeihen lassen, mit der ich bisher in meinem ganzen Leben nur zwei andere Menschen gequält hatte.

Ich packte zwei seiner Finger mit der linken Hand und zwei mit der rechten und riss sie mit aller Kraft, die ich hatte, auseinander. Die Wirkung war ähnlich wie beim Tauziehen an einem Wunschknochen. Einmal hatte ich gesehen, wie jemand so etwas mit so viel Kraft, so viel Wut und so viel Entschlossenheit getan hatte, dass sich die Hand des Gegners in ein blutiges V verwandelt hatte; ich war nicht annähernd so erfolgreich und schaffte es lediglich, ihm die Finger auszukugeln. Aber das war schlimm genug. Er fuhr zurück, pinkelte sich und mich an, gab einen hochtönenden Heulton von sich und schleuderte Fox irgendwohin, glücklicherweise nicht in die Richtung des Amphitheaters. Seine Peitschen zuckten, zu verwirrt von den Schmerzimpulsen, die sein Hirn vermittelte, um ihm irgendwie von Nutzen zu sein.

Ich verschränkte meine Finger und trieb meine doppelte Faust direkt auf seinen Nasenrücken, fühlte, wie er unter dem Hieb nachgab. Er heulte wieder. Eine Peitsche krümmte sich, schlug nach meinem Gesicht und hinterließ eine Furche auf meiner Wange. Eine andere Peitsche hätte mir mit der Spitze beinahe das rechte Auge ausgeschlagen. Sie kam nahe genug heran, dass ich einen Lichtblitz am Scheitelpunkt zu sehen glaubte. Wieder brüllte er meinen Namen, doch dieses Mal klang seine Stimme verloren und betrogen. Ich trat nach ihm, so gut ich konnte, schaffte es aber nicht, Abstand zu ihm zu gewinnen, und schon fühlte ich neuerlichen Schmerz, als eine andere Peitschenspitze eine feurige Linie über meine Stirn zog.

((sind sie jetzt bereit zu verhandeln, andrea cort?))

Die Zeit schien unter Schluckauf zu leiden in dem Moment, in dem die Unsichtbaren Dämonen zu mir sprachen, und die Peitschen des Jungen erstarrten mitten in ihren krampfhaften Zuckungen. Das eingefrorene Chaos besaß eine sonderbare Anmut, beinahe wie eine Skulptur von Medusas Schlangenhaar.

Ich habe euch schon gesagt, dass ich nicht die Absicht habe, mit euch zu verhandeln!

((und doch stellen wir fest, dass sie durch ihre sturheit alles verlieren können * sie sind verletzt, haben sich in der dunkelheit verirrt, sind in der gewalt übermächtiger gegner und kämpfen gegen eine kreatur, die von einem wahn befallen über physische möglichkeiten gebietet, denen sie nichts entgegenzusetzen haben * eine vernünftige frau, die nicht von ihrem hass geblendet ist, würde einen taktischen rückzug zumindest in erwägung ziehen))

Der Schluckauf war vorbei. Eine weitere Peitschenspitze verfing sich auf Taillenhöhe in meiner schmutzigen Jacke und riss sowohl den Stoff als auch meine Haut auf. Der Junge jaulte und fiel zurück, und in seinen Augen glühte das Entsetzen angesichts meines Verrats. Das war eine Sekunde, ehe mein traumatisiertes Gehirn begriff, dass die Laute, die aus seinem Mund kamen, ein Hilferuf an seine Mutter waren.

Ich erhaschte einen Blick auf den Balken, der das Ding trug, das Liisl Thane gewesen war. Es schwang aus großer Entfernung auf uns zu, folgte dem wohl ältesten und ursprünglichsten aller Rufe.

Wieder hatte die Zeit Schluckauf.

((verstehen sie * wir haben diese welt bereits gewonnen *

wir haben das ballett sabotiert und dadurch die möglichkeit, dass es je die ergebnisse zeitigen wird, die ihre herren im sinn haben, minimiert))

Und natürlich kümmert es Sie nicht, dass Sie dabei so viele Leben zerstört haben.

*((natürlich kümmert es uns * wir spüren das elend der vlhani-jungen, die niemals eine stimme erhalten oder zu einer regung fähig sein werden aufgrund des ketzerprogramms, das wir ihnen in ihrer kindheit eingegeben haben * genau wie ihre art mit dem leiden von zivilisten mitfühlt, die in den straßen der städte verhungern, die sie durch ihre kriege zerstört haben * aber wie sie arbeiten wir mit den waffen, die uns zur verfügung stehen, nicht mit denen, die wir gern hätten * wenn es eine entschuldigung dafür gibt, dann die, dass wir all diese dinge vielleicht nicht tun müssten, hätten wir mehr geneigte verbündete))*

Die Zeit lief weiter. Der niedergeschlagene Junge wich vor mir zurück, ein Vergewaltiger, der wieder zum Kind geworden war, ein gebrochener Geist, zu zerstört, um Schmerz zu verarbeiten.

Ich wich, so weit ich konnte, zurück, wagte nicht, ihn aus den Augen zu lassen, und wusste doch, dass das keinen Sinn hatte, weil seine Mutter schon beinahe hier war.

Das Licht war inzwischen hell genug, um mir den bis dahin klarsten Blick auf sie zu ermöglichen: ein nackter Torso auf einem Balken, begrenzt von Fleisch, das kein echtes Fleisch war, in Form gehalten von Rippen, die keine echten Rippen waren. Ihre Augen waren leer, ihr Kinn feucht vom Sabber. Sollte es in dieser Hülle, zu der sie geworden war, noch etwas wie eine Seele geben, dann kontrollierte die nur noch die Prothesen, nicht aber einen Teil von ihr, der einmal gelächelt hatte, der Freundschaften geschlossen oder in einem Akt der Liebe ein Kind empfangen hatte.

Auf dem Weg zu mir passierte sie Fox, die gerade dabei war, sich auf Hände und Knie zu stemmen, als ein Dickicht der Peitschen auf sie herniedersauste, um ihre Arme und Beine zu umfangen und sie festzuhalten, ehe der Balken die Richtung änderte und mit einer Geschwindigkeit, die es mir unmöglich machte, ihm zu folgen, wieder zurückjagte.

Getreu ihrer Veränderung schrie Fox nicht, aber sie kämpfte, so wenig sie damit auch erreichte. Ich fragte mich, welche Furcht sie in ihrem Inneren verspüren mochte, wie grausam sich diese Furcht für eine Frau anfühlen musste, die sie nicht ausdrücken konnte. Falls sie an Merin, ihre verlorene Tochter, dachte, die sie nun aller Wahrscheinlichkeit nach nie mehr wiedersehen würde, dann musste ihre Verzweiflung, so sehr sie auch in ihr verschlossen war, sogar noch schlimmer sein.

Ich brüllte die Unsichtbaren Dämonen an: »Nehmt mich, nicht sie, ihr Mistkerle!«

((es hat keinen sinn, sie zuerst zu holen, da sie das unnachgiebige objekt sind, das wir zu überzeugen wünschen))

»Sie werden mich nicht überzeugen!«

((ohne ihre intervention werden wir sie verändern, wie wir ch'tpok verändert haben * und wenn wir mit ihr fertig sind, werden wir pakh valinia verändern und wir werden oscin verändern * und dann, erst dann, werden wir, sollten sie sich immer noch als renitent erweisen, uns geschlagen geben und auch sie verändern))

»Fahrt zur Hölle!«

((sie können mehr, als nur sinnlos ihrem ärger luft zu machen * für uns werden sie weniger nützlich sein, wenn alles, was sie zu etwas besonderem macht, zerstört ist, als wenn sie sich bereitwillig mit uns verbünden * aber wir werden auch die aneignung einer eingeschränkten andrea cort als angemessene leistung für einen tag betrachten))

Das grüne Licht verblasste, und ich fand mich in der Finsternis wieder, in der ich schon viel zu viel Zeit verbracht hatte. Ich stand auf und ignorierte den Schmerz und die Benommenheit, unter deren Einfluss ich nicht einmal feststellen konnte, ob ich wirklich in der Vertikalen war. Aber irgendwie schien Stehen wichtig zu sein, so weit entfernt von dem Leben, das ich in den letzten paar Jahren hatte zusammenbasteln können, und von der einen Person in zwei Körpern, die zu lieben ich fertiggebracht hatte. Ich saß an diesem Ort fest, und meine einzige Gesellschaft waren die Intelligenzen, deren endloser Krieg gegen die KIquellen meine Familie vernichtet hatte, meine Gemeinde und meine eigene Unschuld. In dem Wissen, dass sie kurz davor waren, noch mehr Zerstörung anzurichten, war Stehen das Einzige, was mir blieb.

Nie hatte ich irgendetwas mehr Hass entgegengebracht, als ich nun ihnen gegenüber empfand. Und das hat einiges zu sagen. Ich bin gut im Hassen. Ich hatte meinen Hass ehrenvoll erworben und ihn Jahrzehnte meines Lebens wie einen Kollateralschaden gepflegt. Er war so sehr ein Teil von mir wie das Blut, das durch meine Adern rann. Aber alles, was ich zuvor empfunden hatte, war nur ein zarter Groll verglichen mit dem, was ich jetzt verspürte. Da war mehr Hass, als ich ertragen konnte.

Entweder hatte ich meine Gedanken laut geäußert, oder es gab keine Möglichkeit, ihnen etwas vorzuenthalten. ***((wir verstehen, dass sie uns wegen dem, was wir ihrer familie angetan haben, immer hassen werden * darum bitten wir sie, das schwerste zu vollbringen, das irgendein menschliches wesen je hinsichtlich eines feindes vollbringen musste, der die geliebten angehörigen im krieg gemordet hat * wir bitten sie zu begreifen, was diesen feind in den krieg treibt))***

»Bei all dem kann es nicht nur darum gehen, mich erneut zum Überlaufen zu bringen. So wichtig kann Ihnen das nicht sein.«

((fragen sie sich einmal, wie dieser erste vlhani, mit dem sie gesprochen haben, auf die bezeichnung »unbekannte dämonen« kommen konnte, die weiter nichts ist als ihre persönliche bezeichnung für uns * fragen sie sich, warum diese vlhani an der riirgaaner botschaft sich zwischen sie und die leute gestellt haben, die sie festnehmen wollten * fragen sie sich, warum die kiquellen ihnen erzählt haben, dass sie die macht besäßen, all dem ein ende zu machen * fragen sie sich noch einmal, woher

*die thanes und ihr sohn ihren namen kannten, noch bevor sie hergekommen sind * fragen sie sich noch einmal, was botschafter hurrr'poth weiß und warum er bereit war, pakh valinia in ihre dienste zu geben * fragen sie sich, warum die kiquellenmajorität sie hier haben wollte, warum sie wollte, dass sie uns gegenübertreten * fragen sie, warum sie jetzt so klar denken, obwohl sie keine medizinische behandlung erhalten haben, nachdem sie sich den kopf so hart angeschlagen haben, dass sie ins delirium fielen * fragen sie sich, ob sie nicht wichtiger sind, als sie denken * fragen sie sich, ob sie nicht zu diesem besonderen zeitpunkt zu diesem ort gebracht worden sind, damit sie eine spezifische entscheidung treffen * und schließlich fragen sie sich, ob rache für das, was ihrer familie widerfahren ist, wirklich wichtiger ist als der schutz des lebens * sie sind heute keine kriegerin, andrea cort * sie sind ein opfer, ein zugeständnis im austausch für einen waffenstillstand * aber diesen schritt können sie nur selbst tun, indem sie aus freiem willen einen anderen weg einschlagen als bisher))*

Sie hatten eine wahrlich kaputte Vorstellung von freiem Willen: Gefangenschaft, physische Bedrohungen gegen mich und die Verbündeten, für die ich verantwortlich war, ja, sogar die Aussicht auf ein Schicksal, das weit schlimmer wäre als der Tod, sollte ich mich weigern. Aber allmählich passte alles zusammen. Die KIquellen hatten erkannt, dass dieser spezielle Teil des Schachbretts dem Feind anheimfallen würde, hatten ein Bild der darauf folgenden Verluste entworfen und einfach das Brett umgedreht.

Sie hatten die Unsichtbaren Dämonen gefragt, was nötig sei, um sie aufzuhalten.

Man hatte mir so oft erzählt, ich sei keine Auserwählte, der Wahnsinn, der auf Bocai angefacht worden sei, habe nichts mit mir zu tun gehabt und der Krieg zwischen den KIquellen und den Unsichtbaren Dämonen würde sehr wahrscheinlich noch lange nach meinem Ableben fortbestehen. Aber man hatte mir auch gesagt, dass die KIquellen von mir erwarteten, einen Weg zu finden, der sie in den Untergang führen würde, den sie ersehnten. Ich hatte nicht verstanden, wie diese widersprüchlichen Aussagen gleichermaßen zutreffend sein sollten, aber so schien es zu sein; und nun stand ich mitten im Zentrum dieser Behauptungen, lebendiges Opfer der Tatsache, dass es unmöglich war, sie zu versöhnen.

»Zum Teufel mit euch elenden Mistkerlen! Ich werde nie für euch arbeiten!«

((ändern sie ihre meinung schnell, andrea cort * wir werden die amputation von tara fox' armen in dreißig sekunden einleiten))

Ich rannte, schaffte zehn Schritte, ehe ich über irgendetwas stolperte, das ich nicht sehen konnte, und mit dem Kopf voran durch eine Landschaft halb wahrnehmbarer Albträume flog. Ich hörte wilde Schreie von dem Ei, dem die Thanes menschliche Sprache ermöglicht hatten, und das wahnsinnige Heulen von der Kreatur, die einmal ein ganz normaler Menschenjunge gewesen war, und irrsinnige Schluchzer, hervorgebracht mit einer Stimme, die ich nicht als meine eigene erkannte.

Länger, als ich es mir leisten konnte, war ich wieder zurück in meinem friedlichen Dorf auf Bocai, ein Paradies, das sich in nur einer furchtbaren Nacht in ein Schlachtfeld verwandelt hatte.

Meine Mutter. Mein Vater. Mein Bruder und meine Schwester. Alle, die ich je geliebt hatte.

Wie konnte ich sie verraten, selbst wenn ich zum Verrat gezwungen wurde?

((es ist ihre wahl, andrea cort))

Es war so verdammt unfair! Warum sollte ich eine Wahl haben, wenn so viele andere keine hatten? Warum war ich diejenige, die ihre eigene Seele ans Kreuz nageln sollte?

Irgendwo in der Dunkelheit ertönte das schlimmste aller denkbaren Geräusche: der Laut, den eine Frau ohne Zugriff auf die eigenen Gefühle macht, wenn sie mit einem Schrecken konfrontiert wird, der so enorm ist, dass nicht einmal dieser fest verschlossene Tresor ihres Geistes ihn im Zaum halten kann.

Es waren die Schreie von Tara Fox.

KAPITEL NEUNZEHN
HARMAGEDON

(Skye.)

Die Luft über Nurejew war klar, aber kalt, abgekühlt von Höhenwinden, aufgeladen von der Geschichte, die sich unter ihr sammelte. Die Atmosphäre an Bord des riirgaanischen Gleiters war durch die ionischen Schilde gut abgeschirmt und nach üblichen Standards so warm wie ein beheizter Raum auf der Oberfläche, doch die Kälte des Augenblicks drang durch, zog sich durch die Luft und fuhr Skye bis in die Knochen. Jeder Atemzug, den sie tat, fühlte sich an wie eine frevelhafte Erinnerung an ihre eigene Sterblichkeit im Angesicht eines Geschehens, das sich ihrer Kontrolle entzog.

Seit dem Zusammentreffen auf dem Hügel waren zehn Minuten vergangen. Die Bomber der Konföderationsflotte waren zu Dutzenden angeflogen, jeder ein flacher Halbmond, dessen Eckpunkte spitz genug schienen, um Wunden in den Himmel zu schlagen. Auf einer Höhe, die noch tausend Meter über der Flugbahn von Hurr'poths Gleiter lag, nahmen sie in gleichbleibenden Abständen ihre Position über dem Schauplatz des bevorstehenden Gemetzels ein und warteten, bereit, ihre Tötungsmaschinerie in dem Moment in Gang zu setzen, in dem die Atempause am Boden vorbei war.

Hurr'poth und Pill'ghath waren beide damit beschäftigt, über das Hytexsystem eifrig in je einem Dutzend verschiedener Sprachen zu verhandeln, um eine diplomatische Gemeinde zusammenzustellen, die geeignet war, Botschafter Croyd zum Rückzug zu bewegen. Skye kannte nur ein paar der Sprachen, die sie benutzten, hatte aber keine Probleme, den Kern ihrer Gespräche zu verstehen. Doch all die anderen Diplomaten litten zu sehr unter den Verlusten, die sie selbst in den letzten Tagen hatten erdulden müssen, um sich allzu viele Gedanken über Croyds Militäraktion zu machen. Allenfalls verströmten ihre Antworten den Eindruck stummer Zustimmung der Art, die sich schnell in Luft auflösen und in wütende Verwünschungen münden würde, hatte sich der Rauch erst weit genug gelegt, dass die Toten gezählt werden konnten. Sie konnten sich leisten, als Hardliner aufzutreten, wenn es darum ging, ein Urteil über die Menschheit zu fällen. Das war die einzige Möglichkeit für sie, ihre eigene Schuld fortzuwaschen.

Während sie lauschte, spürte sie, wie die Bedrohung durch die Vlhani immer größer wurde. Der braune Halbkreis, die Nahtstelle zwischen Wüste und Meer, in deren Mitte Nurejew lag, war nun von einem Ozean der Schwärze begrenzt: Hunderttausende, vielleicht sogar Millionen von Vlhani, die genau so weit und nicht weiter vorgerückt waren, um sich auf den letzten Vorstoß vorzubereiten. Bis vor etwa einer Minute hatte die vorderste Front der Vlhani eine klar definierte Grenzlinie dargestellt, so scharf abgesetzt, als wären die Vlhani eine schwarze Flüssigkeit hinter einer gläsernen Wand. Aber nun war das Glas an hundert Stellen gesprungen, durch die sich schwarze Bäche ergossen. Die Frontlinie war zerfasert und unscharf, nun, da eine unbekannte Zahl an Vlhani-Führern nach nur ihnen allein bekannten Kriterien mit großen Schritten aus der Masse der anderen hervorgetreten war. Jetzt standen sie vor dem Heer und krümmten die Peitschen wie zu einem letzten, mitreißenden Schlachtruf.

Was mochten sie sagen? *Bringt sie alle um?*

Und was war mit den Tanzpilgern, die ihre dem Untergang geweihte Stadt in Massen verlassen und sich in einem Halbkreis um Nurejew herum aufgebaut hatten, der wie eine klägliche Parodie auf den überlegenen Feind erschien? Auch sie tanzten; ihre veränderten Glieder und die Peitschenprothesen wirbelten in einer Weise über ihren Köpfen, die so sehr Ballett war wie jenes, das von der Krise unterbrochen worden war. Was sagten sie jenen Kreaturen, an deren Ritual teilzunehmen sie so viel geopfert hatten? *Wir vergeben euch* oder *macht, was ihr wollt* oder *denkt daran, was wir euch bedeutet haben, noch ist es nicht zu spät für eine Umkehr.* Vielleicht war es auch etwas, das dem menschlichen Erleben fremd war, etwas, das nur die Vlhani verstehen konnten, das nur Menschen, die den Vlhani angepasst worden waren, ihnen sagen konnten.

Und dann geschah es. Wie eine Flut, die nach einem Dammbruch flussabwärts schoss, drangen die Vlhani vor, und der Chor ihrer Schreie erscholl so laut, er rumpelte wie Donnergrollen. Skye schrie auf: »Nein! Nein! *Nein!*« und prügelte mit der Faust auf die Seitenwand des Gleiters ein, als die schwarze Flut blutrünstig vorrückte.

(Inzwischen.)

Tief unter der Erde gingen Fox' Schreie in einer Lawine wütenderer Laute unter: Hunderte von Vlhani, verloren in Leid und Zorn, als unter ihnen ein offener Krieg ausbrach.

Es waren die gleichen Laute, die ich sie in der Nacht des abgebrochenen Balletts hatte ausstoßen hören, als ein Teil der ihren das heiligste ihrer Rituale zunichte gemacht hatte. Aber jetzt war es schlimmer. Wir befanden uns in einem dunklen, geschlossenen Raum, und die Geräusche, die das Blutvergießen unter den Vlhani um uns herum begleiteten, hallten von den Wänden wieder und wurden lauter und lauter.

Ich begriff erst, als ein Vlhanikopf ein paar Körperlängen rechts von mir durch das Gitter krachte und sein zerschlagener Chitinpanzer beim Aufprall auf den Boden in viele kleinere Stücke zerbrach. Eine herumwirbelnde Scherbe bohrte sich in meine Wade, und ich fiel unter dem Einfluss des plötzlichen Schmerzes auf die Knie, als auch schon tausend andere Fragmente auf jeden ungeschützten Teil meines Körpers einprasselten.

Weitere Stimmen schlossen sich dem Chor an, darunter auch die des Vlhani-Eis, das so eine perverse Freude daran gehabt hatte, seine menschliche Stimme zu erproben. Und dann waren da noch die veränderten Stimmen von Ricard und Liisl Thane, und die Stimme von Ch'tpok, die irgendwo in der Nähe war und keine Möglichkeit hatte, sich vor den Trümmern zu schützen, die auf sie herabregneten.

Ich wusste nicht, wohin ich mich wenden sollte, war hin und her gerissen zwischen dem Gedanken, Ch'tpok zu helfen oder Fox zu suchen oder einfach zu sagen, zum Teufel mit all dem, und alles zu tun, was ich konnte, um mir selbst zu helfen. Einen Herzschlag lang war ich wie erstarrt, verlockt von dem vertrauten Ruf der Verzweiflung, der mir von jeher erzählt hatte, es gäbe keine Hoffnung und ich solle einfach aufgeben und mich mit Haut und Haar von dem Chaos verschlingen lassen.

Dann war der Junge, Cori, wieder hinter mir her.

Seine Peitschen schlangen sich fest um meinen Leib, rissen mich von den Füßen und prügelten mich auf den Boden. Das war die Art von Aufprall, die einen anschaulich daran erinnert, dass man aus Fleisch und Blut besteht. Meine Rippen brannten, mein Innenleben verwandelte sich in Wackelpudding, und mir wurde jedes bisschen Luft aus der Lunge gepresst. Ich versuchte, zu Atem zu kommen, doch das wurde mir von einer weiteren Peitsche verwehrt, die sich um meinen Hals wickelte.

Coris Gesicht tauchte über meinem auf. Seine Miene verbarg sich im Schatten, nur seine Konturen schimmerten in dem grünen Hintergrundlicht. Aber nun schniefte er hysterisch und war so gar nicht mehr der glückliche kleine Idiot, verloren in der Umnachtung, die sein zerstörter Geist für ihn geschaffen hatte. Ich weiß nicht, ob es daran lag, dass ich ihn zuvor geschlagen hatte, oder einfach daran, dass seine private Hölle gerade in sich zusammenfiel – wie dem auch sei, sein Geheul war ein klarer Ausdruck vollkommener Verständnislosigkeit. *»Hunnn! Hunnn!«*

Ich versuchte, die Peitschenschlinge von meiner Kehle abzuwickeln, aber die war ein weit wirkungsvolleres Instrument als meine Hände, die lediglich aus Fleisch und Knochen bestanden.

Ich konnte sie nicht einmal mit den Fingern umfassen. Als ich schließlich aufgab und mich stattdessen seinem Gesicht zuwandte, die Hände zu Klauen gekrümmt, hatte ich kaum noch Kraft in den Fingern, und meine Berührung an seinen Wangen kam schlimmstenfalls einem milden Tadel gleich, so kraftlos, als wäre meine bevorstehende Ermordung weiter nichts als ein kleiner Verstoß gegen die Etikette, der mit einem sanften Rüffel ausreichend bestraft wäre.

Dann platschte mir etwas Heißes ins Gesicht, etwas, dass mir in den Augen brannte und meine Zunge verätzte. Ich hustete Blut, aber es war nicht mein eigenes, und sah ein weiteres Peitschenpaar, größer als die des Jungen, das sich wie die Klinge eines Fleischmessers zwischen uns hin und her bewegte. Die Peitschen hatten den Jungen mitten im Rücken durchbohrt und rissen ihn auseinander wie einen Beutel Blut. Die menschlichen Knochen und die unmenschlichen Einbauten, die ihm seine Gestalt verliehen hatten, barsten auseinander und flogen in verschiedene Richtungen davon.

Ein Teil dessen, was auf mir gelandet war, musste zu den Materialien gehören, mit denen er geboren worden war. Ein anderer Teil musste zu den Modifikationen gehören, die seine Eltern auf Geheiß des Eis vorgenommen hatten. Sie fühlten sich an wie die Gerätschaften, die sie tatsächlich darstellten, waren jedoch nicht weniger beängstigend als Schrapnelle. Das Letzte, was ich sah, war sein Kopf, nach wie vor nur ein schwarzes, grün umrandetes Oval, der eine Armeslänge über meinem eigenen erzitterte. Ich kniff die Augen zu, wollte nicht sehen, was als Nächstes geschah, und ersparte mir so den Anblick, aber nichts konnte mich vor den Geräuschen schützen, als sein Kopf ebenfalls auseinandergerissen wurde.

Sein Griff um meinen Hals und meinen Körper löste sich, was mir Gelegenheit gab, verzweifelt nach Luft zu schnappen, ehe die Peitschen, die den Jungen zerrissen hatten, sich mir zuwandten. Mein Hals ruckte zur Seite, wäre beinahe gebrochen, als ich mit einer Gewalt in die Luft gezerrt wurde, die den Empfindlichkeiten des menschlichen Körpers beinahe genauso wenig Rücksicht zuteilwerden ließ wie die, die ich erlebt hatte, als ich vor Tagen aus den Ruinen des Labors gezerrt worden war. Wieder war ich überzeugt, ich hätte nur noch ein paar Herzschläge zu leben, und wieder war da ein Teil von mir, der beinahe erleichtert war. Aber dann wickelte sich eine andere Peitsche um mich und stützte meine Kehrseite, der Druck auf meinen Brustkorb ließ nach, und ich konnte mich endlich auf das konzentrieren, was um mich herum geschah.

Aber das war keine große Hilfe. Die Dunkelheit, das trübe, flackernde Licht und das Chaos inmitten von Tausenden von Vlhani, die sich gegenseitig in Stücke rissen, überforderten mein Begriffsvermögen. Auch die Perspektive schien verzerrt: Die geraden Linien des Gitters waren nun krumm, das Gitter selbst aufgerissen und teilweise schlicht zusammengebrochen. Zuckende Vlhani oder Vlhani-Teile lagen auf den Überresten und krümmten sich in einer Weise, die mir in den Augen wehtat. Überall um mich herum gingen Hunderte von ihnen aufeinander los, hackten sich gegenseitig mit kraftvollen Schwingern ihrer Glieder in Stücke. Splitter, die einst Bestandteil lebendiger Kreaturen waren, flogen in Massen in alle möglichen Richtungen und machten es noch schwerer, den Irrsinn zu erfassen.

Der Vlhani, der mich gepackt hatte, stakste über die Reste des Gitters. Jeder seiner Dreißig-Meter-Schritte war eine Herausforderung, galt es doch, die vielen Gefahren des offenen Schlagabtauschs in der unterirdischen Kammer zu umgehen. Überall um uns herum waren Hunderttausende seiner Art damit beschäftigt, einander zu töten oder selbst zu sterben; ich sah sogar einen, der mitten im Chaos stand und aussah, als wüsste er nicht, was er tun sollte, bis er plötzlich anfing, an sich selbst herumzuzerren, und sich zwei Peitschen ausriss, ehe ein Vlhani in seiner Nähe die Arbeit zu Ende brachte, die abzuschließen er sich selbst schon zu sehr kaputtgemacht hatte. Eine Phalanx anderer Vlhani, die um uns herum Position bezogen hatte, wehrte all die ab, die versuchten, an mich heranzukommen, wurde bald selbst in Stücke gehauen und von anderen Verbündeten ersetzt, die ebenso rasch untergingen.

Die Schreie waren mehr als ohrenbetäubend, das unstete Licht und die flüssigen Peitschenbewegungen zu verwirrend, um dem Geschehen folgen zu können. Mir blieb keine Zeit, mir Gedanken über die Bedeutung all dessen zu machen, aber ich erinnerte mich, dass ich nicht die Einzige war, die hier in Gefahr schwebte, und so brüllte ich: *»Tara! Ch'tpok!«*

Ein Vlhani-Kopf, der ganz in meiner Nähe hing, lieferte mir ein konvexes Spiegelbild meines eigenen Gesichts in Grün. Der einzig erkennbare Teil waren meine Augen, die halb wahnsinnig aussahen. Alles darunter ging in einem derben Schimmern unter. Dann, offenbar von etwas getroffen, das ich nicht hatte sehen können, explodierte der Kopf. Die Überreste waren eher pulverförmig als flüssig. Sie brannten mir in den Augen und vermittelten mir das Gefühl, ich wäre sandgestrahlt worden. Ich schlug die Hände vor die Augen, hustete eine Wolke Staub hervor und brüllte erneut: *»Ich lasse sie nicht zurück! Verstehst du mich? Ich lasse sie nicht zurück!«*

Der Vlhani, der mich trug, schrie, und seine Peitschen lösten sich von mir. Er musste mich noch im Sterben fortgeschleudert haben, niedergerungen durch einen Angriff von hinten. Ich stürzte, aber nicht abwärts, sondern *aufwärts*, beschrieb einen Bogen über eine surreale Landschaft prügelnder Schatten und verstand nichts von dem, was ich sah. Erst der Augenblick der Schwerelosigkeit verriet mir, dass ich den höchsten Punkt meiner Flugbahn erreicht hatte und wieder einmal einem markerschütternden Aufprall entgegenstrebte.

(Skye.)

Von Skyes Aussichtspunkt hoch über dem Schlachtfeld schien es, als hätten die vorrückenden Vlhani ihren abwehrenden Aufschrei vernommen.

Ihr Vorstoß geriet ins Wanken, dann ins Stolpern, und die erste

Reihe der Riesen wandte sich gegen die, die hinter ihr waren, und trieb sie mit gewaltigen, wilden Schwingern ihrer Peitschen zurück.

Eine Sekunde später waren sie alle tot, niedergemetzelt von einer Überzahl, doch noch in dem Moment, in dem die nächste Gruppe über die zerlegten Leichen der ersten hinwegstieg, geriet auch sie ins Stocken, machte kehrt und ging in einem gleichermaßen irrsinnigen, selbstmörderischen Akt gegen die Nachfolgenden vor.

Die mächtige Legion der Vlhani schien zu kochen. Wolken, die aussahen wie schwarzer Rauch, tatsächlich aber aus Chitinstaub bestanden, wogten wie zornige Gewitterwolken über ihnen.

Die Invasionsmacht riss sich selbst in einer unvermittelten, unverständlichen Orgie der Selbstzerstörung Reihe um Reihe in Stücke.

Pill'ghath gab einen erstickten Laut von sich. »Was machen die da?«

»Ich habe keine Ahnung. Es sieht aus, als ... als würden einige von ihnen versuchen, der Sache ein Ende zu machen.«

»Das ergibt keinen Sinn!«

»Ich behaupte nicht, ich würde verstehen, was passiert. Da ist ...«

Und dann verließ sie all ihre Kraft. Für einen erschreckenden Moment verlor sie jegliche Orientierung. Gleich darauf empfand sie eine Woge der Erleichterung und der Freude, als zwei Erfahrungshorizonte, die lange getrennt waren und keine Gelegenheit bekommen hatten, erneut miteinander zu verschmelzen, wieder zusammenfanden. Sie war noch immer die Frau in dem riirgaanischen Gleiter hoch über dem Schlachtfeld außerhalb von Nurejew, aber sie war auch der Mann in der totalen Finsternis weit unter der Oberfläche und lauschte dem Lärm des Chaos, das aus der Tiefe emporstieg. Sie war Skye, und sie war Oscin, und sie war die Einheit, die unter dem Namen Porrinyard bekannt war.

Als Skye wieder etwas sagte, tat sie das mit einer anderen Stimme, eine die resonanzreicher war als die, die sie zuvor benutzt hatte. »Ich glaube ... Andrea hat irgendetwas getan.«

(Inzwischen.)

Ich dachte, ich wäre tot. Das meine ich wortwörtlich. Ich dachte nicht, ich würde sterben; ich dachte, ich wäre bereits gestorben. Der plötzliche Richtungswechsel, die Kraft, die sich meiner Vorwärtsbewegung in den Weg stellte und sie ablenkte, tauchte so abrupt und so schmerzhaft auf, dass alle Lichter ausgingen und ich in tiefe Finsternis stürzte.

Die Erkenntnis, dass ich immer noch zu viele Schmerzen erduldete, um tot zu sein, kam mir eine Sekunde später, gefolgt von einer anderen. Der Vlhani, der mich beschützt hatte, hatte mich wie einen Ball in einem Kinderspiel an einen anderen weitergegeben, der mir Schutz bieten konnte. Ich weiß nicht, wie weit ich geworfen wurde oder wie viele Feinde versucht hatten, mich im Flug zu erwischen, aber die Landung ließ manches zu wünschen übrig. Mein neuer Bodyguard war vielleicht aus dem Gleichgewicht geraten und hatte möglicherweise nur wenig Erfahrungen mit der Zerbrechlichkeit menschlicher Wesen, aber die ruckartige Unterbrechung meines Fluges hätte mir beinahe den Hals gebrochen.

Ich wusste nicht, ob ich noch viele derartige Erschütterungen durchstehen konnte, denn schon brachte ein anderes schwarzes Etwas, schwärzer als die Schatten, diesen Vlhani zu Fall, und ich stürzte erneut, nur um wieder herumgerissen zu werden, als ich von dem Nächsten gefangen wurde.

Etwas krachte gegen uns. Eine Felswand stürzte ein. Etwas Unmenschliches schrie direkt an meinem Ohr und verstummte abrupt. Ich hörte Fox irgendwo inmitten dieser unfassbaren Mauer aus Lärm brüllen, konnte aber nicht erkennen, ob ihr Aufschrei ein Zeichen des Entsetzens oder der Qual war. Ich rief nach ihr, wusste aber nicht, ob sie mich hörte.

Eine Peitschenspitze, die die Deckung meines neuesten Beschützers überwand, schlitzte mir die Wade auf, doch war ich von all den Sinneseindrücken so überlastet, dass ich es zwar merkte, aber nicht weiter darauf reagierte. Gerade eine Armlänge entfernt starb ein weiterer Vlhani; ich hustete, spuckte einen Mundvoll Chitinstaub aus und erhaschte einen Blick auf etwas, das mir fürchterlich falsch vorkam: eine schwarze Wunde, hoch oben in der Luft, schwärzer als das Chaos um uns herum. Erst, als der Vlhani, der mich trug, hineinschoss, so verzweifelt darauf erpicht, dem Wahnsinn weiter unten zu entfliehen, dass er sich verschätzte und sich den mächtigen Kopf an den Wänden anschlug, erkannte ich, dass es ein Tunnel war, der nach oben führte. Die kleine Schuttlawine, die in mein Gesicht prasselte, mochte aus Gestein oder Chitin bestanden haben.

Ich blickte hinab zu der nun kaum noch erkennbaren Tunnelöffnung, sah, wie sie aufgrund von Dutzenden von Peitschen immer schwärzer wurde, bis sie gar nicht mehr zu erkennen war.

Wir wurden verfolgt.

(Skye.)

Die Vlhani, die Nurejew umzingelten, wogten wieder voran, ein plötzlicher, machtvoller Vorstoß, der anschaulich bewies, dass auch der überraschende Widerstand so vieler der ihren nicht reichen würde, die Überzahl derer aufzuhalten, die immer noch angreifen wollten.

Tausende krauchten über die aufgestapelten Toten hinweg und rannten in der manischen Gangart, die an wirbelnde Speichen gemahnte, über die Einöde, so schnell, dass sie die Stadt binnen Minuten erreichen mussten. Aber auch sie schafften keinen Kilometer, ehe die Hälfte derer, die in vorderster Front waren, sich umdrehte und ihrerseits auf die nachfolgende Armee einschlug.

Skye war zwischen diesen Eindrücken und dem Gefühl, auch Oscin zu sein, hin und her gerissen. Sie fühlte ihn, wie er zusammen mit Pakh Valinia in einer kleinen Nische hockte und den Kampfgeräuschen lauschte, die aus der Tiefe zu ihnen heraufdrangen. Sie hörte Valinia fragen: »Was ist da los?«, und sie war ein Teil von Oscin, als er ihr sagte, er wisse es nicht.

Pill'ghath sprach aus, was offensichtlich war: »Was immer Ihr Counselor getan hat, es war nicht genug. Sie rücken immer noch vor.«

»Richtig ... und wenn sie noch näher an die Stadt herankommen, wird Croyd den Befehl zum Angriff geben, und das alles war umsonst. Botschafter?«

Hurrr'poth nahm es sichtlich übel, bei seinen hektischen Verhandlungen gestört zu werden. »Was?«

»Ich brauche Ihre Erlaubnis, die Steuerung dieses Vehikels zu übernehmen und unser aller Leben im Zuge einer verzweifelten und wahrscheinlich nutzlosen Geste aufs Spiel zu setzen.«

Hurrr'poths Einverständnis schuf sich Ausdruck in einem kaum wahrnehmbaren Nachlassen der gespannten Haltung seines Kopfes. »Gewährt.«

Die Augen von Riirgaanern weiten sich nicht, und sie treten in einem Augenblick des Erschreckens auch nicht aus den Höhlen, aber Pill'ghath schaffte es trotzdem, seine Gefühle zu vermitteln. »Was?«

Skye schob sich an ihm vorbei und setzte sich an die Steuerkonsole. Dort schaltete sie den Automatikbetrieb ab und richtete eine Direktverbindung zu ihren mentalen Kommandos ein. Während sie dabei war, die bordeigene Gravitation so einzustellen, dass sie die planetare überlagerte, erkannte sie, dass Pill'ghath neben ihr kauerte und etwas wie Entsetzen verströmte. »Braucht Hurrr'poth nicht Ihre Hilfe bei dem Bemühen um eine diplomatische Lösung?«

»Bestimmt braucht er die«, sagte Pill'ghath. »Aber ich bin trotzdem besorgt.«

»Das kann ich Ihnen nicht vorwerfen.«

»Haben Sie wenigstens eine Ahnung, was Sie tun?«

»Wahrscheinlich nicht.«

Es gab einen Ruck, als der Gleiter ihr die Steuerung übergab. Skye ließ den Gleiter eine Weile im Flug schwanken, als er sich auf ihre Kommandos hin einstellte – und dann, ohne eine weitere Überprüfung, jagte sie ihn senkrecht in die Tiefe.

Während die Bordgravitation sie aufrecht hielt, zeigte sich die umkämpfte Ebene um Nurejew herum nicht länger als eine Dünenlandschaft, sondern als ausgedehnte, vertikale Mauer, war nicht mehr unter, sondern direkt vor ihnen. Jedes Gefühl für Geschwindigkeit wurde durch die Bordgravitation ausgeglichen, doch das minderte den Schrecken nicht, auch wenn es sich anfühlte, als würden sie mit Höchstgeschwindigkeit auf eine hoch aufragende Barriere zurasen, statt mit Endgeschwindigkeit zu Boden zu stürzen.

Skye ließ den Gleiter um die eigene Achse kreisen und brachte ihn im letzten Moment wieder hoch, sodass der Passagierbereich nach unten zeigte und der Boden kein Boden und keine Mauer mehr war, sondern eine Decke. Sie waren nur noch fünfzig Meter über der Wüste, als sie den Gleiter in die Horizontale brachte, weit unter einer sicheren Flughöhe für Flieger, die sich außerhalb der Reichweite wütender, sprungfähiger Vlhani halten wollten. Einige hätten nicht einmal springen, sondern lediglich die Peitschen hoch über die Köpfe recken müssen, um zu einer Gefahr zu werden. Aber Skye flog nicht über ihnen, sondern knapp fünfzig Meter vor ihnen, und passierte die belagerte Landschaft mit mehrfacher Schallgeschwindigkeit.

Das war nicht die Art zu fliegen, die Skye als Einzelwesen zustandegebracht hätte. Dazu waren die vereinten Fähigkeiten der Porrinyard-Einheit nötig, und sogar die gerieten an ihre Grenzen. Aber auch zehn weitere Persönlichkeiten in dem Kollektiv hätten den Trick nicht leichter machen können.

Sie passierte das entfernte Ende der Vlhani-Linie, beschrieb eine Schleife und flog in Gegenrichtung zurück.

Dieses Mal hatte sie den Passagierbereich auf die vorrückenden Vlhani ausgerichtet und stellte wenig erfreut fest, dass zwar die meisten Vlhani ein paar Schritte zurückgewichen waren, um nicht von einem übergeschnappten Piloten gerammt zu werden, ihr Zögern aber immer noch keine Gewähr dafür war, dass sie nicht doch die Nerven aufbringen und erneut vorrücken würden.

»Ich werde beim nächsten Mal noch etwas näher heran müssen«, sagte Skye. »Ich will sie nicht nur auf Abstand halten, sondern zurücktreiben.«

Zwar war innerhalb des Gravitationsfeldes des Gleiters von der Bewegung nichts zu spüren, aber das hielt Pill'ghath nicht davon ab, sich eisern festzuhalten. »Was bringt Sie auf die Idee, die könnten ein Problem damit haben, einen selbstmörderischen Vorstoß zu machen, um uns runterzuholen?«

»Welchen Teil des Wortes *verzweifelt* haben Sie nicht verstanden?«

Noch eine Schleife. Skye fegte über die Oberfläche wie eine Rakete, die nur einen Wimpernschlag davon entfernt war, beim Aufprall zu zerfallen. Die Vlhani, die auf einer Seite zu sehen waren, wurden zu einem großen, grau-schwarzen Schemen, und sie waren beängstigend nah; es war unmöglich, sich auf einen von ihnen zu konzentrieren, um herauszufinden, ob er angriff oder sich zurückhielt. Doch ein paar hundert Meter voraus trat ein einzelner Vlhani-Riese vor und versperrte ihnen mit seinem Körper den Weg; Skye zog den Gleiter hoch und brachte ihn um Haaresbreite außer Reichweite seiner Peitschen, ehe sie hinter ihm wieder tiefer ging und knapp über der Oberfläche weiterflog.

Hurrr'poth rief sie. »Botschafter Croyd will Sie sprechen.«

Der Gleiter erbebte, als Skye ein halbes Dutzend Vlhani-Peitschen abscherte, die sich in dem vergeblichen Versuch, sie zu vertreiben, zum Himmel emporreckten. Sie brachen nicht, sie lösten sich einfach auf, und die Bruchstücke vereinten sich zu einer pfeffrigen Wolke, die sich schwarz über das ionische Feld legte, ehe sie hinter ihnen in der Ferne verschwand. »Ich bin gerade ein bisschen beschäftigt. Er soll Ihnen sagen, was er will.«

»Ich nehme an, Sie können sich vorstellen, was er will.«

Eine weitere Schleife am Ende der Vlhani-Reihen, dann stieg Skye weit genug auf, dass sie aus der Höhe einen Blick auf die Ebene werfen konnten. Ihre Einmischung hatte den Vorstoß aufgehalten, aber nicht beendet. Auch wenn Tausende zurückgewichen oder unentschlossen stehen geblieben waren, hatten sich doch viele Hundert nicht irritieren lassen und lediglich gewartet, bis sie sie passiert hatte, ehe sie ihren Weg hinter dem Gleiter fortgesetzt hatten. Ein besonders Unerschrockener hatte die anderen bereits hundert Vlhani-Schritte hinter sich gelassen und ein Drittel des Weges nach Nurejew zurückgelegt, und es gab noch Dutzende, die beinahe genauso weit gekommen waren.

Es war, als versuchte sie einen reißenden Strom mit bloßen Händen aufzufangen. Sie hatte zwar den Strom stellenweise abgelenkt, aber die Flut war immer noch unaufhaltbar. Nicht einmal das zunehmende Chaos innerhalb der Vlhani-Horde – die Tausende, die mitten im Schritt innehielten und sich entweder gegen ihre Nachbarn wandten oder sich zu Boden kauerten, als schämten sie sich ihrer Taten, begangen in einem brutalen Traum – würde reichen, das Massaker an den Tanzpilgern von Nurejew abzuwenden oder das Gemetzel, das Croyd anrichten würde, um dem Einhalt zu gebieten.

Selbst eine Flotte von Gleitern, die zwischen den feindseligen Vlhani und ihrem Zielgebiet über den Boden fegte, hätte wahrscheinlich nicht gereicht.

Die Horde würde Nurejew trotz allem erreichen.

»Er ist ziemlich hartnäckig«, sagte Hurrr'poth.

Skye konnte nur wieder hinabtauchen, über die Ebene rasen und auf den Vlhani zuhalten, der am weitesten vorgerückt war, auch wenn ihr, noch während sie es tat, bewusst war, dass ihre Verzögerungstaktik dem Versuch gleichkam, eine Sturzflut in einer Kaffeetasse einzufangen. »Stellen Sie ihn durch.«

Croyds heisere Stimme drang in ihre Ohren. »Ich weiß Ihre Bemühungen zu schätzen, Lehnsfrau, aber das funktioniert nicht. In einer Sekunde werden wir mit dem Bombardement beginnen müssen, ob Sie dann weg sind oder nicht.«

Der Gleiter erbebte und hätte sich beinahe in den Schmutz gebohrt, als ihn ein wütender Peitschenschlag des vorrückenden Vlhani fast vom Himmel gefegt hätte. »Hören Sie auf Ihre Berater, Botschafter. Hören Sie vor allem auf Hammersmith. Ich bin sicher, er wird Ihnen sagen, dass die meisten von ihnen den Rückzug antreten.«

Eine Pause trat ein, die Skye zu einer neuerlichen Schleife nebst einem weiteren Flug über den Vlhani nutzte, der versucht hatte, sie zum Absturz zu bringen. Der sprang nur aus dem Weg – und verschwand hinter ihnen in der Ferne –, als Croyd sich wieder zu Wort meldete. »›*Die meisten*‹ ist nicht genug. Wir dürfen nicht zulassen, dass auch nur eines dieser Monster Nurejew erreicht.«

»Das weiß ich, Sir, darum ...« (steiler Aufstieg) »... bitte ich Sie nicht, einfach aufzugeben, sondern ...« (Sturzflug) »... nur, nicht zu reagieren wie eine Maschine. Ich bitte Sie ...« (eine weitere Erschütterung, eine weitere Wolke schwarzen Staubs, als Skye einen Vlhani erwischte, der in die Luft gesprungen war, um nach ihnen zu greifen) »... zu begreifen, dass es eine Alternative zum Krieg gibt. Sie müssen nur ...« (zehn Sekunden, in denen Skye eine weitere Schleife beschrieb und im Tiefflug auf den nächsten vorrückenden Vlhani zuhielt) »... auf das vertrauen, was passieren wird, wenn wir uns das verschaffen, was wir wirklich brauchen. Zeit.«

Auf einmal schien der Gleiter sich aufzubäumen, als Skye und die beiden Riirgaaner sich in einem Käfig aus dünnen schwarzen Stangen wiederfanden, die sich auf allen vier Seiten in das Cockpit bohrten. Sie gehörten zu einem Vlhani, der seinen Sprung mit unfassbarer Eleganz ausgeführt und den dahinsausenden Gleiter in dem Moment gepackt hatte, in dem Skye die Geschwindigkeit verringert hatte, um ein Ausweichmanöver einzuleiten. Für einen Moment ragte der Vlhani nur drohend über ihnen auf, dann sauste eine Peitsche herab. Skye riss den Gleiter so gewaltsam herum, dass sämtliche sechs Peitschen, die sich in den Rumpf gebohrt hatten, brachen. Der einsame Vlhani wurde davongeschleudert. Sie zogen ab, und der Anhalter verwandelte sich in eine rasende Kanonenkugel, deren Glieder hilflos herumwirbelten, als er gegen die anderen prallte, die sich in seiner Flugbahn befanden.

Croyd ließ sich erneut vernehmen. »Was schlagen Sie vor?«

»Eine Feuerwand.«

(Inzwischen.)

Die Wände des Tunnels schirmten uns vor dem schwachen Lichtschein ab, den wir in der Kammer unter uns erduldet hatten, womit es unmöglich war, den unterirdischen Kampf weiter zu verfolgen. Ich erlebte ihn als eine Reihe brutaler Erschütterungen, die immer dann auftraten, wenn einer der vielen Vlhani, die mich trugen, entweder voranstürmte oder zurückfiel, wenn er von einem der anderen in dem Tunnel angegriffen wurde. Blut und Chitinschrot hüllten mich in Schwaden ein. Ich rief nach Fox und bildete mir ein, ihre Antwortschreie irgendwo hinter mir durch den Gang hallen zu hören. Ich schrie nach Oscin, und einmal glaubte ich, ich könnte seine herrliche Stimme irgendwo rechts von mir brüllen hören, aber was immer er zu sagen hatte – es ging in dem Krachen zerschmetterter Peitschen und dem plötzlichen Schmerz des Aufpralls unter, als ich fallen gelassen wurde und gegen eine senkrechte Felswand krachte. Was immer mich dann erwischte, zog sich mit einer Geschwindigkeit zurück, die einem freien Fall vor dem anschließenden neuerlichen Aufstieg recht nahe kam.

Eine halbe Ewigkeit begriff ich gar nichts mehr, bis ich plötzlich erkannte, dass ich über mir Konstellationen sehen konnte.

Nicht, dass ich wirklich eine Vorstellung von der aktuellen Tageszeit gehabt hätte, aber als wir in der Nacht herauskamen, war ich zutiefst verblüfft. Meiner Einschätzung nach hätte es früher Morgen sein müssen.

Dem Vlhani der mich trug, folgten vier andere, die mit rasender Geschwindigkeit aus dem Bau kamen. Sie alle stürzten sich in den Wald, ragten über den Bäumen auf, während ihre Dreißig-Meter-Schritte uns weiter und weiter von der Thane-Produktionsstätte entfernten. Ich hustete. Die frische Luft schmerzte in meiner Lunge, die zu viel Staub, zu viel Schmutz und zu viele Ausdünstungen von Blut hatte aufnehmen müssen.

Etwas Gutes gab es: Nun, da die Tunnelwände nicht mehr da waren, gab es auch weniger Störgeräusche, sodass Oscins Schreie zu mir durchdringen konnten.

Ich drehte mich um, soweit ich es im Griff meines Vlhani konnte, und erkannte, dass er von einem anderen getragen wurde – ebenso wie Pakh Valinia, Tara Fox und die furchtbar veränderte Ch'tpok getragen wurden.

Ich gehöre nicht zu der Sorte Mensch, die zu Überschwang neigt, aber bei seinem Anblick vollführte mein Herz einen Freudensprung, und ich brüllte: *»Geht es dir gut?«*

»Besser als das! Meine Verbindung funktioniert wieder!«

»Und Skye?«

»Genau wie wir! Steckt bis zum Hals in der Scheiße!«

Schemenhaft huschten die Bäume an uns vorbei. Die Nacht verbarg auch für unsere an Dunkelheit gewöhnten Augen noch zu viel, aber mir entging nicht, dass eine Armee anderer Vlhani uns nach wie vor verfolgte und dass einige von ihnen nach wie vor in unserem Schlepptau kämpften.

Aber wie schlimm die Lage immer noch war, erkannte ich erst, als die Vlhani, die uns trugen, auf die Lichtung mit den Ruinen der Thane'schen Siedlung platzten, wo wir vier anderen begegneten, die sich aus der Gegenrichtung näherten.

(Skye.)

Als die Explosionen anfingen, war Skye auf der falschen Seite des Flammenmeers.

Croyds Bomberflotte kam gemäß dem Plan, den sie vorgeschlagen und den Croyd weitergeleitet hatte, mit all dem Zorn vergeltungssüchtiger Engel hernieder und zog eine Linie aus weißglühendem Feuer in den Sand von Vlhan. Die Explosionen waren wie flüchtige Blicke in das Herz der Hölle, so konzentriert, dass eine in die andere überging. Als alle zugleich stattfanden, zogen sie buchstäblich eine Linie in den Sand und verbreiteten eine Hitze, die für viele der Vlhani, die sich weniger als einen halben Kilometer von der Feuerwand entfernt vorantasteten, schmerzhaft sein musste.

Die Hand voll, die noch näher dran war – die nächsten waren gerade hundert Meter von den Detonationen entfernt –, wurde von der Druckwelle zurückgeschleudert. Viele von ihnen mussten zu benommen sein, um weiterzumachen. Die Tausende von Vlhani hinter ihnen – zumindest die, die immer noch entschlossen waren, den Angriff fortzusetzen – hielten lange genug in ihrem bis dahin unaufhaltsamen Vorstoß inne, um darüber nachzudenken, wie weit sie auf das Inferno vorrücken wollten, das sie alle vor sich lodern sehen konnten.

Viele von denen, die innegehalten hatten, traten entweder den Rückzug an oder wandten sich gegen die Artgenossen hinter ihnen. Die Zahl der Toten ging in die Tausende. Aber das war ein Gemetzel, das Vlhani an Vlhani verübten. Menschen hatten lediglich eine Grenze in den Sand gemeißelt.

Der Einsatz der Bomber war zu schnell erfolgt, als dass Skye Hurrr'poths Gleiter noch hätte aus der Schusslinie bringen können. Ihre ausdauernden Störmanöver gegenüber dem Vlhani, der den Angriff anführte, hatten den Vorstoß lange genug verzögert, dass die Bomber Gelegenheit bekamen, auf freiem Land zuzuschlagen, aber damit war sie gezwungen gewesen, ihre Störmanöver fortzusetzen, bis die Explosionen begannen. Während sie parallel zu den Bombern in unveränderter Richtung knapp zehn Meter über der Wüste flog, als diese den Boden mit ihrem Bombardement überzogen, erlebte sie den Angriff als einen schrecklichen, ohrenbetäubenden Trommelschlag, der in der Luft hinter ihr unerträgliche Ausmaße annahm. Sie fühlte eine

Hitzewelle wie aus einem Hochofen, die ihre Lunge versengt hätte, wäre der Gleiter nur ein paar Rumpflängen weiter hinten und umhüllt von den schlimmsten aller Flammen. Da die Bomber viel schneller flogen als der Gleiter, hatte sie keine Chance, den Explosionen auf gerader Linie davonzufliegen, doch sie erkannte die Warnung, die ihr in diesem Sekundenbruchteil zuteil wurde, und legte den Gleiter brutal auf die Seite, um den Rumpf zwischen die Passagiere und die potenziell tödliche Hitze zu bringen.

Der Boden huschte an Steuerbord vorbei, und ein brodelnder Wind hüllte sie in Staub und Schutt, als die Druckwelle mit voller Kraft zuschlug. Die Welt drehte sich, und Skye verlor die Kontrolle in genau dem Moment, in dem die Bomber erneut herabschossen, um eine zweite Feuerwand hinter der ersten zu errichten.

Und die Welt drehte sich.

(Inzwischen.)

Ich war ein Insekt in einer Schlacht der Giganten.

Das war ein Gefühl, das ich in meiner Zeit auf Vlhan kennen- und hassen gelernt hatte, und es wurde nicht besser. Von einem Vlhani-Beschützer, der offenbar beschlossen hatte, dass ich mich alleine durchschlagen konnte, während er sich meinetwegen in den Kampf stürzte, mitten auf dem Gelände der Thanes ausgesetzt, konnte ich nur zwischen den Ruinen herumstolpern und den Peitschen von Freund und Feind aus dem Weg gehen, die immer wieder vom Himmel herabschossen. Irgendwie schaffte ich es, eine der eingestürzten Mauern zu erreichen. Dort versuchte ich, mich flach an die Wand zu pressen, während der letzte Vlhani, der mich beschützt hatte, und der letzte, der Oscin beschützt hatte, auf zwei andere einschlugen, die uns den Fluchtweg abgeschnitten hatten.

Ich hatte gesehen, wie Oscin Tara Fox in eine der schützenden Nischen gezerrt hatte, gerade eine Sekunde, bevor zwei Vlhani, verheddert wie ein Wald aus Schlangen, über die Überreste des Bauwerks getrampelt waren und eine Staubwolke aufgewirbelt hatten. Nun sah ich Pakh Valinia, die wie eine Blinde einherstolperte, unfähig etwas zu sehen, weil aus einer Platzwunde an ihrer Stirn Blut in beide Augen troff. Sie wusste, dass sie in Schwierigkeiten war, war jedoch nicht gerüstet, eine Fluchtrichtung festzulegen, als das Kampfgeschehen zwei der ringenden Monster über sie brachte, deren Peitschen sich zu allen Seiten in den Boden bohrten, während sie in der Mitte um die eigene Achse rotierte und verzweifelt um Hilfe schrie.

Ich war ein Insekt in einer Schlacht der Giganten ... und ich war ein Idiot, und folglich verließ ich mein vergleichsweise sicheres Plätzchen und rannte zu Pakh Valinia. Erst, als eine der großen schwarzen Peitschen zwischen ihr und mir herabsauste und sich mit einer Gewalt in den Boden bohrte, die meinen Kopf auf Beckenhöhe hätte treiben können, hielt ich inne.

Ich schrie auf, fiel auf den Hintern, wollte davonkrauchen und wurde vor einer potenziell lebenslangen Erinnerung an meine eigene Feigheit durch eine weitere Peitsche bewahrt, die sich hinter mir in den Boden bohrte und mir den Rückzug verwehrte.

Gottverdammt, warum kann es nicht einmal einfach sein?

Ich sprang wieder auf die Beine, duckte mich gleich darauf, um einem trägen, weitschweifigen Hieb auszuweichen, der mehr bewirkt hätte, als mich von den Füßen zu reißen, und trieb mich erneut zu Pack Valinia, die zu laut schrie, um mein Gebrüll zu hören, mit dem ich ihr zu versichern suchte, dass ich auf dem Weg war.

Ich prallte direkt gegen sie und stieß sie zurück, als ein Dickicht aus Peitschen genau dort den Boden durchlöcherte, wo sie gestanden hatte.

(Skye.)

Die überwältigende Druckwelle hatte viel mit einem einzigen stillen Ort in einer ansonsten vollkommen übergeschnappten

Welt gemein. Die bordeigene Gravitation schützte alle Personen in der Passagierkabine des Gleiters vor der Erschütterung, doch dadurch schien sich das Universum um sie herum nur noch wilder zu drehen – ein scheußliches Kaleidoskop aus Erde, Himmel, Feuer und flüchtenden Vlhani, das nicht aufhören wollte, ehe Skye den Gleiter wenigstens annähernd unter Kontrolle bekam.

Sie stürzten immer noch.

Aber Skyes letzter Kraftakt zur Stabilisierung des Gleiters verwandelte das, was ein tödlicher Aufprall nebst einer Reihe heftiger, chaotischer Überschläge hätte werden können, in eine Anzahl weniger schwerer, aber immer noch äußerst schmerzhafter Aufschläge in einem erheblich flacheren Winkel.

Für Skye und die beiden Riirgaaner stellte sich das Geschehen wie ein Trommelwirbel ohrenbetäubender Zusammenstöße dar, akzentuiert von einer Kakophonie berstenden Metalls. Sie würgten an dem Dreck, als die Erde, die sie selbst verdrängt hatten, kübelweise das zusammenbrechende ionische Schild passierte und auf ihre Gesichter prasselte, in ihre Augen drang und ihre Kehlen verstopfte.

Aber es wäre viel schlimmer gewesen, wäre die bordeigene Gravitation der von Vlhan angepasst gewesen, denn dann hätten sie den Boden mit dem flachen Rumpf des Vehikels erwischt. Ein so stumpfer Aufprall hätte den Gleiter in Einzelteile zerlegt. Stattdessen waren sie mit der Steuerbordseite über den Boden gefegt, und in diesem Winkel hatte sich das Vehikel verhalten wie das aerodynamische Äquivalent eines Skalpells beim Einschnitt.

Sie krachten weniger auf den Boden, als dass sie den Gleiter dazu benutzten, ihn aufzuschlitzen. Nachdem sie eine flache Furche von etwa sechshundert Metern Länge gezogen hatten, schossen sie wieder empor und schabten während der nächsten zweihundert Meter noch zweimal über den Boden, ehe sie herabsackten und den Rest ihres Vortriebs in einer letzten, vierhundert Meter langen Rille begruben.

Am Ende lag der Gleiter auf der Seite, die Nase tief in einem Haufen aufgewühlter Erde vergraben.

Die Porrinyards brauchten ein paar Sekunden, um Skyes verwirrte Sinne weit genug zu sortieren, dass sie erkannte, dass der Gleiter angehalten hatte und der Trommelschlag, den sie immer noch in ihren Knochen spürte, von einer neuen Explosionsserie stammte, die eine weitere Linie in den Wüstenboden pickte.

Sie wirbelte zu den beiden Riirgaanern herum und sah, dass Hurrr'poth auf einem der Sitze hing, alle viere von sich gestreckt, während ein benommener, blutender Pill'ghath hinter ihm versuchte, auf die Beine zu kommen.

Die Porrinyards hatten gerade genug Zeit, um Skyes Erleichterung zu verarbeiten, ehe ein nahes *Fwumpp* sie veranlasste, aufzublicken, gerade als der Staub sich wieder weit genug gelegt hatte, um den Blick auf das halbe Dutzend Vlhani freizugeben, die über ihnen aufragten.

Wenn diese Vlhani ihren Tod wollten, dann war sie tot. Sie hatte ihnen nichts mehr entgegenzusetzen. Und Oscin, der sich eine halbe Welt entfernt mit Fox an eine eingestürzte Mauer drängte, auch nicht. Beide Porrinyards waren auf der Oberfläche, benebelt und desorientiert nach einer Tortur, die Tage gedauert hatte; jeder von ihnen war mit Kreaturen konfrontiert, die viel, viel größer waren als sie selbst; beide wussten, dass der andere und folglich auch ihre Einheit in Gefahr war. Beide wussten, dass es keinen Ausweg mehr gab.

Und vereint schlossen sie die Augen.

(Inzwischen.)

Der Versuch, an irgendeinen sicheren Ort zu kriechen, war nutzlos, denn es gab keinen sicheren Ort, keine Zuflucht, zu der unsere unbeholfenen, trampeligen Menschenbeine uns tragen konnten. Also drückte ich Pakh Valinia in den Schmutz und drapierte mich selbst über ihr, ein instinktiver und total lächerlicher Versuch, sie zu schützen, während ich die Augen vor der Todesparade um uns herum verschloss. Einige der Schläge waren so nah, dass die Erde, die sie aufwirbelten, auf mein Gesicht niederprasselte wie Hagel. Ich gab jeden Versuch, Mut zu demonstrieren, auf und schrie, lang und laut und, so schien es mir, ohne Luft zu holen – nicht nur, weil ich glaubte, Oscin oder sonstwer könnte uns helfen, sondern auch, weil das Gebrüll eine Möglichkeit war, mich von einem albtraumhaften Moment zum nächsten zu schleppen. Unter mir tat Pakh Valinia das Gleiche. Ich hatte keine Ahnung, was sie brüllte, da sie sich irgendeiner riirgaanischen Sprache bediente, aber ich verfluchte die KIquellen dafür, dass sie mich hierhergeführt hatten, und die Unsichtbaren Dämonen dafür, dass sie das alles herbeigeführt hatten, und meine Eltern dafür, dass sie tot waren, und das Universum dafür, dass es zuließ, dass solch ein purer Schrecken irgendwo innerhalb seiner Grenzen existieren konnte.

Und dann – ich weiß nicht, wie viel Zeit vergangen war – hörte ich auf zu schreien, weil sich irgendetwas verändert hatte. Etwas war nicht mehr da.

Es war nicht still. Da waren noch unzählige Geräusche: Oscin, der meinen Namen rief, das Knacken und Krachen neuer Trümmerstücke, die noch nicht zur Ruhe gekommen waren, ja, sogar der donnernde Rhythmus von Pakh Valinias rasendem Herzen und mein eigener, keuchender Atem. Aber der Radau der Vlhani-Peitschen, die das Chitin anderer Vlhani zertrümmerten, war einfach weg, von einer Sekunde zur anderen verschwunden.

Ich mochte mich nicht umsehen. Ich war zu traumatisiert, zu überzeugt, dass ich in der Sekunde, in der ich die fleischliche Sünde beging zu gucken, meines Fehlers in Form eines mörderischen Schlages belehrt werden würde, der meine Augen von oben durchbohren würde.

Aber die zitternde Pakh Valinia schaute hin, schaute vorbei an ihrer eigenen Furcht und an mir, stieß hustend eine Staubwolke hervor, ehe sie sich auf was immer über uns lauerte konzentrieren konnte.

Ich sah, wie ihre Augen einer Bewegung folgten, und erkannte die Wiedergeburt der Hoffnung.
»C-counselor?«, würgte sie hervor.
»Was?«
»Sie … sie tanzen.«

KAPITEL ZWANZIG
DER PREIS

»Was zum Teufel ist passiert?«

Das war die einzig wahre Frage, die überall auf Vlhan und über Vlhan hinaus an allen Orten gestellt wurde, an denen der Toten gedacht wurde. Sie wurde in tausend Sprachen gestellt und von jeder bekannten intelligenten Spezies. Und als in den folgenden Wochen immer mehr Puzzleteile auftauchten, konnte niemand übersehen, dass die Teile nicht zusammenpassten.

Es sollte einige Zeit vergehen, ehe irgendjemand in entscheidender Position die Frage aufbringen würde, warum all die überlebenden Vlhani um Nurejew an jenem Tag kehrtgemacht hatten und davonmarschiert waren, ganz zu schweigen davon, warum alle Vlhani ihre Feindseligkeiten weitgehend gleichzeitig eingestellt hatten.

Für die meisten menschlichen Beobachter, die das Kampfgeschehen aus einer Perspektive menschlich-militärischer Logik betrachteten, lag die Antwort auf der Hand. Warum hätten die Vlhani nicht fliehen sollen? In ihren Reihen war eine offene Revolution ausgebrochen; das ganze Gebiet wurde zu Brei zerbombt; sie waren übermannt worden, unterlegen, und sie hatten genug Verstand – sogar in den Nachwehen eines weltumspannenden Wahns –, zu wissen, dass sie verloren hatten. Nach menschlicher Vorstellung war ein Rückzug die einzig sinnvolle Vorgehensweise.

Nur wenige aufmerksame Seelen wiesen auf den bedeutenden Makel in dieser Theorie hin, der besagte, dass Krieg nicht immer einen Sinn haben musste. Vlhani, wie Menschen, waren stets bereit gewesen, in großer Zahl für ein größeres Gut zu sterben, manchmal auch für einen größeren Wahn.

Irgendwann erinnerte sich jemand daran, dass die Vlhani

mehr als nur riesige Monster waren, dass sie intelligente Wesen waren, zu denen wir diplomatische Beziehungen aufgenommen hatten. Vielleicht konnten wir sie fragen. Oder, noch besser, da niemand es sonderlich eilig damit hatte, vielleicht mussten wir uns nur einmal den aus dem Stegreif aufgeführten Tanz genauer ansehen, den die Horde auf dem Rückweg in die Wüste dargeboten hatte. Immerhin hatten die Überwachungskameras der Bomberflotte das Geschehen aus jedem denkbaren Winkel aufgezeichnet. Was, wenn jemand die Holos studieren würde? Das bringt uns nirgends hin, hieß es. Und wir taten es nicht. Aber vielleicht hätten wir dann herausfinden können, was den Wahnsinn ausgelöst und was ihn beendet hatte.

Wie das Leben spielt, war die Person, die diesen Geistesblitz hervorbrachte, Virond Hammersmith; und nachdem er das Übersetzungsprogramm eingesetzt hatte, fand er heraus, dass all diese tanzenden Vlhani, all die Vlhani, die sich überall auf der Welt zurückzogen, das Gleiche sagten.

Andrea Cort. Freund. Jagdpartner. Peitsche.

»Was zum Teufel ist passiert?«

Die erste Person, die mir diese Frage in exakt diesen Worten stellte, war Oscin Porrinyard, kalkweiß trotz des Mosaiks aus blauen Flecken, das sein Gesicht in eine Höhenlinienkarte verwandelte. Ich antwortete nicht, weil ich noch nicht in der Lage war, irgendeine Frage zu beantworten. Nun, da die unmittelbare Gefahr vorüber war, hatten der Stress und das Entsetzen der letzten paar Tage endlich Gelegenheit, mich einzuholen. Alles stürzte zugleich auf mich ein, und ich brach einfach in seinen Armen zusammen und fühlte in der besonderen Art, mit der er mich in die Arme schloss, nicht nur seine, sondern auch Skyes Präsenz. Das Echo ihrer weichen Wangen war deutlich in seinen stoppeligen spürbar.

Ich weiß nicht mehr, was ich in den nächsten Minuten alles zu ihm sagte. Ich weiß, dass es halb hysterisch war und zwischen

Liebesbeteuerungen und verzweifelten Bitten, sie mögen mir vergeben, was ich getan hatte, hin und her schwankte.

»Juje«, flüsterte er. »Was *hast* du getan?«

Ich sagte ihm nur, es täte mir leid, und weinte.

Wenn ich zusammenbreche, dann bleibt nichts mehr heil.

Über uns hörten die Vlhani auf zu tanzen und stolzierten zurück in die Wälder um uns herum. Am Himmel zeigte sich die erste Glut der aufziehenden Dämmerung. Ch'tpok schluchzte, wir hätten sie sterben lassen sollen. Aber ich konnte von all dem nichts verarbeiten. Lange gab es für mich nichts als Oscin und durch ihn auch die abwesende Skye und durch beide einen Grund für mich, weiterzuatmen.

Und dann kehrte meine Fähigkeit, die Welt zu erfassen, langsam zurück. Ich erkannte eine schmutzige, zerlumpte Pakh Valinia, die mich mit den geweiteten Augen einer Kriegswaise musterte; eine nicht minder zerschlagene Fox, die meinen Zusammenbruch mit der Sachlichkeit einer Anthropologin studierte, welche ein Ritual einer bis dahin unbekannten Kultur analysiert; die gliederlose Ch'tpok mit ihrem perspektivisch verzerrten Körper, die auf dem Rücken lag und krampfhaft schluckte, während sie zu einem Himmel hinaufstarrte, den wiederzusehen sie nicht mehr erwartet haben konnte.

Wir alle waren schwarz vor Schlamm, Schmutz und Blut.

Pakh Valinia wusste offenbar, dass ihr etwas entgangen war. Ihr erster Satz, die gleichen Worte, die auch Oscin ausgesprochen hatte, wurde nicht gelindert durch die Liebe und den Respekt, den die Porrinyards mir entgegenbrachten. Er war erfüllt von Vorwürfen und Grauen. »Was *haben* Sie getan?«

Es sollte auch einige Zeit dauern, ehe die diplomatische Gemeinde darüber befinden würde, was mit Botschafter Croyd zu geschehen hatte. Er hatte ungefähr eine Million der speziesübergreifenden Gesetze gebrochen, indem er eine geheime Flotte für einen Angriff auf eine einheimische Spezies einer unabhängi-

gen Welt aufgestellt hatte, aber sogar die Tchi mussten zugeben, dass er ihre potenziell vernichtende Feuerkraft ausschließlich zu Verteidigungszwecken genutzt hatte. Soweit es sich anhand der stundenlangen Holo- und Neurecaufzeichnungen des Kampfgeschehens beurteilen ließ, waren all die vielen, vielen Vlhani, die an jenem Tage zu Tode gekommen waren, von anderen Vlhani getötet worden; Croyd war lediglich schuldig, zu unkonventionelle Methoden gegriffen zu haben, um zu verhindern, dass noch mehr Menschen dem Wahn der Vlhani zum Opfer fielen.

Am Ende sah es so aus, als würde sich die speziesübergreifende Gemeinde damit begnügen, ihm für die Aufstellung der Flotte einen milden Tadel zu erteilen und jegliche politischen Konsequenzen, die seine Handlungsweise hervorbringen konnte, mit nachfolgenden Lobeshymnen über die beinahe heilige Zurückhaltung zu ersticken, die er beim Einsatz der Flotte bewiesen hatte. Das Dip Corps – jedenfalls die Faktionen innerhalb der Organisation, die von jeher ein hartes Vorgehen gegen die Vlhani gefordert hatten – würde natürlich ein strengeres Urteil fällen.

Ich sollte nie herausfinden, was es mit Croyd auf sich hatte – weder etwas über die Art des Traumas, das ihn zu dieser verbitterten, nackten Absonderlichkeit gemacht hatte, noch etwas über den Ursprung jenes Impulses, der ihn veranlasst hatte, Skyes Rat anzunehmen, obwohl all seine vorhergegangenen Äußerungen klar verdeutlicht hatten, wie gern er anders gehandelt hätte.

Seine weitere Befragung erwies sich als unmöglich, denn als er die Anweisung erhielt, zur Nachbesprechung nach New London zu kommen, schloss er einfach die Tür zu seinem vorläufigen Quartier in der Botschaft der K'cenhowten und beging Selbstmord.

Die Porrinyards würden sagen: »Er hat sich geschämt, weil er das Richtige getan hat.« Ich hatte keine Ahnung, ob sie damit richtig lägen. Aber ich glaubte es schon, denn ich hatte das Ein-

zige getan, was ich hatte tun können, um das Morden zu beenden, und mich so dazu verurteilt, eine ganz ähnliche Hölle durchzumachen.

Der Flug zurück zu den Menschenzähnen war bitter. Die Porrinyards waren es gewohnt, bei den vielen Gelegenheiten, zu denen ich nicht in Stimmung war zu reden, Nachsicht mit mir zu üben, aber Pakh Valinia unterlag dieser Beschränkung nicht, und sie bestürmte mich mit Fragen, die ich entweder einsilbig beantwortete oder mit eisernem Schweigen quittierte. Sie hörte nicht auf, ehe Oscin sie darüber in Kenntnis setzte, dass sie ihre Fähigkeiten als medizinische Fachkraft besser einsetzen könnte, indem sie sich um unsere invalide Ch'tpok kümmerte, und sogar dann gab sie nur widerwillig nach und erklärte mir: »Sie können nicht einfach davonspazieren, ohne Fragen zu beantworten.«

Ich dachte: Wem sagst du das.

Was Fox betraf, so hatte ihr finsterer Blick mehr mit meinem Versprechen zu tun, ihr bei der Suche nach ihrer Tochter zu helfen, als mit irgendwelchen Zweifeln an den moralischen Grundlagen meiner Handlungsweise, andererseits war es leicht, beliebig viele andere Beschuldigungen aus diesen kalt glühenden Augen herauszulesen.

Ich war nicht verwundert, als die Außengeräusche verstummten und die verhasste Präsenz – die, zur Hölle mit ihnen, dieses Mal mit der Stimme meiner ermordeten Mutter sprach – sich zwischen meinen Ohren bemerkbar machte.

Andrea Cort.

Ich hatte sie nicht aufgesucht, und ich hieß sie auch nicht willkommen. Aber die KIquellen pflegten die schlimmsten Konfrontationen stets nach ihrem eigenen Pläsier festzulegen, also riss ich mich zusammen und knurrte: *Ihr seid ein Rudel Bastarde, wisst ihr das?*

Als Geschöpfe von organischer Hand können wir kaum etwas anderes sein.

Ich wollte verdammt sein, wenn das nicht höhnisch klang, höhnisch auf die überlegene Art, wie man sie bei Scherzkeksen erleben kann, die gerade dabei zugesehen haben, wie man über das von ihnen platzierte Hindernis gestolpert ist.

Ich hasste dergleichen von deren Seite schon in den allerbesten Zeiten und war derzeit umso weniger in Stimmung dafür. *Warum haben Sie mir nicht einfach gesagt, was Sie wollen? Warum mussten erst so viele Leute, so viele Vlhani sterben?*

Die Antwort darauf müssten Sie kennen. Sie sind nur auf Basis Ihres eigenen freien Willens für uns als lehrreiches Beispiel tauglich. Ihnen eine Lösung vorzugeben, selbst wenn es sich um einen so verzweifelten Ausweg handelt wie in diesem Fall, wäre, als würden wir die Fäden ziehen; und damit wären Sie nur ein weiteres Werkzeug. Der Kurs, den Sie beschreiben, muss der Ihre bleiben, das ist ein Erfordernis, das jetzt sogar noch zutreffender ist als zuvor.

Ich hätte mir das Hirn aus dem Kopf gerissen, hätte das bedeutet, dass ich diesen faden Rechtfertigungen nicht länger lauschen müsste. *Sie spielen mit mir, wie Sie immer mit mir gespielt haben! Sie wussten, dass ich keine Wahl haben würde!*

Das Fehlen einer schmackhaften Alternative mag die Wahl schwerer gemacht haben, aber es blieb eine …

Ich brüllte in meinem eigenen Schädel: *Ihr habt meine Familie ermordet, ihr Mistkerle! Ihr habt meine Kindheit zerstört! Und jetzt …*

Sie unterbrachen mich aufreizend freundlich. ***Und doch haben Sie die Wahl getroffen, die Sie getroffen haben, die einzige Wahl, die Sie treffen konnten, bedenkt man die Eigenarten Ihrer Person.***

Ich konnte gut auf den Respekt von Wesen verzichten, die mich manipulierten, die mich belogen, die mich über verschlungene Pfade führten und vor eine Entscheidung stellten, die zu treffen ich nicht hätte gezwungen sein sollen. *Ihr habt mich zerstört, wisst ihr das? Ihr habt mich zerstört.*

Wenn Sie zerstört sind, Andrea Cort, dann liegt das daran,

dass Sie sich so entschieden haben. Die einzig verbliebene Frage für Sie lautet, wie Sie sich wieder aufzubauen gedenken.

Und damit ließen sie mich allein.

Aus der Sicht der anderen Passagiere an Bord des geborgten Gleiters dürfte das Gespräch keine Sekunde gedauert haben. Folglich konnte es in den Augen von Fox und Pakh Valinia keinen Sinn ergeben haben, dass meine trockenen Augen und die steinerne Miene plötzlich, von einem Herzschlag zum nächsten, durch eben jene Hysterie ersetzt wurden, die auf dem Gelände der Thanes Besitz von mir ergriffen hatte.

Nur Oscin, der von meinen internen Dialogen mit den KIquellen wusste und zwischen blitzschnellen Stimmungswechseln, wie sie diese Gespräche auslösen konnten, und den Launen, die mich einfach befielen, weil ich eben bin, wer ich bin, zu unterscheiden gelernt hatte, konnte sich denken, wo ich gerade gewesen war.

Seine Besorgnis nahm zu. »Juje, Andrea. Was ist los?«

Während der nächsten paar Wochen erklärten acht der zehn Spezies, die Botschaften auf Vlhan unterhalten hatten, ihren Rückzug für dauerhaft. Die große Romanze, die aus den Mysterien des Balletts hervorgegangen war, hatte ihre Faszination in Folge der vielen Todesfälle eingebüßt; sogar das deutlich praktischere Interesse an den potenziellen Vorzügen, die man sich von einer Dekodierung der Sprache der intelligentesten Spezies im Universum erhofft hatte, war erloschen. Der Preis war, aus Sicht der anderen Spezies, zu hoch. Und so bereiteten sich die K'cenhowten auf die Abreise vor. Und die Zakatari. Und die Tchi. Und die Riirgaaner.

Es würde weiterhin eine Dip-Corps-Botschaft auf Vlhan geben, jedenfalls so lange, wie Menschen auf den Planeten emigrierten. Aber ihre Mission war auf ein Minimum beschränkt worden. Keine Außeneinsätze zur Beobachtung der Vlhani. Die Botschaft war nur mehr eine Zwischenstation, ein Dienstleis-

tungszentrum, ein Ort, an dem alle Menschen und ehemaligen Menschen Kontakt zu ihrer Heimat aufnehmen konnten.

Ein Rürgaaner sollte am Ende ebenfalls bleiben: Hurrr'poth, der sowohl sein Amt als auch seinen Status als Bürger seiner Republik aufgegeben und erklärt hatte, er sei zufrieden damit, den Rest seines Lebens auf Vlhan zu verbringen. Bei unserem letzten Gespräch vor unserer Abreise sagte er, er hoffe, er könne sich mit seiner versehrten menschlichen Tochter aussöhnen.

Ich hatte keinen Ton gesagt, aber er legte Wert darauf, mit mir zu sprechen, ehe wir uns verabschiedeten. Er sprach mit einer Stimme, geprägt von Schmerz und mehr Geheimnissen, als ich auch nur ahnen konnte. »Vertrauen Sie mir«, sagte er zu mir. »Sie sind nicht das einzig intelligente Wesen, das schwer an der Last eines schlimmen Verrats trägt. Die einzige Heilung dafür ist, Ihr Leben zu leben.«

Ich war zu ausgezehrt, um etwas zu sagen, also nickte ich nur, eine stumme Gefangene in dem Käfig, den ich mir selbst erbaut hatte.

Die eine Person, die mich nicht fragen wollte, was zum Teufel ich getan hatte, war Paul Royko. Für ihn gab es schmerzlichere Dinge, um die er sich Sorgen machen musste, als wir uns ein einziges Mal wieder begegneten: drei Stunden, nachdem wir Ch'tpok in ihr Heim in den Menschenzähnen zurückgebracht hatten.

Der Gleiter, den er flog, als er zurückkehrte, war ein anderer, ein Tchi-Modell, wenn ich nicht irre, und fragen Sie mich nicht, wie er an das Ding gekommen ist. Er wahrte Haltung, als er sich neben seine zerstörte Frau kniete, und auch noch, als er ihr flüsternd versicherte, alles käme wieder in Ordnung, wie nutzlos seine Worte auch sein mochten. Der Austausch zwischen ihnen war eine Fallstudie des geringen Nutzens jeder Konversation zwischen denen, die allen Grund hatten, sich der Verzweiflung hinzugeben, und den Angehörigen, die lügen mussten, obgleich sie doch ganz ähnlich empfanden. Seine tapfere Fassade zeigte während ihrer ganzen Unterhaltung keine Risse. Aber nachdem er ihr zugeflüstert hatte, es sei an der Zeit, die Gäste hinauszubegleiten, und sie mit dem Versprechen zurückgelassen hatte, so schnell wie möglich zu ihr zurückzukommen, war er im Gesicht um Jahrzehnte gealtert. Außerhalb des Raums, in dem wir sie verlassen hatten, sackte er an der Wand zusammen, als könne er sich ohne sie nicht auf den Beinen halten.

»Sie können nichts dafür«, sagte Pakh Valinia sinnloserweise.

»Oh«, machte er tonlos. Er war nicht mehr fähig, noch irgendwelche weiteren Gefühle zu verarbeiten, und hörte sich so sehr an wie Fox, dass ich wohl in jedem anderen Kontext angenommen hätte, er wollte sie verhöhnen.

Während der nächsten halben Stunde, angespornt durch die eine oder andere Frage von Oscin und nicht einer von mir, erzählte er uns, wie viel oder wenig er über die Beziehung seiner Frau zu den Thanes gewusst hatte. Zwar war er Ch'tpok bereits während eines früheren Besuchs auf Vlhan kurz begegnet, doch hatte er sich erst in sie verliebt, als sie ihrem Volk bereits entfremdet gewesen war, und als er sie geheiratet hatte, hatte er von der Art ihres Verbrechens gewusst. Ihre Vergangenheit war ihm bekannt, und er hatte sogar gewusst, dass sie immer noch sporadisch Kontakt zu den vermeintlich vermissten Forschern hatte und dass die Arbeit an dem Ei noch immer fortgesetzt wurde.

Aber er behauptete, bei keinem ihrer Besuche dabei gewesen zu sein, nie erfahren zu haben, was in Thanes unterirdischer Produktionsstätte vor sich ging. »All diese Jahre«, sagte er und konzentrierte sich auf einen fernen Punkt irgendwo hinter uns, »hat sie mich nicht einmal in die Nähe gelassen. Sie hat gesagt, all das hätte mit ihrer Sünde begonnen, und wenn die Zeit der Wiedergutmachung käme, so wollte sie diejenige sein, die sie geltend macht.«

»Aber als das Morden begann …«, sagte Oscin.

»Sie erwarten, dass ich Ihnen sage, ich hätte gewusst, dass das alles etwas mit dem zu tun hat, was sie getan hat. Aber so einfach ist das nicht. Mit den Vlhani und den Tanzpilgern und dem üblichen Schwachsinn bezüglich des Umgangs der Botschaften untereinander war auf diesem Planeten ständig so viel im Gang, dass schon die Vorstellung abwegig ist, man könnte einfach auf eine Sache zeigen und sagen: Da, das da, das ist der Grund, warum hier alles schiefläuft. Sicher, sie hat mir ein paar Dinge erzählt, beispielsweise über die KIquellen-Beteiligung und darüber, dass sie glaube, Sie würden sich als extrem wichtig erweisen, aber als dieser furchtbare Tag kam und sie mir sagte, sie wolle nur Flüchtlingen helfen, habe ich ihr geglaubt. Und ich habe ihr auch geglaubt, als sie gesagt hat, es würde alles wieder gut werden.«

Er schob die Unterlippe vor und starrte zu Boden. Ich glaube nicht, dass der Rest von uns in diesem Moment noch irgendwo in seinem persönlichen Universum zugegen war. Da war kein Platz für uns, nicht, solange er sich mit der unbarmherzigen Analyse der Thesen seiner Frau und des Preises, den sie bezahlt hatte, herumschlagen musste.

»Wir haben uns am ersten Tag, an dem wir einander begegneten, geliebt, und dann viele Jahre nicht mehr. Aber allem, was sie tat, haftete immer etwas Unausweichliches an, ob sie nun ihrem Vater trotzte oder mich liebte. Ich glaube nicht, dass sie mit all dem, was passiert ist, gerechnet hat ... aber ich bin überzeugt, sie hat die Augen stets offen gehalten. Ich glaube, ein Teil von ihr hat immer gewusst, welchen Preis ihre Pläne fordern würden.«

Es gab noch unzählige Fragen, die wir hätten stellen können, unzählige Antworten, die der Mann uns schuldete ... aber als er uns den Rücken zukehrte, um zu Ch'tpok zurückzugehen, eigneten sich auch die anderen mein Schweigen an.

Ich sah ihn und Ch'tpok nie wieder.

Einige Zeit nach unserer Rückkehr nach New London las ich einen Geheimbericht über den derzeitigen Stand der Dinge auf Vlhan.

Ich kann nicht erklären, warum ich das tat, nachdem ich mich wochenlang geweigert hatte, irgendeine der hartnäckigen Fragen des Dip Corps hinsichtlich dieses verwünschten Planeten zu beantworten. Vielleicht verriet schon die Titelseite irgendwie etwas über die furchtbaren Schlussfolgerungen und die grausigen, endgültigen Auswirkungen und stellte mir eine Bestätigung der Wahrheiten in Aussicht, die ich längst kannte.

Der Bericht fing mit all den bekannten Statistiken dieser letzten paar Tage an, allen voran die Anzahl der Todesfälle innerhalb der diplomatischen Gemeinde vor Ort und ein Vergleich zwischen den verheerenden Verlusten unter den Menschen im Gegensatz zu der Zahl der Toten unter den K'cenhowten. Schließlich folgte eine Schätzung, derzufolge bis zu dem Zeitpunkt, an dem der Ausbruch vorbei war, mehr als ein Drittel der Vlhani-Bevölkerung zu Tode gekommen war.

Viel ernüchternder aber war eine Volkszählung, die aufdeckte, dass nur verdammt wenige neue Vlhani zur Welt kamen. Entweder hatte die Krise ihren Lebenszyklus auf eine Art durcheinander gebracht, die wir nicht erkennen konnten, oder das verbliebene Trauma, das mit der Zerstörung des Balletts einherging, hatte die ganze Spezies in ein Elend gestürzt, durch das die Arterhaltung für die meisten Vlhani jeden Sinn verloren hatte. Wie dem auch sei, ihre Zahl nahm weiter ab. Der Bericht besagte, dass sie, sollte sich dieser Trend fortsetzen, gegen Ende des Jahrhunderts aussterben würden. Zudem sei es nicht möglich, noch etwas von ihnen zu lernen, ehe dieser Fall einträte … denn soweit keine unmittelbar lebenswichtigen Punkte zu besprechen waren, war die ganze Spezies in Schweigen verfallen …

Durch Oscin erfuhren wir, dass viele der Verwundeten in die von den K'cenhowten aufgegebene Botschaft gebracht wurden. Die

K'cenhowten, die ihr ganzes Leben im Stehen verbrachten, hatten nie irgendwelche Möbelstücke außer denen, die sie für die Lagerhaltung oder als Arbeitsflächen benötigten, aufgebaut, sodass ihre Gebäude nicht unbedingt die behaglichsten Quartiere waren. Aber dort gab es Platz für uns, also gingen wir hin.

Die Botschaft befand sich auf einer künstlichen Insel inmitten eines Feuchtgebiets und roch wie einige der orbitalen Habitate, die mir bekannt waren – jene Habitate, deren Betreiber zuließen, dass die Luftreinigungssysteme regelmäßig ausfielen, weshalb sich die Bewohner allmählich so sehr an den allgegenwärtigen Gestank gewöhnten, dass sie ihn gar nicht mehr wahrnahmen, bis irgendein rüpelhafter Besucher aus dem Universum jenseits des Habitats ihnen erzählte, dass ihre Raumluft das Aroma einer Toilette verströmte. Das Wasser war ein von Algen überwuchertes Klebzeug, das sogar an den Stämmen der astlosen, laublosen Bäume hinaufkletterte, die es zu allen Seiten umgaben. In meinen Augen sahen sie aus wie skelettierte Arme, die versuchten, sich der Gewächse zu erwehren, die sie zu umschlingen drohten. Die Luft selbst war feucht und voller parasitärer Insekten, die zwar nichts mit unserem fremdartigen Blut zu tun haben wollten, aber trotzdem ständig in der Nähe blieben, als hofften sie, unsere Körperchemie könnte einer passenden Evolution unterzogen werden.

Für die K'cenhowten war dies vermutlich das malerischste Fleckchen auf dem ganzen Planeten gewesen. Ihr Verlust war nicht unser Gewinn.

Wir landeten direkt am Ufer, wo gerade noch genug Wasser war, dass man den Schlamm als feucht bezeichnen konnte, und trotteten durch den Dreck, bis wir die Plattform erreicht hatten, wo wir von den Medizinern der menschlichen und der riirgaanischen Delegation in Empfang genommen wurden. Einer, ein kleiner Mann mit runden Schultern und Wangen, aufgeplustert wie Klammerzeichen, ging direkt auf mich zu und fragte: »Counselor Andrea Cort?«

Unterstützt von Oscin brachte ich ein Nicken zustande.

»Piers Stegner. Ich leite das medizinische Team vor Ort. Ich bin gekommen, um Ihnen zu sagen, dass, obwohl man Sie befragen muss, niemand Sie belästigen wird, ehe Sie sich frisch gemacht haben, untersucht, behandelt und verpflegt wurden und sich ausruhen konnten.«

»Danke«, sagte Oscin.

»Wir haben keine Einzelquartiere. Wir haben Lagerregale gepolstert, um sie als Betten zu nutzen, aber ich denke, Sie werden zurechtkommen. Wenn Sie mir folgen ...«

»Einen Moment«, sagte Pakh Valinia hinter uns.

Sie trat zwischen uns, berührte mein Kinn mit zwei Fingerspitzen und zwang mich, aufzublicken und ihr in die Augen zu sehen – zwei strahlende Punkte, die ihr Gesicht aufleuchten ließen, das seinerseits sehr viel sauberer aussah, nachdem wir uns die Zeit, in der wir in den Menschenzähnen auf Roykos Rückkehr gewartet hatten, damit vertrieben hatten, uns den Dreck runterzuschrubben. Der Dreck war fort, aber ihre Poren waren immer noch schwarz und ihre Haare das reinste Rattennest.

»Ich weiß, dass Sie unter Schock stehen, und ich habe begriffen, dass Sie mir nicht erzählen werden, was da unten passiert ist. Ich weiß nicht, ob ich Sie dafür hassen soll. Aber ich weiß, dass ich Ihnen dankbar sein sollte, weil Sie mir am Ende das Leben gerettet haben.«

»Schon gut«, brachte ich krächzend hervor.

»Ich habe Ihnen nicht gedankt. Und ich werde es auch nicht tun. Ich weiß, Sie sind viel zu egozentrisch, als dass das einen Unterschied machen würde.«

Ich brauchte einen Moment, um mir zu überlegen, wie ich darauf reagieren sollte. »In Ordnung.«

»Aber ich habe andere Menschen erlebt, die so waren, wie Sie es jetzt sind ... und ich muss Ihnen sagen, dass Sie dieses Mal nicht wieder aus ihrem Loch kommen werden, wenn Ihre Freunde Sie nicht rausziehen.« Sie ließ mein Kinn los. »Viel Glück, Counselor.«

Sie wartete keine Antwort ab, sondern ließ sich in die Kuppel der K'cenhowten führen.

Das war das letzte gehaltvolle Gespräch zwischen ihr und mir, obwohl ich ihr in den folgenden Tagen einige Male begegnete, während sie damit beschäftigt war, ihre eigene Wiederherstellung voranzutreiben, um sich denen anzuschließen, die sich um die Verwundeten kümmerten. Sie zeigte trotz der Hölle, die wir hinter uns hatten, keine Anzeichen irgendwelcher anhaltender Nachwirkungen. Vielleicht war sie eine dieser Personen, die einfach alles abschütteln konnten, sobald sie sich der nächsten Sache zuwandten. Sollte es so sein, dann hoffe ich, es wird noch lange Zeit immer wieder neue Dinge geben, die auf sie zukommen, denn wer über diese Eigenschaft verfügt, neigt auch dazu, zusammenzuklappen, sobald die Krise vorbei ist.

Was Fox betrifft, so hatte sie keine letzten Worte für mich, als sich unsere Wege für einige Zeit trennten, aber sie maß mich mit einem strengen Blick, der mich daran erinnern sollte, dass wir noch nicht miteinander fertig waren. Ich wusste es und konnte ihr nicht ins Gesicht sehen. Ich war nicht annähernd bereit.

Einer der besonderen Vorzüge davon, in der K'cenhowten-Botschaft untergebracht zu sein und nicht in, sagen wir, der der Tchi, war – abgesehen davon, dass wir uns nicht mit Tchi herumschlagen mussten – eine Macke im Organismus der K'cenhowten, die regelmäßige, ausgiebige Bäder in heißem Wasser zur Gesunderhaltung des Exoskeletts erforderte. Die pulsierenden Ultraschalleinrichtungen, die so viele von uns, die in orbitalen Habitaten aufgewachsen waren, überwiegend zur Körperpflege nutzen mussten, war nichts für sie. Sie hatten Duschen. Gemeinschaftsduschen, aber Duschen.

Ich regulierte die Temperatur so, dass sie kurz vor der Schmerzgrenze lag, stellte mich beinahe eine Stunde lang unter die Konstellation aus Wasserdüsen und ließ mein Gesicht von dem Wasser bestürmen. Mehrere Minuten lang sammelte sich schwarzes Wasser um meine Füße, aber auch als es grau und schließlich klar wurde, stand ich noch da, fühlte mich schmutzig und wusste doch, dass ich mir sämtliches Fleisch von den Knochen waschen könnte und mich immer noch von der Fäule beschmutzt fühlen würde, die jeden Zentimeter meines Fleisches befallen hatte. Sie war, wie so viele meiner Sünden, untilgbar.

Ich hätte wohl ewig da gestanden, länger als all die anderen, die ich in weit kürzerer Zeit hereinkommen und wieder hinausgehen hörte, ohne sie zu sehen, hätte sich nicht einer dieser anderen von hinten genähert, die Arme unter meine geschoben und mich fest an sich gedrückt.

Ich erkannte Skyes Berührung, den sanften Druck ihrer kleinen Brüste in meinem Rücken, die Kraft ihrer Arme, sogar das Kitzeln der Stoppelhaare an meinem Nacken. Aber ich reagierte nicht so, wie die Porrinyards es sich gewünscht hätten. Stattdessen schrie ich auf und verlor jeden Halt, sank auf die Knie, ehe ich mich umdrehte, um meine Tränen an ihren Beinen zu verbergen. Sie sprach sanft mit mir, ging in die Knie, um mir am Boden Beistand zu leisten, erzählte mir süße Lügen darüber, dass alles wieder gut werde, dass das Schlimmste überstanden sei, dass sie mich auch weiter lieben würde, ganz gleich, was ich getan hätte. Ich aber zitterte immer noch, als donnernde Schritte Oscins Ankunft verkündeten, der, von wo immer er zum Zeitpunkt meines Zusammenbruchs gewesen war, herbeigeeilt war, um Skye bei ihren vergeblichen Versuchen, mich wieder aufzubauen, zu unterstützen.

Zum ersten Mal seit vielen Tagen hörte ich sie wieder im Chor sprechen. »Valinia hatte recht. Du musst dir von uns helfen lassen.«

Ich konnte nicht. »Es ist zu viel.«

»Es ist nicht zu viel«, widersprachen sie. »Ich habe es dir immer gesagt. Keine Last ist so schwer, dass wir sie nicht gemeinsam tragen könnten.«

»Diese wirst du nicht tragen wollen. Du weißt nicht …«

»Genau. Ich weiß nicht, und ich verlasse dich nicht.«

Die pure Ungerechtigkeit der ganzen Geschichte sorgte dafür, dass der sengende Druck hinter meinen Augen immer größer wurde. Dies war der bei Weitem schlimmste Zusammenbruch der letzten vierundzwanzig Stunden, und noch während sie mich hielten und versuchten, mich zu beruhigen, erlebte ich mich nicht mehr als eine Erwachsene in Gegenwart ihrer Partner, sondern als ein Kind bei seinen Freunden und seiner Familie auf einer unbedeutenden Welt namens Bocai. Ich sah die blicklose Leiche meiner Mutter gen Himmel starren, sah die Leichen meines Bruders und meiner Schwester, die wie Müll fortgeschafft wurden, die Leiche des Wesens, das ich so sehr geliebt hatte wie meinen eigenen Vater, die nun in einer Blutlache vor meinen Knien abkühlte, während ich mit den Augen spielte, die ich aus seinem Schädel gepult hatte.

Viele Jahre hatte ich diese Last getragen, und in den Jahren, nachdem ich von den Mächten erfahren hatte, die hinter all dem gesteckt hatten, hatte ich mich mit dem Wissen getröstet, dass die Schuld nicht die unsere war, dass wir alle von Wesen benutzt worden waren, die ich die Unsichtbaren Dämonen nannte.

Wie der letzte Idiot hatte ich darin *Trost* gefunden.

Und das konnte ich nun nicht mehr.

Erst am folgenden Tag gab ich auf und erzählte ihnen alles.

Die Porrinyards und ich waren zu der Zeit an der Küste der K'cenhowten-Insel. Das Gebäude hatten wir auf der Suche nach etwas wie Abgeschiedenheit verlassen; es war ein Gang, so kalt wie ein Marsch durch arktische Gefilde, angefüllt mit der Last meines Geheimnisses und der Macht ihres wachsenden Unbehagens. Der Tag war lang gewesen, beherrscht von Fehlstarts und Versuchen, ein Gespräch aufzunehmen, das bisweilen in Schweigen mündete und bisweilen hässlich wurde, wenn wir über alles Mögliche stritten, nur nicht über die Themen, die wirklich einen Keil zwischen uns trieben.

Ich rechnete mit Fassungslosigkeit und fühlte mich doch verraten, als mir genau das entgegenschlug.

Sie starrten mich an und strahlten dabei eine Bestürzung aus, zu umfassend, als dass sie von nur einer Person hätte stammen können. »Du bist wieder übergelaufen? Dieses Mal zu den Unsichtbaren Dämonen?«

»Es war eher eine Vertragsänderung als ein Treuebruch.«

»Nach allem, was sie deiner Familie angetan haben? Was sie dir angetan haben?«

Die schwarzen Punkte, die ich aus den Augenwinkeln sah, mochten etwas anderes sein als nur die üblichen Schnaken dieser Gegend, wie sie da verweilten und sich beständig weigerten zu landen. »Und all dem, was sie nach wie vor tun.«

»Aber, Andrea …«

Ich hatte mein Herz für diesen Moment gewappnet, und doch drohte es aufgrund des Schreckens in ihren Augen zu brechen. »Die Mistkerle hatten *gewonnen*. Hätte ich nichts getan, wären Fox und ich verstümmelt worden, die Vlhani hätten ihren Vorstoß gegen Nurejew fortgesetzt, Croyd hätte jede Ausrede gehabt, die er brauchte, um das Bombardement zu einem Vernichtungsfeldzug gegen die ganze Spezies auszuweiten, und Rhaig und seinesgleichen hätten ihre Ausrede bekommen, alle anderen Spezies gegen uns aufzuwiegeln. Man hat mir einen diplomatischen Ausweg angeboten, den gleichen Ausweg, den die KIquellen-Majorität die ganze Zeit wollte. Ich musste annehmen.«

»Unter Zwang, Andrea.«

Ich schüttelte den Kopf. »Diese Diskussion habe ich schon mit ihnen geführt. Es wäre nur Zwang gewesen, wenn ich sie so sehr gehasst hätte, dass ihr Tod mir wichtiger gewesen wäre als das Überleben der Menschheit, Zwang, wenn ich meinen Kummer höher bewertet hätte als das Leben. Also hatte ich immer eine Wahl … und es macht mir nichts, euch zu verraten, dass mir die Entscheidung nicht leichtgefallen ist. Am Ende, bevor ich zu der einzigen Lösung gefunden habe, die für mich einen Sinn ergeben hat, hätte ich beinahe eine Entscheidung getroffen, die sowohl die Vlhani als auch die Menschheit dem Untergang geweiht hätte. Wenn ich mir überlege, was ich stattdessen habe, dann wünschte ich beinahe, ich hätte so entschieden.«

»Aber dich mit den Kreaturen zu verbünden, die deine Familie umgebracht haben ...«

»Das ist nur ein Grund dafür, warum ich in der Hölle bin. Ich bin denen für meine Eltern noch etwas schuldig, für meine Familie, für all die Jahre, die ich als Paria verbracht habe. Ich hasse die Unsichtbaren Dämonen so sehr, dass allein der Gedanke, für sie zu arbeiten, ihnen zu helfen, den Massenselbstmord zu überleben, den der Rest der KIquellen anstrebt, mich so lange ich lebe schaudern lassen wird. Ich werde immer das Gefühl haben, ich hätte meine Familie verraten, mein Heim, mich und dich ... und ich werde nie aufhören, mich dafür zu hassen.« Meine Stimme versagte für einen Moment. »Ich habe eine Menge durchgemacht. Das ist vielleicht mehr, als ich durchstehen kann. Und falls du damit nicht leben kannst, dann verstehe ich das.«

Beide sahen immer noch zutiefst erschüttert aus, aber nun waren sie es aus anderen Gründen. »Ich höre immer noch zu.«

Ich atmete tief ein. »Na ja, die Sache ist die ... so sehr ich sie für das verabscheue, was sie getan haben ... so sehr ich mich selbst dafür verabscheuen muss, mich unter egal welchen Umständen mit ihnen verbündet zu haben ... sie haben in einem Punkt recht. Es hat nie einen guten Grund für sie gegeben, sich einfach zurückzulehnen und sich der Selbstzerstörung des Rests der KIquellen auszuliefern, obwohl sie immer noch leben wollten. Und es war unvernünftig, sogar für mich unvernünftig, von ihnen zu erwarten, dass sie das täten.

Als mir also bewusst wurde, dass die Unsichtbaren Dämonen nicht nur mit mir spielen, dass sie die Ansichten der Majorität hinsichtlich meiner Bedeutung teilen und wirklich bereit sind, dem Angriff ein Ende zu machen, vorausgesetzt, ich wechsele die Seiten, und dass ich aus Gründen, die sich mir nach wie vor entziehen, tatsächlich eine gewisse Macht habe, musste ich überdenken, wofür ich eigentlich gekämpft habe.

Selbst dann konnte ich meiner toten Familie nicht den Rücken zukehren. Oder allem anderen, woran ich geglaubt habe. Und nach dem Versprechen, das ich gegeben habe, konnte ich nicht einmal die KIquellen-Majorität hintergehen.

Also habe ich getan, was ich am besten kann. Ich habe neu verhandelt.

Ich habe ihnen gesagt, ich wäre nicht bereit, überzulaufen. Dieser Punkt sei vom Tisch. Ich würde nach einem Ausweg suchen, den die KIquellen-Majorität nehmen könnte ... aber ich würde auch dafür sorgen, dass sie nicht gezwungen würden, mit ihnen zu sterben. Von nun an, habe ich gesagt, sei meine Mission, den KIquellen ein Ende zu bereiten, solange auf Eis gelegt, bis ich einen Weg fände, sie zu verschonen.

Sie haben diese Lösung als akzeptabel betrachtet. Und dann haben sie das neue Paradigma ausgerufen, das, das sich von Vlhani-Hirn zu Vlhani-Hirn verbreitet hat und jede Spur der blasphemischen Infektion ausgelöscht hat, die sie mit Hilfe der Thanes entfesselt haben.

Das war der Moment, in dem sich die Verhältnisse verändert haben. Das war der Moment, in dem die Ersten, die dieses neue Mem empfangen haben, wieder zu Sinnen gekommen sind und angefangen haben, für uns Partei zu ergreifen. Überall auf dem Planeten.

Unser Überleben stand immer noch auf Messers Schneide, weil diese Heilkur genauso funktioniert hat wie jedes Viruzid. Die Wirkung hat mit unterschiedlicher Geschwindigkeit eingesetzt, je nachdem, wie schwer die Infektion des jeweiligen Vlhani war ... aber das war das, was ich erkauft hatte, indem ich alles, woran ich in den letzten paar Jahren geglaubt habe, kompromittiert habe. Trotzdem ist es genau so passiert.«

Ich wusste nicht, wie ich den starren Blick deuten sollte, mit dem die Porrinyards mich fixierten. War es Liebe, Entsetzen, Fassungslosigkeit, Unwille oder Mitleid? Nach einem Moment wandten sich beide ab, und ihre wundervollen Profile bildeten ein perfektes Paar, als sie sich entgegengesetzten Horizonten zuwandten. Identische Tränen schimmerten in ihren Augen. »Oh Andrea.«

»Sag mir, was du denkst.«

»Du kannst es nicht wissen. Ich habe sie nie Unsichtbare Dämonen genannt, bis ich dich getroffen habe. Das war immer dein spezieller Ausdruck. Aber schon lange vorher hatte ich meine eigenen Gründe, sie zu hassen. Sie haben mir wehgetan, haben den Einzelwesen wehgetan, die ich einmal war ... auf eine Art, von der ich dir nie erzählt habe. Das war einer der Gründe, warum meine zwei Hälften sich zusammengeschlossen haben, um zu werden, was ich bin.«

»Das überrascht mich nicht. Aber wohin führt das? Hasst du mich jetzt?«

Die Porrinyards waren nicht leicht aus der Ruhe zu bringen; ihre duale Natur festigte sie in einer Weise, die das Aushalten von Kummer zu einer zweiten Natur machte. Aber nun tupften sie sich die Augen mit identischen kleinen Fingerschnippsern und schnieften unisono. »Du hast deine persönliche Vendetta zum Guten der Menschheit aufgegeben. Dafür kann ich dich nicht hassen.«

Und alles andere verblasste neben einer einzigen, alles überlagernden Frage, einer, die eine weitere Wunde in mein regelmäßig verletztes Herz zu reißen drohte. »Aber wirst du mich auch noch lieben können?«

Sie drehten sich zu mir um und sahen mich mit undurchschaubarer Miene an. »Du hast mir immer noch nicht alles gesagt.«

Ein Teil von mir starb. »Ja, das ist richtig. Es tut mir leid, aber ich habe den schlimmsten Teil bisher nicht offenbart. Selbst nachdem ich meinen Handel mit dem Teufel geschlossen habe ... ist es nicht sauber zu Ende gegangen.«

Sie nickten ohne das geringste Anzeichen der Überraschung. Das gehörte zu dem Handel, den sie geschlossen hatten, als sie sich der Agenda der Andrea Cort unterworfen hatten: die Gewissheit, dass, welchen Schrecken sie auch erlebten, welche Höllen sie überstanden, welche furchtbaren Wahrheiten sie erfuhren und welche Kompromisse sie eingehen mussten, ihr Weg an meiner Seite sie immer zu noch finstereren Orten und in eine noch ungewissere Zukunft führen würde. Bis jetzt waren sie stets mit dem flüchtigen Eindruck eines ausgleichenden Lichtpunkts zufrieden gewesen, der Aussicht auf ein bisschen Glück, das sie im Vorbeieilen erhaschen konnten; aber nun mussten sie sich entscheiden, ob das ewig reichen konnte. Und ihre Antwort schien sich klar in den angespannten Kiefermuskeln anzudeuten, als sie fragten: »Was noch?«

Meine Augen brannten. Ich drehte mich zu dem Morast um und fragte mich, wie viele Lebensformen er verbarg, wie viele sonderbare Kreaturen ihn zu ihrer Heimat erkoren hatten, wie viele Dramen um Leben und Tod sich Tag für Tag in ihm abspielten, während ich am Los der Zivilisation herumpfuschte. »Die Quintessenz? Wir sind aufgeschmissen.

Denkt an das, was die KIquellen gesagt haben. Was sie seit über einem Jahr immer wieder sagen. Dass, was immer passiert, was immer ich beschließe, zwei intelligente Spezies ausgelöscht werden könnten. Eine wird aussterben, egal was ich tue. Das Beste, was ich erreichen kann, wenn ich die richtige Entscheidung treffe, ist, dass es zumindest bei der anderen Spezies eine Hand voll Überlebender gibt.

Tja ... genau das ist passiert. Und die Unsichtbaren Dämonen waren so freundlich, mir alle Konsequenzen darzulegen. Ich mag die Vlhani davor bewahrt haben, ausgebombt zu werden, aber nichts kann sie vor dem Schaden retten, den diese Zerreißprobe in Hinblick auf ihr Gefühl für den Sinn ihres Daseins als Spezies angerichtet hat. Sie werden noch innerhalb dieses Jahrhunderts aussterben. Der einzige Unterschied für sie wird sein, dass sie nicht in einem gigantischen Gemetzel untergehen – stattdessen dürfen sie noch jahrelang ihre Welt durchstreifen, wohl wissend, dass sie die Letzten sind. Ich habe sie dazu verdammt, verstehst du? Nur wieder so eine Sache, die mich nachts nicht schlafen lassen wird.

Was die Menschheit betrifft, habe ich das Unvermeidliche nur aufgeschoben. Es weiß immer noch jeder, dass Croyd mit dem vollen Einverständnis seiner Bosse gehandelt hat. Und jeder weiß, dass das kein Einzelfall war. Jeder weiß, dass wir immer noch von derselben Art von Mistkerlen regiert werden, die unsere Geschichte schon immer in Blut getränkt hat. Und das ist nur der Anfang. Es wird noch mehr ans Licht kommen. Eine düstere Enthüllung nach der anderen, zu viele, als dass man sie als die Taten einiger weniger korrupter Menschen abschreiben könnte. Der Krieg gegen uns wird stattfinden, und zwar früher, als ich mir vorstellen mag ... und wenn das passiert, dann wird die Menschheit nicht imstande sein, ihre Misshelligkeiten lange genug beizulegen, um dem Gegner eine vereinte Front zu bieten. All unsere Welten werden fallen, eine nach der anderen. *Alle.*«

Die letzten Worte schrie ich förmlich, und ein Schwarm fliegender Kreaturen sauste in einem weiten Bogen aus seiner Deckung hinter einem nahen Gehölz zum Himmel empor. Meine Stimme versagte, und ich drehte mich um die eigene Achse wie ein wildes Tier auf der Suche nach einer Schwachstelle in seinem Käfig. Das einzige Problem war, dass der Käfig, der mich gefangenhielt, das Leben selbst war ... und der einzige Ausweg war der, der unausweichlich irgendwann auf jeden von uns zukommt.

»Alle«, sagte ich noch einmal. »Und alles, was ich trotz all dem Schmerz geschafft habe, war, ein paar von uns eine vage Überlebenschance zu verschaffen.«

Ich erblickte zwei betroffene Gesichter, die mich so entsetzt anstarrten, wie ich es verdient hatte.

Ich ließ ein hässliches Grinsen aufblitzen und empfand eine wilde, perverse Freude daran, die Abscheu, die ich mir selbst gegenüber empfand, in ihren Augen gespiegelt zu sehen. »Also, wie sieht es aus? Du sagst, du kannst mich nicht hassen. Und ich weiß, du findest in deinem Herzen immer noch Liebe für mich.

Aber willst du immer noch, dass ich ein Teil von dir werde? Willst du dich mit jemandem vereinen, der unmöglich mit dem leben kann, was er getan hat?«

Vereint streckten sie die Hände nach mir aus. Oscin umfasste meine linke Schulter mit einer Hand, Skye die rechte. Gemeinsam, wie eine Person, drückten sie sacht zu, eine Geste, die unterstützend wirken sollte, mir aber keine Hilfe war.

Ich war nun ein geschlossenes System. Es gab keinen Weg hinein und keinen heraus.

Und ich war nicht überrascht, als sie mir beide den Rücken zukehrten und davongingen.

KAPITEL EINUNDZWANZIG
VIER TAGE SPÄTER

Meine abschließenden Angelegenheiten auf Vlhan musste ich allein regeln.

Die Tchi-Botschaft war ein phallischer, weißer Speer, der sich auf einem wenig einladenden Felsen oberhalb des Polarkreises von Vlhan in den Himmel bohrte. Aufblasbare Habitate hingen wie Trauben von der Spitze herab, und das Material ihrer Außenhüllen flatterte in dem steten Wind. Weitere derartige Habitate, errichtet, um Platz für die vielen Flüchtlinge zu schaffen, die eine Unterkunft benötigten, während die diplomatische Gemeinde sich den mühseligen Vorbereitungen zum Abzug von Vlhan widmete, kauerten sich neben den Turm wie Kinder, die bei dem größten Erwachsenen in der Umgebung Schutz suchten. Ich konnte es ihnen nicht verdenken, denn die bitterkalte Luft brannte an meinen Wangen und raubte mir fast den Atem, kaum dass ich den Schutz des ionischen Feldes meines Gleiters hinter mir gelassen hatte. Dies war nicht der Ort, den jemand, der sich eine angenehme Umgebung wünschte, als Wohnort auswählen würde, aber die ersten Tchi, die nach Vlhan entsandt worden waren, hatten beschlossen, ihre Basis an einem Ort aufzubauen, der möglichst weit von den gemäßigteren Klimazonen entfernt war, die die Vlhani bevorzugten, und die Diplomaten, die sich jetzt noch auf Vlhan aufhielten, hatten gute Gründe, diese Entscheidung als höchst vorteilhaft anzusehen.

Sechs Tage waren seit dem Gemetzel in der Fabrik der Thanes vergangen, fünf seit meinem Zusammenbruch in der Dusche, vier, seit die Porrinyards mir ihre Antwort erteilt hatten.

Es waren nur wenige Kreaturen zu sehen: Menschen, Riirgaaner und Tchi, die in der Lage waren, den Sonnenschein sogar dann zu genießen, wenn der Breitengrad die zugehörige Wärme nicht mitlieferte. Ein männlicher Mensch und eine weibliche Bursteeni spielten ein Spiel, ähnlich wie »Fang den Ball«, jedoch mit einem Gegenstand aus Bursteeni-Produktion, der sich auf einer runden Flugbahn zwischen ihnen hin und her bewegte; der Mann, es war derjenige, der mir als Clifford Dunbar vorgestellt worden war, brüllte mir einen freundlichen Gruß zu, als ich in Hörweite vorbeiging. Ich nickte ihm zu, ohne in diesem Moment besondere Freude zu empfinden, doch mir war bewusst, dass es für manche von uns immer noch ermutigend war, bekannte Gesichter zu sehen, die die katastrophalen Geschehnisse überstanden hatten.

Auch ich war nicht dagegen immun. Doch die Kreatur, die jetzt auf mich zukam, die Person, der man gesagt hatte, sie möge mit mir rechnen und die sich aus einer Runde mehrerer Repräsentanten ihres Stabs löste, um mich bereits weit vor der Eingangstür der Botschaft in Empfang zu nehmen, verabscheute ich. Er jedoch überraschte mich, indem er seinen Respekt mit einer Verbeugung bekundete. Der Wind wehte ihm das spärliche weiße Haar in die Stirn. »Counselor Cort.«

»Erster Referent Rhaig.«

Rhaig schlang die Arme um den Leib, eine Geste, die den gefütterten Stoff seines Mantels zusammendrückte und die schmale Gestalt darunter preisgab. Mit dem Mantel sah er für einen Tchi regelrecht fettleibig aus, umso mehr, da seine Spezies üblicherweise transparente Roben bevorzugte. »Die Vlhani haben ständig Ihren Namen getanzt, seit das Morden aufgehört hat.«

»Ich weiß.«

»Also haben Sie mehr getan, als Sie gesagt haben.«

»Das habe ich nie abgestritten.«

»Ich nehme an, Sie werden mir nur wieder sagen, dass jede Bitte um Aufklärung über den diplomatischen Dienstweg zu laufen hat.«

Eigentlich hatte ich eher an ein schlichtes *Fick dich* gedacht, aber so ging es natürlich auch. »Ja.«

»Dann werde ich meine Beanstandungen entsprechend abfassen müssen.«

»Das wäre mein Vorschlag.«

»Sie müssen wissen«, sagte er, »dass ich Ihnen die Geheimnistuerei in einer Angelegenheit, die sich für uns alle als so schmerzlich herausgestellt hat, zutiefst übelnehme, ebenso wie meine Kollegen. Ich beabsichtige, Sie zur Rechenschaft zu ziehen, und ich nehme an, dieses Mal wird ihr kostbares Corps Sie nicht schützen, denn derzeit stellen alle die gleichen Fragen.«

Das nahm ich auch an. Trotz der mächtigen Verbündeten, die für mich die passenden Fäden ziehen konnten, würde ich wohl ein paar Monate Scheiße fressen müssen, um wenigstens den Schein zu wahren. Ein gutes Argument dafür, mein Leben lieber früher als später zu beenden, aber auf Vlhan würde ich sicher nichts weiter tun. Ich hatte einen zu hohen Preis bezahlt, um mich diesem Planeten zu überlassen.

»Dennoch«, fuhr er fort, »verstehe ich, warum Sie hier sind, und ich habe nicht die Absicht, Sie heute in irgendeiner Weise zu behindern.«

»Also, wo ist sie?«

Er drehte sich um und zeigte auf eine niedrige Hügelgruppe, ein paar Hundert Meter von der Botschaft entfernt. »Gleich hinter diesem Gipfel finden Sie ein Kap, direkt am Meer. Das malerischste Fleckchen, das wir hier oben haben. Ihr Mitmensch hat dort einen großen Teil seiner Zeit verbracht. In Anbetracht dessen, was Sie uns über sie erzählt haben, hätten wir das verhindern sollen, aber Sie sagten, sie solle nicht gestört werden.«

»Danke.«

»Wir sind gern bereit, Sie zu unterstützen, wenn Sie es wünschen. Oder als Zeugen zu fungieren, sollten Sie die Anwendung von Gewalt rechtfertigen müssen.«

»Nicht nötig«, sagte ich. »Ich habe etwas, das sie will. Ich bin sicher, sie wird kooperieren.«

Wieder verbeugte er sich leicht, steif, sogar für einen Angehörigen seiner Spezies, ehe er kehrtmachte und in die Wärme im

Inneren seiner Botschaft zurückkehrte. Ich kam auf den Gedanken, dass ich ihn vielleicht doch nicht so sehr hasste. Was, bedachte man meine persönliche, langjährige Erfahrung mit seiner Spezies, ein beachtliches Zugeständnis war.

Ich drehte mich um und musterte die fernen Hügel, kniff die Augen zusammen, als eine eisige Böe mir ins Gesicht fuhr. Es war früh am Nachmittag, aber man hatte mir erklärt, die Tage seien in dieser Breite und zu dieser Jahreszeit kürzer. Jeder Versuch, die Entfernung zu Fuß zu überwinden, war eine Garantie dafür, im Dunkeln zurückzukommen. Die Antwort auf die Frage, ob ich allein in der winterlichen Kälte herumspazieren oder in den Gleiter steigen sollte, der mich binnen Minuten zum Ziel bringen würde, schien auf der Hand zu liegen.

Andererseits tat es mir vielleicht ganz gut, mich schon im Vorfeld für das zu bestrafen, was ich zu tun gedachte.

Also schob ich die Hände in die Manteltaschen, zog das Kinn an die Brust und machte mich auf den langen Weg über die Ebene vor den Hügeln, um mich dieser letzten und schlimmsten Konfrontation unter all den unerfreulichen zu stellen, die diese Welt für mich bereitgehalten hatte.

Counselor Tara Fox saß auf einem flachen Felsen, gleich jenseits der Hügel, das ausdruckslose Gesicht dem grauen Wasser des Polarmeeres von Vlhan zugewandt. Als ich sie gefunden hatte, war die Temperatur um weitere sechs Grad gefallen, und mein Atem war so abgehackt wie das Motorengeräusch einer altmodischen Maschine, die im Winter nur widerstrebend anspringen wollte.

Man hatte mir gesagt, dass dies weniger ein Meer als vielmehr ein großer See war, entstanden aus Gletscherwasser, das mit dem Salz, welches über die Jahrhunderte aus den umliegenden Bergen gespült wurde, so gesättigt war, dass es niemals gefrieren, niemals Leben hervorbringen und sich nie mit den wärmeren Gewässern angenehmerer Klimazonen vermischen würde. Außerdem hatte man mir erklärt, es sei ausreichend sauer, um die Haut zu verätzen, und kalt genug, dass man binnen nicht einmal drei Minuten an Unterkühlung sterben würde. Schon das aufspritzende Wasser war unangenehm genug. Aber dies war ein angemessener Ort für einen Menschen, der so in sich verschlossen war wie Tara Fox, ganz zu schweigen von einem Menschen, der so viele Sünden begangen hatte wie ich. Wie ich schon sagte, hasse ich planetare Umgebungen, aber angesichts meiner derzeitigen Stimmung fühlte ich mich bei diesem Anblick, als käme ich nach Hause. Wäre ich noch etwas schlechter gelaunt gewesen, dann wäre ich vielleicht reingesprungen.

Statt ein Feuer zu entzünden, hatte Fox einen Ionenfeldgenerator mitgenommen, um das Klima in einem Fünf-Meter-Radius um ihre Position herum zu beeinflussen, aber ich sah, dass sie ihn so eingestellt hatte, dass er nur die schlimmste Kälte abwehrte; sie saß immer noch zusammengekauert in einem geborgten Kapuzenparka da und brachte mit jedem Atemzeug eine weiße Dampfwolke hervor. Vielleicht hatte sie auch eine Selbstbestrafung nötig. Nicht, dass ein paar beschwerliche Stunden dafür gereicht hätten.

Sie hörte mich kommen, als ich gerade einen Felsen herabkletterte, drehte sich aber nicht um, um nachzusehen, wer sich da näherte. »Counselor Cort.«

Nach der Kletterei war ich etwas außer Atem. »Counselor Fox.«

Sie wartete, bis ich in das ionische Feld getreten war und mir in der geringfügig wärmeren Luft die Hände rieb. Ihre Miene war ruhig und ungetrübt von jeglicher Sorge. »Ich empfinde inzwischen eine große Zuneigung Ihnen gegenüber, Andrea.«

»Ich dachte, Sie sollten gar nicht in der Lage sein, so etwas zu äußern.«

»Doch, das kann ich«, sagte sie. »Wenn es wahr ist. Ich habe festgestellt, dass ich Ihnen vertraue.«

»Als Freundin?«

»In einer anderen Welt, vielleicht.«

»Schön zu hören«, sagte ich und war überrascht, dass ich es auch so meinte. »Sie haben mir da unten geholfen, am Leben zu bleiben. Ich glaube, in einer anderen Welt hätte ich auch Ihre Freundin werden können. Aber, da wir gerade davon sprechen, vielleicht kann ich auch in dieser Welt noch Ihre Freundin sein.«

Sie beobachtete das graue, eisige Wasser, das zwanzig Meter unter uns wogte. »Warum?«

»Sie mögen es nicht glauben, aber ich bin Ihnen ehrlich dankbar für alles, was Sie getan haben, um mir zu helfen, als ich verletzt war. Da haben Sie sich im besten Licht gezeigt.«

Diese Worte erzielten keinerlei Wirkung. »Sind Sie gekommen, um mir bei der Suche nach Merin zu helfen?«

»Nein«, sagte ich und blies in meine Hände. »Ich bin gekommen, um Sie festzunehmen.«

Sie nickte, als hätte sie genau damit gerechnet. »Sie haben versprochen, mir bei der Suche nach Merin zu helfen.«

»Ich weiß, und ich habe mein Versprechen gehalten.«

Hatte ihre Braue gerade gezuckt? »So schnell?«

»Ja.«

»Wie?«

»Es war ganz einfach.«

Und ich konnte mir diesen Erfolg nicht einmal selbst zuschreiben. Die KIquellen, die am Ende für ihre Modifikationen verantwortlich waren, hatten keine Skrupel gehabt, mir die genaue Position des Mädchens zu nennen oder den Namen, den sie nun als eine Pilgerin in dem Gewimmel Tausender anderer Pilger in Nurejew benutzte. Ich wusste, wie sie inzwischen aussah, was wenig mit dem Gesicht gemein hatte, das Fox mir gezeigt hatte; und ich wusste, wie sehr die Operationen sie verändert hatten. Das Ausmaß der Modifikationen war beträchtlich.

Und es hatte sogar noch eine Art Bonus gegeben. Bei meinem einzigen Gespräch mit ihrem Vater hatte ich seine väterliche Voreingenommenheit gepflegt, indem ich vorausgesetzt hatte, dass sie hübsch sei. Das Gesicht auf dem Holo war nicht gerade hübsch gewesen, aber das Gesicht, das sie heute trug, war in der Tat anmutig. Auf den meisten von Menschen bewohnten Welten hätte sie viele Herzen brechen können ... allerdings nicht so, wie sie es gleich tun würde.

Fox' Sehnsucht war so schwer auszumachen wie jede andere Leidenschaft, die sich unter dieser friedfertigen Maske verbarg. »Hat sie die Unruhen unbeschadet überstanden?«

»Nach dem, was ich gehört habe, schon.«

»Geht es ihr gut?«

»Ich habe nicht persönlich mit ihr gesprochen, aber sie ist vermutlich durch die jüngsten Ereignisse ebenso traumatisiert wie alle anderen auch. Wenn Sie sie noch weiter traumatisieren wollen, indem Sie sie mit den Dingen konfrontieren, die Sie getan haben, dann steht Ihnen das frei.«

Sie blinzelte einige Male, blickte zu Boden und dann zu mir: ein einfacher, leerer Blick, viel zu vernunftbetont, um beschwörend zu wirken. »Können Sie meine Festnahme zurückstellen, bis ich Sie gesehen habe?«

»Das könnte ich tun.«

»Dann tun Sie es.«

»Es würde einige unerfreuliche Komplikationen mit sich bringen.«

Sie wandte sich von der brodelnden, toten See ab und schaute zu mir auf, und in ihren affektionslosen Zügen leuchtete plötzlich etwas wie Interesse auf.

»Zu jeder anderen Zeit«, sagte ich, »hätte ich einfach ein speziesübergreifendes Tribunal einberufen, die Konföderation überzeugt, alle Einwände zu verwerfen, die wir gegen Ihre Auslieferung auf Basis von Verbrechen gegen intelligentes Leben vorbringen könnten, und sie dem übrigen Haufen überlassen. Ich hätte sogar die Anklage vertreten und getan, was ich kann, um dafür zu sorgen, dass Sie für den Rest Ihres Lebens in einer Zelle verrotten. Aber wie sich herausgestellt hat, kann die Menschheit solch einen politischen Schlag zu diesem Zeitpunkt nicht vertragen. Wie sehr mir dabei auch die Haare zu Berge stehen, ich werde Ihr Geständnis wohl vergessen müssen.«

»So? Haben Sie das gemeint, als Sie sagten, Sie könnten meine Freundin sein?«

Ich strich mir eine lange Haarsträhne aus den Augen und fragte mich, ob ich je eine Zeit erleben würde, in der ich nicht durch die Trümmer menschlichen Lebens würde navigieren müssen. »Das ist gewiss eine Basis für ein gegenseitiges Verständnis. Wir haben beide Schreckliches getan, wir haben beide eine Last zu tragen, wir haben sogar beide unsere eigene Persönlichkeit auf furchtbare Weise deformiert, um mit der Schuld leben zu können. Ich weiß, ich kann Sie nicht ansehen, ohne daran zu denken, wie nahe ich daran war, den Rest meines Lebens so zu verbringen wie Sie, abgeschottet und allein.

Aber da ist auch noch ihr anderes Verbrechen. Das, das ich die ganze Zeit untersucht habe.

Der Mord an Ihrem Ehemann, Derek Schiff.«

Als ich sie wieder ansah, hatten sich Fox' Mundwinkel nach oben geschoben, eine Mimik, die niemand als Lächeln hätte bezeichnen können, die aber Zeugnis von der Auflösung einer tiefen, inneren Spannung ablegte, welche sich bis zu diesem Zeitpunkt auf die entsprechende Muskulatur ausgewirkt hatte. »Wie lange wissen Sie das schon?«

»Seit wir Sie nach dem Massaker bei ihm gefunden haben. Sie haben dieses abgebrochen Stück Rohr aus seinem Herzen gezogen, wissen Sie noch? Es war kurz vor Anbruch der Dämmerung, noch bevor die Sonne Zeit gehabt hatte, die Luft zu erwärmen. Seine Wunde war noch so frisch, dass Dampf von ihr aufgestiegen ist. Und die Blutlache an der Stelle, an der er gestorben ist, ein gutes Stück entfernt von den anderen Opfern, war so frisch, dass das Blut weder geronnen noch im Boden versickert war.

Wahrscheinlich haben Sie gedacht, Sie könnten ihn als ein weiteres Opfer des Tobsuchtsanfalls der Vlhani verkaufen, aber ich musste mir die Sache nur einmal ansehen, und ich wusste, dass Sie ihn gerade umgebracht haben. Ich wusste nur nicht, warum.

Darum war ich so darauf bedacht, Sie in unsere große Flucht aus der riirgaanischen Botschaft hineinzuziehen. Die einzige Unterstützung, die ich zu dem Zeitpunkt tatsächlich gebraucht habe, war ein Führer, der den Planeten kannte – und dafür hatte ich bereits Pakh Valinia vorgesehen. Oh, ich habe Ihnen irgendeinen Blödsinn darüber erzählt, dass ich Ihre politischen Kontakte brauchen könnte ... aber dass das Unsinn war, hätten Sie selbst erkennen müssen, immerhin hat Croyds herablassende Haltung gegenüber Ihrem Arbeitgeber bereits deutlich aufgezeigt, dass Ihr Einfluss hier bedeutungslos war.

Die Wahrheit ist, dass ich mich von all den anderen welterschütternden Problemen, die mir gerade in den Schoß gefallen waren, schon so erschlagen gefühlt habe, dass ich mir Sie, eine einfache Mörderin, gegriffen habe, weil Sie ein Problem dargestellt haben, mit dem ich umzugehen wusste.

Das hätte ich vielleicht nicht tun sollen, immerhin war damit zu rechnen, dass Sie einen gefährlichen Störfaktor darstellen würden. Aber, verdammt, normale Mörder kann ich im Schlaf anklagen, und ein Problem, mit dem ich zurechtkomme, war genau das, was ich brauchte, um meinen Verstand wach genug zu halten, um mit dem Problem fertig zu werden, das mir zwangsläufig mehr Schwierigkeiten bereiten musste. Also habe ich Sie mitgenommen und Ihnen Informationen entlockt, von denen Sie dachten, Sie würden nur dazu dienen, Merin zu finden, obwohl sie eigentlich mehr dazu dienten, möglichst viel über Ihre Beziehung zu Schiff herauszufinden.

Zuerst bin ich der Frage nachgegangen, ob der Mord etwas mit unbotmäßigen Geschäftspraktiken zu tun hat, und dann, ob Sie womöglich die Macht an sich reißen wollten. Aber nachdem Sie mir klargemacht haben, dass Sie so etwas wie eine Familie waren und sich selbst zu dem gemacht haben, was Sie sind, um mit den Verbrechen leben zu können, die Sie begangen haben, und dass er Sie jahrelang ungeniert gequält hat – na ja, von da an gab es kein großes Geheimnis mehr.«

All ihre eingesperrten Gefühle sickerten an den Rändern durch. Wie fest sie das Paket auch geschnürt haben mochte, es bekam doch Risse. »Nein, das gab es dann wohl nicht mehr.«

»Die traumatischen Ereignisse im Amphitheater haben alle nervös gemacht, sogar Sie. Aber was hat er am Ende zu Ihnen gesagt, dass er Sie über die Grenze der Belastbarkeit hinausgetrieben hat?«

Sie hörte sich furchtsam an, verloren gar. »Wir hatten einen Platz entdeckt, an dem wir uns verstecken konnten, eine Nische in den Trümmern der Tribüne, die ungefähr die Form einer Höhle hatte und gerade groß genug für uns beide war. Dort haben wir uns hineingekauert und die Nacht verbracht, umgeben von den Schreien und voller Furcht, wir könnten ein Geräusch verursachen, das uns verraten würde. Aber sie haben uns nicht gefunden … und am Morgen sind wir rausgekrabbelt und zu den Gleitern gegangen in der Hoffnung, wir würden einen finden, der noch einsatzbereit war. Ich habe dieses Stück Rohr nur dabei gehabt, weil ich es irgendwann aufgehoben und einfach nicht daran gedacht habe, es wieder wegzulegen. Ich glaube, mir war nicht mal bewusst, dass ich es hatte. Es war nur irgendetwas, das ich gepackt hatte, weil ich mich an irgendwas festhalten musste. Und dann hat er sich umgedreht, mich mit hasserfüllten Augen angesehen und gesagt: *›Du musst wirklich stolz auf dich sein, immerhin wäre ich gar nicht hier, hättest du sie nicht aus dem Haus getrieben.‹*«

Ich hatte mir schon gedacht, dass es etwas in dieser Art gewesen sein musste. »Und da haben Sie ihn umgebracht.«

»Ich wusste nicht, dass ich es tun würde«, sagte sie, »bis ich es getan habe.«

»Kurz gesagt war es also ein Verbrechen aus Leidenschaft.«

»Ja.«

»Das einzige Problem, was nun noch bleibt, Tara, ist, dass Sie gar nicht imstande sein dürften, ein Verbrechen aus Leidenschaft zu verüben. Ich weiß, er hat Ihnen viel angetan, aber trotz all den Beleidigungen, die Sie erdulden mussten, trotz all dem Stress und dem Schrecken, den Sie hinter sich hatten … Sie hätten ruhig und kontrolliert bleiben müssen, solange Sie von Ihren Modifikationen beeinflusst wurden.«

»Ja.«

»Es sei denn, es hat nie derartige Modifikationen gegeben.«

»Ja.«

»Das war eine Lüge, die Sie sich selbst und allen anderen all diese Jahre erzählt haben, das Einzige, was Sie davor bewahrt hat, einfach zu zerbrechen. Sie haben sich nie einer Prozedur unterzogen, die ihre Emotionen künstlich unterdrückt hat. Sie haben so etwas nie gebraucht. Das haben Sie ganz allein geschafft … um sich zu bestrafen und um ihn zu bestrafen.«

Sie konnte die Augen nicht fest genug zusammenkneifen, um die heißen, brennenden Tränen zurückzuhalten. Zwei sengende Rinnsale schlängelten sich ihre Wangen herab, zeichneten Linien, die in der kalten Luft innerhalb des Kraftfelds hell schimmerten. Sie schniefte, wischte sich mit dem Daumen über das Gesicht, hustete und wurde wieder zu der teilnahmslosen Frau, die ich gekannt hatte, blickte wieder hinaus auf den See durch eine kalte, steinerne Maske. »Er hat das nie erfahren. Die ganze Zeit hat er mir geglaubt. Warum auch nicht? Ich hatte schon zweimal versucht, mich umzubringen. Mich in einen gefühllosen Roboter zu verwandeln war nur eine andere Art, mich selbst zu zerstören.«

»Wir haben eine Menge gemeinsam, Tara.«

Wieder schniefte sie und wischte sich mit dem Handrücken die Nase ab, ehe sie mühsam ihre Selbstkontrolle zurückgewann und erneut zu der roboterhaften Person wurde, die ich kannte. »Aber das alles ändert gar nichts. Sie und ich, wir haben eine Abmachung.«

»Das ist richtig, die haben wir.«

»Also bringen Sie mich zu Merin.«

»Klar«, sagte ich. »In einer Sekunde, wenn Sie wollen. Aber

das ist der Punkt, an dem ich mich als Freundin erweisen werde, an dem ich Ihnen zeigen werde, dass ich Ihnen wirklich dankbar dafür bin, was Sie für mich getan haben, als wir gemeinsam in der Falle gesessen haben. Ich werde Ihnen sagen, was es auslösen wird, wenn ich Sie zu Merin bringe.«

Es gibt eine bestimmte Art von Erwartungshaltung, die sich stets dann zeigt, wenn alles Unwichtige ausgeräumt wurde und die Offenbarung der schlimmsten aller Lügen unmittelbar bevorsteht. Diese Haltung schlug sich nun in Taras Zügen nieder. Sie mochte nicht gewusst haben, was ich ihr zu sagen hatte, aber sie wusste zweifellos, dass es nichts Gutes war.

»Ihre Tochter hat ihre Familie aufgegeben, das Leben, das sie gekannt hat und sogar bis zu einem gewissen Grad ihre Menschlichkeit … alles, was sie je war, hat sie ihrem Glauben zuliebe hinter sich gelassen. Dann ist die Welt, die sie für sich gewählt hat, der Lebenszweck, den sie gewählt hat, um sie herum auseinandergefallen. Wahrscheinlich fängt sie gerade erst an, diesen Verlust zu bewältigen. Wenn ich Sie jetzt zu ihr bringe, dann gibt es vielleicht ein kurzes, möglicherweise sogar freudiges Wiedersehen … aber dann wird sie erfahren, dass ihre Mutte ihren Vater ermordet hat, während beide fern von zu Hause nach ihr gesucht haben. Was wird das anrichten? Und selbst, wenn sie zu Ihnen hält … sie wäre dabei, wenn die Ermittlungen alles zutage fördern, was Sie getan haben, und das werden sie, es sei denn, es gibt keinen Grund dazu. Denken Sie wirklich, Merin kann diese Belastung noch zusätzlich zu dem Kummer, der schon jetzt auf ihr lastet, gebrauchen? Oder denken Sie, das könnte das wenige zerstören, was ihr geblieben ist?«

Erkenntnis dämmerte. Diese Sichtweise war zu übermächtig, als dass sie sie auf Anhieb hätte verarbeiten können – sie wäre für jede Mutter zu übermächtig gewesen. Sie zuckte zurück, als die Einsicht sich rührte, wedelte mit der Hand in einem vergeblichen Versuch, dem Unausweichlichen durch bloßes Leugnen zu entgehen. »Sie muss nicht erfahren …«

»Wenn es nur dieser eine Mord wäre, schön, dann gäbe es auch mildernde Umstände. Stress, Schuldgefühle, ein unvorstellbares Trauma, zusätzlich zu etwas, dass ich nur als eine langjährige mentale Erkrankung Ihrerseits bezeichnen kann ... nach allem, was wir gemeinsam durchgemacht haben, bin ich beinahe in Versuchung, meine Arbeitseinstellung zu vergessen und mit ihr alles, was ich über Sie weiß. Hätte ich Sie ausliefern müssen, wäre ich womöglich sogar versucht gewesen, Sie zu verteidigen. Hätte ich das Gefühl, Ihre Verbrechen an intelligentem Leben würden auch in Zukunft nicht aufgedeckt werden, dann könnte ich mich einfach den politschen Bedenken beugen und darüber hinweggehen, mich mit einer Anklage von geringerer Brisanz zufriedengeben, deren Inhalt sich später festlegen ließe. Wäre Merin nur irgendeine namenlose junge Frau, die nicht bereits eine Welt um sich herum hat zerfallen sehen, oder hätte ich nicht versprochen, ihrem Wohlergehen Priorität einzuräumen, dann würde ich sagen: Schön, schließlich sind Sie nicht die erste Kriminelle, die solch einen Schrecken in das Leben derer bringt, die sie liebt. Und gäbe es eine Möglichkeit, Sie in aller Verschwiegenheit zu belangen, sodass kein Risiko bestünde, sie könnte je davon erfahren, dann wäre es auch in Ordnung. Aber das sind zu viele Unsicherheitsfaktoren, Tara. Die Situation ist, wie sie ist. Sie dürfen mit dem, was Sie getan haben, nicht davonkommen, aber Sie haben sich das Recht erworben, selbst zu wählen. Haben Sie verstanden, was ich gemeint habe, als ich Ihnen gesagt habe, dass ich hier eine Schuld abtrage, Tara? Dass ich wirklich versuche, Ihnen eine Freundin zu sein?«

Lange Sekunden starrte sie mich nur an. Ihr Kinn zitterte. Fassungslosigkeit wich Zorn, dann Verleugnung und dann, einige endlose Herzschläge lang, einer rasenden Konzentration, als sie verzweifelt nach einem Umstand suchte, den ich nicht in Betracht gezogen hatte. Und dann war der Sturm vorüber. Das emotionale Gewitter löste sich auf, legte sich, und sie wurde zu der stillen Oberfläche einer ruhigen See, die nichts von dem preisgab, was sich in ihrer bodenlosen Tiefe abspielen mochte.

Sie erhob sich so abrupt, dass ich einen Schritt zurückwich, und fing an, ihren Mantel zu öffnen. »Sie werden nach ihr sehen, ehe Sie Vlhan verlassen, für den Fall, dass sie irgendetwas braucht.«

»Ja.«

Sie reichte mir den Mantel und schälte sich aus ihrem Hemd. Ihre olivfarbene Haut sah fahl aus vor den dunkleren Schatten der umgebenden Felsen. »Sie werden ihr auch Ihren Namen und Ihre Adresse geben und ihr sagen, sie soll zu Ihnen Kontakt aufnehmen, falls sie sich je entschließt, in den Raum der Konföderation zurückzukehren und zu beanspruchen, was von dem Familieneigentum noch zu retten ist.«

»Ja.«

»Versprechen Sie es mir.«

»Bei meinem Leben.«

Ihre Hose folgte, flatterte, aus dem Kraftfeld herausgeschleudert, lustig über den harten, unnachgiebigen Boden. Dann die Unterwäsche. Schließlich stand sie nackt in dem Ionenfeld, die Arme fest um die Brust geschlungen, eine inadäquate Art, sich vor einer Kälte zu schützen, die noch viel schlimmer werden würde, trat sie erst hinaus in die Luft außerhalb des Feldes. Lange Minuten starrte sie hinab auf das brackige Polarwasser, fürchtete und ersehnte beinahe gleichermaßen, was es versprach. »W-wollen Sie wissen, was komisch ist, Andrea?«, fragte sie nach einer langen Zeit. »Ich bin meinem Mann zum ersten Mal in einem Badeort auf Bethaun begegnet. Wir haben das ganze Wochenende im Wasser verbracht. Solange zwischen uns alles gut war, sind wir drei-, viermal im Jahr dort gewesen. Ich vermisse diese Zeit.«

Ich hatte einen Kloß im Hals, hustete, wandte den Blick ab und sagte nichts.

Sie keuchte auf, ich wusste nicht, ob es an der Kälte lag oder an Furcht. Dann, mit einer plötzlichen, übermenschlichen Entschlossenheit, tat sie einen Schritt vorwärts, dann noch einen, um sogleich zusammenzuzucken, als die wahre Kälte dieses

Ortes sich bemerkbar machte. Ihre Zähne klapperten. Ihre ersten paar Versuche, noch etwas zu sagen, gingen in der Furcht und den klappernden Zähnen unter, aber dann atmete sie tief ein, stieß eine langgezogene Wolke feuchter Atemluft hervor und sagte: »So ist es das Beste, Andrea. Sie waren eine gute Freundin.«

Ich konnte mich nicht überwinden, ihr hörbar zuzustimmen.

»Wir sehen uns«, sagte sie. »Schon bald.«

Und dann senkte sie den Kopf und rannte los, pumpte mit den Armen, ging am Ende der Klippe in die Knie, um ihrem Sprung Anmut und Weite zu geben. Was ich noch zu sehen bekam, ehe sie meinem Blickfeld entschwand, sah aus wie der Anfang eines meisterhaften Kopfsprungs.

Ich ging zum Rand und starrte hinunter, bis ich sie entdeckte. Ihr Gesicht war noch zu sehen, ein fahles Oval, das in einem scharfen Kontrast zu dem beinahe schwarzen Wasser stand, verzerrt von Gefühlen, zu denen Bedauern wie Furcht zählen mochten. Der direkte Kontakt mit diesen eisigen Wogen musste sich anfühlen, als würde man mit tausend Messern gestochen, aber noch während ich hinabblickte und mich fragte, ob ich ihr einen humaneren Ausweg hätte bieten sollen, verschwand der gepeinigte Zug und wurde von einer übernatürlichen Ruhe ersetzt, die vielleicht sogar so etwas wie Freude zum Ausdruck brachte. Beinahe schien dieser Anblick mich zu verspotten, denn er sagte mir: *Mein Leiden ist vorbei, aber du hast noch viel vor dir.* Dann schloss sie die Augen und war fort.

Ich fiel auf die Knie, wollte weinen und konnte nicht.

Nach einer Weile stand ich auf und sammelte ihre Kleider als Beweis dafür ein, dass ich zu spät gekommen war, um ihren Selbstmord zu verhindern.

Als ich zurück zur Tchi-Botschaft ging, wurde es noch kälter. Die Temperatur lag knapp unter dem Gefrierpunkt. Als der Wind zunahm, fühlten sich meine Ohren an wie Ballast, und ich fing an, mich für die Sturheit zu verfluchen, die mich dazu getrieben hatte, den Weg zu Fuß zurückzulegen.

Ich vergaß alle Prinzipien, als ich den Gleiter sah, der von dem fernen, weißen Mast auf mich zukam.

Er umkreiste mich einmal und landete dann vor mir. Die beiden Passagiere sahen zu, wie ich mich die letzten paar Schritte zu dem Gleiter schleppte und an Bord kletterte. Die Luft innerhalb seines ionischen Schilds war beinahe heiß, viel wärmer, als ich erwartet hatte. Meine Haut brannte, schmerzte unter tausend Einstichen rotglühender Nadeln.

»Sie ist gegangen«, sagten sie.

Ich nickte. »Ja.«

»Freiwillig.«

»Ich habe ihr die Möglichkeiten aufgezeigt. Sie hat verstanden. Und mir sogar gedankt.«

»Ich wünschte, ich könnte das akzeptieren«, sagten die Porrinyards.

Nach einer langen Diskussion hatten sie eingesehen, dass es keinen anderen Weg gab, mit Fox zu verfahren, aber sie hatten es auf die lange Liste der Dinge gesetzt, die sie mir verübelten.

»Sie hat mich auch gebeten, nach ihrer Tochter zu sehen. Das muss ich noch erledigen, ehe wir abreisen können.«

Sie nickten. »Das solltest du.«

Sie hatten sich ein wenig beruhigt seit jenem furchtbaren Moment, als sie einfach davongegangen waren. Skye hatte sogar grinsend bemerkt: *Weißt du, was du getan hast? Du hast gerade eine uralte, allwissende Intelligenz juristisch ausmanövriert!* Aber die Kälte war zurückgekehrt, als ich mich darauf vorbereitet hatte, diesen letzten losen Faden zu verknüpfen; sie hatten, wenn auch grollend, eine beachtliche Zuneigung zu Fox entwickelt, eine, die den gleichen emotionalen Ursprung haben mochte wie die ebenfalls von Groll gezeichnete Zuneigung, die sie mir gegenüber empfanden.

Oder empfunden hatten, denn eines hatten sie mir sehr klar zu verstehen gegeben: Sie konnten nicht mit einer Andrea Cort leben, die nicht imstande war, selbst mit dem zu leben, was sie getan hatte.

Andrea Cort zu verlieren war nicht das Schlimmste, das passieren konnte. Verglichen mit dem endgültigen Schlag, den die Vlhani hatten hinnehmen müssen und der noch größeren Katastrophe, die auf die Menschheit zukam, war sie es kaum wert, betrauert zu werden. Aber ich konnte nicht anders, ich brütete darüber, als wir uns dem Turm näherten. Da war so viel, was ich vermissen würde: die Fremdartigkeit ihrer beiden Stimmen, wenn sie als eine Person sprachen; die Symphonie ihrer Körper, die sich im Einklang mit meinem bewegten, ihre atemberaubende Güte und die ebenso große Freude, die sie empfanden, wenn sie mich hinters Licht führen konnten.

Ich bin in den drei Jahren, seit ich sie kennengelernt habe, zu einem anderen Menschen geworden, anders als der Mensch, der ich all die Jahre zuvor war. Diesen Menschen würde ich auch vermissen. Vielleicht hatte ich diese Person nicht viel lieber gemocht als das Monster, das sie gewesen war, bevor die Porrinyards in ihr Leben getreten waren, aber sie hatte immerhin bewiesen, dass sie mehr Tiefgang hatte, als ich je vermutet hätte. Ein Teil von mir wünschte, ich könnte das Unausweichliche einfach wegdrängen und den Rest meines Lebens damit verbringen, sie kennenzulernen, ihr vielleicht irgendwie beizubringen, dass sogar ihre Sünden vergeben werden konnten.

Aber diese Andrea Cort war ein gebrochener Organismus, gebrochen von den Bocai und vom Dip Corps und von den KIquellen und jetzt auch von den Unsichtbaren Dämonen. Nach Vlhan war sie so sehr gebrochen, dass jeder weitere Schlag sie zur vollkommenen Nutzlosigkeit verdammen mochte.

Es war Zeit, das Einzige zu tun, das noch einen Sinn hatte, und sie aus ihrem Elend herauszuzerren, die Scherben einzusammeln, ehe sie in alle Winde zerstreut waren. Es war Zeit, ihrem Leben ein Ende zu machen, wenn nicht auf die Weise, wie Fox das ihre beendet hatte, so doch auf eine andere, die nicht weniger endgültig war.

Als wir auf dem Botschaftsgelände gelandet waren, schnappte ich mir Fox' Sachen und stand auf, um zu Rhaig zu gehen und offiziell Bericht zu erstatten.

Skye überraschte mich damit, mein Handgelenk zu ergreifen.

Beide Porrinyards musterten mich mit identischen kummervollen Mienen, eben den kummervollen Mienen, die sie wenig erfolgreich zu unterdrücken versuchten, seit sie mich aufgelesen hatten.

»Es ist schon gut«, sagte ich zu ihnen.

»Nein, das ist es nicht. Ich liebe dich. Ich weiß, du denkst, wir werden dich endgültig verlassen, wenn du dich unserer Verbindung nicht anschließt ... aber ich werde dich nicht zwingen aufzugeben, wer du bist, nur damit du etwas wirst, das zu werden du noch nicht bereit bist. Wir finden einen anderen Weg, um dir dabei zu helfen, deine Last zu tragen.«

Beinahe hätte ich sie ausgelacht. So klug sie waren, so besonders, sie begriffen es einfach nicht. Ich war bereit, ganz klar. So bereit wie noch nie.

Wer wäre, so er die Wahl hätte, nicht bereit, Teil von jemandem zu werden, der besser war als er selbst?

ENDE

Der Wächter der Menschheit trägt einen goldenen Reif

Simon R. Green
WÄCHTER DER MENSCHHEIT
Roman
Aus dem Englischen
von Axel Franken
544 Seiten
ISBN 978-3-404-20615-5

Wisst ihr was? Es ist alles wahr. Alles, wovor ihr euch immer gefürchtet habt, angefangen bei Verschwörungstheorien bis hin zu Monstern unter dem Bett und Geistern und Ghoulen. Der einzige Grund, warum sie noch nicht die Welt beherrschen, ist, dass meine Familie schon immer da war und sich ihnen in den Weg gestellt hat. Wir bewachen die Tür, bewahren euch vor dem bösen Wolf, und dabei kennt ihr noch nicht mal unsere Namen. Mein Name ist Eddie Drood. Und ich habe die Lizenz, dem Übernatürlichen in den Arsch zu treten. Ich habe meinen Job immer geliebt. Bis er mir eines Tages um die Ohren flog ...

Bastei Lübbe Taschenbuch